달빛조각사

달빛 조각사 1

ⓒ 남희성, 2007

발행일(2쇄) 2023년 11월 15일 | **발행인** 김명국 | **발행처** 주식회사 인타임 **출판 등록** 107-88-06434 (2013년 11월 11일) | 주소 서울시 구로구 디지털로31길 38-21 이앤씨벤처드림타워 3차 405호 전화 070-7732-2790 팩스 02-855-4572 이메일 in-time@nate.com | **ISBN** 979-11-03-32687-6 (04810) 979-11-03-32686-9 (세트) | 이 책은 주식회사 인타임이 저작권자와의 계약에 따라 발행한 것이므로 내용의 전부 또는 일부를 사용하려면 반드시 양측의 동의를 받으셔야 합니다. 잘못된 책은 구매처에서 바꿔 드립니다.

달빛조각사 1

남희성 게임 판타지 소설

The Legendary Moonlight Sculptor

INTIME

contents

다크 게이머의 탄생

드라마에서 보여 주는 귀족적이고 우아하며 활기찬 가난!

궁핍하면서 나보다 먼저 타인을 생각하고, 한 끼의 식사를 나누기 전에도 활짝 핀 미소와 함께하는 가난!

이딴 게 실제로 세상에 존재한다고 말하는 작자가 있다면 이현은 그를 죽을 만큼 팬 다음에, 그냥 한 대 더 때려서 죽여 버리고 싶을 정도였다.

세상은 가난한 사람들이 아주 살기 힘든 구조였다.

국회에서 개정된 근로복지법에 의해 미성년자는 어떠한 일자리도 구할 수 없게 되었다.

불법적이지만 이현은 안 해 본 일이 없었다.

14세 때부터 재봉 공장에서 실밥을 땄다. 월급이라고 해 봐야 보잘것없었으나 그래도 밥은 공짜로 먹을 수 있었다.

하지만 지하에서 환풍기 2대 달랑 틀어 놓고 하는 일인 탓에 건강이 극도로 나빠졌다.

결국 폐에 이상이 생겨서 병원비만 더 많이 나갔다.

그다음으로는 주유소에 취직했고, 심지어 리어카를 끌고 다니며 재활용품을 모아서 팔기도 했다.

아무리 일을 해 봐야 손에 쥐는 돈은 어차피 푼돈.

미성년자인 그는 불법적으로 취직을 할 수밖에 없었고, 그 점을 이용해서 고용주들은 지독하게 그를 부려먹었다.

20세 때까지 착취만 당하고 살아온 인생이었다.

덕분(?)에 이현은 돈의 가치를 아주 잘 알았다. 그리고 이제 상황이 조금 달라질 것이다. 드디어 성인이 되어서 주민등록증이 나왔으니 합법적으로 일을 할 수 있을 테니까!

주민등록증을 지갑에 넣으면서 이현은 중얼거렸다.

"몸이 부서지도록 일해야지. 하루에 3개 정도는 할 수 있을 거야."

어릴 때 부모님이 돌아가시고, 그에게 가족이라고는 할머니와 여동생뿐이었다.

"후후. 이제부터 부자가 되어 줄 테다."

이현은 그렇게 다짐하며 집으로 들어갔다.

"이제 오느냐?"

할머니는 이불을 끌어안고 누워 있었다. 며칠 전 계단에서 굴러떨어지면서 허리를 삐끗한 탓에 일을 나가지 못한 것이었다.

약을 쓰고는 있었지만 없는 살림에 병원으로 가서 제대로 된 치료를 받기는 힘들었고 이렇게 집에서 쉬는 수밖에 없었다.

밤마다 끙끙 앓는 소리를 내면서도 할머니는 치료를 받지 않았다.

이현은 집에 들어올 때마다 가슴이 답답했다.

겉도는 여동생과 늙은 할머니만 있는 집에는 활기가 없었다. 어쩌면 그 때문에 더더욱 집에 들어오기 싫은 건지도 모른다.

"혜연이는요?"

"몰라. 나가서 안 들어왔다. 또 불량배 녀석들과 어울리지나 않는지⋯⋯."

이혜연은 그의 여동생.

얼굴을 볼 때보다 안 볼 때가 더 많았다.

"괜찮을 거예요. 무슨 일이야 있겠어요."

"네가 하나뿐인 오빠다. 여동생은 오빠가 지켜 주는 거야."

"예."

이현은 씁쓸하게 웃으며 자신의 방으로 들어갔다.

어디서 막노동을 하거나 택시를 운전하더라도 여동생만큼은 대학에 보내고 싶었다.

지금은 잠시 방황하고 있지만, 이현 자신과는 달리 머리가 좋고 총명한 아이다.

대학만 간다면 좋은 남편을 만나서 잘 살 수 있을 것이다.

또한 할머니도 더 이상 고생을 시키지 않고 모시고 싶었다. 할머니가 늙고 병든 것은 전부 이현과 이혜연을 기르기 위해 힘들게 살아온 탓이었다.

"내일부터 일거리를 찾아봐야지. 취직 시험도 보고⋯⋯."

이현은 중얼거리면서 컴퓨터를 켰다.

오래된 컴퓨터가 우우웅거리면서 부팅이 된다. 인터넷이 연결되자, 습관적으로 게임에 접속했다.

그가 하는 게임은 〈마법의 대륙〉.

출시된 지 20년도 넘은 고전 게임이었다. 한때 대한민국을 온라인 게임에 미치게 만들었던 게임.

불과 3년 전까지만 해도 최고의 위치에 있었던 게임.

여기저기 부품을 조합해서 만든 이현의 구닥다리 컴퓨터로는 돌아가는 게임이 많지 않았고, 〈마법의 대륙〉만이 깨끗하게 돌아갔다.

처음 배운 게임이었지만, 게임을 하는 중에는 유일하게 즐겁다는 느낌을 가질 수 있었다.

이현의 플레이는 굉장히 독특했다.

주변의 사람들과는 별로 어울리지 않았고 하루 종일 사냥만 했다. 몬스터가 나타나면 죽이고, 레벨을 올려서 더 높은 사냥터로 향했다. 공성전이나 길드전에도 전혀 참여하지 않았다.

캐릭터의 능력치를 조금씩 향상시키고 장비를 갖추는 재미로 게임을 했다. 200시간 동안 잠도 안 자고 사냥만 했던 적도 있고, 레벨 하나를 올리기 위해서, 몹 한 마리를 잡기 위해서 1달간 고생한 적도 많았다.

남들은 무슨 재미냐고 물을지도 모르지만, 캐릭터가 강해지는 것이 재미있고, 전에는 못 잡던 몹을 잡을 수 있게 되는 재미에 푹 빠져들었다.

어느새 이현은 최고 레벨에 올라 있었다. 더 이상 레벨이 오르지 않는 상태에 도달한 것이다.

수십 년 〈마법의 대륙〉 역사에 처음이자 마지막으로 기록될

만한 일이었다. 주변을 돌아보아도 이현, 자신만큼 강한 캐릭터는 없는 것 같다. 남들은 파티로도 고전을 면치 못하는 사냥터에서 혼자 사냥을 하며 몹들을 쓸고 다녔으니까 말이다.

최고의 레벨에 오르고 나서는 드래곤을 포함한 최강의 몹들도 혼자서 한 번씩 잡아 보았다. 하지만 별로 감흥도 없었다.

요즘은 기술이 발전해서 모든 게임의 궁극적인 목표라고 하는 가상현실 시스템이 갖추어지게 되었다.

특히 〈로열 로드〉라는 게임은 정말로 대단했다.

가상현실의 기본이라고 할 수 있는 세상을 완벽하게 구현한 것을 비롯해서, 수천만의 이종족들과 유저들이 함께 게임을 한다.

수만 가지가 넘는 직업과 수십만의 기술. 원하는 대로 모험을 즐길 수도 있고, 친구들과 함께 몇 날 며칠 바다낚시에 빠져도 된다. 변덕스러운 태풍만 만나지 않는다면 말이다.

자유도와 방대한 규모도 놀라울 뿐이었지만 무엇보다도 백미는 게임 시스템이었다. 인간이 게임에서 즐길 수 있는 재미를 가장 궁극으로 유도했다는 평을 받고 있는 〈로열 로드〉.

하지만…….

"어차피 나에게는 모두 그림의 떡이니까."

조금만 복잡한 웹페이지도 느리게 뜨는 컴퓨터로 무엇을 바라겠는가.

가상현실을 구현해 주는 기기를 설치하려면, 대중화가 되었다고 해도 1천만 원이 넘는 돈이 든다. 그럴 돈이 있다면 할머니의 병원비로 쓰든지, 아니면 여동생의 학비로 주어야 할 일이다. 그리고 지금은 열심히 돈을 벌기 위해 게임을 접어야 할 때였다.

계정을 삭제하시겠습니까?	예 | 아니요

이현은 마우스 커서를 '예'에 가져다 댔다. 이대로 마우스를 누르기만 하면 애지중지 키워 온 캐릭터는 영영 사라지게 된다. 막 손가락에 힘을 주려는 순간 머릿속을 스치는 생각이 있었다.

'캐릭터를 팔면 돈이 된다고 했지? 계정 매매라고……'

어디선가 본 것 같았다.

신문 등에서 캐릭터를 사고파는 경우가 흔히 있다고.

그리고 그것이 돈이 된다는 이야기를 말이다.

어차피 삭제할 캐릭터라면 남에게 파는 것도 나쁘지 않겠다는 생각이 들었다.

이현은 인터넷을 뒤져서 캐릭터 거래 사이트를 찾기 시작했다. 한 번의 검색에 수십 개의 사이트가 떴고, 그중에서 가장 크고 거래량이 많다는 곳을 찾아서 들어갔다.

"여기다 내 캐릭터를 올려놓으면 되겠지?"

이현은 자신의 캐릭터를 사진과 함께 올렸다.

〈마법의 대륙〉 만렙, 용들에게서 나온 최고의 장비들, 소유금 30조 마르크.

경매 시작 금액은 5만 원으로 정했다. 너무 큰 금액으로 올려놓으면 아무도 입찰을 하지 않을까 겁이 났던 것이다.

경매 기한은 하루.

오랫동안 기다린다고 해서 큰돈이 들어올 것 같지도 않았고, 취직을 하려면 그래도 괜찮은 옷 한 벌 정도는 있어야 할 테니 당장 돈이 급했던 것이다.

캐릭터나 아이템을 거래할 때에도 보통 시세라는 게 있다. 다른 사람들의 경매 내용은 유료 회원만이 볼 수 있어서 이현은 접근할 수가 없었다.

이현은 글을 올리고 잠을 잤다. 다음 날에는 일찍 일어나서 근로자 대기소라도 가 볼 생각이었다.

이현이 글을 올리고 나서 1시간도 되지 않아 네티즌들이 만드는 가상의 공간, 인터넷이 달아오르기 시작했다.

처음에 경매 글을 본 사람들은 누구도 믿지 않았다.

그들은 〈마법의 대륙〉에 마지막 패치가 이루어지면서 레벨 상한선이 대폭 높아진 것을 알았다.

최고 레벨 200 제한.

전 서버에서 단 한 명도 이루지 못한 경지였다. 도저히 인간으로서는 달성하기 힘든 수치였기 때문이다.

그런데 이 경매 글에는 최고 레벨에 오른 캐릭터를 판매한다고 한다.

> ㄴ 또 어디서 누가 장난을 치는군.
> ㄴ 대체 이런 시시한 글을 누가 올리는 거지?
> ㄴ 자주 당해서 재미도 없어.

사람들은 그런 의미에서 한 번씩 댓글을 달았다. 이런 글에는 아무도 속지 않을 거라고 생각하면서. 21세기 초반부터 유행한 낚시 글들에 워낙 많이 속아 왔기 때문에 이번에도 그런 경우라고 생각했다.

> ㄴ 에이, 설마…….
> ㄴ 아니겠지.

대부분의 네티즌들이 그 경매 글을 무시했지만, 호기심을 이기지 못하고 찾아본 사람들도 적지 않았다.

경매 글은 무조건적으로 캐릭터가 나온 화면을 함께 올리게 되어 있었다. 그 글을 본 사람들은 자연스럽게 첨부된 사진 파일들도 열어 보았다.

캐릭터 정보란은 실로 대단했다. 각종 능력치들이 최고로 올라가 있고, 장비한 아이템들도 환상적이었다.

> ㄴ 이런 무기들이 어디 있어?
> ㄴ 적룡 갑옷 풀 세트에다 적룡의 등뼈로 만든 방패? 이거야, 원…….
> ㄴ 검은 무신이 직접 하사한 거라는데!

사람들은 그러면서도 감탄했다.

아무래도 낚시 글치고는 보통 공을 들인 것 같지 않아서였다. 그토록 세밀하게 사진을 위조하려면 굉장한 노력이 필요한 것이다.

> ㄴ 시간 제법 많이 썼겠는데요!
> ㄴ 인터페이스는 〈마법의 대륙〉인데, 이 장비들은 어디 게임의 장비들을 가져온 걸까요?

경매 글을 본 사람들 중에는 현직 그래픽 디자이너들도 있었다. 그들은 자료 사진의 허점을 찾아내려고 했다.

> ㄴ 아무리 잘 조작된 사진이라도 미세한 흔적은 남습니다. 일반인의 눈에는 완벽해 보이더라도 최신 기술을 적용하면 잘못된 부분이 나옵니다.

디자이너들은 사진을 1만 배까지 확대하고, 픽셀과 음영과 화소를 추적했으며, 심지어는 3D로 스캔해서 사진 파일의 위조를 밝혀내려고 했다.

그러나 모든 수고가 허사였다.

마침내 인정하지 않을 수가 없었다

> ㄴ 이 자료 사진은 모두 진짜입니다.
> ㄴ 제 업은 LK사의 수석 디자이너입니다. 이 사진에는 어떠한 조작도 없음을 보장합니다.

그래픽 디자이너들이 오히려 사진이 진품임을 증명해 주게 되었다.

그리고 아직까지 〈마법의 대륙〉을 하는 사용자들도 몰려들었다. 그들은 사진을 보자마자 탄성을 내질렀다. 처음부터 의심조차 하지 않았다.

> ㄴ 진짜가 맞습니다. 캐릭터 이름 위드. 이 유저 굉장히 유명해요.
> ㄴ 그 사람의 장비들이 맞습니다. 하지만 지존 레벨까지 올렸다니 정말로 대단하군요.

이현은 늘 혼자 플레이를 했고, 사람들이 많은 사냥터는 의도적으로 피해 다녔다. 공성전에 참가한 적도 없고, 사소한 시비도 웬만하면 무시하고 지나쳤다.

하지만 소문이 나지 않을 수는 없었다.

단신으로 무적으로 알려져 있던 용과 크라켄을 잡고, 최고 레벨의 사냥터를 혼자 휩쓸면서 다니는 위드.

사람들과 어울리지 않는다고 해서 다른 이들이 모를 리가 없었다. 아직까지 남아 있는 유저들 가운데서 그는 이미 하나의 전설이 되어 있었던 것이다.

오로지 이현만이 자신이 유명인이라는 사실을 몰랐다.

> ㄴ 그러면 이 장비들이 진짜?
> ㄴ 그렇다면 이건 대박이라고밖에는……

경매의 시작가는 5만 원.

캐릭터의 가치나 장비들은 제외하고 소유금만 해도 현재의 시세대로라면 턱도 없이 낮은 금액이었다.

사람들은 서둘러서 금액을 적어 내기 시작했다.

5만 원에서 30만 원, 70만 원까지 순식간에 치고 올라갔고, 100만 원도 1시간이 되지 않아서 넘겨 버렸다. 장비 하나만 팔아도 그 정도의 가격은 되었으니 주저할 필요가 없었다.

경매가가 폭등했다.

이때쯤에는 이 경매가 최소한 어느 정도 가격에 마감될지 짐작이 가능했기 때문에 자포자기하고 참여하지 않는 사람들도 많았다.

〈마법의 대륙〉을 하는 사람들은 시간이 흐르면서 줄어들었지만, 무료화에 이어 하나의 서버로 통합된 이후에도 여전히 꽤 많은 유저들이 남아 있었다.

처음에는 〈마법의 대륙〉을 하던 사람들이 가격을 올렸고, 그 이후에는 돈 많은 직장인들이 가격을 올려 댔다.

〈마법의 대륙〉이라면 한때 대한민국의 게임 유저들의 밤을 지새우게 만들었던 작품. 그 게임의 최고 레벨 캐릭터를 소유한다는 것은 마치 고가의 골동품을 소유한 것처럼 남에게 과시할 가치가 있는 일이었다.

순발력 있는 직장인들은 재빨리 나이 많은 상사에게 전화를 걸었다.

"이사님이십니까?"

— 이 늦은 밤중에 무슨 전화인가. 자네 그만 퇴사하고 싶나?

"예? 그게 아니라… 이사님, 예전에 〈마법의 대륙〉 하셨죠?"

— 그랬지.

"그 〈마법의 대륙〉의 최고 레벨 캐릭터가 경매에 올라왔습니다. 꼭 이사님께서 아셔야 할 것 같아서…….."

— 뭐라고! 위, 위드 말인가?

"예. 이사님도 알고 계셨군요. 그 캐릭터의 레벨은 200. 최대로 다 채운 상태이고 장비는…….."

그 뒤로 주절주절 설명이 이어졌다.

— 질러. 일단 자네 돈으로 3천만 원 정도 질러 놔. 내가 지금 바로 집에 가서 확인해 볼 테니까 우선 입찰부터 해!

현재 나이를 먹고 회사의 요직에 있는 인물들 가운데에는 젊어서 온라인 게임을 해 봤던 세대가 있었다.

그들이 가격대를 더욱 올려놓았다.

대형 포털 사이트나, 게임 관련 홈페이지마다 〈마법의 대륙〉 최고 레벨의 경매에 대한 이야기가 핫이슈로 올라오고, 사람들이 검색을 시작하면서 어느새 검색어 순위로 치고 올라가게 되었다. 이때부터가 진정한 경매의 시작이었다.

하지만 그러는 동안, 이현은 아무것도 모른 채 잠만 자고 있었다.

"노가다… 일당 5만 원. 음식점 설거지 3만 원. 아침엔 신문 배달, 우유 배달. 저녁엔 족발……."

마치 몽유병 환자처럼 내일 할 일들을 정리하면서 말이다.

사람들의 집중적인 관심이 모인 이후부터 경매 가격은 급등을 거듭했다. 지금까지 〈마법의 대륙〉의 최고 레벨이 누구인지 아는 사람은 없었지만, 얼마 전까지 최고였던 게임 캐릭터를 영구적으로 소유한다는 과시욕이 발동한 것이다.

경매 가격은 마침내 1억을 넘어섰다.

이제는 소유하고 있는 자금과 장비의 시세를 초과한 것이다. 사람들은 돈이 부족함을 안타까워하면서 경매에서 떨어져 나갔다.

> ㄴ 이 캐릭터를 파는 사람도 참 지독하군.
> ㄴ 어떻게 이런 캐릭터의 경매 기간이 단 하루에 불과할 수 있지?
> ㄴ 값을 최대한 높여서 받을 자신이 있는 건가?

사람들은 경매 글에 댓글 놀이를 하면서 아쉬움을 달랬다.
어느새 댓글만 900개가 넘어갔다.

자동으로 경매는 몇 차례나 연장되었고, 3억 원을 넘어서자 몇몇 회사들의 적극적인 개입이 있었다.

이 경매는 비단, 아는 사람들로만 끝날 일이 아니었다. 거액으로 거래가 된다면 뉴스나 입소문을 타고 수많은 사람들이 듣게 될 테니 홍보 효과가 만만치 않은 것이다.

광고를 한 번 싣기 위해서는 큰돈이 드는데, 사람들은 애써 돈을 들여 만든 광고를 잘 보지도 않는다. 그렇다면 최고 레벨의 캐릭터가 고액에 팔렸다는 뉴스는 어떨까?

사람들의 관심과 이목을 집중시킬 것이다.

각 회사의 홍보부에서는 그러한 관점으로 접근했다.

경쟁이 치열해진 디지털 미디어나, 게임 방송사들은 이 최고 레벨의 캐릭터를 인수하길 원했다.

캐릭터의 가치나 시세 따위가 문제가 아니다. 그 캐릭터를 가지고 과거에 유명했던 게임에 대해 특집으로 편성해서 몇 차례 방송을 한다면 방송사의 신뢰도나 대외 이미지가 높아진다.

치열한 경쟁에 가격은 폭등했고, 방문자 수가 급증한 아이템 거래 사이트에서는 회심의 미소를 지었다.

마침내 경매가 종료되었다.

다섯 개의 게임 방송사들이 겨루었지만 모든 경쟁을 뚫고 CTS미디어에서 캐릭터를 낙찰받았다.

최근 급속도로 사세를 확장하면서 방송 점유율을 높여 가는 유망한 곳이었다. 회장 비서실의 개입으로 마지막 낙찰가를 써내면서 경매가 끝이 났다.

"여보세요."

이현은 아침에 자다가 일어나서 전화를 받았다.

그 전날 공사판에서 일을 하고 지쳐서 잠이 들었다. 그렇게 번 돈은 3만 원. 일을 잘 못한다면서 조금만 준 것이다.

—안녕하세요.

뜻밖에도 수화기 너머에서 들려오는 목소리는 아리따운 여자의 것이었다.

"저기… 전화를 잘못 거신 것 같습니다."

이현은 자신의 집으로 절대로 이런 전화가 올 리 없을 테니 수화기를 놓으려고 했다. 그러나…….

—혹시 계정을 판매하려고 인터넷에 올리지 않으셨나요?

"맞습니다만."

—여기는 주식회사 CTS미디어입니다. 저는 회장 비서실의 윤나희구요. 현재 낙찰된 경매 금액을 입금하였으니 아이템 거래 회사에 확인해 보시고 저희에게 연락 주시기 바랍니다.

"자, 잠깐만요. 낙찰이 되었다구요?"

—네. 그렇습니다. 아직 확인을 안 해 보셨나 봐요?

"예. 제가 조금 바빠서……."

CTS미디어의 윤나희.

회장 비서실에서 근무할 정도의 재원이니 보통 여자가 아니었다. 8개 국어를 할 줄 알고, 주위에서는 그녀를 추켜세우기 바빴다. 하지만 이런 거액의 경매를 확인도 안 해 봤다는 이현의 말은 윤나희를 질리게 할 만했다.

"얼마에 낙찰된 거죠?"

이현은 조마조마했다. 최소한 20만 원은 넘어서 병원비라도 냈으면 하고 물어봤는데, 들려오는 음성은 이현을 기절할 정도로 놀라게 만들었다.

—30억 9천만 원입니다.

본래 이현의 캐릭터인 위드의 시세는 약 1억 5천만 원이었다. 한창 인기가 있는 게임이라면 장비 하나만 해도 1억이 넘기도 하지만, 오래된 게임의 경우에는 시세 자체가 극도로 낮은 편인 것이다.

그러나 한정된 경매 기한에 하나밖에 없다는 희소성, 유명세 등 여러 요인들이 작용해서 결국 30억을 넘기게 되었다. 이 자체가 하나의 뉴스거리였고 CTS미디어가 노린 바이기도 했다.

그러나 이현은 퉁명스럽게 대답했다.

"장난치는 거죠?"

—네?

"겨우 그 정도의 얘기나 하려고 제게 연락을 하신 건가요? 이만 전화 끊겠습니다."

이현은 수화기를 놓은 후에 씁쓸하게 웃었다.

"경매에 올린 건 어떻게 알았지? 내 번호는 또 어떻게 알아서 장난을 치고 있어!"

이현은 믿지 않았다. 터무니없는 소리로 여긴 것이다.

그러나 사이트에 접속해 본 순간 그가 올렸던 경매 글이 아이템 거래 사이트의 메인 화면에 떴다.

수많은 사람들이 실시간으로 댓글을 달고 있었고, 경매 낙찰 금액은 그녀의 말대로 30억 9천만 원!

이현이 기절하지 않았던 것은, 독한 집념 때문이었다.

'꿈이라면 영영 깨지 마라.'

하루 뒤에 이현은 정말로 자신의 계좌에 30억이 넘는 돈이 입금된 것을 확인했다.

피가 나도록 살을 꼬집어 보았지만 틀림없는 현실!

이현은 할머니에게 달려가서 통장을 보여 주었다. 아직까지 긴가민가해서 말도 하지 않았던 것이다.

"할머니, 제가 돈을 벌었어요."

"그래."

할머니는 힘없이 대꾸했다.

주민등록증을 발급받고 나서 3일도 지나지 않았다. 벌어 봐야 얼마나 벌었으랴.

"아무튼 수고했다, 현아."

"수고했다 정도가 아니에요, 할머니."

이현이 통장을 내밀었다.

"이건 뭐니?"

"보세요. 여기, 제가 번 돈이에요."

할머니는 침침한 눈을 몇 차례 비빈 뒤에 통장을 보았다. 그리고 통장에 찍힌 액수에 믿기지 않는다는 반응을 보였다.

"너, 너 도둑질했니? 아, 아니, 도둑질로 벌 수 있는 돈이 아닌데……."

"제가 하던 게임의 계정을 팔았어요."

"계정?"

"설명하자면 복잡한데… 아무튼 합법적으로 번 돈이에요."

"그, 그럼 정말로……."

할머니는 북받쳐 오르는 감정에 가늘게 흐느꼈다.

"현아, 이제 우리도 남들처럼 수도세, 전기세 걱정 안 하고 살아도 되는 거니?"

"그럼요. 우리 집도 가질 수 있어요."

"너도 다시 공부를…… 혜연이 대학도 가고, 남부럽지 않게 살 수 있겠구나."

할머니는 어찌나 감격스러웠던지 눈물을 주르륵 흘렸다. 이현도 마찬가지였다.

그동안 수없이 고생하고, 설움받았던 기억들.

"이제는 우리도 행복하게 살 수 있어요. 할머니."

"암, 그래야지."

힘겨운 시간들을 함께 이겨 냈던 만큼 두 사람은 더욱 감격하고 있었다.

며칠 동안 그들은 새로 살 집을 구하고, 병원에 가서 할머니 치료도 받았다. 할머니는 허리 외에도 안 좋은 곳이 많아 입원까지 해야 했다. 여동생 혜연도 함께 기뻐해 주었다.

그러나 행복은 아주 잠깐이었다.

검은 정장 차림의 그들.

가장 보고 싶지 않은 그들이 병원으로 찾아온 것이다.

검은 정장 차림의 사내들은 신발을 신은 채로 병실 안까지 그대로 밀고 들어왔다. 체격이 좋은 자들이라 5명만 들어왔는데도 병실이 가득 찬 것 같았다.

다른 환자들은 모두 공포에 질려서, 간병인의 부축을 받아 조용히 빠져나갔다.

병실에는 이현과, 할머니 그리고 사내들만 남았다.

이현은 여동생이 마침 나가 있을 때 그들이 온 것이 다행이라고 생각했다. 이 사내들이 와서 좋았던 적은 한 번도 없었다. 이번에도 역시 그럴 것이다.

"이현. 너희 집에 좋은 일이 있다고 들었는데……."

머리를 노랗게 염색한 사내가 물었다.

이현은 날카롭게 쏘아붙였다.

"그래서?"

"예전에 너희 아버지가 빌린 돈 받으러 왔다."

"빚?"

"그래. 이제 돈은 준비가 되었으리라 보는데."

이현은 침을 꿀꺽 삼켰다.

부모님이 돌아가셨을 때, 그분들이 남긴 1억의 빚이 이현에게 이어졌다.

상속 포기를 했더라면 괜찮았겠지만 당시에 이현은 어려서 법에 대해서 잘 알지 못하였다.

할머니 또한 자식을 잃은 슬픔으로, 유산이 상속되고 나서 3개월 내에 법원에 상속 포기를 신청하지 못했다.

그로 인해서 이현은 사채업자들에게 1억의 빚을 지게 된 것이다.

그들이 얼마나 포악한 인간인지는 알고 있지만, 수중에 돈이 있었다. 두려워할 필요는 없었다.

"빚이라면 갚겠다. 얼마지?"

"갚겠다? 말이 좀 짧구나. 아무튼 좋아. 고객님인데 소중히 모셔야지. 네가 갚아야 할 돈은 30억이다."

사내의 말에 이현의 눈가가 파르르 떨렸다.

"무슨 터무니없는……. 아버지가 빌린 돈은 분명 1억인데!"

"이봐, 8년이나 지났잖아. 시간이 흐르면 이자가 붙는 거지."

"그런 말도 안 되는 일을… 경찰에 신고하겠어."

"신고? 마음대로 해. 경찰이 너희 편을 들어 줄까?"

"경찰은 민중의 지팡이야."

"푸하하하하."

사내들이 이현의 말에 크게 웃었다.

특히 노랑 머리의 사내는 어처구니없는 소리를 들었다는 듯이 손으로 이마를 짚으며 대소했다.

그러자 뒤에 조용히 서 있던 사내가 말했다. 분위기로 보아서 그들의 대장 같았다.

"꼬마에게 똑바로 설명해 줘라. 공연히 쓸데없는 사고 일으키지 말고."

"예, 형님. 죄송합니다. 그럼 꼬마야, 똑똑히 들어 둬라. 우리가 하는 일들은 법에 어긋나지 않아. 우리는 합법적인 이자만 받거든. 먼저 알려 줄 건, 이자는 1년에 원금의 5할이 불어난다는 거다. 어디 한번 계산을 해 줄까? 첫해에 1억이 1억 5천으로 늘었고, 2년째에는 대충 2억 2천 정도, 3년째에는 3억 3천이 넘고, 4년째에는 거의 5억에 가깝게 되지."

이현은 계산을 해 보고 눈앞이 캄캄했다.

4년 만에 5배로 늘어난 빚.

8년이 지났으니 25억이 되었을 테고, 정확히 8년하고도 얼마간 시간이 더 지났으니 30억이라는 말은 그리 틀린 게 아니었다.

그동안 이현은 조폭들에게 괴롭힘을 당하면서도 빚이 얼마나 되는지는 알지 못하였다.

한데 무려 30억이나 되는 거금으로 불어나 있었던 것이다.

파산!

남들이라면 30억이나 되는 빚이 있다면 어떻게든 파산 신청을 했을 것이다. 아마 빚이 몇천만 원만 되어도 했겠지.

이현도 파산 신청을 생각해 보지 않은 건 아니었다. 다만 신청을 하는 데에도 돈이 들었다. 법원과 법무사들. 그들에게 돈을 내고 절차를 밟아야만 파산을 할 수 있었다.

이현은 그 돈도 없어서 파산 신청을 하지 못하였다. 사실 돈이 있다고 해도 저 악독한 사채업자들이 그냥 내버려 두었을 리는 만무하지만.

"30억을 내놔라."

"시, 싫어."

"싫어? 그러면 마음대로 해. 싫으면 내일 또 받으러 오지. 그때에는 갚아야 할 이자가 조금 더 늘어 있겠지만 말이야."

검은 정장 차림의 사내들에게서는 여유가 엿보였다.

가진 자의 여유, 힘이 있는 자의 여유다.

그리고 이현은 빚을 갚지 않으면 어찌 되는지 잘 알고 있었다. 돈이 있는 걸 알고 저들이 찾아온 이상 선택권이란 애초에 없었던 것이다.

사내들은 빙긋빙긋 웃기만 했다.

"할머니가 다쳐서 입원을 한 것 같은데, 병원이 편한가 봐. 저 복도에는 여동생도 있었던 거 같고. 여동생이 예쁘던데 섬에 팔려 가면 꽤나⋯⋯."

"혜연이를 건드리면!"

"아아, 아직은 아무 일도 없어. 우리 애들이 이야기를 하고 있을 뿐이지. 그런데 단란한 세 가족이 동시에 입원을 하면 어떨까. 그것도 참 보기 좋은 광경일 텐데."

은근한 협박에 이현은 더 이상 버틸 수가 없었다. 사내들은 충분히 그러고도 남을 테니까.

돈을 빌려서 갚지 못하는 이들, 돈을 주지 않는 이들이 어떤 꼴을 당하는지 빈민가에서 숱하게 봐 왔던 이현이다.

애초부터 죄가 있다면 저들의 돈을 빌렸다는 것.

법에도 기댈 수가 없는 이현은 통장을 내놓아야 했다.

사내들은 그 자리에서 통장을 받고, 가방에서 현금 9천만 원을 꺼내 주었다. 8년 전에 이현의 부모님이 작성했던 1억 원에 대한 차용증도 함께였다.

애초부터 모든 걸 알고 단단히 준비해서 온 것이다.

"고맙다. 그럼 수고해라."

사내들이 병실에서 나갈 때, 이현이 외쳤다.

"잠깐!"

"왜, 꼬마. 무슨 일이냐?"

"언젠가 반드시 되갚아 주겠다."

"뭐를?"

"돈은 다 갚았으니까, 그동안 너희에게 당한 일들. 그걸 나중에 되돌려 주겠다는 뜻이다."

사내들은 또다시 웃으려고 했다. 그러나 이현의 눈빛을 보고는 웃음이 나오지 않았다.

아직 어린 맹수라고 할까.

독기를 품은 눈빛이 가슴을 서늘하게 만들었던 것이다.

"네가 아직 정신을 덜 차린 모양이로구나. 너 같은 겁 없는 꼬마에게 세상을 알려 줄 필요도 있겠지."

사내들이 옷소매를 걷었다. 하지만 이현은 조금도 겁을 먹거나 움츠러들지 않았다.

"됐다. 돈 받았으면 쓸데없는 짓 말고 가자."

"하지만……."

"병원에서 소란을 피울 생각이냐?"

"알겠습니다, 형님."

사내들이 우르르 빠져나갈 때였다.

"그리고 꼬마야."

대장 격의 남자가 이현을 보며 충고하듯이 말했다.

"나는 명동의 한진섭이다. 네 독기가 세상에도 통할 거라고 생각하냐? 억울하면 어디 5년 내로 30억을 만들어 와 봐라. 그러면 내가 너를 형님으로 모시도록 하지."

사채업자들이 떠났다.

이현은 힘없이 땅에 주저앉았다.

복도에서 여동생이 우는 소리와 할머니가 한숨을 쉬는 소리가 희미하게 들려왔다.

30억이란 거금을 강탈당하고 난 이후로는 뭘 해도 힘이 나지 않았다. 극도의 허무감이 엄습해 왔다. 그러나 3일째 되는 날 이현은 자리를 털고 일어났다.

희망이 있었다. 그러니 주저앉아 있을 수만은 없는 것이다.

이현의 입가에는 뜻밖에도 미소가 감돌았다. 눈물을 흘리면서도 웃음이 나왔다.

잠깐이지만 거액의 돈을 만져 본 경험으로 세상을 어떻게 살아야 할지에 대해서 조금은 깨친 것 같았다.

'그래, 한 번 벌었으면 두 번도 벌 수 있어.'

이현은 바쁘게 움직였다.

빼앗기지 않은 9천만 원이라고 해서 전부 쓸 수 있는 건 아니었다. 이미 계약해 놓은 집 때문에 5천만 원의 용도는 이미 정해져 있었다.

취소하려면 못 할 바는 아니지만 위약금도 물어야 한다. 위약금을 물기는 죽기보다 싫었다.

결국 쓸 수 있는 금액은 4천만 원!

21세기 초반에 있었던 부동산 폭락 덕분이었다.

남아 있는 돈의 일부로 이현은 검도장과 합기도, 태권도 같은 무술관들에 등록했다.

하루에 무려 6군데를 순회하는 강행군.

몸이 부서지도록 각종 체육관에서 무술을 익혔다.

사범들은 그를 독종이라고 불렀다. 하루 종일 손에서 피가 흐를 정도로 검을 휘두르고, 체력을 길렀다.

가상현실 게임!

그곳에서는 사람이 직접 몸을 움직이면서 실제의 생활처럼 행동할 수 있다고 한다.

그렇다면, 무술을 익히고 게임의 시스템에 대해서 조금이라도 더 많이 공부하는 것으로 도움이 되지 않을까?

물론 무술을 익힌 사람이 전적으로 유리하지만은 않을 것이다. 하지만 자기 레벨보다 1할이라도 더 강해진다면 무술을 익히는 편이 좋다.

게임을 하는 내내 그 1할이 상상 이상으로 엄청난 효과를 가져다줄 것이기 때문이다.

이현은 아침과 낮에는 무술을 익히고, 저녁에는 가상현실 게임에 대해서 공부했다.

어떤 게임이 가장 많은 이용자를 보유하고 있는지, 게임 시스템은 어떤지에 대해서 철저하게 분석했다.

직업들이나 도시, 기술 등은 분석표를 만들어 벽마다 붙여 놓을 정도였다.

이현의 방은 기록된 종이들로 도배가 되다시피 했다.

1년.

이현이 무술을 익히고 가상현실 게임에 대해서 공부한 1년이라는 시간은 준비의 기간이기도 했지만 〈로열 로드〉의 행보를 지켜본 시간이기도 했다.

가상현실 게임계는 결국 〈로열 로드〉가 이름처럼 황제의 길을 걸으며 평정을 했다.

전 세계 게임 시장의 점유율 75% 이상.

한국 게이머들은 9할 이상이 〈로열 로드〉를 하고 있었다. 거의 예정된 수순이라고 할 수 있었다.

특히 왕들의 전쟁이 있는 날의 시청률은 다른 지상파 프로그램들을 압도할 지경이 되었다.

게임 하나만으로도 명예와 권력, 돈을 가질 수 있는 세상이 온 것이다.

〈로열 로드〉의 독창적인 시스템과 가상현실이 맞물려 이뤄낸 결과였다.

"좋아. 모든 게 나의 계획대로군."

이현의 차가운 눈이 모니터를 주시했다.

그날 1천만 원이라는 거금을 써서 〈로열 로드〉에 접속할 수 있는 캡슐을 구매했다.

눈물이 찔끔 나올 정도로 아까웠지만, 투자였다.

모든 준비를 끝냈다. 승부의 시작이다.

전쟁터로 나가는 병사의 기분마저 들었다.

〈로열 로드〉에 접속하시겠습니까?	예 | 아니요

안내 메시지가 나왔을 때, 이현은 망설이지 않고 '예!'라고 외쳤다.

독종의 등장

—홍채와 혈관 스캔 결과, 등록되지 않은 사용자입니다. 신규 계정을 생성하시겠습니까?

접속하고 맨 처음 들은 것은 누군가가 건넨 말이었다.

이현은 주위에서 누가 말을 걸었는지 찾아보려고 했지만 아무도 없었다. 우주의 한 공간. 그때야 캐릭터를 생성하는 과정이란 것을 깨달았다.

"예!"

—캐릭터의 이름을 정해 주······.

"위드."

잡초라는 뜻이다.

이현에게는 가장 어울리는 이름이라고 할 수 있었다.

—캐릭터의 성별로는 남자와 여자 그리고 중성 인간이······.

"남자!"

—〈로열 로드〉의 종족 구성은 총 49가지로 이루어져 있습니다. 사용자

분은 초기 29가지 중······.

"인간!"

─외모의 변환은······.

"지금 이대로."

─계정이 생성되었습니다. 능력치의 성장과 직업은 직접 플레이를 하면서 정하는 것으로······.

"통과!"

─시작하실 왕국과 도시를 정할 수 있습니다.

"로자임 왕국. 세라보그 성!"

─즐거운 〈로열 로드〉를······.

"통과!"

이현은 1초도 아까워서, 설명을 듣지도 않고 미리 준비했던 계획대로 확정을 지었다. 1달 이용료만 무려 30만 원이 넘는 고액의 게임인 것이다.

〈로열 로드〉에는 100여 개의 대형 성과 수천 개가 넘는 마을이 있었다. 처음 게임을 하는 사람은 수도나, 그에 버금가는 큰 성에서 시작하게 된다.

위드도 마찬가지였다.

파아앗.

빛과 함께 그가 나타난 곳은 로자임 왕국의 세라보그 성.

"여긴······."

서울 도심의 한복판이라고 착각할 정도로 수많은 사람들이 보였다.

"여기가 어디지? 세상에 어떻게 이런 일이!"

위드는 놀라서 주위를 둘러보았다. 믿기지가 않았다.

사람들이 흥정을 하고 떠드는 소리가 귓가에 그대로 들린다. 보이는 풍경은 실제와 똑같고, 사람들 역시 바쁘게 움직이고 있었다.

땅을 밟고 있는 다리를 내려다보았다. 조금도 현실과 다를 바가 없었다.

멍하니 서 있는 그를 스쳐 지나가는 사람들.

"저것 봐. 초보인가 봐."

"가상현실 게임을 처음 하는 사람인가 본데?"

주위의 유저들이 한마디씩 내뱉었다.

그제야 위드는 정신을 차렸다.

'그래. 여기는 〈로열 로드〉. 가상현실의 세상. 그리고 내 직장이다.'

아무리 가상현실에 대해 많은 공부를 했고 게임 시스템을 연구했어도, 처음은 처음인 것이다.

일시적으로 혼란에 빠졌지만 금방 진정이 되었다.

차이점도 눈에 띄었다. 감각 등은 현실과 다를 바가 없었지만, 주변의 인간들은 정장이 아닌 갑옷과 레더 아머를 입고 있었다.

위드가 시작한 곳 주변에는 지도와 로자임 왕국에 대한 설명 그리고 기본적인 인터페이스 등의 안내판들이 보였다.

위드는 주먹을 불끈 쥐었다.

'이제부터 시작이다!'

그리고 체조를 시작했다. 앉았다 일어서기부터 제자리 뛰기, 앞구르기, 발차기와 정권 찌르기 등을 연습했다.

허리도 돌려 보고, 관절과 관절 등도 꼼꼼히 체크했다. 손가락과 발가락을 꼼지락거리고 목도 이리저리 꺾어 보았다.

주변에서 다른 사람들이 보고 있으니 창피함이 밀려왔지만 꿋꿋하게 이겨 냈다.

"근데 저 사람 뭐 하는 거지?"

"가상현실 게임을 처음 하는 사람이라서 몸을 움직여 보나 봐."

"아, 그렇구나. 그런데 왜 이렇게 사람들이 많은 장소에서 하는 거야."

그 순간, 참아 왔던 수치심이 한꺼번에 밀려들었다.

생판 모르는 사람들 앞에서 이 무슨 생난리를 쳤단 말인가.

'젠장!'

위드는 급히 그곳을 떠나 다른 곳으로 향했다.

〈로열 로드〉에서는 막 시작한 유저들이 도시를 현실 시간으로 일주일간 벗어나지 못한다.

현실과의 시차 때문에 게임 시간으로는 4주!

유저들은 기초적인 퀘스트를 하거나, 쉽게 익힐 수 있는 재봉이나 대장 기술, 요리 등의 생산 기술을 배우는 경우가 많은 편이었다. 자유도가 지나치다고 해도 좋을 정도로 높은 게임이고 아직까지 고위급 인사들은 전부 유저가 아닌 NPC들이니 인맥 형성이 중요했다.

도서관이나 상점 등에서 일하며 돈을 버는 사람들도 많았다.

광장의 주변은 거래를 하기 위해 좌판을 벌인 이들로 가득했고, 모험을 원하는 파티들이 결성되는 곳이기도 했다.

무심히 그들을 지켜본 위드는 주저하지 않고 수련관으로 향했다.

수련관은 누구나 마음껏 이용할 수 있는 장소로, 대다수의 유저들이 새로운 스킬을 배웠을 때 몸에 익게 하기 위해 들르는 곳이었다.

위드처럼 캐릭터를 생성하자마자 수련관에 찾아가는 사람은 아무도 없었다.

당장 자신이 속한 왕국과 도시에 관심이 가기도 하고, 수련관에서 하는 수련이라는 게 사실 딱히 효과가 있는 것이 아니었기 때문이다.

교관은 문을 넘어서 들어오는 위드를 보며 눈을 부라렸다.

"막 베르사 대륙에 들어온 초보로 보이는군."

"예."

위드는 짤막하게 대답했다. 첫날부터 사람들 앞에서 창피한 일을 했기에 기분이 영 좋지 않았다.

"후후. 몬스터들을 잡기 위해서는 검술 훈련이 필수적이지. 안내가 필요한가? 아무거나 비어 있는 허수아비를 치면 되네. 목검은 허수아비 앞에 놓여 있고, 무료로 제공되는 것이야."

"그걸로 충분합니다. 안내는 필요 없습니다."

"열심히 해 보게."

위드는 목검을 잡고 가장 구석에 있는 허수아비 앞으로 다가갔다. 그리고 허수아비를 후려치기 시작했다.

한 번, 두 번, 세 번…….

목검이 주는 무게감과 미묘한 타격감이 점차로 손에 익기 시작했다.

〈로열 로드〉에서는 막 게임을 시작한 4주 동안 레벨이 오르지 않는다. 성문을 나가서 사냥을 할 수 없기 때문이다.

주로 퀘스트를 하면서 공적치를 쌓거나 돈을 벌고, 인맥을 형성하는 게 일반적이었다.

하지만 위드는 묵묵히 목검으로 허수아비만 때렸다.

세라보그 성에는 약 1천 개의 허수아비가 있고, 벽에는 마음껏 꺼내 쓸 수 있는 목검들이 마련되어 있었다.

평상시에도 기술을 시험하기 위해서 많은 사람들이 들락날락거렸다.

그런데 오늘은 그들 모두가 한곳을 보고 있었다.

'독종이다.'

'지독해.'

'인간이 어쩌면 저럴 수가 있을까.'

위드는 땀에 흠뻑 젖어 있었다.

기본으로 주어지는 흰 셔츠와 바지가 땀에 절어 몸에 달라붙었다. 그럼에도 쉬지 않고 목검으로 허수아비를 두들긴다.

> 힘이 1 상승하였습니다.

허수아비를 6시간째 두들겼을 때, 반가운 소식이 있었다. 위드는 목검을 쥔 손에 조금 더 힘이 들어가는 것을 느꼈다.

"스탯 창."

위드가 허수아비를 가격하며 중얼거렸다.

캐릭터 이름: 위드		
성향: 무		레벨: 1
직업: 무직		칭호: 없음
명성: 0	생명력: 100	마나: 100
힘: 11	민첩: 10	체력: 10
지혜: 10	지력: 10	통솔력: 5
행운: 5	공격력: 3	방어력: 0
마법 저항: 무		

캐릭터 자체가 빈약해서 별로 볼 것도 없는 상태였다.

그로부터 5시간이 지났다.

체력이 1 상승하였습니다.

민첩이 1 상승하였습니다.

거의 동시에 2개의 능력치가 올랐다.

"휴우."

위드는 그제야 목검을 내려 두고 잠시 쉬었다. 아무것도 먹지 않고 거의 8시간 동안 허수아비를 때렸다.

육체적인 피로도 극심한 상태였지만, 목은 갈증으로 타들어가는 것만 같았고, 배가 등에 붙을 정도로 허기가 졌다.

"인벤토리."

정해진 명령어에 따라 위드의 눈앞에 소유하고 있는 물품들이 나타났다.

수통 1개와 빵 10개.

이게 전부다.

〈로열 로드〉에서는 나머지 필요한 게 있다면 전부 알아서 구해야 한다. 남들은 4주의 기간이 있으니 여유롭게 간단한 퀘스트를 하면서 돈을 벌겠지만 위드로서는 그 시간마저 아까웠다.

위드는 빵과 물을 꺼내서 조금씩 뜯어 먹었다. 음식을 먹으니 허기가 사라지고 포만감 수치가 올라갔다.

'대충 5시간에 한 번은 식사를 해야 하는군. 격렬하게 움직이면 더 빨리 식사를 해 주는 게 좋고. 하지만 지금의 나는 훈련 중이니까 구태여 포만감을 최고 수치로 올릴 필요는 없어. 그저 죽지 않을 정도면 된다.'

빠르게 식사를 마친 위드는 다시 목검을 쥐고 허수아비 앞에 섰다.

주변에 몰려 있던 관중이 신기하다는 듯이 한마디씩 했다.

"또 하려나 봐."

"미쳤어."

"무슨 증오심이라도 가지고 있는 것 같아."

"저 허수아비가 산산조각 날 때까지 때리려는 건 아닐까?"

이 순간 허수아비의 몸이 파르르 떨린 것은 다만 관중의 착각일까?

위드의 목검은 쉬지 않고 허수아비의 구석구석을 가격했다.

지켜보던 사람들은 다들 위드의 행동에 의문을 가졌다.

"대체 왜 저렇게 허수아비를 치는 거지?"

"별로 도움이 될 것도 없을 텐데……. 스킬을 올리기 위해서라면 허수아비보다는 차라리 필드에 나가서 토끼에게라도 쓰는 편이 나을 텐데요."

"저 모습을 좀 봐. 스킬을 쓴다기보다는 그저 막무가내로 허수아비를 두들기는 것으로밖에는 보이지 않는데……."

"설마 능력치의 성장?"

제법 화려해 보이는 갑옷을 입은 기사의 말에 사람들의 시선이 한꺼번에 쏠렸다.

"허수아비를 때리는 것만으로도 능력치가 오른다구요?"

"예? 아, 예. 그렇습니다."

플루토라는 이름의 기사였다.

그는 레벨이 꽤나 높은 상태였고, 평소에 많은 정보를 접했기에 위드의 행동에 대해서 가장 정확하게 추측하고 있는 사람이었다.

"그러면 힘들게 레벨을 올릴 필요 없이 허수아비만 때리면 되잖아요?"

체력을 크게 사용하면, 체력과 스태미나가 올라간다. 마법사가 마법을 많이 써도 지혜와 지력이 올라간다.

그러나 그 수치는 극도로 미미한 것이라서 레벨 업과는 비교가 되지 않았다.

몇 시간 동안 쉬지 않고 허수아비를 두들겨서 스탯 1이나 2 정도를 올릴 수 있을 뿐이다.

레벨을 올렸을 때 얻는 스탯의 개수가 5임을 감안하면 무모하기 짝이 없는 행동인 것이다.

"정말로 멍청한 짓이로군요."

플루토의 말을 들은 여자 마법사가 고개를 저었다. 하지만 플루토의 의견은 달랐다.

"좋은 방법입니다."

"네?"

"자신보다 레벨이 낮은 몬스터를 잡았을 때 경험치를 거의 얻지 못한다는 것은 아시죠?"

"물론요."

"그러니 레벨은 갈수록 올리기 힘들어지게 됩니다. 그러나 미리부터 저런 수련을 해서 힘을 올려 두면 사냥이 훨씬 쉬워지죠. 두고두고 효과를 발휘하는 방법입니다."

"방법을 알고 계시니 기사님도 그렇게 하셨겠네요? 아니, 그걸 알고 있다면 누구나 그렇게 하지 않을까요?"

"알지만 정작 실행할 수 없는 방법이라고 할까요. 다시 본래의 이야기로 돌아가 보죠. 혹시 10시간 동안 허수아비를 때려서 힘을 1 올리고 싶은 분이 계십니까?"

"……."

"허약한 허수아비로 올릴 수 있는 능력치에는 한계가 있습니다. 힘으로 따지면 대략 40 정도겠죠. 이걸 올리기 위해서 최소한 1달 동안 허수아비만 때릴 수 있는 사람이 있겠습니까? 인간이라면 지겨워서 하지 못합니다."

지켜보던 사람들은 다들 고개를 끄덕였다.

힘 40을 올리기 위해서 1달간 죽도록 허수아비만 두들겨야 한다면 차라리 그 시간에 좋은 장비를 구하고 말 것이다. 힘을 40 올려 주는 장비는 귀하긴 하지만 구할 수 없는 것도 아니니까 말이다.

"이것도 다 맨 처음 시작해서, 성 밖으로 나가지 못하는 사람들이나 쓸 수 있는 방법이죠. 한때 허수아비 때리기가 유행했던 적이 있긴 하지만, 그 유행이 사라진 이유는 얻을 수 있는 소득에 비해서 너무나도 지루하고 힘들었기 때문입니다."

위드는 주변에서 그를 가지고 뭐라고 떠드는 것을 알고 있었다. 그래서 가능하면 사람이 없는 곳에서 수련을 하고 싶었지만 성에서 나갈 수 없는 형편이다 보니 수련관에서 사람들의 시선을 끄는 것을 피할 수도 없었다.

'대체 뭐가 지루하고 힘들다는 거야.'

위드는 힘 있게 목검을 휘둘렀다.

조금씩 노력해서 캐릭터가 강해진다. 성장을 한다. 더 강한 몬스터를 잡는다. 더 많은 돈을 번다. 이것보다 재미있는 일은 위드의 인생에 없었다.

위드는 천성적인 노가다 체질인 것이다.

그런 위드를 교관이 무척이나 흐뭇한 시선으로 보고 있었다.

그 뒤로 3주가 흘렀다.

위드는 지독하다고 해도 좋을 정도로, 최소한의 취침 시간을 제외하면 매일 〈로열 로드〉에 접속했다.

이미 작정을 하고 체력부터 만든 상태였기 때문에 취침 시간도 하루에 4시간을 넘기지 않았다.

3주의 시간은 돌이켜 보면 위드로서도 지긋지긋하다고 말할 수 있을 정도였다.

한번 접속을 하면 80시간 동안 단조롭게 허수아비만 때리고 있었으니 제아무리 위드라고 해도 정신적으로 지치지 않을 수 없었다.

중간중간 그를 기쁘게 만드는 메시지 창들이 뜨지 않았더라면 견디지 못했으리라.

> 힘이 1 상승하였습니다.

> 민첩이 1 상승하였습니다.

> 스탯, 투지가 생성되었습니다.

> 스탯, 지구력이 생성되었습니다.

〈로열 로드〉에서는 기본적으로 주어진 스탯 외에도 필요에 따라 추가적으로 스탯이 생기기도 했다.

> **투지**
> 순간적인 괴력을 내기도 하고, 눈빛만으로 약한 몬스터들을 굴복시킨다. 스탯 포인트 분배가 불가능하며 캐릭터의 행동에 따라서 저절로 상승한다. 오랫동안 쉬지 않고 싸우거나, 아니면 자신보다 강한 적과 자주 싸울수록 빨리 늘어난다.

> **지구력**
> 체력과 스태미나의 손실을 줄여 준다. 스탯 포인트 분배가 불가능하며 캐릭터의 행동에 따라서 저절로 상승한다.

스킬과 관련된 메시지도 자주 나왔다.

현재 위드가 가지고 있는 스킬은 단 하나, 검술.

> 검술의 숙련도가 1 올랐습니다.

> 검술 스킬의 레벨이 올랐습니다. 3레벨이 되었습니다.
> 검의 파괴력이 130% 증가합니다. 공격 속도가 9% 빨라집니다.

위드는 이런 메시지들이 나올 때마다 속으로 은근히 기뻤다.

그러면서도 위드를 힘들게 한 것은 목표치를 채우지 못했다는 괴로움이었다.

3주간 허수아비를 때려서 올린 힘이 겨우 28. 민첩은 25를 올렸고, 체력은 22 정도가 늘었다.

'이대로라면 4주가 지나서 성을 나갈 수 있을 때에도 계속 허수아비에다 시간 낭비를 해야 돼.'

위드의 눈빛에 독기가 어렸다.

꼬르륵!

하지만 지금 당장은 너무나도 배가 고팠다.

스탯의 더딘 상승이 정신적인 괴로움을 주었다면, 가지고 있는 빵이 떨어져 간다는 현실적인 고뇌도 함께였다.

물이야 분수로 가서 수통에 가득 채워 오면 된다지만 빵은 돈을 주고 사야 하니까.

쿵쿵!

어디선가 맛있는 냄새가 난다.

목검만 휘두르던 위드는 힐끗 교관이 있는 곳을 보았다. 교관이 식사를 할 참인지 도시락을 꺼내고 있었다.

"헤헤. 교관님."

위드는 꼬리를 살랑살랑 흔드는 강아지처럼 교관에게 다가 갔다.

"위드 자네로군. 왜, 무슨 할 말이 있는가?"

"혼자 드시는 게 적적해 보여서 말동무라도 해 드리려고요."

꼬르륵.

배의 울부짖음을 모른 척하면서 위드는 태연하게 거짓말을 했다. 그러나 숙련된 교관의 눈을 속이진 못한다.

"배가 고픈 모양이군. 어서 앉게! 자네까지 먹을 수 있을 정 도로 충분히 가져왔으니 말이야."

"고맙습니다."

"뭘. 자네처럼 훌륭한 모험가와 음식을 나눌 수 있다는 건 나 로서도 큰 영광이지. 자네는 절대로 세라보그 성에 만족할 그 릇이 아니네. 나중에 가서 나를 잊으면 안 돼!"

"예, 교관님. 물론이지요."

위드는 살살 교관의 비위를 맞추어 주며 도시락을 얻어먹었 다. 궁상맞은 일이긴 하지만 이렇게 약간의 노력으로 식사를 해결할 수 있다면 좋았다.

인간의 비위를 맞추는 것도 아니고 인공지능을 가진 NPC에 게 몇 마디 친절하게 말해 주는 것이 뭐가 어렵겠는가.

3주간 허수아비를 치면서 올린 스탯도 있었지만, 교관과의 친밀도가 높아졌다는 부가적인 성과도 만만치 않았다.

위드가 한창 식사를 하고 있는데, 교관이 뜬금없는 한마디를 했다.

"그런데 위드, 자네는 조각술에 대해서 어찌 생각하나?"

조각술? 무슨 조각술?

위드는 밥알이 튀어나오지 않도록 꼭꼭 씹어서 목구멍으로 넘긴 다음에 물었다.

"조각술이라니요?"

"그냥 자네의 생각이 궁금하군. 평소에 어떻게 여기고 있는 지가 말이야."

그때부터 위드의 두뇌 회전은 수치적으로 환산하지는 못하지만 대략 5배 정도 빨라졌다.

'지금까지 본바, 이 교관의 성격은 단순하고 무식하다. 검이 무적인 줄 알고, 훈련장에서 땀방울을 쏟는 걸 최고로 알아. 그런 교관이 조각술에 대해 물어봤다는 것은?'

머릿속을 정리한 위드는 곧바로 눈을 찌푸렸다.

"교관님, 그게 무슨 말씀이십니까! 저는 검을 익히는 사람입니다. 지금 저에게 하찮은 조각술에 대해서 어찌 생각하느냐고 물으셨습니까? 무척 실망스럽군요. 전혀, 한 번도 생각해 본적이 없다고 대답하겠습니다."

평소라면 발끈할 만한 기분 나쁜 말투였는데 뜻밖에도 교관은 박수를 치며 기뻐하는 것이었다.

"역시 그렇지?"

"그렇습니다. 조각술 따위는 일고의 가치조차 없는 것입니다. 검술을 익히는 제가 왜 그런 것을 알아야 하겠습니까?"

"맞네, 위드. 나도 그렇게 생각해."

위드는 이 순간 보이지는 않아도 교관과의 친밀도가 한 단계 정도는 상승했으리라고 느꼈다.

이런 식으로 친해지는 것이다.

구태여 피를 흘리거나 시간과 돈을 처바르지 않아도, 기회가 생길 때마다 함께 무언가를 욕해 주면서 친해지면 아주 좋다.

그것으로 끝난 줄 알았는데 교관은 뒷머리를 슥슥 만지면서 말을 이어 나간다.

"그런데 조각술을 마스터한 자가 달빛을 조각했다는 소문이 있어서 말이야."

"설마요. 소문이 잘못된 것이겠지요. 무슨 조각술을 익혀서 달빛을 조각하겠습니까. 굴러다니는 돌멩이라면 모를까요."

위드는 신나게 맞장구를 쳐 주었다.

"그렇지? 그런데 나도 이걸 선배 교관님한테 들었어. 지금은 내궁 기사로 계신 멜리엄 님인데……."

조각술은 흔히 작은 나무토막을 다듬어서 장식품을 만드는 정도의 기술에 불과한 것으로 인식되고 있었다.

나중에 스킬이 향상되면 철 조각으로 암기류를 만들 수도 있다고는 하지만, 대체로 아무도 익히지 않는 사장된 기술의 하나였다.

"그래서 말인데, 나는 아무래도 조각술에 대한 의문이 드는군. 물론 우리의 검술을 능가하지는 못할 것 같지만 자네가 한번 알아봐 주겠는가? 내 자네라면 믿을 만하니 부탁하는 것일세. 부탁을 받아들여 주면 좋겠군."

그때 위드의 눈앞에 떠오른 메시지.

띠링!

　위드는 쾌재를 부르고 싶은 것을 간신히 참았다. 직감적으로 이 퀘스트는 매우 흔하지 않은 것임을 알 수 있었다.

　발동 조건이 까다롭기 그지없기 때문이었다. 수련관 교관과의 친밀도라니, 과연 누가 올릴 엄두나 나겠는가?

　웬만한 사람들은 찾아오지도 않는 장소가 수련관이었다. 스킬을 익히더라도 굳이 허수아비에다 사용해 볼 필요는 없는 것이고, 위드처럼 무식하게 스탯을 올리기 위해 발버둥 치는 사람도 많지 않았다.

　찾아보면 있기야 하겠지만, 위드는 3주 동안 거의 모든 시간을 허수아비하고만 보냈다. 이 정도로 집념이 강한 사람이 그렇게 많을까?

　게다가 교관과의 친밀도라니, 위드처럼 돈이 없어서 밥을 얻어먹기 위해 아부를 펼치며 다가가지 않는 한 여간해서는 올리기 쉽지 않은 것이었다.

　이 모든 조건을 충족시키고도 로자임 왕국의 세라보그 성 그리고 조각술에 대해 함께 욕을 하면서 맞장구쳐 줄 사람은 그야말로 위드뿐이라고 할 수 있었다.

　'마침 잘됐다. 그렇지 않아도 돈이 없어서 밥을 굶을 지경이

었는데. 난이도도 낮으니 쉽게 해결할 수 있겠지.'

위드의 고개가 위아래로 끄덕여졌다.

"물론입니다. 그런 허황된 소문을 믿지는 않지만, 달빛을 조각하는 방법이 무엇인지 제가 알아보도록 하겠습니다."

퀘스트를 수락하였습니다.

"그래 주면 고맙겠군. 자네가 이 일을 맡아 줄 거라 믿고 있었네. 우선은 성내의 조각 상점에 가서 정보를 수집해 보도록 하게나. 이것은 착수금이네."

그러면서 교관은 2실버를 주었다.

공복감을 채워 주는, 가장 맛없는 보리빵 1개가 3쿠퍼였다. 1실버가 100쿠퍼이니 위드는 착수금으로 66개나 되는 보리빵을 살 돈을 번 셈이었다.

물론 퀘스트를 완수한다면 추가 보상도 얼마든지 기대해 볼 수 있는 상황이다.

'좋았어! 이제 당분간 밥걱정은 안 해도 되겠군.'

굶주림에는 이미 이골이 나 있는 위드였지만, 그렇기 때문에 더욱 배를 곯는 게 싫었다.

교관의 의뢰

위드는 분수로 가서 수통에 물부터 채운 후에 조각 상점으로 향했다. 주변은 유저들로 북적거린다.

사실 위드에게는 이번이 첫 나들이라고 할 수 있었다.

"레벨 17 이상 성직자 구합니다."

"라소크 동굴 탐험하실 동료를 구하고 있어요."

거리에는 많은 사람들이 있었지만 위드에게 관심을 갖진 않았다. 흉갑도 없이 여행자 옷차림을 하고 돌아다니는 자체가 아직 성을 나갈 자격조차 안 된다는 의미였기 때문.

위드는 조각 상점 안으로 들어갔다.

로자임 왕국의 수도에는 수많은 상점들이 있는데, 그중에서도 조각 상점은 약간 특별한 위치에 속한다.

일반 모험가들은 대부분 조각 상점이 어디에 있는지도 기억하지 못한다. 알 필요가 없기 때문이다. 조각 기술을 익힌 유저들도 거의 없기에 잘 찾지도 않는 곳이다.

그러나 조각 상점은 귀금속 상점과 함께 수도의 중앙 거리에 있었다. 귀족 부인들이 자주 이용하는 장소였던 것이다.

딸랑.

"어서 오십… 무슨 일인가?"

가게 주인은 부드러운 미소로 맞이하려다가 위드의 차림새를 보고 금방 말을 바꾸었다.

위드가 주위를 휘휘 둘러보니 그 외에 다른 손님은 한 명도 보이지 않았다.

무기점이나 잡화점은 사람들로 미어터질 수도 있지만 조각 상점에는 찾아오는 사람이 몇 명 되지 않는다.

그래도 하루의 거래 금액으로만 따지고 보면 절대로 무기점에 뒤지지 않는 것이 조각 상점이다.

그만큼 한 번에 고가의 물건이 팔린다는 뜻이다.

위드는 옷깃을 여민 다음에 조심스럽게 물었다.

"여쭈어볼 게 있어서 이렇게 찾아오게 되었습니다."

"내게 질문을 하겠다고?"

"예. 그렇습니다. 궁금한 게 있어서……."

"지금은 바쁘니 나중에 오게."

가게 주인은 매우 귀찮다는 투였다. 위드의 명성은 0이고 친밀도 역시 전혀 없기 때문에 벌어지는 일이었다.

위드는 화를 내지 않고 싱긋 웃었다.

"예. 그럼 다음에 오도록 하겠습니다."

"잘 가게."

위드는 천천히 다시 문가로 다가갔다. 그러면서 우연인 듯

장식되어 있는 조각품들을 보았다.

"호오."

탄성을 내질렀다.

"정말로 웅장한 조각품이로군요. 이건 로자임 왕실에 납품하는 것인가요?"

가게 주인으로서는 위드가 왜 그러나 신경이 쓰이지 않을 수 없었다.

"어떤 것 말인가?"

"이 황금으로 된 쌍두독수리 말입니다. 누가 만든 것인지 몰라도 정말로 뛰어난 세공 솜씨입니다. 위엄이 흘러넘치는군요. 진짜 살아 있는 것 같은 물건인데, 역시 여기에 와 보길 잘했습니다. 이 상점이야말로 이런 수준의 물건을 취급할 수 있겠죠. 제 부족한 안목을 탁 틔워 주는 것만 같네요."

가게 주인의 입가에 절로 미소가 감돌았다.

"자네, 조각술에 관심이 있나?"

"제가 어찌 감히……. 그저 뛰어난 조각품들을 보면서 마음의 평화를 느끼고, 조각품에 담긴 웅대한 기상을 조금이라도 닮을 수 있으면 하는 바람뿐입니다."

"이리 와서 앉게. 마침 심심하던 차였는데 자네와는 이야기가 통할 것 같군."

"감사합니다."

"차라도 들겠는가?"

"기왕이면 시원한 꿀물로……. 혹시 없으시다면 냉수라도 좋습니다."

"아니네! 당연히 있지."

위드는 주인이 타 온 꿀물을 마시며 지난 3주간 누적된 피로를 조금 풀 수 있었다.

"그래, 무엇이 궁금해서 나를 찾아왔나?"

"아. 그런데 먼저 진열된 조각품들을 잠시 구경이라도 할 수 있을까요? 어르신을 찾아온 용건은 물론 있지만 이렇게 뛰어난 예술 작품들을 곁에 두고 제대로 살펴보지도 못하다니 너무 서운해서 그럽니다."

"보고 싶다면 얼마든지 봐야지. 훌륭한 조각품들이 존재하는 이유가 그 가치를 알아주는 사람들의 안목을 즐겁게 해 주기 위함이 아니겠는가?"

가게 주인은 흡족한 미소를 지으며 허락했다. 모르긴 해도 약간의 친밀도가 상승했으리라.

위드가 쓴 방법은 아무 곳에나 적용할 수 있는 것은 아니었다. 조각 상점처럼 찾아오는 손님이 드물고 사람들의 시선에서 벗어나 한적한 시간을 보내는 곳에서나 써야지, 번잡한 잡화상에서 물건들을 구경하자고 하면 쫓겨나기 십상이다.

위드는 진열대에 있는 조각품들을 느긋하게 감상했다. 그러나 목적은 따로 있었다.

'큰돈 벌긴 힘들겠어. 조각술.'

조각품들은 값에 따라 비싼 것은 30실버까지였다.

돌멩이나 희귀한 나무 같은 재료로 아름다운 조각품을 만들었는데, 아무리 기술이 뛰어나다고 해도 재료 자체가 그리 비싼 물건들이 아니었다.

정말 거대한 동상을 세우면 제법 쏠쏠한 돈을 만질 것 같지만 그런 일은 흔히 있는 게 아니었다.

매년 새로운 동상을 만들려고 하는 귀족은 없는 법이다.

또한 조각술로 대성하기 위해서는 하나의 정점에 올라야 한다. 경쟁이 치열하지 않은 만큼 조각술의 대가가 되기는 그렇게 어렵지 않으리라.

하지만 시장성이 없다.

지금도 그렇지만 미래에 정말로 큰돈을 벌 수 있는 건 역시 유저들을 상대로 한 장사였다. 유저들은 계속해서 레벨이 오르고 좋은 장비를 필요로 하기 때문이다.

무기류나 갑옷, 혹은 마법 부여 아이템을 잘 만들면 돈이 되겠지만 조각품은 아무리 시간이 지나도 유저들이 그다지 필요로 하지 않을 것이다.

'시간 낭비, 돈 낭비.'

위드가 게임을 하는 첫 번째 목적은 어디까지나 돈이다. 위드는 진열대를 둘러보면서 조각술에 대한 생각을 정리했다.

'돈 안 되는 기술!'

위드는 다시 가게 주인 앞에 앉았다.

"그래, 무엇이 궁금한가?"

"예. 꽤 오래된 과거입니다. 50년 전에 왕실에서 누가 달빛을 조각했다고 하더군요. 소문의 진위를 알고 싶습니다."

"그 일 말인가. 조각사들 사이에는 전설로 내려오는 이야기지. 나도 왕실의 손님들을 통해 들었다네."

위드는 달빛은 조각할 수 없는 것이라고 생각했다. 그래서 당연히 헛소문으로 여겼는데, 수련관의 교관이 들었다는 이야기를 조각 상점의 주인도 알고 있었다.

왕실에 나타났다는 의문의 조각사 퀘스트 완료

교관이 들은 소문은 진실이었다. 조각사는 달빛을 조각했고, 이는 수도의 사람들에게 암암리에 알려져 있었다. 하지만 그가 무엇을 위해 달빛을 조각했는지는 아무도 알지 못했다.

퀘스트 보상은 교관에게 직접 받으십시오.

위드는 씩 미소를 지었다.

난이도가 낮은 만큼 역시나 간단한 의뢰였다. 사실 가게 주인과의 친밀도를 올리지 못했더라면 고전을 면치 못했을 퀘스트이기도 했다. 이제 수련관으로 돌아가면 교관으로부터 보상을 받을 수 있다.

위드가 슬슬 작별 인사를 하고 일어서려는데, 가게 주인은 골똘히 생각에 잠겨 있다가 입을 열었다.

"그런데… 나도 어떤 식으로 그가 달빛을 조각했는지는 듣지 못했군."

"왕실의 손님들이 알려 주지 않았습니까?"

"음, 그 부분만은 잘 말해 주지 않았어. 이베인 왕비님과 관련된 일이라면서 극구 말을 삼가더군. 이건 내 호기심인데, 자네가 혹시 그 사실을 알아다 줄 수 있겠는가?"

위드의 주먹이 부르르 떨렸다.

'이것. 연계 퀘스트다!'

비록 난이도는 무척이나 낮지만 퀘스트가 하나로 끝나지 않을 때는 보상의 수준이 대폭 달라진다.

물론 단계별로 난이도가 높아지기 때문에 여러 차례 이어진 연계 퀘스트의 경우, 도저히 위드의 현재 레벨로는 해결할 수 없는 것이 될 가능성이 높았다.

사람들에게 묻고 정보를 수집하는 정도의 퀘스트만이 현재 위드가 할 수 있는 수준이었다.

"제 실력이 부족한데, 의뢰를 받아들일 수 있을지 모르겠습니다."

"아닐세. 조심성만 있으면 되니 그리 힘들진 않을 것이네."

"그럼 받아들이겠습니다."

퀘스트를 수락하였습니다.

"고맙네. 아마도 왕비님과 관련된 일은 음유시인들에게 물어보면 알 수 있을 거야. 다만, 조심하게. 이 일은 극도로 위험한 것이니까. 절대로 왕실의 명예를 추락시키는 사태가 발생해서는 안 돼."

위드는 콧노래가 나오는 것을 참으며 곧장 주점으로 향했다.

"어서 오세요."

여종업원의 인사를 뒤로한 채, 눈으로 음유시인을 찾았다.

음유시인을 찾는 데에도 몇 개의 조건이 있었다.

우선, 유저인 음유시인을 찾아서는 안 된다. 유저가 50년 전에 왕실에서 있었던 일을 알 리가 만무하기 때문이다.

또한, 로자임 왕국 출신으로 기왕이면 나이 든 음유시인을 찾는 편이 좋다. 노래 실력이야 어떻든 아는 건 많을 테니까.

위드는 몇 곳의 주점을 돌아 원하는 음유시인을 찾을 수 있었다.

40대 정도 되어 보이는 중년의 음유시인이었다. 멋지고 화려함과는 거리가 먼, 아저씨 음유시인.

위드는 박수를 치면서 그에게 다가갔다.

"노래 잘 들었습니다. 실례지만 몇 가지 묻고 싶은 것이 있는데……. 로자임 왕국의 왕실에서 50년 전에 벌어졌던 일을 혹시 알고 계십니까?"

음유시인의 손바닥이 내밀어졌다.

그 뜻을 모를 리가 없는 위드였다.

위드의 이마가 살포시 찌푸려짐과 동시에 입이 반사적으로 움직였다. 절대로 이런 곳에서 돈을 낭비할 수 없다는 막중한 책임감을 가지고.

"목소리가 참 아름다우시더군요. 직접 작사와 작곡까지 하신 노래 같던데 말입니다. 악기도 정말로 잘 다루시고……."

"……."

"젊었을 때는 참 많은 여자들의 가슴을 설레게 하셨을 것 같습니다. 물론 지금도 세라보그 성 여인들의 수많은 프러포즈를 받고 계시리라 믿습니다만……. 역시 음유시인은 모험과 낭만이죠. 저 역시 낭만을 좋아합니다."

손바닥은 치워지지 않았다.

대신, 음유시인이 한마디를 했다.

"그런 얘기는 많이 들어서 이제는 지겨워. 돈이나 내놔. 아니면 그냥 가든지."

위드는 갈등했다.

의뢰를 중간에 포기해 버려? 어차피 포기한다고 페널티가 있는 의뢰도 아니다.

하지만 어떤 보상이 떨어질지 모르는데 이대로 포기한다는 것은 아깝다.

위드의 손이 주머니 안으로 들어가서 동전을 꺼냈다. 그리고 곧바로 위드는 자신의 실책을 깨달았다.

'2실버.'

가지고 있었던 돈은 은화 2개. 바로 교관에게 퀘스트의 착수금으로 받은 돈 전부다.

한데 음유시인이 위드의 손바닥에서 은화 하나를 잽싸게 집어 갔다.

미리 환전을 해 두지 않은 기초적인 실수였다.

'내가 이런 실수를 하다니!'

안타까움과 슬픔으로 위드의 몸이 부르르 떨렸다.

"흠흠, 이건 비밀이니 자네만 알고 있게. 본래 이베인 왕비님과 조각사는 어릴 때부터 아주 절친한 사이였다네."

"절친한 사이라면……?"

"남자와 여자가 절친한 사이라면 하나뿐이지. 바로 연인이었다는 뜻이네."

"그랬군요."

이제야 소문을 캔다는 사실이 왕실에 알려져서는 안 되는 이유를 알 수 있었다.

전 왕비와 관련이 된 일이니 왕실의 명예를 지키기 위해서라도 입막음을 하리라.

음유시인은 주위를 둘러보며 조심스럽게 말을 이었다.

"둘은 한 마을에 살면서 상대를 가슴에 품고 성장했네. 소년의 이름은 자하브. 소녀는 어릴 때부터 그가 조각해 주는 물건들을 가지고 다녔지. 그의 아내가 될 것이라는 꿈과 함께. 하지만 얄궂은 운명의 탓인지 소녀는 왕비가 되었고, 소년은 길을 떠났네. 그래도 둘 사이에는 하나의 약속이 있었지."

"어떤 약속입니까?"

"소년이 소녀에게 지상에서 가장 아름다운 조각을 해 주겠다고 한 약속."

"그 약속은 지켜지지 않았겠군요. 왕비에게는 아름다운 조각품들이 수도 없이 많았을 테니 말입니다."

"아니, 지켜졌네. 자하브가 왕궁의 손님으로 찾아왔거든. 그가 만든 조각품을 보며 왕비는 지상에서 가장 아름다운 것이라고 감동했다는 이야기가 있네."

"대체 어떤 조각품을 왕비님에게 보여 주었답니까? 왕비님 정도 되는 분이라면 어지간한 조각품으로는 눈에도 차지 않았을 텐데요."

"나머지 이야기는 바로 그날, 그 자리에 있었던 시녀에게 듣게. 나 역시 소문으로만 들은 것이라서 정확하지 않네."

"그 일을 목격했던 시녀가 아직 살아 있습니까?"

"그렇다네."

음유시인은 위드에게 시녀가 사는 집을 알려 주었다.

위드는 시녀에게 찾아갔다. 그녀는 세월이 흘러 무척 늙어 있었고, 위드가 조각사와 이베인 왕비의 이야기를 해 주자 반가워했다.

"이베인 왕비님은 참 현숙하고 기품이 넘치는 분이셨지요. 그때의 일이 알고 싶으시다구요."

"예, 그렇습니다."

"저는 당시에 왕비님을 모시고 있어서 잘 말씀드릴 수 있겠네요. 왕궁으로 찾아온 자하브 님을 왕비님은 미워하셨습니다."

"어째서요?"

"약속 때문이었지요. 그 두 분은 어릴 때에 약속을 하셨답니다. 자하브 님이 지상에서 가장 아름다운 조각을 해 주겠다고 약속하신 거예요. 하지만 자하브 님은 조각칼이 아닌 검을 들고 나타나셨습니다. 누가 보아도 검술을 수련한 검사의 모습이었지요. 그때 이베인 왕비님의 상심은 이루 말할 수 없었답니다. 세상이 다 변하더라도 영원히 변하지 않을 분이 자하브 님이라고 믿고 계셨고, 또한 두 분의 약속은 그만큼 신성한 것이었기에."

"……."

"그 무렵, 인접한 브렌트 왕국에서 암살자들을 대거 파견했습니다. 우리 로자임 왕국을 집어삼키려는 야욕을 드러낸 것인데, 그 암살자들이 정원에서 왕비님과 국왕 폐하를 습격했을 때에는 얼마나 놀랐는지 모릅니다."

"무척 간악한 놈들이군요!"

"네, 그래요. 왕실 기사들은 함정에 빠져서 그자들을 막을 수 없었고, 우리는 영락없이 죽을 것만 같았지요. 그때 자하브 님이 정원에 나타났습니다. 한창 싸움이 벌어지는 한복판에요. 왕비님은 위험하니 어서 도망치라고 하셨지만 자하브 님은 미소만 지으셨답니다."

"그토록 위험한 곳에서 미소를요?"

"그러면서 말씀하셨지요. 이제 자신이 만든 지상에서 가장 아름다운 조각품을 보여 주겠다고. 놀랍게도 자하브 님의 검 앞에서 달빛이 산산이 부서졌습니다. 그 아름다움이란 정말로 충격적이었답니다. 자하브 님은 달빛을 조각하며 노래를 부르셨어요. 제대로 가사가 기억나지는 않지만 '조각사의 마음'이라는 노래였던 것 같습니다. 노래를 들으며 왕비님은 눈물을 흘리셨습니다. 그분이 본 정말로 가장 아름다운 조각품이었던 거지요. 자하브 님이 하찮은 나뭇조각에 이름을 새겨 왔더라도 세상에서 가장 아름다운 조각품으로 여기셨을 왕비님이지만, 자하브 님이 조각을 하던 그 광경은 진실로 아름다웠습니다. 암살자들은 그 광경을 보며 도망쳤고 자하브 님은 약속을 지켰습니다. 저는 오랜 시간이 지났지만 그 감동적인 광경을 잊지 못합니다."

그리고 위드의 눈앞에 알 수 없는 영상이 스쳐 지나갔다.

사각사각.

소년의 손은 작은 조각칼을 쥐고 있었다.

조각칼이 매끄럽게 움직일 때마다 나뭇조각은 점차 형상을 갖추어 간다.

아마도 여인을 조각하는 것인 듯했다.

작고 예쁜 여인.

소년의 손놀림에 의해 나뭇조각에는 생기가 부여되었다.

그 모습을 소녀가 붉게 달아오른 얼굴로 보고 있었다.

조각칼을 놀리는 소년의 손 그리고 진지한 눈빛.

소녀는 모든 것을 사랑했다.

이윽고 소년이 완성된 조각을 내밀었다. 그것은 소녀와 너무나도 닮아 있었다.

"지금은 나무밖에 조각할 수 없지만, 언젠가 너를 위해서 지상에서 가장 아름다운 조각을 해 줄게."

"그래, 자하브. 그날을 기다릴게."

소년과 소녀는 두 손을 쥐며 약속했다.

소녀는 성장할수록 점점 더 아름다워졌다.

그리고 마침내 국왕의 눈에 들어 왕비가 되었다. 하지만 소녀는 조금도 기쁘지 않았다.

달빛 조각사

자하브가 찾아온 그날도 마찬가지였다.

자하브는 조각칼이 아닌 검을 차고 있었다.

왕비는 혼자서 정원을 거닐며 격정을 이기지 못해 가시 많은 장미를 쥐었다. 그녀의 손바닥에서 붉은 피가 흘러나온다.

"왜 약속을 잊었나요. 당신과의 약속은 저의 전부였는데……."

왕비는 깊이 슬퍼했다.

그리고 그날, 암살자들이 왕궁을 습격했다.

평소 사이가 좋지 않던 인근의 브렌트 왕국에서 암살자들을 보낸 것이었다.

로자임 왕국의 기사들은 무력하게 스러져 갔다.

왕비와 국왕은 죽음을 두려워했다.

자하브는 검을 쥐었다.

그때부터 달빛이 춤을 추기 시작했다.

조각사의 과거 퀘스트 완료.
어린 소년과 소녀의 약속은 이루어졌다. 무르고 고고한 달빛이 산산이 부서지면서 암살자들을 퇴치했다. 달빛 조각사 자하브. 그의 조각술은 마스터의 경지에 올라 있었다.

레벨이 올랐습니다.

레벨이 올랐습니다.

한 번의 퀘스트로 무려 2나 되는 레벨이 올랐다.

그뿐이 아니었다.

위드에게 메시지 창이 떴다. 놀랍게도 그것은 직업을 가질 수 있는 전직 창이었다.

많은 유저들이 〈로열 로드〉 속에 숨겨진 직업을 찾기 위해서 동분서주하지만, 이렇게 숨겨진 직업을 발견한 사람은 그중 만 분의 일도 되지 않는다.

위드는 대답했다.

"거부합니다."

"거부합니다."

위드로서는 생각해 볼 가치도 없는 일이었다.

조각사는 나름대로 잘 키우면 꽤 재미있는 직업일지도 모른다. 그러나 위드에게는 돈이 잘되는 직업이 필요했다. 골방에 틀어박혀 팔리지도 않을 조각품을 만들어 내는 것은 별로 반가운 일이 아닌 것이다.

위드가 정신을 차리니, 늙은 시녀가 그를 바라보고 있었다.

"좋은 이야기를 들었습니다. 감사합니다."

"아니에요. 이렇게 그분들의 이야기를 할 수 있어서 저도 참

기뻤어요. 그래서 말인데… 작은 선물을 드리고 싶군요. 받아 주시겠어요?"

호의로 내놓는 선물을 거절하는 사람은 얼마나 독한 인간인 가! 위드는 주는 물건을 마다할 만큼 모질지 못했다. 선물이라 면 응당 고맙게 받아야 한다.

"감사히 받겠습니다."

늙은 시녀는 서랍의 가장 깊은 곳에서 작은 보따리에 담긴 물건을 꺼냈다.

그것은 오래된 작은 칼이었다.

"자하브 님이 쓰시던 조각칼이에요. 그분이 이베인 왕비님을 위해 남겨 두신 물건인데 제가 가지고 있었네요. 그리고 이것 은 자하브 님이 만드신 목조품. 이것들을 받아 주세요."

"잘 간직하겠습니다."

위드는 그녀로부터 두 가지의 물건을 건네받았다.

아이템, 조각칼을 습득하였습니다.

아이템, 자하브의 유물을 습득하였습니다.

자하브가 남긴 물건이라면 아마도 보통은 아닐 것이다. 목조 품은 한눈에도 고급스러워 보였다.

"자하브 님의 조각칼을 소중히 여겨 주시기를."

"알겠습니다."

위드는 팔면 꽤 큰돈이 될지도 모른다고 생각했다.

"그 목조품에는 자하브 님의 안식처가 담겨 있어요. 그분의 조각술이 이 세상에서 영영 묻히지 않았으면 좋겠네요."

"저도 그렇게 생각합니다."

"그때의 노래를 다시 들을 수만 있다면……. 그 조각칼에는 조각술에 대한 모든 게 숨어 있을 거예요."

"네?"

"자하브 님의 조각칼 말이에요."

늙은 시녀의 말을 듣고 조각칼을 보는 순간 위드는 떼어 내기 힘든 운명이 다가왔음을 직감했다.

자하브의 유지를 이어라

자하브는 그날 죽지 않았다. 자신의 조각술을 시험하기 위하여 멀고 먼 대륙으로 떠났다. 자하브가 그라페스 지역으로 떠났다는 이야기가 있다. 조각술을 완성한 다음, 자하브를 찾아 그에게 노래를 배우고, 돌아와서 늙은 시녀에게 들려주도록 하라.

난이도: A

제한: 늙은 시녀가 사망하기 전까지 완수해야 한다. 취소 불가능.

스킬, 물품 감정을 익혔습니다.

스킬, 조각술을 익혔습니다.

스킬, 수리를 익혔습니다.

패시브 스킬, 손재주가 생성됩니다.

4개의 스킬을 주는 난이도 A의 연계 퀘스트.

위드는 이것이 행운인지 불행인지 구분하기 힘들었다.

일단 자신의 직업이 아닌 스킬을 배우는 것은 굉장히 어렵다.

조각사로 전직하지 않고도 배운 감정 스킬이나 수리 등의 기술은 여러모로 도움이 될 것 같지만, A급 퀘스트는 현재 해결할 수 있을 만한 난이도가 아니었다.

유저들의 평균 레벨은 100 정도였다.

가장 레벨이 높은 사람들은 300대 초반.

300레벨의 유저들이 팀을 만들어서 해결할 수 있는 퀘스트의 난이도가 B 정도였다.

혼자서 하려면 레벨이 400 이상이 되기까지는 해결하지 못할 감당할 수 없는 퀘스트를 받아 버린 것이었다.

더군다나 그라페스 지역이라면 극악의 몬스터들이 들끓는 험지 중의 험지이다.

들어가면 틀림없이 죽는 대륙 10대 금역 중의 하나였던 것이다.

'곤란해, 이건.'

한 번에 저장해 둘 수 있는 퀘스트는 총 3개에 불과했다.

그중 하나가 '자하브의 유지를 이어라'가 되었으니, 이제 위드가 받을 수 있는 퀘스트는 2개뿐이다.

그러나 연계 퀘스트의 경우에는 어떤 보상이 뒤따를지 모른다. 2차에서 히든 클래스로 안내해 주는 퀘스트였다. 거절을 했어도 유용한 스킬을 4개나 알려 주었다. 중간 단계가 이 정도인데 만약 끝을 보았을 때의 성과는 어떨까?

위드는 굴러 들어온 복을 찰 만큼 바보가 아니었다.

물론 그 복이 언제쯤 어떤 식으로 현실화될지는 의문이었지만 말이다.

위드는 시녀에게 작별 인사를 하고, 조각 상점으로 돌아왔다.

"오, 일찍 알아다 주어서 고맙네. 역시 자네에게 일을 맡긴 건 올바른 판단이었어."

가게 주인은 의뢰에 대한 보상으로 3실버를 주었다.

음유시인에게 강탈당한 1실버를 복구하고도 2실버나 더 벌었다.

수련관으로 돌아와서는 교관으로부터 칭찬과 함께 1실버를 받았다. 위드가 벌어들인 돈은 이로써 총 5실버!

레벨도 2를 올려서 3이 되었다. 얻은 스탯들은 민첩과 힘에 골고루 투자했다.

'이참에 계속 퀘스트나 해 볼까?'

위드는 순간 유혹에 빠질 뻔했지만 다시 목검을 들었다.

이렇게 특정 대상에만 한정되는 퀘스트란 흔한 것이 아니었다. 그렇기 때문에 레벨에 비해서 큰 보상을 얻을 수 있었던 것이다.

무서운 위드

베르사 대륙의 역사는 약 10억 8천만 년 전으로 거슬러 올라간다.

인간과 엘프, 드워프와 오크 들이 서로 어울려서 살던 시절.

갓 태어나는 오크의 아이들을 받아 주는 것은 손재주가 뛰어난 드워프 여자였다.

태어난 오크들은 엘프 여자들이 이름을 지어 주었고, 인간은 깨끗하게 물로 씻겨 주었다.

네 종족은 서로 부족한 점을 보완하면서 살아왔다.

엘프들은 나무의 열매를 따고, 드워프들은 도구를 만들었으며, 인간들은 오크들과 함께 사냥감을 찾았다.

세상에는 막강한 몬스터들이 돌아다니니 연약한 네 종족은 서로 돕지 않으면 생존할 수가 없었다.

태어난 지 1~2년 만에 완전히 성장하는 오크들은 유능한 사냥꾼이었다.

천부적인 신력과 전투 본능 덕분으로 엘프와 인간을 먹여 살릴 수 있었다.

오크들은 명실상부한, 무리의 대장 역할을 수행했다.

그때만 하더라도 다른 종족들이 오크들의 번식과 전투 능력을 따라잡을 수 없었다.

그렇지만 인간들은 농경 기술을 개발하고 식량 생산을 도맡게 되자 오크의 지위를 넘보기 시작했다.

자연의 친화력 덕분에 정령술을 익힌 엘프들은 콧대가 높아져서 무지몽매한 오크들과 어울리려고 하지 않았다.

드워프들의 기술은 날로 발전하여 이제 그들의 무기가 있으면 오크들이 무섭지 않게 되었다.

네 종족은 반목하고 질시하던 가운데 각자 해체의 길을 걷기 시작한다.

인간들은 비옥한 토지가 있는 곳에 그들만의 왕국을 세웠다.

엘프들은 정령술이 가장 큰 위력을 발휘하고 생명 마법을 빠르게 익힐 수 있는 숲으로 들어갔다.

오크들은 마음껏 사냥을 하고 전투 본능을 발휘할 수 있는 산맥과 미개척지로 흩어졌다.

드워프들은 산에서 광물을 캐며 자신들만의 기술을 갈고닦았다.

필연적으로 인간과 오크는 식량을 놓고 싸우게 되었으며, 자연 자체를 이용하는 엘프와 드워프는 사이가 나빠졌다.

또, 드워프와 오크는 같은 영역에 존재하는 탓에 자주 분쟁을 겪게 되었다.

이것이 베르사 대륙의 역사.

알려지지 않은, 네 종족의 이야기였다.

세라보그 성에 명물이 탄생했다는 소식이 로자임 왕국 전역으로 퍼져 나갔다.

수련관에서 무려 4주째 묵묵히 허수아비를 상대로 목검만 휘두르고 있는 괴물!

위드는 오늘도 묵묵히 목검을 휘두르고 있었다. 허수아비를 향한 잔혹한 손질에는 조금도 사정이 담겨 있지 않았다.

쐐애액! 퍼억!

목검이 작렬할 때마다 둔중한 소리가 났다.

초창기에는 허수아비를 건드리는 정도에 족했는데, 힘과 민첩성이 꾸준히 올라서 제법 위력적으로 변한 목검이다.

"정말 유저일까?"

"인간으로 보기 힘들어."

"저 모습을 봐. 인간은 아닐 거야."

"그러면 NPC?"

"그것도 느닷없이 나타났다면······."

"퀘스트와 관련된 NPC다!"

유저들의 눈에 열기가 어리기 시작했다.

혹시 퀘스트와 관련된 NPC가 아닐까 싶어서 식량과 돈을 주는 호의를 베푸는 자들도 적지 않았다. 위드는 거지가 아니었기에 거절했지만, 유저들은 집요했다.

"그러지 말고 이것 좀······."

"혹시 좋아하시는 취향의 물건이 있으면 구해 오겠습니다."

"목검만 휘두르는 것보다는 진검이 아무래도 더 좋지요. 제게 롱 소드가 하나 있는데, 제법 쓸 만할 겁니다."

그들은 혹시라도 특별한 퀘스트를 줄지 모른다는 기대에 위드에게 들러붙었다.

사실 확신할 수는 없는 일이었다.

위드도 계속 NPC가 아니라고 부인했고, 수련에 방해가 되니 말을 그만 걸어 달라고까지 말했다.

그러나 그 모습에 유저들은 더더욱 깊은 신뢰를 가졌다.

'주는 선물도 받지 않는다.'

'하루 이틀도 아니고, 사람이 4주 동안 허수아비만 때릴 수는 없는 노릇이야.'

'특히 저 교관과의 친분은……!'

유저들을 하찮게 여기고 성가셔하던 교관이 유독 위드에게는 친근하게 굴면서 밥까지 나누어 먹을 정도였다.

사람들에게는 위드가 도저히 인간으로 보이지 않았다.

유저와 NPC를 구분하는 방법은 본인 스스로 드러내는 것뿐이다. 그런 이유로 인해서 위드는 사람들에게 많은 오해를 받았다.

몇몇 고위 레벨의 유저들은 위드의 목적을 명확하게 알았다. 힘과 스탯을 올리기 위한 노력. 고레벨 유저들은 다른 이유로 위드에게 친하게 다가왔다.

위드가 유저임을 알고서 일부러 접근한 것이다.

"우리 세력에 속하면 섭섭하지 않게 대접해 주지."

"레벨이 100이 될 때까지 지원을 아끼지 않겠네."

〈로열 로드〉에도 다른 게임들처럼 길드라는 개념이 존재하기는 하지만, 그보다 훨씬 더 큰 비중을 가지고 있는 게 있었다.

군왕!

고레벨의 유저를 보유하고 있는 세력들의 목적은 왕이 되는 것이었다.

베르사 대륙에 자신의 국가를 세우고, 지배하는 것이다.

각 국가의 성주들과 국왕들은 1달간 모인 세금을 기반으로 곡창이나 대장간 같은 시설들을 성안에 지을 수도 있으며, 자금을 풀어서 병사들도 양성할 수 있다.

얼마나 왕이 훌륭한 치세를 펼치느냐에 따라서 상업과 기술력이 발전한다. 기술력이 크게 발전한 곳에서는 무기점에서 나오는 무기도 다르고, 치안과 위생이 발달한 곳은 도시의 규모가 커진다.

각종 정책을 수립하고 타국과의 외교 관계를 형성하면서, 그야말로 최정점에 있는 왕의 영향력은 커질 수밖에 없다.

왕국들은 도시와 성을 발전시켜서 더 많은 국민들을 끌어들이고, 지배한다.

내정과 발전의 부분들만 있는 것은 아니다. 전쟁도 벌어진다. 각각의 왕들이 소집한 병사들이, 서로 지휘에 따라서 전투를 한다. 물론 누군가 전쟁을 걸었을 때의 이야기이다.

사람들은 자신들이 살고 있는 곳의 왕이 현명하기를 바란다. 그래야만 도시가 커지고 문물이 발전하면서 게임을 하기에 편해지기 때문이다.

하지만 그들의 제안조차도 위드는 전부 거절해 버렸다.

힘이 1 상승하였습니다.

민첩이 1 상승하였습니다.

체력이 1 상승하였습니다.

명성이 20 올랐습니다.

생명력이 100 올랐습니다.

도저히 멈추지 않을 것만 같던 위드의 목검이 딱 허공에 정지했다.

그리고 위드는 잠시 눈을 감았다.

'드디어 해냈다.'

게임 시간으로는 4주.

수련관에서 올릴 수 있는 능력치를 최대한 성장시켰다.

명성까지 오른 것은 약간 의외였지만, 당연히 나쁠 것이 없는 일이었다.

명성이 오르면 잡화점이나 무기점에서 물건을 조금 싸게 사고팔 수 있을뿐더러, NPC들을 상대할 때에도 여러모로 유리하다.

멀찌감치에서 흐뭇하게 지켜보고 있던 교관이 다가왔다.

"정말로 수고가 많았네, 위드."

"아닙니다."

"나는 자네가 이토록 잘해 줄 것이라고는 기대하지 않았어. 하지만 지금 모습을 보니, 정말로 대견하군."

"다 교관님 덕분입니다."

"허허허! 물론 그렇지만."

교관이 너털웃음을 짓는다.

위드는 그동안의 경험을 통해서 간단한 말 한마디가 얼마나 교관의 기분을 즐겁게 만드는지 잘 알고 있었다.

교관이 검 한 자루를 위드에게 건네었다.

"이건……?"

"자네 것이네. 기초 수련을 끝낸 수련생에게 주는 검이지."

"기초 수련……."

위드는 갑자기 묻고 싶은 게 생겼다.

수련관에서 목검을 휘두르는 것으로 스탯을 올릴 수 있음을 알게 된 것은 우연한 계기였다.

게임에 대한 웹사이트들을 뒤지던 중에, 몇몇 소규모 길드의 정보 창에 이와 같은 이야기가 나왔던 것이다.

위드는 본격적인 게임을 하기에 앞서 수련관에서 능력치를 최대한 상승시켰다.

여기에는 이유가 있었다.

확실히 많은 시간을 투자해서 스탯을 1씩 올리는 일은 비효율적으로 보일지도 모른다.

다른 사람들의 생각처럼 그 시간이면 스탯을 올려 주는 아이템을 구하는 게 더 빠를 수도 있기 때문이다.

그러나 아이템을 구하는 것과는 다르다. 차이가 틀림없이 있다.

스탯을 올리는 동안 운이 좋다면 좋은 아이템을 구할 수는 있겠지만, 본래의 스탯은 어떤 아이템을 착용하든지 그대로 남아 있다. 수련관에서 힘 40을 늘렸다면, 힘 50을 올려 주는 아이템을 찼을 경우 더욱 효과가 좋다는 뜻이다.

수련관에서 수련한 스탯들은 그대로 남기 때문에 위드에게는 두고두고 도움이 될 것이다.

위드는 한참을 생각하다 입을 열었다.

"혹시 제가 수련관에서 몇 번째로 기초 수련을 끝낸 사람인지 알고 계십니까?"

"여기서는 17번째네."

교관의 대답은 곧바로 나왔다. 그리고 교관이 덧붙였다.

"대륙은 넓어. 아마 각국의 수련관들을 다 합치면 기초 수련을 마친 이가 3,800명가량은 될걸. 그러나 위드 자네처럼 빠른 시간에 집중적으로 기초 수련을 끝낸 사람은 아직까지 한 명도 없었던 것으로 아네."

3,800명!

위드의 눈이 빛났다.

'결국 그들이 나의 경쟁자가 되겠지.'

위드의 질문은 계속되었다.

"여기가 기초 수련관이라고 하셨는데, 그다음 단계의 수련관도 있습니까?"

"확실히 있지."

"어디입니까?"

"위치는 나도 잘 모르겠네. 인연이 닿는 자들만 수련할 수 있는 곳이라고 들었지. 그곳의 수련은 기초 수련을 반드시 마친 자들에게만 자격이 생긴다네."

"알려 주셔서 고맙습니다, 교관님."

"아닐세."

이제 수련관에서의 용무는 끝났다. 막 뒤로 돌아서려는 위드를 교관이 붙잡았다.

"혹시 앞으로 할 일이 있는가?"

"예?"

"일주일 후에 리트바르 동굴로 가는 정벌대가 성에서 출발한다고 들었네. 내가 아는 녀석이 대장인데, 이름이 미발이라고 하지. 자네에게 딱히 할 일이 없다면 동참하는 게 어떻겠는가?"

리트바르 마굴의 몬스터 소탕전

로자임 왕국은 몇 년째 급증하는 몬스터로 인해 골머리를 앓고 있다. 현왕 시오데른은 이에 칙령을 발표하여, 왕국의 병사들에게 마굴을 탐색하고 몬스터들을 퇴치할 것을 명령했다. 교관의 친우인 미발은 요즘 명성을 날리고 있는 왕국 기사이다. 미발과 그의 병사들과 함께 리트바르 마굴의 몬스터들을 토벌하라.

난이도: E

제한: 사망 시 퀘스트 실패.

교관이 한 제안은 보통의 유저들이라면 매우 기쁘게 받아들일 만한 일감이었다.

왕국 군대에는 조직적이고 잘 단련된 병사들이 많았다.

일반 병사들의 레벨도 30 정도였고, 기사라면 150이 넘었다.

기사 중에서도 이름을 가진 기사는 소위 네임드의 수준, 유저들의 레벨 기준으로 100대 후반에서 200대 초반이었다.

이 정도 규모의 파티라면 웬만한 마굴은 정벌대가 무난하게 처리할 수 있었다. 아마 리트바르의 마굴 역시 마찬가지일 것이다.

위드가 사전에 조사해 본 바에 의하면 리트바르의 마굴에서는 레벨 20 정도의 코볼트에서부터 레벨 50대의 고블린들이 다수 출몰한다고 했다.

정벌대와 함께 사냥을 떠나서 전투에 참여하지 않더라도 살아남기만 한다면 실패하지 않을 퀘스트였다.

교관과 쌓아 놓은 친분이 없었더라면 받기 힘든 좋은 기회. 하지만 위드는 고개를 저었다.

"죄송합니다."

퀘스트를 거절하였습니다.

"왜 그러는가. 무슨 문제라도……?"

"아닙니다. 제가 아직 직업을 가지고 있지 않습니다."

"저런… 그랬군! 내가 마음이 너무 성급했던 것 같네. 다음에 언제라도 내키면 나를 찾아오게. 자네에게 맞는 의뢰가 있다면 알려 주도록 하겠네."

교관은 레벨이 200에 달할 뿐 아니라 스스로 키워 낸 병사들과의 소통 창구였다.

즉 로자임 왕국의 군대와 연락선이 된다는 뜻이다.

다만 그 수준이 낮아서 어느 정도 이상으로 끈이 닿기는 힘들었다.

그런데 교관이 은근하게 묻는다.

"자네, 무슨 직업으로 선택할지는 결정하였나?"

"아직 정하지 못했습니다. 직업소개소로 가서 저에게 맞는 직업을 추천받아 전직해야지요."

직업소개소.

그곳에서는 스탯과 기술에 따라서 적절한 직업을 정해 준다.

초반에는 대부분 올라간 스탯이 비슷해서 그에 맞는 전투형 직업이나, 아니면 상인, 생산직 직업으로 분류가 되는 게 보통이다.

아주 특별한 경우에 한해서만 히든 클래스, 소위 '숨겨진 직업'을 추천하기도 하지만 그 수는 그리 많지 않았다.

"자네니까 내가 말해 주는 것이네만……. 조각사 따위로 전직할 기회를 걷어차 버린 자네라면 믿을 수 있지. 혹시 조각사로 전직할 기회를 버린 걸 후회하고 있나?"

"그럴 리가요! 조각사라니, 거저 준다고 해도 싫습니다."

"흐흐. 그럼 이리 가까이 와 보게."

교관의 목소리가 아주 은밀해졌다. 위드의 귓가에 대고 속삭이듯이 말한다.

"이건 아무에게도 가르쳐 주지 않은 건데, 자네에게만 이야기해 주지."

위드는 오크처럼 생긴 교관의 입김이 얼굴에 닿자 소름이 돋았지만 묵묵히 참고 들었다.

"좋은 직업을 찾고 있다면 내가 방법을 하나 알려 주겠네. 자네, 현자 로드리아스 님을 아는가?"

"예, 알고 있습니다."

"그분에게 가 보게. 그분은 지혜의 별이라고 불릴 정도로 모르는 게 없으시다네. 자네에게 걸맞은 직업도 알려 주실 수 있을 거야. 직업소개소보다는 백배 나을걸. 다만……."

"……?"

"로드리아스 님은 괴짜라네. 어디로 튈지 모르는 분이지. 게다가 심술쟁이에 장난치기를 좋아하고 속이 아주 좁아."

"……."

"정상적인 방법으로는 그분에게 물어볼 수 없을 거야. 아마 대꾸도 안 하실걸. 하지만 이것을 드리면 자네의 청을 들어주실 거네."

이베인 왕비의 손수건을 획득하였습니다.

"감사합니다, 교관님."

"아니야, 이건 내 책임감 때문이기도 해. 웬만한 검사들은 달빛 조각사보다 못한 게 사실이니까. 부디 좋은 직업을 얻기 바라네. 그리고 로드리아스 님을 조심하게. 아주 치사한 분이니까, 분명한 약속을 받아 내기 전에는 절대로 자네의 요구 사항을 말하면 안 돼."

교관과 작별 인사를 하고, 수련관을 나가려는 위드에게 한 명의 거구가 다가왔다.

그의 이름은 파이톤. 거검을 든 전사였다.

"이제 떠나는가?"

"예."

"호오, 어디로 가려고?"

"직업을 구하고, 그다음에는 레벨을 올려야죠."

"자네라면 아주 빨리 올릴 수 있을 걸세. 내가 지금까지 게임을 해 오면서 자네만큼 독한 인간은 본 적이 없었거든! 나도 꽤나 지독하다고 자부하는 편이지만 자네는 찔러도 피 한 방울안 나올 인간이야!"

파이톤은 레벨 280대의 전사다. 그는 새로운 기술을 익히고 나서 수련관에서 기술을 실험해 보기 위해 찾아왔다.

그러나 수련관은 인파로 가득했다. 전부 위드를 구경하기 위해 모인 사람들이었다.

파이톤은 호기심이 많은 사내였다.

사람들은 위드를 NPC로 착각하기도 했지만, 그들의 틈에서 수련관에서 스탯을 올릴 수 있다는 말을 우연히 들었다.

그다음 날부터 파이톤도 위드의 옆자리에서 목검을 들고 허수아비를 후려 팼다.

거구의 파이톤에게서 나오는 박력이란 그야말로 장난이 아니었다.

몇 명의 유저들이 더 참가하기도 했지만, 파이톤 덕분에 위드는 사람들의 관심에서 약간 멀어질 수 있었다.

수련관에서 보낸 마지막 며칠 동안 파이톤은 위드가 대화를 나눈 유일한 유저였다.

"칭찬 감사합니다."

"아무튼 기대하겠네, 다음에 우리가 다시 만날 날을. 실망시

키진 않겠지?”

“실망하실 겁니다.”

“응?”

“자신의 무력함에 대해. 저는 상상보다도 더 독한 인간이니
까요.”

“푸하하하!”

파이톤이 통쾌하게 웃어 재꼈다.

레벨 280대라는 사실만으로도 그는 어디서든 대접받을 수
있는 강자 축에 속했다.

그런 그에게 이렇게 쏘아붙일 수 있는 위드가 너무나도 재미
있었던 것이다.

파이톤의 눈빛이 변했다. 조금 더 진지하게.

“정말로 기대하지.”

“그럼……．”

위드는 가볍게 작별 인사를 하고, 현자 로드리아스의 저택으
로 향했다.

‘대륙에 대해 모르는 것이 없다는 지혜의 별, 현자 로드리아
스. 그가 내가 가질 직업을 안내해 줄 것이다.’

✦

로드리아스의 저택은 세라보그 성의 북쪽 구역에 자리 잡고
있었다.

현자가 거주하는 곳이라서 그런지, 주변에는 병사들로 삼엄

한 경계가 펼쳐져 있다.

위드가 저택 앞으로 다가가자 병사들이 저지했다.

"무슨 일이냐!"

"현자님을 만나 뵙기 위해서 왔습니다. 여기, 수련관 교관님께서 맡기신 물건도 있습니다."

"안됐군. 너에게 사정이 있음은 알겠지만 현자님은 명성이 낮은 이들은 만나지 않는다."

병사들이 무심한 어조로 이야기했다.

"그렇지만 교관님께서 로드리아스 님에게 전해 달라는 물건을 제가 가지고 있습니다."

"그것은 우리가 알 바가 아니다. 자신에게 용무가 있다고 하여 국왕 폐하를 아무 때나 뵐 수 있느냐?"

"……."

대체로 왕이나 귀족들을 만나기 위해서는 어마어마한 지위를 가졌거나, 아니면 그만한 명성이 있어야 했다.

위드의 명성은 겨우 20. 현자의 저택에 들어가기에는 턱없이 낮은 수치인 것이다.

"저택으로 들어갈 방법이 없겠습니까?"

"우리도 수련관의 교관님은 잘 알고 있다. 한때 우리를 직접 교육시켜 주신 분이지. 그래도 너를 저택 안으로 들여보낼 수는 없다."

"그러면 저택 안으로 들어가지 않는 것은 괜찮겠지요?"

위드의 말에 병사들은 당혹스러워했다.

"무슨 말이냐?"

"그냥 이 거리에 앉아서 현자님이 나오실 때까지 기다리면 안 되겠습니까?"

"그건 상관없다."

병사들이 무심하게 말했다.

"거리는 누구나 이용할 수 있는 것."

위드는 가볍게 병사들을 향해 고개를 숙였다.

"허락해 주셔서 감사합니다."

"아니다. 다만……."

"예?"

"이것은 교관님과의 안면 때문에 이야기해 주는 것인데, 현자님께서는 며칠간 집 밖으로 나오시지 않을 때도 있다. 누군가 만나러 오면 더더욱 문을 걸어 잠그고 나오지 않으시는 분이지. 그래도 기다릴 텐가?"

유비는 제갈공명을 등용하기 위하여 세 번을 찾아갔다.

그 결과, 국가를 건설할 수 있는 원동력을 얻었다.

위드는 그 고사를 떠올리며 고개를 끄덕였다.

"그래도 기다리겠습니다."

그리고 저택 근처에 주저앉아서 현자가 나오기를 기다렸다.

가끔 병사들과 이야기를 나누기도 했는데, 의외로 교관이 유명한 인물임을 알게 되었다. 한때 기사를 꿈꾸었고, 지금도 기사가 되기에 충분한 인물.

그리고 어느덧 밤이 깊어지고 로드리아스의 저택에는 불이 꺼졌다.

'첫날부터 많은 걸 바라지도 않았다. 어차피 언젠가는 나올

테지.'

밤에는 로드리아스도 잠을 잘 것이니 굳이 지키고 있어 봐야 소용없었다.

위드는 저택 앞에서 철수하고, 성문 밖으로 향했다.

달이 떠오르는 밤에는 베르사 대륙의 몬스터들이 무서워진다. 1.5배의 위력으로 강해지고, 경험치는 30%가량을 더 준다. 그렇기 때문에 밤에는 각별히 주의해야 했다.

위드는 처음으로 세라보그 성 밖으로 나갔다.

넓게 펼쳐진 평원에서 사람들이 열심히 뛰어다니며 여우와 토끼, 너구리 등을 잡고 있었다. 이제 갓 베르사 대륙에 들어온 자들이 열심히 사냥을 하는 모습이었다.

위드도 그들 중 하나가 되어야 했다.

'무기로 쓸 만한 물건은……'

위드는 교관에게서 받은 철검을 꺼내 쥐었다.

"아이템 정보."

단단한 철검

일반적으로 사용하는 롱 소드 형태의 무기이다. 기초 수련을 마친 이들에게 수여하며, 상점에서 구입하는 기본형 무기보다는 조금 좋다.

무게: 30
내구력: 54/54
공격력: 10~14
제한: 힘 40 이상. 체력 35 이상
옵션: 힘을 10 올려 준다.

교관이 준 아이템은 위드가 쓸 수 있는 무기치고는 꽤 좋은

편이었다. 몇 번 휘둘러 보니 검의 밸런스도 잘 맞춰져 있어서,
위드는 편안함을 느꼈다.

그런데 위드가 가진 공격용 무기는 하나 더 있었다.

"조각칼 정보!"

자하브의 조각칼

짧고 작은 소도이다. 섬세한 세공을 위하여 만들어진 작은 칼로 매우 날카롭다.
세공을 위한 도구이지만 적을 향해 찌른다면 치명적인 일격을 가할 수 있다.

무게: 5

내구력: 984/1,000

공격력: 40~54

제한: 자하브의 후인만 이용할 수 있다.

옵션: 조각술의 레벨을 2배로 올려 준다.

공격력은 철검보다 조각칼이 훨씬 더 좋았다.

그렇지만 위드는 철검을 택했다. 일단은 길이의 문제 때문이
다. 조각칼로 적을 베기는 어렵다. 철검이 적을 공격하기에 훨
씬 좋은 무기였다.

또한 조각칼은 내구력이 너무 높아서 잘 부서지지 않았다.
수리 스킬을 가지고 있는 위드는 스킬을 익히기 위해서라도 일
부러 내구력이 약한 철검을 쓰는 것이 좋았다.

"좋아. 이 정도라면 준비는 완벽한가?"

위드가 붕붕 철검을 주위에 휘둘러 보았다.

"너구리야, 여우야, 늑대야, 다 덤벼 봐라. 내가 모조리 잡아
주마."

철검을 들고 막 사냥에 나서려는 순간이었다.

"저기요."

누군가가 말을 걸어왔다.

"혹시 혼자세요?"

위드는 뒤를 돌아보았다. 제법 예쁘장하게 생긴 여자애가 다가와 있었다. 머리에는 천으로 만든 모자를 쓰고, 푸른빛이 도는 레더 아머를 입었다.

'여자다!'

"예. 혼자입니다만."

위드가 낮게 목소리를 깔았다.

"저희와 같이 사냥하실래요? 저희는 마법사 2명과 궁수 그리고 몽크 1명으로 이루어진 파티예요. 괜찮다면 같이 가시면 좋겠는데요."

위드는 대답하기에 앞서 그녀의 뒤를 보았다.

마법사 차림의 여자 둘과 레인저로 보이는 남자 한 명이 서 있었다.

딱 보는 순간 상황이 이해된다.

저들은 다들 원거리 공격이 가능한 직업을 가지고 있다. 그렇기 때문에 몸빵 역할을 해 줄 전사가 필요한 것이다.

'나로서는 나쁜 제안이 아니군. 첫 전투니까. 나는 아직 실전을 겪어 보지 못했어. 안전하게 시작하는 것도 괜찮겠지.'

위드는 선선히 고개를 끄덕였다.

"끼워 주신다면 저도 좋습니다."

"잘됐네요."

위드는 곧바로 그들의 파티에 참여했다.

"안녕하세요. 레벨 7의 신관 이리엔입니다. 치료와 방어 계열의 신성 마법이 주특기예요."

"저는 마법사, 레벨 6. 이름은 로뮤나. 화염 계열을 주로 다루고 있어요."

여자 2명이 먼저 자기소개를 했고, 그다음은 남자의 차례였다. 남자는 신기하다는 얼굴로 위드를 보더니 먼저 자신을 소개했다.

"제 이름은 페일. 레벨 6의 궁수입니다. 그런데 파티도 없이 혼자서 이 밤에 사냥을 나오신 걸로 보아서 제법 레벨이 높으신 것 같습니다만……."

"헤헤. 저는 수르카. 레벨 7인 몽크예요."

다들 자신의 이름과 레벨을 말했다.

이제 위드가 소개할 차례였다.

"이름은 위드, 레벨은 3입니다."

"……!"

잔잔한 충격이 장내를 휩쓸었다.

페일이 힘겹게 물었다.

"그럼 장비는……?"

"제게는 이 검 하나가 전부입니다."

"……."

위드가 가진 돈을 탈탈 털어 봐야 고작 5실버.

한두 번 쓰고 버릴 방어구가 아닌 제법 괜찮은 레더 아머의 가격은 30실버 정도 되었다.

퀘스트를 거의 안 한 위드에게는 가죽 갑옷 한 벌 살 돈도 없는 것이다.

"혹시 직업이……?"

"무직입니다."

"헉!"

페일이 마침내 헛바람을 들이켰다. 설상가상! 난감하다는 눈으로 위드를 본다.

"직업이야 천천히 구할 수도 있겠지만……. 사냥을 혼자서 나오셨는데, 혹시 사냥을 하시는 게 이번이 처음입니까?"

위드는 고개를 갸웃했다. 그가 느끼기에도 분위기가 이상하게 돌아가는 것이다.

"…예, 가상현실에서는 처음입니다."

"역시 그렇군요."

위드의 솔직한 대답에 이리엔과 로뮤나가 질책의 눈으로 수르카를 본다. 사람을 잘못 골랐다는 뜻이다.

레벨 3의, 직업도 없는 사람을 끌어들이다니.

게다가 가상현실에 대한 경험이 없으면 전투가 벌어졌을 때 평정을 잃고 바둥거리다가 죽어 버리기 일쑤였다.

그들 스스로가 초보 시절을 보냈기에 그 사실을 잘 알고 있었다.

아무리 성 앞의 초보 몬스터들이라지만 꽤 강하고 무섭다. 파티를 결성하지 않고서는 혼자서 상대하기 버거울 정도.

"휴우… 이거 곤란하군요."

페일이 이러지도 저러지도 못하고 어정쩡한 미소를 짓자, 위드는 슬그머니 한 발자국 물러났다.

"제가 들어와서 피해가 된다면 나가겠습니다."

"죄송해요."

수르카도 자신의 실수를 깨닫고 고개를 숙였다. 그러고 보니 위드의 옷은 조금 더러워졌을 뿐 캐릭터를 생성할 때의 기본 복장 그대로였다.

'철검을 가지고 있기에 그럭저럭 셀 줄 알았잖아, 힝. 저 철 검은 어떻게 얻은 거지? 제법 좋아 보이는데…….'

위드는 파티에서 떨어져 나와 혼자서 사냥터로 향했다.

그러나 페일과 수르카 들은 위드를 보내 놓고 상당한 양심의 가책을 느꼈다.

"어쩌죠? 다른 사람을 구해야 할까요?"

구할 사람은 많이 있었다.

베르사 대륙에 남아도는 게 유저였고 오히려 몬스터가 부족 할 지경이었으니까.

특히 수도 앞 초보들이 설쳐 대는 곳에는 유저들이 그득그득 했다. 바캉스 기간에 바닷가에 바글거리는 인파보다야 조금 못 하겠지만.

"음, 인사까지 나눈 사이인데……."

"조심해서 사냥을 하면 괜찮지 않겠어요?"

"그래도 되겠지만……."

"같이해 봐요."

페일과 수르카, 이리엔 등은 위드에게 걸어갔다.

위드는 철검을 가지고 뛰어다니는 몬스터들을 노려보고 있 었다. 첫 사냥이다 보니 몬스터들이 어떤 강함을 가지고 있는

지, 어떤 패턴의 공격을 하는지 무지했던 까닭이다.

페일이 말했다.

"혹시 아직 생각이 바뀌지 않으셨다면 저희와 함께하시겠습니까?"

"제가 레벨이 낮아서……. 그래도 같이할 수 있다면 하겠습니다."

"뭐, 어찌 되었든 좋습니다. 이것도 인연이니까요. 레벨이 조금 낮으니 무리하게 전면에 나서지 마시고, 필요하면 우리 뒤에 있어도 됩니다."

페일은 파격적인 조건을 내걸었다.

위드에게 사냥에 참가하지 않고 숨어 있어도 된다는 이야기.

그들이 보기에 위드는 생초보나 다름없었던 것이다.

"그래도 괜찮겠습니까?"

"예. 직접 전투에 참여하는 게 아니라서 공헌도가 낮아 경험치는 조금 덜 들어오겠지만, 일단 레벨을 올리는 게 급하니까요. 레벨 3과 6은 비록 3 차이라도 하늘과 땅만큼 다릅니다. 레벨 3이 힘에 전부 투자했을 경우에는 25. 하지만 레벨 6은 40이나 되죠. 그리고 직업을 정했을 때 생기는 보너스 스탯 10을 감안한다면 그 격차는 훨씬 크다고 할 수 있습니다."

페일은 이야기하지 않았지만 직업 선택에 따른 부가적인 수치도 간과할 수 없다.

예컨대 궁수가 검을 휘두르는 것과 검사가 검을 휘두르는 건 차이가 있다. 검사 쪽이 거의 2배가량 공격력이 강하다. 반대로 검사가 화살을 쏠 때에는 궁수의 절반 데미지도 나오지 않는다.

이도 저도 아닌 무직인 위드는 그들에게 솔직히 실망 그 자체였다.

"그러니 안전한 곳에서 저희가 사냥을 하는 걸 지켜보시다가 하실 수 있는 만큼만 적당히 활약해 주시면 됩니다. 몬스터들의 주의를 약간 혼란시키는 정도만 해 주셔도 충분합니다."

위드는 고개를 끄덕였다.

"알겠습니다."

잠시간 혼란은 있었지만 위드는 그들의 파티에 정식으로 가입했고 사냥을 하기로 했다.

어차피 성 앞의 간단한 몬스터들을 잡는 파티였고, 위드가 없는 상황에서도 어찌어찌 사냥은 되고 있었다.

다만 회피력이 높은 대신 방어력은 낮은 몽크인 수르카가 혼자서 몹들과 정면으로 싸워야 했으니 위험부담이 커서 전사를 필요로 했던 것이다.

⚜

"쯧쯧쯧."

본국검법의 계승자 안현도는 만족스럽지 못하다고 연신 혀를 찼다. 도장에는 수백 명의 소년들과 청년들이 기합을 지르며 검을 수련하고 있었다.

"이야핫!"

"야압!"

매서운 기합 소리와 날카로운 검풍.

검의 달인이 되면 소리만 듣고도 검의 경지를 알 수 있다.

안현도는 세상 사람들이 최고로 꼽는 검의 달인이었다.

세계검술대회 연속 4회 우승자.

나이를 먹은 이후로는 도장을 차려 후진 양성에 힘을 쏟고 있지만, 그의 손과 육체는 한시도 검을 떠나 본 적이 없었다.

"도무지 눈에 차는 녀석이 없어. 그 녀석을 제대로 한번 키워 봐야 하는데. 그 녀석에게는 내 재능을 뛰어넘는 무언가가 있어. 그리고 그 근성이라면……."

과거에는 꽤 괜찮은 제자들을 몇 두었다고 생각했다. 5년에 한 번씩 있는 세계검술대회에서 입상을 노릴 만큼 충분한 자질을 가진 녀석들이 있었던 것이다.

그러나 안현도의 눈은 그날의 일을 계기로 완전히 바뀌었다. 그리 오래된 일도 아니었다.

1년 전.

20세 정도 되어 보이는 어떤 청년이 안현도의 도장에 찾아 왔다.

"제 이름은 이현입니다. 여기가 최고의 검술 도장이라고 해서 찾아왔습니다."

안현도는 웃기만 했다.

"아이야, 검을 다뤄 본 적이 있느냐?"

"아직 없습니다. 배우려고 왔습니다."

"그래. 배워야지. 배우고 또 배워서 검의 끝자락이라도 보게 되면 그때 최고를 논하자꾸나."

안현도는 그것으로 끝일 줄 알고 한동안 이현에 대해서 잊고 지냈다. 그러다가 어느 날 이현을 다시 보았다.

새벽 일찍 나와서 검을 휘두르는 모습.

이현은 몇 시간이고 검을 휘둘렀다. 움직임과 호흡이 일치가 되고, 검에서는 아름다운 소리가 났다.

도저히 검술을 배운 지 몇 개월 안 된 초보자라고는 볼 수 없는 수준이었다.

사범들 몇 명에게 물어본 결과, 부단한 노력의 성과라는 소리를 들었다.

"말도 마세요. 독종이에요, 독종. 그 녀석보다 더한 독종은 없을걸요."

"얼마나 독종이기에?"

"검을 잡으면 놓으려고 하지 않습니다. 저희가 빼앗아야 그만둘 정도죠."

"검을 빼앗아?"

"예. 그러지 않으면 탈진해서 쓰러질 때까지 검을 휘두르거든요. 도장에 나온 첫날에는 손아귀가 찢어져서 피가 철철 흐르는데도 검을 휘두르고 있더라고요."

"그 정도까지……."

"예. 둘째 날도 마찬가지였죠. 손바닥에 확실하게 굳은살이 박일 때까지 피를 흘리며 검을 익혔으니 그 정도의 성장도 당연한 것 아니겠습니까?"

"정말로 좋구나!"

안현도는 내심 이현을 후계자로 점찍었다.

재능과 노력!

두 가지 다 겸비한 데다가, 기본적으로 눈빛이 달랐다.

대련을 시켜 보아도 눈빛 자체가 남들과는 차이가 있었다.

지지 않으려는 근성. 투쟁심.

순해 빠진 인간에게서는 나올 수 없는 투지.

그런 것들을 이현에게서 발견했다.

하지만 당장은 노력을 할 때였다. 너무 일찍 바람을 넣는 것도 좋지 않다고 여겨서 그저 무심한 척, 그러나 많은 과제를 내주면서 이현을 지켜보기만 했다.

그런데 어느 날부터인가 이현은 도장에 나오지 않았다.

"휴우."

안현도의 한숨이 깊어졌다.

"그 녀석은 지금 어디서 무얼 하고 있을까? 음, 그때 내 제자로 삼았어야 하는데……."

⊰❈⊱

위드는 페일의 뒤에 숨어 전투를 지켜보고 있었다.

"언니, 도와줘요."

"알았어. 파이어 볼!"

"성스러운 힘이여, 우리를 이끌어 주세요. 축복!"

몽크인 수르카가 여우에게 달라붙어서 공격하면, 로뮤나와 페일 그리고 이리엔이 보조해 주는 방식이다.

수르카의 레벨이 7로 가장 높기도 했지만, 다른 이들은 체력이 극도로 낮은 계열의 직업들이었던 것이다.

　여우는 가만히 있지 않고 재빠르게 움직였다. 수르카의 주먹을 잘 피했고, 갑자기 몸을 회전하면서 일으키는 꼬리 공격은 제법 무서웠다.

　체력이 빈약한 수르카가 약간 위험해질 정도였다. 그러면 이리엔이 급하게 힐을 써서 체력을 보충해 주었다.

　'나쁘지 않군.'

　네 사람은 손발이 잘 맞는 편이었다.

　자잘한 아이템에 욕심을 내거나 사소한 일로 다투지도 않았다. 꽤나 오랫동안 같이 게임을 해 온 사이로 보였다.

　설사 〈로열 로드〉에서는 초보라고 해도 다른 게임부터 손을 맞춰 온 것 같았다.

　그럼에도 레벨이 5 정도 되는 여우를 근근이 잡아 내는 수준이었다.

　너구리나 토끼는 조금 쉬운 몹이라서 수르카 혼자서도 잡을 수 있었지만, 여우는 만만치 않았다. 이 파티가 주로 사냥하는 몹이 여우라는 것도 짐작할 수 있었다.

　위드는 한참을 구경했다. 충분하다고 여겨질 때까지.

　위드의 날카로운 눈이 여우와 수르카의 움직임들을 분석해 낸다.

　'생각보다 쉬운데.'

　적과 싸우는 전투다.

　그러나 여우의 움직임은 둔하고 단조로웠다.

위드는 충분한 자신감을 얻을 때까지 구경만 했다. 그리고 어느 순간 철검을 쥐고 앞으로 나갔다.

수르카가 옆으로 다가온 위드를 보며 살짝 웃었다.

"조심하세요."

"예."

위드의 대답은 무척 짧았다.

이번에도 노리는 몬스터는 여우였다.

"제가 먼저 시선을 끌 테니까, 위드 님은 나중에 공격하세요. …여우가 거의 다 죽어 갈 때쯤에요."

수르카가 여우에게 주먹을 뻗었다.

공격을 받은 여우는 수르카에게 덤벼들었다. 로뮤나와 이리엔, 페일의 공격이 연속해서 이어진다.

여우의 체력이 삼분의 일쯤 남았을 때 위드는 한 발자국 앞으로 나섰다.

비록 가상현실에서 전투를 벌여 본 적은 없지만 현실에서는 수백 번의 대련을 거쳐서 전투 자체를 익숙하게 만들었다.

또한 허수아비를 상대로 수천수만 번 검을 휘둘렀다.

위드의 검이 일수유의 짧은 순간에 허공에 하얀 궤적을 그렸다. 유려한 궤적의 끝에는 여우가 있었다.

절대로 피할 수 없는 찰나의 순간에, 여우의 호흡을 끊고 들어간 일격이었다.

치명적인 일격이 터졌습니다!

위드만 볼 수 있는 메시지가 떴다.

소위 크리티컬 공격이라고 해서, 데미지가 2배로 들어갔을 때만 나타나는 메시지.

절대적인 타이밍과 허점을 노려서 쳤을 경우에는 2배의 공격력이 발휘된다.

스컹!

여우의 몸이 두 쪽으로 갈라지고 아이템이 떨어진다.

여우의 털과 고기 약간이었다.

고기는 요리하면 식량이 되고 여우의 털로는 옷을 만들 수 있었다. 물론 각각의 관련 스킬이 있어야 하는데, 재봉이나 요리 스킬을 초보자들이 익히는 경우란 거의 없어서 잡화점에 팔리게 될 운명이다.

"아자! 운이 좋았네요."

수르카는 웃으면서 아이템을 모았다.

위드가 공격을 시작하자, 위험할지도 몰라 마나 소비를 아끼지 않고 큰 공격을 준비하고 있던 페일과 로뮤나도 함께 기뻐해 주었다.

"위드 님, 아이템은 사냥이 끝나고 나서 분배하도록 할게요."

"예, 알겠습니다."

"그럼 저 다시 여우 데려올게요. 다들 준비해 주세요."

"그래. 이번에도 아이템 가득 든 여우로 데려와!"

"칫. 그게 내 마음대로 되나, 어디."

수르카는 입을 삐죽 내밀고 멀리서 돌아다니는 여우를 공격해 끌고 왔다.

"파이어 볼!"

"축복, 치료의 손길!"

여우의 분주한 움직임에 수르카가 고전하고 있었다.

하지만 페일과 로뮤나의 공격으로 여우도 조금씩 체력이 깎여 나갔다.

위드의 철검은 체력이 40% 정도 남았을 때 움직이기 시작했다. 검집에서 미끄러지듯이 빠져나온 검이 전광석화처럼 여우의 몸체를 가른다.

쐐액!

이번에는 운이 나빴는지 아이템이 떨어지지 않았다.

어차피 여우가 떨어뜨리는 아이템이라고 해 봐야 별로 돈이 되는 물품은 아니었지만 말이다.

그다음에는 여우의 체력이 50% 남았을 때, 위드의 검이 움직였다. 크리티컬이 터지지 않아 여우가 한 번에 죽지는 않았지만, 물 흐르듯이 이어진 위드의 연속 공격에 아이템을 내놓고 죽어야 했다.

"어라?"

"이상하네."

"사냥이 많이 빨라진 것 같아."

"위드 님이 공격하면 거의 다 죽어 버리는데……."

몇 번의 사냥이 계속된 후로, 세 사람은 조금씩 이상함을 느꼈다.

위드가 참가하고 나서 확연히 사냥 속도가 달라진 것이다. 거의 검을 펼치기만 하면 몹들이 죽어 나가는 것 같았다.

위드가 검을 뿌려 댈 때마다 회색빛으로 사라지는 몬스터들!

'이건 말도 안 돼!'

페일은 입이 떡 벌어져서 닫힐 줄을 몰랐다.

워낙 빨리 위드가 몹을 잡아 버리니 수르카는 여우를 데려오기 바빴다.

페일이 화살을 쏘지 않아도 몹이 죽어 나가는 속도에는 별 차이가 없을 지경이었다.

하지만 현재의 상황은 위드의 스탯을 보면 이해할 수 있다.

맨 처음 시작할 때 주어진 힘 10에서 수련관에서 올린 40의 스탯.

위드는 두 번의 레벨 업으로 인한 포인트를 골고루 힘과 민첩에 투자했다. 그 결과 현재 힘 55, 민첩 55, 체력이 50이다.

거기에 추가로 철검을 쓰면서 얻은 힘 10의 옵션!

힘만 놓고 봐도 무려 65였다.

레벨 업으로 이 스탯을 만들기 위해서는 힘에만 전부 투자해도 11의 레벨이 필요하다.

위드의 민첩과 체력. 투지와 지구력 역시 레벨 3의 수준이 아니었다. 각각의 스탯들을 올리기 위해서도 최소한 8에서 9의 레벨 업이 필요하다.

레벨 3인 위드의 본 실력은 30레벨에 육박하는 것이었다.

그리고 더 놀라운 사실!

허수아비를 때리면서 기본적으로 주어져 있던 위드의 검술 스킬은 무려 레벨 4였다.

같은 검술을 펼쳐도 140%의 데미지가 들어간다는 뜻.

검술의 현재 숙련도는 레벨 4에 98%이니 곧 5레벨이 되면

150%의 데미지 강화 효과가 있을 것이다.

교관이 준 검 또한 위드의 레벨로는 구하기 상당히 어려운 물건이었다.

이런 상황을 종합해 볼 때 여우가 거의 한 방에 죽는 것도 무리는 아니었다.

'저 검, 정말로 좋은 아이템인가 보구나!'

페일 일행은 그런 오해를 할 수밖에 없었다.

그렇지 않고는 위드의 놀라운 공격력을 설명할 수 없었기 때문이다.

그들 역시 아직은 초보라 찰나를 끊고 들어가는 위드의 움직임이나 동작은 잘 보지 못했다.

가상현실의 전투는 실제의 움직임을 기반으로 하기 때문에 격투술을 익힌 사람과 익히지 않은 사람은 분명 차이가 난다.

아주 사소한 발동작이라도 위드는 1년간 죽기 살기로 익혀 온 검술을 쓰고 있었지만 다들 그런 것까지 보기는 무리였다. 그저 아이템이 좋다고 착각했을 뿐.

"대단해."

수르카가 신을 내며 몹들을 끌어왔다.

위드는 철검을 힘 있게 움켜쥐었다. 그가 생각하고 익혀 온 검술이 효과를 발휘하고 있었기에 힘이 났다.

'1년간 내가 헛고생을 한 게 아니었어. 지금이다!'

치명적인 일격이 터졌습니다!

위드의 공격은 절반 이상이 크리티컬로 발동되었다.

이는 여우가 움직일 동선을 미리 예측하고, 정확하게 그곳으로 검을 움직였기 때문!

도장에서 1년간 피나도록 검술을 익혀 온 결과가 바로 이를 위함이었다.

"아자, 아자, 아자!"

위드의 입에서 힘 있는 기합 소리가 울린다.

혼자만의 세계에 너무 몰두해서 벌어진 일이다.

여우의 눈을 마주 보며 사정없이 휘두르는 검술!

위드의 진지한 표정에 이리엔과 로뮤나는 픽 웃음을 터트렸다. 그러다가 여우의 발톱이 위드의 가슴을 기습적으로 할퀴고 지나가는 걸 보았다.

미리 준비하고 있던 이리엔이 바로 신성 마법을 사용했다.

"치료의 손길!"

위드의 몸이 새하얗게 빛났다. 하지만 위드는 신성 마법을 받기 직전에 자신의 체력이 얼마 깎이지 않은 걸 확인한 상태였다.

'혹시……'

위드는 여우를 끌어오려는 수르카를 향해 물었다.

"수르카 님, 생명력이 얼마나 되시죠?"

"제 생명력은 150인데요. 왜요?"

"아, 그러셨군요."

여우의 공격력은 15 정도.

방어구를 하나도 입지 않은 위드였기에 데미지를 그대로 받았지만, 현재 위드의 생명력은 700이 넘었다.

"수르카 님, 그럼 지금부터는 제가 여우의 공격을 받아 주도록 하죠."

"괜찮으시겠어요?"

"예. 수르카 님은 여우를 계속 데려오세요. 로무나 님과 이리엔 님은 스태미나가 낮아서 멀리까지 움직일 수 없으니까요. 페일 님, 화살로 멀리 있는 여우를 끌어올 수 있죠?"

어느새 위드는 파티의 중심이 되어 있었다.

"가능합니다."

"그럼 페일 님도 여우를 끌어와 주세요."

"예!"

위드는 정신없이 움직였다.

수르카가 여우에게 맞으면서 달려오면, 위드가 금방 처리해 버린다. 페일이 화살로 끌어온 여우도 위드의 칼질에 회색으로 변했다.

이리엔은 간혹가다가 치료의 손길로 위드의 떨어진 체력과 스태미나를 보충해 주었다.

레벨이 올랐습니다.

위드의 레벨도 4가 되었다. 나오는 스탯은 전부 민첩에 투자하기로 했다. 민첩성이 높을수록 적의 공격을 잘 피하고, 자신의 공격은 잘 통한다.

회피와 정확도와 관련된 스탯.

단단한 철검은 초보자가 쓰기에 좋은 검이었고 힘도 높았기 때문에 공격력은 충분하다고 판단, 민첩에 과감하게 5를 투자했다.

사냥은 계속 이어졌다. 이리엔이나 로뮤나나 너무나도 빠른 사냥 속도에 즐거워서 미칠 것만 같았다.

언제 그들이 이렇게 환상적인 사냥을 경험해 보았을까.

"수르카, 더 많이 데려와!"

"그래. 이 정도라면 아예 위드 님과 우리한테 전투는 맡기고 수르카는 여우만 데려와도 충분하겠어."

"알았어요, 언니."

수르카는 열심히 여우들을 끌어왔다. 페일도 부지런히 움직였다.

위드로서는 혼자 사냥을 하려면 일일이 여우를 찾아다녀야 하고 체력이 떨어지면 쉬어야 하는데, 신관이 포함된 이 파티 덕분에 꽤나 빠른 속도로 경험치를 쌓아 가고 있다.

'혼자만 할 때와는 다른 기분이군.'

위드가 〈마법의 대륙〉을 했을 때에는 언제나 몬스터에 둘러싸인 채였다.

몬스터들이 우글거리는 던전이나 마굴로 들어가서 마음껏 싸웠다. 포션이 떨어질 때까지, 약초가 떨어질 때까지, 몇 날 며칠 날밤을 새우며 싸움을 했다.

인벤토리가 가득 차서 들고 있는 것들이 너무 무거워 동작이 느려질 지경이었고, 몬스터들은 쉴 새 없이 덤벼들었다.

혼자 몸으로 몬스터들 속에서 한없이 싸움만 하던 위드.

수없이 죽었고, 수없이 죽였다.

그런데 파티 사냥을 하면서 그때의 기분과는 많이 다름을 느낄 수 있었다. 조금 더 효율적이고, 신이 났다.

그러나 너무 신바람을 낸 탓일까.

"꺄아악!"

수르카가 결정적인 실수를 저지르고 말았다.

여우를 건드리다가 그만 근처에 있던 늑대까지 불러와 버린 것이다.

수르카가 달려오며 비명을 질렀다.

"모두 도망쳐요!"

컹컹!

수르카의 뒤에서 늑대가 네발로 뛰어왔다. 침을 질질 흘리는 거대한 늑대.

"도망칩시다!"

"하지만 수르카가……."

일행이 망설이는 사이에도 수르카는 늑대의 공격을 받고 있었다. 여우와는 달리는 속도 자체가 다르기 때문에 수르카는 무사히 도망칠 수 없을 것만 같았다.

"제가 수르카를 살리겠어요. 그러니 다른 분들은 피하세요. 성령의 힘이여, 여기 고통받는 이를 구원해 주세요. 치료의 손길!"

성직자인 이리엔이 도망치지 않고 자리에 버텨 선 채 계속 치료의 손길을 발동해 수르카의 부족해진 체력을 보충해 준다.

"젠장!"

페일도 망설이다가 늑대를 향해 화살을 쏘았다.

한 발, 두 발… 화살을 시위에 재자마자 쏘았다. 그의 특기인 연속 화살이 날아갔지만 늑대는 꿈쩍도 하지 않는다.

이제 늑대는 파티를 적으로 인식했다. 수르카를 죽이더라도 이리엔과 페일을 공격하게 될 것이다.

그러면 위드의 선택은?

위드는 철검을 들고 앞으로 나섰다.

'할 수 있을까? 왠지 될 것도 같다!'

위협적으로 보이는 것은 이빨과 발톱.

발톱으로 할퀴기보다는 몸으로 달려들어서 마구 물어뜯는 형태의 공격을 할 것 같았다.

"네 상대는 나다."

위드가 늑대 앞을 가로막고 한마디 했다.

어차피 늑대가 알아들으리라고 생각해서 한 말은 아니었다. 그러나 늑대는 본능적으로 적이 나타났음을 알았는지 위드에게 집중했다.

커엉!

늑대가 땅을 박차고 달려들었다.

위드는 늑대의 진행 방향에서 재빨리 옆으로 몸을 굴리며 검을 휘둘렀다. 늑대의 입이 아슬아슬하게 위드의 목 오른쪽을 찢고 지나갔다. 그것만으로도 생명력이 80이나 깎였다.

"위드 님, 피하세요! 이제 저는 마나가 다 떨어져서 치료의 손길을 펼칠 수가 없어요."

위드의 귓가로 이리엔의 비명 소리가 들린다.

'젠장. 신관이 마나 관리 하나도 제대로 못해서야.'

이리엔은 치료를 전담하고 있으니 언제나 충분한 양의 마나를 유지해야 한다. 그러지 않았다가는 자칫 죽는 이가 생길지도 모르고 심한 경우 파티가 몰살당할 수도 있기 때문이다.

수르카를 치료하러 나설 때에는 무언가 준비가 있다고 생각했는데 위드의 오산이었다. 천생 성직자 체질인 이리엔은 그저 마음만 가지고 나선 것이었다.

지금 상황에서는 한가롭게 이리엔을 탓할 수도 없었다.

늑대가 코앞에서 으르렁거리고 있다.

로뮤나가 몇 번의 화염 마법을 쓰고 더 이상의 마법은 날아오지 않았다. 그녀도 마나가 다한 것이었다.

푸슈슝, 퓨퓽!

멀리서 페일만이 화살을 계속 쏘고 있었다.

늑대는 피투성이가 되었지만 오히려 더욱 흉포해졌다.

'그래, 와라. 덤벼라!'

위드는 검을 휘두르며 늑대와 어우러졌다.

커허헝!

늑대가 울부짖으며 달려든다.

그때부터 위드의 움직임이 놀라울 정도로 달라졌다.

두 다리는 지면 위에 단단히 붙어 있고 허리와 상체만 이리저리 움직인다. 부드러운 바람처럼 매서운 늑대를 가볍게 흘려보내고 있었다.

'죽으면 나만 손해!'

하지만 늑대의 공격은 너무나도 뻔히 보이고, 생각만큼 피해도 크지 않다.

'이쯤이라면 충분히 잡을 수 있겠어.'

위드는 의도적으로 늑대를 향해 휘두르는 검에 실린 힘을 약하게 했다.

커헝!

늑대가 울부짖었다. 공격을 약화시켰어도 위드의 검에 적중당할 때마다 만만치 않은 데미지를 입었던 것이다.

"크윽!"

위드도 늑대가 공격할 때마다 발톱에 찢겨 부상을 당했다. 700이 넘던 생명력이 200까지 떨어졌다. 이제 위드 역시 피투성이가 됐다.

"죄, 죄송합니다, 위드 님! 늑대가 너무 빨라서 화살을 맞힐수가 없습니다."

아닌 게 아니라 페일의 낮은 민첩성으로는 빠르게 움직이는 늑대를 맞히기 힘들었다.

"저도 싸우겠어요."

수르카가 위드의 옆으로 다가왔다. 늑대로부터 도망쳐 올 때부터 입은 부상으로 그녀의 체력도 절반 이하로 낮아진 상태다.

위드는 후들거리는 다리로 간신히 서서 말했다.

"지금입니다. 제가 아직 늑대를 상대하고 있을 때 모두 도망가세요."

"하지만……."

"지금밖에 기회가 없습니다. 어서!"

위드의 말에 페일과 수르카 등은 서로의 얼굴을 보았지만, 발길이 떨어지지 않았다.

그때 위드가 처연하게 중얼거린다.

"어리석은 사람들. 오늘 처음 본 사람을 위해서 목숨을 잃을 필요는 없지 않습니까?"

순간, 페일은 코끝이 찡했다.

사실 여기에서 도망치려고 마음먹었다면 가장 편하게 도주할 수 있는 사람이 바로 위드였다.

위드라면 늑대가 쫓아오더라도 충분히 성문 안으로 달아날 수 있었다. 일단 성문 안으로 들어가기만 한다면 경비병들이 늑대로부터 지켜 주리라.

하지만 위드는 처음 본 그들을 위해서 검을 들고 늑대의 앞에 나서서 싸우고 있었다.

"위드 님."

수르카의 눈에서 눈물이 흘러내린다. 어린 감수성에 위드의 행동이 대단히 멋지게 보였던 것이리라.

위드는 늑대를 노려보며 단호하게 말했다.

"모두들 그런 생각이라면 저도 최대한 싸워 보겠습니다. 하지만 제가 늑대에게 죽으면 주저하지 말고 도주하세요."

"예."

"꼭 도망치셔야 합니다."

"알겠어요."

수르카와 페일이 적당히 뒤로 물러나고, 위드는 늑대를 상대로 전투에 들어갔다.

늑대의 공격력은 과연 무서웠다. 위드의 생명력이 150 이하로 떨어지고, 또 금세 70 이하까지 떨어졌다.

위드의 철검은 사람의 애간장을 태울 듯이 아슬아슬하게 늑대를 빗나가고 있었다.

늑대 역시 피투성이였기에 조금만 더 공격하면 될 것 같은데 한 번의 크리티컬이 아쉬운 상황이었다.

이리엔과 로뮤나 들은 위드의 생명력이 결국 10% 이하까지 내려간 것을 확인했다.

페일과 수르카는 초조했다. 서로 나서서 위드 대신 늑대의 공격을 받으려고 했지만, 늑대는 이미 가장 위협적인 인간으로 위드를 지정했는지 다른 이들에게는 신경도 쓰지 않았다.

이제 늑대의 공격이 한두 번만 더 성공하면 위드는 죽는다.

죽게 되면 아이템이나 레벨이 떨어지는 것은 물론이고, 하루 동안 게임에 접속하지 못하는 페널티를 받아야 한다.

처음 만난 그들 때문에 죽는다!

크크클.

늑대가 웃었다.

상황으로 보아서 자신이 유리하다고 깨달은 것!

커허헝!

늑대가 마지막 일격으로 위드를 죽이려고 뛰었을 때, 행운이 었는지 그동안 빗나가기만 했던 위드의 검이 날카롭게 늑대의 옆구리를 찢어 놓았다.

위드의 눈앞에 한꺼번에 많은 메시지 창들이 떠오른다.

> 레벨이 올랐습니다.

> 검술 스킬이 상승하였습니다.
> 검술 공격력이 150%로 강화됩니다. 공격 속도가 15% 빨라집니다.

> 스킬, 조각 검술을 익혔습니다.

과연 늑대는 경험치를 많이 주는 몬스터였는지, 4였던 레벨이 5가 되었다.

위드는 고개를 갸웃했다.

"조각 검술이라고? 스킬 창!"

> **감정 1 (0%)**
> 알 수 없는 물건들의 가치를 파악할 수 있다. 마력 소모 30.
>
> **조각술 1 (0%)**
> 조각을 할 수 있다. 아름다운 조각품은 고가에 팔리기도 한다. 여자의 환심을 사기에 좋다.
>
> **수리 1 (0%)**
> 무기나 방어구를 수리한다. 랭크가 높아질수록 많은 내구력을 수리할 수 있으며, 5레벨 이상이 되면 무기와 방어구를 제작할 수 있다.
>
> **손재주 1 (15%)**
> 패시브 스킬. 손을 이용하는 다양한 기술에 부가적인 효과를 더한다. 제조나 요리에 특히 크게 작용하지만, 검술에도 약간은 도움이 될 것이다.
>
> **검술 5 (0%)**
> 검을 휘두르는 기술. 레벨이 높아질수록 위력이 강해진다.
>
> **조각 검술 1 (0%)**
> 자하브는 조각술을 익히던 도중에 우연한 깨달음을 얻었다고 한다. 조각이란 돌이나 나무 같은 물체를 세공하여 아름답게 만드는 것. 하지만 조각 검술을 쓰면, 눈에 보이지 않고 잡히지 않는 것들도 조각할 수 있다. 자하브의 비전 검술이 인연자에게 이어진다. 마력 소모 초당 50.

위드는 스킬 창을 확인해 보고 고개를 절레절레 저었다.

'아무래도 조각 검술은 한번 써 봐야 무슨 스킬인지 알 수 있

겠군. 어쨌든 마력 소모가 엄청나. 지금으로써는 최대한 유지해 봐야 단 2초뿐인가.'

아무튼 늑대는 죽었다.

"크으윽."

위드는 신음 소리와 함께 창백하게 질린 얼굴로 바닥에 쓰러졌다. 그러자 페일과 이리엔, 로뮤나, 수르카가 한꺼번에 달려왔다.

위드가 동료들을 보며 맨 처음 내뱉은 말!

"수르카 그리고 모두들 괜찮지요?"

"위드 님……."

이리엔과 로뮤나가 눈물을 글썽였다. 수르카는 아예 대놓고 울고 있었다. 남자인 페일조차도 가슴이 벅차오르는 감동에 아무 말도 하지를 못했다.

생명력이 10% 이하로 떨어지면 치료를 하지 않을 경우에는 서서히 죽게 된다.

잠시 후에 위드는 이리엔이 조금씩 마나를 회복하면서 치료의 손길을 펼쳐 주어 무사히 생명력을 채울 수 있었다.

"고맙습니다, 이리엔 님."

"아니에요, 위드 님."

위드와 이리엔 사이에 오가는 눈빛이 한층 따뜻해졌다.

단단히 호감을 가지고 있지 않으면 불가능한 눈빛.

로뮤나와 수르카 역시 마찬가지였고, 페일은 존경에 가까운 태도로 위드를 대했다.

"그럼 다시 사냥을 하지요."

"괜찮겠어요?"

"예. 이제는 쌩쌩합니다."

위드가 팔뚝을 걷어 보이며 말했다.

그 후로 조심스러워진 수르카는 실수를 하지 않았다. 위드를 중심으로 똘똘 뭉친 파티는 4시간 동안 무려 60마리 정도의 여우를 잡았다.

로뮤나와 이리엔, 페일과 수르카는 각각 1레벨씩을 올렸고, 위드도 레벨 1을 더 올려 이제 6레벨이 되었다.

추가된 스탯은 전부 민첩에 투자했다.

"휴우. 정말 대단해."

지나친 마력 소모로 로뮤나가 땀을 흘리며 말했다.

"저희는 이제 그만 나가야 될 것 같습니다. 학교를 가야 하거든요."

"다음에 또 같이 사냥해요. 내일 들어와도 볼 수 있겠죠?"

"친구 등록을 해도 되죠?"

페일과 이리엔이 처음과는 다르게 활짝 웃으며 말했다.

"예."

위드도 곧바로 그들과 친구 등록을 했다.

"여기 위드 님의 몫이에요."

사냥의 대가로 얻은 전리품을 나누어서 3실버를 받을 수 있었다.

그들이 떠나고 나서도 위드의 사냥은 계속되었다.

위드가 파티 플레이를 선호하지 않는 이유가 바로 이것이었다. 어느 정도 사냥을 했다 싶으면 다들 떠나 버리기 때문.

위드는 아직 해가 뜨지 않았으니 계속 사냥을 했다. 너구리나 여우 정도는 쉬운 상대였기에 성 앞에만 머무르지 않고 늑대들이 출몰하는 숲 근처까지 다가갔다.

크르릉!

늑대들이 나타났다.

늑대들은 혼자인 위드를 보고 이게 웬 떡이냐면서 슬금슬금 다가왔다.

몬스터 무리 역시 그들끼리 싸움을 하거나 유저를 죽여서 성장할 수 있는 시스템이기 때문에, 위드를 보며 군침을 삼키는 것이었다.

그러나 모여든 늑대들은 위드의 눈을 보고 본능적으로 위축되었다.

'저 눈빛은……'

'우리를 적으로 보는 눈이 아니다.'

'경험치로 보는 눈이야.'

'경험치 대박. 아이템 드랍. 놈이 우리에게 바라는 것은 바로 그것이다!'

위드의 마음을 헤아린 늑대들!

설상가상으로 위드의 높은 투지 수치는 늑대들을 더욱 움츠러들게 만든다.

깨갱!

눈빛만으로도 위기감을 느낀 늑대들이 재빨리 도주하려고 몸을 돌렸다.

"이놈들이 어딜!"

하지만 위드의 철검은 인정사정이나 자비 따위와는 거리가 멀었다. 비겁하게 뒤를 공격하는 일도 서슴지 않았다. 늑대들을 몰아대며 마구 사냥을 하는 위드!

"똥개들아, 덤벼라!"

위드의 철검이 허공을 가를 때마다 늑대들은 절망에 빠졌다. 강하고 빠르며 파격적이기까지 한 위드의 검술은 늑대들에게 공포 자체였다.

그런데 왜 동료들까지 있었을 때에는 늑대 한 마리에도 그렇게 고전을 면치 못했을까. 거의 죽음 직전의 상황에나 이르러서야 한 번의 공격이 성공해서 늑대가 먼저 죽었다.

주위에서 보기에 위드는 그저 운좋은 검사일 터.

이 비밀은 오로지 위드만이 알 수 있는 일이었다.

늑대들과 전투를 치르던 위드는 아침 해가 뜨자 사냥터를 떠나서 현자 로드리아스의 저택으로 향했다.

언어를 잃어버린 소녀

"휴… 드디어 오늘인가."

이현은 오늘 기분이 매우 좋지 않았다.

21세기 대한민국의 자랑스러운 국회에서 이른바 가정소외자 감정법이라는 말도 안 되는 법을 통과시켰다.

집이 가난하거나 불우한 가정환경에서 성장한 아이들은 범죄 발생률이 높다는 이론을 기반으로 만들어진 법이었다.

이 법에 의하면, 가정환경에 마이너스 요인이 있는 20세 이상의 대상자들은 정신병원에 가서 검진을 받아야 한다.

어릴 때 부모님을 잃고, 사채업자들에게 쪼들리며 가난하게 살아온 이현에게 완벽하게 적용이 되는 법이었다.

그래서 지금 이현이 가는 곳은 새마을 갱생 정신병원!

"복고풍인가? 새마을이 뭐야……."

투덜투덜하면서 이현은 정신병원으로 들어갔다.

이름과는 달리 내부가 으리으리한 병원이었다. 병원 안이 감정법에 따라 검진을 받으러 온 청년들로 가득해서 접수를 하는데만도 한참을 기다려야 했다.

"가정소외자법에 따라서 정신감정을 받으러 왔습니다."

"그래요? 그럼 여기 검사지를 작성해 주세요."

간호사로 보이는 흰 가운을 입은 여자가 이현에게 서류를 하나 내민다.

"이게 뭡니까?"

"작성하신 검사지를 바탕으로 완벽한 정신감정을 해 드릴 거예요. 다만 한 가지 말씀드릴 것은 검사를 통해서 사회 부적응자로 구분되었을 시에는 정신병원에서 정기적인 치료를 받으셔야 합니다. 그리고 이 경우, 국가에서 일정 금액의 보상금이 가족에게 지급이 됩니다."

악법도 어지간히 악법이다.

아이들이 무럭무럭 자라날 때 국가에서 무엇을 해 주었던가.

고등학교를 졸업한 다음에 대학에 가더라도 불이익이 있었고, 나중에 국가 시설에는 취직도 되지 않았다.

테러와 범죄를 예방한다면서 불우하게 자란 아이들을 일절 받아주지 않는 것이었다.

"예, 알겠습니다."

이현은 검사지를 열심히 작성했다.

일필휘지.

평소 많이 생각했던 일들이었으므로 망설임이란 없었다.

"이제 다 된 건가요?"

"네, 끝났습니다. 그리고 여기 이건 교통비……."

그래도 마지막 인정은 있었는지 정부에서 약간의 차비가 나왔다.

이현은 돈을 받아서 병원을 나섰다.　　　.

하지만 이현이 작성한 검사지를 본 정신과 의사들은 전부 뒤집어지고 말았다.

정신분석학 박사 차은희는 정신없이 웃고 있었다.

"깔깔깔."

평상시 얼음 여왕이라고 불리던 그녀가 이렇게 넋을 놓고 웃고 있는 모습은 간호사들에게 무척이나 생소한 것이었다.

"혹시 기르던 강아지와의 대화에 성공했나?"

"그럴지도. 박사님이라면 가능할 거야."

어릴 때에 외교관이었던 부모님을 따라 미국으로 유학을 가서, 20세에 하버드를 수석으로 졸업하고 불과 22세의 나이에 박사가 된 차은희.

미모와 교양을 겸비했지만 그만큼 도도한 자존심으로 콧대 높은 그녀가 그렇게 웃고 있는 것은 병원 내에서 화제가 되기에 충분한 일이었다.

결국 수석 간호사가 총대를 메기로 했다.

"차은희 박사님, 무슨 일인지 알 수 있을까요?"

"이것 좀 보세요."

눈물까지 흘려 대며 웃던 차은희가 건네준 종이 한 장.

그것은 가정소외자감정법에 의해 작성된 검사지였다.

일곱 개의 짧은 문항과 그에 따른 대답이 전부다.

1. 이름을 적어 주십시오.
 : 이현.
2. 직업을 확인합니다.
 : 인류 평화를 위협할 대악당.
3. 현재 하는 일은?
 : 서류 작성.
4. 과거에 있었던 일 중에서 가장 기억에 남는 일, 혹은 가치
   있었던 일 세 가지를 써 주십시오.
 : 〈마법의 대륙〉 만렙. 안 먹고 안 자고 204시간 게임 플레이.
 계정 판매.
5. 현재의 정치인들에 대한 생각은?
 : 일본과 중국에 수출.
6. 사회 구성원으로서의 자신을 자각했을 때는 언제입니까?
 : 영화 〈혹성 탈출〉을 본 직후.
7. 자신의 정체성을 한 문장으로 표현한다면?
 : 난 드래곤이다.

검사지를 본 간호사는 어이없다는 얼굴을 했다.

"이거 혹시… 어디 개그집에 실려 있는 내용인가요?"

"아니요, 오늘 검진 대상자가 직접 작성한 검사지예요. 거기
인증 도장도 찍혀 있잖아요."

"미친 녀석이군요."

"아니요, 미쳤다면 이토록 냉소적으로 정확하게 세상을 볼
수 없지요. 그렇지 않겠어요?"

차은희의 진단 결과는 뜻밖에도 정상이었다.

정신분석학 박사의 견해에서 이 서류를 볼 때에는 안타까움이 느껴질 정도였다.

이토록 장난스럽게 세상을 비판할 수 있는 사람. 아마도 이현이라는 사람이 살아온 현실은 차갑고 냉정한 것이었으리라.

"휴우."

간호사는 한숨만 내쉬고 있었다.

그녀로서는 박사의 진단에 대해 이래라저래라 말할 입장이 아니었다. 하지만 미국에서 정신분석학 박사 학위를 따고 세계적인 의학지에 단골로 논문을 제출하는 차은희 박사가 미쳤거나, 검사지를 작성한 이현이라는 남자가 미쳤거나, 둘 중 하나밖에는 없다고 생각했다.

'아니면 둘 다 미쳤거나… 아니면 둘 다 정상이고 내가 미쳤거나… 아니, 세상이 전부 미쳐 돌아가거나……'

간호사의 머릿속이 복잡해졌다.

차은희 박사가 검사지를 들고 일어나며 말했다.

"세상에는 이런 사람도 있고 저런 사람도 있는 거지요. 너무 골치 아프게 생각할 것 없어요. 그보다, 이 검사지는 서윤이에게도 보여 주어야겠어요."

"정서윤 환자요?"

"네."

"그녀가 과연 볼까요?"

"볼 거예요. 마음을 닫아걸어 놓은 아이일수록 자신에게 다가오는 것들을 더욱 의식하게 되니까요. 다만 이번에는 웃었으면 좋겠는데……."

차은희 박사는 이현이 작성한 검사지를 들고 병실로 향했다. 그녀가 간 곳은 병원의 12층에 위치한 특실.

최고의 설비와 의료진, 전용 수영장과 운동 시설까지 갖추어져서 하루에 2천만 원의 입원비가 들어가는 곳이었다.

차은희는 방긋 웃으며 병실 안으로 들어갔다.

"서윤아, 나 왔어."

창백한 얼굴의 소녀가 책을 읽던 도중에 고개를 들었다. 얼굴로 돈을 버는 연예인이라고 한들 이 소녀보다 아름다울까!

그러나 표정이 죽어 있었다.

아름다운 인형처럼 사람으로서의 생동감이 전혀 느껴지지 않았다.

'신은 그녀에게 지나친 아름다움을 주었지.'

너무나도 아름다운 탓(?)에 지나친 아버지의 사랑을 받았다.

물론 부녀간의 선을 넘을 정도로 금기시된 일은 벌어지지 않았다. 그러나 그녀의 어머니는, 약간은 의부증이 있었던 모양이다.

그녀를 질투했고, 어릴 때부터 학대했다.

그리고 빚어진 그날의 참극.

그 후로 소녀는 언어를 잃었다.

어릴 때의 서윤은 천사라고 불릴 정도로 밝고 명랑한 아이였다. 서윤의 과거를 알고 있는 차은희로서는 안타까웠다.

"이것 좀 봐. 본래 이렇게 빼 오면 안 되는 거지만 너한테는 보여 줄게."

차은희는 소녀에게 이현의 검사지를 건네주었다.

소녀의 무심한 눈길이 종이를 훑고 지나간다. 차은희는 소녀가 웃음을 터트리기를 기대했다.

'알고 있니? 만약에 네가 이번에 웃는다면 5년 만에 웃는 거란다.'

하지만 차은희의 바람에도 불구하고 소녀는 조금도 웃지 않았다. 그저 무미건조한 얼굴로 종이를 읽고 차은희에게 다시 돌려주었을 뿐이다.

소녀의 어릴 적 밝고 환하던 모습을 기억하는 차은희에게는 무척이나 가슴 아픈 일이었다.

"휴우… 뭐 필요한 건 없니?"

살래살래.

소녀가 고개를 저었다.

"그럼 필요한 게 있으면 부르렴."

차은희는 조용히 병실을 나왔다.

"혹시 웃었나요?"

병실 안에는 들어갈 수 없었던 간호사가 물었지만, 차은희는 씁쓸하게 웃을 뿐이다.

"실패하셨군요."

"네. 아무래도 저 녀석의 치료 방법을 찾기 힘드네요. 저를 믿고 맡겨 주신 회장님… 아니, 서윤이를 위해서라도 반드시 고쳐 놓아야 할 텐데……."

수많은 심리학자와 정신분석학자, 심리 치료사가 달라붙었다. 그러나 서윤의 얼어붙은 마음을 달래고 녹여 줄 수 있는 사람은 없었다.

지금은 모두 자포자기하고 있는 상태.

안타까웠던지 간호사도 눈물을 글썽였다. 저토록 아름다운 애가 웃지도 않고 말을 하지도 않으며, 닫힌 자신만의 세계에서 살아가다니.

"치료 방법은 없나요?"

"어떤 치료법이라고 해도 본인이 받아들이지 않으면 효과가 없어요."

"그러면 평생 저대로 살아가야······."

"반드시 고쳐 놓아야지요. 단지 시간이 필요한 거예요, 본인이 현실을 받아들일 수 있는 시간이."

"하지만 벌써 5년이나 지났어요. 이렇게 계속되면 정서윤 환자의 자아는 그대로 굳어져 영영 돌아오지 않을 수도······."

"그러지 않게 하는 게 우리 일이죠. 저는 반드시 서윤이를 정상으로 되돌려놓겠어요."

차은희의 의지가 불타오른다.

그녀가 정신분석학과를 우수한 성적으로 졸업하고 병원에 취직한 이유 중의 하나가 바로 서윤이었다.

"이미 1년 전부터 그녀를 고쳐 놓기 위한 한 가지 방법을 실행하고는 있어요."

"그런 이야기는 듣지 못했는데요."

"최대한 알려지지 않도록 비밀로 해야 했으니까요. 그녀를 고쳐 놓을 방법은 〈로열 로드〉. 그녀는 치료받을 때를 제외하고는 거의 캡슐 안에서 살고 있어요."

"그러면······."

"맞아요. 현실이 아닌 부분부터 시작한 거죠. 갇혀 있지 않은 공간에서, 조금씩 시작한 거예요. 현실에서 믿지 못하고 느끼지 못한 감정을, 가상의 공간에서라도 자신을 모르는 사람들을 만나면서 풀 수 있으면 좋을 텐데……."

집으로 돌아온 이현은 게임에 들어가기 전에, 아이템 거래 사이트부터 들러 보았다.

지금까지 이현이 거래한 물품은 단 하나에 불과했다. 그럼에도 그의 등급은 트리플 다이아몬드였다.

30억에 팔려 나간 〈마법의 대륙〉 계정.

그로 인해 최고 우수 고객으로 선정되었던 것이다.

— 40만으로 힘 20 이상 올려 주는 철검 삽니다.
— 전사에게 유리한 반지류 구합니다. 가격 제시.
— 푸른 인도자 부츠 구함. 30만.
— 마법사 귀걸이 구합니다. 시세에 추가금 드립니다.
— ……

사려고 하는 물품들은 끝도 없었다.

한 번 검색에 수십만 건이 떴다. 그러나 그것들 중 거래가 되는 경우는 별로 없다.

워낙에 많은 사람들이 아이템을 구매하려고 하니 수요는 충분한 상태. 공급이 이에 크게 미치지 못했다.

팔고자 하는 사람은 자신의 물건을 올려놓기만 하면 자동으로 경매가 진행되는 구조였다.

> - 단혼의 철퇴. 내구력 105. 공격력 96~105. 힘 15. 경매 시작가 100만.
> - 샤인의 축복 반지. 5분간 초당 3씩 마나가 회복되는 레어 아이템. 경매 시작가 300만.
> - 메시아링 귀걸이. 마법 저항력 상승. 화염 마법 숙련도 8% 상승. 경매 시작가 400만.
> - 톰스 대장장이의 망치. 무기 제작 성공률 15% 상승, 한 등급 더 높은 무기를 제작하게 해 줌. 경매 시작가 50만.
> - ……

경매 상위권에 있는 아이템들은 엄청난 가격대를 자랑했다. 그 밑으로 자잘한 아이템들이 이어졌지만, 그것들조차 10만 원을 훌쩍 넘는 것들이 많다.

그만큼 아이템이 희귀하다는 뜻이리라.

이현도 운 좋게 단단한 철검을 초반부터 구하지 못했더라면 흔해 빠진 퀘스트를 무한으로 반복하며 몇 쿠퍼씩 돈을 모아서 상점으로 달려가 마침내 무기를 사고, 그런 다음에야 사냥터로 향했으리라.

물론 허수아비를 때리면서 스탯을 키워 놓았으니 맨주먹으로 싸워도 되기는 한다.

하지만 그럴 경우에는 위드의 검술 스킬이 적용되지 않는다. 공격력이 절반 정도로 제한되고 마는 것이다.

현금으로 고가에 거래되는 무기나 방어구류에 비해 대장일이나 재봉처럼 제조와 관련된 물건들은 값이 저렴한 편이다. 조각사들이 쓸 만한 물건은 아예 목록에 있지도 않다.

〈로열 로드〉가 열린 지 아직 1년 3개월밖에 지나지 않았다.

한창 레벨 업과 모험에 열중할 때인 것이다.

이현도 게임을 하면서 자신을 제외하고는 제조 직업을 가진 사람을 보지 못했다.

현재는 대륙의 70%가 넘는 땅이 미개척지다. 너무나도 넓은 영토, 많은 퀘스트들이 기다리고 있다.

이런 무궁무진한 기회를 두고 장인의 꿈을 펼치는 사람들이 별로 없는 것은 당연했다.

로자임 왕국도 현실 시간으로 불과 6개월 전에 발견된 새로운 왕국이다. 아마도 왕국을 최초로 발견한 탐험대는 큰 소득을 거두었으리라.

대륙의 중심부에서는 제법 떨어져 있지만 주변에 미개척지와 알려지지 않은 던전들이 가득하고, 강한 몬스터들도 많다.

이현이 로자임 왕국에서 시작한 것도 그러한 이유였다.

'내가 너무… 늦은 건가? 아니야, 아직 기회는 충분하다.'

이현은 고개를 저었다.

1년의 준비 기간.

남들은 레벨을 올리고 명성을 쌓아 가고 있을 때, 그는 육체를 단련하고 정보를 수집하면서 지냈다.

이제 계정은 팔고 싶지 않았다.

가상현실 게임에서는 계정 판매 절차도 까다로울뿐더러, 그렇게 한 번 장사를 하고 그만둘 수는 없다.

최소한 5년간은 든든한 자금줄이 되어 주어야 했다.

'현재의 〈로열 로드〉라면 5년… 아니, 10년이 되어도 우리 가족을 먹여 살릴 수 있다. 혜연이를 대학에 보낼 수도 있겠지.

그러려면 무엇보다 안정적이어야 해. 나는 고등학교에서 끝났지만 내 동생만큼은…….'

따르릉!

그때 전화벨이 울렸다.

이현은 주위를 돌아봤지만, 할머니도 여동생도 나갔기에 어쩔 수 없이 그냥 전화를 받았다.

"누구십니까?"

─이현이냐? 여전히 삭막하게 전화를 받는구나. 나다, 상훈이.

"아, 신상훈."

꽤나 오랜만에 들어 보는 음성이었다.

'고등학교를 중퇴하고는 처음인가.'

"왜, 무슨 일이야?"

─오늘 고등학교 동창회 하는데…….

"일없다. 그런 건 졸업생들이나 모이는 것 아니었나? 나 같은 중퇴자가 동창회에 나가는 것도 우스워."

─하지만…….

"내가 왜 학교를 그만두었는지 알잖아. 나는 더 이상 학교에 미련이 없어."

─…….

"이 번호로 다시는 전화하지 마라."

달칵.

이현은 수화기를 내려놓은 뒤, 크게 한숨을 쉬었다. 받고 싶지 않은 전화를 받고 말았다.

고등학교 때는 기억하고 싶지 않았다.

사채업자들에게 수없이 두들겨 맞고 협박당하던 시절. 사채업자들을 피해서 학교를 다녀야 했다.

　새벽같이 학교를 가고, 숨어서 지내던 시절.

　사채업자들을 제법 잘 따돌리긴 했지만, 그들은 이현이 생각하는 것보다 훨씬 고단수였다. 사채업자들은 깡패들은 물론이고 학교 선생님들까지도 이용했다.

　정규 수업 시간에 반 친구들이 다 보는 앞에서, 담임으로부터 사채업자들의 돈을 갚으라는 말을 들은 적도 있었다. 담임은 자신이 맞고 싶지 않다면서, 이현의 다리를 붙잡고 애걸복걸했다.

　'그리고 나는 학교를 그만두고 말았지.'

　친구들이 지금 무얼 하고 있을지 약간 궁금하기도 하다. 그러나 그 수치스러운 기억을 안고 동창회에 나갈 수는 없었다.

　'결국 내가 할 수 있는 것은 게임뿐.'

　이현은 식사를 마치고 다시 캡슐 안으로 들어갔다.

　아침부터 해가 질 때까지는 어김없이 로드리아스의 저택 앞에 진을 치고 있는 생활이 계속되었다.

　위드가 아니면 정말로 하기 힘든 짓이다.

　"서쪽 계곡에서 사냥을 하는 게 어떨까. 그곳의 히피들은 레벨이 높지만 우리끼리라면 충분히 잡을 수 있을 거야."

　"이번에 엘라인 마을의 호송단에 속하셨다면서요?"

　"요즘 트롤의 피 가격이 폭등했어. 거의 3배나. 큰 전쟁이 다가올 조짐인 것 같아."

위드의 귓가로 주위의 말소리들이 들어왔다.

말이 우는 소리나 마차가 굴러가는 소리 역시.

대로에 앉아 있으면 수많은 정보들을 들을 수 있다. 세상이 흘러가는 이야기를 앉아서 알게 된다.

그런 재미라도 없었다면 도저히 견디지 못했을 것이다.

허수아비를 때릴 때에는 강해지는 맛이라도 있었지, 햇빛 아래에 가만 앉아 있는 건 고문이나 다름없다.

'달마대사가 며칠 면벽을 했다고 하지?'

현자 로드리아스를 만나기 위함이라지만 비슷한 수준의 고행이었다.

지난 2일 동안, 페일과 이리엔 등과 매일 만나서 사냥을 했다. 그들은 위드만큼 강하지 않기 때문에 경험치를 모으는 속도는 훨씬 느리다.

그러나 그들은 아침과 낮, 해가 지기 전에도 사냥을 할 수 있다. 덕분에 레벨이 오르는 속도는 위드와 별로 차이가 나지 않는다.

밤에는 경험치가 30% 더 들어온다지만 몬스터들이 절반이나 강해지는 것도 사실이니, 어쩌면 아침과 낮의 사냥이 훨씬 효율적일 수 있다.

공격력이 막강한 위드가 없을 때, 그들만으로 파티 사냥을 한다면 틀림없이 그럴 것이다.

특히 페널티 아닌 페널티로, 직업이 없으면 직업 관련 스킬을 일찍 배우지 못한다는 점은 매우 크다.

레벨이 더 높아진 상태에서 직업을 구한다면 스킬 숙련도에서 뒤떨어진다.

　게다가 이렇게 가만 앉아서 기다리고만 있는 것은 인내심의 문제이기도 했지만 시간이 너무나 아까웠다.

　'지금 내가 할 수 있는 것은, 조각술? 조각이라…….'

　위드는 주위를 둘러보았다. 마차의 축에서 떨어져 나온 것인지 나무토막이 하나 있었다.

　나무토막을 줍고, 조각칼을 꺼내어서 스킬을 시전한다.

　"조각술!"

　스스슥.

　위드의 손이 움직일 때마다 나무토막은 점점 잘려 나가며 형태를 만들어 간다.

　"이게 뭐야."

　스킬이 완성되고 난 후에 위드는 푹 한숨을 쉬었다.

　네모난 나무토막을 기껏 조각해 보니 둥글게 만든 정도에 불과했던 것이다.

　"이럴 바에야 차라리 내가 조각을 하는 게 낫지."

　위드는 나무토막을 하나 더 주워 와서 조각칼로 깎기 시작했다.

　과거에 재봉 공장에서 일했던 경험이 있으니 나름 손재주도 있었고, 무얼 만드는 것은 매우 익숙한 위드이다.

　슥슥.

　조각칼은 얼마나 날카로운지 닿기만 하면 나무가 잘려 나갔다. 몇 번 시행착오도 겪었지만 이윽고 작은 검 모양의 조각을 완성했다.

조각술 스킬의 숙련도가 향상되었습니다.

손재주 스킬의 숙련도가 향상되었습니다.

나란히 뜨는 메시지.

위드는 새로운 사실도 약간씩은 깨달았다.

굳이 조각술을 의도적으로 시전하려고 하지 않더라도, 조각을 하는 행위 자체가 스킬과 관련이 있다는 것.

그리고 조각술을 펼칠 때에는 무엇을 만들 건지 확실하게 인지하고 있어야 한다는 것.

"그냥 노는 것보다는 조각술이라도 올리는 게 낫겠군."

심심하던 위드는 땅바닥에 굴러다니는 나뭇조각들을 주워 와 조각을 하기 시작했다.

"이것도 나름대로 재미는 있는걸."

어릴 때에 학교에서 미술 선생님으로부터 조각을 잘한다는 칭찬을 들었던 것이 떠올랐다.

대체로 아무짝에도 쓸모없는 물건들이 나왔지만, 몇 개는 위드가 보기에도 정말 괜찮은 물건들이었다.

약 5시간 동안 위드는 조각술에 전념했다.

땅바닥에 주저앉아 열심히 조각칼로 나무를 깎고 있는 모습이었지만 멍하니 앉아 있는 것보다는 훨씬 나았다.

조각술 스킬의 레벨이 상승했습니다.
조금 더 복잡하고 아름다운 조각품을 만들 수 있습니다. 조각품의 실패율이 줄어듭니다.

스킬의 수준이 낮았기 때문에 손재주와 조각술 스킬이 빠르게 올라간다.

"오오."

위드는 경탄했다.

조각술 스킬이 늘어나면서, 조각을 하는 도중에 이런저런 화면들이 뜬다. 여기는 둥글게 파는 것이 좋다든지, 어떤 무늬를 넣을 수 있는지, 마치 힌트처럼 장면들이 주어진다.

위드는 그것들 중 하나를 선택해서 직접 조각할 수 있었다. 혹시 실수로 잘못 조각하더라도 조각술의 스킬이 보조해 주어서 봐줄 만한 물건이 나왔다.

아니, 이제는 꽤 멋진 작품들이 나온다.

어제 잡았던 작은 여우 모양의 조각품이나, 늑대도 어렵지 않게 만들어 낸다.

생동감이 넘치는 조각품들이 완성되어 위드의 주변에 놓여 있었다.

위드의 조각술은 현재 2. 그렇지만 자하브의 조각칼에 걸려 있는 옵션에 의해 스킬 레벨이 4로 적용된다.

자하브의 조각칼은 조각사라면 모두 다 탐낼 만한 유니크 아이템인 것이다!

'물론 아무도 조각사가 되고 싶어 하지 않는다는 게 문제겠지만.'

현재 조각사란 직업은 전멸이나 마찬가지다.

설혹 있다고 하더라도, 조각사의 레벨이 높아 봐야 얼마나 높겠는가? 팔려고 해도 별로 돈도이 되지 않을 것이다.

조각품을 5개째 만들었을 때였다.

스탯, 예술이 생성되었습니다.

예술
아름다움을 이해하고 실천하는 능력. 정성이 담긴 요리는 보기만 해도 맛있을
것 같고, 예술성이 높은 사람이 만든 물품들은 하나같이 고급스럽게 보인다. 오
래된 벽화나 장식품 등을 감상할 때에도 오르지만 직접 제작할 때 많이 오른다.

위드는 잠시 침묵했다. 예술 스탯이 지닌 무궁무진한 가능성
을 확인해 본 것이다.

그리고 빠르게 판단을 내렸다.

"예술 스탯 삭제!"

스탯은 삭제되지 않습니다.

"이런 젠장!"

스탯은 무제한으로 만들어지지 않는다.

그에게 필요한 스탯은 최대 15개가 한계였다. 아끼고 아껴서
꼭 필요한 스탯만 만들어도 모자랄 판에 그중 하나가 예술이라
니 얼마나 안타까운 일이란 말인가!

'이렇게 된 바에야 할 수 없지.'

불필요한 스탯이라는 생각이 들었기에 레벨이 오르더라도
절대로 예술 따위에 스탯을 분배할 생각은 없었다.

다행히 내버려 뒤도 알아서 성장한다지만 어디 쓸모가 있겠
나 싶었다.

위드는 열심히 조각을 했다. 하지만 솔직히 염불보다는 잿밥에 관심이 많다.

"조각술은 별 볼일 없지만 손재주가 늘어나면 여러모로 좋지. 검술의 공격력이 늘어나는 것은 물론이고, 궁술에도 손재주가 중요하게 작용한다니까. 섬세한 작업이 필요한 때라면 언제든 유용할 테고."

손재주는 두루 영향을 미치는 중요한 스킬이다.

> 손재주 스킬의 숙련도가 향상되었습니다.

> 손재주 스킬이 상승했습니다.
> 만드는 조각품에 영향을 줍니다. 요리와 재봉을 배울 수 있는 자격이 생겼습니다. 무기를 다루는 기술이 늘어 공격력이 3% 상승합니다. 주먹의 공격력이 5% 상승합니다.

조각술을 펼치면서 손재주가 가장 빨리 올라서 스킬 레벨이 3이 되었다.

"의외로 할 만한걸."

위드는 손재주 스킬의 빠른 향상에 매우 만족했다.

만들어지는 조각품들이 실제로는 스킬 레벨 4의 것들인 까닭도 있겠지만, 무엇보다 조각술 자체의 영향이 컸다.

요리나 재봉도 손재주의 영향을 크게 받지만 미세한 세공을 하는 조각술만큼 손재주와 관련이 깊은 스킬은 없는 것이다.

어찌 본다면 손재주 스킬을 키우기에 조각술만 한 게 없다. 물론 손재주를 키우기 위해서 필요도 없는 조각술을 배울 사람은 드물겠지만.

'그래도 재봉은 배우고 싶지 않아!'

요리야 맛있는 음식을 만들어서 먹을 수 있으니 익혀 두는 것도 괜찮다.

비싼 가게에서 음식을 사 먹는 것보다는 재료들을 사서 직접 만들어 먹는 편이 싸게 먹히니까.

게다가 일주일씩 성에 돌아오지 않고 사냥을 하다 보면 이런 저런 요리 재료들을 모아 직접 해 먹어야 스태미나가 더욱 오래 보존이 된다.

인스턴트 음식인 건량으로는 스태미나가 완전하게 회복이 되지 않는 것.

하지만 재봉 공장에서 실밥을 땄던 경험 때문인지 위드는 재봉만큼은 배우지 않으리라 결심했다.

'재봉이 세상에서 제일 싫어! 옷 따위는 절대로 만들지 않을 거야.'

열심히 조각을 하고 있는 위드의 앞에 검은 그림자들이 드리워졌다.

"어머, 어쩌면……."

"저것들 정말로 살아 있는 것 같아."

"저렇게 생생한 조각품을 보는 건 처음이야."

위드는 웅성거리는 소리에 슬쩍 고개를 들어 보았다. 그런데 수많은 사람들이 앞에서 조각품들을 구경하고 있는 것이 아닌가.

작고 예쁘장한 여자아이가 토끼처럼 만들어진 조각품을 손으로 가리켰다.

"아저씨, 그거 파는 거예요?"

여자들이 아줌마라는 소리를 듣기 싫어하는 것처럼, 남자들 역시 때로는 아저씨란 소리를 듣고 싶지 않은 것이다.

불행히도 위드 역시 그런 부류 중 하나였다.

하지만…….

"예, 파는 겁니다."

위드는 친절하게 웃으며 대답했다. 두말할 필요도 없이 돈의 냄새를 맡았기 때문이다.

"그럼 저 그거 하나 주세요. 가격은 얼마죠?"

위드는 토끼 조각품을 건네주면서 잠시 고민을 했다.

"가격은……."

여기서 적당한 가격을 불러야 한다.

어차피 남아도는 것이 조각품이 아닌가.

내버려 두면 전부 재고로 남을 것이고 필시 내다 버리게 될 텐데, 잘만 하면 적당한 금액을 받고 전부 처분할 수도 있지 않겠는가!

위드는 손가락 2개를 펼쳐 보였다.

"이만큼만 받겠습니다."

"2실버라니, 생각보다 싸네요."

여자는 2실버를 지불하고 조각품을 받았다.

"정말 예뻐요. 잘 간직할게요."

위드는 멀어져 가는 그녀의 뒷모습만 멍하니 바라보았다.

손가락 2개를 보여 준 것은 동전 2개라는 뜻이었다.

단 2쿠퍼.

그런데 무려 100배나 되는 돈을 내고 사 간 것이다.

"아저씨, 저도 하나 주세요."

"저희도요. 저희는 저 여우 2개 주세요."

위드가 만든 조각품들은 불티나게 팔렸다.

작은 것은 2실버에서 큰 것은 3실버까지 가격이 책정되었고, 주로 검이나 방패 모양의 조각품보다는 성 앞 사냥터에 있는 여우나 토끼의 조각품들이 잘 팔렸다.

귀엽기도 했거니와 초보 시절의 추억으로 사 가는 사람들이 많았기 때문이다.

레벨이 100만 되더라도 하루 동안 사냥해서 몇 골드를 벌기란 그리 어려운 일이 아니다. 그들에게 2실버는 그렇게 큰돈이되지 못했다.

위드의 조각품들은 곧 품귀 현상까지 빚어냈다.

"저희는 여우를 조각해 주세요. 꼬리가 9개 달린 여우로요. 가능하겠죠?"

위드는 잠시 생각해 보다가 고개를 끄덕였다.

그리 어려운 형태도 아니고 꼬리만 9개로 제작하면 된다. 가능할 것 같았다.

"예. 다만 별도로 형태를 주문한 조각품은 가격이 조금 추가됩니다."

"얼마나요?"

"한 5실버 정도……."

위드는 말하고 나서 내심 너무 비싸게 부른 게 아닌가 하고 후회했지만, 사려는 사람들은 쉽게 고개를 끄덕였다.

"네. 그럼 만들어 주세요. 대신 예쁘게 만들어 주셔야 해요?"

성내에 조각 상점은 있었지만 거기는 큰 동상들을 위주로 제작하고, 또한 보석이나 금붙이로 치장해서 비싼 값을 매겨 놓으니 구입하지 못한다.

그리고 조각술을 수련하는 사람 자체가 없기 때문에, 위드의 조각품은 희소가치가 있었던 것이다.

"와, 정말 예쁘다."

조각품을 구입한 사람들은 이리저리 살펴보면서 기뻐하는 표정이다.

"다음에 또 살 일이 생길지도 모르니 이름을 알려 주세요."

"위드. 조각사 위드입니다. 언제라도 필요한 조각품이 있으면 찾아 주십시오."

"그럼 나중에 또 봐요."

소문을 듣고 다른 곳에서도 사람들이 찾아왔다.

"여기래, 여기."

"저희도 조각품을 만들어 주세요."

위드가 어제 하루 동안 파티 사냥으로 번 돈이 4실버였다. 하지만 한두 개만 조각을 해 주어도 금방 그 돈을 벌게 된다.

하나를 조각하는 시간은 약 10분.

재료비야 거의 들지 않으니 엄청난 흑자를 내는 사업이다.

다음 날부터 위드는 아예 목공소에 가서 나뭇조각을 대량으로 구입해다가 조각품을 만들기 시작했다.

손재주와 조각술의 스킬도 착착 올라가면서 더욱 예쁘고 아름다운 조각품들이 나왔다.

스킬이 높아지면서 조각품들이 좀 더 비싼 가격에 그리고 바로바로 팔려 나간 것은 두말할 필요도 없는 일이다.

천 개 중 한두 개, 대성공으로 나오는 작품들은 경매까지 붙을 정도였다.

이제 조각사에 대한 위드의 인식이 약간은 바뀌었다.

큰돈은 아니어도 제법 짭짤한 부수입을 올려 주는 직업으로.

집요한 바비큐 쟁탈전!

"끄으응!"

로드리아스는 앓는 소리를 냈다.

벌써 6일째였다.

여전히 창밖에는 위드가 있다. 굳이 밖을 내다보지 않아도 알 수 있었다.

한창 조각품들을 사람들에게 팔고 있을 테지.

"무슨 일인지 한번 나가 봐야겠군."

지독하게 게으른 로드리아스였지만 6일째 되는 날은 도저히 참지 못하고 밖으로 나왔다.

"내가 바로 로드리아스네. 자네는 무엇을 내게 전해 주기 위해 기다리고 있었던 것인가?"

"우와! 현자가 나왔어."

"정말 현자다."

"지혜의 별 로드리아스!"

위드에게서 조각품을 사기 위해 기다리고 있던 사람들은 깜짝 놀랐다.

현자들의 공통점이라면 대체로 귀찮은 일들을 싫어했다. 특히나 누군가 찾아와서 귀찮게 하는 일은 질색이었다.

그런 로드리아스가 마침내 문밖으로 나온 것이다.

위드는 품에서 푸른 새가 그려져 있는 손수건을 꺼내 현자에게 보여 주었다.

"이것이 제가 전해 드리려고 한 물건입니다."

그 순간 로드리아스의 눈에 물기가 어린다.

"이것은… 이베인 왕비님의 손수건! 여기는 사람이 너무 많군. 저택 안으로 들어오겠나?"

"예, 알겠습니다."

위드는 싱긋 웃으며 자리에서 일어났다.

"오늘 장사는 여기까지입니다."

"우우!"

"우리도 볼 수 있게 해 줘요!"

몰려 있던 사람들이 원망 섞인 음성을 내뱉었지만, 위드나 로드리아스나 그리 신경 쓰지 않았다.

로드리아스는 저택 안으로 위드를 이끌었다.

"이제 조용해졌군. 이 손수건을 가져온 사람은 내게 한 가지를 말할 수 있네."

"예, 알고 있습니다."

현자 로드리아스!

그는 이베인 왕비의 물건을 가져온 사람에게만 한 가지 정보를 주겠다고 공언했다.

위드가 가져온 것이 바로 그녀의 손수건이다.

"말해 보게. 무엇이든 들어 주겠네."

진지한 로드리아스의 태도는 현자로서 타인의 고뇌를 덜어 주어야 한다는 의무감에 불타오르는 것만 같았다!

그러나 여기에 로드리아스의 시커먼 속셈이 있었다.

이베인 왕비의 손수건은 그가 그렇게도 찾았던 물건이지만, 위드를 돕고 싶은 마음은 추호도 없었다.

약속과 다르지 않냐고?

전혀 아니다.

로드리아스는 위드에게 한 가지를 말할 수 있다고 했고, 무엇이든 들어 주겠다고 했다.

즉, 고민거리가 무엇인지 듣기만 하면 된다. 지적 욕구와 호기심을 채우기 위해서. 그걸로 끝이다.

해결책은 추호도 말해 줄 생각이 없었다.

지금까지 많은 유저들이 로드리아스에게 그런 식으로 골탕을 먹었다.

불량하고 까다로운 조건만 내걸면서 절대로 유저들이 원하는 답을 알려 주지 않는 로드리아스!

그래서 지혜의 별이라는 별명 외에 유저들이 붙여 준 별명으로 '퀘스트의 무덤'이라는 소리를 듣는 것이었다.

이 유치하고 치졸한 방법에 위드는 넘어가지 않았다.

애초에 위드는 로드리아스를 믿지 않았던 것.

인간이란 무척이나 나약한 존재다. 〈로열 로드〉를 하기 위해

1년간 준비하는 과정에서 뼈저리게 느꼈다.

약해지려는 의지, 편함만을 찾는 육체.

자기 자신도 믿지 않는 위드가 처음 보는 로드리아스를 믿을 리 없었다.

"말하면 뭐가 달라집니까?"

"달라…지다니?"

"제 고민을 듣고 나서 도움이라도 주실 건지요?"

"그건……."

"그러니까 말 안 하겠습니다. 입만 아프지, 뭐 하러 말을 합니까. 귀찮아요."

"……."

로드리아스는 눈살을 찌푸렸다. 본인은 전혀 그런 뜻이 아니었는데 위드의 의심병에 당했다는 표정이다.

"좋아. 그럼 이야기를 해 보게. 자네가 바라는 것이 무엇인지를 말하면 되네. 이베인 왕비님의 손수건을 가져온 자네에게는 자격이 있네."

로드리아스가 은근한 어조로 말했다.

'제깟 놈이 이제는 말하겠지!'

하지만 위드는 그의 생각보다도 훨씬 간악하고 비열하며 용의주도했다. 로드리아스가 이렇게 나오기를 기다리고 있었던 것이다. 아니, 이렇게 나오도록 유도한 것이었다.

이 사실을 모른다는 것이 로드리아스에게는 불운이었다.

위드는 다시 한 번 확인했다.

"말하면 정보를 줄 겁니까?"

"……."

"정보를 안 준다면 말하지 않겠습니다."

"에… 그것은 말이네."

"이베인 왕비님의 손수건은 무척 귀해 보였습니다만. 특히 현자님께는 남다른 의미가 있는 물건 같더군요. 그런데 도로 가져갈까요?"

"가져가게!"

"안녕히 계십시오."

위드가 정말로 돌아서서 가려고 하자, 로드리아스는 어쩔 수 없다는 듯이 두 손을 들었다.

"자네의 고민을 듣고 도움을 주겠네. 이베인 왕비님의 손수건을 가져오는 자에게 한 가지 정보를 알려 주겠다고 약속한 것도 있으니, 무리한 일이 아니라면 내가 할 수 있는 한도에서 말이야."

"사내로서 약속하신 겁니다."

"그야 물론… 그러나 나중에 자네도 내 부탁을 하나 들어주어야 하네. 그때가 언제가 될지는 몰라도 말이야."

위드는 잠시 생각해 보다가 고개를 끄덕였다.

"그렇게 하지요."

로드리아스는 슬쩍 웃음을 지었다.

"자네가 이토록 힘들어하는 고민이 뭔가? 웬만한 일이라면 나를 며칠씩이나 기다리진 않았을 텐데 말이네."

호기심 가득한 질문이었지만, 로드리아스에게는 따로 흑심이 있었다.

'어차피 별건 아닐 거야. 감히 나를 골탕 먹이다니, 내가 어디 너의 뜻대로 호락호락 넘어갈 줄 아느냐? 정보를 알려 달라고? 알려 준다, 알려 줘. 하지만 아주 지독하게 꼬아 놓은, 극악의 방법만 알려 주지. 너는 나를 귀찮게 한 대가를 톡톡히 치르게 될 것이다.'

로드리아스는 고민거리만 알아낸다면 수백 배로 보복할 자신이 있었다.

어떤 사람을 알려 달라 하면 그 사람의 사돈의 팔촌을 연결해 줘서 찾아가게 할 것이고, 어떤 지명을 묻는다면 이름만 같고 전혀 엉뚱한 곳을 알려 주리라.

'크헤헤헤.'

로드리아스의 음흉한 속셈을 아는지 모르는지 위드가 드디어 고민거리를 이야기했다.

"제가 선택할 직업 때문입니다."

"직업? 그러고 보니 자네는 아직 직업을 갖지 않았군."

"예, 그렇습니다."

로드리아스는 가볍게 웃었다. 이 정도라면 그가 예상했던 정보들 중에서는 굉장히 수준이 낮다.

아직 사람들이 찾아내지 못한 던전 정보라든가 왕국의 정책들이라도 물어볼 줄 알았던 것이다.

좋은 던전의 경우에는 하나만 발견하더라도 대박이고, 정책들 역시 활용하기에 따라서는 엄청난 가치를 지닌다.

로자임 왕국에서 내년부터 남쪽 지역을 개발한다고 하는데, 지금부터라도 그 지방의 상권을 선점하고 있다면 그때 가서 큰 이득을 거둘 수 있을 것이다.

그러니까 겨우 직업 선택을 도와달라는 부탁 정도는 로드리 아스에게 무척이나 간단한 일이다.

"겨우 그 정도 일을 가지고 고민했던가? 직업 때문이라면 나를 끌어들이지 않아도 되었을 텐데. 직업소개소만 가도 해결될 일 아닌가. 5일이나 이 앞에 앉아서 나를 기다릴 필요는 없었을 거란 말일세."

"현자님이 가장 정확한 판단을 내려 주신다더군요."

"좋아. 내가 그럼 자네가 할 만한 직업을 추천해 주지! 자네의 능력치를 불러 보게."

"예."

위드는 수련관에서 각 스탯들을 최고로 올린 이후로 처음으로 캐릭터 정보를 불러내었다.

"정보 창!"

캐릭터 이름: 위드		
성향: 무	레벨: 13	
직업: 무직	칭호: 없음	
명성: 20	생명력: 960	마나: 100
힘: 55	민첩: 105	체력: 50
지혜: 10	지력: 10	투지: 67
지구력: 89	예술: 23	통솔력: 5
행운: 5	공격력: 19	방어력: 5
마법 저항: 무		

주야를 가리지 않고 플레이한 결과 레벨이 13이나 되었다. 이제 늑대 정도는 여유 있게 잡을 수 있었다.

"허억."

로드리아스는 경악했다.

"레벨 13인데 생명력이 960이나 돼? 그 레벨에 힘이 55, 체력이 50, 민첩은 100을 넘어가? 아, 수련관! 수련관에서 스탯을 올린 게로군! 자네의 독기도 정말 보통이 아니네."

과연 로드리아스는 지혜의 별이라는 명성답게 위드의 스탯만 보고도 어떤 일이 일어났는지를 알아챘다.

그러나 놀라움은 이제부터였다.

"뭐야, 조각술의 스킬이 4에 손재주 스킬이 6이라고? 믿을 수가 없군. 믿기지 않는 일이야! 대체 자네는 어떻게 살아온 것인가."

"그건…….".

위드는 자신의 지금까지 행적을 들려주었다. 로드리아스는 놀라움으로 입을 다물지 못하였다.

"교관과의 친밀도가 높아서 그런 의뢰들도 받을 수 있었군. 그리고… 뭐라고? 자하브의 유지를 이어? 그런데 달빛 조각사로 전직할 수 있는 기회를 스스로 걷어차 버렸다고?"

로드리아스는 눈을 부릅뜬 채로 경악했다. 이웃 왕국이 침략했을 때에도 이처럼 놀라지는 않았다.

자하브. 그가 누구인가.

대륙의 숨겨진 절대 강자 중 한 사람이다.

전 왕비와의 인연으로 인해서 로드리아스도 그를 만난 적이 있는데, 그의 스킬들과 검술은 이미 특별한 경지였다. 자하브의 훌륭한 인품과 실력에 반한 로드리아스는 그와 친구가 되었다. 그때가 50년 전이니, 비범한 두 청년의 만남이었다고도 할 수 있을 것이다. 로드리아스는 자하브가 왕국을 떠나지 않도록 몇 번이나 왕에게 간언하기도 했다.

"허어, 그렇게 좋은 직업을 거부하였다니……. 자네는 대체 어떤 직업을 갖고 싶은 건가?"

"돈을 많이 벌 수 있었으면 좋겠습니다."

로드리아스는 잠시 침묵했다.

'어쩌면 이놈이야말로 내가 기다려 온 인물일지도 모른다. 대왕의 유지가 이제야 이어질 수도 있겠어.'

고대로부터 내려오는 어떤 직업.

대륙을 최초로 일통했던 전설의 황제 게이하르 폰 아르펜.

그 인연은 로드리아스 자신과도 연결되어 있었다.

'다만 이 녀석이 받아들일 그릇은 못 될 것 같아서… 아닌가? 그래, 뭐… 어차피 이 녀석이 생고생을 하는 것이지 내가 하는 건 아니니까.'

로드리아스는 근엄한 얼굴로 다시 입을 열었다.

"자네."

"예."

"굼벵이보다 뛰어난 인내와 바퀴벌레처럼 치열한 생존 능력에다가 거머리처럼 악착같지 않으면 절대로 해결할 수 없는 의뢰가 있다네. 그래도 하겠는가?"

"……."

"왜 그러는가."

"표현이 썩 마음에 들지는 않는군요. 다만 저는 무엇이든지

할 각오가 되어 있습니다."

"좋은 의지네. 마치 할 수만 있다면 구더기라도 으적으적 씹어 먹겠다는 자신감으로 충만해 있는 것으로 보이는군."

"……."

"내가 말한 대로만 하면 직업이 생길 걸세. 다만 조금 힘든 퀘스트가 될 터인데, 자네가 받아들일 수 있을지 모르겠군."

위드는 이때 깊은 음모의 기운을 눈치채고야 말았다.

"어디 말씀해 보십시오."

"혹 리트바르 마굴에 대해서 알고 있는가?"

"예, 그렇습니다."

리트바르 마굴이라면 수련관의 교관이 퀘스트를 주려고 했던 장소이기도 하다.

"그럼 위치 등을 따로 알려 줄 필요는 없겠군. 수단과 방법을 가리지 말고 그곳의 모든 악의 무리를 잡게! 그러면 자네에게 새로운 직업이 생길 걸세."

띠링!

리트바르 마굴의 몬스터 소탕

마굴 안에 서식하고 있는 몬스터는 총 100마리이다. 이들을 전부 한 번씩 죽이고 자신의 자격을 증명하라. 새로운 길이 열리게 될 것이다.

난이도: 알려지지 않음.

제한: 없음.

위드는 몇 번이나 퀘스트를 확인해 보았다.

'이 늙은이가 무슨 꿍꿍이가 있는데…….'

그렇지 않고서야 리트바르 마굴과 관련된 퀘스트를 주었을 리가 없다.

리트바르 마굴은 이미 많은 부분이 공개된 장소로, 총 지하 5층의 던전이었다.

밤낮을 가리지 않고 유저들이 그곳에서 사냥을 하고 있다. 레벨 20에서부터 50까지의 몬스터들이 주로 나오는데, 현재 위드의 레벨은 13이다.

다만 위드는 수련관에서 올린 스탯으로 정상적인 레벨 40 이상의 강함을 보유하고 있다.

높은 검술 스킬과, 손재주 스킬 등의 부가적인 효과까지 포함한다면 아마 50레벨의 몬스터도 잡을 수 있을지 모른다.

리트바르 마굴의 몬스터 소탕은 위드에게 힘들지만 불가능한 일은 아닌 것이다.

'무언가가 있다. 무언가……. 그렇지만 일단 현자는 거짓말을 하지 않아. 어떤 음모가 숨어 있건 간에 이 퀘스트를 완료하면 내게 가장 적합한 직업을 가질 수 있다는 것만은 분명해.'

퀘스트에서는 함정의 냄새가 물씬 풍겨 났다.

'적어도 통상적인 마굴 사냥을 뜻하는 것은 아닌……. 어쩌면 이것은!'

위드의 눈빛이 날카롭게 빛난다.

"어떤가. 수락하겠는가? 참고로 말해 두자면 나는 지금 이것보다 더 좋은 이야기를 할 수 없으니 싫거든 알아서 하게."

위드는 잠시 고민하다가 고개를 끄덕였다.

"현자님의 말씀을 따르겠습니다."

"좋아. 그러면 리트바르 마굴의 몬스터들을 전부 잡고 내게로 오게나. 만에 하나라도 성공할 시에는 자네에게 줄 물건이 있으니까 말이야. 물론 절대로 성공하지 못하겠지만. 푸하하하."

로드리아스가 통쾌하게 웃어 재꼈다.

⋇⋇⋇

퀘스트를 받은 위드는 곧바로 수련관으로 향했다.

'늦기 전에 가야 한다.'

아직 점심시간이기에 위드의 발걸음은 무척이나 빨랐다. 때마침 교관은 도시락을 꺼내 막 먹으려던 참이었다.

"교관님."

"위드가 아닌가! 자네가 너무나도 보고 싶었네."

"저도 교관님을 뵙고 싶어서 찾아왔습니다."

"이럴 게 아니라… 뭐라도 먹으면서 이야기하지."

"감사합니다."

위드는 적절한 아부로 한 끼의 식사를 해결할 수 있었다. 교관의 체구는 그야말로 엄청나서 도시락도 거대했다. 위드가 얻어먹고도 남을 정도였다.

"그런데 교관님, 저번에 말씀하셨던 의뢰 말입니다."

"응? 그게 뭐?"

"저도 참가하고 싶습니다."

"하하하. 내 이럴 줄 알고 자네의 자리를 남겨 달라고 말해 놨지. 의뢰를 받겠다면 나도 좋네."

교관이 흔쾌히 위드의 부탁을 들어준다.

"감사합니다."

퀘스트를 수락하였습니다.

"출발까지는 하루가 남았군. 그럼 오늘 밤에는 나의 집에 머무르지 않겠는가?"

"죄송합니다. 내일 출발하려면 준비할 것들이 많아서……."

"아쉽군. 자네를 위해서 저녁을 준비하려고 했는데."

"저녁을요?"

"그럼. 오늘 아내가 통돼지바비큐 요리를 낼 거라고 해서 말이지."

위드의 입안에 사르르 군침이 돌았다. 고소하고 매콤한 바비큐! 도저히 거부하기 힘든 유혹이다.

"사실 교관님 댁에 꼭 한번 방문해 보고 싶었습니다!"

"하하하. 자네가 그럴 줄 알고 있었다네."

"헤헤헤."

위드는 절대로 자신이 비굴하거나 옹색한 인생을 살고 있다고는 생각하지 않았다.

다만…….

다만 보리빵이 지겨울 뿐이다.

〈로열 로드〉는 맛조차 완벽하게 재현해 놓았다.

그것이, 갓 잡은 생선으로 회를 만들면 그 신선도를 음미할 수 있을 정도, 음식을 오래 두면 딱딱해지고 쉰내까지 날 정도였다.

보리빵의 맛이라면 말할 것도 없다.

벌써 2달 넘게 보리빵만 먹은 위드의 입맛은 최악의 상황에 이르렀다. 빵만 보아도 신물이 올라올 정도.

이런 때에 통돼지바비큐로 입가심을 하는 것도 나쁘진 않으리라.

물론 공짜라서 더욱 좋다.

"그럼 저녁에 다시 오겠습니다."

"그래, 기다리고 있겠네."

수련관에서 새 퀘스트를 받은 위드.

"이제 3개의 퀘스트가 전부 차게 되었군."

하나는 기약도 할 수 없는 자하브와 관련된 퀘스트라면, 나머지 둘은 한 번에 해결할 수 있는 퀘스트다.

"로드리아스의 퀘스트는 무언가 함정이 있어 보이기는 하는데… 괜찮겠지?"

부딪쳐 보면 될 일이다.

최악의 경우 죽기밖에 더하겠는가.

물론 죽고 싶은 사람은 아무도 없겠지만 어느 정도의 난관은 예상하고 있었다.

"이제는 나를 정비할 시간이다. 내일 오전에 리트바르 마굴에 갈 준비를 해야겠지."

위드는 당당하게 번화가로 향했다.

화려한 옷을 입은 사람들이 지나가고, 흥정하는 소리들이 끊이지 않는다.

좌판을 벌여 놓고 장사하는 사람들도 있다.

위드는 무기점에서 활을 사고 화살도 넉넉하게 마련했다.

시오그라데의 활

오크의 힘줄을 꼬아 만들었다는 활이다. 투박하게 만들어 정밀도는 낮지만 위력은 나쁘지 않다. 막 시작한 궁사들이 다루기 좋다.

내구력: 50/50

공격력: 5~6

연사 속도: 4

가격은 1골드 20실버.

그러나 제값을 내고 사진 않았다.

위드는 나비 모양의 조각품 하나를 점원에게 건네는 것으로 1골드에 구입할 수 있었다.

조각품을 여자들에게 주면 상당한 호감도를 얻을 수 있다는 사실을 우연히 발견한 덕분이었다.

'조각술. 역시 중요한 곳에는 쓸모가 없지만……'

지긋지긋한 보리빵도 충분한 양을 샀다.

굶는 것보다는 보리빵이라도 먹는 편이 낫다.

그리고 전투를 하게 되면 공복이 빨리 찾아온다. 공복 상태에서는 동작이 느려지고 체력이 저하되는데, 허수아비를 때릴 때처럼 여유를 부릴 수는 없는 것이다.

위드는 배낭을 화살과 약초 그리고 빵으로 가득 채웠다.

그렇게 만반의 준비를 끝낸 후, 다시 수련관에 있는 교관을 찾았다.

"제 준비는 다 끝났습니다."

"오, 그런가. 그럼 우리 집에 가세. 자네를 기다리는 사람이 있다네."

"사람이라니요? 오늘의 저녁 식사에 저 외에 다른 누구를 초대하셨습니까?"

"어… 내, 내가 말하지 않았나?"

교관은 어딘지 당황한 기색이었다. 그러더니 금방 표정을 바꾸고 얼버무렸다.

"그런 사람이 있지. 자네와 아주 잘 어울릴 것이네."

잠시 위화감이 느껴지긴 했지만, 위드는 별일 아닐 것이라고 생각하며 마음을 놓았다.

"자, 어서 우리 집에 가세!"

교관은 위드의 손을 덥석 잡더니 자신의 집으로 향했다.

교관의 손은 고릴라처럼 털이 숭숭 나 있었다. 꽉 손을 움켜잡고 있는 교관 때문에 위드의 이마가 찌푸려졌다.

"손은 놓고 가도 되는데요."

"아닐세. 혹시 자네를 놓쳐 버릴 수도 있으니까."

"예?"

이윽고 교관의 집에 도착한 두 사람.

위드는 벽난로에 장작불이 타오르고 훈훈한 온기가 집 안에 감도는, 그런 화목한 가정을 기대한 것은 아니었다.

교관이 종족을 뛰어넘은 사랑으로 바바리안 출신의 아내와 결혼해서 아직 아이를 갖지 못했다는 이야기를 들은 적이 있기 때문이다.

하지만 문이 열리고, 미리 식탁에 앉아 있는 그녀를 보며 위드는 놀라지 않을 수가 없었다.

'대단하다.'

일순간 숨 쉬는 것조차 잊어버릴 만큼 예쁜 소녀였다. 그저 앉아 있는 것만으로도 한 폭의 그림이 될 정도였다.

하지만 곧 위드는 튕기듯이 물러났다.

교관의 집에 있기에 으레 NPC인 줄 알았다. 그러나 그녀는 위드와 똑같은 유저였다. 그것도 차고 있는 장비로 추측해 볼 때 매우 높은 레벨의 유저이리라.

그뿐이라면 위드가 이렇게 놀라지는 않았을 것이다.

그녀의 이름은 붉은색으로 표시되어 있었다.

유저의 경우에는 자신을 드러내지 않는 한 NPC인지 아닌지 구분지 구분이 되지 않는다. 그러나 사람을 죽인 살인자는 이름을 숨기지 못한다. 이마에 붉은색 마름모와 함께 이름이 나타난다.

살인자의 표시.

같은 유저를 죽인 머더러의 표시였다.

"이런, 이런……. 이럴 줄 알고 내가 손을 꽉 잡고 있었던 거라네."

위드는 도망치려고 했지만 교관이 붙잡고 있어서 그 시도는 성공하지 못했다.

"교관님."

"응?"

"저를 그렇게 죽이고 싶으셨습니까?"

"흐흐. 눈치챘나?"

교관이 음흉하게 웃었다. 그것을 보며 위드는 다시 마음을 놓았다. 진짜 그를 죽이고 싶었다면 다른 사람을 통하지 않고 곧바로 손을 썼을 것이다.

"자리에 앉게. 두 사람, 서로를 소개해 주지. 여기는 위드, 아직 레벨은 낮지만 기초 수련관을 훌륭하게 통과한 사람이야."

위드는 그녀를 향해 살짝 고개를 끄덕였다. 하지만 그녀는 아무런 반응도 보이지 않았다.

"여기 서윤도 얼마 전에 기초 수련관을 통과했는데, 그때의 인연으로 1달에 한 번씩 우리 집에 와서 같이 식사를 하게 되었다네."

"예, 그러셨군요. 만나서 반갑습니다."

위드가 다시 정중하게 인사했지만, 서윤은 여전히 무표정한 얼굴이었다. 위드가 있는 쪽을 쳐다보지도 않는 것이, 노골적인 무시 같기도 했다.

'나 같은 초보와는 상종하기 싫다는 건가? 그런 것이라면 굳이 나도 너와 친해지고 싶은 마음 따위는 없다.'

그런데 교관이 한쪽 구석으로 위드를 이끌었다.

"미안하네. 대신 사과하지."

"아닙니다."

"나쁜 아이는 아닐세. 다만 말을 할 줄 몰라. 내 동생 같은 아이인데, 사람을 잘 믿지 못하는 것 같더군. 자네와 친하게 지냈으면 하는 생각에 자리를 마련했네만… 휴우."

"괜찮습니다."

위드는 구태여 서윤과 친해져야 할 이유를 알지 못했기 때문에 마찬가지로 무시하면 될 일이라고 생각했다. NPC도 아닌 인간 살인자와 친해져서 좋을 일은 없는 것이다.

"그런데 부인 되시는 분을 제가 도와드려도 되겠습니까?"

"자네가 요리를 할 줄 안다고?"

"아닙니다. 다만 도와드릴 수는 있겠지요. 요리도 배울 겸 말입니다."

"그렇게 하게."

교관의 아내는 바바리안 출신답게 거구였다. 위드는 그녀의 심부름으로 부지런히 고기를 자르고 양념을 버무렸다.

위드가 한창 일하고 있자, 서윤도 옷소매를 걷고 나섰다. 그녀 역시 혼자만 앉아 있기에는 무안했기 때문이리라.

서윤이 위드의 근처로 다가와서 일하는 것을 지켜본다. 막상 하려고 나섰지만 뭘 해야 할지 모르는 듯했다.

위드는 그릇들을 그녀의 앞에 가져다주었다.

"이걸 씻어 주세요. 깨끗하게…….'

혹시라도 서윤이 거절하지 않을까 싶었지만 의외로 그녀는 그릇 앞에 주저앉아 열심히 설거지를 했다.

두 사람은 부지런히 일을 해서 교관의 아내로부터 인정을 받았다.

"제법 잘하는군요."

"고맙습니다, 부인."

"제법 손재주가 있는 분 같은데, 제 요리술을 배워 보시겠어요?"

위드가 기다렸던 제안이다. 이게 아니라면 왜 일부러 잔심부름을 하며 그녀를 도왔겠는가.

"예, 배울 수만 있다면 영광입니다."

스킬, 요리를 익혔습니다.

서윤도 위드를 보며 무엇을 깨달았던지, 교관의 아내에게 요리 스킬을 배웠다.

요리 스킬은 원한다면 요리사 길드에 가서 배울 수도 있고, 혹은 음식점에 가서 익힐 수도 있는 간단한 스킬이지만 매우 유용하게 쓰인다.

잠시 후에 큰 쟁반에 담긴 통돼지 요리가 나왔다.

노릇노릇 구워져서 모락모락 김이 올라온다. 그 향기는 여기가 현실인지 가상현실인지 구분이 안 갈 정도였다.

위드가 얼른 나이프와 포크를 들었다.

찌릿!

그러나 교관은 비겁한 선수를 쳤다.

"자네들은 손님이니 조금만 먹게!"

치사하게 초대까지 해 놓고 이게 무슨 말인가.

수련관에서 사내다웠던 교관은 없었다. 그저 식탁 위의 음식에 탐욕을 드러내는 야비한 오크 한 마리가 있을 뿐이다.

레벨이 200이 넘는 오크라고 할 수 있었다.

그러나 위드도 맛있는 음식을 놔두고 협박 한마디에 굴복할 위인은 결코 아니다.

"죄송합니다, 교관님."

"지금 내 말을 거부하겠다는 건가?"

교관에게서 풍기는 투기!

그것은 위드가 감당하기 힘든 수준이었다.

오금이 저리고, 나이프를 든 팔이 덜덜덜 떨린다.

'이런……'

내심 혀를 찬 위드는 슬쩍 눈동자만 굴렸다. 연약한 여자인 서윤을 확인한 것이다.

이곳은 게임 속, 레벨이 최고인 세상.

서윤은 아무렇지도 않은 듯했다.

'저 여자, 레벨이 200이 넘는구나. 교관의 아내도……'

교관의 아내는 강자만이 살아남는 바바리안 출신답게 본래 육체적인 능력이 강했고, 약자의 편을 들어 주지도 않았다.

그러니까 교관의 살기와 협박에 영향을 받는 이는 위드뿐이라고 할 수 있었다.

지금 위드의 편은 아무도 없는 것이다.

그러나 위드가 누군가. 처세술로 적을 아군으로 만들고, 아군은 말 잘 듣는 부하로 만드는 인물이 아니던가.

"하지만 교관님……."

위드는 떨리는 몸을 지탱한 채 간신히 말했다.

"뭔가? 하고 싶은 말이 있다면 그 포크와 나이프부터 놓고 천천히 하지! 내 식사가 끝날 때까지 기다리면서 말이네!"

"이렇게 아름다우신 부인께서 요리 솜씨를 마음껏 발휘한 음식입니다. 벌써 향기에 취할 정도인데 그 맛이야 오죽하겠습니까. 정말 오늘 먹는 음식의 맛은 평생 잊지 못할 것 같습니다."

"으허허허!"

교관이 예의 그 호탕한 웃음을 터트렸다.

"정말 내 아내의 음식 솜씨는 좋지."

"예. 교관님의 부인이신데 어련하겠습니까. 정말 맛있어 보입니다."

"여보."

부인이 은근슬쩍 교관의 옆구리를 쿡 찔렀다.

위드가 하는 아부의 말이 싫지 않았던 모양!

"그래, 자네가 이토록 맛있는 음식을 먹을 수 있는 기회가 얼마나 되겠나. 아끼지 말고 마음껏 들게나!"

자고로 아내 자랑은 팔불출이라 하였다. 교관은 자신이 팔불출이 맞음을 여지없이 드러냈다.

한데 교관의 아내가 만든 음식들은 정말 맛이 있었다.

통돼지바비큐도 그리고 북방의 요리법대로 조리한 각종 음식들도 입맛에 꼭 맞았다.

"우물우물……. 정말 맛있습니다, 부인. 최고예요. 교관님께서는 매일 이런 음식을 먹을 수 있어서 행복하시겠습니다."

"암, 암."

위드는 오래간만에 옷소매를 걷고 실컷 배를 채웠다. 교관이 껄껄거리며 웃고, 서윤은 얼음으로 빚어 놓은 인형처럼 조용히 자신만의 식사를 한다.

위드는 그날 교관의 집에서 하루를 쉬고, 다음 날 일찍 성문으로 향했다.

성문 앞에는 기사 미발과 함께 리트바르 마굴을 정벌할 병사 30명이 모여 있었다.

"자네가 위드인가?"

"예."

퀘스트에 앞서서 약간의 조사는 필수였다.

미발은 로자임 왕국의 주력인 적색 기사단에서부터 활약했으며 최근에는 왕실 기사단으로 승격해서 배치된다는 소문이 있는 강한 사내였다.

로자임 왕국의 신성, 기사도의 표본이라 불리는 미발!

위드를 제외한 다른 병사들은 이미 전부 갈색 말에 올라 있었다.

"우리가 가야 할 곳은 여기서 꽤나 멀다네. 말을 타도 3시간은 걸리는 거리지."

"……."

배낭만 짊어지고 다녔던 위드는 미처 말을 준비하지 못하였다. 아니, 말이 필요하다는 사실을 알았더라도 어쩔 수 없었으리라. 말은 최소 100골드가 넘는 고가인 것이다.

"도르크 녀석의 부탁도 있었으니 자네에게 말을 하나 내주려고 하네."

"고맙습니다."

"반스, 그놈을 이리 데려오게."

한 명의 병사가 비루먹은 망아지 한 마리를 끌고 왔다. 고삐를 힘껏 당기는데도 망아지는 뒷발로 버티면서 안 오려는 모양새였다. 누런 이를 드러내고 씩씩거리는 게 참 말도 안 듣게 생겼다.

'저런 말을 타는 사람은 하는 일마다 재수가 없을 거야.'

"임무가 완료될 때까지 임시로 자네에게 배속시켜 주지."

띠링!

이름: 망아지
성향: 자연   레벨: 3
종과: 말   칭호: 로자임 왕국의 말

명성: 300   생명력: 30   마나: 0

로자임 왕국의 정벌대에 배속된 말이다. 눈치가 빨라서 사람의 머리 위에 올라가려고 하고, 잦은 말썽을 부려 조련하기를 모두가 포기했다. 물을 싫어해서 비가 오는 날에는 달리지 않으며 체력이 적고 질병에 자주 걸리는 편이라서 조심해서 다루지 않으면 병사한다.

참고 사항: 방귀를 자주 뀐다.

"……."

말의 정보 창은 가관이라고밖에는 표현할 수 없는 지경이다.

명마들이 까다롭다는 이야기는 들었지만 이런 비루먹은 망아지가 성격마저 더럽다니!

"아무튼 잠깐이지만 잘 지내보자."

위드가 손을 들어 망아지를 쓰다듬어 주려고 했지만, 말은 대번에 그의 손을 깨물어 버렸다.

"이 자식이!"

위드가 노려보자 망아지는 슬그머니 뒤로 돌아서더니 자세를 낮췄다.

"그래도 네가 염치는 있구나."

그다지 잘생기지 않은 엉덩이를 보며 망아지의 등 위로 오르려는 찰나였다.

망아지가 갑자기 몸을 앞으로 숙였다. 그러면서 뒷발을 동시에 들어 발차기를 날리는 것이다.

"커헉!"

위드는 말의 뒷발에 맞고 볼품없이 나가떨어졌다. 한 번의 공격에 생명력이 70이나 줄어들었다.

이 정도라면 아주 작심하고, 위드를 죽이려고 차지 않으면 불가능한 위력이다.

"이 망아지 새끼가!"

히히힝!

위드와 망아지 간에 서로 동질감이 생겼다.

그것은 서로를 죽일 듯이 노려보고 있다는 것.

'히히힝! 네까짓 게 어딜 내 등에 오르려고…….'

'내 너를 단매에 때려죽이마!'

말과 사람이 전투를 벌이는 기상천외한 상황이 벌어지려 하고 있었다.

그 일촉즉발의 순간에 미발이 말했다.

"준비가 끝났으면 그만 가지!"

미발과 정벌대가 움직인다. 위드도 슬그머니 망아지의 등 위에 올라탔다.

서윤 또한 교관의 오두막에서 하루를 묵었다. 교관의 부인이 자꾸 자라는 것을 거절할 수 없었기 때문이다.

아침에는 위드와 마주치기도 했다. 문을 열었더니 위드가 있었던 것.

하지만 위드나 서윤이나 서로를 신경 쓰지 않고 몸을 비켜서 피했다.

아침이 되었고, 위드가 나올 때에 서윤도 함께 나왔다. 혼자 집에 남아 있기가 어색해서였다.

'이제 난 어디로 가지?'

서윤은 공허한 눈으로 위드가 사라진 곳을 바라보았다.

'갈 곳은……'

없었다.

하지만 어디로든 갈 수도 있었다.

'이 지독한 기억으로부터 잠시나마 떨어져 있을 수 있다면.'

서윤은 남문을 향해 발길을 옮기기 시작한다.

딱히 의미가 있어서 택한 길이 아니다. 그저 사람들이 찾지 않는 곳, 개척되지 않은 땅, 몬스터들이 우글거리는 곳으로 향할 뿐이다.

그녀는 지금까지 중앙 대륙에서 시작하여 변경으로 움직이며 조금씩 강한 몬스터들을 찾아 전투를 벌이고 있었다.

'그곳에는 몬스터들이 있겠지. …싸울 때면 나를 잊을 수 있어. 아무것도 떠올리지 않아도 돼. 내가 사랑받지 못했던 사실까지도……. 그만! 서윤아, 약해지지 말자.'

타인에게 말을 하지 않는다고 하여 서윤의 의식이 움직이지 않은 것은 아니었다. 더욱 활발하게 움직이며 스스로에게 말을 걸고, 대답을 했다.

하지만 겉으로 보이는 서윤의 얼굴은 지극히 무표정했다. 차가운 얼음으로 깎아 놓은 것처럼 그렇게.

언제나 반복되는 대화들.

혼자만의 울림.

몬스터 무리와 싸우면 기갈이 조금이나마 해소된다. 몬스터들이 우글거리는 곳에서 피에 젖은 전투만을 한다. 목숨까지도 돌보지 않으면서 오직 더 강한 몬스터들만을 찾아다닌다. 전장에 흐르는 피가 마르지 않게 한다.

광기와 살육 속에서 존재의 가치를 증명하는 광전사.

제 몸을 돌보지 않고 싸움터만을 찾아다니는 그녀의 직업이었다.

전투의 마에스트로

리트바르 마을은 그라바 산맥의 초입에 있었다.

말을 타고 3시간 거리!

망아지는 똑바로 가라면 엉뚱한 곳으로 가기 일쑤였고, 심지어는 한가롭게 풀을 뜯어 먹기도 했다. 위드로서는 천신만고 끝에 망아지를 다독여서 마을에 도착했다.

마을의 앞에는 말들을 관리할 병사가 한 명 따로 나와서 기다리고 있었다.

"존슨, 자네가 말을 관리하게."

"옛."

미발과 정벌대가 그곳의 병사에게 말을 관리하라는 임무를 맡기고 마을 안으로 들어갔다.

위드는 비로소 망아지를 더 이상 신경 쓰지 않아도 된다는 것만으로도 다행스러워했다.

"전투준비!"

"다들 전투 진형으로!"

정벌대 병사들은 강철 방패를 앞으로 내밀고, 창과 검으로 단단히 무장했다.

그에 비하면 위드의 무장은 빈약하기 짝이 없다.

철검 하나와 활 하나.

체인 메일을 걸친 미발이 다가왔다.

"자네의 장비는 그것뿐인가?"

"예."

"방어력이 약해서 선봉에 서기는 무리겠군. 그럼 후방에서 지원하게."

"알겠습니다."

정벌대 병사들이 방패를 앞으로 들고 마굴 안으로 진입했다. 위드는 조금 뒤에 처져서 따라갔다.

얼마 들어가지 않았는데 코볼트들 여럿이 모닥불을 피워 놓고 무언가를 구워 먹다가 놀라서 펄쩍 일어난다.

끼익! 끽!

"적이다. 적이 나타났다!"

코볼트는 레벨 20 정도의 몬스터였다. 키가 1미터 20센티미터도 되지 않는 난쟁이 무리로 조악한 방패와 검으로 무장하고 있었다.

"죽여! 죽여!"

"안식처를 습격한 사악한 인간들을 물리쳐라. 용맹한 코볼트 용사들이여!"

코볼트들이 우르르 달려오자, 병사들은 긴장을 했다.

로자임 왕국의 신병들. 훈련소를 갓 나온 그들은 실전 경험을 해 보는 것이 처음이었던 것이다.

위드의 눈길이 미발에게 향했다.

미발은 무심하게 지켜보고만 있을 뿐이었다. 병사들이 전부 죽더라도 어쩔 수 없다는 듯이.

'기사라서 병사들의 목숨에는 관여하지 않겠다는 건가? 아니야. 이건 아무래도 병사들을 훈련시키기 위함인 것 같구나.'

병사들은 당황하였지만 곧 진형을 갖추고 싸우기 시작했다.

때때로 코볼트들이 새총 같은 무기로 돌멩이를 쏘기도 했다. 그러나 그 정도는 심각한 위협이 되지 못하였다.

숫자도 많고, 무장 상태도 월등한 병사들은 별 피해 없이 코볼트들을 제압했다.

코볼트들이 죽어 갈 때마다 작은 금속 같은 것이 떨어진다.

"부란, 베커, 전리품을 챙겨라."

미발이 명령한 병사들이 그런 금속들을 주워 담았다. 구리나 질이 낮은 철로, 가치는 얼마 안 되는 것이지만 그럭저럭 농기구를 만들 때 쓰기는 좋았다.

이렇게 왕국에서 몬스터 정벌대를 꾸려 가는 이유에는 병사들을 훈련시켜서 치안을 확보하기 위한 수단이라는 측면도 있었지만, 전리품을 획득하려는 것도 있었다.

'슬슬 나도……'

그다음의 전투에서부터 위드는 시오그라데의 활을 꺼냈다. 그리고 정확히 코볼트의 눈과 목을 노렸다.

'숨을 멈추고, 화살이 나아갈 곳을 지정한 후……'

쉬릭!

높은 민첩성과 손재주 덕분에 위드가 쏜 화살들은 정확히 코볼트들에 맞았다.

> 레벨이 올랐습니다.

몇 마리 잡지도 않았는데 레벨이 올랐다는 메시지가 떴다.

최하 20레벨의 코볼트들은 레벨 13에 불과한 위드에게 엄청난 경험치를 안겨 주었던 것이다.

화살에 맞은 코볼트들은 거의 곧바로 목숨을 잃었다. 위드가 처음부터 체력이 거의 떨어진 코볼트들만 골라서 쏘았기 때문.

위드는 사악하게도 정벌대가 열심히 싸우고 있을 때, 뒤에서 체력이 다 떨어진 코볼트들만 저격했다.

그야말로 치사하고 야비한 방법이라고 할 수밖에 없다. 불난 집을 구경만 하는 놈보다 불난 집에다 고구마를 구워 먹는 놈이 백배는 나쁘다.

위드의 행동은 남들이 신나게 싸울 때 자신의 이득을 한껏 취하겠다는 매우 사악한 것이었다.

착하고 선량한 이라면 절대로 떠올리지 못할 방법!

그렇지만 위드도 나름대로 상당히 신경을 쓰고 있었다.

이 방법은 자칫하면 정벌대 병사들로부터 엄청난 비난을 살 수 있다. 열심히 싸우고 있는데, 뒤에서부터 날아온 화살 때문에 생명력이 거의 줄어든 코볼트가 픽 쓰러져서 죽는다면 얼마나 허무하겠는가.

위드는 전투를 하다가 체력이 떨어지자 약삭빠르게 도주하는 코볼트들을 쏘거나, 두세 마리가 병사들에게 협공을 가할 때만 공격을 했다.

레벨이 올랐습니다.

코볼트를 잡을 때마다 위드의 입가에 흐뭇한 미소가 걸린다. 남들이 열심히 전투를 할 때 그는 유유자적 화살만 쏘면 되니 어찌 이보다 편할 수 있겠는가.

레벨도 콩나물 자라듯이 무럭무럭 잘 오른다.

애초부터 사냥에 앞서서 활을 사 왔던 치사한 목적이 드러나는 순간이다.

중간에 넓은 공터가 나왔다. 미발과 정벌대는 둥글게 돌면서 코볼트들을 처리하고 다시 공터로 돌아왔다.

"여기서 식사를 한다."

"옛, 알겠습니다."

미발의 말에 부란과 베커는 솥단지를 꺼내고 불을 피우는 등 수선을 피웠다.

정벌대 병사들의 막내인 그들이 모든 성가신 일을 다 하는 것이다. 위드는 누가 시키지도 않았는데 베커의 옆으로 가서 슬그머니 식칼을 잡았다.

"저도 돕겠습니다."

"허, 그럴 필요 없는데."

"아닙니다. 제가 요리를 만드는 게 취미입니다. 아직 미숙하긴 하지만 제가 열심히 만든 요리들을 로자임 왕국의 치안을 지켜 주시는 여러분들이 먹어 주시면 얼마나 기쁜 일입니까?"

"그것참, 성실한 사람이군!"

위드는 병사들로부터 한순간에 인정받았다.

이렇게 원정을 나왔을 때에 자진해서 궂은일을 해 주는 사람이 있다면 반가울 수밖에 없는 일이다.

베커와 부란의 눈길부터 대번에 달라졌다. 식칼을 들고 고기를 써는 위드가 그렇게 훌륭해 보일 수가 없었다.

하지만 위드가 사리사욕 없이, 병사들을 아끼는 마음에서 나섰을 리가 없다.

요리 스킬!

솥에 고기를 숭숭 썰어 넣고, 야채와 조미료 등을 넣어 고깃국을 끓인다.

음식 재료만 해도 병사 30명과 위드 그리고 미발이 먹을 수 있을 만큼 요리를 만들어야 하니 그 양은 장난이 아니게 많다. 풍부한 요리 재료야말로 요리 스킬을 빠르게 향상시킬 수 있는 지름길인 것이다.

> 요리 스킬이 상승했습니다.
> 미각을 돋우는 음식들을 만들 수 있게 됩니다. 스태미나의 회복에 도움을 주며, 일시적으로 생명력을 5% 추가합니다.

> 손재주 스킬이 상승했습니다.
> 섬세한 손재주는 관련된 모든 분야에서 도움이 될 것입니다.

한꺼번에 뜨는 메시지들!

요리 스킬이 한 단계 오르고, 경험치가 얼마 남지 않았던 손재주 스킬이 한 단계 올라서 7이 되었다.

꿩 먹고 알 먹고. 그야말로 일석이조다.

위드는 완성된 요리를 먼저 국자로 한입 떠먹어 보았다. 이 것이야말로 요리사만의 특권이라고 할까.

'맛있다!'

상점에서 많이 판매하는 싸구려 보리빵과는 비교가 안 될 정도였다. 얼마 전에 먹은 통돼지바비큐보다 낫다는 이야기는 아니지만 꽤 먹을 만한 음식이 나왔다. 요리 스킬은 낮아도 손 재주 스킬의 영향이었다.

"자, 음식이 나왔습니다. 모두 드세요!"

전투로 인해서 허기진 병사들이 그릇에 가득 음식을 담아 먹 기 시작했다.

"오, 맛있다!"

"야영지에서 이렇게 훌륭한 식사를 할 수 있다니."

"아무래도 내 와이프보다 나은 것 같아."

병사들이 위드를 향해 엄지손가락을 치켜세웠다. 다소 과장 된 행동에는 앞으로도 요리를 부탁한다는 뜻이 담겨 있었다.

위드는 연신 빈 그릇에 고깃국을 퍼 주는 한편, 자신의 배를 채웠다. 허기진 병사들도 음식을 깨끗이 먹어 치웠다.

식사가 끝나고 나니 미발이 다가왔다.

"앞으로 요리를 담당할 생각이 있나?"

용감무쌍한 기사라고 해도 미각이 없진 않았던 모양. 하기야 기사이니만큼 맛있는 음식을 더 많이 먹어 봤을 것이다.

"예, 요리는 제가 전담하겠습니다."

위드는 이렇게 해서 정벌대 전속 요리사가 되었다.

하루에 세 번씩. 자신과 미발까지 포함하여 32인분의 음식을 마련하며 스킬을 올릴 수 있다니 거절할 이유가 없었다.

그러나 위드는 요리 담당으로만 자신의 영역을 한정시키지 않았다.

"검이나 장비들, 깨끗하게 수리해 드립니다. 혹시 파손되거나 내구력이 떨어진 물건이 있으면 가져오세요."

"정말인가?"

"내 검을 수리해 줄 수 있어?"

"이 방패는 내구력이 절반밖에 안 남았는데……."

"일단 줘 보세요. 수리!"

병사들이 내놓는 장비들을 위드는 수리 스킬을 사용해서 말끔하게 수리해 주었다.

성으로 돌아가서 대장간에서 수리를 하려면 아무래도 돈이 들기 마련이다. 또한 내구력이 지나치게 떨어져 있을 경우에는 갑자기 깨져 버릴 수도 있다.

"고맙군!"

위드는 정벌대로부터 열렬한 환영을 받았다.

손재주와 수리 스킬도 올리고, 병사들과의 친밀도도 높이는 일석이조의 일이다.

사실 친구의 어쩔 수 없는 부탁으로 정벌대에 참여시켰던 미발로서도 위드에게 만족했다.

"앞으로 잘 부탁하네!"

"예, 저야말로요."

위드는 완벽하게 정벌대에 녹아든다.

만약에 위드가 없다면 얼마나 불편했을 것인가.

장비들이 부서질 때마다 마을에 가서 다시 수리해 와야 했을 테고, 또한 맛없는 음식을 먹으면서 전투를 해야 했을 것이다.

아주 드물게 나오는 매직 아이템들도 위드는 감정 스킬을 이용해 즉석에서 파악하는 것이 가능했다. 감정 스크롤을 사서 쓴다면 약간이라도 돈이 나가야 하는데 말이다.

늦게 든 바람이 무섭다고, 병사들로서는 위드의 맛있는 음식을 먹고 나자 더 이상 베커와 부란이 하는 간도 맞지 않은 밍밍한 죽을 먹고 싶지 않았다.

"우리도 요리는 하기 싫다고!"

베커와 부란이 그렇게 외쳤다.

이런 식으로 병사들과 위드는 그야말로 떼려야 뗄 수 없는 관계가 되었다.

슈슉!

위드의 화살이 날아가면 여지없이 코볼트가 회색으로 변한다. 코볼트는 비교적 약한 몬스터의 축에 들었다.

도구를 이용하기는 하지만 어린아이가 만든 것처럼 아주 조악한 수준이었고, 그들이 믿는 것은 오로지 숫자!

"키요오옷!"

코볼트 무리가 한꺼번에 떼 지어 몰려온다.

'어서 와라, 이 경험치들아!'

위드는 얼굴 한가득 미소를 지으며 코볼트 무리를 맞이했다. 그러고는 닥치는 대로 화살을 쏘면서 경험치를 획득했다.

어차피 방어는 정벌대 병사들이 전담해 주고 있는 상황이다.

위드가 할 일은 화살을 쏘는 것밖에 없었다.

> 레벨이 올랐습니다.

> 레벨이 올랐습니다.

> 스킬, 궁술을 익혔습니다.

그야말로 미칠 듯한 레벨 업!

덤으로 궁수의 직업을 갖지 않고서는 익히기 힘든 궁술까지 배웠다. 전투 내내, 검 한 번 휘두르지 않고 화살만을 쏘았으니 당연한 일이라고 볼 수 있었다.

그렇지만 병사들은 시기하지 않는다.

정작 전투가 끝나면 가장 바쁜 것이 위드였으므로.

요리를 준비하고, 병장기를 수리해 주고, 다친 병사들의 상처를 돌봐 준다.

기사인 미발에게는 비상용으로 몇 개 있었지만 이런 정벌대 병사들이 값비싼 포션을 쓸 수 있을 리가 없다. 그런데 위드가 높은 손재주 스킬로 부상 부위에 약초를 바르고 붕대를 감아 주는 것이었다.

> 스킬, 붕대 감기를 익혔습니다.

> **붕대 감기**
> 부상 부위에 붕대를 감아 지혈하고, 상처 회복에 도움을 주는 유용한 기술이다.

직업을 정하지 않은 상태에서 자유롭게 익힐 수 있는 스킬은 총 10개!

붕대 감기 스킬 또한, 손재주의 영향을 받아서 매우 뛰어난 효과를 발휘하였다. 30명의 상처에 붕대를 열심히 감다 보니 무섭게 성장했다.

정벌대는 일주일간 던전의 1층과 2층을 돌아다니며 코볼트들을 소탕했다. 주변에 간혹 보이는 유저들은 부러움 가득한 눈으로 위드를 보았는데, NPC 정벌대에 속해서 사냥을 한다는 자체가 엄청난 행운인 것이다.

위드는 일주일간 미치도록 사냥에만 열중하여 레벨을 26까지 올릴 수 있었다.

수리 스킬도 3으로 올랐고, 요리 스킬도 4가 되어서 이제는 먹으면 포만감이 사라질 때까지 체력을 50이나 늘려 주는 특수 능력도 부여되었다.

그렇지만 위드로서도 고민거리는 있었다.

"퀘스트 정보 창."

리트바르 마굴의 몬스터 소탕

마굴 안에 서식하고 있는 몬스터는 총 100마리이다. 이들을 전부 한 번씩 죽이고 자신의 자격을 증명하라. 새로운 길이 열리게 될 것이다.

남아 있는 몬스터: 100

현자 로드리아스가 내준 퀘스트.

위드는 최소한 1천 마리가 넘는 코볼트들을 학살했음에도 숫자가 조금도 줄어들지 않았다.

일주일간의 사냥이 끝난 후, 정벌대는 마굴의 지하 3층으로 향했다. 여기서부터는 고블린의 영역이다.

코볼트 소탕전이 정벌대에게 경험을 쌓게 만들기 위함이라면 고블린과의 전투는 병사들로서도 위험하지 않을 수 없었다.

코볼트들의 레벨은 대략 20대!

코볼트 청년들은 레벨 23 정도, 비교적 강한 코볼트 전사들은 28이다. 그러나 대다수의 이름 없는 코볼트들은 레벨이 20 정도에 그쳤다.

그에 비하면 고블린의 레벨은 50이나 된다.

무기나 방어구 또한 코볼트와는 비교할 수 없는 정도!

실질적인 전투력은 고블린들이 몇 배나 위다.

"이제부터는 다들 조심해라. 생명력이 떨어지면 즉시 후방으로 빠진다."

"옛. 알겠습니다, 대장님."

미발의 명령에 병사들은 긴장한 기색을 감추지 않았다.

병사들도 사냥을 하면서 레벨을 23에서 25 정도로 올렸지만 고블린들과의 전투에는 얼마나 도움이 될지 미지수였다.

다행이라면 고블린들은 코볼트처럼 숫자로 밀어붙이지는 않는다는 점!

"휴우."

위드는 저절로 안타까움에 한숨이 나왔다.

지금 고블린과 싸운다면 어쩔 수 없는 희생자들이 생기고 말 것이다.

'삼분의 일 정도. 아니, 그보다는 조금 더 죽게 될까? 설마 전멸하지는 않겠지.'

자신이 정벌대를 이끄는 대장이라면 병사들이 좀 더 경험을 쌓고 레벨을 올린 다음에 고블린들이 진을 친 곳에 들어왔으리라. 병사들에게 고블린과 싸우는 법도 가르쳐 놓고 말이다.

하지만 정벌대를 지휘하는 건 미발이다.

위드로서는 정벌대를 따르든지 아니면 퀘스트를 포기하고 독자적으로 코볼트를 사냥하든지, 둘 중 하나였다.

물론 막대한 페널티가 따르는 퀘스트 포기를 하지는 않을 것이다.

사실 병사들의 죽음이 아쉽다는 것 또한, 기껏 올려놓은 병사들과의 친밀도인데 허무하게 죽어 버려서는 억울하다는 것이다.

"온다. 준비해라!"

미발의 말이 떨어지기도 전에 동굴 안에서 고블린들이 튀어나왔다.

"끼기긱!"

"인간. 인간."

"죽여야 해!"

나타난 고블린들은 다섯, 병사들의 숫자는 30이나 된다.

위드는 일단 기선 제압을 위해 화살을 가볍게 날리고, 다음 기회를 노리려고 했다.

고블린을 잡으면 엄청난 경험치를 획득할 수 있는 건 의심할 여지가 없기 때문이다.

그러나 병사들은 얼어붙어 있었다. 자리에 못 박힌 듯이 서서 움직이지 않았다.

고블린들이 내뿜는 살기!

레벨 50의 고블린들에 위축이 되어서 동작이 굳어 있는 것이다. 검은 자꾸만 밑으로 내려가고, 방패는 떨림이 그대로 보일 정도였다.

'저런 멍청한…….'

위드는 혀를 끌끌 찼다.

겁먹지 않고 싸워도 쉽지 않은 상태인데 싸우기 전부터 얼어붙어 있다.

이래서야 피해가 속출하고 만다.

위드가 힐끗 미발을 보았지만, 그는 위드의 바로 옆에 붙어서 팔짱을 끼고 있었다. 조금도 병사들을 도와줄 태도가 아니다.

나약한 자는 죽는다!

몬스터들이 들끓는 로자임 왕국의 냉정한 기사도다.

위드의 발걸음이 성큼 앞으로 향했다. 활은 등 뒤로 메고 단단한 철검을 꺼냈다.

'지금까지 올려놓은 친밀도만 믿는다.'

그러고는 위드는 종전의 자신으로는 도저히 상상할 수 없는 행동을 했다.

바로 기합을 지르면서 고블린들을 향해 달려 나간 것이었다.

"이야아합!"

"끽끽!"

허무할 정도로 가볍게 막혀 버리는 위드의 검!

레벨이야 어느 정도 올려놓은 스탯으로 극복이 가능하더라도 무기의 간격 때문이었다.

창을 들고 있는 고블린들에게는 검을 휘두르는 공격이 그리 효율적이지 않은 것이다.

'놈들에게 맞으면 방어구 하나 착용하지 않은 나는 무조건 사망이다.'

창을 든 고블린들은 검을 쳐 냄과 동시에 힘껏 창을 내질렀다.

위드는 몸을 바싹 땅에 낮춰서 창을 피했다. 창을 피하는 데에는 놀라운 반사 신경과 임기응변이 조합되었다.

진정으로 고블린들과 싸울 의도 또한 없었기에 처음부터 전력으로 휘두른 검도 아니었다.

"죽어라, 인간!"

"그까짓 검은 가소롭다!"

5개의 창이라고는 해도 고블린들은 본능적으로 닥치는 대로 찌르고 있다.

검의 공격 거리로 억지로 좁히려고 하지 않고 일정한 간격을 유지하면서 싸운다면 당장 위험하진 않다.

그럼에도 위드는 위태위태한 척, 간신히 창들을 피했다.

병사들의 눈에는 그것이 약한 자의 발버둥처럼만 보였다.

위드의 레벨이 이미 그들을 추월한 지 오래였지만, 그들에게 위드는 수리와 요리, 붕대 감기의 역할을 톡톡히 해내는 잡부.

병사들의 위드에 대한 인식은 귀찮은 일을 전담하는 유용한 잡부에 지나지 않았던 것이다.

그런 위드가 고블린들과 싸우고 있다.

병사들의 눈에 조금씩 자신감이 어리기 시작했다.

위드는 몇 합을 더 겨룬 후 슬며시 뒤로 물러나며 벼락같이 고함을 지른다.

"이놈들 생각보다 약해요! 우리 숫자를 보십시오. 자신이 혼자서 고블린과 싸운다는 오만한 마음을 가질 필요는 없습니다. 동료가 있지 않습니까! 동료들이 등을 지켜 주고, 옆을 지켜 줍니다!"

"우와아아!"

병사들의 사기가 대번에 회복이 됐다.

"저 약한 위드도 싸우는데 우리가 쥐새끼처럼 숨어 있을 수 없다!"

"나가자. 싸우자!"

병사들이 고블린들을 향해 우르르 달려갔다.

그 틈을 타서 위드는 고블린들의 공격에서 몸을 뒤로 뺄 수 있었다.

"놈들은 전부 창만 쓰고 있습니다. 창의 거리에 검을 든 우리가 억지로 들어가려고 하면 피해가 생겨요. 방패를 이용하십시오. 방패를 들고 돌격해서 거리를 좁혀 창을 마음대로 쓰지 못하게 해야 합니다."

"알겠네!"

"그렇게 하지!"

위드는 익숙한 태도로 병사들에게 훈수를 두었다.

이미 최대한도로 친밀도를 높여 놓은 상태였기에 그의 지휘는 그대로 병사들에게 적용이 되었다.

병사들이 힘을 내서 고블린들을 밀어붙인다. 20명의 병사들이 앞에서 방패조가 되고, 10명은 검을 들었다.

병사들은 방패를 들고 돌진하고 있기에 창으로 찔러도 튕겨 나가기 일쑤였고, 고블린들은 당황을 금치 못하였다. 그러면 거리를 좁힌 병사들이 검을 휘둘렀다.

> 통솔력이 3 올랐습니다.

가만히 있는 위드의 통솔력이 올랐다.

통솔력이 높아지면 NPC 부대에 대한 지배력이 강화되고, 펫이나 용병을 구하기 쉬워진다.

위드의 연설에 분발한 병사들이 활약을 시작하며 통솔력이 상승한 것이었다.

서걱!

고블린의 레벨이 50이라고는 해도, 6배나 되는 병사들의 숫자는 감당치 못했다.

병사들의 단합된 공격에 고블린들은 한 마리씩 회색빛으로 변한다.

5 대 5의 싸움이라면 방패 돌격 전술이 그리 빛을 발하지 못할 수도 있겠지만, 30명의 병사들이 사방에서 방패를 들고 돌격하니 긴 창을 든 고블린으로서는 역부족이다.

위드가 후방으로 물러난 이후에 때때로 날리는 화살들 또한 고블린들의 주의를 산란시키는 역할을 해냈다.

5마리의 고블린!

'그중 하나는 내 몫이다.'

위드는 전투를 예의 주시하다가, 고블린의 생명력이 떨어졌을 때 정확히 화살을 쏘았다.

> 레벨이 올랐습니다.

레벨이 26이 되고 나서부터 코볼트로는 경험치가 잘 오르지 않았다.

물론 여전히 엄청난 경험치를 주고 있었지만 이전과 비교해서는 속도가 많이 느려졌던 것.

고블린은 코볼트와는 차원이 달랐다. 아직 37%의 경험치를 더 올려야 하는데 단 한 마리의 고블린으로 경험치가 전부 채워지고 레벨 27이 되었다.

그러고도 경험치가 10% 정도나 남았다.

'역시 50레벨이 넘는 고블린.'

위드는 죽은 고블린의 시체에 입이라도 맞춰 주고 싶은 심정이 되었다. 물론 마음뿐이었지만, 병사들이 없었더라면 무슨 일이 벌어졌을지는 오로지 위드만이 알 수 있으리라. 이보다 더 좋은 사냥터는 찾기 힘들어 보였다.

"이겼다!"

병사들이 검을 들어 올리며 환호성을 터트렸다. 한번 고블린을 잡고 나니 자신감도 붙는다.

"고블린도 별것 아닌데."

"아니야. 위드의 지휘에 우리가 따랐기 때문이야."

"그에게는 통솔력이 있군."

"적을 파악하는 능력이 뛰어나."

"그의 지휘대로라면 우리도 죽지 않을 수 있겠어."

전투가 끝나고 나서 병사들이 저마다 한마디씩을 내뱉었다.

위드로서는 흡족할 수밖에 없는 상황! 그렇지만 슬그머니 위드는 미발의 눈치를 보았다.

정벌대의 대장은 미발이다.

그가 자신의 권한을 침범당했다고 생각한다면 위드를 즉결 처형할 수도 있다. 물론 지금까지 올려놓은 친분 때문에 그렇게까지는 안 하리라고 믿지만.

미발은 잠시 고블린의 시체를 보며 생각하더니 위드를 향해 말했다.

"제법이군. 자네에게는 재능이 보여. 혹시 왕국 병사의 길을 갈 생각이 있나?"

"왕국 병사요?"

"우리 로자임 왕국에 정식으로 소속되는 거지. 십부장에서부터 시작할 것이네."

띠링!

위드에게 뜨는 메시지.

왕국의 기사 미발의 권유를 받았습니다.
직업 '왕국의 십부장'으로 취직이 가능합니다. 취직하면 열 명의 부하들을 거느릴 수 있습니다. 정규 병사 훈련을 받을 수 있으며, 매달 50실버의 월급이 지급됩니다. 지금 취직하겠습니까?

정규 병사 훈련을 마치면, 기초적인 검술 몇 가지와 검과 방패 등 장비가 지급된다.

물론 아주 좋은 장비라고는 볼 수 없었다. 철검 수준의 무기와 무겁고 방어력만을 올려 주는 기초 수준의 갑옷들이리라.

위드는 어디에 소속이 되기는 아직 이르다는 판단에 고개를 저었다.

"죄송합니다. 왕국 병사는 제가 선망하던 일임에는 틀림이 없습니다. 그렇지만 저는 자유롭게 떠돌아다니면서 불행한 이들을 도우며, 사악한 몬스터들을 처리하는 일에 전념하고 싶습니다. 저에게는 방랑자의 피가 돌고 있는 것 같습니다, 미발 님."

"음, 그런가. 그렇다면 할 수 없지. 생각이 바뀌면 언제든지 이야기하게. 그리고 지금부터 병사들은 자네가 지휘하게."

"그래도 괜찮겠습니까?"

"본래 내가 해도 되겠지만, 병사들이 자네를 많이 따르고, 또 많이 배우는 것 같군. 자네의 지휘 능력이 어느 정도일지 지켜보겠네."

미발로부터 병사들의 지휘를 위임받았다.

적어도 이 던전 내에서만큼은 병사들이 위드의 명령을 따르게 되었다.

물론 말 한마디에 불구덩이로 뛰어드는 충성심을 기대할 수는 없었다.

아직은 그럴 정도의 통솔력이 아니고, 병사들과의 친밀도에 의존하고 있었으니 말이다.

그럼에도 병사들을 떠맡은 위드는 날아갈 듯이 기뻤다.

'좋아. 그렇다면… 아주 유용하게 잘 써 주지!'

위드는 활을 재빨리 집어넣은 뒤에 철검을 꺼내 위로 치켜들었다. 일종의 폼이고 과시용이었다.

활을 든 채로 외친다면 왠지 비겁한 면모가 물씬 풍기지 않는가!

"내 이름은 위드! 앞으로 너희를 지휘할 대장이다. 모두 내 명령을 잘 따라 주기 바란다."

"옛!"

"내 목적은 단 한 명의 희생도 없이 이 마굴에서 빠져나가는 것이다. 한 방울의 피도 흘리지 않도록 최선을 다하자."

"알겠습니다, 대장님."

미발로부터 지휘권을 인수받은 이후로 병사들이 위드를 대하는 태도가 조금은 달라져 있었다.

"부란. 베커!"

"옛."

"너희는 앞으로 정찰병이다. 부대보다 앞서 나가면서 정찰을 해라. 전투가 벌어질 때에도 항상 주변을 살펴서 다른 고블린들이 오는 건 아닌지 살펴봐야 한다."

"옛, 알겠습니다."

위드는 2명의 정찰병을 앞에 세우고 진격을 했다. 이윽고 부란과 베커가 헐레벌떡 돌아왔다.

"대장님."

"뭔가."

"앞에 고블린 7마리가 있습니다. 둘은 보통의 암컷 고블린이고, 다섯은 고블린 돌격대로 보입니다.”

고블린 돌격대라면 레벨이 58로 알려진 몬스터였다.

“좋아. 수고했다. 모두 자리에 멈춰라!”

위드는 넓은 공터에 병사들을 대기시키고, 몇 가지 준비물들을 펼쳐 놓았다. 그리고 혼자서 고블린들이 있는 곳으로 갔다.

부란의 말대로 7마리의 고블린들이 한가롭게 쉬고 있었다. 위드는 활을 꺼내서 가장 멀리 떨어져 있는 녀석에게 쏘았다. 그러고는 결과도 확인하지 않고 뒤로 돌아서 열심히 달렸다.

푸슉!

“크악! 적이다!”

고블린들은 주위를 돌아보다가 위드를 발견하고는 우르르 쫓아온다.

혹시라도 고블린 7마리에게 잡히기라도 한다면 요행이라도 살아남기를 기대하기란 힘들다. 그야말로 걸음아 나 살려라였다.

쿵쿵쿵쿵!

등 뒤로는 고블린들이 뛰어오는 소리가 들려서 등줄기를 오싹하게 만들어 준다.

창을 들고 쿵쾅거리며 달려오는 고블린들.

‘세상에, 등이 서늘한 느낌까지 구현을 하다니 정말 대단한 게임이군. 아니, 내게는 멋진 직장이야.’

위드는 그 상황에서도 한가한 생각을 했다. 그는 지금 혼자지만 병사들이 위치한 곳에 도달하기만 하면 걱정할 것이 없다.

위드는 재빨리 달려서 공터로 도착했다.

"대장님!"

부란과 베커의 얼굴이 가장 먼저 보였다.

"모두 전투준비하라. 고블린이 나올 것이다!"

위드의 말이 떨어지자마자, 동굴에서 고블린 7마리가 튀어나왔다. 그야말로 간발의 차였다.

"크어어?"

지능이 떨어지는 고블린들은 동굴에서 뛰쳐나오자마자 갑자기 병사들이 보이자 당황하였다. 그때 병사들은 고블린을 향해 불타는 장작들을 던졌다.

"놈들이 함정에 빠졌다!"

"밀어붙여!"

"적의 무기는 창이다. 창을 조심하라. 부상을 입은 병사는 아무리 하찮은 부상이라도 즉각 물러서도록!"

위드가 병사들을 지휘할 줄 알았더라면 그물이나 덫도 충분히 사 왔을 것이다. 그러나 지금은 다른 도구들이 없어 모닥불을 던지는 정도가 최선이다.

그럼에도 불구하고 병사들은 잘 싸웠다.

30명의 병사들이 척척 손발을 맞추어서 고블린들을 각개격파한다.

사기라는 숨은 변수 때문이다.

몬스터나 NPC나 숫자가 여럿이면 전투는 사기에 큰 영향을 받는다.

위드라는 지휘관을 맞이하게 된 병사들은 위드를 극도로 신뢰하고 있었다.

또한 바닥과 눈앞에 불타는 장작들이 던져져서 당황하고, 많은 숫자의 병사들을 보고 완벽하게 함정에 빠졌다고 생각한 고블린들은 사기가 땅을 쳤다.

"비겁한 인간들이 여럿이서 공격을 한다!"

"키에엑! 도망치자."

"도망치게 내버려 둘 줄 아느냐!"

병사들이 맹목적으로 공격을 퍼붓고 있을 때 위드의 눈이 날카롭게 빛났다.

"포위망 구성! 동굴의 입구를 차단!"

"옛!"

"부상당한 병사들은 물러나서 상처를 치료하고. 체력이 가득한 병사들은 방어 위주로 싸워라. 부상을 치료한 병사들은 대기조에 속한다. 대기조는 언제라도 다시 전투에 투입될 준비를 하라."

위드의 지휘에 따라서 병사들은 조금 시간은 걸려도 착실하게 고블린들을 제압해 나갔다. 중간에 고블린 2마리가 위드의 화살에 목숨을 잃은 것은 말할 것도 없는 일.

놈들을 데려오기 위해서 고생을 했던 만큼 2마리 정도는 잡아 줘야 수지가 맞는 것이다.

고블린들은 높은 레벨답게 낮은 사기로도 오랫동안 버텼지만, 위드가 병사들을 나누어서 차륜전으로 힘을 빼놓자 결국 하나씩 쓰러져서 회색빛으로 변했다.

전리품으로는 9실버 그리고 강철 방패와 청동 창이 나왔다.

부란과 베커가 자연스럽게 주우려고 하는데, 위드가 저지

한다.

"다들 수고가 많았다. 전리품은 앞으로 다른 방식으로 분배를 하겠다."

"······?"

"고블린과 가장 용맹하게 싸운 병사에게 전리품을 최대한 몰아주겠다. 단 여기에는 조건이 있는데, 전투가 불가능할 정도의 심한 부상을 입어서는 안 된다. 나는 너희가 무사히 가족에게 돌아가는 것을 최우선으로 삼고 있다."

"옛, 대장님!"

연설을 들은 병사들의 눈빛이 감격으로 차올랐다.

통솔력이 2 올랐습니다.

마음 같아서는 전리품을 독식하고 싶었지만, 욕심을 드러내지 못하였다. 병사들과의 친밀도가 떨어지면 통솔력이 낮은 위드로서는 하극상에 의해 죽임을 당할 수도 있기 때문!

또한 미발이 옆에서 지켜보고 있었기에 무리하게 욕심을 채울 수도 없었다.

위드는 병사들을 데리고 차근차근 마굴 3층의 고블린들을 정리해 나갔다. 그런데 미발이 얼굴을 찡그리며 말했다.

"전투 속도가 너무 느린 게 아닌가?"

"예?"

"이들은 로자임 왕국의 병사들이네. 무한정 부대에서 차출할 수 없어. 1달의 기한 내로 이들은 임무를 종료하고, 군대로 복귀해야 하네."

그런 시간제한이 있는 줄은 몰랐다.

아무래도 병사들에게만 그런 특수한 제한이 부여된 모양이다. 그럼에도 위드는 조바심을 내지 않았다.

적이 6마리가 넘으면 직접 활을 쏘며 싸우기 좋은 공터까지 끌어왔으며, 5마리 이하의 고블린들은 병사들과 함께 바로 싸웠다.

병사들의 체력이 가득할 때가 아니라면 가능한 한 싸우지 않았으며, 직접 수리와 요리 등의 스킬을 발휘해서 병사들의 상태를 최고로 유지한 것도 물론이다.

마굴의 지하 3층이 완전히 평정되었을 무렵에는 위드의 레벨이 37까지 올랐고, 병사들은 34레벨이 되었다.

그때부터였다.

진정한 사냥은.

"돌격!"

"진형을 유지한 채 돌격하라!"

위드의 지휘에 병사들은 광기에 휩싸인 버서커처럼 움직인다. 고블린들 따위! 전혀 무섭지 않다!

"크아아아!"

"죽어라! 이 못난 몬스터들아!"

"구더기라도 으적으적 씹어 먹을 더러운 자식들. 네놈들을 우리가 퇴치해 주마."

방패로 쭉 밀고 들어가는 병사들!

현자 로드리아스에게 배운 욕을 알려 주어서 더욱 입이 거칠어진 병사들이다.

때때로 소리를 지르며 위협하기도 하고, 무모해 보이는 돌격도 한다. 검술은 더욱 교묘해져 창을 든 고블린들과 어떻게 싸워야 하는지 안다.

철저하게 동료들을 이용한 전투술을 유지한다는 것은 여전했지만 더욱 과감해지고 빨라졌다.

수백 번을 반복하여 잡아 왔던 고블린들!

위드의 전투술을 적극적으로 받아들인 병사들은 철저한 합동 공격으로 고블린들의 진형을 무너뜨린다.

5~6마리로 구성된 한 무리의 고블린을 잡는 데에는 촌각의 시간이 필요할 뿐이다.

30명의 병사들이 무섭게 달려들어서 쓱싹 고블린들을 해치워 버린다.

"전투 종료. 전공에 따른 아이템 배분. 호스람. 데일."

"얏호!"

"수리와 휴식을 필요로 하는 병사는?"

"없습니다!"

"이상 무!"

"다음 고블린으로 가자. 정찰조 보고!"

부란과 베커는 번갈아 가면서 다음으로 가까운 고블린들의 위치와 숫자 등을 파악하고 있었다.

"옛. 제 차례입니다. 동굴 안쪽으로 100미터 정도 가면 고블린 8마리가 있습니다. 고블린 연금술사 1마리, 돌격대 6마리입니다. 1마리는 일반 고블린입니다."

"속행!"

병사들이 느리지도 빠르지도 않은 걸음으로 달려간다. 속보로 이동하며 전투 직후의 피로를 회복하고 다음 사냥을 준비한다.

"이, 인간이다!"

"적. 없애라!"

고블린들이 저항을 시작했다. 그러나 무의미한 저항이다.

병사들은 이미 기백에서 고블린들을 압도했으며 전투 경험에서 베테랑이 되었다.

그리고 위드의 신기에 가까운 화살!

사냥을 하면서 궁술 스킬이 대폭 상승했을뿐더러, 이제 위드는 고블린의 사망 시에만 화살을 쏘지 않았다.

기선을 제압하기 위해서 화살을 쏘았고, 고블린들이 병사들의 포위망을 벗어나려고 할 때 놈들의 동작을 지연시키기 위한 목적으로 화살을 쏘았다.

때때로 병사들을 크게 위협하는 고블린들은 특히 주목표가 되었다.

고블린의 창이 눈앞에 어른거릴 때, 위드의 화살이 먼저 고블린의 머리를 꿰뚫는다.

그렇게 아슬아슬하게 목숨을 구함 받은 병사들의 충성심은 더욱 높아질 수밖에 없었다.

최적의 효율성, 최소한의 시간 소모로 고블린들을 사냥하는 정벌대!

위드가 이끄는 병사들은 지하 3층보다 더 빨리 4층을 평정했고, 5층에서는 고블린들이 거의 10마리씩 나왔지만 사냥하는 속도는 별반 차이가 없었다.

병사들의 레벨이 높아지고 관록이 붙어 가면서 고블린과의 일대일 전투도 가능하게 되었다.

그럼에도 철저하게 동료들을 이용하며 고블린들을 잡는다. 몇몇 병사들의 레벨이 높아지면서 자만심이 생기기도 하였다. 합동 공격을 하지 말고 정정당당히 고블린들과 승부하자는 의견을 위드에게 내었다.

그럴 때마다 위드는 단호했다.

"고블린의 뒤를 치는 것을 비겁하다고 생각하지 마라! 너희는 기사들이 몬스터에게 일대일 대결을 신청하는 것을 보았나? 몬스터와 명예를 겨루는 자가 제일 무모한 자이다. 로자임 왕국의 치안을 위해, 백성들을 지키기 위해서 우리는 싸우고 있는 것이다. 쓸데없는 감정에 취해서 고블린을 빨리 죽이지 않는다면 그 시간만큼 우리의 동료가 다칠 위험도 커진다는 것을 명심하라!"

위드의 성장한 통솔력은 30명의 병사들을 완전히 지배하고 있었다.

자만심을 가지고 고블린을 혼자서 상대한 자는 인정을 받지 못하였다. 오히려 몇 번의 전투에서 열외가 되어 구경만 해야 했다.

처음에는 위험한 전투에 참여하지 않게 된 것을 기뻐한 병사들도 있었지만, 다른 병사들이 성장하는 것을 손가락만 빨며 지켜봐야 했다.

그런 이후로는 최소한의 시간 소모로, 허점을 보이는 고블린의 등을 찌르는 일도 서슴지 않게 되었다. 위드의 지휘력에 의해서 아주 단단히 세뇌가 된 병사들이다.

집단 전투술의 기본이기도 했다.

1달간의 시간 동안 위드는 정벌대를 이끌고 리트바르 마굴을 휩쓸었다.

그러고도 시간이 일주일가량이나 남아서, 3층으로 올라가서 5층으로 내려오며 부활한 고블린들을 완전히 뿌리를 뽑아 놓았다.

전투가 시작되자마자, 병사들이 산개하고 포위망을 구성하여 고블린들을 처치하는 데에는 숨을 몇 번 크게 들이쉴 정도의 시간밖에 필요로 하지 않았다.

또한 한 번의 전투가 끝나면 즉시 다음 전투 지역으로 이동을 한다.

가히 질풍노도의 사냥 속도.

그러면서도 1명의 병사도 죽지 않았다.

정벌대가 리트바르 마굴 평정의 임무를 완수했을 때에는 병사들의 레벨이 무려 57이 되었고, 위드의 레벨은 62였다.

로자임 왕국 십부장의 레벨이 평균 40 정도임을 감안한다면 위드가 얼마나 엄청난 일을 벌인 것인지를 알 수 있으리라.

"놀랍군. 정말 잘해 주었네."

미발은 감탄을 숨기지 않았다.

"자네 같은 사람이 로자임 왕국에 5명만 되어도 몬스터의 습격을 걱정할 필요는 없겠군. 내 왕국 기사의 직권으로 자네를 백부장에 임명하려고 하는데, 내 제안을 받아 주겠는가?"

띠링!

> 왕국의 기사 미발의 권유를 받았습니다.
> 직업 '왕국 백부장'으로 취직이 가능합니다. 취직하면 100명의 부하들을 거
> 느릴 수 있습니다. 개인 사택이 제공됩니다. 정규 병사 훈련을 받을 수 있으
> 며, 매달 3골드의 월급이 지급됩니다. 지금 취직하겠습니까?

100명의 병사들을 다스릴 수 있는 자리!

준기사급으로 대우도 나쁘지 않다.

백부장들에게는 기사 시험에 통과할 자격이 주어지는데, 시험에 통과하면 왕궁의 기사단에 배속이 될 수도 있다.

다른 이들이라면 흔쾌히 받아들였을지도 모른다. 그러나 위드의 대답은 한결같았다.

"죄송하지만 거절하겠습니다."

"어째서! 바라는 조건이 있다면 이야기해 보게. 내 최대한 들어주도록 하겠네."

"조건은… 분에 차고도 넘칩니다. 다만 제가 바라는 것은 로자임 왕국의 평화와 안전입니다. 많은 곳을 돌아다니며 위험에 처한 이들을 돕고자 하는 마음 때문에 아직은 어딘가에 소속되기는 이른 것 같습니다. 다만 가을 추수가 끝난 후에 몬스터의 토벌전이 벌어지거나, 혹 다른 왕국의 침략이 발생한다면 누구보다 먼저 달려와서 로자임의 병사들을 이끌고 싶습니다."

"정 자네의 뜻이 그렇다면 할 수 없군. 로자임 왕국의 등용문은 언제라도 자네에게 열려 있을 것이네."

미발은 기분 좋은 얼굴로 자신의 제안을 취소했다.

"우리는 임무를 마쳤으니 이제 왕국으로 돌아가야 하는데, 자네도 같이 가겠는가?"

"저에게는 아직 이곳에 남아서 할 일이 있습니다."

"무슨 일인가?"

미발이 호기심을 드러냈다.

그동안 위드는 하루에 세 번씩 30인분의 식사를 만들었다. 요리 스킬이 경지에 오르면서 시시때때로 가져다 바치는 맛있는 음식에 빠져든 미발은 이미 위드와 친분이 두터운 상태였다.

"현자 로드리아스 님의 의뢰를 수행하는 일입니다."

고블린을 죽이면 퀘스트가 완료될 줄 알았지만 오산이었다.

죽여야 할 몬스터는 100마리에서 조금도 줄어들지 않았다. 하기야 마굴 안의 고블린들은 최소로 잡아도 한 층에 수백 마리씩 살고 있다.

로드리아스의 의뢰는 리트바르 마굴의 몬스터들을 깨끗하게 소탕하라는 것이었는데, 코볼트나 고블린은 숫자가 맞지 않으니 그 대상일 리가 없었다.

"오, 그랬군. 로드리아스 님의 의뢰라……. 알겠네. 자네와 함께 돌아가고 싶었지만 그런 이유라면 어쩔 수 없지. 자네에게 망아지를 맡기겠네."

"옛? 망아지라니요?"

"자네가 마굴에 올 때 타고 왔던 말의 이름도 잊었나?"

"설마……."

위드의 뒤통수가 은근히 아파 왔다.

뒷발로 자신을 걷어차고 손을 깨물었던 말 안 듣는 녀석!

그 녀석의 이름이 망아지다. 말도 아닌 망아지.

"말이 없으면 세라보그 성까지 돌아오는 데 많은 시간이 걸릴 것일세. 망아지를 마음껏 이용하게나."

"아닙니다. 저는 말이 필요하지 않습니다."

"나의 호의니 무시하지 말고 받아 주게. 그리고 임무를 완수하면 성의 마구간에 돌려주게나."

"……."

미발은 자신이 할 말만을 마치고 돌아서 버렸다. 더 할 말이 없다는 태도였다.

그로서는 호의로 베푼 친절이겠지만 위드에게는 아니다.

그 말 안 듣는 망아지를 어떻게 관리하라는 말인가.

번거롭고 성가셔서 절대적으로 싫었지만 더 이상 왕국 기사의 호의를 무시할 수도 없어서 받아들여야만 했다.

"대장, 대장을 잊지 않겠수다."

"덕분에 우리 모두가 살아서 돌아갑니다. 나중에 성에 오면 저희 집에 꼭 들러 주세요! 저희 집은 시내 중심가에서 여관을 하고 있습니다. 언제라도 와서 쉬셔도 됩니다."

"저희 집은 음식점입니다. 찾아만 주신다면 대장이 해 준 요리만큼은 아니어도 맛있는 음식을 대접하죠!"

병사들이 한 명씩 작별 인사를 건네었다.

레벨이 크게 높아져서 돌아가는 그들은 아마도 로자임 왕국에서 중용이 될 것이다. 최소한 십부장 그리고 특별히 두드러지게 활약을 했던 한두 명 정도는 그 이상의 자리도 노릴 수 있을 것 같았다. 위드는 한 명, 한 명, 그들의 손을 잡아 주었다. 위드의 손은 무척이나 뜨거웠다. 그리고 한번 잡은 손은 잘 놓아주지 않았다.

"너네들, 꼭 가야만 하는 거냐?"

"대장과의 의리를 생각하면 남고 싶지만 우리는 로자임 왕국의 병사들. 복귀하는 수밖에 없습니다.

"대장… 저희도 아쉽습니다."

진한 아쉬움이 위드의 눈빛에서도 묻어 나온다.

어찌 키운 병사들인가! 레벨 20 정도의 풋내기들을 이렇게 완성된 병사로 만든 데에는 누구보다도 위드의 공이 크다고 할 수 있다. 그러니 병사들을 통째로 로자임 왕국에 강탈당하는 기분이다.

"다들 잘 가라."

"안녕히 계십시오, 대장!"

"대장, 성으로 돌아오면 꼭 와 주세요!"

병사들과 아쉬운 작별 인사를 끝으로 위드는 혼자가 되었다.

운명의 직업

로드리아스는 오늘도 정해진 시간에 산책을 나왔다. 동네 사람들을 한 번씩 만나 보고 그들을 괴롭히는 재미!

"한스, 잘 있었나?"

"예, 현자님."

"오늘 과일은……."

"예. 여기 신선한 딸기입니다."

"잘 먹겠네."

로드리아스의 산책에는 여유로움이 묻어 나온다. 오늘은 왜인지 심술도 부리지 않는다. 그의 기분이 좋은 것은 최근에 쓰던 책을 마무리 지었기 때문이다.

로드리아스가 집으로 돌아왔을 때에는 저택을 관리하는 집사가 마중을 나와 있었다. 수십 년 전부터 로드리아스의 집을 관리해 주는 집사와는 허물없이 이야기하는 사이였다.

"오늘의 산책은 어떠셨습니까?"

"좋았지. 아주 좋았어. 요즘만큼 근심 걱정 없이 편한 날들이 없군그래."

"그런데 현자님."

"왜 그러나, 빌?"

"얼마 전에 이 앞에서 조각을 하던 젊은이 말입니다."

"아, 그놈!"

"이제 자신이 원하던 것을 찾았을까요?"

로드리아스는 배를 잡고 웃었다.

"킬킬킬. 그게 어디 쉽게 될 일인가?"

"그러면……."

"어림도 없지! 놈은 그곳을 발견할 수도 없을뿐더러, 설혹 발견하더라도……."

"네?"

"직업을 갖더라도 말이야. 크하하하하!"

로드리아스는 광소를 터트렸다.

⁂

자신만의 시간을 갖게 된 위드가 제일 처음에 한 것은 자신의 상태를 점검해 보는 것이었다.

'24골드 30실버.'

코볼트와 고블린에게서 나온 전리품들!

고블린이나 코볼트가 쓰는 무기나 방패를 갖지 않는 대신에 편하게 돈으로 받았다.

'벌어들인 수입은 나쁘지 않아. 그리고……'

1달간 스킬들도 레벨이 제법 올랐다.

요리가 6레벨이고, 수리는 4레벨이다.

수리는 유용한 기술이라서 가끔 올리는 사람들이 있다지만, 요리는 전문적으로 올리는 사람이 전멸하다시피 했다.

붕대 감기도 스킬이 4나 되어서 약간 찢어진 상처는 붕대 몇 번만 감으면 말끔하게 낫는다. 그러나 누가 뭐라도 해도 진정한 진보란 레벨에 있었다.

위드는 히죽 웃음이 나올 것만 같았다.

히히힝!

그렇지만 기뻐하는 위드를 보고 콧김을 힝힝 내뿜는 녀석이 있으니 바로 망아지였다.

미발 때문에 어쩔 수 없이 관리하게 된 망아지!

비록 아무짝에도 쓸모가 없는 말이라지만, 무사히 왕국의 마구간으로 데려가야 했으니 보살펴 줘야 했다.

'리트바르 마굴. 현재까지 리트바르라는 이름의 다른 마굴은 없다. 그러면 여기가 분명할 텐데……'

현자의 속임수!

분명히 무언가가 있었기 때문에 위드는 다각도로 분석하려고 노력했다.

'이곳 어딘가 숨겨져 있을 것이다. 아무도 찾지 못한 그런 곳에……. 지금까지 밝혀지지 않은 그런 장소가 있을 거야.'

1층에서부터 5층까지 샅샅이 뒤지기 시작한다.

모험가 계열의 경우는 관찰력 스탯을 올릴 수 있기 때문에 숨은 입구 등을 찾기가 쉽지만, 위드는 오직 눈으로 확인하고 손으로 더듬더듬 만져 보면서 비밀의 문을 찾아야만 했다.

리트바르 마굴에는 층마다 몇 명씩의 유저들이 있었다. 이상한 행동을 하는 위드를 보며 사냥을 하던 사람들이 한마디씩 했다.

"저 사람 뭐 하는 거지?"

"무언가 입구를 찾는 것 같은데. 그렇지 않다면 벽면을 확인하며 돌아다닐 필요가 없잖아."

"푸하하. 바보 아니야? 이 리트바르 마굴에는 숨겨진 입구 같은 건 없어."

"로자임 왕국이 발견될 당시에 처음으로 밝혀진 마굴이 이곳 리트바르 마굴이지. 여기가 모험가들에 의해 탐색이 된 게 언제인데. 무모한 시도를 하는군."

"미친놈인가 봐."

사람들은 노골적으로 위드를 무시했다.

그럴 수밖에 없는 것이, 병사 30명을 데리고 질풍처럼 사냥을 하며 다녔으니 질투나 시기를 받을 수밖에 없었던 것이다.

"혹시 그래도 모르니……."

"조심해서. 놈에게 들키지 않도록."

몇 명은 위드를 은밀하게 쫓아다녔다.

병사들과 사냥을 하면서 혹시 무슨 말이라도 들었거나, 특수한 퀘스트를 수행하고 있지 않을까 하는 기대감에서다.

만약 그렇다면 위드에게 협박이라도 가해서 퀘스트를 공유받을 작정을 하고 있었다.

그들이 보는 위드는 궁술 하나 외에는 별로 볼 것이 없고 정벌대의 잡일을 하면서 얹혀 지내는 존재에 지나지 않았던 것.

그렇지만 일주일이 넘게 마굴을 탐색만 하는 위드를 보고 다들 지쳐서 나가떨어졌다.

"정말 미친놈이었군."

"에이, 성질나. 괜히 시간만 버렸네."

사람들이 모두 떠나고 난 뒤에도 위드의 마굴 탐색은 계속되었다.

'분명히 무언가 있어!'

이미 모험가들이 대대적인 수색을 끝내고 리트바르 마굴에 숨겨진 것은 아무것도 없다고 이야기한 것을 위드도 들었다.

실제로 코볼트나 고블린을 사냥하며 몇 차례 살펴보았지만 어떤 특이점도 발견할 수 없었다.

그러나 위드는 자신이 무언가를 발견할 것을 믿어 의심치 않는다.

'대륙의 유명한 모험가들이 찾고 지나갔다고? 그래서 아무것도 없을 거라고? 너희 말은 틀렸다!'

리트바르 마굴은 어마어마하게 넓은 곳이다.

이 넓은 곳에 혹시 숨겨진 무언가가 있을지도 모른다면서 돌아보는 것과 반드시 무언가가 있을 거라는 확신을 가지고 살펴보는 것은 차이가 있을 수밖에 없다.

관찰력이나 탐색 능력은 모험가들이 뛰어날지라도 마음가짐이 다른 것이다.

위드는 끈질긴 인내심으로 벽을 더듬으며 무언가를 찾으려고 애썼다.

히히힝!

그런 위드를 한심하다는 듯이 보는 망아지!

관리해 줄 사람이 없으니 어쩔 수 없이 마굴까지 망아지를 데리고 왔지만, 말을 안 듣는 망아지 때문에 위드는 상당한 스트레스를 받고 있었다.

'잠깐 이놈의 버릇부터 고쳐 줘야겠군.'

위드는 일부러 망아지를 끌고서 고블린들이 있는 곳으로 향했다.

고블린 전사와 돌격대 3마리!

그들은 위드를 보자마자 큰 걸음으로 쿵쾅거리며 달려온다.

위드는 망아지의 앞을 막고 그들과 싸우면서 비명을 질렀다.

"으아아악! 나 죽어!"

고블린들의 창이 위드의 몸을 가르고 지나간다. 하지만 아주 살짝 찔린 피육의 상처에 불과했다.

"내, 내가 죽으면 우리 망아지는……."

고블린들의 공격은 계속된다.

"안 돼! 망아지는 내가 지킨다. 모두 덤벼라! 망아지를 죽이려면 먼저 나를 넘어야 할 것이다!"

위드는 사력을 다해서 망아지를 지키려는 용감한 기사의 역할을 해냈다.

그러다가 뒤를 돌아보니 망아지가 하품을 하며 딴청을 피우는 것이 아닌가!

그러면서 위드가 죽으면 마굴의 출구를 향해 그대로 내빼기 위한 준비를 마치고 있었다.

"이런 빌어먹을!"

위드는 순간 너무나도 자신이 한심해지고 말았다.

말 한 마리의 환심을 사기 위해서 대체 무슨 짓을 벌이고 있는 건가!

서걱!

위드는 귀찮게 하는 고블린들을 단칼에 해치워 버렸다.

마음 같아서는 망아지도 단칼에 베어 버리고 싶었지만 미발과의 친밀도 저하가 우려되어 그러지도 못하는 상황.

히히힝?

망아지는 그렇게 쉽게 죽일 걸 왜 피를 철철 흘리며 고생을 했냐는 듯, 한심하다는 얼굴이다.

'휴우… 내가 무슨 짓을 하는 건지. 참자, 참아.'

위드는 다시 마굴 탐색을 계속했다.

그러던 3일째!

탐색을 시작한 지는 10일째였다.

지하 4층, 고블린 돌격 부대가 나오는 외곽 벽면에서 작은 굴을 발견하였다.

고블린 돌격 부대를 해치우고 나서 약 10미터 정도 안쪽으로 들어가자, 텅 빈 곳이라서 한번 살펴보고 나서는 다시 올 일이 없을 법한 장소가 나왔다.

크게 돌출한 암석 밑, 그림자에 가려서 사람의 눈에 잘 띄지 않는 굴이었다.

'아무도 없지?'

위드는 주위를 둘러보며 아무도 없는 것을 확인했다. 일주일간 그를 은밀하게 쫓아다니던 자들은 포기하고 사라진 듯했지만 주의를 기울여야 한다.

만약에 이곳이 위드가 생각하는 곳이 맞는다면, 첫 번째 탐험가가 되는 것이다.

비밀 던전을 밝혀낸 첫 번째 탐험가!

혜택은 무궁무진했다. 명성이 오르는 것은 물론이고, 무엇보다도 일주일간 두 배에 달하는 경험치와 아이템을 얻는다.

위드는 조심스럽게 굴 안으로 들어갔다.

초입은 암석들 사이의 틈새라고 해도 좋을 만큼 좁았지만, 안쪽으로 들어갈수록 조금씩 넓어졌다.

이윽고 위드가 편하게 움직일 수 있을 정도의 통로가 나왔다.

습하고 퀴퀴한 냄새가 코를 찔러 왔다.

위드는 긴장한 채로 전투준비를 마쳤다. 무엇이 나올지 모르기 때문에 한 손에는 철검을 들고, 다른 손에는 약초와 붕대를 준비했다.

"뭐든 덤벼라!"

천천히 동굴 안으로 걸어가는 위드!

동굴 내부에는 몇 갈래의 길들이 있었다. 가장 왼쪽 길을 선택해서 안으로 들어가니 끝에 있는 것은 놀랍게도 거대한 벌레였다.

"이건… 무슨 몬스터지? 처음 보는 벌레인데."

위드의 말소리가 떨어지기 무섭게 주위가 변한다.

검은 바닥인 줄 알았던 것은 아주 작은 벌레들!

샤샤샤샥!

물길이 갈라지듯이 그렇게 쫙 흩어진 벌레들이 우르르 위드에게 덤벼든다. 위협적인 집게발을 휘두르면서.

"어딜!"

위드는 철검을 풍차처럼 휘돌렸다.

작은 벌레들은 단단한 몸집이 까다로웠을 뿐, 공격력은 무척이나 낮았다. 하지만 작은 벌레들이 죽어 갈 때마다 거대 벌레가 새로운 새끼를 끊임없이 낳는다.

위드는 정벌대의 병사들이 새삼 아쉬워졌다.

'그들이 있었다면 훨씬 쉽게 끝낼 수 있었을 텐데…….'

그런데 갑자기 거대한 벌레가 허공에 연한 초록색 연기를 내뿜는다. 먹물이 번져 나가듯이 연기는 좁은 공동 안에 서서히 퍼져 나갔다. 위드가 있는 쪽으로도 초록색 연기가 다가왔다.

위드가 그 연기를 흡입하는 순간이었다.

중독! 중독! 중독되었습니다.
생명력이 줄어듭니다.

위드는 놀라서 자신의 체력을 확인해 보았다.

"헉!"

체력이 거의 초당 1씩 줄어들고 있는 것이 아닌가.

"이런… 해독약이 없다! 이럴 바에는……."

급해진 위드는 작은 벌레들은 무시한 채, 거대한 벌레에게 다가가서 마구 검을 휘둘렀다.

단단한 껍질이 부서지고, 노란 액체가 튀었다.

"네가 먼저 죽나, 내가 먼저 죽나, 해보는 거다!"

작은 벌레들에 물어뜯기는 것이나 독에 중독된 채로 시간이 흐르는 것이나 생명력이 줄어드는 건 매한가지, 그러니 거대 벌레를 잡는 편이 이득인 것이다.

작은 벌레들이 어미가 죽어 가는 것을 보고 열심히 달려들었지만, 위드의 철검을 막을 수는 없었다.

그러나 거대 벌레의 등껍질은 너무나도 딱딱했다. 겉에 있는 껍질이 약간씩 깨지고 있지만 거대 벌레가 죽을 기미는 전혀 보이지 않는다.

오히려 위드가 현기증으로 정신이 가물가물해진다.

'이대로 죽는 건가. 내게 스킬이 하나만 있었더라도……. 스킬? 왜 그 생각을 못 했지!'

써먹을 기회가 없어서 한 번도 쓰지 않았던 기술!

위드에게는 마나 소모량이 막대해서 얼마간 유지도 못하는 공격 기술이 있었다.

통하든 통하지 않든 이판사판이었다.

"조각 검술!"

위드의 철검이 희뿌연 빛을 내었다. 일시적이나마 상대의 모든 방어력을 무시하였다.

퍼석!

마침내 거대 벌레의 단단한 등껍질이 거침없이 부서진다.

> 레벨이 올랐습니다.

위드는 오른 레벨을 확인할 새도 없이 소리쳤다.

"퀘스트 정보 창."

리트바르 마굴의 몬스터 소탕

마굴 안에 서식하고 있는 몬스터는 총 100마리이다. 이들을 전부 한 번씩 죽이
고 자신의 자격을 증명하라. 새로운 길이 열리게 될 것이다.

남아 있는 몬스터: 99

비록 독에 중독되어서 죽어 가는 신세였지만 위드는 히죽 웃
었다.

"됐다!"

전직을 위한 해답을 드디어 발견했다.

그것은 다름 아닌 이 굴 안의 벌레들을 뜻하는 것.

작은 벌레들이 아닌 거대 벌레를 잡아야만 했다.

"그 전에 해독부터……"

위드는 작은 벌레들에게 쫓기며 재빨리 굴 밖으로 도망쳤다.
작은 벌레들이 굴 너머로는 쫓아오지 않는 것을 확인하며 조심
스럽게 망아지를 데리고 지상으로 올라갔다.

중독 상태에서는 얼굴빛이 검게 변한다.

중독이 된 것을 들키지 않도록 최대한 사람을 피했으며, 약
초를 몸에 바르고, 만들어 놓은 음식을 꾸역꾸역 먹으면서 아
주 약간이나마 체력을 보충했다.

리트바르 마굴 안에는 찾아보기만 한다면 물론 성직자가 포
함된 파티도 있을 것이다.

그렇지만 위드는 그들에게 도움을 청할 생각이 하나도 없다.

도와달라는 말을 하기가 힘들어서?

천만에!

리트바르 마굴에는 독을 가진 몬스터가 없다.

고블린이나 코볼트나 독을 쓰지 않는다. 중독되었다면 필시 어디서 중독이 되었는지를 물어볼 게다.

그리고 의심의 눈초리로 볼 테지.

차라리 한 번 죽는 게 낫다. 자신이 찾아낸 비밀 던전을 남들에게 양보하기는 싫은 위드였다.

위드는 지상으로 나와서 망아지 위에 올라탔다.

"마을. 여기서 제일 가까운 마을로 가자. 내가 죽기 전에……."

히히힝!

그러나 망아지는 미동도 하지 않았다.

타인의 불행은 자신의 기쁨이라는 듯이 딴청을 피우고 있었다. 한가롭게 보란 듯이 풀을 뜯어 먹기도 하였다.

"네가 정 그렇게 나온다면……."

마침내 최후의 인내마저 사라진 위드!

"나도 이런 방법밖에는 없지."

위드는 조각칼을 꺼냈다.

망아지는 순간 겁에 질렸지만, 설마 자신을 죽이기야 하겠냐는 듯이 태연한 척했다.

그러나 위드의 칼은 망아지로 향하지 않았다. 자신의 팔뚝을 베었다. 그렇지 않아도 중독되어 생명력이 줄어드는 마당에 자해를 하다니?

"흐흐."

위드는 중독으로 정신이 가물가물한 와중에도 음흉하게 웃었다. 그러더니 자신의 흐르는 피를 망아지의 입을 벌리고 억지로 먹인다.

"자, 중독된 내 피를 먹었으니 너도 이제 중독이 된 거다. 마을로 가지 않으면 우리 둘 다 죽어. 나는 곧 부활하겠지만 너는 영영 죽겠지?"

망아지는 그제야 마을이 있는 곳으로 달리기 시작했다. 그래 봐야 한정 없이 느리기만 했지만 말이다.

마을에 도착한 위드는 가까스로 해독을 하고, 해독약과 약초를 무려 20골드어치나 구입했다.

가진 돈을 거의 다 써 버린 셈이었지만 후회는 없었다.

위드는 재빨리 리트바르 마굴로 돌아가서, 주변을 확인한 후에 벌레들이 있는 굴로 들어갔다.

망아지도 함께 굴로 데려왔다. 다른 사람이 보면 끌고 가 버릴 수도 있기 때문인데, 사실 그것도 나쁘지 않다고 생각했지만 아무래도 성에 제대로 반납하는 편이 후환이 없을 것만 같았던 것이다.

"넌 내 뒤에만 숨어 있어라."

망아지는 말을 알아듣기라도 한 듯 꼬리를 살살 흔든다.

그다음에는 무작정 거대 벌레들만 잡고 다녔다.

새끼벌레들은 경험치도 얼마 되지 않을뿐더러, 공격이 넓게 분산되어서 다 상대할 수도 없다.

허공에 검을 휘두른다고 해서 빗물을 전부 막을 수는 없는 것처럼 땅 전체가 작은 벌레들이니 일절 무시했다.

"조각 검술!"

자하브의 비전 검술.

본질 자체를 베어 내는 힘으로 적의 저항력과 방어력을 무시하고 등껍질을 파괴했다.

때때로 한 번의 전투로는 죽지 않는 놈들도 있어서, 두세 번 쉬어 가면서 잡았다.

독에, 작은 벌레들의 공격에.

생명력이 줄어들어 죽기 직전에 이른 적도 많았다.

사냥을 하면 할수록 위드는 어이가 없었다.

"이걸 누가 전직 퀘스트라고 믿을까?"

보통 레벨 10 정도 되면 첫 전직을 마친다.

그에 비해서 현재 위드의 레벨은 60이 넘는다. 그런 위드가 힘겹게 상대해야 하는 벌레 굴!

과연 어떤 직업이 나올지가 궁금할 뿐이다.

남아 있는 몬스터: 1

7일간의 처절한 전투 끝에 위드는 마지막 한 마리를 남겨 두게 되었다.

바로 여왕 벌레!

다른 놈들보다 몸집이 다섯 배는 컸다.

위드가 멋모르고 놈이 있는 공동으로 들어가자, 여왕 벌레가 진한 푸른색 독을 쏘았다.

보통 때라면 어차피 피하기 힘든 독이기 때문에 맞아 주었겠지만 왠지 모를 위기감에 위드는 재빨리 몸을 날렸다.

푸쉬시식!

독에 닿은 작은 벌레들이 삽시간에 부패하며 녹아 들어간다.

'엄청난 독이구나.'

위드의 가슴이 철렁할 정도였다.

독에 맞지 않기 위해선 활을 쓰는 수밖에 없다. 하지만 여왕 벌레의 단단한 껍질은 화살로 뚫지 못했다.

어쩔 수 없이 다가가야 했다.

그러나 위드의 접근을 알고 있는 여왕 벌레가 잔뜩 독을 모아 두고 기다리는 상황!

뱀이 똬리를 틀고 도사리듯이 여왕 벌레와 위드는 그렇게 대치하고 있었다.

'놈이 진한 독을 쏘는 건 처음의 한 번. 그 한 번만 피한다면 그다음 독은 훨씬 약하다. 승부는 첫 번째!'

위드의 눈동자가 날카롭게 빛났다.

여왕 벌레의 뒤에 있는 보물 상자를 본 직후였다.

'절대로 여기서 포기할 수 없다. 놈의 독을 대신 맞아 줄 사람만 있다면……. 그래, 거기에 해답이 있었어.'

위드의 눈이 가늘게 찢어졌다.

그 눈빛의 끝에는 어벙한 눈을 하고 있는 망아지가 있었다.

퍼억!

위드는 재빨리 망아지의 엉덩이를 걷어차 버렸다.

본능적으로 망아지는 앞으로 달리고, 여왕 벌레는 반사적으로 망아지를 향해 독을 내뿜는다.

'미안하다. 망아지야. 그래도 어쩌겠냐. 이게 네 팔자라면…….

세상에는 이런 이별도 있는 법이지!'

망아지가 어찌 되는지는 볼 새도 없었다. 독이 분출된 것을 확인한 위드는 여왕 벌레를 향해 달려들었다.

"조각 검술! 난무!"

마나가 전부 소모될 때까지 미친 듯이 검을 휘두른다.

오른손에는 검을, 왼손에는 조각칼을 들고 여왕 벌레의 껍질을 갈랐다.

변변한 공격 스킬 하나 없는 위드에게는 그것이 최선이다. 여왕 벌레가 발버둥을 쳤지만 너무 거대한 몸집 탓에 오히려 가까이 있는 위드를 공격하지 못했다.

꾸어어어!

이윽고 여왕 벌레의 눈이 서서히 감겼다. 그리고 죽은 여왕 벌레의 몸에서 하나의 열쇠가 떨어졌다.

"이거로구나."

위드는 열쇠를 집어 들어 상자에 넣고 돌렸다.

상자 안에는 책 몇 권과 양피지 한 장이 들어 있었다.

나는 최초로 대륙을 일통한 황제 게이하르 폰 아르펜이다. 그러나 나의 말년은 썩 행복하지 않았다.

나의 고뇌를, 나의 뛰어남을 누구도 알아주지 않았기 때문이다!

어째서 나의 직업을 이해하지 못하는가!

어째서 나의 직업을 하찮다며 무시하고 천시하는것인가!

뜻을 헤아려 보지도 않고 선입견에 사로잡혀서 아무도 나의 직업을 이어 가려고 하지 않는다.

그것은 나의 자식들도 마찬가지다.

미련하고 우매한 녀석들!

그 녀석들에게는 나의 후계자가 될 자격이 없다.

여기 나의 비기들을 남기노라.

게이하르라면 베르사 대륙의 역사에서 최초로 통일 황제가 된 인물이다.

그의 사후로 다시 제국은 분열되어 지금에 이르렀지만 그가 이룬 업적은 전설로 남을 만한 것이었다.

위드는 흥분을 감추지 못하였다.

'그 당시에도 멍청한 사람들이 있었군. 조금만 생각해 본다면 얼마나 좋은 기회인지 알 수 있었을 텐데……. 게이하르! 다른 이도 아니고 자신의 능력으로 대륙을 통일한 황제의 직업이다. 당연히 좋은 점이 있을 텐데 너무 섣불리 단면만 보고 판단하였군!'

띠링!

숨겨진 직업으로 전직이 가능합니다. 전직하면 공개된 직업이 가지고 있지 않은 특수 기술들을 사용할 수 있습니다. 지금 전직하겠습니까?

위드는 생각해 볼 것도 없이 승낙했다.

"예!"

그 순간 위드는 빛에 휩싸였다.

캐릭터 이름: 위드

성향: 무   레벨: 68

직업: 전설의 달빛 조각사!   칭호: 없음

명성: 250	생명력: 3,460	마나: 340
힘: 235+20	민첩: 200+20	체력: 89+20
지혜: 16+20	지력: 24+20	투지: 97+20
지구력: 129+20	예술: 29+100	통솔력: 68+20
행운: 5+20	공격력: 170	방어력: 30
마법 저항: 무		

* 모든 스탯에 20개의 포인트가 추가된다.
* 예술에 추가로 80개의 포인트가 부여된다.
* 달이 뜨는 밤에는 30%의 능력치 향상이 있다.
* 아이템 특화.
* 모든 생산 스킬을 마스터의 경지까지 배울 수 있다. 모든 아이템 제조와 제련
  의 스킬에 우대 적용. 최고급 스킬들을 배울 수 있다.
* 조각술의 경지에 따라서 조각 검술의 마나 소모량이 줄어들고, 공격력이 강화
  된다.
* 조각술이 높아질수록 새로운 스킬이 추가될 수 있다.
* 특이하거나 예술적 가치가 높은 조각품을 만들면 명성이 상승한다.

그토록 고대하던 직업을 가졌다. 하지만 정작 전직한 직업을
확인하자 위드는 원통해서 쓰러질 것만 같았다.

"으아아아악!"

달빛 조각사!

결국 돌고 돌아서 달빛 조각사라니!

비록 수식어가 하나 붙어서 전설의 달빛 조각사라고는 하지
만 위드에게는 기절할 것만 같은 충격이었다.

돈 안 되는 직업. 달빛 조각사!

"으흐흐흑."

위드의 눈에서 맑은 눈물이 펑펑 쏟아져 나온다.

여왕 벌레가 죽으면서 남긴 독의 잔재물이 약간 남아 있긴 했지만 그 독 때문에 흘리는 눈물은 필시 아니리라.

그놈의 조각사란 직업을 이제 어쩔 수 없이 받아들여야만 했다.

"이럴 줄 알았으면 흔하디흔한 검사라도 할 것을……."

게이하르의 직업을 이해하지 못한 멍청한 이들을 탓하던 위드는 방금의 소신은 오간 데 없이 조각사로 전직한 운명만을 탓했다.

세상은 왜 이다지도 그를 힘들게만 한단 말인가!

안타까움과 서러움에 주르륵 눈물이 흘러내렸다.

로드리아스의 호기심을 자극하기 위해 일주일간을 앉아서 보냈고, 리트바르 마굴에서 1달이 넘게 살고 있었다.

그 모든 노력이 달빛 조각사로 전직하기 위함이었다니! 위드는 그만 통곡을 하고 싶을 지경이었다.

물론 로드리아스의 저택 앞에서 머무르는 동안 손재주와 조각술의 스킬들을 올리면서 짭짤한 수입도 거두었고 리트바르 마굴에서는 미친 듯한 레벨 업도 했지만, 그런 것은 지금 위드에게는 전혀 떠오르지 않는 사실이다.

단지 조각사로 전직된 현실만이 그를 슬프게 만든다.

그저 억울하기만 했다.

'그러나 나쁜 것만도 아니다.'

한참의 광란 후에 위드의 눈빛에 총기가 나타났다.

밑바닥까지 떨어졌다고 생각했지만, 조금씩 평정심을 찾으니 다른 게 보이기 시작했다.

검사나 궁수, 성직자는 흔히 선택하는 직업이다. 그만큼 나쁘지 않고 해 볼 만한 직업이라는 뜻이다.

검사나 궁수의 경우에는 직업에 맞는 무기를 선택하였을 때 무려 50%나 되는 추가 타격 데미지가 부여되고, 성직자는 다른 직업이 쓸 수 없는 신성 마법을 쓴다.

위드가 검술을 쓸 수는 있지만 실질적으로 검사보다 약하고, 궁수보다 화살의 위력이 떨어지는 이유였다. 그래서 여러 가지 비밀에 싸여 있는 히든 클래스들은 어떻게 성장시키느냐가 중요했다.

직업의 장점을 제대로 발전시켜 나간다면 좋은 직업이 될 수도 있고, 그러지 않을 경우에는 흔한 공개형 직업보다 못한 게 되어 버린다.

위드는 서둘러 양피지로 다시 눈길을 돌렸다. 아직 읽지 않은 내용이 남아 있었던 것이다.

……나는 아름다운 조각품들을 사랑했다.

뛰어난 예술혼으로 만들어진 조각품들은 나를 배신하지 않는다. 내가 애정을 쏟는 만큼 그들도 나에게 충성을 바쳤다.

누구도 믿지 못하였으리라, 하찮은 조각술이 시골 마을 평민 출신의 내가 대륙을 일통한 원동력이었다는 것을!

후인이여, 조각사의 길을 걷는 후예여.

그대에게는 아주 험난한 길이 기다리고 있을지어다. 백 명이면 백 명이 포기할 수밖에 없는 길이고, 천 명이라도 마찬가지다. 만 명 혹은 십만 명 중 한 명이 나의 뜻을 제대로 이해할 수 있을까?

그러나 나의 후예여, 절대로 쉽게 포기하지 말라.

힘든 것은 그만큼의 가치를, 어려운 것은 그만큼의 성과를 가져오기 마련이다.

조각술의 마스터!

또한 나도 완전히 밝혀내지 못한 조각술에 숨겨진 비기를 찾아내 주기 바란다.

이는 조각술을 익히는 모든 자의 염원이 될 것이다.

그럼 내 여기 그대를 위해 작은 선물을 남기나니 유용하게 사용하라.

　　　　—조각술을 통해 대륙을 지배한 황제 게이하르

양피지를 다 읽은 위드는 다른 아이템들을 확인해 보았다.

영단 3개와 책 한 권.

영단의 쓰임새는 나와 있지 않았지만, 위드는 이럴 때 쓰는 스킬을 알고 있었다.

"아이템 감정!"

실패하였습니다.

실패하였습니다.

실패하였습니다.

성공하였습니다.

황제의 영약
고대 제국의 황제가 온갖 희귀 영초들을 모아 만든 영약으로 복용할 시에 머리가 크게 맑아질 것 같다.
효과: 마나 최대치 200 상승.

수십 번에 걸친 감정 끝에 확인한 것은 그야말로 어마어마했다.

마나의 최대치를 200이나 올려 주다니, 이 정도면 레어… 아니, 그 이상의 아이템이다.

단약에서는 형용할 수 없는 그윽한 향이 난다.

시가로 따진다면 거의 1만 골드에 육박할 만한 보물!

일시적인 회복 약이 아니라, 마나의 최대치를 올려 주는 것인 만큼 그만한 값어치는 충분히 있다.

'과연 황제라서 배포도 크시구려.'

영단을 바닥에 내려놓고 위드는 책을 집어 들었다.

'대단한 게 들어 있을까? 들어 있겠지! 설마 조각사로 전직한 것으로 모자라서 내게 악운이 겹칠까! 아니야. 내가 그렇게 재수 없는 놈은 틀림없이 아닐 것이다.'

이번에도 수십 번의 감정 실패 끝에, 그냥 포기하려 할 즈음 성공했다.

위드는 깜짝 놀라서 검술서를 땅에 떨어뜨릴 뻔하였다.

"이, 이 색깔은……."

감정을 한 검술서의 색깔은 찬란한 황금색!

뜻하는 것은 레어급 스킬 북! 그것도 1급 검술서였다.

'1급 검술서라니, 과연 황제!'

유니크나 특급 검술서는 아니지만, 사실 그런 검술서가 나온다고 해도 조각사인 위드가 익힐 수 있을지는 의문이다.

그렇게 좋은 검술은 대체로 검사나 기사들의 몫인 것이다.

그럼에도 변변한 공격 스킬이 하나도 없던 위드에게는 그야말로 가뭄 속의 단비라고 할 수 있었다.

기본적인 검술과 궁술로만 싸워야 했던 시절!

이제는 머나먼 추억이 되리라.

위드는 검술서에 손을 올리며 외쳤다.

"습득!"

할 일을 끝낸 검술서는 환한 빛을 뿜어내면서 불타올랐다.

"황제무상검법 정보!"

"후후후."

위드의 입꼬리가 슬쩍 올라간다.

이 어찌 기쁘지 않겠는가!

대륙을 일통했던 아르펜 제국. 지금은 몰락해 명맥만 유지되고 있었지만 황실 사람들만 익힐 수 있던 검술이니 위력이 약하지는 않으리라.

그러나 초식들의 정보를 확인해 본 위드는 절망하지 않을 수 없었다!

각 초식들의 무지막지한 마나 소비량.

"이건 대체 뭐야아!"

위드의 비명이 터져 나왔다.

마나 소비가 가장 적은 제1식이 무려 마나를 300이나 소비하는 것. 아직 마나가 적은 위드로서는 알고도 쉽게 쓸 수 없는 기술들, 황제의 영단을 먹더라도 쉽게 쓸 수 없는 기술들로만 이루어져 있었다.

천공의 도시

선술집.

호탕한 웃음소리와 와자지껄한 소음이 가득한 그곳에 며칠째 침묵이 흐른다.

그것은 한 사내 때문이었다.

볼크!

그는 우락부락한 체격을 가지고 있었지만, 그 체격보다 더 무서운 것은 인상이었다.

오크의 심장이 떨어질 정도로 무섭게 생긴 사람이 하루 종일 술을 들이켜고 있었으니 선술집에는 침묵이 흐를 수밖에 없었다.

볼크는 술을 마시며 인상을 썼다.

"그녀에게 고백해야 해. 그런데 뭔가 특별한 것이 없을까?"

볼크는 사랑을 고백하고 싶었다. 하지만 이 고뇌를 다른 사람들은 알아주지 못하였다.

"그녀를 위한 고백. 그래, 세라보그 성에는 조각사가 있다고 하였다. 그에게 부탁해 볼 것이다. 만약 그가 내 마음에 드는 것을 만들 수 있다면 내게 가장 소중한 것을……."

볼크는 비틀거리며 선술집을 나왔다.

"휴우, 이곳은 여전히 사람으로 넘쳐 나는군."

1달 만에 돌아오는 로자임 왕국의 수도. 눈에 띌 정도로 많은 사람들이 보인다.

물건을 사고팔며 흥정하는 사람들, 동료를 구하는 사람들로 정신이 없을 정도였다.

"망아지야, 어서 가자! 너희 집으로 가야지."

위드는 망아지를 이끌고 왕궁의 마구간으로 향했다. 망아지는 의외로 순순히 따라온다.

여왕 벌레의 독을 운 좋게 피한 망아지는 가까스로 살아남을 수 있었다. 망아지도 자신이 생명의 위기를 몇 번쯤 넘긴 것을 아는 듯, 위드와는 어서 떨어지고 싶었던 것이다.

왕궁의 허름한 마사.

마구간지기는 망아지를 보자마자 인상부터 썼다.

"한동안 잠잠했는데, 이제 이놈이 돌아오니 앞으로 시끄러워지겠군! 미발 님으로부터 들었소. 이 녀석을 반납하시겠소?"

"예, 그렇습니다."

위드는 미련 없이 망아지를 마사에 넣었다.

"수고가 많았소. 이놈이 통 말을 안 들었을 텐데……."

"괜찮습니다. 다 지난 일인데요."

"그리고 미발 님께서 언제라도 백부장의 자리를 주신다고 하오. 뜻이 있다면 한번 찾아가 보시오."

"그러도록 하지요."

처음 본 위드였지만 마구간지기의 태도는 정중했다.

역시 사람은 인맥과 명성이라는 사실을 확인하며 위드는 마구간을 나와 수련관으로 향했다.

그곳에서는 교관을 만났다.

"흠… 그런 일이 있었다고…….

교관은 위드가 전설의 달빛 조각사로 전직한 사실을 매우 안타까워했다.

"죄송합니다."

위드는 굳이 많은 말을 하지 않는다.

그저 어두운 얼굴로 고개를 떨어뜨렸을 뿐이다!

"아니네. 그것이 어찌 자네의 잘못이겠는가. 현자님이 너무하신 게지. 그래도 희망을 잃지 말게."

"예. 언제나 저는 교관님만 믿고 있습니다."

"핫하하. 물론 그래야지. 아무튼 수고가 많았네. 내 의뢰를 성실하게 수행해 주었군."

교관은 리트바르 마굴 정벌 퀘스트의 완료로 3골드와 함께, 50의 국가 공적치를 주었다.

국가 공적치를 많이 쌓게 되면 상거래를 할 때에도 약간의 혜택이 있고, 관직에 오를 수도 있다. 하지만 교관이 위드를 보는 눈빛이 조금은 달라져 있었다.

더 이상은 친근하게, 동료처럼 여기지 않는다.

최고로 올려놓은 친밀도가 많이 하락해 있다는 의미다.

교관을 만난 다음에, 위드는 마지막으로 볼 사람으로 로드리아스를 찾았다.

로드리아스는 늘 그랬던 것처럼 자신의 집에 있었다.

"허허. 정말 자네가 그 퀘스트를 완료해 버렸군. 한동안 나를 찾아오지 않아서 혹시나 했는데……."

"예, 그렇습니다."

"흠… 아무튼 이렇게 되었으니 자네에게 줄 물건이 있네."

로드리아스는 위드에게 손바닥 크기의 목조품을 주었다. 제국 병사의 모습을 한 목조품이다.

"이것은?"

"바로 게이하르 황제 폐하의 유물일세. 우리 집안은 본래 아르펜 제국의 가문이었지. 그 핏줄과 의무가 나에게까지 이어져 내려왔다네. 이제야말로 자네에게 그 유지를 잇게 만들었으니 나도 자유로워질 수 있겠군."

"그런데 이 목조품에 어떤 의미가 있습니까?"

위드는 자하브의 달빛 조각사 퀘스트를 수행했을 당시에도 목조품을 하나 받은 적이 있었다.

"목조품의 비밀은 나도 알지 못하네. 다만 들리는 이야기로는 지금까지 대륙에 5명의 조각사 마스터들이 존재했다더군. 물론 확실치는 않은 소문에 불과하네. 그들은 바람처럼 나타나서, 바람처럼 사라졌으니까. 그들이 각자의 스킬을 기록해서 마지막에 남긴 물건이 있다고 하는데, 아마도 그것이 아닐까 추측하네. 그리고 그 목조품을 전부 모아서 비밀을 풀어내면 조각술의 비기가 나타난다는 전설이 있지."

혹시나 싶었던 위드는 목조품을 감정해 보았다. 낮은 스킬 때문에 수십 번의 실패 끝에 제대로 감정이 되었다.

목조품

게이하르가 자신의 기술을 수록한 목조품이다. 조각품에 생명을 부여하는 기술을 익힐 수 있다. 단, 고급 조각술을 먼저 터득하여야 한다.

내구력: 1/1

자하브가 남긴 목조품도 검색해 보니, 그것에는 조각 검술이 있었다. 검술 스킬이 5 이상 되어야 한다는 제한과 함께.

"조각술에 이런 비밀이 숨겨져 있었군요."

"자네도 이제 조각사의 길을 걷게 되었으니, 위대한 조각사가 되길 빌겠네. 위대한 조각사는 한 번도 나온 적이 없지만 만약에 나타난다면 대륙의 운명을 좌우할 수도 있을 걸세. 내가비록 자네를 골탕 먹이기 위해 얻기 힘든 그 직업을 안내해 준건 사실이지만 지금 하는 이야기 또한 진실이라네."

위드는 더 이상 로드리아스를 원망하지 않았다.

이미 지나간 일이기도 했지만, 조각술에 대한 상당한 흥미가동했기 때문이다.

남들이 걷지 않는 길을 걸어가는 자!

또한 성공할 경우에는 대단한 성과도 있다고 한다.

로드리아스 또한 더 이상 위드를 골탕 먹이거나 괴롭히려고하지 않았다. 이미 1달 이상 리트바르 마굴에서 헤맸을 위드를보며 다 해소된 뒤였던 것이다.

"그보다 궁금한 점이 있습니다. 혹시 요리사나 대장장이 등의 길에도 숨겨진 비기가 존재합니까?"

"그럴 걸세. 신은 평등하니까. 하지만 요리의 길을 걷는 모든 이들이 기회를 잡는 건 아닐세."

"그렇다면……."

"자네처럼 특수한 운명을 가진 이들이 있겠지! 그들에게도 길이 있을 걸세. 다만 그 길을 찾아낼지, 찾아내지 못할지는 그들에게 달려 있겠지."

위드는 원하는 바를 얻고, 저택을 나왔다.

✦✦✦✦✦

다리우스는 심장이 뛰는 것을 느낄 수 있었다. 몇 개의 연속으로 이어진 퀘스트를 해결하다가 여기까지 오게 될 줄은 자신조차 몰랐다.

그야말로 행운이라고 할 수 있었다.

로자임 왕국에는 그 권력의 중추에 두 사람이 있다.

후작 카너스와 백작 알브로스, 그중에서도 후작 카너스는 군부를 담당하기 때문에 가장 권력이 막강했다. 그 카너스가 지금 자신을 향해 검신이 새하얀 검을 내리고 있었던 것이다.

"그동안 많은 공헌을 한 자네를 로자임 왕국의 임시 기사로 임명하겠네. 기사의 권한으로 토벌대를 꾸려서 고통받는 왕국의 마을을 어서 빨리 구해 주게나."

"알겠습니다, 후작 각하. 저만 믿어 주십시오."

"그래. 자네만 믿도록 하겠네."

다리우스는 가볍게 자신의 양어깨와 머리를 건드리는 검의 감촉을 느꼈다.

전장에서라면 섬뜩한 순간이 아닐 수 없으나, 이는 로자임 왕국의 기사 임명식에서 벌어지는 일이다. 그리고 상대가 카너스 후작이었다.

두려워할 필요가 없었고, 크게 기뻐할 만한 일이었다.

다만 근엄한 왕국에서 환호성을 지르면서 배를 잡고 융단 위에서 떼구르르 구를 수가 없어서 억지로 참을 뿐이다.

기쁨을 참고 있는 다리우스의 얼굴이 기묘하게 일그러졌다.

'이것으로 토벌대장이 되었다.'

다리우스는 자신이 아주 운이 좋다고 생각했다.

* * *

'이대로는 힘들어!'

위드는 심각한 얼굴을 했다.

어쩌다가 갖게 된 조각사라는 직업이 주는 암울함 때문이다.

주로 위드가 검을 쓰는 이상, 한번 검사와 비교해 보자.

직업이 선택된 순간 검사는 검의 데미지가 50% 증가한다. 물론 위드에게는 꽤 유용한 손재주가 있다.

그 덕분에 어느 정도는 공격력이 보완될 것이다.

또한 올려놓은 스탯 때문에 같은 레벨의 검사와 겨룬다고 해도 지지 않는다. 아직은 레벨이 그리 높지 않다는 이유도 있겠지만 조각 검술이나 황제무상검법까지 포함한다면 동렙의 검사와는 2 대 1로 싸워도 이길 자신이 있다.

황제무상심법!

이 심법을 사용해 보고 나서 위드는 놀라고 말았다.

순발력과 파괴력을 2배로 증가시켜 주고, 마나 회복도 3배나 빠르게 해 주는 사기적인 스킬이기 때문. 괜히 게이하르가 남겨 둔 심법이 아니다 싶었다.

하지만 검사들에게도 검법과 독문 심법이 존재한다. 나중에 자신들의 직업에 맞는 심법을 터득한다면, 비록 그 등급이 다소 낮을지라도 뛰어난 위력을 낸다.

전투형 직업인 검사들에게 주어진 특권인 것이다.

위드가 죽어라 손재주를 올리고 스탯을 얻고 사기적인 스킬을 익혔다 해도 언젠가는 검사들에게 따라잡힌다는 말이다.

아니, 지금으로써도 위드가 온갖 짓을 다 해서 노력해야 겨우 검사들과 엇비슷하게 나아갈 수 있다고 하겠다.

손재주에 시간을 투자하고, 조각 검법과 황제무상검법이라는 스킬을 얻고, 앞서 수련관에서 스탯을 올리지 않았다면 검사들에 비해서 훨씬 약했을 게 분명하기 때문이다.

'하지만 조각사라는 직업이 쓸모가 없진 않아. 그랬다면 게이하르가 대륙을 일통하지도 못했을 테고, 자하브의 강함도 설명할 수 없겠지.'

로자임 왕국의 수도 세라보그 성.

그중에서도 가장 번화가인 중앙 분수대 앞에는 줄줄이 늘어선 사람들이 뭔가를 구경하고 있었다.

위드가 조각술 스킬을 올리기 위해 다시 좌판을 연 것이다.

"아저씨, 이것 얼마예요?"

"5실버입니다."

"아이, 비싸다. 좀 싸게 해 주시면 안 돼요? 2개 살게요."

소녀들이 애교와 교태를 부렸지만 위드는 무척이나 매정한 인간이었다. 특히나 돈에 대해서는 남자와 여자의 구별이 없다.

"가격 할인은 제 작품에 대한 모독입니다. 그 물건을 만들 때 예술에 대한 애정을, 조각물에 대한 애정을 할인해서 만들었겠습니까? 자고로 물건이란 제값을 주고 사야 두고두고 마음에 가치를 만들어 가는 법입니다."

소녀는 가슴이 뭉클했다.

조각사의 열정이 담긴 물건을 어떻게 값을 깎아 달라고 한단 말인가!

자신을 탓한 소녀는 주머니에서 반짝이는 은화를 꺼냈다.

"휴… 그렇다면 할 수 없죠. 여기 10실버예요."

"감사합니다, 손님."

위드는 조각품을 2개 내주며 씩 웃었다.

조금의 할인도 없이 물건을 팔았다는 승리자의 미소였다.

사연이 어찌 되었건 간에, 결국 조각사가 된 위드가 만들어 낸 조각품들은 무척이나 아름다웠다.

현재 조각술 스킬은 4!

달빛 조각사로 전직을 하면서, 조각술 스킬에 부가 효과가

100% 더해졌다.

또한 사기적인 아이템이라고 할 수 있는 자하브의 조각칼이 있었다.

아직은 조각술의 스킬이 낮아 쉬운 재료들을 기초로 크기가 작은 물건들밖에 만들 수 없었지만, 오히려 값이 싸고 간편해서 많은 손님들을 끌고 있었다.

몇몇 손님들은 줄을 서서 기다리며 위드가 만들어 내는 조각품들을 사 갈 정도였다.

재료비가 10쿠퍼도 안 되는 여우나 토끼 조각이 여전히 가장 잘 팔리는 물건인데 5실버로 가격을 책정해 놓아도 만드는 대로 불티나게 팔린다.

그렇지만 위드는 스스로 떳떳했다.

억지로 파는 것도 아니다. 가격을 제시해 놓으니 줄지어서 서로 사 가겠다는 걸 어쩌란 말인가?

위드는 조각칼을 더욱 빨리 움직이며, 작품을 만들어 갔다. 아니, 돈을 벌면서 스킬의 숙련도를 올린다.

조각술과 마찬가지로 요리나 물품 수리 등은 스킬 레벨 10이 되면 다시 레벨 1로 낮아지면서 중급으로 변환된다.

요리가 올려 주는 생명력과 마나의 수치가 향상되는 것은 물론이고, 수리의 경우는 제련이나 제조와 같은 기술도 터득할 수 있었다.

물론 그걸로 끝나는 것도 아니다.

스킬 레벨 10을 채워 중급의 경지를 넘으면 상급의 경지가 찾아오는데, 이 과정을 전부 거쳐야 진정한 마스터가 된다.

어떤 종류든 마스터가 된다면 그 기술 하나만으로도 인정을 받을 수 있지만, 조각술이나 요리처럼 생산의 과정은 험난하기만 하였다.

현재 위드의 목적은 손재주 스킬을 중급으로 넘기는 일!

리트바르 마굴에서 열심히 수리를 하고, 요리를 만들면서 손재주 스킬이 9레벨에 올랐다.

1레벨만 더 올리면 이제 중급 손재주가 된다.

중급 손재주가 되면 검술이나 궁술에도 영향을 주어서 전체적인 공격력이 30%가량 늘어난다.

직업에 따른 페널티로 공격력이 취약한 조각사로서는 반드시 필요한 스킬이라고 볼 수 있었다.

'손재주 스킬은 아주 유용해.'

손재주가 올라감으로써 전부 효율이 높아지고, 또한 상급 손재주를 배우게 되면 요리나 대장장이, 재봉술, 연금술 등을 무제한으로 익힐 수 있다고 한다.

달빛 조각사란 직업은 얼마든지 다른 직업의 기술들도 익힐 수 있지만, 기본적으로 손재주 스킬이 높을수록 타 직업의 기술들을 익히는 속도가 빨라진다.

그러므로 어쩌면 생산과 관련된 직업들은 하나로 통하는 흐름이 있다고 볼 수 있다.

사실 그나마 손재주 스킬이라도 없었다면 열악한 생산과 제조 관련 직업들은 전멸을 하였을 것이다.

손재주로 부족한 공격력을 보완하지 않는다면, 전투형 캐릭터들을 쫓아갈 수가 없다.

'이걸로 100개째!'

위드는 쉬지 않고 조각품들을 만들고 있었지만, 조각술 스킬은 여전히 4레벨 98%였다. 손재주가 빠르게 성장하는 반면에 조각술 스킬은 오히려 갈수록 느려진 것이었다.

'한 50개만 더 만들면 오르려나?'

그때였다. 여자 손님들이 우르르 갈라지더니 그들 사이로 흉악한 인상의 사내가 다가왔다.

어찌나 살기에 차 있는 모습이었던지 위드조차도 가슴이 서늘했다.

'내가 저 사람과 무슨 철천지원수라도 되나?'

그렇게 반문해 볼 정도였다.

사내는 찢어진 눈으로 주위를 훑어보았다.

"꺄아아악!"

"우릴 봤어!"

소녀들이 비명을 질러 댄다.

사내는 천천히 다가오더니 위드를 향해 비 맞은 강아지처럼 처량하게 고개를 숙였다.

"부탁드릴 게 있습니다."

"뭡니까?"

"조각품을 사려고 왔습니다. 하지만 여기에는 제가 원하는 조각품이 없습니다."

그렇게 말하며 사내는 털썩 무릎을 꿇는 것이었다.

"제가 말하는 모양의 조각품을 만들어 주실 수 있습니까? 아니, 만들어 주십시오. 꼭 만들어 주셔야 됩니다. 그녀에게 제 마음을 고백하기 위해서입니다."

위드는 일단 그를 일으켜서 사정을 들어 보았다.

사내의 이름은 볼크.

볼크에게는 사랑하는 여인이 있었다. 게임을 하게 된 동기도 그녀를 지켜 주기 위함이다.

성직자인 그녀를 위해 볼크는 성기사가 되었다.

수많은 사냥터를 전전하면서, 볼크의 헌신 어린 희생으로 그녀는 한 번도 죽지 않았다. 물론 볼크 역시 그녀의 축복과 치료를 받아 가면서 게임을 즐겼다.

둘의 사랑은 시간이 지날수록 깊어졌고, 볼크는 그녀를 볼 때마다 너무나도 행복했다.

이제 고백을 해야 할 때였다.

"그녀를 위해 잊지 못할 선물을 하고 싶습니다. 시들어 버리는 꽃이 아니라 제 마음을 새길 수 있는, 영영 지지 않는 꽃을 조각해 주십시오. 부탁입니다!"

볼크는 무릎을 꿇은 채로 일어나지 않았다.

얼굴은 흉악하였지만 마음마저 그런 것은 아니었다.

가슴에 품고 있는 애틋한 사랑 때문에 모르는 사람에게 스스로 무릎을 꿇을 수 있는 남자가 몇이나 될까.

길게 한숨을 내쉰 위드는 주위를 둘러보았다. 많은 여성들이 감동을 한 얼굴이었다.

돈에 눈이 먼 위드조차도 그의 슬픔이 고스란히 전해지는 듯했다.

사랑한다.

사랑하는데, 왜 그녀는 나를 알아주지 못하는가!

전하고 싶다. 나의 마음을.

가슴으로는 수천 번 말했을 것이다. 너를 사랑한다는 걸!

그런데 왜 입으로는 하지 못하는가!

남자로서, 볼크를 완벽하게 이해할 수 있는 위드였다.

위드는 볼크의 손을 잡고 자리에서 일으켰다.

"그런 부탁이라면 이렇게 무릎을 꿇을 필요가 없습니다. 당당하게 요구하셔도 됩니다. 저는 그런 부탁에 아주 약하니까요. 원하시는 조각품을 만들어 드리겠습니다."

볼크는 닭똥 같은 눈물을 주룩주룩 흘렸다.

"고맙습니다, 조각사님!"

"아닙니다. 그보다도 어떤 꽃을 만들어 드리면 되겠습니까?"

"일곱 송이의 해바라기를 만들어 주세요. 7년간 그녀를 위해 살아온 제 마음을 고백할 수 있도록요."

"알겠습니다. 그러면 잠시만 기다려 주시겠습니까?"

위드는 옆에 쌓여 있는 목재를 한차례 훑어보고는 그중에서 가장 좋은 재질의 나무를 골랐다.

엘프목. 따뜻한 남부 지방에서만 나온다는 나무로 무척 굵고 단단한 나무였다. 아직 조각품을 만들기 위해 잘게 쪼개지 않은 상태로 큰 바윗덩이만 했다.

'이번에는 최대한 솜씨를 발휘해 봐야겠군!'

여우나 토끼는 이제 눈을 감고도 만들 수 있을 정도지만, 꽃은 쉽지 않았다.

'한 송이씩 따로따로 만들면 편할지 모른다. 그러나 그렇게 해서는 한꺼번에 모은다면 아름답지 않겠지. 일곱 송이의 해바라기. 그리고 내 선물인 장미 백 송이. 아예 통째로 꽃다발로 만들어 주지.'

위드는 머릿속에 전체적인 형상을 그리면서 엘프목을 아주 천천히 다듬기 시작했다.

소녀들이나 볼크는 무슨 일이 벌어지는지 알지 못했다. 왜 저렇게 큰 나무를 가지고 꽃을 만드는지 이해할 수 없었다.

그러나 엘프목이 다듬어지면서 약간씩 형상이 드러난다.

먼저 상대적으로 치솟은 해바라기들과, 그 주변의 장미꽃들.

위드의 마법의 손이 움직일 때마다 아름다운 꽃다발이 완성되어 간다.

"아아."

"놀라워."

어느새 손님들은 관중이 되어 위드가 펼치는 조각술을 지켜보았다.

손이 움직일 때마다, 나뭇조각이 깎여 나갈 때마다 조마조마하다. 조각술로 꽃을 만드는 것은 여간 세밀한 작업이 아니기 때문이다. 조금만 무리를 하더라도 줄기가 힘없이 툭 끊어져 버린다.

'제발 무사히 완성되기를!'

이것은 위드와 볼크뿐만이 아니라 모든 관중의 한결같은 마음이었다.

바로 그들이 보는 앞에서, 심혈을 기울여서 조각하는 위드가 있었다.

조각칼이 움직일 때마다 나무들이 깎여 나가면서 꽃봉오리들이 나타난다. 줄기들, 잎사귀들이 활짝 펼쳐진다.

'실패란 있을 수 없어.'

위드의 눈에 빛이 어리기 시작한다.

그 혼자 만드는 조각품이라면 얼마든지 실패해도 되지만, 관중의 앞이다. 여기서 실수라도 한다면 높아진 조각사로서의 주가는 단숨에 추락하고 만다.

실상 조각사들이 드물기 때문에 약간은 거품이 형성되어 있었는데 그것이 걷힌다고 할 수 있으리라.

관중의 환상은 곧 돈!

위드는 과도한 집착을 멋지게 승화시켜 마침내 꽃다발을 만들어 내고야 말았다.

> 조각술 스킬의 레벨이 5가 되었습니다.
> 조금 더 복잡하고 아름다운 조각품을 만들 수 있습니다. 조각품의 실패율이 줄어듭니다.

> 손재주 스킬의 레벨이 10이 되었습니다.
> 중급 손재주 스킬로 변화합니다. 도구나 손을 이용한 공격력이 30% 증가하며, 다양한 분야에 영향을 줍니다.

나무로 만든 꽃다발을 완성하자 순식간에 2개의 스킬이 한 단계씩 올라섰다.

조각술은 4레벨 98%의 숙련도를 가지고 있었으니 레벨이 한 단계 오르는 것도 어찌 보면 이상할 게 없었다.

그렇지만 손재주는 레벨 업까지 6%나 남아 있었는데 단번에

이를 채우고 중급 손재주로 변화한 것이다.

> 예술 스탯이 5 상승했습니다.

> 명성이 1 올랐습니다.
> 조각술로 인해 오른 명성은 실패작을 판매했을 시에 하락할 수 있습니다.

설상가상으로 지독하게 오르지 않았던 예술마저 한꺼번에 5나 향상되었다.

'이럴 리가 없는데? 스킬 창!'

위드가 서둘러 확인해 보니 조각술은 5가 된 것으로 그치지 않고 추가로 17% 숙련도가 높아져 있었다.

손재주 또한 중급으로 전환이 된 이후로 5%나 더 올랐다.

'대체 이게 웬일이야?'

횡재를 했다는 기분으로 기뻐한 위드였지만 곧 왜 이런 일이 벌어진 것인지를 알아챘다.

조각술은 붕어빵이 아닌 것이다. 매번 똑같은 물품을 찍어내듯이 완성한다고 해서 조각술의 경지는 높아지지 않는다.

한 번도 만들어 보지 않은 물건을 그리고 높은 예술적 가치를 가진 물건을 심혈을 다해서 만들었을 때에야 비로소 스킬이 큰 폭으로 오르게 된다.

그리고 보면 처음에 여우나 토끼를 만든 때에도 조각술 숙련도가 많이 올랐다.

이것저것 새로운 것을 시도할 때에는 스킬의 레벨이 눈에 보일 정도로 빠르게 올라갔다.

하지만 타성에 젖어 새로운 것을 시도하지 않고 같은 물건들을 반복해서 만들게 되자 숙련도의 상승은 아주 미미했다. 새로운 시도를 하지 않자 조각술의 상승은 미미한 정도였고.

　'조각술 레벨이 4로 올랐기 때문인 줄 알았는데 그게 아니었군. 지금까지 내가 잘못된 길을 가고 있었어.'

　위드가 이런저런 생각을 하는 중에도 볼크와 소녀들은 넋을 잃고 조각품을 보고 있었다.

　나무로 만든 꽃다발.

　부드럽고 따스한 느낌이 감도는 해바라기와 장미는 마치 살아 있는 꽃처럼 생기를 머금고 있었다.

　"완성되었습니다."

　위드는 볼크에게 꽃다발을 넘겨주었다.

　해바라기들과 장미꽃들이 환하게 웃고 있었다. 볼크에게는 정녕 그렇게만 보였다.

　"아아. 이, 이게……."

　감동한 볼크의 눈에서 또다시 눈물이 흘러내렸다.

　"정말로 나무로 만든 꽃입니까? 그것도 조각술로……."

　"그렇습니다, 손님. 만드는 것을 지켜보지 않으셨습니까?"

　"하지만 도저히 믿어지지가 않아서요."

　다른 손님들 또한 위드가 만들어 낸 작품을 보며 놀라워하고 있었다.

　자하브의 조각칼과 손재주 스킬 그리고 결정적인 순간에 조각술과 손재주가 한 단계씩 오르면서 한층 뛰어난 효과를 가져다주지 않았다면 만들지 못했을 꽃다발이었다.

"이 꽃다발을 만든 제 수고를 생각해서라도 반드시 고백에 성공하십시오. 볼크 님."

위드가 기분 좋게 축하해 주었다.

꽃다발을 만들면서 조각술에 대한 비밀을 깨달았으니 무척이나 기분이 좋았던 것이다.

"고맙습니다. 정말 고맙습니다."

볼크도 진심으로 감사하며, 조각품 구입비를 내려고 호주머니에 손을 넣었다.

위드는 흐뭇하게 그 광경을 지켜보며 말했다.

"가격은 3골드입니다."

고생한 것을 감안한다면 이 정도는 받아야 수지타산에 맞다. 하지만 볼크는 곧 당황한 얼굴로 자신의 주머니들을 열심히 뒤지는 것이었다.

"이, 이럴 수가!"

볼크가 비명을 질렀다. 호주머니를 뒤지던 손에서는 아무것도 나오지 않았다.

하지만 위드야말로 그 순간에 경악을 금치 못하고 있었다.

'설마 내가 당했다?'

위드는 볼크의 행동으로 보아서 그가 다음에 뭐라고 할지 짐작해 버렸다.

'아마도 돈을 잃었다고 하겠지.'

"죄, 죄송합니다. 조각사님! 제가 돈을 잃어버렸습니다!"

'원래부터 없었다고는 말 못 할 테니.'

"아무래도 도둑에게 털린 것 같습니다. 소매치기예요!"

'그렇게 일이 진행되는 거지. 하지만 놈도 인간이라면 아예 안면을 몰수하진 못할 것. 프로라면 내가 꽃다발을 회수할 것도 예상을 해야 하니까.'

"돈은 없지만 다른 물건으로 드리려고 하는데… 괜찮으시겠습니까?"

위드의 생각대로 볼크는 착착 움직이고 있었다. 그야말로 무전취식을 한 사람의 전형적인 패턴이었다.

하지만 이는 너무나도 위드를 무시하는 것이었다. 위드에게서 끔찍한 살기가 퍼져 나온다. 감히 누구의 돈을 떼어먹겠다는 것인가!

볼크도 어쩔 수 없었던지 다시 호주머니에 손을 넣었다.

"잘 찾아보니 여기 2골드 90실버가 남아는 있군요. 10실버는 어떻게 융통을 좀……."

"정 그러시다면 물건으로 받지요. 저에게 주실 수 있는 물건이 뭐가 있습니까?"

위드의 날카로운 눈이 볼크의 전신을 위아래로 훑었다. 무기와 갑옷 그리고 액세서리들을 관찰하는 것이었다.

이미 그의 머릿속에는 〈로열 로드〉에 존재하는 수만 개의 아이템들이 등록되어 있었다. 접수하는 즉시 물품을 감정하고 적당한 가격을 예상하여 기쁨을 2배, 3배로 누리기 위함이었다.

하지만 볼크에게서는 어떠한 값어치 나가는 물건도 찾아낼 수 없었다.

볼크가 품에서 책 한 권을 꺼내 위드에게 건네주었다.

"10실버 대신에 이 책으로 드릴까 합니다만."

위드는 재빨리 책의 제목과 내용을 훑어보았다.

베르사 대륙의 잊힌 도시 #4

로자임 왕국의 남부 하늘에는 거대한 도시가 존재한다. 비밀과 전설로 이루어진 이 도시에는 인간이 아닌 종족들이 살고 있다.

그들의 형상을 굳이 표현하자면 마치 새라고 할 수 있을 것이다. 강하고 뛰어난 전사인 그들은 몬스터를 극도로 혐오한다. 그렇기 때문에 로자임 왕국의 남부에서는 일절 몬스터들을 찾을 수 없었다.

(……)

하지만 근래 그들을 보았다는 사람은 아무도 없고, 심지어는 천공의 도시로 올라가는 방법조차 아는 사람이 없다. 도시의 존재 자체가 의심받는 상황에 이르고 만 것이다.

그럼에도 불구하고 남부의 마을 사람들은 모두 천공의 도시가 존재함을 믿고 있었다. 그들의 할아버지의 할아버지로부터 이야기를 듣고 자라면서 막무가내의 신뢰를 하고 있는 듯하다.

믿을 수 없는 소문에 의하면 천공의 도시에 오르기 위해서는 어떤 나무의 씨앗이 필요하다고 하는데…….

위드는 어이가 없었다.

천공의 도시가 어디 말이나 되는 소리인가?

백번을 양보해서 하늘에 도시가 존재한다고 치자. 그러면 그

도시는 땅에서 보일 것이다. 결국 천공의 도시 존재를 알려 주는 이 책은 별로 필요가 없는 물건이다.

게다가 씨앗으로 천공의 도시에 올라간다니 황당하기 그지 없다. 신빙성이 제로인 물건이었다.

위드의 시선을 느껴서인지 볼크가 급히 변명을 한다.

"믿지 않으시는 것 같습니다만, 그거 굉장히 어렵게 구한 아이템입니다."

"……."

"다른 거라도 드리고 싶지만 제가 가진 것 중에 그나마 값이 나가는 것은 그것뿐이라서요."

볼크가 그렇게 말하며 주섬주섬 자신이 가진 물건들을 꺼낸다. 토끼 가죽, 뱀 가죽, 흔히 주울 수 있는 다 부서진 검…….

검은 그나마 고쳐서 쓸 수라도 있겠지만, 공격력이 2밖에 되지 않는 쓰레기였다. 코볼트도 갖지 않으리라. 상점에 판다면 2쿠퍼 정도는 받을 수 있을지도 몰랐다.

"죄송합니다, 조각사님."

위드는 크게 한숨을 쉬었다.

'그래. 괜찮아. 덕분에 조각술 스킬의 비밀도 알아냈지 않나. 늘 같은 것만 만들었다면 절대로 깨닫지 못했을 거야. 10실버 정도는 내가 참도록 하지.'

3골드라고 이야기했을 때에는 어느 정도 에누리해 줄 것까지 감안했다. 정확한 가격이 책정되어 있지 않은 조각품들은 흥정하기에 따라 값이 천차만별이기 때문이었다.

2골드 90실버라면 크게 손해 본 장사는 아니다. 올라간 스킬까지 감안한다면 더욱 그렇다. 하지만 만약에 2골드 80실버라면 위드가 무슨 짓을 저질렀을지는 아무도 몰랐다.

"이 책이라면 10실버 가치는 되겠군요. 그럼 제가 만든 꽃다발로 고백에 성공하시기 바랍니다. 그리고 그 여자분……."

"네?"

"볼크 님과 결혼이라도 하게 되면 잘살 것 같군요."

위드의 진심이 담긴 말이었다. 이런 자린고비에 짠돌이라면 어찌 잘살지 않을 수 있겠는가?

"감사합니다, 조각사님."

고개를 숙여 보인 볼크가 서서히 떠난다. 위드는 끝까지 그를 지켜보고 있었다.

아무것도 없던 상체에, 빛나는 미스릴 갑옷이 걸쳐진다. 하체에는 미스릴 각반이 장비가 되었다.

부츠도 미스릴로 만들어진 제품이었다.

그야말로 대반전이라고 하지 않을 수 없다.

'저것은 라이프 코툰 반지. 생명력을 두 배로 올려 주는 레어 아이템! 값으로 따질 수 없는 보물이다. 그리고 귀에 걸고 있는 건 전격 속성의 데미지를 흘려 주는 링이겠지. 아직 아무도 못 구했다고 하던데……. 저렇게 비싼 물건들을 걸고 있는 녀석이 겨우 조각품 가격을 후려치려고 들어?'

볼크의 장비들은 드물게 비싼 것들이었다. 개당 수천 골드를 호가하는 물건도 있었다.

긴 시간 집중을 해서 꽃다발을 만든 위드가 막 두 팔을 활짝 벌리고 기지개를 펼 때였다.

손님들이 누런빛이 감도는 황금을 서로 내밀며 외친다.

"저도 저런 꽃다발 하나만 만들어 주세요!"

"아까 여우 2개 사겠다고 한 사람인데요, 그거 취소하고 꽃다발로 만들어 주시면 안 될까요?"

"제 것도…….."

볼크는 세라보그 성을 떠나면서 씩 미소를 지었다.

험한 외모와는 달리 다소 장난기가 많은 그는, 진심으로 꽃다발을 만들어 준 위드에게 무언가 보답을 하고 싶었다.

천공의 도시가 기록된 책!

그것은 볼크가 2달간 고생을 하며 어렵게 구한 책이다.

아직 볼크도 가 보지 않은 미지의 도시. 그가 로자임 왕국에 온 이유 중의 하나도 그곳에 방문하기 위함이었다.

하지만 그에게 무엇보다 중요한 것은 그녀를 향한 고백.

그 대가로 책을 주었지만 조금도 아깝지 않았다.

'후후. 버리지 말고 잘 간직하시오. 인연이 닿는다면 그곳에 갈 수 있겠지.'

꽃다발을 든 볼크는 자신이 사랑하는 그녀가 있는 브렌트 왕국으로 향했다.

나무로 만든 꽃다발!

고백에 더없이 어울리는 물건이고, 볼크에게 만들어 준 꽃다발이 소문나서 위드의 조각품 노점은 선풍적인 인기를 끌게 되었다.

조각품이라고 하면 다들 집구석 어딘가에 처박아 두고 가끔 생각나면 먼지나 닦아 주는 물건으로 여겼는데, 사람들의 인식이 바뀐 것이었다.

그때 위드는 선언했다.

"미안하지만 앞으로 같은 물건은 다시 만들지 않겠습니다!"

조각술 스킬의 상승을 위해서 당연한 결정이라고 할 수 있었다. 그러나 다른 사람들은 다르게 생각했다.

"진정한 예술가다!"

"한번 만든 물건을 또 만들지 않겠다니, 얼마나 대단해."

"이제 저 사람이 만든 조각품의 가치가 훨씬 오르겠구나!"

종전에는 기념품 삼아, 싼 맛에 위드의 여우나 토끼 모양 조각품을 하나씩 사 갔다면 이제는 특별한 선물을 위해서 주문해서 만들어 간다.

하나를 만들 때에도 몇 시간씩 걸리는 탓에 제작 개수는 대폭 줄어들게 되었지만, 더더욱 인기를 끌었다.

조각품 한 개당 3골드!

원가가 얼마 들지 않기에 크게 남는 장사였다.

또한 조각술과 손재주 스킬도 무지막지하게 오른다.

단 3일 만에 조각술 스킬은 3이 올라서 8이 되었고, 중급 손재주는 4가 되었다.

조각품의 주문이 없을 때에도 위드는 열심히 음식들을 만들어서 팔았다.

"토끼 고기나 여우 고기! 아무거나 고기류를 가져오면 맛있게 구워 드립니다. 보존은 오래 안 되니 곧 드실 분, 혹은 하루

안에 드실 분만 맡겨 주세요."

위드가 만든 음식들은 체력을 상승시켜 주는 효과가 있다. 그렇기 때문에 레벨이 그리 높지 않은 이들에게는 특히 도움이 되었다. 성 앞에서 사냥한 토끼 고기를 처분하기 어려운 사람들이 우르르 위드에게 몰려들었다.

"여기 있어요!"

"정말 만들어 주시나요?"

"예. 만들어 드립니다. 조미료 값만 받고 말입니다. 단, 앞으로 나오는 고기는 언제라도 저에게 가져오십시오."

음식과 조각술!

위드가 만든 음식은 너무나도 예술적인 작품이었다. 음식 스킬을 조금씩 올린 사람들은 생각보다 많다. 야영이나 캠프를 할 때에는 꽤나 유용하기 때문이다.

그렇지만 그중에서 예술 스탯이 반영된 음식이 얼마나 되겠는가? 직업이 요리사가 아닌 이상, 요리 스킬을 높이 올린 사람은 거의 없고 예술적으로 아름다운 요리는 극히 드물었다.

왜, 보기 좋은 떡이 먹기도 좋다고 하지 않던가!

헐값에 음식을 만들어 파는 위드의 가게는 대성황이었다. 체력도 상승시켜 주기 때문에 항상 사람들이 몰려들었다. 물론 어디까지나 아직은 저렴한 가격이다.

며칠간 열심히 조각품을 깎고, 음식을 만들어 파는 위드에게 말을 걸어오는 사람이 있었다.

— 위드 님. 지금 있습니까?

궁수 페일.

여우와 늑대를 함께 잡으면서 친해진 사람이었다.

> — 안녕하세요. 오랜만입니다.
> — 아, 자리에 계셨군요. 그동안 뭐 하고 지내셨습니까? 귓속말 보내도 전부
>   차단되어 있던데요.
> — 어쩔 수 없는 사정이 좀 있었죠.

리트바르 마굴의 숨겨진 동굴!

그곳에서는 저절로 모든 귓속말들이 자동으로 차단되었다.
페일은 굳이 캐묻지는 않았다.

> — 그렇군요. 그럼 지금 시간 있으세요?

위드는 주위를 둘러보았다.

조각품의 인기는 여전히 높았다. 하지만 어디까지나 주문생산
이었고, 그렇기 때문에 판매는 조금씩 부진해지기 시작한다.

사람들이 원하는 물건들은 대부분 비슷하다. 같은 물건을 두
번 다시 만들지 않기 때문에 벌어지는 일이었다.

> — 예. 나름대로 시간은 있습니다만.
> — 그러면 바란 마을 토벌대에 참여하시겠습니까? 저희 팀은 전부 참여하기
>   로 했는데, 혹시 위드 님의 뜻이 어떨지 궁금해서 연락을 드린 겁니다.

토벌대에서 위드의 역할

바란 마을 토벌대.

로자임 왕국은 변방에 위치한 탓에 몬스터의 침입이 잦았다. 그런 이유로 성벽을 보강하고 자경대를 만들었지만, 가을에는 무리를 지어 약탈하는 고블린들이나 오크들로 몸살을 앓았다.

다리우스가 받은 토벌대 임무!

그것은 몬스터에 의해 함락당한 바란 마을을 구원하라는 단체 퀘스트였다.

토벌대에 참여하는 사람은 동일한 퀘스트를 받을 수 있었고, 수백 명으로 이루어진 토벌대는 바란 마을을 구원한다.

이미 그 일이 세라보그 성에서는 큰 화제가 되고 있었다. 다른 마을에서 사냥을 하던 사람들도 찾아와서 토벌대에 가입하려는 인원들로 북적였다.

퀘스트에 참여한 대원은 경험치는 물론이고, 토벌대에 참여한 것만으로도 많은 명성을 획득할 수 있었다.

그렇기 때문에 다들 토벌대의 이야기를 하고 있었다.

좌판을 열고 조각을 하던 위드만 몰랐던 사실.

위드는 우선 페일과 수르카 등을 만나기로 했다. 그들은 중앙 번화가에서 기다리고 있었다.

"어서 오세요, 위드 님."

"와아, 오랜만이에요."

수르카와 이리엔이 반갑게 위드를 맞이해 주었다. 못 보던 사이에 그녀들의 복장도 많이 달라져 있었다.

수르카는 꽤 괜찮은 튜닉을 걸치고 있었고 이리엔은 새하얀 사제복을 입었다.

로뮤나는 마법사였으므로 당연히 로브였다.

그녀들은 여전히 변하지 않은 위드의 차림새에 놀랐다.

"위드 님, 지금까지 어디서 뭘 하셨어요?"

"그건……."

위드가 무어라고 대답을 할 때였다.

"알아요. 다 이해해요. 오랫동안 접속을 하지 못하셨군요."

"……."

"참, 토벌대는 참여하실 거죠? 우리는 전부 토벌대에 참여하려고 하는데요. 위드 님도 같이해요. 네?"

로뮤나가 꼭 위드와 함께하겠다면서 팔짱을 끼었다.

궁수 페일이 묵묵히 보고 있었는데, 그 시선이 예사롭지 않다. 페일이 은근히 로뮤나를 좋아하고 있다는 사실을 위드는 금방 눈치챘다. 그래서 슬그머니 팔을 빼내며 물었다.

"그동안 약간 일이 있었습니다. 그보다도 다들 레벨은 어느 정도나 올리셨나요?"

"48이에요. 제가 제일 낮은데 몇 번 전투 중에 죽었거든요."

"저는 51."

"저도 51요.

"저는 53입니다."

수르카가 48이고 페일이 53, 이리엔과 로무나는 함께 51.

현실에서도 친구 사이라서 언제나 함께 사냥을 하는 그들임을 감안하면 비교적 골고루 오른 편이다.

그렇지만 약 1달 동안 다들 상당한 레벨을 올린 것을 보면 어지간히 열심히 사냥을 했음을 알 수 있었다.

학교에는 전부 휴학계를 제출하였다고 한다. 그 후로 아마도 잠도 제대로 자지 않고 폐인 생활을 했으리라.

페일은 이미 위드의 토벌대 참여를 기정사실화하고 있었다.

"토벌대의 레벨 제한은 30부터입니다. 토벌대 퀘스트는 경험치를 많이 주는 편입니다. 덤으로 명성치도 올릴 수 있을 테고 말입니다."

토벌대는 수많은 몬스터 무리와 마주치게 된다.

핵심적인 적으로는 바란 마을을 점령하고 있는 리자드맨들과 싸워야겠지만 비교적 레벨이 낮은 고블린 등과 싸우게 될 일도 있으리라.

"약간 위험할지도 모르지만 위급한 순간에는 다른 사람들에게 구원을 요청할 수도 있으니까요. 거미와 산적은 이제 정말 지겹습니다!"

페일은 아주 질색이란 얼굴을 했다.

위드가 없는 동안 그들은 근처의 던전에서 사냥을 했다.

그곳은 거미 던전이었는데 붉은 거미나 독거미들이 주로 나왔다. 독이야 이리엔이 해독을 해 줄 수 있었지만 거미줄에 걸려서 허우적거리는 경험은 질색이었던 것이다.

위드는 그의 고생을 이해하겠다는 듯이 고개를 끄덕였다. 그역시 거대 벌레들을 잡을 때에는 쉽지 않았다.

"토벌대에 참여해 보는 것도 나쁘지 않겠군요."

"저희도 환영입니다. 그런데 위드 님."

"네?"

"직업은 구하셨습니까?"

위드는 그들과 함께 파티를 하는 내내 무직 상태였던 것. 언제쯤 위드가 직업을 구할지에 대해 서로 내기를 할 정도였다.

"직업을 구하긴 했습니다만……."

"무슨 직업이에요? 말해 주세요."

평상시에는 조용하던 이리엔이 눈을 빛내며 다가왔다. 성직자인 그녀는 일시적으로 능력치를 강화시키는 버프와 치료를 담당하고 있었기 때문에 직업을 아는 것은 필수였다.

전투형 직업도 종류가 가지가지다.

방어력과 체력이 우선시되는 워리어 계열, 공격력과 체력이 강한 검사, 수르카나 페일처럼 민첩성이 높고 대신에 힘과 체력이 다른 근접전 직업에 비해서 낮은 직업들도 있었다.

마나와 신앙심이라는 특수 스탯을 기반으로 신성 마법을 쓰는 기사인 팔라딘이라면 자체 치유가 가능하기도 했다.

위드를 머리를 긁적였다.

"조각사입니다."

"와! 멋있어요! 예술적인 직업을 선택하셨네요."

수르카만이 환하게 웃었을 뿐, 다른 일행들은 그리 탐탁지 않은 기색이다. 조각사라면 약하다는 것이 그들이 가지고 있는 고정관념이었으니까.

실제로 조각사는 전투형 직업이 아닌 생산 계열의 직업이라서 체력이나 공격력의 부가 효과가 없다.

그럼에도 페일 일행은 위드를 마음으로 받아들이고 있었다.

조각사로 전직했다는 이유로 동료를 버릴 정도로 모진 사람들이 아니었다.

"우리는 지금 토벌대에 가입하기 위해서 다리우스 님한테 가는 중인데 같이 가시죠."

"하지만 제가 조각사라서요."

"괜찮습니다. 부족한 부분은 저희가 메워 드리면 되죠. 다른 사람들이 선수를 치기 전에 빨리 가야 합니다. 토벌대의 규모가 유저 300명과 로자임 왕국 병사 200명, 이렇게 총 500명으로 제한된다더군요. 그래서 선착순으로 뽑기로 했거든요."

"같이 가요, 위드 님."

"조각사라서 전투가 힘들면 저희가 도와드릴게요. 네?"

직업을 말한 탓에 이제 위드는 거절할 수도 없게 되었다.

모성애가 들끓는 그녀들이 약한 위드를 혼자 내버려 둘 수 없다고 생각하면서 이끌었고, 페일 역시 그전의 신세를 갚겠다면서 꼭 토벌대에 참여하라고 했기 때문.

위드는 어쩔 수 없이 다리우스가 있는 곳으로 향했다.

로자임 왕국의 카너스 후작은 정기 기사 회의를 개최했다. 기사들이라면 누구나 다 참여하는 중요 회의였다.

이 자리에서 몬스터의 토벌과 군사력 증진에 대한 논의가 주로 이루어진다.

군부를 담당한 카너스 후작은 왕국 기사 미발을 치하했다.

"수고가 많았네. 미발. 풋내기 병사들의 조련을 성공적으로 마쳤더군. 병사들의 레벨이 50을 넘다니 대단해."

"그것은 제 공이 아닙니다, 각하."

"그래? 나는 미발 자네에게 병사들의 조련을 맡겼네만, 무슨 일이 있었는지 이야기해 보게."

"예."

미발은 리트바르 마굴에서 벌어진 일을 소상하게 보고했다.

"흠… 그런 일이 있었단 말이지."

카너스 후작은 곱게 자란 수염을 쓰다듬었다.

자신들과 같은 베르사 대륙인이 아니라 유저가 그러한 공을 세웠다는 사실에 기사들 또한 놀란 기색이다.

NPC들은 자신들이 베르사 대륙에서 태어난 인간이라고 인지하고 있고, 유저들은 주신 가이아에 의해서 도움을 주기 위해 온 자유인으로 알고 있었다.

NPC라고 해도 인공지능에 의해 인간처럼 감정을 가지고 행동하는 것은 동일했다.

"유능한 자로군. 미발, 자네는 왜 그자를 우리 왕국으로 끌어들이지 않았나?"

"두 번이나 권유했지만, 그는 자유로움을 잃지 않고 더 많은 몬스터들을 해치우고 싶다고 하였습니다."

"자유인다운 결정이로군."

"예, 그렇습니다. 왕국에 소속되지는 않았지만 그는 로자임 왕국을 위해 헌신할 인재입니다."

"인연이 있다면 언젠가 또 보게 될 것."

카너스 후작은 리트바르 마굴의 보고는 그것으로 마치고 다음 안건을 논의하기 시작했다.

다리우스에게 가는 도중에 위드는 음식 재료점에 들렀다.

"위드 님, 여기는 왜요?"

"두고 보면 아실 겁니다."

음식 재료점은 꽤 많은 사람들로 북적였다. 주로 성내의 음식점에서 나온 사람들이다.

심부름꾼으로 보이는 꼬마가 외쳤다.

"여기 신선한 닭 사러 왔어요!"

"푸하하. 바보 녀석 아니야! 닭은 그냥 집에서 잡아먹어라. 깃털 뽑고 목만 비틀면 돼!"

"에이, 닭고기 사러 왔다니까요."

소년이 울상을 지었다. 그렇지만 능구렁이 같은 상점 주인은 웃기만 할 뿐이었다.

"닭고기만? 달걀은 안 사고?"

"앗……. 달걀도 사야 하는데 깜박했다."

"기다려라. 달걀은 낳으면 줄게."

"그럼 닭은요?"

"달걀 부화되면 줄게."

음식 재료점 주인과 소년의 이야기를 듣던 이리엔이 작게 킥 킥거렸다.

"재미있는 꼬마군요."

"아마도 4주 동안 성 밖으로 나가지 못하니 음식점에 취직한 모양이에요."

"나쁜 선택이네요. 별로 배울 것도 없는 음식점에 취직을 하 다니요."

페일의 생각에 음식점에 취직하는 것은 가장 미련한 짓이다.

대체로 4주 동안의 기간에는 보수를 많이 주는 퀘스트를 하 거나, 아니면 도서관 등에 가서 지식을 쌓는 것이 좋다.

그래야 나중에 좋은 장비를 갖추고 사냥을 할 수 있고 빠르 게 레벨을 올릴 수 있기 때문.

그렇게 말했지만, 위드는 반대였다.

"요리점에서 일한다면 요리 스킬을 배울 수 있겠지요. 그건 그것대로 좋은 겁니다."

"저도 알고는 있습니다. 하지만 요리 따위를 배워서 뭐 합니 까? 상점에서 보존 마법이 걸린 보리빵을 사면 1달도 넘게 먹 을 수 있는데요."

"맞아요. 어차피 포만감만 높여 주면 되는데 일부러 요리 스킬을 익혀서 고생을 할 필요가 어디에 있겠어요."

페일의 의견은 철부지와 같은 것이었다.

위드에게는 소년보다도 무지해 보이기만 했다. 요리를 천시하다니!

'험하게 세상을 살아오지 않았으니 그럴 테지.'

위드의 눈빛이 낮게 가라앉았다.

실제로 고생을 해 본 사람이라면 요리 스킬이 얼마나 큰 도움이 되는지를 알고 있다.

만약 누군가에게 1달 내내 보리빵만 먹으면서 사냥을 하라고 시켜 보라.

물론 레벨이 낮아서 돈이 없다면 어쩔 수 없이 그렇게 할 것이다. 그러나 조금 더 레벨이 올라가고, 돈이 많아지면 높아진 입맛이 보리빵을 거부하게 된다.

실제로 페일도 말은 그렇게 했지만 보리빵을 먹으면서 사냥을 하진 않는다.

사람들은 다 마찬가지다. 원래의 욕심이 조금 충족되면, 욕심 자체가 더욱 크게 성장을 한다.

그중에서도 의식주와 관련이 된 것은 생활과 떼어 놓으려야 떼어 놓을 수가 없는 것!

또한 요리 스킬은 현실에서도 써먹을 수가 있었다.

요리 스킬이 올라가면 재료들만 보고도 무슨 음식을 만들 수 있는지 목록이 뜬다. 또한 요리법도 떠오른다.

그것을 바탕으로 직접 만들다 보면 실제로도 써먹을 수 있는 유용한 기술인 것이다.

적어도 요리 기법을 완벽하게 터득한다면 게임을 그만두더라도 어디 음식점이든 취직해서, 먹고살 걱정은 안 해도 된다.

가상현실.

그것은 현실을 가상으로 똑같이 만들어 놓았다는 말이다. 역으로 뒤집어 본다면 가상현실에서 익힌 기술 또한 현실에서 써먹을 수 있어야 했다.

〈로열 로드〉는 그만큼 구체적이고 사실적인 게임이었다.

물론 위드처럼 이것저것 생산과 관련된 스킬을 익히지 않은 사람들은 경험해 보기 전에 절대로 알 수 없는 이야기이기도 했다.

'경험하려고 하지도 않을 테지만.'

위드는 아마도 고레벨로 올라간다면 요리 스킬의 유용성은 더욱 높아질 것이라고 판단했다.

지금의 위드가 만드는 음식만 하더라도 먹었을 경우에 일정 시간 생명력이 추가된다.

초급 요리 스킬로도 그 정도인데, 중급, 상급, 마스터가 만든 요리들은 어떻겠는가?

'둘이 먹다가 하나가 죽어도 모를 맛이겠지. 그리고 맛은 정말로 기본에 불과해.'

맛뿐만 아니라 능력치의 향상도 어마어마하리라.

딱딱하고 맛없는 보리빵 3쿠퍼와, 맛있고 능력치의 향상까지 시켜 주는 요리들!

승부는 이미 났다.

요리 스킬을 높이 올린 사람이 만든 음식들은 돈을 주고도 사 먹기가 힘들게 될 것이라고 짐작하는 위드였다.

조각품이야 여전히 인식이 좋지 않은 상태라서 있으면 좋고 없어도 그만일 것이라고 생각하지만, 매시간 소모하는 음식의 중요성이야 줄어들 수가 없는 것.

레벨이 높은 사람일수록 좋은 음식을 탐하게 되고 요리사의 가치는 천정부지로 치솟게 되리라.

'아니. 어쩌면 어딘가에서는 이미 그렇게 되어 있을지도 모르지. 요리사들만큼 자신의 비법을 숨기려고 하는 사람들은 드무니까. 그들은 자신만의 정보를 가지고 요리 스킬을 키우고 있을 것이다.'

위드는 정색을 하고 일행들을 향해 말했다.

"다들 생산 스킬을 천시하는 것은 알고 있습니다. 전투 능력이 물론 중요하죠. 그렇지만 생산 스킬이야말로 가장 필수적인 요소가 될지도 모른다는 생각이 듭니다. 모든 생산 스킬들은 하나로 통하는 면이 있고, 어쩌면 캐릭터의 전투력을 강화하는 데에도 큰 도움이 될 거란 생각입니다. 특히 요리처럼 일상사에 필요한 스킬들은 반드시 익혀 두는 것이 좋을 것입니다."

"……."

"죄송해요."

"위드 님께서 조각사라는 걸 깜박하고 제가 말을 함부로 했군요. 사과드립니다."

수르카와 페일, 이리엔 등은 미안한 마음에 얼굴을 붉게 물들어 있었다.

생산 스킬을 익히고 있는 위드의 앞에서 요리를 비하하였으니 화가 날 만도 하다고 생각한 것이다.

'그런 뜻이 아니었는데, 내 말을 이해하지 못하는군.'

위드는 고개를 절레절레 저었다.

아무리 가르친다고 해도 스스로 필요성을 절감하기 전에는 깨닫지 못하리라.

상점은 대체로 늘 보던 사람들이 손님이기 때문에 무척이나 정겨운 분위기였다.

위드는 그들을 헤치고 계산대로 다가갔다.

"주인어른."

"그래. 자네의 말은 잘 들었네. 요리에 대해서 아주 올바른 생각을 가지고 있군!"

"감사합니다."

"얼마 전에도 한번 본 것 같은 얼굴인데……."

"예. 재료를 사러 왔던 적이 있습니다."

위드는 조각술과 요리를 동시에 익힐 때, 재료를 이곳에서 집중해서 구입했다. 이유는 간단했다. 값이 제일 싸다.

자고로 많이 남겨 먹기 위해서는 제일 싼 곳에서 사야 하지 않겠는가? 특히 많이 살수록 싸게 파는 재료 상점!

위드는 오직 이곳에서만 대량 구매를 하고 있었던 것이다. 그럼에도 주인과 이야기를 해 본 것은 이번이 처음이었다.

"그렇군. 이렇게 우리 집을 이용해 주다니 고맙네. 혹시 요리 사의 꿈을 키워 가고 있는가?"

"아닙니다. 본 직업은 요리사가 아니지만 요리의 중요성은 알고 있습니다."

"그렇군. 그럼 자네가 바라는 게 무엇인가."

상점 주인의 눈빛은 유난히 빛을 내고 있었다.

위드를 탐색하는 시선이 예사롭지가 않다.

이미 소년과의 농담을 통해서, 상점 주인이 유저라는 사실을 알아차린 위드였다.

"양념과 조미료입니다."

"음… 조미료라고 해도 숫자가 워낙 많다네. 소금이나 설탕, 후추처럼 간단한 것에서부터 시작하여 엘프의 숲에서 자란 것들, 북쪽 대륙에서 거둔 식물의 액 등 맛을 낼 수 있는 물건들은 엄청나게 많지."

넓은 대륙에서는 다양한 맛을 내는 물품들이 생산되어서 상단을 통해 공급된다.

"너무 특별한 것은 필요하지 않습니다. 요리를 하는 데에 있어서 기본적인 것으로 갖춰 주십시오."

"좋군. 어수룩한 녀석들일수록 특이한 것만 찾지. 품질은 어느 정도를 원하나."

"당연히 최상급입니다."

"물량은?"

위드는 가진 돈을 셈해 보았다. 벌레들을 잡아서 나온 실버를 제외한 다양한 광석들의 원석은 아직 팔지 않은 상태였다.

훗날 수리 스킬이 경지에 올라 광석을 제련할 수 있게 되면 그때 쓰기 위함이다.

"지금 가진 돈이 27골드 정도가 되는군요. 그 금액 전부만큼 부탁드립니다."

"알겠네. 대량 구매이니 조금 넉넉하게 내오지."

위드와 상점 주인과의 대화를 듣는 일행들은 한마디만 해도 서로가 상대방의 마음을 읽는 것처럼 느껴졌다.

사실 상점 주인은 이미 요리의 길을 선택한 유저였다. 그는 위드를 보면서 강력한 경쟁자이자 새로운 후인이 나타났음을 깨달았다.

위드 또한 그를 요리계의 선배로 인정했으니 말이 많이 필요하지 않았던 것.

눈빛만 보아도 뜻이 전해진다는 것은 이럴 때에 쓰는 말이리라.

구입한 조미료와 음식 재료들은 배낭을 사서 짊어졌다.

재료를 충분히 구입한 위드는 다리우스가 기다리는 토벌대 가입 장소로 향했다.

바란 마을 토벌대는 많은 화제가 되고 있었기 때문에 참여하려는 사람이 무척 많았다.

다리우스는 작은 의자에 앉아서 1명씩 토벌대 가입을 받고 있었다.

"다음 차례는……."

"제 이름은 코크린. 궁수이고 레벨은 68. 한 번에 여러 개의 화살을 날리는 게 특기이고, 무기는 라산테의 활을 쓰고 있습니다."

"통과."

그다음 차례인 페일과 일행들은 약간의 눈치를 살피며 다리우스의 앞으로 갔다.

페일이 대표로 말했다.

"저희는 모두 동료입니다. 성직자 1명과 화염 속성의 전투 마법사 1명, 궁수 1명이고, 레벨은 대략 50 전후입니다. 그리고 1명은……."

페일은 위드를 소개하기에 앞서서 잠시 머뭇거린다.

조각사라고 하면 아무래도 다리우스가 좋게 생각하지 않을 것 같았기 때문이다.

"흠… 그렇군요. 아주 좋습니다. 그런데……."

다리우스는 위드를 보며 페일에게 물었다.

"그런데 저분도 동료입니까?"

"예."

"총 5명. 마침 필요했던 인원과 딱 맞아떨어지는군요."

"그러면……."

"바란 마을을 구하는 길에 모두 참여하시겠습니까?"

다리우스가 이렇게 물었을 때였다. 위드의 눈앞에 메시지 창이 하나 떴다.

바란 마을을 구원하라

로자임 왕국의 국경 너머는 몬스터들의 땅이다. 해마다 침공해 오는 몬스터들을 막기 위해 성벽을 쌓고 군사를 주둔시켰지만 작은 틈이 생겼다. 그 틈을 이용해 대규모 몬스터가 들어와서 바란 마을을 점령하였다고 한다. 로자임 왕국의 병사들과 함께 위기에 빠진 바란 마을을 구하고, 몬스터들을 소탕하라!

난이도: D

제한: 1달 이내에 완수해야 한다.

페일은 씩 웃으며 말했다.

"참가하고 싶습니다."

"참여하러 왔어요."

"예."

"초대해 주셔서 고맙습니다."

"바란 마을을 구하겠습니다."

일행이 먼저 대답하고 위드가 마지막으로 퀘스트를 받아들였다.

퀘스트를 수락하였습니다.

"그러면 지금 바로 출발합니다."

다리우스는 자리에서 벌떡 일어나서 고함을 질렀다.

"바란 마을 토벌대는 모두 모이십시오! 인원이 채워졌으니 지금 출발하겠습니다."

바란 마을 토벌대.

따로 거창한 출정식 같은 것은 없었다. 그저 아는 사람들끼리 잘 다녀오라며 손을 흔들어 주는 정도였다.

각양각색의 무장을 하고 있는 300명의 유저들이 세라보그 성의 남문을 나와 전진하기 시작했다.

목적지는 당연히 바란 마을.

몬스터의 침략을 받고 있는 그곳을 구원하기 위함이다.

"헤헤. 왕국의 수도에서 멀리 여행을 떠나는 건 처음이에요. 소풍이라도 하는 기분이네요!"

"도시락이라도 싸 올 걸 그랬죠?"

이리엔과 로뮤나가 화기애애한 이야기를 나누었다.

맑은 공기와 화창한 날씨!

소풍 가기에는 딱 좋은 날씨가 아닐 수 없다. 토벌대의 규모를 본 평원의 사자나 늑대들도 멀리 도망을 쳐서 편안한 여행이 되고 있었다.

페일이나 수르카 들은 서로 잡담을 나누며 걷고 있었지만, 위드는 날카로운 눈으로 사람들의 행색을 살피고 있었다.

'토벌대의 레벨은 평균 40에서 60 정도로군. 소문에 의하면 다리우스의 레벨은 140 정도야.'

또한 다리우스에게는 5명의 동료가 있었다.

검사 3명과 도둑 1명. 워리어 1명으로 이루어진 동료들.

'일단은 동료들의 레벨도 비슷하다고 봐야겠지.'

위드는 대충 토벌대를 파악할 수 있었다. 이것은 300명의 인원을 채우기 위해서 아무렇게나 모아 놓은 인원이다.

페일이 토벌대에 가입을 신청했을 때에도 느낀 것이지만 별다른 심사를 거치지 않았다. 위드의 경우에는 사람 숫자가 맞다는 이유로 별 질문도 없이 받아들였다.

'하기야 어서 빨리 토벌대 의뢰를 수행하고 싶겠지. 막대한 보상이 걸려 있으니까.'

위드는 약간 불안한 마음이 들었다. 페일 등을 만나기 전에 나름대로 토벌대장인 다리우스에 대해 조사를 해 본 적이 있었다.

그의 평은 그리 좋지 못하다.

자신의 이득을 위해서 무슨 짓이든 벌일 수 있는 사람이라는 주변의 평가였다.

"모두 잘 들으십시오."

"예?"

"바란 마을에 도착하면 누구도 쉽게 믿어서는 안 됩니다."

"그게 무슨……."

"말 그대로입니다. 믿을 사람은 우리뿐이란 뜻입니다."

페일은 그 말에 무언가를 깨달은 듯이 토벌대를 둘러봤다. 그리고 위드의 말에 공감했다.

"역시 그렇군요."

"네? 전 무슨 말을 하는지 모르겠어요."

수르카의 말에 위드는 잠시 눈살을 찌푸렸다.

"우리 중에서, 토벌대에 속한 다른 사람을 아는 사람이 있습니까?"

"아니요?"

"혹시 좋은 아이템이 떨어진다면 약한 우리를 죽이고 가로채는 사람이 있을지도 모른다는 말씀이신가요?"

이리엔이 그렇게 말했을 때, 일행의 분위기는 차디차게 가라앉았다.

수르카나 로뮤나는 겁에 질린 얼굴이다.

"그런 뜻은 아니었습니다. 물론 그런 경우도 있을 수는 있겠죠. 하지만 토벌대의 수많은 사람들이 보는 앞에서 그렇게까지 할 사람은 많지 않을 겁니다. 우리를 죽이고 살인자가 되면 그자 또한 누구에게든 죽임을 당할 수 있을 테지요. 또 다리우스라는 사람이 자신의 지휘권을 생각해서라도 그런 경우는 적극적으로 막을 테니까요."

"그러면 위드 님께서 걱정하시는 건 뭔가요?"

"아무도 의지할 사람이 없다. 바로 이것입니다."

위드는 행군을 하는 주변의 다른 사람이 듣지 않도록 일행을 데리고 약간 떨어져 나와서 이야기를 이어 갔다.

"토벌대에서는 비록 레벨은 낮아도 엄청난 숫자의 몬스터들과 싸우게 됩니다."

"그렇겠죠! 그러니까 우리가 300명이나 모이고, 로자임 왕국의 병사들도 200명이나 받은 것이 아니겠어요? 이 토벌대 퀘스트를 성공적으로 마무리하면 토벌대장도 우리도 명성이 크게 오를 테고요."

"그럼 전투가 벌어졌을 때는 어떤 식으로 싸우겠습니까?"

"그건……."

"우리는 숫자만 많을 뿐, 오합지졸입니다. 각자의 특기나 능력도 모르는 상태에서 리자드맨들이 선제공격이라도 해 온다면 어떻게 대응하실 겁니까? 어떻게 동료들을 이용하고, 함께 힘을 모아서 싸우죠?"

"하지만 다들 그렇게 해 온 것이 아닌가요?"

이리엔이 그렇게 물었을 때 고개를 내저은 것은 페일이었다.

"지금까지는 던전이나 마굴의 몬스터를 잡으라는 의뢰가 대부분이었습니다. 이렇게 필드에서 대규모의 몬스터를 토벌하는 의뢰는 정말로 흔치 않아요. 300명의 사람들이 있다고는 하나, 전투가 벌어지면 자신과 알고 있는 몇몇 사람과만 어울리겠죠."

"그렇다는 것은……."

"예. 300명의 전력이라고 해서 그만큼의 위력이 나오지는 않는다는 이야기입니다. 우리의 전력이 몬스터들을 압도한다면 괜찮겠지만 급박한 상황이 닥쳤을 때 의외로 허무하게 무너질 수도 있습니다. 이 점을 조심해야 합니다."

다리우스는 너무 서둘렀다. 또한 공을 세우는 데에만 집착하고 있다.

정벌대에 참여하고 싶어 한 사람은 많았으니 기왕이면 레벨이 높은 이들을 많이 받아들였다면 한결 일이 쉬워졌으리라.

비록 위드의 일행은 참가하지 못했더라도 말이다.

하지만 다리우스는 공적을 독식할 작정으로 레벨 100이 넘는 이들은 받아들이지 않았다. 대신에 레벨이 낮은 사람들로 인원을 채웠다.

또한 로자임 왕국의 병사들!

그들은 약간의 거리를 두고 천천히 따라오도록 시켰다.

'병사들이 경험치를 먹고 공을 세우면 자신의 몫이 줄어들기 때문에 그것을 우려한 것일 테지.'

만약에 토벌대의 대장이 위드였다면 다리우스처럼 하진 않았으리라. 300명의 유저들의 개입을 최소화하고, 로자임 왕국 병사들을 활용했을 것이다.

왕국 병사들을 지휘해서 리자드맨들을 격파한다면 신망과 통솔력이 오른다.

명성이나 경험치는 다른 방법으로도 올릴 수 있지만 이번이 통솔력을 올리기에는 최고의 기회인 것이다.

위드는 단단히 일행들에게 주의하도록 일러두었다.

토벌대는 중간중간 멈춰서 휴식을 취했다.

토벌대원들은 각자 준비해 온 건량을 먹거나 간단한 음식을 해 먹을 수 있었지만, 로자임 왕국의 병사들은 정해진 때마다 식사를 해 먹는다.

"우리는 어떻게 식사를 하죠?"

페일과 수르카는 밥에 대한 이야기를 나누며 은근히 위드를 보았다. 요리 재료점에서 보인 위드의 행동을 감안하면 요리 스킬을 익힌 것이 틀림없다는 생각이었다.

위드는 선뜻 솜씨를 발휘하기 위해서 나섰다.

"제가 일행의 요리는 책임지도록 하겠습니다. 페일 님, 토끼나 사슴을 좀 잡아 오시겠습니까? 사슴은 최소한 두 마리는 잡아 오셔야 됩니다."

"그러죠."

페일은 금방 활을 들고 토끼 세 마리와 사슴 두 마리를 잡아왔다. 궁수로 레벨을 올린 그에게 이제 토끼 정도는 백발백중. 한 발에 하나 정도는 기본으로 잡았다.

"그러면 제가 실력을 발휘해 보도록 하지요."

위드는 불을 크게 피워 놓고 토끼와 사슴을 작대기에 끼워 통째로 구웠다. 등짐에서 꺼낸 맛있는 조미료를 뿌려 가면서 말이다.

"히야. 맛있겠다."

"이제 먹어도 돼요?"

수르카와 이리엔이 침을 꼴까닥 삼킨다.

그녀들이 참기 힘들 정도로 향긋한 냄새가 퍼지고 있었기 때문!

이미 리트바르 마굴에서 미발과 정벌대 병사들을 통해 한껏 솜씨를 뽐낸 위드의 요리였다.

걸신들린 듯이 먹어 치우던 병사들!

그때와 비교하여 보면, 손재주 스킬이 중급을 넘으면서 한층 더 깊은 맛이 배어 나오게 되었고 높은 예술 스탯이 작용하여 토끼 구이는 더더욱 먹음직스럽게 보였다.

사슴을 모닥불 위에 올려놓기 위해 입에서부터 집어넣어 꽁무니로 나온 작대기가 아름답고 멋스럽게 보이는지!

"이제 드십시오."

위드는 일부러 시간을 끌면서 수르카와 페일 들이 한껏 시장하게 만들었다.

자고로 허기만큼 훌륭한 조미료는 없다고 하지 않던가.

와구와구!

과연 위드의 허락이 떨어지자마자 일행들은 달려들어서 신나게 토끼와 사슴을 먹기 시작했다.

"정말 맛있어요!"

"최고예요, 위드 님!"

로뮤나가 기름기가 젖은 손으로 엄지손가락을 치켜들었다. 입가에도 물론 누런 기름이 묻어 있었다.

성직자인 이리엔도 식욕만큼은 양보할 수 없었는지 토끼 한 마리를 통째로 먹고 있었고, 페일 역시 열심히 사슴의 뒷다리를 뜯어 먹는다. 살점까지 깨끗하게 발라먹는 일행들.

"고맙습니다, 위드 님."

얼마나 맛있었던지 위드에게 연신 인사를 하면서.

"뭘요."

위드는 주위를 훑어보았다. 어느새 많은 사람들이 주변에 모여 있던 상태였다.

"맛있겠다."

"정말……."

"얼마나 맛있으면 저렇게 걸신들린 듯이 먹지?"

토벌대원들은 이리엔과 로뮤나가 맛있게 먹는 모습을 보며 더욱 식욕이 당긴다는 얼굴이다.

"저희도 조금 먹을 수 있을까요?"

위드는 자신의 요리를 마음껏 사람들에게 나누어 주었다.

"드십시오. 그렇지만 다음부터는 재료를 가져오면 만들어 드리겠습니다."

"네. 고마워요."

토벌대원들은 고맙게 위드가 만든 음식을 받아먹었다. 하지만 몇 명이 받아먹기도 전에 음식은 동이 나 버렸다.

위드는 그다음의 식사 때부터 서로 요리 재료를 가져와서 음식을 부탁하는 바람에 부지런히 일을 해야 했다.

물론 토벌대에도 요리 스킬을 올린 사람이 없진 않으리라.

자신들도 사냥을 하면서 식량이 떨어졌을 때에는 요리를 통해서 즉석에서 식량을 구하고는 했으니까 말이다.

그렇지만 토벌대원의 8할이 남자였다.

감자를 썰고, 양파를 다듬는 이런 일을 좋아할 리가 없다. 물론 여자들 또한 굉장히 귀찮아한다.

마치 요리를 위해 태어난 것 같은 사람이 있는데 구태여 음식을 할 필요가 없는 것이다.

요리 스킬을 익힌 이들도 굳이 몸을 움직이기보다는 재료만 구해서 위드에게 맡겼다.

"이거 자꾸 맡기니 미안하군요."

한 사내가 2일이 되었을 때 그런 말을 해 왔다.

"괜찮습니다. 전혀 미안해하실 필요 없습니다. 제가 원해서 하는 일인데요."

"그래도……."

"정 불편하십니까? 그러면 어쩔 수 없군요. 신세 지는 느낌이 싫으시면 조리비를 약간만 주시면 됩니다. 조미료나 음식 재료비로 말이지요."

"차라리 그게 마음이 편할 것 같군요."

부업 정신!

위드는 음식을 조리해 준 대가로 아주 약간의 비용을 받기 시작했다. 물론 순수하게 들어간 조미료 비용보다는 훨씬 많은 금액이다. 그래도 다들 위드가 수고한다고 생각했는지 아무 말 없이 돈을 냈다.

바란 마을로 가는 원정길에 중간중간 들르는 마을마다 위드는 식료품 가게에 가서 두둑하게 음식 재료들을 샀다.

음식 스킬을 빠르게 올리기 위해서는 주기적으로 식단을 바꿀 필요가 있었다. 또한 신선하고 먹어 보지 않은 음식들이야말로 열렬한 환영을 받기 마련이다.

식료품 상점에서 가득 재료들을 산 위드.

식사 시간에는 열심히 밥을 만들고, 행군을 할 때에는 재료들을 다듬었다.

자하브의 조각칼!

용도는 본래 이런 게 아니었겠지만, 감자를 깎을 때에도 아주 유용하게 쓰인다.

'조각칼이니 과연 감자도 잘 깎이는군.'

위드가 만든 음식은 기본적으로 5%의 생명력을 향상시킨다. 거기에다가 손재주가 중급으로 넘어가면서 추가적인 효과가 발생했다. 검술의 경우에는 30%의 효과가 배가되고, 음식에는 50%의 효과가 더해지게 되었다.

그래서 총 7.5%의 생명력이 더해지게 된 것이다. 별것 아니라고 볼 수도 있지만 아슬아슬한 전투에서 그 정도의 생명력이 추가된다는 것은 죽을 것을 죽지 않아도 되는 것과 같았다.

그렇게 한창 요리에 전념을 하고 있는 위드에게 익숙한 얼굴들이 다가왔다. 로자임 왕국의 정규군 복장을 하고서 말이다.

"대장님!"

위드를 그렇게 부르는 사람은 몇 되지 않았다. 고기를 자르던 위드가 고개를 들자 반가운 얼굴들이 보였다.

"너네들……."

"충성! 대장님께 인사드립니다."

베커와 호스람, 데일이었다.

리트바르 마굴에서 함께 사냥을 했던 병사들.

"너희가 여기는 어쩐 일이지?"

"예. 저희 모두 십부장으로 승진을 했습니다."

위드가 열심히 키워 준 병사들이다. 그들은 승진을 한 이후로 기존의 부대에 들어갈 수가 없게 되어 버렸다.

결국 군부에서는 이들에게 새로운 병사들과 함께 임무를 하달했다.

"그것이 바란 마을을 구하는 토벌대를 돕는 것이었군."

"예. 그렇습니다. 그 임무가 끝나면 저희는 바란 마을에 주둔하면서 치안을 확보할 예정입니다."

부란과 몇 명은 그대로 세라보그 성의 미발 직속부대로 남았다고 한다. 하지만 당시의 20명은 모두 십부장이 되어서, 토벌대에 포함이 되었다.

유난히 코가 귀신처럼 밝던 베커가 위드의 요리 냄새를 맡고 찾아온 것이었다.

"헤헤헤."

"대장님의 요리 솜씨가 그립습니다."

"이제 대장님의 지휘를 따를 일은 없겠지만 그래도 어떻게 안 될까요?"

한때의 부하들이 주린 배를 움켜쥐고 말한다.

"어떻게 위드 님이 병사들과 알고 계시지?"

"그냥 병사들이 아닌 것 같아. 십부장들이야."

"위드 님을 대장님이라고 부르고 있어."

수르카와 페일은 놀라움을 감추지 못했다. 십부장이라면 그리 낮지 않은 직위다. 또한 레벨로도 자신들보다 높다.

"옛다. 먹어라."

위드는 만들고 있던 음식을 이전의 부하들에게 퍼 주었다. 물론 그다음부터 베커들의 부대에 있는 음식 재료는 전부 위드에게로 왔다.

토벌대가 바란 마을에 도착하려면 걸어서 10일이나 걸린다.

그동안 위드는 요리 스킬을 올릴 작정이었다. 요리 스킬의 중급이라면 성과도 성과이지만 그야말로 엄청난 노가다의 길이다. 리트바르 마굴에서 32명이 먹을 음식을 하루 세 번, 96인분의 식사를 1달간 요리했는데 이게 무려 3천 그릇 정도나 된다.

세라보그 성에서도 매일 음식을 만들어 팔았다. 그리고 토벌대에서 줄곧 음식 담당을 하고 있으니, 못해도 1만 그릇 이상을 요리한 것이다.

한 사람이 하루 세끼를 먹는다고 쳤을 때, 1달이면 대충 90그릇이 나온다.

1년이면 1,080그릇이다.

혼자서 무려 10년간 먹을 음식을 단지 요리 스킬을 중급까지 올리기 위해서 만들고 있으니 그야말로 엄청난 노가다인 것.

이것도 다 위드이니 할 수 있는 일이다. 취미로 하는 요리와, 아예 작정하고 스킬 레벨을 올리기 위해 수많은 사람의 음식을 준비하는 것은 전혀 다르니까 말이다.

손재주를 올리기 위해서는 조각술이 제일 좋지만, 토벌대에서 조각품을 만들고 있으면 다들 이상한 시선으로 볼 수밖에 없다.

음식을 만드는 편이 돈도 벌고 여러모로 나았다.

마침내 바란 마을을 코앞에 둔 토벌대.

"이제 드디어 도착이네요."

"어떤 몬스터들이 있을까요. 정말로 기대가 돼요."

이리엔과 수르카는 한가롭게 잡담을 나누며 걷고 있었지만, 더 이상 음식을 만들지 않게 된 위드는 하늘을 쳐다보았다.

맑은 하늘에 흰 조각구름들이 흘러간다.

'역시 천공의 도시라는 건 허황된 이야기였어. 쓸데없는 데에 신경을 쓰고 있었군. 바란 마을. 책에서는 마지막까지 천공의 도시와 인연을 두었던 장소라고 하였다. 그렇기 때문에 나는 일부러 이 토벌대 퀘스트를 받아들였지. 괜한 짓이었군.'

막연하게나마 가졌던 기대감이 사라지고 있었다.

토벌대가 바란 마을의 지척까지 진군을 할 때였다.

"전군 정지!"

다리우스는 신호를 내려서 토벌대의 움직임을 중단시켰다. 다소 후방에 위치해 있던 위드가 앞으로 나가 보자, 웬 허름한 옷차림의 노인과 아이들 수십 명이 다가와 있었다.

"무슨 일입니까?"

다리우스는 말에서 내리지도 않고 물었다.

유일하게 그와 그의 동료들만 말을 타고 있었던 것이다.

"예. 저희는 바란 마을의 생존자들입니다. 저는 장로인 간달바라고 하지요. 얼마 전에 수도로 잭슨을 보내서 토벌대를 청했는데 여러분들이십니까?"

"그렇소."

간달바는 바란 마을의 장로였다. 그가 데려온 겁에 질린 아이들 역시 바란 마을에 살던 아이들이었으리라.

다리우스는 간달바를 향해 말했다.

"바란 마을은 우리가 구해 주겠소. 그러니 안심하고 조금만 기다리시오."

"예. 대장님. 하온데 저의 부탁이 있는데……."

"무엇이오?"

"제발 놈들에게 잡혀간 우리 마을의 주민들을 구해 주십시오. 이 늙은이의 소원입니다."

간달바가 눈물을 줄줄 흘리며 애원을 했다.

다리우스는 눈을 빛냈다.

"이것은 의뢰요?"

"예. 저희의 의뢰입니다."

"보상은 무엇을 주실 수 있소?"

다리우스는 레벨이 100이 넘는 유저답게 아무 퀘스트나 받아들이려고 하지 않았다. 퀘스트는 수없이 많았고, 시간만 낭비하는 경우가 허다한 것이다.

간달바는 암울한 얼굴을 했다.

"저희가 드릴 수 있는 것은 아무것도 없습니다. 드린다면 오로지 이런 것밖에……."

간달바가 내놓은 것은 어떤 열매의 씨앗이었다.

"역시 그렇군. 마을까지 몬스터에게 점령을 당한 노인네에게 무슨 보상을 기대할까. 재물도, 내놓을 아이템도 없을 테지."

다리우스는 차갑게 웃었다.

토벌대의 임무를 마치기 전에, 괜히 노인이 찾아와서 일이 번거롭게 되었다고 판단했다.

"그러면 우리는 먼저 바란 마을을 구하는 것부터 하고, 나중에 여유가 된다면 여러분들을 도와드릴 것이오."

"하지만……."

"리자드맨에게 잡혀간 인질들이 살아 있을 것으로 기대하긴 힘든 터. 우리의 갈 길을 막지 마시오."

다리우스가 매정하게 길을 떠나고 있었다.

토벌대원들 몇 명이 그를 욕하기는 했어도, 그들 역시 마을의 장로의 일을 도우려고 하진 않았다. 간달바가 절망을 하고 있을 때였다. 그의 주름진 손을 덥석 잡는 사람이 있었다.

바로 위드였다.

전설의 땅

바란 마을의 장로 간달바는 곤경에 처해 있었다.

로자임 왕국 남부의 평화로운 마을이었다. 크지는 않아도 500여 가구가 오순도순 살고 있던 마을이 리자드맨들의 침공을 당했다.

마을 주민들은 뿔뿔이 흩어지거나 리자드맨들의 포로로 잡혀서 생명이 위급한 실정이었다.

"그 씨앗에 담긴 사연을 듣고 싶습니다."

위드가 말하자, 간달바의 노안에 희미한 희망이 어렸다.

"이, 이야기해 주면 도와주겠는가?"

"아닙니다. 말씀하지 않으셔도 도와드릴 것입니다. 사악한 몬스터에게 잡혀간 사람이 있다는데 어찌 인간으로서 돕지 않을 수가 있단 말입니까."

"오오!"

간달바는 환호성을 내지르고 싶은 심정이었다.

다른 사람들이 전부 거절하였는데 이렇게 남아서 도움을 주겠다는 사람이 있다니 말이다.

"다리우스 님은 거절하였는데…… 내가 줄 수 있는 것이 씨앗 하나뿐이라서 말이네."

위드는 다리우스가 이미 지나간 것을 확인하고 조심스럽게 말했다.

"어떻게 선한 일을 행하는 데 대한 대가를 논할 수 있단 말입니까? 도저히 저로서는 상상도 되지 않는 일입니다."

"세상에 아직도 이런 훌륭한 사람이 있다니……"

위드의 눈이 우연인 것처럼 간달바가 꽉 움켜쥐고 있는 손으로 향했다.

"그런데 그 씨앗 말입니다."

"아, 이것 말인가. 이것의 용도는 나도 잘 모르네."

"어디서 유래된 것인지도 알지 못하십니까?"

"우리 집안 대대로 내려오던 것이지. 매우 귀중한 것이니 소중하게 간직하라고 하였네. 큰 은혜를 입거나 뛰어난 용사를 보면 전해 달라고……"

"그랬군요."

안개 속의 퍼즐이 맞춰지듯이 착착 정리가 된다. 하지만 아직 확률은 반반이었다.

과연 천공의 도시로 안내해 줄 수 있는 씨앗일 것인가, 아니면 그저 별 볼일 없는 농작물의 씨앗일 것인가.

〈로열 로드〉의 많은 직업들 중에는 정원사와 농부도 있다. 물론 그 숫자는 미미해서 찾아보기는 극히 힘들었다.

"우리 마을 사람들을 구해 줄 것인가?"

띠링!

바란 마을의 불행

동쪽 국경이 뚫리기 전까지 바란 마을은 평화롭고 활기찼다. 잔소리 심한 어른들에 의해 아이들은 매일 괴롭힘을 당했지만 말이다. 리자드맨들이 침입하자 간달바는 모든 인원을 구할 수가 없었다. 어쩔 수 없이 아이들만 데리고 탈출하였다. 어른들은 남아서 시간을 벌겠다고 했다. 악랄한 리자드맨들이 어른들을 죽이지 않고 납치하여 부려먹고 있다고 한다. 하지만 시간이 지나면 그들을 차례차례 죽일 것이다. 아이들의 아버지와 어머니를 신속하게 구출하라.

난이도: D

보상: 알 수 없는 씨앗.

남아 있는 어른들: 55명

난이도 D급 의뢰.

바란 마을을 구하는 토벌대 퀘스트와 동일한 난이도였다.

위드는 자하브의 유지를 이으라는 A급 난이도의 퀘스트를 보유하고 있었지만, 이는 아직 도저히 해결할 엄두도 못 내는 퀘스트. 퀘스트 칸만 잡아먹고 있는 난이도였다.

실질적으로 위드가 지금까지 해결해 온 의뢰 중에서는 가장 난이도가 높다. 그렇지만 위드는 난이도가 아닌 퀘스트의 설명을 몇 번이나 읽었다.

부모님들.

8세 이후로 부모님에 대한 기억은 아무것도 없다. 있다면 사채업자들의 지독한 시달림뿐이다.

'유일한 유산이었지.'

하지만 지금이라도 부모님을 만나 보고 싶었다. 이미 죽어

버린 그분들을 다시 살릴 수만 있다면 뭐라도 할 것이다.

위드가 한참을 대답하지 않자 간달바가 초조하게 물었다.

"역시 보상이 마음에 들지 않는가?"

"……."

"마을이 정상화만 된다면 두고두고 빚을 갚을 테니……."

"아닙니다. 제게는 너무나도 충분합니다. 최대한 신속하게 처리해 드리겠습니다."

> 퀘스트를 수락하였습니다.

"고맙네. 리자드맨들은 마을의 서쪽 산에 있는 계곡으로 간 것 같아. 그럼 우리는 기다리고만 있겠네."

간달바가 멀찌감치 떨어지고 나서, 일행들이 다가왔다.

"위드 님, 대체 지금 뭘 하신 겁니까?"

"방금 퀘스트를 받으신 거예요?"

페일과 수르카 들은 위드를 보며 의아하지 않을 수가 없었다. 별것도 아닌 씨앗을 주는 퀘스트를 받은 것이었다.

"일단 아무것도 묻지 마시고, 제가 받은 퀘스트를 받으십시오."

위드가 일행의 리더였다.

위드의 말에 수르카 들은 이유가 있으리라고 믿고, 간달바에 게 가서 퀘스트를 받았다.

"위드 님과 함께할 사람입니다."

"저희도 마을 사람들을 구하고 싶어요."

> 동료들이 퀘스트를 받아들였습니다.

일행들은 퀘스트를 받아들였지만, 위드가 하는 일의 이유는 알 수가 없었다.

페일이 고개를 갸웃했다.

"왜 여기까지 와서 토벌대 퀘스트를 포기하고 이걸 하려고 하시는지 모르겠습니다."

"제 예상이 맞는다면 아주 좋은 일이 있을 것 같습니다. 그리고 혹시 제 예상이 틀리더라도 토벌대와 함께 싸우는 것보단 나을 겁니다."

"그게 무슨 말씀이신지요?"

"우리의 레벨로 토벌대와 함께 싸운다? 그래서야 별로 성과도 내지 못할 것입니다."

위드의 말에 일행들은 다들 공감을 했다.

다리우스나 그 패거리에 비해 자신들의 레벨은 한참이나 낮다. 어차피 마을 안에 있는 리자드맨들을 제압한 다음에 있을 소탕 작전을 노리고 왔을 뿐, 대규모 토벌 작전에는 큰 기대를 하지 않았던 것이 사실이다.

더 레벨이 높은 이들이 200명은 될 터인데, 그들의 틈바구니에서 무엇을 할 수 있겠는가 말이다.

"제 예감으로는 이 의뢰가 도움이 될 것 같습니다."

"그렇지만 난이도가 D급이라… 우리로서는 어려울 것 같은데요."

"괜찮을 겁니다. 제가 따로 생각하는 것도 한 가지 있고요."

"알겠습니다, 위드 님. 그렇게까지 말씀하신다면 저희도 함께하겠습니다."

위드는 간달바의 의뢰를 수행하기 위해 일행들과 함께 토벌대를 이탈하였다. 하지만 토벌대를 나온 위드에게 다가오는 사람들이 있다.

로자임 왕국 병사인 베커와 데일이었다.

"대장님! 어디 가십니까?"

"이제 곧 리자드맨들을 토벌할 차례인데요."

위드는 비장하게 대답했다.

"음, 우린 아이들의 부모님을 리자드맨의 소굴에서 구출할 계획이야."

"그런 어려운 임무를!"

위드의 말에 베커는 화들짝 놀랐다. 데일은 말도 안 된다는 표정이었다.

"지금 다섯 분이서 하겠다는 말씀이십니까?"

데일은 일행들을 위아래로 훑어보았다. 그가 보기에 자신보다도 훨씬 약하다는 판단이 들었다.

데일이 가슴을 펑펑 치면서 나선다.

"대장님, 그런 임무라면 저희가 돕겠습니다."

"예. 사정을 말하면 우리 쪽의 대장도 허락을 해 주실 겁니다."

위드가 올려놓은 친밀도가 또다시 위력을 발휘한다.

물론 상황상 전혀 말도 안 되는 반역이나, 마을 주민 학살 같은 일이라면 병사들도 따르지 않는다.

아무리 통솔력이 높고 친밀도가 가깝다고 하더라도, 공적치나 명분이 있지 않는 한 병사들은 마음대로 움직이지 않는 것.

그렇지만 그들이 보기에 지금 위드가 하는 일은 주민들을 구하려는 영웅적인 행동이다. 임무와도 전혀 무관하다고 할 수 없으니 도와주려는 것이다.

위드는 잠시 침묵하다가 말했다.

"그것은 안 되네. 본래 자네들에겐 다리우스의 일행과 함께 바란 마을을 구하라는 임무가 있지 않은가?"

"하지만……."

"이 일은 사람이 적을수록 좋아! 그러니 자네들은 자네들이 할 일에 최선을 다해 주게. 기껏 아이들의 부모를 데려왔는데 막상 살 집이 없다면 곤란하니까 말이네."

"알겠습니다, 대장님."

베커와 데일은 어쩔 수 없다는 듯이 납득을 하였다.

로자임 왕국군 200명. 그들의 도움을 받는다면 리자드맨의 소굴에서 사람들을 구출하는 일은 훨씬 쉬워진다.

특히 십부장들은 한때 전부 위드의 부하였지 않던가.

그들을 받아들인다면, 통솔력이 뛰어난 위드이기에 병사들은 큰 힘이 되리라. 하지만 그렇게 된다면 다리우스가 눈치를 채고 만다.

300명 가운데 위드와 일행들이 빠져나간 것 정도는 어떻게 무마를 하더라도 병사들이 대거 이탈한다면 다리우스도 이유를 알아보게 될 것이다.

위드와 일행들은 바란 마을의 서쪽 산으로 향했다.

서쪽 산에는 음습한 기운이 감돌았다.

계곡의 폭포수에서 비롯된 습기가 리자드맨들이 살기에 최적의 조건을 만들어 준 것이었다.

"여기서부터가 리자드맨들의 근거지인 것 같군요."

궁수 페일은 자신의 직업에 맞게 시력과 관찰력을 키워 놓은 상태였다. 궁수들의 필수인 스탯으로, 장거리에 있는 적들을 요격하기에 좋았다.

이렇게 특수한 지형을 분석하는 데에도 도움이 된다.

페일은 궁수의 패시브 스킬인 속사 스킬과 관통의 레벨을 중점적으로 올렸다. 2차 전직을 마치기 전까지는 대체로 무난한 선택이었다.

반면에 조각사를 직업으로 가진 위드는 조각술과 조각 검술을 합쳐서 검술이 남들보다 다소 강한 편이다.

"예. 동쪽 국경을 넘어온 리자드맨들이 여기에 진을 치고 있는 것 같습니다."

위드는 짧게 답하면서 지형을 훑어보았다. 통틀어서 계곡이라고 말하지만 엄청나게 넓다.

높이 치솟은 나무들 중 어디서 리자드맨들이 뛰쳐나올지 모르기에 다들 전전긍긍하고 있었다.

마침내 리자드맨 전사들이 보였다.

리자드맨 5마리가 한꺼번에 뭉쳐서 보초를 서고 있다.

모습은 마치 두 발로 걸어 다니는 도마뱀처럼 생겼고, 미끈미끈한 초록색 피부를 가지고 있다.

놈들의 레벨은 60 정도.

"으, 징그러워요."

로뮤나의 감상평이었다. 위드 역시 적극 동감을 했다. 몬스터들은 어쩌면 저렇게 정상적인 외모로 생긴 것들이 없는지!

그래도 위드는 리자드맨 정도에 겁을 먹진 않았다.

'고블린처럼 상대하면 될 테지.'

리자드맨은 레벨이 10 정도 더 높지만, 필드의 몬스터다.

몬스터들은 던전 안에 있거나 밤이 되면 50% 더 강해지고 경험치도 많이 준다. 지금의 리자드맨이라면 고블린들과 비교하여서 그럭저럭 할 만할 것이다.

위드는 활 대신에 철검을 꺼내서 무장했다. 요리와 조각품을 파느라 오랜만의 전투라서 몸이 근질근질했다.

'드디어 공격 스킬을 써 볼 차례.'

황제무상검법!

검법서 안의 5개 초식들은 다음과 같았다.

제1식: 현란하게 움직이며 빠르게 3번의 연속 공격을 가한다. 스킬이 상승할수록 공격 횟수와 데미지가 늘어난다. 마나 소비 300.

제2식: 순간적으로 적의 후방으로 돌아가서 등을 강하게 벤다. 마나 소비 400.

제3식: 일시적으로 5배의 공격력을 내서 적의 무기를 파괴시킨다. 마나 소비 600.

제4식: 춤을 추는 듯한 움직임으로 적의 급소를 노린다. 마나 소비 1,000.

제5식: 검에 몸을 숨긴다. 모든 마나를 모아 하나의 점에 폭
　　　　사한다. 모든 마나 소비. 단 마나의 양이 2,000 이하
　　　　일 때에는 체력과 생명력 소비.

하나의 보법은 7번의 빠른 걸음으로 적의 공격을 피하는 스킬이다.

검법의 식들은 위드만의 독특한 별명을 정해 주었다.

제1식은 트리플, 제2식은 백어택, 제3식은 파워 브레이크, 제4식은 소드 댄스, 제5식은 소드 카이저, 이런 식이다.

황제의 영약을 모두 먹은 위드의 마나는 총 940이었다. 트리플을 3번 쓸 수 있고, 백어택은 2번, 파워 브레이크는 단 1번 사용할 수 있다.

그 이상의 스킬들은 마나의 양이 부족해서 쓰지 못한다. 물론 마나가 없더라도 제5식인 소드 카이저야 쓸 수 있을 테지만 생명력을 끌어 쓰니 부담이 만만치 않다.

검법서에 나오는 보법은 '칠성보'라고 이름을 붙였다. 이것조차도 마나 소비가 100이나 된다. 다만 한 번 시전하면 1분간은 유지되니 그나마 다행이다.

'내 능력을 시험해 볼 기회겠지.'

황제무상검법을 익힌 이후로 아직 한 번도 싸워 본 적이 없었다.

위드는 일행을 향해 낮은 음성으로 말했다.

"지금은 낮이니 놈들의 능력도 그렇게 강한 편은 아닙니다. 특히 리자드맨들은 늪지에서 본 실력을 발휘하는 편이지요. 이

런 계곡에서 놈들의 실력은 많이 약화되어 있을 겁니다. 우선 제가 놈들과 한번 싸워 보겠습니다."

독 전갈이나 샌드웜처럼 사막에 사는 몬스터들은 사막에서 가장 강하다. 리자드맨은 늪지에서 강한 몬스터로, 이렇게 평지로 나오면 많이 약해진다.

그럼에도 일행은 다들 놀라고 있었다.

위드가 그냥 리자드맨의 근거지로 쳐들어가자는 것이다.

다들 위드를 따라서 여기까지 오기는 했지만 무슨 특별한 계획이 있을 줄 알았다.

"자, 잠깐만요. 리자드맨의 근거지로 그냥 쳐들어가도 되나요?"

"괜찮습니다."

"그래도 난이도 D급의 퀘스트인데……."

"난이도 D급이라면 리자드맨들이 최소한 800마리는 기다리고 있겠지요?"

위드의 말에 페일은 정신없이 고개를 끄덕였다.

"800마리. 아마 그 정도 될 것입니다."

"간달바의 의뢰를 받아들였을 당시에는 틀림없이 그랬을 겁니다. 그런데 우리를 도와주는 다리우스가 있지 않습니까?"

"다리우스가 우리를 도와준다구요?"

페일이 고개를 갸웃하고 있을 때, 위드는 작은 포션병을 일행에게 나눠 주었다.

"이건 또 뭡니까? 설마 포션은 아니겠죠?"

"세라보그 성에서 출발하기 전에 제가 빚은 술입니다. 빈 포션 병은 잡화점에서 싸게 구입을 했죠."

"왜 하필 지금 이걸……."

"마셔 보면 알 겁니다."

위드는 먼저 술을 꿀꺽꿀꺽 들이켰다.

> 활력의 술을 마셨습니다.
> 생명력 +100, 힘 +10, 민첩성 +5, 부상에 감각이 약화됩니다.

일행들은 모두들 술을 마셔 보고 깜짝 놀란 얼굴을 했다.

"이런 술이……."

수르카는 성인이 된 지 얼마 안 되어서 특히 술에 약했다. 그러나 감미로운 향에 취해서 마셔 보니 달짝지근한 맛이 아주 좋았다.

"아직 담근 지 오래되지 않아 효과는 약합니다. 대신에 음식과 함께 먹을 수 있다는 장점이 있지요."

술을 마시고 난 위드는 성큼 리자드맨들이 있는 곳으로 발걸음을 옮기고 있었다.

༺༻

다리우스는 자신을 행운의 사나이라고 생각했다.

그렇지 않다면 이토록 희귀한 토벌대 퀘스트를 받을 수는 없었을 것이다.

바란 마을 토벌대.

이것이야말로 그의 명성을 한 차원 더 높여 줄 의뢰이다. 명성이 높아지면 여러 유리한 점이 있지만, 그중에서도 퀘스트를 빠뜨릴 수 없다.

쉽게 만나 볼 수 없는 요직의 인물들을 만나고, 어려운 퀘스트들도 받아 낼 수 있는 것이다.

300명의 부하들이 따라오니 이미 다리우스는 스스로를 장군처럼 여겼다.

다리우스가 이끄는 토벌대는 마침내 바란 마을에 도착했다. 몬스터의 침입을 막기 위해 설치한 목책은 무너졌고, 집집마다 문이 부서져 있었다.

토벌대원들은 언덕 위에서 그 광경을 목격했다. 마을 안에 보이는 몬스터들은 없었지만 방심해서는 안 된다.

다리우스는 동료들에게 부탁했다.

"파로스, 정찰을 해 주게."

"알겠네. 조금만 기다리도록 해."

파로스의 직업은 도둑이었다. 신속함과 관찰력을 극도로 끌어올린 그는 재빨리 마을 안으로 들어갔다.

한참 후에 헉헉거리면서 나온 파로스가 보고했다.

"숨어 있는 리자드맨들이 수백이네! 마을 안에서 우리가 다가오는 것만 기다리고 있어."

"난전을 노리는 것이로군."

다리우스의 눈이 차가운 빛을 뿌렸다. 숫자가 많은 리자드맨들은 난전을 유도하는 것이 당연했다.

난전이 벌어진다면 다리우스로서도 절대적으로 환영이다. 난전에서는 레벨이 높은 다리우스와 그 일행들이 가장 큰 공을 세울 수 있기 때문이다.

"이미 알고 있는 기습은 기습이 아닌 것. 그대로 바란 마을로 진격한다!"

토벌대가 우르르 바란 마을의 안으로 들어섰다. 그러자 집집마다 숨어 있던 리자드맨들이 뛰쳐나왔다.

"키엑!"

"인간들!"

근육질의 파충류 몬스터인 리자드맨들은 한 손에는 방패를 들고 다른 손으로는 도를 휘두르고 있었다.

사람들은 당황했다.

리자드맨들이 숨어 있다는 것을 다리우스가 그들에게 알려주지 않았기 때문이다.

다리우스는 리자드맨의 목을 치면서 중얼거렸다.

"무능한 놈들은 필요하지 않다. 나를 따르는 유능한 놈들만 있으면 돼. 그리고 저놈들과 공을 나누어 가질 수는 없지!"

다리우스는 일부러 큰 피해가 일어날 수도 있는 작전을 감행했다. 300명의 사람들과 일일이 공을 나누었다가는 자신의 몫이 줄어들 수도 있기 때문.

로자임 왕국 병사들도 뒤를 따라 들어왔다.

그들의 대장은 기사 호반테스!

호반테스는 사방에서 리자드맨들이 뛰쳐나오며 난전이 벌어지자 소리를 질렀다.

"도망가지 말고 10명씩 뭉쳐서 상대하라!"

병사들 10명이 진형을 펼쳤다.

로자임 왕국 특유의 원형진이었다. 그들을 지휘하는 병사들은 베커나 호스람 같은 십부장들이다.

　"우리는 방어진을 펼친다."

　"우리도 방어진을 펼친다."

　"우리도 방어진이다."

　위드에게 교육을 받은 십부장들은 거의 다 동일한 선택을 했다. 방어가 우선!

　베커만이 별도의 선택을 했다.

　"우리는 공격이다!"

　방어 진형을 펼치는 로자임 왕국 병사들은 리자드맨들을 벌집처럼 복잡하게 끌어들였다.

　이리저리 길을 꼬아 놓은 미로 속에 돌격을 하는 리자드맨들을 가두어 두었다.

　베커는 10명의 부하들을 데리고 방어진 사이를 오가며 길을 잃은 리자드맨들을 처치했다.

⚜

　리자드맨들은 위드가 다가오자 특유의 난폭한 흥성을 드러냈다.

　"인간이다!"

　"가소로운 인간! 여기까지 들어오다니!"

　리자드맨들이 도를 휘두르며 우르르 덤벼든다.

　총 5마리의 리자드맨 병사들.

개개인의 레벨은 낮아도 숫자가 다섯이면 무시하지 못했다. 포위되는 것만 해도 전후좌우를 전부 상대해야 하니 불리함을 안고 싸우는 것이다.

위드는 자신이 있었다.

수련관에서 1달간 살다시피 하며 힘과 민첩성, 체력 등을 40씩이나 올렸다.

처음 그런 말을 듣는다면 누구나 다 쉽게 할 수 있을 것이라 여길 테지. 그리고 왜 그렇게 하지 않는 사람이 있는지 의아해지기도 할 것이다. 스탯을 올려놓으면 훨씬 사냥이 편해지는데 말이다.

그러나 냉정하게 한번 생각해 보라.

1달간이다.

무려 1달간 허수아비만을 때리며 지내야 한다. 그 지겨움과 육체적인 괴로움을 견딜 수 있다고?

하루에 20시간씩 1달이면 600시간이다.

동일한 행동을 근육을 쥐어짜 내는 것 같은 통증 속에서 반복해야 하는데, 프로 운동선수들도 그 정도로 지독한 훈련을 하지는 않는다.

선수들이라고 할지라도 하루에 집중적으로 운동에만 전념하는 시간은 5시간을 넘지 않는다.

무려 120일간 선수들이 운동할 분량을 위드는 해치운 것이다.

이는 달리 계산하면 헬스클럽에서 1시간씩 운동을 했다고 쳤을 때 거의 2년간 성실하게 운동을 한 것과도 같다.

스탯을 40개씩 올리기 위해서 이런 고생을 할 사람은 많지 않았다.

그 과정을 1달 만에 끝냈다는 사실 자체가 위드가 어마어마하게 독한 인간임을 증명한 것이나 다름없는 일이다.

그리고 아직 한 번도 써 보지 않은 검술이 남아 있다. 리자드맨들이 다가오는 게 오히려 반갑다.

위드와 수르카가 리자드맨들에게 다가가는 일행의 선두에서 있었다.

워리어나 기사가 없는 파티의 특성상 두 사람이 근접전을 맡아 주어야 했다.

"저기 그런데, 위드 님."

"예?"

"제가 죽으면 도망치세요."

수르카는 리자드맨들 다섯을 보면서 영 자신이 없는 모양이었다.

"걱정 마십시오. 만약 죽으면 제가 먼저 죽게 될 테니까요. 예전에 하던 것처럼 제가 놈들의 시선을 끌도록 하겠습니다."

"조각사이시잖아요? 아, 그러고 보니 위드 님 레벨이 몇이에요?"

"68입니다."

위드는 성큼 리자드맨들의 틈을 향해 뛰어들었다.

"위험해요!"

뒤에서 일행들은 난리가 났지만, 위드는 침착했다.

"칠성보!"

스스로 이름 붙인 보법을 자신 있게 시전했다. 7개의 기오막

측한 걸음걸이로 적을 회피하는 기술.

전면으로 치닫던 위드는 적을 바로 앞에 두고 불쑥 사라져서, 바로 오른쪽에 나타났다.

"제1식. 트리플!"

위드가 현란하게 움직이며 검을 뻗었다. 하단과 중단, 상단을 동시에 공격하는 3개의 검.

퍼버벅!

리자드맨은 고블린과는 다른 몬스터였다.

파충류 특유의 유연한 몸에 날쌘 동작!

공격력이 뛰어나진 못하지만 무서운 점은 초록색 피부였다. 그들의 두꺼운 피부는 자체적으로 방어력이 아주 뛰어나다. 그 피부 위에 약탈한 갑옷까지 입고 있었으니 일반적으로 상대하기에는 대단히 껄끄러운 몬스터다.

"구에엑!"

위드의 스킬에 리자드맨은 둔중한 괴성을 내질렀다. 단번에 생명력이 80% 이상이 줄어들어 빈사지경에 이른다.

궁수 페일의 특기인 파워 샷을 사용할 때의 마나 소비가 25 정도였다.

그에 비해서 위드의 스킬들은 그야말로 마나 잡아먹는 귀신이다. 무려 300이나 되는 마나를 소모하는 만큼 단번에 치명적인 정도의 위력이 나온 것이다.

그 장면을 곁에서 수르카가 보고 있었다.

수르카는 위드와 함께 많은 전투를 치렀다. 위드가 늑대를 잡았을 때부터 일행의 중심이었다. 하지만 조각사로 전직을 했다더니 갑자기 요리를 만들어 댄다.

그것도 이해할 수 없었는데 전투 능력을 보니 별로 줄어든 것 같지 않다.

'저 스킬은 뭔지 몰라도 대단해.'

위드가 트리플을 썼을 때에는 거의 3개의 검이 동시에 리자드맨을 공격한 것 같았다.

'나도 질 수 없지!'

수르카는 위드가 공격했던 리자드맨을 향해 주먹을 뻗었다. 일단 1마리부터 제대로 잡고 보자는 것.

위드의 트리플에 적중한 리자드맨은 스턴 상태에 빠져들어서 움직이지 않았다.

"연환권!"

그녀보다 레벨이 높은 리자드맨이었기 때문에 수르카도 일단 자신이 가진 최고의 기술을 사용했다.

수르카가 주먹을 짧게 쥐고 연속으로 5번을 내질렀다.

몽크들이 익히는 기초 공격 스킬이지만 가장 자주 쓰는 스킬이기도 했다.

수르카의 연환권에 대한 이해도는 무려 65%나 되었다.

파바바박!

가슴과 명치에 타격을 받은 리자드맨이 회색으로 변한다.

"에에엑?"

수르카는 황당해서 전투 중인 것도 잊고 잠시 동작을 멈추고 말았다.

"아무리 스턴 상태라고 해도 그렇지. 얘가 왜 죽어?"

스턴 상태에서는 몸을 움직이지 못하고, 공격을 당하면 2배나 데미지가 들어갔다.

그렇다고는 해도 레벨 60짜리 리자드맨이 단번에 죽어 버리다니 수르카는 어이가 없었다.

하지만 다른 리자드맨들 역시 가만있지 않았다. 동료가 공격을 당하자 더욱 흉성을 터트렸다.

위드를 노리고 거의 동시에 4개의 도가 날아든다.

피할 모든 공간을 차단한 공격이었다.

위드의 몸이 바람 앞의 갈대처럼 유연하게 흔들렸다. 다리, 머리, 어깨를 아슬아슬하게 비껴 나가는 3개의 도!

하나의 도는 피하지 못해 옆구리를 길게 베였지만 피해를 삼분의 일로 줄일 수 있었다.

생명력이 350 감소하였습니다.

조각사의 페널티!

철로 만든 중갑옷을 입지 못한다는 것이다.

가죽으로 만든 방어구들은 특별한 재질이거나 마법이 걸려 있지 않은 한 매우 방어력이 취약했다.

상점에서 아주 싸게 구입한 기본적인 가죽 레더 등을 입었을 뿐이니 이렇게 한 번의 공격도 치명적이었다.

"조각 검술!"

위드의 검이 희뿌연 빛에 휩싸인 채로 다시 한 번 공격해 들어간다.

이번에는 무척 튼튼해 보이는 목이었다.

퍽!

절대적인 타이밍에, 급소만을 공격하는 위드의 주특기!

> 치명적인 일격이 터졌습니다!

상대의 저항력을 무시하는 조각 검술은 본래의 데미지 그대로 리자드맨에게 상처를 줄 수 있었다.

마나 소모가 막대하다는 것이 흠이지만 그것만 제외한다면 늘 쓰고 다니고 싶을 정도다.

이어서 로뮤나의 마법이 작렬한다.

"파이어 스트라이크!"

4개의 불꽃들이 허공에서 갈라져 리자드맨들을 공격했다. 이 마법의 무서운 점은 일시적이나마 적을 뒤로 밀어내는 효과가 있다는 것.

"파이어 애로우!"

페일이 화살을 날리며 견제를 시작했다. 그의 화살에는 화염의 속성이 담겨 있어 리자드맨들에게 아주 치명적이다.

"치료의 손길!"

이리엔이 빠르게 위드의 줄어든 체력을 보충해 주었다. 그리고 연속으로 신성 마법을 발휘했다.

"그에게 여신의 가호를 내려 주소서. 성령 방어. 사악한 악에 맞서 싸우는 그의 힘이 최고조로 이르도록 해 주세요. 블레스!"

방어력과 힘을 상승시켜 주는 신성 마법.

능력치를 상승시키는 능력 향상 마법들의 종류는 수없이 많았다. 샤먼 특유의 주술로 속도와 일시적으로 힘과 민첩성을 증가시키는 버프들이나, 성기사들의 파티 강화 오라도 좋지만 성직자의 신성 마법의 위력이 가장 효과가 크다.

매번 성직자의 버프를 받다가 아무것도 없이 싸우려면 허전할 정도.

자신이 할 일을 마친 이리엔이 따갑게 질책을 했다.

"위드 님! 너무 경솔하셨어요."

위드는 고개를 끄덕여서 인정을 했다.

사실 그는 리자드맨의 강함을 느껴 보기 위해서 아무런 버프도 받지 않은 상태에서 겨룰 작정이었다.

특히 처음으로 써 보는 황제무상검법이 어느 정도의 데미지를 입히는지를 알아보고 싶었다.

그 결과는 만족할 만하다.

현재 위드가 가진 공격 스킬들은 하나같이 지나치게 마나를 잡아먹는다. 유지가 불가능할 정도로 많은 마나를 소모하기 때문에, 장시간 전투를 하기는 힘들다.

그러나 소규모의 전투에서는 발군의 위력을 보여 준다. 마나가 전부 소진되기 전까지는 절대적인 공격력이다.

조금 더 레벨이 올라가서 쓸 수 있는 마나의 양이 늘어난다면 그리고 검술 스킬이 올라간다면 검술과 관련된 마나의 소모량이 줄어들게 된다. 그때야말로 진정한 황제무상검법의 위력이 나타나리라.

하지만 일행들에게는 무모한 짓으로만 보였을지도 모른다.

위드의 레벨이 68인 줄 몰랐고, 또한 조각사가 약하기만 한 직업인 줄로 알고 있을 테니까 말이다.

물론 방어력은 약한 게 사실이다. 솔직히 마법 계열의 직업을 제외하고는 제일 방어력이 나쁜 편에 들 것이다.

대신에 위드에게는 조각 검술이 있었고, 전직을 한 이후로 조각술의 효과가 제대로 발휘되어 공격력도 막강하다.

허약한 조각사!

나중에는 어찌 될지 모르지만 현재로써는 검사를 훨씬 능가하는 강력한 데미지 딜러인 것이다.

위드는 힘이 거의 20%나 상승하고 방어력이 대폭 증가한 것을 보며 싱긋 웃었다.

> 생명력이 230 감소하였습니다.

위드는 일부러 리자드맨의 공격을 또다시 맞아 보았다. 이리엔의 성령 방어 덕택에 피해가 훨씬 줄어들었다. 못 본 사이에 열심히 스킬을 올렸다는 뜻이리라.

'이게 파티 사냥의 좋은 점이지.'

성직자들은 그 자체로 매우 귀한 존재들이기 때문에 어딜 가도 우대를 받는다. 스킬의 숙련도가 높든 낮든 서로 모셔 가려고 안달이다.

레벨은 좀 낮지만 스킬을 착실히 올린 이리엔이야말로 사냥을 위해서는 꼭 필요한 사람이었다.

위드가 익힌 스킬인 붕대 감기는 전투가 끝나고 나서야 쓸 수 있는 것. 이렇게 성직자가 즉각적으로 치료를 해 주는 것과는 비할 바가 아니다.

따끔하게 질책한 이리엔이 살짝 미소를 짓는다.

"하지만 몬스터들에게 달려드는 게 더 위드 님답네요."

오는 몬스터라면 사양하지 않는다.

왜냐면 경험치이기 때문에!

상대하기 너무나도 버거운 몬스터들을 제외하고는 몬스터들의 소굴 속에 뛰어들어서 싸우기를 위드는 즐겼다.

정신없이 손발을 놀리다 보면 자유스러움이 느껴진다. 경험치를 모아 레벨을 올리고, 아이템을 줍는다. 스킬을 향상시킨다. 그런 과정이 너무나 재미있고, 결과물들은 환상적이다.

〈마법의 대륙〉을 할 때나 지금이나 몬스터들만 보면 달려들어서 해치우고 싶어 한다는 점에서는 그다지 달라진 게 없다.

"트리플! 백어택!"

위드는 마나가 회복될 때마다 아끼지 않고 스킬을 사용한다. 우선은 스킬 숙련도를 충분히 올려놓을 필요성이 있었다.

소모한 마나는 어차피 보충이 되는 것!

스킬이 실패했습니다!

스킬 숙련도가 0%여서 가끔씩 스킬 발동이 중지되기도 했다. 검법이 실패했을 때 일시간 동작이 멈추기도 하였다.

위드는 동료들을 믿고 과감하게 스킬을 썼다. 동료들이 있으니 안심하고 등을 맡길 수 있었다.

위드의 막강한 공격력으로 리자드맨들은 순식간에 다 처리되었다.

전투가 끝나고, 다들 멍한 시선으로 위드를 보았다. 리자드맨이라고 해서 긴장을 했는데, 수르카나 페일이 제대로 싸워 보기도 전에 정리가 된 것이다.

"위드 님, 그 스킬……."

"너무 강하잖아요."

페일과 수르카가 거의 동시에 볼멘소리를 했다.

"그게……."

"그동안 레벨을 너무 열심히 올리셔서 저희는 필요하지도 않겠어요."

위드는 고개를 저었다.

"그렇지 않습니다. 제일 약한 기술이 마나를 300 이상 잡아먹습니다. 그래서 저도 3번밖에는 연속으로 사용하지 못합니다."

"에엑?"

위드는 잠시 사람들이 충분히 놀라도록 기다렸다.

"제 마나가 230인데 저는 쓰지도 못하겠군요. 그러면 3번이나 쓸 수 있다는 위드 님의 마나는 대체 얼마입니까?"

페일이 이해할 수 없다는 듯이 묻는다.

"900이 조금 넘습니다."

"그런……."

페일의 표정이 경악으로 물들었다.

마법사인 로뮤나나 성직자인 이리엔의 마나가 500을 조금 넘는다. 그녀들의 마나도 레벨에 비하면 절대로 낮은 편이 아니었다. 그러니 위드의 터무니없는 마나의 양에 기겁을 할 수밖에.

위드는 자신에게 있었던 일들을 대략적으로 말해 주었다.

달빛 조각사로 전직하게 된 과정은 그들이 상상한 것 이상이었다. 보통 레벨 5 정도가 되면 첫 직업을 택하는데, 레벨 60이 넘어서 죽을 고생을 다하고 전직을 했다니.

페일이 한숨을 쉬었다.

"그냥 조각사가 아니라 실은 달빛 조각사였군요. 알려지지 않은 직업. 그리고 위드 님이 그 소문의 조각사였을 줄이야……."

"소문요?"

"누가 세라보그 성에서 열심히 조각품을 판다고 하더군요. 저희도 하나 사고는 싶었지만 돈이 없어서요."

이리엔이 무언가를 바라는 시선으로 위드를 보았다. 그녀가 원하는 것은 명백했다.

"일부러 숨기려고 한 것은 아니지만, 아무튼 나중에 멋진 조각품을 하나씩 만들어 드리죠."

"고마워요, 위드 님."

"저두요!"

"저도 조각품이 하나쯤 있으면 좋겠는데요."

위드는 모두에게 조각품을 만들어 주겠다고 약속했다.

"자, 이제 모두 휴식을 취했으면 리자드맨을 잡으러 갑시다. 이 퀘스트는 시간제한이 있으니 가능한 한 빨리 끝마치는 편이 좋겠습니다."

"네, 그렇게 해요."

위드는 일행들과 함께 리자드맨들을 제압해 나갔다. 대부분 위드가 치명상을 입히면 페일과 수르카가 재빨리 처리했다.

로뮤나는 몇 마리의 위협적인 무리가 있을 때에 집중적으로 1마리만 공격해서 숫자를 줄이는 역할을 맡았다.

그렇게 사냥이 어느 정도 진행되면 위드와 수르카가 남은 녀석들을 처리했다.

그동안 다른 사람들은 마나나 정신력을 회복했다.

손발이 척척 맞는 것이 함께 한두 번 사냥을 해 본 솜씨가 아니었다. 이들에 의하여 여우와 늑대와 곰 들이 가죽을 남기고 죽어야 했으니, 그 대상이 리자드맨으로 바뀐 것뿐이었다.

위드가 혼자서 사냥을 할 때보다도 훨씬 빨랐고, 로자임 왕국 병사들과의 리트바르 마굴 사냥과는 달리 파티를 맺고 있었기에 경험치가 분배가 된다.

구태여 체력이 떨어진 적을 자신의 손으로 죽이기 위해 애쓸 필요도 없었다. 물론 아예 공격도 하지 않고 가만히 서 있으면 공헌도가 낮아서 제대로 경험치를 받긴 힘들지만 그런 것도 아니었으니 말이다.

"와아! 이 녀석들 꽤 부자인데요!"

리자드맨들이 떨어뜨린 물건을 보던 수르카가 기쁨을 터트린다.

전리품으로는 강철로 만든 장갑과 흉갑이 나왔다. 그 외에 쓸 만한 물건으로는 반지가 하나 있었다.

마나 링
마나의 최대치를 3% 증가시켜 준다.

반지와 같은 액세서리가 나온 건 처음 있는 일이었다.

"이건 누가 가지죠?"

수르카의 말에 잠시 다들 서로 눈치를 보았지만, 결국 마나 링은 이리엔에게 주기로 했다.

성직자인 그녀의 마나가 많을수록 안전한 사냥이 되기 때문.

일행들이 전리품을 나누는 방식은 먼저 집는 사람이 임자였다. 가끔 필요한 물건들은 이렇게 몰아서 주기도 하지만 상점에 팔아 치우는 것들은 알아서 아무나 집는다.

매우 불합리한 조건 같아 보이지만 이들의 특성을 감안한다면 자연스러운 일이다.

한번 사냥을 나가면, 끝까지 간다.

리자드맨의 근거지를 친 이상, 모든 리자드맨들을 잡기 전까지는 사냥이 끝나지 않는다.

그런데 어느 한 사람이 전문적으로 아이템을 집어서는 금방들 수 있는 무게를 초과해 버리고 만다.

각자 알아서 집을 수 있는 한도까지 집는다.

대체로 활발하게 몸을 움직이는 위드와 수르카가 마지막에 아이템들을 집었고, 이들까지 무게를 초과하면 사냥이 끝난다.

이런 구조였으니 딱히 나누고 말 것도 없었다.

프레야 여신상

위드와 일행들이 리자드맨들의 아지트로 가까이 갈수록, 나타나는 몬스터들의 숫자가 많아지고 있었다.

"벌써 40마리도 넘게 처치했는데……."

"아직 외곽이잖아요. 안에는 대체 얼마나 모여 있는 걸까요?"

이리엔과 로뮤나가 한마디씩을 한다. 하지만 위드는 빙긋 웃기만 할 뿐이었다.

"여러분, 리자드맨들은 군집 생활을 하는 것 아시죠?"

"네, 위드 님. 리자드맨들은 어떤 면에서는 오크들보다 단결력이 뛰어나잖아요."

"그렇습니다. 그런데 놈들은 자신의 영역도 가지고 있어요. 만약에 자신의 영역을 침범한 무리가 생긴다면……."

"가차 없이 공격하죠!"

"맞습니다. 그게 리자드맨들의 무서운 점이죠."

"그럼 우리는 큰일 난 거 아니에요?"

위드와 일행들은 계곡을 오르고 있었다. 중간중간 마나를 채우기 위해서 휴식을 했을 뿐, 쓸데없는 움직임은 없었다.

그러던 도중에 위드가 수수께끼를 낸다.

"정상적인 상황이라면 우리가 위험하겠지만 지금은 다리우스가 있습니다."

일행들은 그 말에 위드가 보인 자신감의 근거를 깨달았다.

"그게 무슨… 아, 그렇군요!"

"정말로 다리우스가 우릴 돕고 있었네요!"

리자드맨들의 근거지.

하지만 리자드맨들은 영역을 침범해서 들어온 토벌대와 싸우고 있을 것이었다.

이것은 다른 말로 하자면 정작 놈들의 근거지에는 최소한의 병력만 남아 있다는 소리다. 여러 마을에서 약탈한 재화도 고스란히 남아 있을 테지.

물론 간달바의 퀘스트를 위해 위드는 서쪽 계곡을 오르고 있었지만, 그의 애초 의도를 의심할 수밖에 없는 상황이었다.

"자, 이제부터는 조금 위험합니다. 여기서부터는 놈들을 유인하도록 하죠."

"넷!"

"조심할 점은 리자드맨들이 한꺼번에 덤벼들지 않도록 해야 한다는 것입니다."

리자드맨들을 유인하는 데에는 수르카가 큰 몫을 해냈다. 그녀의 민첩성은 적들을 끌어오는 데 많은 도움이 된다.

"이리 와 봐, 이 도마뱀들아!"

"크루루!"

"인간. 죽는닷!"

분노한 리자드맨들이 수르카를 쫓아온다.

위드와 페일은 재빨리 활의 시위를 당겨 화살을 쏘아 댔다.

푸슝! 푸슝!

위드가 한 발씩 쏠 때, 페일은 거의 손이 보이지 않을 정도로 연사를 날린다.

궁술 스킬의 차이와, 패시브 스킬의 효력이었다.

위드의 궁술 스킬도 고블린들을 상대할 때 제법 늘긴 했지만 활 하나로만 사냥을 하는 페일에 비할 바는 아니다.

한 발의 화살이 채 적에게 명중되기 전에, 다시 한 발의 화살이 날아간다.

페일이 궁사로 전직을 하면서 레벨 5때부터 올려놓은 속사와 관통 스킬은 화살에 더 큰 위력을 담게 해 주었다.

위드는 그래도 리자드맨들이 다가올 때까지 화살을 쏘았다. 데미지가 낮지만 궁술 스킬을 올릴 수 있을 테니까.

아니, 그보다 더 근본적인 이유는 앉아서 기다리지 못하는 성미 때문이다.

경험치가, 적이 다가오는데 대체 왜 기다려야 하는가?

지겹도록 싸우는 걸 즐기는 위드다. 이럴 때의 위드는 누구도 말리지 못한다.

"아자자자자!"

위드의 입에서 또다시 터져 나오는 기합성.

이리엔과 로뮤나는 웃음을 지었다. 몇 번씩이나 지적을 해 주었지만 그것만큼은 위드도 어쩌지 못하는 모양이었다.

한창 신이 나서 터트리는 포효성이기에.

다행히 아직까지 이 소리를 듣고 몬스터들이 떼거지로 몰려 온 적은 없었다. 다른 사람들의 틈에서 싸울 때에는 민망해지기 일쑤였지만.

'싸움에서는 참 냉정한 위드 님인데 아이 같은 면도 있으시단 말이야.'

리자드맨 6마리와 신나게 싸우던 도중이었다.

전투가 벌어지자마자 2마리는 위드의 검술로 빠르게 처리를 하고 4마리가 남았다.

이 4마리는 아껴서 잡아야 할 판이다. 위드가 다 잡아 버리면 로뮤나, 페일, 수르카가 활약할 기회가 없어지기 때문이다.

또, 위드 혼자 마나를 다 써 가며 잡으면 이리엔의 마나가 남아돌게 된다. 그런 상황에서 위드가 다시 마나를 채우기 위해서 휴식을 한다면 그야말로 비효율적인 사냥인 것이다.

2마리는 수르카에게 갔지만, 2마리는 동료를 잃은 복수심에 불타올라 위드에게 덤벼든다.

마침 위드의 철검은 내구력이 10 이하로 떨어진 상태였다. 강력한 검술 스킬은 그만큼 많은 내구력을 저하시키는데 정신 없이 싸웠던 것.

"철검 해제."

위드는 철검을 무장해제하고 두 주먹을 불끈 쥐었다.

수르카의 주특기!

"연환권!"

위드의 주먹이 쉴 새 없이 놈들을 강타한다.

스킬 이름은 말했지만 실제로 스킬이 발동된 것은 물론 아니었다. 스킬 자체가 존재하지 않는데 발동될 턱이 없다. 그저 최대한 수르카와 비슷하게 리자드맨을 두들겨 패는 위드였다.

위드는 본래 몬스터 잡기를 좋아했는데, 1년간 이 순간을 위해 격투술을 익혔다. 그런 위드의 손동작이 예사롭지 않은 건 두말할 나위 없는 일!

파바바박!

위드의 손이 무시무시하게 움직인다.

리자드맨들을 사정없이 후려 패는데 중급에 이른 손재주가 50%나 되는 공격력을 추가했다.

"크어!"

"인간의 주먹. 맵다!"

위드는 바싹 달라붙어서 연신 주먹을 날렸다. 리자드맨들은 도를 휘둘렀다. 리자드맨이나 위드나 서로를 죽이기 위해서 오로지 공격 일변도다.

위드의 발끝은 가벼웠다. 몸이 살짝 흔들릴 때마다 주먹이 나간다. 발목과 허리가 자유자재로 움직이며 힘을 이끌어 내서 리자드맨의 복부와 가슴을 강타한다.

"크커커커!"

"비, 비겁하게 친 데를 또 친다!"

리자드맨들이 고통에 비명을 지른다.

"위드 님, 힘내세요!"

이리엔은 뒤에서 열심히 치료를 해 주었다.

그녀의 치료 솜씨는 정평이 나 있었다. 체력이 70% 이하로 내려갈 때마다 어김없이 치료의 손길이 들어온다. 안전하고 효율적이다.

위드는 조금씩 손맛을 느껴 가며 놈들을 공격했다. 직접 몸을 움직이면서 싸우니 검술보다 훨씬 박진감이 넘친다.

리자드맨이나 위드나 서로 상대방을 난타하고 있었지만, 겉보기에는 완전히 일방적이었다.

리자드맨들의 얼굴은 고통에 차 있는 반면, 위드의 입가에는 미소가 떠올라 있었던 것이다.

즐거움에 고함을 지르면서 강한 주먹을 휘두르는 위드!

로뮤나와 페일은 일단 수르카에게 붙은 2마리를 제압하기 위해 마법과 화살을 쏘고 있었으니 리자드맨에게는 그야말로 불운이라고밖에 할 수가 없다.

무참히 구타를 당하면서 죽지도 못하다니!

> 스탯, 인내력이 생성되었습니다.

인내력은 주로 워리어들에게 일찍 생성되는 스탯이다.

인내력을 높이면 적으로부터의 공격의 피해를 줄여 준다. 생명력을 약간 늘려 주기도 한다.

레벨 업을 할 때마다 얻는 포인트를 분배해 줄 수도 있지만 주로 많이 얻어맞으면 성장하는 스탯이었다.

인내력 스탯이 생성되고 나서는 위드의 움직임이 한층 교묘해졌다. 이리엔의 남은 마나를 확인하고 일부러 리자드맨들의 도를 슬쩍슬쩍 몸으로 받아 낸다.

맞는 만큼 성장하는 스탯.

이것이야말로 고통 끝에 얻을 수 있는 강함.

위드가 어떤 인간인가. 위험하지 않은 선이라면, 이리엔의 마나가 허용하는 대로 리자드맨의 공격을 그냥 받아 주었다.

〈로열 로드〉에서는 피해를 입으면 통증이 느껴진다. 그 통증까지도 위드는 즐기고 있었다.

"꾸에에엑!"

마침내 비명에 간 리자드맨.

위드는 공방전 끝에 1마리의 리자드맨을 손으로 잡아 내는 쾌거를 이룩했다.

다른 3마리는 로뮤나와 페일, 수르카의 합공으로 처리됐다.

위드가 혼자서 3마리를 잡았지만, 이리엔의 치료가 없었다면 검을 들었더라도 쉽지 않았으리라.

5명이서 함께 싸웠기에 이길 수 있었다.

수르카가 리자드맨들을 끌어오는 것은, 주변에 다른 리자드맨 무리가 있을 때였다.

그렇지 않을 때에는 페일이 그냥 화살을 쏘거나, 위드가 먼저 움직였다.

리자드맨들을 향해 달려가서 검을 휘두른다. 일행들도 헐레벌떡 뛰어와서 놈들을 해치우고, 다음으로 이동을 한다.

위드가 수르카나 이리엔 등을 좋아하는 이유가 바로 이것이다. 평소에는 나름대로 수다스러운 이들이지만, 사냥이 시작되면 아주 진지해진다.

위드에 의해서 철저히 길들여진 일행들!

성 앞의 여우를 잡을 때부터 사냥을 최대한 신속하고 효율적으로 하는 법을 배운 이들이었다.

보초 리자드맨들을 없애고 들어가자, 황량한 계곡의 여기저기에 몇몇씩 펼쳐져 있었다.

'저기다.'

위드의 눈이 빛났다.

아이들의 부모님들은 나무로 얼기설기 만든 우리 비슷한 것에 감금되어 있다.

위드는 잠시 그들의 진형을 살펴보았다.

나무 우리 안에는 10명 정도의 사람들이 갇혀 있었고, 리자드맨들 8마리가 지키고 있다.

8마리!

위드가 마나 소모를 감수하면서 속전속결로 상대하더라도 2마리에서 3마리까지를 빠르게 죽일 수 있을 정도인데, 그러면 나머지 5마리를 일행들끼리 감당해야 한다.

지진 않겠지만 생명력이 적고 방어력이 취약한 이리엔이나 로뮤나는 위험해질 가능성이 컸다. 마법사나 성직자는 리자드맨의 공격을 몇 대만 맞아도 위태롭다.

"인질부터 구출하는 편이 좋겠어요. 제가 다른 곳으로 따돌리고 올게요."

수르카가 자신의 차례임을 알고 움직였다.

"인간이다."

"어떻게 여기까지……."

"일단 죽여!"

수르카가 리자드맨들의 앞에 나타나자 5마리의 리자드맨들이 그녀의 뒤를 쫓았다. 8마리 전부가 수르카를 쫓지 않고, 3마리는 그대로 인질을 지킨다.

'제법 영리하군.'

위드와 도망치는 수르카의 눈이 마주쳤다. 그리고 동시에 고개를 끄덕인다.

'우리가 왔던 쪽으로 해서 한 바퀴 돌고 올게요.'

'그 정도라면 시간은 충분할 겁니다.'

위드와 수르카는 합의를 끝냈다.

그녀가 눈에 보이지 않는 곳으로 사라지는 것을 확인하고 위드와 페일은 남아 있는 리자드맨들의 앞에 나섰다.

"인간이 또 있다."

"또, 또 나왔다."

어눌한 말투로 놀라움을 표시하는 3마리의 리자드맨.

"조각 검술!"

"파이어 에로우!"

"파워 샷!"

3마리 정도는 일행의 상대가 되지 못하였다.

위드와 페일은 금세 리자드맨들을 처치해 버리고 나무 우리를 열었다.

우리 안의 사람들은 잔뜩 겁에 질려 있었다. 리자드맨들에게 생포당하여서 언제 죽을지 모르고 있었을 테니 이해할 만한 일이다.

위드가 그들에게 말했다.

"저희는 바란 마을의 장로이신 간달바 님의 의뢰를 받고 왔습니다."

"자, 장로님이⋯⋯."

"예. 여러분들을 무사히 구출하는 임무입니다. 혹시 부상자가 있습니까?"

"이쪽에⋯⋯."

위드는 나무 우리 안으로 들어가서 약초와 붕대를 이용한 응급처치를 해 주었다.

그것만으로도 주민들의 체력이 많이 회복되었다.

"위드 님, 수르카가 돌아와요."

사라졌던 수르카가 리자드맨들을 꽁지에 붙인 채 돌아오고 있었다.

"잠시 안쪽에 계십시오. 떠날 준비들을 하시구요. 아이들을 보러 가야 하지 않겠습니까?"

위드는 마을 사람들을 향해 곰살궂게 이야기한다.

남들은 짐이라고 여길지 모른다. 리자드맨들로부터 구출해서 바란 마을까지 무사히 데려가야 하니 사실 짐 덩이나 다름이 없다. 그러나 위드의 관점은 다르다.

'이 사랑스러운 경험치들!'

위드가 하는 것은 구출 임무였다.

한 사람을 구출할 때마다 임무를 완료하고 보상으로 받는 경험치가 증가한다. 토벌대에서 리자드맨들을 없애고 명성과 경험치를 동시에 받지는 못해도 이것 역시 나쁘지 않은 장사다.

위드와 일행들은 수르카의 뒤로 붙은 리자드맨 5마리를 처치하고, 마을 사람들을 안전한 곳에 숨겼다. 그리고 나머지 마을 사람들도 전부 무사히 구출할 수 있었다.

다만 약간의 실망이라면 리자드맨들이 약탈하고 쌓아 온 보물들에 있었다.

오크나 고블린은 천성적으로 금이나 보석을 잘 모아 둔다. 하지만 파충류인 리자드맨은 약탈 후에도 금은보화를 따로 챙겨 두지 않았다.

철로 만든 방어구와 무기류만 잔뜩 쌓아 놓았을 뿐이다.

위드와 일행들은 하나도 남김없이 병장기를 쓸어 왔다. 각자 소지할 수 있는 무게는 체력과 힘에 비례한다.

이리엔과 로뮤나마저 허리가 휘청휘청할 정도로 무거운 짐들을 짊어지고 바란 마을로 향했다.

물론 일행들만 병장기를 들고 있는 건 아니었다.

"저희는 여러분을 구해 주었습니다."

위드는 리자드맨들의 근거지에서 구출한 마을 사람들을 향해 말했다.

마을 사람들의 표정이 약간 불안하게 바뀌었다.

"물론! 그렇다고 해서 어떠한 보상을 바라지는 않습니다. 여러분 마을의 장로님이신 간달바 님께서 제게 주시기로 한 씨앗 하나면 됩니다. 제가 여러분들을 구한 것은 어떤 재산상의 이득이나 보상을 바라고 한 것이 아니기 때문입니다."

그제야 마을 사람들은 다소 안심을 한 표정이었다.

위드는 부드럽게 미소를 지으며 말을 이어 나간다.

"많은 고생을 하신 여러분들께는 염치없는 부탁이지만, 저 병장기를 마을까지 옮기는 데에 도움을 주시겠습니까?"

주민들의 표정이 또다시 급변한다.

그들은 제대로 먹지 못해 많이 지친 상태였다. 어서 빨리 마을로 돌아가고 싶을 뿐이었다.

"이 계곡은 천혜의 요새나 다름이 없는 곳입니다. 그리고 듣기로는 가끔 오크들이 나타나기도 한다더군요."

오크라는 말에 마을 사람들은 공포에 벌벌 떨었다. 간신히 리자드맨들로부터 구출되었는데 오크가 나타난다면 산 넘어 산이 아닐 수 없다.

"만에 하나라도 이곳에 오크들이 나온다면 놈들은 여기 쌓여 있는 병장기를 보고 무척이나 기뻐할 것입니다. 이 병장기들로 무장을 하고 바란 마을을 침공할 수 있으니까요. 그러니 이 병장기들은 모두 옮기는 편이 좋겠습니다. 저희를 좀 도와주시겠습니까?"

위드의 설득에 그대로 넘어간 마을 사람들은 각자 한계치에 가까운 짐을 들고 계곡을 내려가야 했다.

그동안 바란 마을의 리자드맨들은 다리우스와 토벌대에 의해 깨끗이 정리되어 있었다.

아직 황폐화되어 있는 마을이지만 마을에 살던 사람들은 눈물을 흘리며 돌아온 것을 기뻐하였다.

바란 마을의 입구에서 위드가 또 한 번 그들을 상대로 이야기했다.

"정말로 감사합니다. 여러분들의 덕택에 이렇게 무사히 올 수 있었습니다. 여기서부터는 제가 알아서 할 테니 어서 여러분들의 아이들에게 가 보십시오. 어머니와 아버지를 간절하게 기다리고 있을 것입니다."

위드의 말이 떨어지자, 마을 사람들은 무거운 병장기를 내려 두고 아이들을 찾아 나섰다.

간달바는 아이들과 함께 마을 입구 근처의 공터에서 기다리고 있었다.

"엄마!"

"아버지!"

"레시카, 마론, 너희 모두 살아 있었구나."

아이들과 어른들의 감격적인 상봉.

간달바가 흰 수염을 쓰다듬으며 걸어왔다.

"임무를 완수해 주었군."

"예."

"마을 사람들을 모두 구해 주어서 고맙네. 솔직히 이 정도까지는 기대하지 않았는데……. 덕분에 큰 도움이 되었네. 다들 자네의 도움을 잊지 않을 걸세."

바란 마을의 불행 퀘스트 완료

바란 마을의, 떨어졌던 가족들이 의로운 용사들의 도움으로 다시 만날 수 있었다. 리자드맨의 습격으로 폐허가 되어 버린 마을이지만 곧 닭 우는 소리와 개가 짖는 소리가 들리게 될 것이다. 아이들은 부모를 만나서 무척 안도하고 있다. 어른들의 잔소리에 울음을 터트리는 그날까지 아이들은 용사들에게 고마운 마음을 간직하리라.

> 명성이 15 올랐습니다.

> 레벨이 올랐습니다.

> 퀘스트의 보상으로 알 수 없는 씨앗을 획득하였습니다.

명성과 경험치는 전 파티원들이 고르게 올랐지만, 씨앗은 리더인 위드에게만 들어왔다.

"자네들 덕분에 바란 마을이 구원을 받았네."

"아닙니다. 저희로서는 해야 할 일을 한 것입니다. 바란 마을의 평화와 번영을 위해 저희는 언제나 최선을 다하도록 하겠습니다."

퀘스트를 받는 조건은 다양했다.

사정에 따라서 급한 것이라면 누구에게든 부탁을 하지만, 특별히 친밀도가 높은 이가 있다면 아무에게나 주지 않고 그가 나타나기만을 기다리기도 한다.

'다리우스, 너는 후회할지도 모르겠다.'

위드는 이번 일을 통해서 장로인 간달바와 상당한 친분을 쌓았다. 구출해 준 마을 주민들도 위드와 일행들에게 고마운 마음을 갖게 되었을 테고, 이로 인해 상점 이용이나 여러 면에서 혜택을 누릴 수 있게 되는 것이었다.

다리우스가 바란 마을에 별다른 애착이 없다면 물론 아무런 상관이 없다. 하지만 토벌대의 대장이라는 직위를 바탕으로 남부 마을에 대한 영향력을 확대할 작정이었다면 실수한 것이다.

물리적인 보상보다도 이런 미묘한 친밀도야말로 훗날 가장 큰 자산이 될 수 있기 때문이다.

평상시의 다리우스라면 마을 장로의 퀘스트를 거절하지 않았겠지만, 그는 토벌대의 대장이었다.

토벌대의 대장으로서 병사들을 지휘하여 공을 세우지 않고, 리자드맨으로부터 주민들을 구출하기 위해서 나서기란 쉽지 않았으리라.

그런 면에서 위드는 다리우스를 이해는 하지만 동시에 자신에게는 다행(?)이라고 생각했다.

기회란 황금빛으로 칠해져 있는 게 아니다.

전혀 예상치 못한 우연처럼, 기회가 다가오기도 한다.

간달바는 덥석 위드의 손을 잡았다.

"그러고 보니 자네에게 부탁을 할 것이 있네. 내 자네라면 믿을 수 있겠어. 토벌대의 병사들로부터 들었는데, 자네의 직업이 조각사라면서?"

"예, 그렇습니다."

"우리 마을의 중앙 공터에는 모두가 경배드리는 프레야 여신님의 석상이 있었다네."

프레야는 로자임 왕국에서 많이 믿는 여신의 이름이다. 풍요와 아름다움을 주관한다.

간달바가 침울한 얼굴로 말을 이었다.

"우리는 프레야 님의 여신상 앞에서 기도를 하면서 평화와 번영을 기원했지. 그런데 올해 초, 그만 사고가 일어나서 석상이 파괴되었어. 일이 이 지경이 되고 나니 아무래도 석상을 잃은 게 원인이 아니었을지 의심이 가네."

"여신상을 복구하라는 말씀이십니까?"

"그렇네. 자네가 프레야 님의 여신상을 새로 조각해 주면 좋겠군. 내 본래 다른 믿을 만한 사람에게 맡겨 놓았던 일이지만 아직 소식이 없군. 일이 시급하게 느껴지네. 자네가 프레야 님의 여신상을 조각해 줄 수 있겠는가?"

띠링!

프레야 여신상

미와 풍요를 주관하는 프레야는 바란 마을의 정신적인 지주였다. 리자드맨들은 물러갔다고 해도 여신상이 복구되지 않는 한 마을의 주민들은 안심할 수 없을 것이다. 마을의 중앙에 여신상을 새로이 건립하여 바란 마을을 평화롭게 하라.

난이도: 직업 퀘스트

제한: 조각사만 가능.

오직 조각사만 할 수 있는 직업 퀘스트였다.

난이도나 성과에 따른 보상도 결과물에 따라서 천양지차로 달라지기 때문에 아직은 결정된 게 아무것도 없었다.

퀘스트에 따른 보상들은 대부분 그런 편이다. 편지를 전하는 등의 정해진 임무가 아니라면 보상도 많이 차이가 난다.

"잠시만 기다려 주십시오. 저희 일행의 의견을 들어 보겠습니다."

위드가 그렇게 말을 했을 때, 곁에서 멍하니 보고 있던 일행들은 웃으면서 축하해 주었다.

"잘됐어요."

"토벌대의 일을 하지 않은 걸 약간은 후회했는데, 지금은 뿌듯하네요."

"수르카 님, 로뮤나 님, 고맙습니다. 하지만 제가 이 퀘스트
를 받아들이면 며칠간 함께 사냥을 하진 못할 것 같습니다만."

위드가 양해를 구했지만, 페일은 흔쾌히 받아들였다.

"괜찮습니다. 토벌대 퀘스트에서 남은 것은 잔당 소탕뿐이지
요. 리자드맨들이라면 이미 충분히 상대를 해 보았으니 저희끼
리도 잘할 수 있을 것 같군요. 조심하면 되겠지요. 그리고 위드
님과 레벨 차이도 제법 나니, 우리로서는 위드 님이 이 퀘스트
를 꼭 받아들여 주셨으면 좋겠습니다."

페일이 마음을 편하게 해 주었다.

실상 그들로서는 레벨 차이가 심한 위드와 파티를 맺는 것이
이제 조금은 불편했다. 거의 대부분의 데미지 딜러 역할을 위
드가 하고 있었으니 들러리가 된 기분이었다. 동료. 힘을 합쳐
서 싸워야 할 일행으로서는 신세 진다는 느낌에 의식이 되지
않을 수 없었다.

"그렇게까지 말씀하신다면 어쩔 수 없군요. 퀘스트를 받겠습
니다."

위드는 간달바를 향해 가서 말했다.

"프레야 여신상을 만들겠습니다."

> 퀘스트를 수락하였습니다.

"고맙네. 준비되는 대로 최대한 빨리 만들어 주게."

위드와 일행들이 마을로 나왔을 때, 베커와 호스람이 병사들
과 함께 다가왔다.

"대장님 오셨습니까."

"다른 사람들은?"

"예. 도망친 리자드맨들을 쫓고 있습니다."

토벌대에 의해 쫓겨 달아난 리자드맨 무리를 추격하고 있다는 이야기다.

"너희는?"

"다리우스 님이 남으라고 하더군요."

공적을 독식하기 위해서 로자임 왕국 병사들은 마을 수비의 임무를 맡긴 것이리라.

마을에는 로자임 왕국 병사들만 남아서 보초를 서고 있었다.

위드는 일행들을 데리고 사람들이 없는 조용한 곳으로 향했다. 손에는 씨앗을 든 채였다.

"그런데 참, 마을 사람들을 구해 주고받은 보상품요. 그 씨앗이 대체 뭐예요?"

수르카의 질문에 위드는 가만히 씨앗을 내려다보며 말했다.

"실은 제가 이상한 책을 한 권 구했습니다. 그 책에 이런 이야기들이 쓰여 있었는데……."

천공의 도시!

볼크로부터 받은 책의 이야기를 해 주자 조금은 냉정하던 페일까지도 경악을 금치 못하였다.

베르사 대륙을 모험하는 이들은 모두 꿈을 꾸고 있었다.

환상의 대륙, 전설과 신비가 숨어 있는 땅. 아무도 들어가 보지 않은 전인미답의 영역에 자신의 발자국을 새기는 것.

알려지지 않은 던전을 탐험하고, 비밀을 밝혀낸다.

발견한 사람은 엄청난 명성치와 함께 기회를 함께 얻는다. 성장할 기회와, 죽을 기회를.

"천공의 도시라니, 그런 게 있단 말씀이십니까? 지저의 도시는 들어 봤지만……."

"지저의 도시?"

"예. 지하 깊은 곳에 있는 도시라고 합니다. 드워프들이 세운 곳인데, 드워프들의 궁전이죠."

"초기에 드워프 종족을 선택한 사람들만이 갈 수 있는 곳인가요?"

"그건 아닙니다. 드워프라고 해서 다들 갈 수 있는 곳은 아니라고 들었습니다. 현재로써는 그 장소를 아는 사람들도 극히 소수인데, 그곳에 가면 고급 대장장이 기술을 익힐 수 있고, 뛰어난 세공 기술도 배울 수 있다고 하더군요."

드워프들.

조각사를 선택한 위드에게 매우 골치 아픈 적수였다.

인간으로서 손재주 스킬을 배우기 위해서는 제조와 관련된 직업을 선택해야 한다.

조각사는 초급 조각술부터 손재주를 익힐 수 있다.

위드의 경우에는 특별한 연계 퀘스트인 자하브의 후인이 있었기 때문에 직업이 없는 상태에서도 손재주가 있었지만 이런 행운을 가진 사람은 그리 많지 않다.

아마도 거의 없다고 보면 될 것이다.

요리사나 대장장이로 손재주를 익히려면 최소한 주력하는

스킬이 중급 이상 되어야 한다.

재봉의 경우에는 초급 재봉술에서 스킬 레벨이 8 이상 오르면 배울 수 있었다.

생산직 직업을 선택하지 않은 상태에서는 생산 스킬들이 중급으로 오르지 않았으므로, 손재주를 배우고 싶다면 무조건 재봉술을 익혀야만 했다.

그런데 이 드워프라는 종족은 손재주를 가지고 태어난다.

선천적으로 타고난 체력과 힘이 좋은 드워프들이 뛰어난 재주까지 가지고 있다니!

위드에게는 경계할 수밖에 없는 대상이다.

대신에 드워프들은 신장이 짧고, 마법이나 승마, 고급 전투 기술을 배우는 데에 페널티가 있었다.

위드는 꼭 그 지저의 도시도 가 보고 싶었다.

"기회가 된다면 한번 가 보고 싶군요."

"쉽진 않을 것입니다. 거긴 인간에게는 아주 배타적이라고 하더라고요. 오로지 뛰어난 장인들만을 우대하는 곳이라서요. 그들의 인정을 받지 않으면 도시에 들어갈 수 없다고 합니다."

조각술의 마스터였던 자하브나 게이하르 폰 아르펜이라면 지저의 도시에도 갈 수 있지 않았을까?

'아마도 그곳에 조각술의 비법과 관련된 무언가가 있을지도 모른다는 예감이 든다!'

위드는 미래의 일은 제쳐 두고, 일단은 간달바에게서 받은 알 수 없는 씨앗을 꺼냈다.

"자, 이제 승부를 볼 시간입니다. 만약 제가 생각한 게 아니라면 우리는 헛고생을 한 거죠."

"위드 님의 판단이 맞을 거예요."

"왠지 좋은 예감이 들어요."

이리엔과 로뮤나가 파이팅을 외친다.

"감정!"

일행의 기대를 한껏 받은 위드는 조심스럽게 감정 스킬을 사용했다.

천공수의 씨앗

하늘의 도시로 오를 수 있는 씨앗. 바란 마을의 근처에 심어야 한다.

내구력 1/1

정보를 확인한 위드는 잠시 눈을 감았다 떴다.

일행들이 잔뜩 긴장을 하고 있었다. 오로지 위드가 결과를 말해 주기만 기다리고 있는 것이다.

"이것, 진짜로군요."

위드가 마침내 확인을 해 주자, 일행들은 환호성을 내질렀다. 하지만 언제나 사람 말은 끝까지 들어야 한다.

"이것을 심어서 우리가 천공의 도시로 가는 모습을 다른 사람이 안 봤으면 좋겠습니다."

위드는 일행들까지는 같이 데려갈 작정이었지만, 다리우스나 다른 토벌대까지 천공의 도시로 안내하고 싶진 않았다.

이기심. 혹은 자기만 아는 사람이라고 해도 좋다.

하지만 이 씨앗을 구하기 위해서 위드와 함께 고생한 사람들은 페일, 수르카, 이리엔, 로뮤나뿐인 것이다.

"저도 그렇게 생각합니다. 천공의 도시가 있다면 언젠가 사람들이 찾아내면서 공개가 되겠지만, 그 역할을 지금 우리가 할 필요는 없겠죠."

페일도 위드의 의견에 찬성했다.

정보의 독점이 아니다. 정보를 알고 있는 사람이 정당한 권리를 누리기 위함이다.

모든 사람이 다 알게 된다면, 천공의 도시의 메리트도 떨어질뿐더러 위드가 지금까지 한 것도 헛수고가 될 것이다.

너무 착하게 사는 것도 미련한 짓이었다.

천공의 도시를 공개한다고 해서 다른 사람들이 자신만의 비전이나, 혹은 알고 있는 퀘스트를 공유해 주지도 않는다.

"저희도 그렇게 생각해요. 아직 누군가에게 말해 주기는 좀 이른 것 같아요."

"우리끼리 가 봐요."

그들의 의견은 하나로 통일되었다.

단 천공의 도시로 떠나는 것은 당분간 보류했다. 위드의 여신상 퀘스트와 토벌대 퀘스트가 아직 끝나지 않았기 때문.

퀘스트를 마치는 대로 천공의 도시로 향하기로 했다.

새로운 도시를 탐험하는 것이니 기대 반, 우려 반이었다. 자칫 너무 강한 지역이라면 가서 구경만 하다 돌아올 수도 있다. 탐험이나 개척은 늘 이러한 위험 요소를 안을 수밖에 없었다.

위드는 다리우스와 토벌대가 돌아오면 적당히 둘러댈 만한 변명거리를 만들어 놓았다. 토벌 작전에 참가하지 않았으니 뭐라고 질문이라도 할 줄 알았던 것이다.

하지만 돌아온 토벌대의 숫자는 100명도 되지 않았다. 그리고 심각한 분위기로 언쟁을 벌이고 있었다.

"이게 다 당신 때문이야."

"왜 나 때문이지?"

"당신이 어처구니없는 지휘를 해서 콜로냐가 죽었어!"

"자신의 목숨을 돌보지 못한 것은 그 콜로냐라는 사람의 책임이다."

"그런 무책임한 소리를!"

바란 마을을 탈환하고, 이어서 리자드맨 잔당을 소탕하는 와중에 토벌대는 큰 피해를 입었다.

애초에 전혀 모르는 남들을 모아 놨으니 유기적인 움직임이란 불가능했고, 난전의 가운데에서 큰 피해를 입었던 것이다.

그로 인해 다리우스와 토벌대원 간에는 심각한 분위기가 흘렀다.

"우리가 한 것은 전쟁이고 전투다. 그 와중에 약간의 피해가 있는 것은 어쩔 수 없는 일이 아닌가?"

"약간의 피해? 콜로냐가 죽은 게 약간의 피해라고? 네 눈에는 그 정도로밖에 안 보이나? 네 허술한 지휘 때문인데!"

"그 허술한 지휘를 따른 것은 너희가 아닌가? 전투가 끝나고 나서 이런 식의 말다툼은 피곤한 일이군."

"뭐라고!"

토벌대원들과 다리우스의 언쟁이 심해진다.

워낙 많은 사람들이 죽어서 위드와 일행들이 전투에 참여하지 않은 것 정도는 의식도 되지 않는 상황이었다.

위드는 다리우스와 그의 동료들을 살펴보았다. 유독 그들만이 아무도 죽지 않고 멀쩡했다.

'저들이 토벌대의 공적을 독식했겠지. 다른 사람들을 사지로 몰아 리자드맨들의 힘을 빼놓은 다음에 자신들이 마무리를 했을 거야.'

중간 규모의 전투에서는 지휘관이 어떤 마음을 먹느냐에 따라서 전투의 양상이 완전히 달라질 수 있다.

리자드맨들은 미끼 역할로 일부가 나와서 싸우고, 나머지 전력은 후방에 숨겨 놓았다고 한다.

그들이 싸우기 좋은 숲에서 말이다.

숲에서는 아무리 많은 병력이라고 해도 운용하기가 쉽지 않다. 지키기는 쉽지만 공격하기는 어려운 장소다.

다리우스는 미끼 역할을 하는 부대와 싸우고 토벌대 본대는 숲으로 그대로 투입했다.

자신들과 동료들이 미끼 리자드맨들을 잡는 사이에, 본대는 함정에 빠져서 곤욕을 치러야 했다.

본대가 리자드맨들을 지치고 상처를 입게 만들자, 미끼 역할을 한 리자드맨들을 전부 처치한 다리우스와 동료들이 리자드맨들을 학살! 결국 최고의 공적은 다리우스와 동료들이 세웠다는 이야기다.

"나는 최선을 다했다. 리자드맨들을 가장 많이 죽인 것도 나이고, 너희를 구해 준 것도 나와 동료들이다. 존경심을 가지고 대해라."

"뭐라고! 너의 속셈을 모를 줄 알아!"

"어쩌면 저런 말을 다 할 수 있어. 뻔뻔하기도 하지."

"다리우스라는 작자는 소인배였군."

토벌대원들이 대대적으로 성토를 하자, 다리우스와 동료들에게서 살기가 뿜어져 나왔다.

"정 그렇게 할 말이 많으면 입이 아닌 검으로 덤벼라. 내가 아니었으면 토벌대에 속하지도 못했을 주제에!"

위드는 냉소적으로 다리우스와 토벌대원들을 보았다.

'전부 바보들이로군.'

공적과 명성을 위해 퀘스트를 받았던 다리우스는 오히려 유저들 사이에서 악명을 떨치게 되었다.

눈앞의 이득 때문에 더 큰 것을 놓친 셈이었다.

작은 것은 소리 소문 없이 챙기고, 큰 것은 화끈하게 가져야 된다. 그런 다음에 추가로 얻을 무언가가 없는지를 살펴야 하는 게 올바른 판단이다.

그렇지만 토벌대원들도 바보였다.

다리우스라는 작자의 무엇을 믿고 절대적으로 따랐단 말인가? 조금만 의심을 해 보았어도 그의 뜻대로 놀아나지는 않았을 텐데.

애초에 너무 믿은 것이 잘못이다. 조금만 주의가 깊었다면 동료들을 잃지 않았으리라.

걸작의 완성

"열심히 만드세요, 위드 님."

"저를 닮은 석상을 만들면 칭찬을 받으실 거예요."

위드가 석상을 만드는 동안, 일행들은 토벌대와 함께 주변을 돌아다니면서 사냥을 하기로 했다.

리자드맨 잔당들이 어딘가에 아직 남아 있을 테고, 주변에도 그럭저럭 괜찮은 사냥터들이 많았던 것이다.

토벌대 사람들에게는 본래 위드가 조각사였다고 밝혔고 다들 직업 퀘스트인 줄 알고 별다른 의문을 달진 않았다.

"잘 다녀오십시오."

위드는 일행과 헤어지고 난 뒤에 공터에 우두커니 섰다.

바란 마을에는 로자임 왕국의 병사들과 마을 주민들이 남아 있었다. 그들 모두가 기대 어린 눈으로 위드를 바라본다.

'일단 재료는 바위를 이용해야겠지.'

석상이니 당연하리라.

하지만 위드로서는 나뭇조각을 이용한 조각술이 익숙했지 석상을 다루는 것은 처음이었다.

다행스럽게도 주변에 재료로 쓸 만한 큰 바위가 많았다. 조금은 외진 산간 마을이었던 덕분이다.

그중 두 팔로 안을 수 없을 정도로 거대한 바위가 석상을 만들 재료로 선정되었다.

'슬슬 시작해 볼까.'

위드는 돌을 쪼갤 수 있는 해머와 정을 꺼냈다.

조각을 위한 해머와 정
세트 아이템으로 석조각술을 사용할 수 있게 한다. 값이 싼 만큼 무디고 잘 부서진다. 주의해서 다루어야 할 듯하다.
내구력: 10/10
옵션: 조각술 스킬 +1

세라보그 성에서 만약에 대비해서 조각 상점에서 사 놓았던 물건인데 정말로 쓰게 될 줄은 몰랐다.

깡깡깡!

'나뭇조각을 다루는 것과 재료가 달라졌을 뿐이다. 조각술은 무엇을 만들어야 할지에 대한 심상이 제일 중요해. 내 마음속에 있는 형상을 조각하면 된다. 그게 최고의 조각품, 나만의 작품이 될 것이야.'

위드는 바위를 조심조심 다루었다.

바위를 깎아 내는 것은 엄청난 시간과 노력을 필요로 하는 일이었다. 조금만 잘못 충격을 주어도 균열이 전체로 퍼져 나간다.

석상은 내구성도 오래 유지되어야 하는 것이 기본이었으므로 위드의 이마에는 쉼 없이 굵은 땀방울들이 흘렀다.

하루가 지났을 때에도 바윗덩어리는 아주 약간 줄어들었을 뿐이다. 위드의 심상에 아직 구체적인 여신상의 모습이 떠오르지 않았기 때문이다.

프레야 여신은 극도의 아름다움을 가진 것으로만 알려져 있다. 여신의 실제 모습은 누구도 본 적이 없는 것.

그래서 조각사나 화가가 프레야 여신을 대상으로 할 때는 곤란함을 느낀다. 어떻게 해야 제대로 프레야 여신을 묘사하는 것인지 애매모호한 것이다.

그런 이유로 그림마다, 조각품마다 여신은 다른 모습을 하고 있었다.

이는 예술가로서의 자존심을 자극하기도 하였다.

똑같이 프레야 여신의 조각품을 만들고, 그림을 그렸다. 한데 누가 만든 프레야 여신이 더 아름답다면?

예술적인 기준이야 일단 제쳐 두자. 미의 여신인 프레야이기 때문에 일단은 제일 아름다운 쪽에 점수를 줄 수밖에 없었다.

'지상에서 가장 아름다운 프레야 여신상을 조각해야 한다.'

머릿속에 떠오르는 화두는 오로지 그것이었다.

로뮤나가 자신을 닮은 조각상을 만들어 달라는 것도 그러한 점을 알고 농담을 한 것이었다.

까앙! 깡!

조금씩 해머와 정이 바위를 깎아 내는 속도가 느려진다. 생각이 깊어지면서 벌어지는 현상이다.

'어떤 식으로, 어떻게 조각해야 하지?'

머릿속이 뒤죽박죽이다.

어쩌다 보니 전직하게 된 조각사이지만 대충 만드는 건 성미에 맞지 않았다. 완성된 조각품이 별 볼일이 없다면 이건 조각사로서의 자존심 문제였다.

형편없는 조각품을 완성했을 경우에는 명성이 하락하기도 하니, 이는 간과할 수 없는 문제였다.

'누구를 조각해야 하는가. 누구를……'

그 순간 위드의 머릿속에 떠오르는 사람이 있다.

'그녀라면……'

깡! 깡! 깡!

해머와 정이 바쁘게 움직이기 시작한다.

드디어 바위들이 깎여 나가고 석상의 윤곽이 만들어진다.

돌 부스러기가 아래로 떨어질수록 석상은 형태를 갖추어 나갔다.

숨길 수 없는 아름다움.

하늘의 천사가 인간 세상에 내려와서 웃는 법을 배웠다.

그녀가 미소를 지음에 따라 온 세상이 환해지는 것만 같다.

그것은 한 명의 여인.

'서윤.'

위드가 만들고 있는 조각상은 서윤을 기초로 한 것이다. 교관의 집에서 음식을 먹으면서 단 한 번 보았을 뿐이지만, 그녀보다 아름다운 사람은 어디에서도 본 적이 없다.

연예인이라고 해도 그녀만큼 신비롭고 기품이 흐르며 아름답진 않으리라. 하지만 서윤에게는 결정적인 결함이 존재했다.

웃지 않으며 표정이 죽어 있다는 것.

위드가 만들어 내는 조각상은 은은한 미소를 짓고 있었다.

여행자의 복장을 입고, 검을 들고 서 있는 여인.

위드는 창피하게도 스스로 만들어 내는 조각품에 매료되고 말았다. 처음에는 예쁜 서윤을 닮은 조각품을 만들어 보자는 것에 불과했지만, 시간이 지날수록 조각상이 웃는 모습에 가슴이 두근거릴 정도였다.

한없이 사람을 매료시키는 마력을 품은 조각상이 만들어지고 있는 것이다.

"세상에."

"저것 좀 봐!"

대략적인 형상이 드러났을 뿐인데도, 로자임 왕국의 병사들은 자리를 떠날 줄 몰랐다.

바란 마을의 사람들도 복구 작업을 뒷전으로 하고 모여들어서 완성되어 가는 조각품을 감상했다.

⁂

한 사람이 바란 마을의 입구로 들어왔다.

여행자의 복장에, 얼굴을 가리는 로브를 뒤집어쓴 상태였다.

서윤.

그녀는 그동안 많은 몬스터를 잡아서 머더러의 딱지를 떼어 버렸다. 그래서 더는 그녀의 이름이 붉게 드러나지 않았다.

'사람이 많아졌네. 번거로워⋯⋯.'

서윤은 천천히 걸음을 옮겨 간달바의 집으로 향했다. 퀘스트의 완수를 위해서. 약 10배의 무게와 부피까지 보관할 수 있는 마법 배낭 안에는 프레야 여신상이 들어 있었다.

오랜만에 돌아온 간달바의 집은 리자드맨들로 인해 심하게 파손된 상태였다.

서윤이 집의 문을 열려고 할 때였다.

"정말 대단하시오. 여신상이 참으로 아름답구려."

"아직 7할도 완성되지 않은 상태인데 과찬이십니다."

집 안에서 이야기를 나누는 소리가 들려왔다.

"정말로 위드 님의 덕분이오. 프레야 여신상이 완성되면 우리 마을은 평화로워질 것이니 그 은혜를 잊지 않으리다. 차린 건 없어도 많이 드시구려."

와구와구.

누군가 열심히 음식을 먹는 소리가 밖에까지 들린다.

위드가 수련관 교관에게 구사했던 빌붙기 신공!

그 가공할 신공을 바란 마을의 장로인 간달바에게도 사용한 것이었다.

서윤은 문을 열려던 손을 다시 거두었다.

약 2달 전, 교관의 집을 떠난 서윤은 남부로 향했다.

그리고 사람들이 많이 살지 않는 오지만 돌아다니면서 몬스터들과 싸웠다. 몬스터들이 많은 곳이라면 어디든 좋았다.

전투와 전투가 이어졌다.

서윤은 그 안에서 모든 걸 잊을 수 있었다.

그러다가 바란 마을까지 흘러들게 되었다. 당시만 해도 바란
마을은 리자드맨들의 공격을 받지 않은 평화로운 상태였다.

"휴우… 이 일을 어찌할꼬."

서윤은 식량의 구입과 획득한 전리품을 처분하기 위해서 온
것이었는데, 우연히 간달바의 한숨 소리를 듣게 되었다.

간달바는 여신상이 파괴된 자리에서 무척이나 애석해하고
있었고, 마침 나타난 서윤에게 부탁했다.

"당신이라면 우리 마을에 여신상을 새로 구해다 줄 수 있을 것
같구려. 다 죽어 가는 이 늙은이의 소원을 들어주시겠소?"

바란 마을의 조각상

로자임 왕국 남부의 바란 마을에는 프레야 여신의 조각상이 있었다. 하지만 홍
수로 소나무가 쓰러지면서 여신상이 파괴되고 말았다. 마을의 장로 간달바는
매우 애통해하면서 당신에게 프레야 여신상을 구해다 줄 것을 부탁하고 있다.

난이도: D

말을 하지 못하는 서윤은 남들이 하는 대부분의 퀘스트를 받
을 수가 없었다. 친밀도를 높일 수도 없었고, 배경 지식을 쌓을
수도 없었던 탓이다.

마을에 들르더라도 단순히 획득한 아이템들을 팔고, 필요한
아이템을 집어서 사는 정도의 행위밖에 하지 못했다.

하지만 간달바의 애처로워하는 모습에 서윤은 고개를 끄덕
여서 퀘스트를 수락하고 말았다.

본래 퀘스트의 해결을 위해서는 수도 세라보그 성으로 가서 여신상을 사 오면 되었다. 그렇지만 그녀는 진짜 여신상을 찾기 위해 길을 떠났다.

목적지는 여신 프레야의 교단.

북쪽의 브렌트 왕국을 지나, 할코스 황무지 남서쪽으로 가면 소므렌 자유도시가 나온다. 그곳에 프레야 교단이 있다.

정상적으로는 3달이 걸리는 긴 여정이지만, 서쪽의 바르크 산맥을 넘으면 딱 1달 만에 도착할 수 있었다.

대신 엄청난 숫자의 몬스터 무리와 싸워야 한다는 점 때문에 여행자들이 기피하는 경로였다.

서윤은 험로를 뚫고 바르크 산맥을 넘었다.

무수히 많은 몬스터들과 싸우며 산맥을 넘은 후에는 프레야 교단으로 가서 여신상을 구했다.

무려 대사제 만돌린의 축복까지 받은 여신상이었다.

그것을 위해서 모아 놓은 돈을 대부분 써야만 했다.

서윤은 천천히 간달바의 집에서 돌아섰다. 그리고 다시 마을의 입구를 향해 가는데, 마을의 중앙을 지나치게 되었다.

그곳에는 전에 없던 석상이 하나 놓여 있었다.

아직 완성되지 않은 프레야 여신상.

"정말 아름다운 여신님이야. 그렇죠, 여행자님?"

마을 처녀가 서윤을 향해 말을 걸어온다. 그렇지만 눈은 조각상을 떠나지 않았다.

"위드라는 분이 여신상을 만들어 주시니 이제 우리 마을은 몬스터들의 침범을 당하지 않고 평화로울 거예요. 정말 그분이 없었더라면…….”

서윤은 위드의 조각상을 보았다.

아직 완성되지 않았음에도 불구하고 너무나 아름답다. 눈부신 아름다움이었다.

조각상에서는 은은한 광채가 흘러 보는 이의 마음까지 편안하게 만들어 준다.

자애롭고 편안한 미소를 보여 주는 프레야 여신상.

여신상이 미소 짓는 모습에 세상이 온통 밝고 긍정적으로 변하는 것만 같았다.

그녀가 가져온 프레야 여신상은 교단에서 만든 작품이다. 예술적 가치가 뛰어나고, 경건한 마음이 들게 한다.

하지만 위드가 만드는 조각품을 보고 나니, 태양 앞의 반딧불처럼 그 빛이 미미하게 느껴졌다.

“…….”

서윤은 한참이나 더 조각상을 바라보다가 조용히 바란 마을을 나왔다. 위드가 만들고 있는 것이 자신을 모델로 한 것인지도 모르고서.

⚜

부르르!

천하의 위드도 이 순간만큼은 손끝이 떨렸다. 무려 10일이 넘는 동안 심혈을 기울여서 만든 작품인 것이다.

바란 마을에는 프레야 여신상에 대한 소문이 퍼져서 수많은 사람들이 찾아와 있다. 토벌대원들과 로자임 왕국의 병사들 외에, 인근의 대도시인 데메른에서까지 사람들이 왔다.

위드가 마지막으로 여신상의 눈을 그려내는 것으로 조각상이 완성되었다.

"여신님이다."

"정말 프레야 여신님이 우리 마을에 강림하셨어!"

마을 주민들과 구경꾼들이 탄성을 내질렀다. 주변은 웅성거리는 소리와, 조각상을 향해 기도하는 사람들로 소란스럽기 짝이 없었다.

그리고 위드만이 볼 수 있는 메시지 창이 떴다.

걸작! 프레야 여신상을 완성하였습니다!

예술이란 무릇 그 품격과 수준이 뛰어나야만 인정을 받는 것은 아니다. 다수가 감동하고 마음 씻김을 느낄 수 있다면 그것은 훌륭한 예술 작품이다. 조각술의 경지는 낮아도 최고의 아름다움으로 완성된 프레야 여신상은 많은 이들의 주목을 받게 되리라.

예술적 가치: 150

특수 옵션: 여신상을 바라본 이들은 생명력과 마나 회복 속도가 하루 동안 15% 증가한다. 다른 조각품과 중복으로 적용되지 않는다.

지금까지 완성한 걸작의 숫자: 1

걸작!

사람들이 인정한 예술 작품에만 부여되는 명칭이었다.

조각술로 만들어 낸 조각품들은 단지 스킬이 높다고 해서 걸작이나 명작, 혹은 대작이 되는 것이 아니다.

심혈을 기울여서, 진정한 작품들을 만들어 사람들의 인정을 받았을 때에만 그러한 명칭이 붙는다.

완성된 프레야 여신상의 수준이 그만큼 높다는 뜻이었다.

걸작이 완성됨으로써 특수 옵션도 붙게 되었다.

초급 조각술에 머무르고 있는 위드로서는 원칙적으로 옵션이 붙는 조각품을 만들지 못하였다. 하지만 자하브의 조각칼과, 걸작 조각품의 연계 효과로 뛰어난 옵션이 생성되었다.

기대도 하지 않은 대박!

> 조각술 스킬의 레벨이 9로 상승했습니다.
> 조각술이 한층 더 섬세하고 세밀해집니다.

> 명성이 50 올랐습니다.

> 예술 스탯이 15 상승하였습니다.

> 인내가 10 상승하였습니다.

> 지구력이 5 상승하였습니다.

하나의 걸작을 만든 대가로 상당한 스탯이 상승했다.

조각술 스킬은 드디어 9레벨 70%까지 되어서 곧 중급을 넘보게 생겼고, 명성도 대폭 늘었다.

그럼에도 위드는 속이 쓰라렸다.

'아쉽구나.'

걸작은 아무 때나 나오는 것이 아니었다.

현재 위드의 조각술 스킬은 9. 하지만 프레야 여신상을 만들 때에는 8에 불과했다. 해머와 자하브의 조각칼이 있었기 때문에 스킬 레벨은 17로 적용이 되었을 것.

실상 걸작은 중급 이상의 조각술을 터득하지 않은 상태에서는 잘 나오지 않았다. 자하브의 조각칼이 없었더라면 이토록 아름다운 여신상을 만들지 못했으리라.

위드가 중급 조각술, 혹은 고급 조각술을 익힌 상태에서 조각품을 완성했다면 대작까지는 아니더라도 명작의 반열에 오를 수 있었다. 그랬다면 스탯이 5가지나 상승했을 터.

전투 능력이 취약한 조각사에게 주어진 혜택이었다.

전설의 달빛 조각사인 위드를 제외한 다른 조각사들, 대륙에 극소수인 조각사들의 전투 능력은 형편없었다.

마법을 쓸 수 있는 것도 아니고, 그렇다고 체력과 방어력이 좋지도 않았다.

손재주를 열심히 키워도 부족한 공격력을 조금 보완할 뿐, 그래 봐야 파티 플레이에는 끼워 주지도 않으니 혼자 오만 고생을 하게 된다.

이렇게 스탯이라도 남들보다 높지 않으면 도저히 살아남을 수가 없는 직종이 조각사였다.

게다가 조각술을 키운다고 걸작을 만들 수 있는 것도 아니다. 명망 높은 조각사라고 할지라도 그가 만드는 모든 조각품이 다 걸작과 명작이 되지는 않는다. 뚜렷한 심상 속에서, 조각사의 마음을 녹여 만들어야만 하는 것이다.

만약에 10일 동안 죽을 고생을 해서 만든 조각품이 평작 수준으로 아무런 스탯도 안 올려 준다면 기분이 어떻겠는가? 혹은 오히려 그동안 쌓아 놓은 명성을 깎아 먹는다면?

거의 자살을 하고 싶을 것이다. 실제로 이런 과정을 거쳐서 조각사를 접은 사람이 꽤 된다.

조각사는 그만큼 어렵고 힘든 직업인 것이다.

간달바가 다가와서 위드의 손을 잡았다.

"고맙네. 이토록 훌륭한 여신상을 만들어 주다니, 우리 마을은 앞으로 프레야 여신님의 가호를 받게 될 걸세. 또한 이 여신상이 소문나면 마을에 여행객들도 많이 찾아오겠지. 자네는 우리 마을을 일으켜 세운 사람일세."

프레야 여신상 퀘스트 완료

마을의 장로 간달바가 당신에게 진심으로 감사하고 있다. 바란 마을에 건립된 여신상은 주민들에게 희망과 용기를 줄 것이다. 앞으로 언제라도 당신의 방문을 환영할 듯하다.

명성이 30 올랐습니다.

레벨이 올랐습니다.

레벨이 올랐습니다.

레벨이 올랐습니다.

바란 마을에 대한 영향력이 60%가 되었습니다.
  영향력 1위: 위드. 60%.
  영향력 2위: 다리우스. 45%.
  영향력 3위: 서윤. 33%.

기대 이상의 최고의 성과로 일이 마무리되어서 퀘스트의 보상도 막대했다. 레벨 3개를 올려 주는 퀘스트라면 최소한 난이도 D에서도 상급인 것이다.

덤으로 기여도도 대폭 상승해서 영향력 1위에 올랐다.

기여도는 다양한 방법으로 올릴 수 있었는데, 기여도로 인해 마을에 대한 영향력이 늘어나면 물건을 저렴하게 구입할 수 있는 건 물론이고, 장로나 영주 같은 직책을 받는 것이 가능했다.

위드는 마을 주민 퀘스트와 여신상 제작, 리자드맨들의 갑옷과 무기류들을 팔아 치워서 엄청난 기여도를 단숨에 올릴 수 있었다.

다리우스는 토벌대 퀘스트를 받은 장본인이었기 때문에 기여도를 인정받았다.

그리고 서윤의 경우는 바란 마을 주변의 위험한 몬스터들을 잡아, 가죽과 아이템을 잡화점에서 대거 팔아 치운 덕분에 기여도가 높았다. 실상 위드와 다리우스가 오기 전까지만 해도 그녀의 마을에 대한 영향력이 1위였다.

'3위가 서윤이라고? 그녀가 이곳에 왔던가?'

위드는 가슴 한구석이 뜨끔했다.

서윤을 모티브로 조각상을 만들 때에는, 절대로 그녀가 이것을 보지 않을 것이라는 자신이 있었다.

베르사 대륙은 그만큼 넓었던 것.

만약에 그녀가 이 조각상을 본다면, 차갑게 웃으면서 검을 쓸지도 모른다.

'살인자인 그녀라면 불가능한 일도 아니겠지.'

특히나 조각상에 새겨 놓은 문구를 읽는다면 그녀가 백번쯤은 위드를 죽일지도 몰랐다. 아니, 틀림없이 그러리라.

조각상을 완성하면서 위드는 자신이 만든 조각상이 너무나도 마음에 들었다. 걸작이 될지 평작이 될지, 혹은 실패작이 될지는 몰랐지만 스스로가 만든 예술품에 매료되어 버린 것이다.

그래서 아쉬움을 감추지 못하고 자하브의 조각칼로 여신상의 밑에 작은 글귀를 하나 남겨 놓았다.

한국인이라면 어디서도 버릴 수 없는 근성!

위드는 조심스럽게 물었다.

"간달바 님?"

"왜 그러는가?"

"혹시 여신상을 구해 달라고 부탁한 사람이 서윤이었습니까?"

"맞네. 자네도 그녀를 알고 있군. 그녀는 참으로 좋은 사람이네. 나의 힘든 부탁을 들어주었지. 비록 아직까지 돌아오지는 않았네만……."

"그랬군요."

위드는 서윤이 돌아오지 않아서 다행이라고 생각했다. 조각상을 만들고 있을 때 그녀가 돌아왔다면 큰일이 날 뻔했다.

'그녀의 퀘스트를 가져간 것으로 앙심을 품고 날 죽였을지도 몰라.'

일을 마친 이상 어서 빨리 천공의 도시로 가야 했다. 그녀와 다시는 마주치고 싶지 않다.

그런데 간달바가 잡고 있는 손을 놓아주지 않았다. 목소리를 착 가라앉힌 채로 말한다.

"우리 마을의 구원자인 자네에게 말하고 싶은 게 있네."

"말씀하십시오."

"운명을 믿는가? 나는 자네가 우리 마을에 와서 이렇게 우리를 구원해 준 것이 단순한 우연으로 여겨지지 않는다네."

"예?"

"과거 우리 마을에 프레야 신전의 사제님이 와서 말씀하셨지. 사악한 무리가 창궐하고 있다고. 그들은 눈에 보이지 않는 곳, 우리보다 낮은 곳, 차갑고 어두운 곳에서 세력을 넓혀 가고 있다고. 프레야 신전의 사제님께서는 진정 용기 있는 자만이 그들을 막을 수 있을 것이라 하셨네! 그러면서 내게 그 용기 있는 자를 선택할 수 있는 권한을 주셨지."

"……."

"그때는 그 의미를 알지 못하였으나 이제는 알 것 같네. 지금까지 자네에게 알려 주지 않은 비밀이네만, 우리 집안 대대로 내려온 그 씨앗은 새로운 곳으로 안내하는 길잡이 역할을 한다네. 사제님께서는 말씀하셨지. 프레야 신전의 잃어버린 보물을 되찾기 위해서는 먼저 시굴이란 자를 만나야 한다고. 그를 찾게. 그리고 사악한 무리들을 무찌르는 용사가 되어 주게!"

> 빼앗긴 신전의 보물에 대한 단서를 습득하였습니다.

'이건 프레야 여신상과 연결된 연계 퀘스트! 그것도 내용으로 보아서 상당히 심상치 않은걸. 대박이다. 내게 이런 행운이 찾아오다니.'

위드는 다시 한 번 자신의 행운에 감사했다.

이 모든 것은 서윤의 덕분이었다. 그녀가 조각상을 구해 오지 않았기 때문에 자신에게 이런 기회가 찾아온 것이리라.

"사악한 무리들이 창궐하지 못하도록 막는 것은 저의 오랜 소망, 프레야 신전의 보물을 되찾아 오기 위하여 최선을 다하겠습니다."

"고맙네."

퀘스트를 수락하였습니다.

위드는 간달바와의 대화를 마치고 기다리고 있는 일행들에게로 향했다.

"대단합니다, 위드 님. 조각품이 저렇게 아름다울 줄은 몰랐습니다."

이것은 페일의 말이었는데, 그는 평소답지 않게 눈에 열기를 띤 채로 조각품을 바라보고 있었다. 수르카와 이리엔, 로뮤나도 잔뜩 감동한 기색이다.

그들은 위드가 조각품을 만드는 사이에 잠도 제대로 자지 않고 사냥을 해서 60레벨 중반에 이르러 있었다.

"놀라워요. 정말 살아 있는 것 같은… 아니, 정말 예쁜 조각상이에요."

"프레야 여신이라고 해도 이 정도는 아닐 것 같아요."

"어떻게 저런 모습을 창조해 낼 수 있었어요? 위드 님의 섬세한 미적 감각과 예술혼은 정말……."

일행들의 극찬 속에 위드는 조금의 민망함을 느꼈다.

섬세한 미적 감각? 예술혼?

그들의 시선은 어마어마하게 위대한 예술가를 앞에 두고 지금까지 몰라봤다는 듯했다.

누가?

설마 위드가?

차라리 돈독이 머리끝까지 올랐다는 말이 신빙성이 있다.

'내가 저걸 만들기 전까지는 아무 생각이 없었다면 믿어 줄까? 믿어 주지 않겠지.'

믿지 않을 바에야 굳이 알려 줄 필요는 없다.

영업 사원들이 물건을 팔 때 꼭 물건의 모든 부분을 설명해 주지는 않는다. 단점은 감추고 장점만 골라서 이야기한다.

결국 자신에게 유리한 것이 최고인 것이다.

"이리엔 님이나 수르카 님, 로뮤나 님을 떠올리면서 만든 조각품입니다. 여러분들의 고운 마음이 조각상에 담겨서 예쁘게 완성된 것 같습니다.

"어머머머!"

여자들이란 왜 이렇게 단순하단 말인가!

뻔한 거짓말에도 그녀들은 행복하여였다.

"거기, 위드라고 했던가?"

위드와 일행들이 있는 곳으로 다리우스가 다가왔다.

"조각술이 제법 뛰어나군. 혹시 저것은 명작인가?"

다리우스는 여러 방면으로 지식이 많았다. 레벨이 140이 넘었으니 조각사에 대해서도 얻어들은 것이 있으리라.

"아닙니다."

"그러면 걸작?"

"그렇습니다."

"오, 내 정말 걸작을 보게 될 줄은 몰랐군. 조각사로서 걸작을 만들어 낸 사람은 100명 이하라고 알고 있는데……."

다리우스가 과장된 몸짓으로 놀라움을 표시한다. 그러더니 미묘한 미소를 지었다.

"축하하네. 꽤나 스탯을 올릴 수 있었겠군. 전투 능력이 허접한 조각사로서는 그런 행운이라도 있어야겠지."

다리우스는 위드를 얕보고 있다.

다른 것도 아닌 조각사라는 이유만으로.

실제로 대부분의 조각사들은 약했다. 걸작을 만들어서 스탯이 높더라도 전투 스킬이 빈약하다.

혹은 전투 스킬이 있더라도 제대로 싸울 줄은 모른다.

왜 그들의 직업이 조각사이겠는가?

전투와는 거리가 멀기 때문이다. 싸움은 할수록 잘한다.

대체로 비전투 직종을 택한 사람들은 전투에 대해 무지한 경우가 많았다.

적의 공격에 어떻게 대처해야 할지도 몰라 당황하기 일쑤고, 파티에서 무슨 역할을 해야 할지도 모른다.

익혀 놓은 범용 공격 스킬들도 레벨이 낮아서 조소의 대상이 되기 일쑤다.

거기다가 조각사로서 행세를 하기 위해서는 조각술까지 익혀야 했으니 일반적으로 같은 시간 동안 키운 조각사는 언제나 남들보다 약할 수밖에 없는 것이다.

단, 위드만 빼고!

"거기, 말을 너무 함부로 하는군요!"

일행인 페일이 발끈해서 나섰다. 위드를 얕잡아 보는 다리우스의 말을 참지 못한 것이다.

그러나 그때였다.

"뭐 저런 재수 없는 인간이 다 있어?"

"얼굴은 꼭 소시지라도 구워 먹고 식용유가 남아 누렇게 반들거리는 프라이팬처럼 생겨 가지고는……."

"꼭 멍청한 것들이 생각 없이 저따위로 말하지. 위드 님이 얼마나 싸움을 잘하시는데……."

수르카와 로뮤나, 이리엔도 각자 한마디씩을 한다.

어린 수르카야 약간 다혈질이니 그렇다고 치자!

화끈한 면이 있는 로뮤나도 이해한다.

하지만 그동안 조용하고 다소곳하던 이리엔까지 발끈하자 페일과 위드는 당황하고 말았다.

여자들.

그녀들 3명이 모이면 한 사람을 죽일 놈으로 만드는 것쯤은 아무것도 아니라는 것을 둔한 남자인 페일과 위드가 알았을 리 없다.

위드의 판단 능력이 두세 배쯤 올라간다고 해도 여자들의 모든 면을 파악하는 것은 무리이리라.

칭찬 몇 마디에 기뻐하는 것으로 여자를 전부 알았다는 식으로 행동하는 것은 완전히 오산이다.

"……."

위드는 화도 낼 수 없었다.

이미 그녀들이 한바탕 쏘아붙인 것으로도 충분했다.

"뭐, 뭐라고?"

다리우스의 눈에서 불꽃이 튀었다. 그러나 이리엔이나 로뮤나 들은 눈 하나 깜짝하지 않았다.

"왜, 우리가 틀린 말이라도 했어?"

"감히 너희가……."

"어쩔 건데. 죽이기라도 할 거야?"

"죽이지 못할 줄 아느냐!"

다리우스는 검을 뽑아 들려고 했다. 레벨 140대인 그가 작심한다면 위드와 일행들이 전부 달려들더라도 이기지 못한다.

아니, 어쩌면 위드가 최대한 실력을 발휘한다면 한번 붙어 볼 만은 하다.

레벨 70대.

스탯으로는 거의 100에 가까운 위드!

사기적인 스킬과 본신의 전투 능력까지 감안한다면 다리우스와도 한판 붙기에 충분하다.

기습의 묘를 최대한 살리고, 다리우스가 위드를 무시하고 있는 만큼의 방심을 틈탄다면 이기기란 그리 어렵지 않을 것이니 말이다.

단, 스킬의 마나 소모량이 막대하기 때문에 전투가 1분 이상 지속된다면 필패다.

　무력으로 따진다면 다리우스도 그리 무섭지는 않지만 지속 시간이 지나치게 짧은 단점이 있었던 것이다.

　남자라면 누구나 두려워하는 조루라고도 할 수 있다.

　물론 마나를 다 소모해 버리는 짧은 시간이 지나더라도, 평균적인 레벨보다는 훨씬 강하지만 말이다.

　"다리우스, 참아."

　"놔! 저 계집애들의 버릇을 고쳐 주고야 말겠어."

　"넌 토벌대장이잖아. 토벌대원과 결투를 할 수는 없어. 그랬다가는 네 명성이 얼마나 떨어지는지 알기나 해? 그리고 지금까지 함께해 온 이 퀘스트도 포기할 거야?"

　다리우스의 일행인 파로스 등이 싸움을 말렸다. 그들의 도움 덕에 다리우스는 폭발하지 않고 진정이 되었다.

　"좋아. 이번에는 봐주지."

　다리우스의 말에 로뮤나는 콧방귀를 뀔 뿐이었다.

　"누가 누굴 봐준다는 거야."

　"착각도 자유지만 자기가 무슨 귀족이나 왕자인 줄 알아."

　수르카의 한마디에 다시금 싸움이 촉발될 뻔하였지만, 그때에는 토벌대원들이 소란을 보고 전부 모여든 후였다.

　다리우스와 그 패거리는 이미 민심을 잃은 상태.

　반면에 위드와 일행들은 존중을 받고 있었다.

　일단 위드가 그동안 그들에게 해 준 음식이 얼마던가.

　병장기가 부서지면 수리도 해 주고, 확인이 안 된 아이템은 감정까지 해 주었다.

위드의 일행들도 다리우스 외에는 지극히 친절하게 대해서 평판이 나쁘지 않았다.

위드가 여신상을 조각하는 사이에 일행들은 다른 조에 속해서 사냥을 했는데, 착실하게 올린 스킬과 사냥 솜씨 덕분에 대단한 환영을 받았다고 했다.

다리우스 패거리는 아무도 상대를 해 주지 않아서 그들끼리만 사냥을 했다고 하니 상황은 이미 압도적으로 위드 쪽에 유리했다.

토벌대원들이 웅성거리면서 전부 위드와 그 일행들의 편을 드는 분위기가 되자 다리우스도 더는 막 나가지 못했다.

아무 말도 않은 채로 경직되어 있는 다리우스 대신, 그의 친구인 파로스가 오만한 어조로 말했다.

"들어 봤을지는 모르겠지만 우리는 이카 길드에 소속되어 있다. 로자임 왕국 3대 길드 중의 하나이지."

이카 길드는 위드도 몇 번 들어 봤다.

꽤나 안 좋은 소문이 많이 퍼져 있는 길드였다. 다리우스 같은 사람이 많다면 틀림없이 그럴 것이다.

"우리는 곧 성을 하나 차지할 텐데, 좋은 현판이 필요하다. 나중에 와서 조각을 해 줄 수 있겠나? 보수는 넉넉하게 주지."

원래 다리우스의 용건은 위드에게 현판 조각을 부탁하는 것이었다.

하지만 다리우스는 많이 화가 난 상태였다.

굉장히 기대를 한 토벌대 퀘스트에 성공하긴 했지만, 예상보다는 성과가 크게 부족했다. 누군가가 이미 리자드맨의 근거지를 홀랑 털어 버린 후였던 것이다.

분노한 다리우스 패거리는 범인을 찾아 나섰지만, 설마 여신상을 조각하는 조각사 위드와 객관적으로 볼 때 현저히 레벨이 낮은 일행들이 범인일 것이라고는 생각도 하지 못했다.

그 때문에 토벌대원들과 더욱 마찰이 생겨났고, 설상가상으로 위드는 장로로부터 좋은 퀘스트를 받아서 여신상을 완성해 냈다.

배가 아플 수밖에 없는 상황이었다.

그렇기 때문에 말을 함부로 하였지만, 그 간단한 일을 상황을 꼬아서 이 지경으로 만든 그의 능력이 놀라울 뿐이다.

바란 마을에서 할 일을 마친 다리우스와 토벌대는 짐을 챙겨서 수도로 돌아가기 위해 북상했다.

토벌대원 중에는 바란 마을 인근의 사냥터가 마음에 든 사람들도 있었지만, 정작 바란 마을 자체는 무척이나 싫어했다.

선술집이 없어서 사냥을 마치고 돌아온 다음에 시원하게 들이켜는 맥주의 맛을 느낄 수 없었던 것이다.

사냥 후의 맥주 한 잔.

목을 시원하게 뚫어 주는 그 묘미 때문에라도 다들 서둘러 길을 떠났다.

앞으로 바란 마을은 로자임 왕국 병사들이 지키게 되었다.

위드와 일행들도 간달바에게 토벌대 퀘스트를 보고했다.

"고맙군. 마을을 구하기 위해서 애쓴 자네들의 도움을 잊지 않겠네."

퀘스트의 결과로 간달바는 20의 명성치를 올려 주었다.

남들이 사냥을 할 때 조각품을 만들어서 별로 기대하지 않았는데 의외의 큰 소득이었다.

토벌대에 속한 레벨 80대의 다른 사람들이 겨우 명성을 10에서 15 정도밖에 늘리지 못했으니 말이다.

마을 사람들을 구해 주면서 리자드맨들의 근거지를 털어 버린 것이 주효했던 듯싶다.

위드와 일행들은 레벨이 낮은 것을 핑계 삼아 이곳에서 더 사냥을 하겠다고 남았다.

"이제 드디어 때가 되었군요."

위드의 말에 일행들은 기대 어린 미소를 지었다.

"네."

"그럼 우선 으슥한 곳으로 가죠."

"네, 그래야죠. 아주아주 으슥한 곳으로… 사람이 없는 곳으로 말이에요."

로뮤나가 입을 가리며 호호 웃는다.

듣기에 따라서 아주 오해를 받을 수도 있는 말이었다.

위드 일행은 바란 마을의 서쪽 산으로 향했다. 리자드맨의 근거지였던 그곳은 현재 사람이 없어서 아주 좋은 장소였다.

"랄랄라."

콧노래를 부르면서 가는 그들.

으슥한 곳으로 향하고 있는 것이다.

이윽고 위드와 일행들은 인적이 뜸한 산기슭에 도착했다. 여행을 위한 만반의 준비를 갖춘 채였다.

"이제 시작해요."

"좋아. 다들 준비하십시오."

위드는 조심스럽게 땅에 천공의 씨앗을 심었다. 그리고 물을 조금 뿌려 주었다.

한동안 아무 반응이 없었지만 곧 씨앗을 머금은 땅이 붉게 물들었다.

우르르르!

"꺄아아악!"

천지가 진동하는 대지진!

그 진원지는 씨앗을 심은 곳이었다. 그리고 씨앗을 품은 땅이 쭉 갈라지더니 울창한 줄기가 끝없이 하늘을 향해 솟구치는 것이었다.

10미터… 20미터…….

순식간에 눈에 보이지도 않을 정도로 까마득한 높이가 되었다. 그래도 줄기들은 끝도 없이 올라가고 있었다.

하늘을 향해 뻗어 가는 천공수를 보며 위드가 말했다.

"저곳에 천공의 도시가 있을 겁니다. 이 식물이 천공의 도시로 안내하는 길잡이인 것 같아요."

"그러면…….

"여기까지 온 이상 망설일 것 없습니다. 서둘러서 잡죠. 자칫하면 중간에서부터 기어 올라가야 할지도 모르니까요."

"헉! 그것만은 사양하고 싶네요."

위드는 품에서 밧줄을 꺼내 일행들을 하나로 묶었다.

"죽어도 같이 죽고, 살아도 같이 사는 겁니다."

"네!"

위드와 페일이 먼저 줄기에 매달리기로 했다.

만에 하나 근력이 약한 어러엔이나 로뮤나가 손을 놓더라도 붙잡아 주기 위해서였다.

위드와 일행들은 천공수의 씨앗에서 비롯된 줄기를 잡았다. 그리고 하늘을 향해 솟구쳤다.

천공의 도시 라비아스

새마을 갱생 정신병원의 차은희 박사는 국내외적으로 유명한 사람이다. 정신 치료와 관련된 독보적인 특허를 보유한 자산가이기도 했다.

그녀의 일과는 무척이나 빡빡해서 쉴 시간 따위는 전혀 없다. 환자들을 돌보고, 학계에 제출할 논문을 쓰는 것으로 일주일이 빠듯하게 지나갈 정도다.

"지루해. 지루해. 지루해."

매일 아침을 불평으로 시작하는 그녀였지만 맡은 업무를 소홀히 하지 못하는 책임감을 가지고 있기도 하였다.

결국 오늘도 차은희 박사는 상담을 하고 있었다.

"따님의 일은 참으로 안되셨습니다."

차은희 박사의 눈가에 촉촉한 물기가 감돈다. 그녀가 지금 보는 환자는 중년의 여성이다.

"벌써 5년이나 지난 일인걸요."

아주머니는 처연하게 웃으며 말을 이었다.

"그래도 그 아이가 그렇게 스스로 목숨을 내던지려고 한 이후로 아무것도 손에 잡히지 않아요."

"이제 따님의 일에서 벗어나 본인의 인생을 찾으셔야지요."

"실은 선생님."

아주머니가 차은희 박사의 손을 잡았다.

"저는 그 아이가 아직도 살아 있는 것만 같아요. 그 아이의 이름은……."

⚜

천공수의 줄기는 그저 하늘로 솟구치기만 하는 것 같았지만, 어느 순간부터 특정 방향을 향해 나아가고 있었다.

위드와 일행들은 줄기를 붙잡은 채로 바싹 고개를 숙였다.

스치는 바람이 칼날처럼 느껴진다. 이미 지상은 아득하게 멀어져 있었다.

바란 마을이 시야에서 사라지는 것도 순식간이다.

구름을 뚫고 도달한 곳은 커다란 섬이었다. 하늘에 부유하고 있는 섬!

희뿌연 안개를 뚫고 위드와 일행들은 천공수의 줄기를 탄 채로 그곳에 도달했다.

"이곳이 천공의 도시!"

위드와 일행들은 주변을 둘러보기 바빴다.

수천 채가 넘는 집들과 상점들 그리고 중앙의 첨탑이 보인다. 첨탑 위에는 수만 마리의 새들이 앉아 있다.

그 너머에는 들판과 산들도 있었다.

"앗! 줄기가 시들고 있어요!"

이리엔이 뒤를 돌아보다가 소리를 질렀다.

그들을 이곳까지 안내한 천공수의 줄기가 금세 시들더니 가닥가닥 끊어져서 땅으로 떨어져 내렸다.

"돌아갈 길이 없어졌는데 어떻게 해요?"

수르카가 우려 섞인 말을 했지만, 다른 사람들은 전혀 걱정하지 않았다.

"모험은 이제부터 시작입니다. 벌써부터 돌아갈 걱정을 할 필요가 없어요."

"페일 님, 그래도……."

소심한 수르카!

벌써부터 탄탄한 대지가 그리웠던지 울먹이고 있다.

위드는 그녀를 다독이며 말했다.

"무언가 방법이 있을 겁니다. 왔다면 갈 수도 있을 테니까요."

그렇게까지 말을 했음에도 수르카는 전혀 위안을 받은 얼굴이 아니다.

"뭐, 정 안 되면 뛰어내리면 되죠."

"그, 그런……."

"틀림없이 한 번은 죽겠지만 지상에 도착할 수 있을 거예요."

수르카의 얼굴에 드디어 핏기가 가셨다. 사실 그녀는 고소공포증이 있었던 것.

천공수의 줄기를 필요 이상으로 꽉 움켜잡았던 것도 중간에 절대로 떨어지지 않기 위함이었다.

아마 천공수의 줄기라는 걸 타고 여기까지 오는 것을 미리 알았다면 수르카는 이번 모험을 포기했을지도 몰랐다.

위드와 일행들은 그녀를 다독이면서 움직이기 시작했다.

"저것 새 같아요."

천공의 도시에 있는 종족들은 특이하게 생겼다.

두 발로 서 있는 참새를 닮았다. 도톰한 양 볼과 넓적한 날개, 부리는 적당히 뾰족하고 날카롭고 눈은 아주 작다.

노인으로 보이는 새들은 부리 주변에 흰 수염이 나 있다.

"꺄악. 귀여워요!"

수르카가 좀 전의 공포 따위는 잊어버린 듯이 좋아서 어쩔 줄 모르고 몸을 바르르 떤다.

본의 아니게 수르카의 애정을 듬뿍 받게 되어 버린 새 할아버지가 천천히 다가왔다.

"라비아스에 온 것을 환영하네, 여행자 여러분."

일행들은 모두 위드에게로 시선을 던졌다.

그동안 겪어 본 바로, 위드야말로 사람들을 상대하는 처세술에 일가견이 있다는 결론 때문이다.

어떤 NPC에게도 밥을 얻어먹을 수 있는 사람이 바로 위드였다.

"감사합니다. 멀고 먼 길을 떠나서 험난한 모험 끝에 이곳에 도착했지만 너무나도 아름다운 모습에 그동안의 피로가 전부 씻겨 내려가는 것만 같습니다. 이곳이 라비아스입니까?"

"그렇네. 우리 품위 있고 고상한 조인족들이 살고 있는 도시지.

이토록 맑은 공기와 태양과 가까운 도시는 이곳뿐일 걸세."

새 할아버지는 날개를 푸드득거리며 라비아스의 환경을 칭송했다. 깃털을 고르기도 하였다.

"과연 이곳은 아주 좋은 공기와 햇빛이 있군요. 흐르는 구름을 보는 풍경도 아주 좋습니다. 한데 라비아스의 특산품은 무엇이 있을까요?"

위드는 혹시라도 거래를 틀 수 있을지 않을까 했다. 라비아스에만 나오는 독특한 특산품들이 있다면 잔뜩 사서 로자임 왕국에 팔아 큰돈을 벌게 되리라.

"자네는 잘 알지도 못하는 나에게 너무 많은 걸 물어보는군. 나와 친분을 쌓고 싶거든 맛있는 것을 가져오도록 하게."

새 할아버지가 휘적휘적 팔자걸음을 걸으며 가 버린다.

위드는 잠시 그를 쫓아갈까 하다가 일행들을 돌아보았다.

5명이 몰려다니면서 1명씩 만나 본다면 너무 많은 시간이 걸리는 것이다.

"자, 이제 도시를 둘러보도록 하죠. 도시 자체는 적대적이지 않고 안전한 것 같군요. 라비아스는 꽤 큰 도시로 보이니 하나씩 구역을 정해서 돌아보고 2시간 뒤에 여기서 모이는 겁니다. 우리가 받을 수 있는 퀘스트가 있는지 살펴보고, 좋은 게 있으면 일단 그냥 돌아오세요. 다른 사람이 뭘 받았을지 모르니까요. 그리고 제일 좋은 퀘스트를 선택해서 다 함께 시작합시다."

"네, 알겠어요."

일행은 도시를 알아보기 위해 뿔뿔이 흩어졌다.

위드는 우선 상점이 있는 번화가 쪽으로 향했다.

상점을 이용하는 행인들과, 물건을 파는 상인들은 오리처럼 뒤뚱거리면서 걷는다. 조인족들의 도시라더니 정말 새와 비슷하게 생긴 종족들이었다.

몸집은 대부분 통통하고, 다리가 짧았다.

머리만 참새나 부엉이, 솔개 등 종류가 다양했다.

'이런 도시가 있다니 신기하군.'

아마도 이곳에서 장사를 하려면 통닭집을 내서는 안 될 것이다. 닭을 보며 혹시라도 동족을 잡아먹는다고 오해할지도 모른다.

인간들의 도시와는 달리 마차는 존재하지 않았다.

워낙 큰 새들이라 말도 탈 수 있을 것 같지만, 구태여 그럴 필요가 없다.

길이 막히면 날개를 활짝 펴고 비상해 버리면 되니 말이다.

위드는 조인족들 틈에서 걸으며 동물원의 원숭이가 된 기분을 느꼈다.

그래서 일단 무기점으로 들어갔다.

"안녕하세요."

"인간 여행자로군. 필요한 것이 있는가?"

"필요한 물건이 많습니다. 다만 어떤 것이 제게 유리할지 모르니 직접 골라 보겠습니다."

"그렇게 하게."

위드는 몇 개의 물건들을 보았다.

바라보의 강철 부리

먹이를 강하게 움켜잡을 수 있는 부리. 길이가 길어서 숨어 있는 벌레를 건져 올리기에 용이하다.

내구력: 90/90

공격력: 23

가격: 100골드

위드는 잠시 한숨을 내쉬고 다른 아이템을 보았다.

사이곤의 은 갈퀴

한 쌍으로 이루어진 물건. 은으로 만들어져 내구력이 낮다. 저공비행을 하며 언데드의 머리를 할퀴기에 좋다.

내구력: 30/30

공격력: 17~19

가격: 70골드

여신조의 깃털

장기간의 활공에도 절대 빠지지 않는 특제 깃털! 오색찬란하고 매끈매끈한 깃털들을 몸에 섞어 주면 적들의 공격에도 안심이다. 무척 가벼워서 무게감이 느껴지지 않는다.

내구력: 15/15

방어: 15

부가 효과: 매혹

사용 제한: 암컷용

가격: 45골드

갈퀴와 망원경, 혹은 끝으로 갈수록 날카로우며 속은 비어 있는 원뿔형의 매우 독특한 무기들이 있다.

이것들은 조인족들이 이용하는 무기였다.

위드는 오소리를 닮은 상점 주인에게 물었다.

"인간들이 쓰는 물건은 없습니까?"

"있지. 기다려 보게. 인간들이 찾아오는 일은 워낙에 흔치 않아서 창고 안에 넣어 두었네."

위드는 잠시 기다리는 사이에 따가운 시선을 느끼게 되었다.

가게 밖에서 지나가던 조인족들이 하나둘 모여들더니 또다시 동물원의 원숭이처럼 위드를 구경하고 있는 것이었다.

"말로만 듣던 인간이군."

"특이하게 생겼네. 주둥이가 납작해서 밥 먹기 힘들겠어."

"저것 봐. 깃털도 없어서 겨울에는 너무 춥겠다. 불쌍해."

추위를 좋아하는 새들은 거의 없다.

그들의 관점에서 위드는 딱 얼어 죽기 쉬워 보였다.

사실 로자임 왕국, 혹은 대륙의 어떤 나라에 조인족을 데려가더라도 그들은 신기하게 보일 것이다.

하지만 여기는 라비아스. 천공의 도시이며 조인족들의 세상이다.

라비아스에서는 위드가 특이한 존재일 수밖에 없었다.

"여기, 물건을 내왔네."

상점 주인이 검 다섯 종류와 망치 둘, 방패 하나, 방어구 몇 개를 꺼내 왔다.

위드는 방패는 쓰지 않기에 넘기고, 방어구들과 검을 살펴보았다.

리자드맨의 물건들을 판 돈 70골드가 그의 수중에 있었다.

클레이 소드

얼음의 정령이 담긴 마법 검. 빙계 속성의 데미지를 추가적으로 2~5까지 입히
며 적의 움직임을 느리게 한다.

내구력: 90/90

공격력: 23~25

제한: 레벨 60. 힘 200

옵션: 얼음 속성의 추가 데미지 2~5

가격: 188골드

석양의 단혼검

드워프 테다오르의 작품. 죽음의 숲에서 캐낸 강철을 제련하여 만들었다. 치명
적인 일격이 터졌을 때, 매우 드문 확률로 공격력 3배의 생명력을 저하시킨다.

내구력: 200/200

공격력: 14

상태 이상: 저주에 덜린다

제한: 레벨 70. 힘 250

옵션: 드문 확률로 데들리 어택

가격: 160골드

위드는 거기까지 보고서 고개를 절레절레 저어 버렸다.

가격이 비싸도 너무나 비싸다. 조인족의 도시라기에 어느 정
도 예상은 했지만, 인간들이 쓰는 물품은 바가지라고 해도 과
언이 아닌 값이 매겨져 있다. 클레이 소드나 석양의 단혼검이
나, 잘 나오지 않는 아이템임은 분명하다. 그래도 세라보그 성
에서는 반값에 팔 물건들이다.

"제가 아직 돈이 부족해 살 것이 없군요."

"그러면 다음에 또 오게. 단 이미 팔렸을지도 모르니 최대한
빨리 돈을 모아 오도록 하게."

오소리를 닮은 상점 주인이 아쉽다는 듯이 말했다.

이곳에 인간 여행자라고는 위드 일행뿐인데, 다분히 영업적인 말투였다.

가게를 나온 위드는 천천히 도시의 동쪽 구역을 둘러보았다. 도시의 경계선을 넘어가면 약간의 공터가 있고, 그다음은 한없이 펼쳐진 바다다.

"째째째짹!"

"짹짹!"

"째째째째짹!"

어린 조인족들이 빨랫줄 위에 앉아서 노래를 하고 있었다.

노란 병아리들처럼 아주 귀여웠다.

"안녕?"

위드는 그들에게 말을 걸어 봤지만, 웃기만 할 뿐 대답을 하지 않는다.

"안녕하십니까."

위드가 보이는 조인족들마다 인사를 건네었다.

무기점 상점 앞에 있는 조인족은 호들갑을 떨며 말한다.

"처음 보는 여행자로군. 자네는 저 아래 땅에서 강한 축에 드는가?"

"아직 그렇지는 않습니다. 그러나 평화를 사랑하고, 하늘을 좋아하며, 무를 숭상합니다. 평화란 힘이 있어야 지킬 수 있기 때문입니다."

"마음에 드는군. 자네라면 할 수 있을 것 같은 의뢰가 있는데, 나를 도와주겠는가? 실은 이곳 라비아스는 보이는 것처럼 평화롭지가 않다네. 여기는 아주 오래된 땅이지. 지하에 잠들어 있는 사악한 언데드가 언제라도 힘을 키워서 우리를 내쫓으려 하고 있어."

띠링!

라비아스의 언데드들
천공의 도시 라비아스의 깊은 곳에는 언데드들이 있다. 보기보다 잠이 많은 조인족들은 밤마다 울부짖는 언데드들을 매우 혐오한다. 지하 통로에서 스켈레톤 병사를 30마리 이상 잡고 돌아오면 좋은 일이 있을 듯하다.
난이도: D
보상: 알려지지 않음.
제한: 실패 시 크로우와의 친밀도 하락.

위드와 일행들은 천공의 도시를, 알려지지 않은 도시를 발견하는 정도로만 생각을 하고 있었다.

특산품들을 구입하거나, 아니면 세라보그 성에서는 팔지 않는 좋은 아이템들을 살 수 있는 장소 정도로 말이다.

로자임 왕국과 관련된 퀘스트가 있다면 최상이라고 생각했던 것이다.

그렇지만 놀랍게도 천공의 도시에는 사냥터까지 존재했다. 그것도 흔치 않은 언데드 사냥터다.

스켈레톤 병사들은 레벨이 80대 정도라고 알려져 있다.

위드는 잠시 고민하다가 고개를 저었다.

"언데드를 물리치는 것은 저의 사명이지만, 일행들이 있습니다. 그들에게 물어보고 오겠습니다."

"그렇게 하게."

위드는 자신이 맡은 구역의 새들에게 계속 말을 건네며 돌아다녔다. 조인족들 중 몇몇은 처음 보는 여행자라면서 의뢰를 맡기기도 했다.

대부분 언데드와 관련된 퀘스트들이었다.

그들과의 대화를 통해 라비아스에는 몇 군데 지하로 이어진 통로가 있음을 알게 되었다.

하지만 그곳은 복마전이나 다름없는 곳이다.

스켈레톤들이 다수이지만 죽음의 기사와 악마의 파수꾼, 듀라한과 리치, 스펙터와 망령 들이 살고 있는 것이다.

자신의 목을 들고 다니는 듀라한은 강하기 그지없는 언데드다. 레벨은 140 정도라도 속도가 빠르고 전투술이 뛰어나서 잡기 매우 까다로운 몬스터였다.

리치의 경우에는 흑마법을 주로 사용하고, 지능이 높아서 위험하면 영악하게 도망을 쳐 버린다고 알려져 있다.

죽음의 기사, 데스 나이트는 말할 것도 없다.

말을 타고 다니는 그들은 영화 '반지의 제왕'에도 등장한다.

가히 공포의 대상!

레벨로 따지자면 거의 200대에 달하는 마물이다.

그런 엄청난 언데드들이 지하 통로에 살고 있다고 하니, 위드는 가슴이 벅차올랐다.

'아, 사랑스러운 경험치들!'

그렇게 돌아다니던 와중에 위드는 큰 현판을 발견했다. 그곳에는 웅장한 필체로 '초급 수련관'이라고 적혀 있었다.

위드는 무언가에 이끌리기라도 하듯이 수련관 안으로 들어

갔다.

"어서 오게. 인간이로군."

수련관의 교관은 마치 싸움닭처럼 생겼다. 닭 볏처럼 생긴 머리가 인상적이었다.

"방문한 김에 인사를 드리러 왔습니다. 저는 로자임 왕국에서 초급 수련을 마쳤습니다."

수련관의 교관들이라면 다들 무를 숭상하고, 악을 물리치는 것을 우선시한다. 기본적으로 수련관을 수료한 사람에게는 남다른 친밀도를 갖는 것이 보통이었다.

위드는 혹시라도 좋은 정보를 얻을지도 모른다는 기대감을 가지고 들어왔지만 교관의 반응은 뜻밖이었다.

"응?"

교관 새는 미묘한 웃음을 머금었다. 주둥이를 살짝 벌린 채로 눈으로만 웃는 것이다.

"그럴 리가 없는데, 자네가 초급 수련을 마쳤을 리가 있나. 자네에게서는 초급 수련자의 관록이 보이지 않는군."

"네? 저는 세라보그 성에서 초급 수련을 마쳤습니다만."

"거긴 기초 수련관이라네."

위드의 눈빛이 의욕에 불타올랐다.

'기초 수련관! 그렇다면 여기는 그다음의 장소다!'

"초급 수련, 한번 도전해 봐도 되겠습니까?"

"음, 기초 수련을 마친 이들에게는 자격이 있지. 다만 자네가 했던 기초 수련과는 차이가 있을 거네. 위험할 수 있으니 무리는 하지 않는 편이 좋아."

"시험해 보겠습니다."

"수련관을 시험하겠다고?"

"저 자신을 말입니다."

"좋은 마음가짐이군. 그럼 따라오게."

위드는 교관을 따라서 움직였다.

교관이 그를 안내한 곳은 수련관 내부의 한 건물 안이었다. 시커멓게 입을 벌리고 있는 어두운 통로 앞으로 데려갔다.

"무사히 반대쪽으로 나오면 되네. 간단하지? 단 스킬은 사용할 수 없네. 그리고 참고로 말해 주지만 불을 켜지 말게. 그러는 편이 차라리 쉬울 것이야."

"예."

위드는 짧게 대답을 하고 통로 안으로 성큼 걸음을 옮겼다. 아직까지 그를 두렵게 만들었던 것은 없다. 하지만 그 담대한 마음가짐도 통로 안으로 들어가자 조금은 움츠러들었다.

손과 발이 윤곽만 보일 정도로 어둡다. 고요한 통로 안에서는 무엇이 나올지 모른다.

그때였다.

피이잉!

날카로운 파공성에 위드는 반사적으로 고개를 숙였다. 머리카락을 흩날리며 무언가 지나가는 것을 느낄 수 있었다.

'공격인가? 좋아.'

인식하자마자 몸이 움직인다.

위드는 이미 뽑아 들고 있던 검을 앞으로 내밀었다. 눈에 보이지는 않아도 무언가 있다는 느낌은 왔다.

챙강!

철검이 딱딱한 쇠붙이에 부딪쳤다. 방패로 막았다기보다는 그대로 부딪쳤다는 느낌.

몸통이 굉장히 단단한 재질로 만들어져 있었다.

'오른쪽!'

그때 위드는 자신의 오른편에서 다시 한 번 바람을 가르고 무언가가 다가온다는 느낌을 받았다.

시야가 어두컴컴하니 느낌에 의존할 수밖에 없다. 위드는 자신의 느낌을 믿었다.

그 순간 위드의 검이 믿을 수 없는 움직임을 보인다. 철검이 부드러운 곡선을 그리며 어둠 속의 공격을 끌어안듯이 감싸 버린 것이다.

위드의 검은 부드럽게 그것들을 받아넘겼다. 직접 부딪치지 않고 흘려 버리는 고급 기술.

검을 잘 다루지 못하는 사람이라면 절대로 쓰지 못한다.

'10마리, 혹은 그 이상!'

연속적으로 이어지는 공격들은 숨을 돌릴 틈도 주지 않았다.

"차앗!"

위드가 기합을 발하며 몸을 날렸다. 땅바닥을 뒹굴며 옆으로 강하게 검을 휘두른다. 발목을 노린 일격이다.

검이 철로 된 무언가에 부딪치면서 불꽃이 튀었다.

그 순간 미약하게나마 시야가 밝아졌다.

수십 마리의 강철로 된 바바리안들이 있었다. 그들은 검, 도,

철퇴, 도끼, 클럽, 망치, 해머, 메이스를 들고 있다.

오싹!

위드의 등줄기에 식은땀이 흐른다.

타오르던 전의가 물거품처럼 사라졌지만 강철 바바리안들의 공세는 끊이지 않는다.

몇 개의 공격들은 받아넘길 수 있었지만 어둠 속에서 벌어지는 수많은 공격들을 전부 감당하는 것은 무리였다.

등을 후려갈기는 충격에 위드는 땅바닥을 나뒹굴어야 했다. 그리고 사방에서 공격들이 이어졌다.

"실패했군."

위드는 교관의 음성을 들으며 천천히 자리에서 일어났다. 온몸이 욱신거렸다.

'여기는?'

돌아보니 수련관의 입구 근처였다. 아마도 교관이 그를 이곳까지 데려왔으리라.

얼마나 두들겨 맞았는지 생명력은 30 이하로 떨어진 상태. 누군가가 툭 건드리기만 해도 죽을 수 있었다.

다행히 피가 흐르는 곳은 없어 지속적으로 생명력이 줄어들지는 않았다.

"실력이 안 되는 자가 함부로 도전을 하니 그렇게 된 것이네. 이번에는 내가 구해 주었지만 이대로 다시 도전한다면 죽게 될 것이야."

정신을 차리기 위해 고개를 흔든 위드가 물었다.

"레벨이 더 높아야만 시험에 성공할 수 있습니까?"

"그건 아니네. 묵강철인들은 도전자의 수준에 맞춰 주지."

"그러면 제 실력이 떨어졌다는 말이로군요."

"그렇다고 봐야겠지."

"제가 들어가고 시간이 얼마나 흘렀습니까?"

"4시간 정도."

"일행이 기다리고 있을 겁니다. 다음에 또 오겠습니다."

위드는 수련관을 나와서 일행들과 만나기로 했던 장소로 향했다.

서둘러서 달려간 위드!

그곳에는 상기된 얼굴의 일행들이 있었다.

"죄송합니다. 제가 조금 늦……."

"위드 님!"

수르카가 쪼르르 달려와서 말했다.

"저희가 엄청난 퀘스트를 발견했어요."

"위드 님이 오시기만을 기다리고 있었습니다. 이것은 저희가 결정할 문제는 아닌 것 같아서요."

그들은 위드가 없는 동안에 열심히 라비아스를 돌아다녔다고 한다. 그리고 알아낸 사실들.

첫 번째는 지상으로 내려가는 방법이었다.

잡화점에서 판매하는 가벼움의 깃털을 사용하면 추락하는 속도가 현저하게 늦춰진다.

그 깃털을 이용해 라비아스에서 뛰어내리는 것인데, 위드에게는 짜릿한 경험이 되겠지만 고소공포증이 있는 수르카에게는 끔찍한 일이 아닐 수 없다.

두 번째는 위드와 일행들이 라비아스를 최초로 발견한 것은 아니라는 조금은 나쁜 소식이었다.

하지만 어느 정도 짐작하고 있기는 했다. 왜냐면 천공의 도시를 막 보았을 때 명성이 오르지 않았기 때문!

그다음은 퀘스트였다.

이리엔이 얻은 퀘스트로, 스켈레톤 나이트를 20마리 잡아 오면 마나 회복 속도를 10% 증가시키는 링을 준다는 것이었다.

스켈레톤 나이트. 레벨 100의 상대하기 버거운 몬스터지만 일행은 전부 보상 아이템에 넋이 나가 버린 상태였다.

마나 회복 속도를 올려 주는 링은 매우 희귀한 편이다.

어느 정도냐면 베르사 대륙의 대도시에서 거의 부르는 게 값일 정도!

"그곳이 어딥니까?"

위드도 보상에 넋이 나가 버렸다.

그렇게 그들은 스켈레톤 나이트들을 해치우는 퀘스트를 받았다.

던전, 멤피스 홀의 최초 발견자가 되었습니다!
혜택: 명성 100 증가. 일주일간 경험치, 아이템 드랍률 2배. 첫 번째 사냥에서 해당 몬스터에게 나올 수 있는 것들 중 가장 좋은 아이템이 떨어진다.

위드와 일행들이 지하 통로로 들어가는 순간 메시지 창에 글귀가 떠올랐다.

급하게 움직이던 발걸음들이 일시에 멎는다.

"이건…….”

"우리가 최초 방문자래요!”

수르카와 로뮤나가 환호성을 터트린다.

페일도 함박웃음을 지었다. 2배의 경험치를 주는 사냥터. 아무리 위험하다고 해도 들어온 이상 그냥 나갈 수는 없는 것이다.

'도시 라비아스는 먼저 발견한 이가 있었지만, 사냥터는 와 보지 않았군. 아니, 어쩌면 이 사냥터만 발견하지 못했을 수도 있다. 너무 큰 기대는 하지 말자.'

위드는 흥분을 가라앉히고 냉정을 찾기 위해서 무진 애를 썼다. 그래도 기쁜 것은 어쩔 수 없다.

"일단 천천히 돌아보죠. 우리의 1차적인 목표는 스켈레톤 나이트입니다. 하지만 여기서 우리가 사냥을 할 수 있는지도 알아봐야 하니, 보이는 녀석들은 가능한 한 모두 잡으면서 지나가겠습니다. 이리엔 님.”

"네!”

"치료에 각별히 신경을 써 주세요.”

"옙. 여긴 언데드들이 출몰하는 곳이니 축복도 확실히 써 드릴게요!”

성직자의 축복과 신성 마법은 언데드들에게 치명적이다. 축복을 받은 상태에서는 다른 적들에게 입히는 데미지가 1.5배 정도로 늘어나는데, 언데드들에게는 추가 효과를 가져온다.

"갑시다."

위드와 일행은 이리엔으로부터 받을 수 있는 모든 버프를 받은 채로 이동했다.

일시적으로 힘과 체력을 늘려 주고, 방어력을 향상시키는 버프들이 위드와 수르카 들에게 집중된 것이다.

"인…간? 사, 살아 있…는 인간."

지하 통로 안에서 스켈레톤들은 4~5마리씩 뭉쳐 있었다.

조우한 적은 스켈레톤 메이지 둘과 스켈레톤 병사 하나, 스켈레톤 궁수까지 뭉쳐 있는 다양한 구성의 무리였다.

"인…간."

스켈레톤의 텅 빈 동공에 번뜩 빛이 난다.

붉은 살기가 폭사되고, 스켈레톤들이 덜그럭덜그럭 뼈 부딪치는 소리를 내며 일행들이 있는 곳으로 달려온다.

"전투를 준비하세요."

카가강!

위드가 먼저 나서서 스켈레톤 병사의 검을 막아 냈다. 단순히 막아 내는 것으로 그치지 않고 부드럽게 검을 흔들며 공격을 옆으로 흘려 낸다.

스킬이 아니었다.

위드의 손목 움직임에 따라서 저절로 발휘되는 검술, 그 자체다.

"트리플!"

퍼버벅!

본래 트리플이란 스킬은 눈으로도 따라잡기 힘든 3번의 연속 공격이었다.

정면으로 베고, 사선으로 베고, 검이 다시 돌아와서 1번 더 베는, 몸 전체를 움직이면서 발휘하는 연속 공격!

스킬의 숙련도가 향상되면 더 많은 숫자의 베기 공격이 가능하지만, 그때에도 이름은 트리플이다.

왜냐면 트리플이 삼세번을 뜻하는 용어이기 때문이다.

긴박한 전투 중에 위드가 '트리플'이라고 외치고 스킬을 사용한다.

3번의 공격을 어찌어찌 막더라도 그다음에 또 1번의 공격이 이어질지도 모른다.

혹은 네 번째까지 공격을 막아 내도 1번의 공격이 또 터져 나온다면 누구라도 당황할 수밖에 없으리라.

삶과 죽음을 가늠하는 순간은 아주 짧다. 촌음의 허점을 노릴 수 있는 것이다.

사악하고 치사한 위드만이 할 수 있는 방법이었다.

그런 트리플은 본래 빠른 3번의 베기로 적의 허점을 노출시켜서 공격을 성공시키는 데에 있다.

하지만 위드는 검의 움직임만으로 완벽하게 적의 빈틈을 만들고 스킬을 사용했다.

위드의 검이 연속적으로 스켈레톤 병사의 갈비뼈를 후려갈겼다. 뼈다귀가 와장창 깨지고 부서진다.

그때 후방에 있던 스켈레톤 메이지들이 위드를 목표로 마법의 주문을 외운다.

하지만 로뮤나의 마법이 먼저다.

"파이어 스트라이크!"

스킬의 숙련도가 향상되어서 6개의 파이어 볼이 스켈레톤 메이지들을 순차적으로 가격했다.

그 공격으로, 스켈레톤 메이지들이 완성하기 직전의 마법들이 취소되었다.

"너는 내 몫이다."

페일은 해골 궁수 하나를 맡았다.

2명의 궁수들이 서로를 향해서 열심히 화살을 날린다.

"이거나 먹어라. 홀리 라이트 샷!"

페일의 화살에 새하얀 빛이 어린다.

언데드들은 천성적으로 빛을 싫어한다. 물론 고급 언데드들은 대낮에도 멀쩡히 활동을 하지만 스켈레톤들은 빛과는 그야말로 상극.

페일의 화살이 스켈레톤에 작렬해서 환한 빛을 뿜어냈다.

그사이에 수르카는 스켈레톤 메이지들에게 달라붙어서 주먹을 날리고, 로뮤나가 이를 지원해 준다.

처음 상대하는 강적이기에 다들 목숨을 걸고 싸우고 있다.

위드는 단 하나의 스켈레톤 병사만 상대하면 되었다.

"죽…어라!"

스켈레톤 병사가 뼈다귀를 달그락거리며 점프하여 힘 있게 검을 내려친다. 이빨이 다 빠진 검이었지만 공격력만큼은 무시할 수 없는 수준.

'그래도 동작이 너무 커.'

위드는 스킬을 발휘했다.

"백어택!"

스켈레톤의 검이 위드를 베었을 때에는 흐릿한 잔상만이 남아 있었다.

이미 뒤로 돌아간 위드가 강하게 검으로 스켈레톤의 목을 후려친다.

> 치명적인 일격이 터졌습니다!

크리티컬!

천분의 일 초를 놓치지 않기 위한 검도 수련.

크리티컬을 노리는 것은 그만큼 위험한 일이지만, 성공할 경우에는 뜨거운 희열을 안겨 준다.

트리플과 백어택을 전부 맞은 스켈레톤 병사가 뼈다귀 마디마다 부서져서 힘없이 땅바닥에 쓰러졌다.

"위드 님, 이쪽이에요!"

수르카가 힘겹게 외친다. 혼자서 둘의 스켈레톤 메이지를 상대하는 그녀는 고전을 면치 못했다.

권사로서 민첩성이 뛰어나 빠른 움직임을 보여 주어야 하는 그녀지만 지금은 그렇지 않았다.

힘 저하, 속도 저하.

독에 당한 부위에서 끊임없이 피가 흐르는 극악한 저주!

스켈레톤 메이지들의 온갖 저주에 휩싸여서 푸르고 검은 연기가 수르카의 몸을 뒤덮고 있었다.

이리엔의 저주 마법 해제보다도 놈들의 저주가 훨씬 빠르고 강했던 것이다.

"······."

위드는 쉴 새도 없이 그녀를 구하기 위해서 달려갔다.

"조각 검술!"

마나가 모이는 대로 사용한 조각 검술에 체력이 낮은 메이지들은 금방 회색빛으로 변한다.

이미 로뮤나의 마나가 소진될 때까지 공격 마법에 당한 이들이었기 때문에 죽는 것도 빨랐다.

스켈레톤 궁수 하나는 그사이 마나를 보충한 로뮤나와 페일의 합동 공격으로 마무리가 되었다.

"와! 이겼어요!"

전투가 끝나고 수르카가 기쁨의 함성을 터트린다.

"레벨도 올랐습니다."

페일이 씩 미소를 짓는다.

2배의 경험치, 레벨 80대인 스켈레톤들은 그들보다 최소한 레벨이 15 이상 낮은 일행들에게 막대한 경험치를 선사해 주었다.

더군다나 2배의 경험치 획득 효과 덕분에 한 번의 사냥으로도 레벨이 하나 오를 정도였다.

저주 마법을 전부 해제하는 것과 동시에 마나가 고갈된 로뮤나와 이리엔은 급히 자리에 앉았다.

명상을 통해서 마나를 빠르게 회복하기 위함이다.

2배 정도 마나 회복 속도가 빨라지는데 아쉽게도 위드는 익힐 수 없었다. 마법사와 성직자 등의 직업을 가진 이들만 사용할 수 있는 스킬이었다.

"어디 무슨 아이템이 나왔나 볼까요?"

일행은 스켈레톤들이 흘린 물건 주변으로 모여들었다.

보통은 아무거나 집으면 되었지만, 지금은 한 번의 전투가 살얼음판이다.

피로 얼룩진 낡은 장갑

죽은 자들의 증오와 염원이 담겨 있는 물건이다. 착용자의 힘을 키워 주지만 왠지 가까이 하고 싶지 않다.

내구력: 7/40

방어력: 6

제한: 레벨 50. 힘 100

옵션: 힘 20 상승. 공격력 10%. 생명력 200 저하.

차가운 자들의 부츠

땅바닥의 온기가 통하지 않도록 만드는 신발이다. 물소의 가죽으로 뛰어난 착용감을 자랑한다.

내구력: 9/50

방어력: 5

제한: 레벨 60

옵션: 냉기 마법 저항력 15%

이 정도면 그럭저럭 나쁘지 않은 물품들이었다. 상점에서 팔 수도 있지만 착용하는 것이 훨씬 더 낫다.

특히, 장갑의 경우에는 생명력이 줄어든다고 해도 방어력이 좋은 편이라서 결국 입는 피해를 줄여 준다.

하지만 지금은 던전을 최초로 발견했기 때문에 무려 2배에 달하도록 아이템 드랍률이 향상된 상태였다.

그리고 결정적으로 스켈레톤들이 줄 수 있는 최고의 아이템은 확인하지 않은 상태였다. 위드와 일행들은 스켈레톤 병사가 떨어뜨린 검으로 향했다.

클레이 소드

얼음의 정령이 담긴 마법 검. 빙계 속성의 데미지를 추가적으로 2~5까지 입히며 적의 움직임을 느리게 한다.

내구력: 12/65

공격력: 23~25

제한: 레벨 60. 힘 200

옵션: 얼음 속성의 추가 데미지 2~5

'대박이다!'

위드의 입가에 흐뭇한 미소가 맺힌다.

무려 100골드가 넘게 상점에서 팔리는 검이 드랍이 된 것이다. 물론 상점에서 판매하는 정식 클레이 소드보다는 내구력이 많이 떨어진다.

검은 자주 파손을 당할수록 그리고 내구력이 떨어진 상태를 오래 유지할수록 최대 내구력이 깎였다.

스켈레톤 병사가 들고 있던 클레이 소드는 내구력이 떨어진 상태였지만 그래도 아직 충분히 쓸 만한 물건이었다.

"이건……."

페일은 한참이나 아이템들을 보았다.

그도 욕심이 나리라.

인간인 이상 왜 욕심이 나지 않겠는가!

하지만 위드는 슬그머니 일행의 중심에 가서 섰다.

상점용 기본 하드 레더 갑옷 하나 달랑 입고, 갑옷도 없고 부츠도 없다!

위드는 확인 사살을 위해 페일에게 한마디를 한다.

"이놈들 공격력이 보통이 아니더군요. 2마리 정도가 한꺼번에 덤비면 좀 위태로울 것 같습니다."

"……."

페일은 눈물을 삼키며 물러섰고, 3개의 아이템은 전부 위드의 차지가 되었다.

몸빵 역할을 해 주는 위드가 아이템들을 장비하지 않으면 누가 하겠는가.

위드는 그렇게 3개의 아이템을 자신의 것으로 만들었다. 그렇지만 매우 안타까운 어조로 말했다.

"이런 아이템들은 페일 님이 가지셔야 하는데……."

"……."

"휴… 그래도 놈들과 직접 싸워야 하는 제가 우선 장비하는 편이 전투에 조금이라도 도움이 되겠죠. 하지만 다음에 나오는 아이템은 꼭 수르카 님과 페일 님이 가지십시오."

완전히 병 주고 약 주는 격이었다.

하나 애초부터 제일 필요로 하던 사람이 위드였으니 합리적인 선택의 결과라고도 할 수 있었다.

위드는 이제야 드디어 수련관에서 선물로 받은 단단한 철검으로부터 벗어날 수 있었다.

그런데 그때였다.

"인간들… 우리 자랑스러운 언데드의 병사들이……."

통로에서 느닷없이 스켈레톤 나이트가 나타난 것이다.

누구나 실수는 하지만, 이번의 실수는 뼈저린 것이었다.

지금까지 그들의 사냥터는 자신의 영역을 크게 벗어나지 않는 놈들을 대상으로 잡은 곳이었다.

하지만 스켈레톤 나이트들은 제멋대로 돌아다니는 언데드. 그 특성을 몰랐기에 안심을 하고 있었는데, 갑자기 나타나고 만 것이다.

귀기 어린 눈빛을 하고, 뼈로 된 몸통 위에 스케일 메일을 걸치고 있는 스켈레톤 나이트.

레벨 100이 넘는 몬스터가 일행들을 기습했다.

"꺄악!"

스켈레톤 나이트가 휘두르는 검이 넓은 궤적을 그리면서 수르카의 허리가 길게 베였다. 다행스럽게도 죽지는 않았지만 체력이 무려 35%가 넘게 줄어든다.

"피해요!"

위드는 방금 주운 클레이 소드를 장비한 채로 스켈레톤 나이트의 앞을 막았다. 더 이상 수르카를 공격하지 못하게 하기 위해서 재빨리 나선 것이었다.

위드의 상황 판단력은 이러한 위기 때에 더욱 빛을 발한다.

그러나 무려 레벨 100이 넘는 몬스터!

위드의 다리가 후들후들 떨려 왔다.

비단 녀석이 강하기 때문만은 아니었다.

어떤 놈이든 레벨 차이가 30을 넘지 않는다면 한번 붙어 볼 만하다고 생각하는 위드였으니 말이다.

위드가 느끼는 공포심의 원인은 클레이 소드였다.

막 집어 들어 내구력이 형편없는 클레이 소드로 싸우다가 자칫 깨어지기라도 한다면…….

하지만 적놈을 바로 코앞에 둔 상태이니 클레이 소드를 무장해제하고 철검으로 바꿔 들 수도 없다.

'제발… 신이시여.'

"조심하세요, 위드 님!"

"로뮤나, 이리엔, 일어나. 스켈레톤 나이트가 나타났어!"

일행들이 빠르게 전투준비를 했다.

그러는 사이에 스켈레톤 나이트의 공격이 다가왔다.

강력한 돌격에 이은 검술!

이 빠진 검이 이토록 살벌하게 느껴지는 것은 위드에게 처음이다.

'검을 잃을 수는 없어!'

피하기는 이미 늦었다.

하지만 위드는 자신의 몸동작과 향상된 방어력을 믿고, 막는 대신에 피하는 쪽을 택했다.

조금의 부상은 입을 수밖에 없다.

뼈를 위해 살 정도는 내줄 참이었다.

물론 뼈의 역할을 하는 건 아이템이다.

'가만. 그런데 장갑과 부츠는 수리를 했던가?'

아뿔싸!

장갑과 부츠의 내구력도 거의 끝에 이른 상태였던 것이다.

클레이 소드야 검을 직접 부딪치지 않으면 크게 내구력이 깎일 염려는 없다. 하지만 새로 장만한 장갑과 부츠는 공격을 당하기만 해도 내구력이 떨어진다.

내구력이란 녀석은 묘한 구석이 있어서 최대치에 가까울 때에는 잘 떨어지지 않는다. 그러나 내구력이 많이 줄어 있을 때에는 한 번에 깨지기도 한다.

'이런 낭패가……'

위드는 곧바로 땅바닥을 굴렀다.

카캉!

스켈레톤 나이트가 내려친 검이 위드를 아슬아슬하게 스쳐지나간 것이다.

무협지에 자주 나오는 뇌려타곤의 수법. 땅을 굴러서 적을 피하는 방식이었다.

체면? 그런 것이야 필요하다면 차린다.

현실적으로는 장갑과 부츠 그리고 새 검이 망가진다는 아픔이 더욱 크다.

그렇게 위드가 시간을 끄는 사이에 일행들은 전투준비를 완료했다.

페일의 화살이 날아오고, 이리엔이 성령 방어와 블레스를 사용해 주었다.

로뮤나의 마법도 작렬을 한다.

그녀는 아예 처음부터 강한 마법을 준비했다.

"파이어 필드!"

빠르게 움직이는 스켈레톤 나이트를 잡기 위해서 범위 마법을 사용한 것이다.

화르르.

스켈레톤 나이트가 서 있는 부분에서부터 화염이 넓게 퍼져 나가기 시작한다.

땅으로 밀려오는 화염의 불길로 인해서 위드나 수르카는 재빨리 물러나야 했다.

그 틈을 타서 위드는 클레이 소드를 집어넣고 단단한 철검을 들었다. 부츠와 장갑도 전부 벗었다. 수리를 할 수 있으면 좋겠지만 급한 상황이니 우선은 무장해제를 한 것이다.

"이걸로 죽진 않을 거예요."

마법을 쓴 로뮤나가 자신 없는 듯이 말했다.

지금까지 파이어 필드는 여러 마리가 있을 때에 한꺼번에 큰 피해를 주기 위한 광역 마법이었다.

위드의 검술 스킬들을 제외하면 파티에서 최대의 위력을 자랑하는 마법.

로뮤나의 파이어 마스터리. 화염 계열 마법의 데미지와 영향력을 확장시켜 주는 스킬도 8 정도로 가장 높다.

그렇지만 레벨이 100이 넘는 스켈레톤 나이트가 그 정도로 전투 불능에 빠졌다고는 아무도 믿지 않았다.

이윽고 화염이 걷혔다.

스켈레톤 나이트는 그 자리에 그대로 서 있었다. 화염으로 인해 붉게 물든 검신, 뻥 뚫린 동공과 갈비뼈 사이로 시뻘건 불길들이 마구 번져 나온다.

불타오르는 해골 기사의 모습. 제법 데미지는 입었지만 그래도 건재한 모습이었다.

"이… 인간들……."

스켈레톤 나이트가 땅을 박차고 덤벼들었다.

위드는 이번에는 자신 있게 맞섰다. 클레이 소드 대신에 철 검으로 무장하고 있으니 겁날 게 없다.

"조각 검술!"

위드의 검이 부드럽게 움직이며 스켈레톤 나이트를 가격한다. 로뮤나의 마법과 수르카의 주먹, 페일의 화살도 연달아 적중했다.

"크르르……."

하지만 스켈레톤 나이트는 강했고, 위드와 일행은 곧 위기에 몰렸다.

위드의 마나는 지난 전투 이후로 제대로 회복이 되지 않은 상태였다.

하나의 검술도 제대로 사용하지 못할 정도.

뛰어난 임기응변과 동체 시력으로 스켈레톤 나이트의 공격을 피하고는 있지만, 큰 피해를 주지도 못하는 것이다.

다른 일행들도 온전한 상태는 아니었다. 다들 마나가 고갈되어 간신히 버티고 있었다.

몇 분이 되지 않아 최악의 상황이 찾아오고야 말았다.

"제 마나가 다 떨어졌어요. 더 이상 치료를 할 수 없게 되었어요. 죄송해요."

이리엔의 말은 모두를 절망에 빠뜨리기에 충분했다.

성직자의 마나가 고갈되었다면 더 이상 치료가 되지 않는다.

위드와 수르카가 싸우고는 있지만, 그들이 죽고 나면 다른 사람들은 제대로 손도 써 보지 못하고 죽을 것이었다.

'이렇게 된 바에는……'

위드는 자신이 가진 검술의 마지막 비기를 사용하기로 마음먹었다.

"소드 카이저!"

황제무상검법의 마지막 초식.

하지만 실제로는 위드가 마음대로 이름을 붙인 초식이었다. 과연 검의 황제라는 이름처럼 위력을 발휘할 수 있을지는 두고 봐야 할 일이었다.

우우웅.

스킬을 사용하자 위드가 들고 있는 철검이 무시무시하게 진동을 한다.

스켈레톤 나이트의 이목이 대번에 위드에게로 향한다.

철검에서 시퍼런 빛의 줄기들이 뿜어져 나온다.

위드의 몸은 그 빛에 가려졌다. 스켈레톤 나이트의 시선에는 한층 커다랗게 변한 철검만이 보였다.

하늘과 땅을 전부 뒤덮어 버린 것만 같은 검.

파아앗!

검이 공간을 압축하여 폭사되었다.

가공할 찌르기!

보통 위드의 검술은 베기류를 응용한 것이 많다.

찌르기는 치명적이지만 빈틈이 많다. 공격이 실패했을 경우에는 허점을 그대로 노출시켜서 엄청난 피해를 보기 십상이다.

반면에 검을 휘두를 때에는 체중이 실린다. 몸의 균형이 미묘하게 변하는 것이다.

발걸음과 허리, 손목을 이용해서 균형을 만든다.

위드는 그 균형을 이용할 줄 알았다.

그래서 적의 반격을 회피할 수 있는 여유를 만들고, 공격과 수비를 일체화시켰다.

이것이 남들보다 낮은 생명력과 약한 방어력으로도 동등한, 혹은 더욱 강한 몬스터와 싸우는 위드의 전술이었다. 이것이 없었더라면 스켈레톤 병사와의 싸움도 쉽지 않았으리라.

겨우 몇 발자국의 거리였음에도 위드는 그 순간 자신의 모든 생명력과 마나가 검 끝으로 빨려 들어가는 것을 느꼈다.

스켈레톤 나이트의 해골에 있는 입이 떡하고 벌어진다. 그도 위드의 일격을 느낀 것이었다.

'됐다.'

위드는 그 짧은 순간에 자신의 스킬에 만족하였다. 그렇지만 정작 스켈레톤 나이트와 부딪치기 직전 충격이 위드를 덮쳐 왔다.

콰아아앙!

거대한 폭음과 함께 흙먼지가 날아오른다.

잠시 후에 흙먼지가 걷혔을 때에는 형편없이 변한 위드가 있었다.

'이럴 수가.'

소드 카이저는 마나를 2천이나 잡아먹는 괴물 같은 스킬이었다.

부족한 마나 대신에 생명력을 앗아 간다. 스킬이 완료된 이후로 위드의 생명력은 50도 남지 않은 상태였다.

"노, 놈은?"

위드는 스켈레톤 나이트에게로 향했다.

스켈레톤 나이트!

놈의 복부에는 철검이 박혀 있었다. 그곳에서부터 균열이 시작되더니 우수수 몸체가 무너진다.

어느새 전리품을 확인하기 위해 달려간 일행들!

"무지 어렵게 잡은 녀석인데…….."

수르카가 힘없이 고개를 숙였다.

죽을 고생을 해서 잡은 스켈레톤 나이트.

놈에게서 나온 것은 철광석 하나와 실버 몇 개, 뼈다귀 하나가 전부였던 것이다.

뭐든 처음이 가장 힘든 법이다.

스켈레톤 나이트를 잡으면서 죽을 고비를 넘긴 일행들이었지만, 정상이 아닌 상태에서 싸운 탓이 컸다.

위드를 비롯해서 다들 마나가 고갈된 상태에서 싸움을 벌였던 것이다.

다음번 사냥부터는 해골들을 상대하면서도 로뮤나의 알람 마법을 통해 스켈레톤 나이트의 접근을 체크했다.

그런 후, 여유가 있을 때는 상대하고 아닐 때는 가볍게 무시해 준다.

다른 던전이나 마굴에서는 치열한 경쟁 탓으로 원치 않는 상황이라도 무리를 해서 사냥해야 하는 경우가 많았다.

하나 여기에 있는 건 위드 일행뿐이었다.

그것은 곧 넘쳐 나는 몬스터들로 위험하다는 뜻!

바로 위드가 가장 좋아하는 환경이었다.

덤으로 던전으로 들어온 이후로 달빛 조각사의 진가가 발휘되었다. 환한 태양 아래에서는 위드의 본 실력이 100% 나오지 않는다.

어두운 밤, 혹은 던전 안에서야말로 직업의 위력이 발휘가 되었다.

무려 30%의 능력 강화 효과.

덧붙여서 천부적인 전투 실력으로 스켈레톤 나이트의 움직임과 공격하는 패턴을 읽어 버린 위드였기에 더 이상 놈의 공격이 그렇게 막강하진 않았다.

적중당하기 직전에 아주 슬쩍 흘려 버리는 기술. 그것만으로도 피해를 절반 이상 감소시킬 수 있었던 것이다.

페일이나 수르카, 로뮤나의 지원에 이리엔의 신성 마법까지 있었으니 혼자서 돌아다니는 스켈레톤 나이트는 조용히 뼈를 내놓고 사라질 수밖에 없었다.

"후후후."

위드는 돌아다니는 해골들을 보며 미소를 짓는다. 그것은 놈들을 경험치와 아이템으로 보는 웃음!

"크크크."

"헤헤."

"호호호."

일행들도 입가로 웃음을 흘리기 시작한다.

해골들이 걸어 다니는 광경이 이토록이나 사람을 행복하게 만들 줄이야!

스켈레톤 병사들이 들고 다니는 검은, 클레이 소드가 아니더라도 상점에서 파는 철검보다는 쓸 만했다.

즉, 수리해서 팔면 돈이 된다는 뜻이다.

방패나 장갑, 혹은 브레스트 플레이트까지 나오는 환상적인 사냥터. 그것도 드랍률이 2배였으니 위드의 호주머니가 두둑해지는 것은 당연지사.

혼자서 돌아다니는 스켈레톤 나이트는 레벨이 조금 높아도 위드와 일행들에게 더 이상 위협이 되지 않았다.

단, 가끔 돌아다니는 데스 나이트는 요주의 대상이었다.

"인…간. 인간의… 냄새가… 여기서……."

흑갈색 갑옷을 위아래로 차려입은 데스 나이트가 말을 타고 나타났다.

방금까지 스켈레톤들을 때려잡고 전리품을 챙기던 위드와 일행은 바위 뒤에 숨어서 전전긍긍했다.

레벨이 200이 넘는 것으로 알려진 데스 나이트는 아무리 그들이 발버둥 쳐도 이길 수 없는 대상인 것이다.

레벨 차이가 너무 크면 공격이 적중해도 비껴 나갈 확률이 있었다.

〈로열 로드〉에서는 유저들만이 아니라 NPC도 성장이란 것을 한다. 2차 전직을 마친 데스 나이트들은 강력한 스킬들을 보유하고 있다.

로얀이라는 데스 나이트의 투구에는 흑암의 기운이 넘실거린다. 데스 나이트들은 각자가 자신의 이름을 가진 네임드 몬스터였다.

"인간…의 냄새가… 냄새가… 아, 나…는 코가 없지."

데스 나이트 로얀은 한참이나 사방을 둘러보더니 말을 타고 스르르 천천히 다른 곳으로 순찰을 떠났다.

데스 나이트가 사라지고 나서도 한참이나 말발굽 소리가 들려온다.

"휴우."

"갔어요, 갔어."

위드와 일행들은 놈이 완전히 사라지고 나서야 숨을 크게 몰아쉬었다. 가끔 돌아다니는 데스 나이트의 존재는 무시무시하기 짝이 없었다.

있는 놈이 더한

멤피스의 홀 1층에서 위드와 일행들은 무사히 스켈레톤 나이트의 뼈다귀를 모아 퀘스트를 클리어할 수 있었다.

그렇지만 안 좋은 소식도 있었다.

페일과 로뮤나, 이리엔은 본래 한동네에 사는 친구 사이라고 했다. 수르카는 로뮤나의 여동생이었고 말이다.

그동안 말을 하지 않았던 것은 괜히 자신들끼리 친하다는 점을 내세워서 위드를 어색하게 만들지 않기 위함이었다고 한다.

그러나 결국 말할 수밖에 없는 사정이 생기고 말았다.

> ─ 죄송합니다. 부모님들이 그만······.
> ─ 당분간 저희는 이전처럼 접속하지 못하겠어요.

그들은 〈로열 로드〉의 세계에 완전히 빠져든 상태였다. 학교까지 빼먹고 게임에 몰두했는데 휴학을 한 사실을 부모님들에게 들키고 말았다고 한다.

불호령이 떨어진 것은 두말할 필요도 없는 일.

"하라는 공부는 안 하고 게임이나 해?"
"어서 빨리 학교 가지 못해!"

비싼 값을 치른 캡슐의 접속권을 압수당하고, 휴학 신청도 취소되었다.
그렇지만 그들은 이미 위드의 많은 면을 보고 배웠다.
어떤 난관에서도 철저하게 자기의 이득을 챙기고, 위기에서 기회를 찾는 승부사의 기질.
만류하는 부모님들에게 〈로열 로드〉를 체험해 보시라고 캡슐을 통해 접속시켜 버렸다.
처음 〈로열 로드〉를 시작하면 4주간은 성 밖으로 나가지 못한다. 그렇지만 부모님들은 성내에서도 대만족이었다.
완벽한 판타지 세상의 재현.
어릴 때부터 부모님들은 판타지 소설을 읽고 게임을 하며 성장해 왔다. 다만 직장을 갖고 아이를 키우면서 그런 여유가 없게 되었을 뿐.
그런데 여기에 또 하나의 세상이 있었다.
그들이 꿈꾸던 낙원.
회사와 일에서 벗어나, 멀리 다른 나라로 떠나지 않더라도 얼마든지 빠져들 수 있는 또 다른 세계. 휴식처.

"게임도 썩 나쁜 것만은 아니군."

"확실히 재미는 있어."

"참, 정희 엄마, 무기점에서 퀘스트를 받았다면서?"

"연마석을 5개 사 오라는 심부름인데…….."

"돈은 있어?"

"응. 착수금으로 3실버 줬어. 연마석이 50쿠퍼니까 심부름을 끝내고도 50쿠퍼가 남을 것 같네."

"그것 우리도 공유해 줘!"

부모님들은 다 같이 세라보그 성에서 시작을 하였다.

그들은 함께 돌아다니면서 퀘스트를 하고, 성의 NPC들과 친분을 쌓았다.

그렇게 게임 시간으로 4주.

현실로는 일주일이 지났다.

이제 마음대로 성 밖으로 나갈 수 있게 된 부모님들이었다.

하지만 페일과 수르카 들이 이제 성 밖으로 나갈 수 있다고 했을 때, 부모님들은 웃기만 했다.

"얘, 우리가 무슨… 몬스터를 잡으며 사냥을 한다고 그러니?"

"사냥은 너희처럼 젊은 애들이나 하는 거지."

"그냥 우리는 성에서 이렇게 사람들과 어울리며 지내는 게 좋아. 이것저것 심부름을 하면서 맛있는 걸 사 먹는 것도 좋고 말이야."

그러다가 호기심을 이기지 못해서 성 밖으로 나갔다 돌아온 부모님들은 싹 돌변해 버렸다.

"그 왜, 있잖니. 같은 검인데 롱 소드보다 바스타드 소드의 데미지가 더 좋던데 그건 왜 그런 거야?"

"아이참, 그건 양손 검이잖아요. 크고 무겁고… 그래서 빨리 휘두를 수 없구요."

"요컨대 자잘한 걸로 여러 번보다는 큰 걸로 한 방이란 소리 구나?"

"네."

"그것 참 마음에 드는 무기네. 성격이 마음에 들어. 근데 상점에 파는 바스타드 소드는 가격이 10골드가 넘던데…….."

"하나 사 드려요?"

"뭐… 사실 이제 와서 말이지만 우리가 너를 얼마나 옥이야 금이야 길렀니? 어릴 때부터 맛있는 건 너부터 먹이고, 좋은 옷만 입혔지. 우릴 생각하는 네 마음이 워낙 지극한 것을 알고 있으니 굳이 말리고 싶은 마음은…….."

로뮤나와 그녀 부모님의 대화였다.

페일도 상황은 그다지 다를 바가 없었다.

페일의 부모님은 학교의 선생님으로 무척이나 엄한 분이다. 페일이 어렸을 때에는 감히 부모님 앞에서 크게 숨도 쉬지 못 했다고 한다.

특히 젊었을 때 군대에서 특전사였던 아버지는 그 자체로 카 리스마가 엄청났다.

성 밖으로 나갔다 돌아온 그날 저녁에 아버지는 페일과 식사 를 하면서 지나가듯이 말했다.

"크흠… 여우라는 놈 아주 세더구나"

"……?"

페일, 현실의 이름으로는 오동만인 그는 잠시 아버지가 무슨 말을 하는지 이해하기 위해 노력해야 했다.

아버지는 넌지시 다시 한 번 말했다.

"여우, 그놈 말이지. 아주 강해."

그제야 오동만은 아버지의 말을 이해했다.

"처음에는 조금 힘드실 거예요. 아무 장비가 없다면 말이죠."

"몇 개 장비가 있긴 했다만……."

"설마 혼자 잡으시려고 했던 건 아니죠?"

"혼자서 싸웠는데."

"에이, 여우를 혼자 상대하려고 하면 힘들죠. 아버지 레벨에는 거의 불가능이에요."

"그… 그럼 너는 잡을 수 있단 말이냐? 여우를?"

"물론이죠."

아버지가 덥석 오동만의 손을 붙잡았다.

"이 아비의 복수를 해 다오!"

그렇게 부모님들은 완벽하게 〈로열 로드〉의 세상에 빠져들었다. 이웃들끼리 뭉쳐서 게임을 하다 보니, 계모임과 동네 반상회에서도 〈로열 로드〉가 화제가 되었다.

이제 부모님들끼리 모여서도 술 이야기, 부동산과 재테크 이야기가 아닌 〈로열 로드〉의 이야기를 한다고 한다.

실제로 최근에 급증하고 있는 유저들의 상당수는 나이 든 어른들이었다. 뒤늦게 〈로열 로드〉의 재미를 깨닫고, 시작을 한 것이었다.

일찍이 이현은 이런 날이 도래할 것을 예상했다.

보통의 게임들은 어느 정도 시간이 지나면 아이템의 시세가 떨어진다.

골드나 실버와 같은 금전의 가치 역시 마찬가지다.

이용자들의 전체적인 레벨이 올라가는 이상 자연스러운 현상이었다.

하지만 10대와 20대만이 아니라 사회적으로 안정된 기반을 가진 어른들까지 〈로열 로드〉에 빠져들게 되자 매수세가 줄어들지를 않았다.

뛰어난 아이템이 있다면 경쟁적으로 구입했다.

현실에서 좋은 차를 구입하듯이 무기나 방어구, 액세서리들을 갖추었다.

여기에는 오히려 현실보다도 더 큰 메리트가 있었다.

단순한 과시용이 아니라 좋은 장비로 무장하고 전투를 하면 스스로 강해진 것을 느낄 수 있다.

전에는 잡지 못하던 몬스터들을 잡으면서 승리의 짜릿한 쾌감도 맛볼 수 있는 것이다.

비싼 값을 치르고 좋은 차를 사듯이 그렇게 아이템들을 구입하는 중장년층 유저들이 날이 갈수록 늘어났다.

페일과 동료들의 부모님들 또한 그렇게 〈로열 로드〉에 완전히 빠져들어 버린 것이었다.

상황이 그렇게 되자, 페일과 동료들은 더 이상 라비아스에서 사냥을 할 수 없었다.

> ─ 죄송합니다. 부모님들을 좀 도와드려야 할 것 같네요. 최소한 그분들이
> 적응할 수 있도록……

페일이 미안한 기색을 감추지 않으면서 말한다.

위드는 그들이 떠나는 것을 이해했다. 부모님을 위해서 가는 것이니 어쩔 수 없으리라.

하지만 아직 해야 할 일이 있는 위드는 라비아스에 혼자 남기로 했다.

✼✾✽

"이번 달에 쓴 돈은 밥값 328,200원. 요즘 들어서 쌀값이 너무 많이 올랐군. 그래도 미국산 쌀을 먹을 수는 없으니……."

이현은 가계부를 작성하고 있었다.

혜연이나 할머니에게 국산 쌀이 아닌, 유전자조작이 되어 있을지도 모를 미국산 쌀을 먹이고 싶지는 않았다.

중국산은 말할 것도 없었다.

도저히 믿을 수가 없는 것이다.

"반찬도 너무 화려하게 먹었던 것 같아. 스킬을 익히면서 배웠던 레시피에 따라 요리를 시도해 봤던 게 치명적이었군. 다시는 하지 말아야지. 그다음으로는 난방비인데… 이것도 할머니 때문에 줄이기는 힘들어."

이현은 1달간 지출한 모든 내역을 체크했다.

직접 장을 보고, 음식을 만들고, 집을 청소하는 것부터 돈을 관리하는 것까지 전부 그의 책임이었다.

30억 9천만 원!

하지만 30억이란 거금은 빼앗겨 버린 상태다.

가족의 재산으로 남은 것은 9천만 원에 불과했다.

한때는 분하고 원통해서 잠이 안 올 지경이었다. 하지만 곧 마음을 정리했다. 이미 지나간 일에 연연할 정도로 한가롭지 못했으니 말이다.

지나간 일이지만 다행이라고 가슴을 쓸어내리기도 했다.

만약에 빚을 갚지 못했더라면 상상할 수도 없는 온갖 일을 경험해야 했으리라.

조직폭력배들.

그들은 폭력과 협박을 지속해 오며 8년간 이현이 어른이 되기만을 기다렸다.

성인이 되면 그때부터 위험한 마약 거래 등에 투입시키기 위해서였다. 혹은 상대 조직의 누군가를 암살하기 위한 칼잡이로 쓸 수도 있었을 것이다.

이현이 경찰에 잡힌다면 그들은 검사들을 매수해 지금까지 자신들이 저질렀던 모든 죄를 그에게 뒤집어씌웠으리라.

그런 방식으로 기존의 수사를 중단시키는 등의 지능적인 행위를 해 온 그들이었다.

언론에서는 불우한 가정사를 가지고 살아온 이현이 범죄에 빠져들어 피도 눈물도 없는 인간으로 변한 것으로 묘사되었을 것이다.

인면수심의 살인마.

혹은 개선의 여지가 없는 범법자!

이현은 나중에, 세상을 조금 더 알게 된 후에야 엄청난 위험에서 나왔음을 알 수 있었다.

평생을 감옥에서 지내는 것이 무섭지는 않으나, 그가 감옥에 간 뒤에 남은 가족들은 어떻게 되겠는가.

할머니와 여동생뿐이다.

조직폭력배들은 그들도 내버려 두지 않았으리라.

여동생이 성인이 될 때까지 천천히 기다린다는 것을 상상만 해도 끔찍하다.

어쩌면 여동생의 경우는 굳이 성인까지 기다리지 않았을지도 모른다.

여자는 어릴수록 더욱 비싸게 팔리는 법이다.

이현의 경우야, 미성년자가 마약을 거래하고 상대방 조직원을 암살하고 그러면 틀림없이 배후에 대한 조사가 들어갈 수밖에 없다.

미성년자가 그 정도까지 한다는 것은 상식적으로 이해할 수 없는 일이기 때문.

적당히 몇 년간 조직원들의 수발을 들게 하다가, 실전에 투입하려는 계획을 가지고 있었을 것이다. 혹은 죄를 뒤집어씌우거나.

이현은 만약에 자신이 그렇게 감옥에 들어가고 여동생이 끔찍한 일을 당한다면 미쳐 버릴 거라고 생각했다.

그런 비극을 그 돈이 막아 준 것이다.

달빛 조각사

"9천만 원. 그 전에 살던 집의 보증금 500만 원과 비상금 400만 원을 합쳐서 작년까지 정확히 9,900만 원이 있었다."

하지만 새 집으로 이사를 오면서 5천만 원을 써 버렸다.

교통 불편한 지역의 주택으로 왔기에 그 돈으로도 세 식구가 살 만한 집을 구할 수 있었다.

남은 돈은 4,900만 원이었는데, 지난 1년간 생활비로 거의 2천만 원 정도를 썼다.

돌이켜 보면 그야말로 엄청난 지출이었다.

일단 〈로열 로드〉를 플레이할 수 있는 캡슐 구입비가 1천만 원. 매달 이용료가 30만 원이다. 나머지는 전부 생활비와 혜연의 학원비 등으로 나갔다.

"2,900만 원이라……. 앞으로 2년간 버틸 정도밖에 되지 않는군."

도복을 입고 있는 이현은 깊은 고뇌에 잠겼다.

빠듯한 살림살이에 허리띠를 더욱 졸라매야 할 때였다.

"오빠, 나 왔어."

갑자기 혜연이 방문을 벌컥 열고 들어왔다.

이현은 화들짝 놀라 가계부와 은행 통장들을 도복 안에 감추었다.

"일찍 왔구나. 오늘이 성적 나오는 날이지?"

"응. 성적표 가져왔어. 여기."

"어디 한번 볼까?"

성적표를 펼쳐 보는 이현은 무척 기대가 되었다.

고등학교 2학년인 혜연에게는 지금이 무척이나 중요한 시기다.

"반 석차 3등. 학년 석차 14등이라……. 저번보다 조금 더 올랐구나."

"그럼, 내가 누구 동생인데!"

"뭐, 그렇다고 치자."

"뭐야, 그 말투는!"

혜연의 볼이 귀엽게 부풀었다.

이현은 성적표의 밑에 있는 지망 학교 칸을 보았다.

제1지망 한국대학교. 합격 가능성 98%.

얼마 전까지만 해도 질 나쁜 아이들과 어울렸던 혜연이지만 머리 하나만큼은 좋았다.

다시 본래처럼 착한 여동생으로 돌아온 이후로 성적이 쑥쑥 올라가서 마침내 목표로 한 대학을 거의 안정권에 두게 된 것이다.

'그렇지만…….'

대학은 한 해 학비만 해도 1천만 원이 훨씬 넘어간다.

게다가 학교를 다니기 위해서는 학비만 드는 것이 아니다. 교통비와 의식주에 필요한 돈이 추가로 들 것이고, 다른 사람들에게 꿀리지 않으려면 문화생활을 영위할 돈도 필요하다.

"검사 결과가 아주 좋군요. 망막도 상태가 나쁘지 않고, 간이랑 신장도 건강합니다."

"골수는 어떻습니까?"

"훌륭합니다. 골수이식은 체질이 맞아야겠지만 이 정도라면 구매자가 금방 나타날 것 같군요. 각 장기들의 반응도 뛰어나고, 혈관도 아주 깨끗합니다."

하얀 가운을 입은 의사의 말을 이현으로 하나도 놓치지 않고 듣고 있었다.

"그러면 검사는 끝난 것이로군요."

"예."

"감사합니다. 전부 접수해 주세요. 그중에서 제일 빠르고 비싼 것으로 하겠습니다. 단 1년 4개월 이후에 하지요. 그때까지 제가 돈을 못 구하면 수술을 받겠습니다."

"접수해 드리겠습니다."

병원을 나오는 이현은 자신의 몸이 건강하다는 확인을 받고서도 전혀 행복한 마음이 들지 않았다.

장기 밀매.

방금 이현이 나온 곳은 어둠의 루트를 통해 알게 된 병원이었다.

눈 하나에 5천만 원, 신장 하나에 3천만 원.

간이나 골수는 수여자와 잘 맞아야 하지만, 각기 2천만 원 정도를 받을 수 있었다.

고작 1년 4개월 정도가 남았을 뿐이다.

〈로열 로드〉는 돈이 된다. 틀림없이 돈이 될 것으로 믿었다.

하지만 만일의 하나도 생각하지 않을 수 없다.

혜연이 대학에 갈 돈이 모자라게 되면 이현은 동생의 학비를 마련하기 위해 몸의 일부를 떼어 내서 팔 작정이다.

즐기기 위한 게임.

하지만 이현은 남들처럼 여유를 부릴 수 없었다. 여유는 곧 사치였다. 스스로를 채찍질하고 더욱 노력을 해야 한다.

돈을 번다는 목적 하나로.

〈로열 로드〉에서 최고의 부자가 되기 위하여.

'이혜연. 너는 반드시 성공해야 한다. 내가 못 이룬 꿈들. 포기해야 했던 것들을 너는 포기하게 만들지 않을 거야.'

허름한 옷을 입고 있는 이현은 집으로 향하며 마치 주문처럼 중얼거렸다.

자신은 어떻게 되어도 좋다.

눈 하나가 없다고 해도 사는 데에는 별로 지장이 없다. 돈을 버는 데에도 지장이 없다.

여동생만큼은 밝게 자라게 하고 싶었다.

고생을 너무 많이 하게 되면 얼굴에 그늘이 생긴다. 밝게 자란 아이들과는 아무래도 차이가 날 수밖에 없는 것이다.

마음 자체가 약해져서 주눅이 들고, 자신감도 잃어버린다.

이현이 무리해서 어릴 때부터 일을 하려고 했던 것도 전부 그런 욕심 때문에서다.

자신은 못 입고 못 먹더라도 여동생만큼은 남부럽지 않게 만들리라.

여동생을 위해서 이 정도까지 할 오빠는 많지 않았다.

이 세상 모든 오빠들이 다 그런 것은 아니겠지만, 여동생을 생각하는 이현의 마음은 각별하다. 단순한 여동생이 아닌 것이었다.

혜연이 어릴 때 남매는 부모님을 잃었다. 그 후로 일하느라 바쁜 할머니 대신에 그녀를 돌보고 키워 온 것이 이현이었다.

이제는 이리엔의 신성 마법도, 로뮤나의 범위 마법과 알람도 없다. 지치지 않고 싸우는 수르카의 주먹질도 볼 수 없게 되었으며, 귀신처럼 날아와서 데미지를 주는 페일의 원거리 공격도 사라졌다.

하지만 위드는 그대로 위드였다.

파티 사냥은 좋다. 그러나 사람이 여러 명이 되면 의견이 대립되거나, 혹은 시간이 지체되는 경우가 발생하기도 한다.

실제로 모종의 일을 계획하였는데 한두 사람이 늦어지고, 그러다 보니 준비만 하다가 끝나는 경우가 허다하다.

그에 비해서 혼자서 움직일 때는 간편하다는 장점이 있었다. 괜한 시간 낭비를 할 일이 없는 것이다.

또한 스킬의 숙련도를 올리기에도 제격이다. 검술이나 전투 스킬을 키우는 데에는 혼자서 싸우는 편이 더 낫다.

"크르. 인간!"

스켈레톤 나이트가 투기를 발산하며 검을 휘두른다. 뼈다귀 위에 갑옷을 입고 있는 해골 기사가 재빠르게 움직이는 모습은 그 자체로 위협적이었다.

그런데 위드의 발걸음이 아주 독특하다.

보폭이 좁고, 지면에서 미끄러지는 것처럼 부드럽게 움직인다.

그러면서 스켈레톤 나이트의 공격을 이리저리 회피한다. 그러면서 아주 조금씩 상대의 체력을 빼앗아 간다.

적의 체력이 저하되어서 움직임이 느려졌을 때!

"조각 검술!"

마침내 위드의 검이 스켈레톤 나이트의 갈비뼈를 우수수 박살 내었다.

곧 해골의 동공에서 빛이 꺼지면서 죽음을 알려 왔다.

〈로열 로드〉의 전투는 매우 현실적이다. 부서지고 깨지는 효과에 있어서만은 완벽하다.

한 명의 캐릭터는 최대한의 힘을 보유하고 있다. 그것이 스탯이다.

힘 스탯을 기반으로 해서, 운용할 수 있는 힘이 정해진다. 현실과 동일하게 말이다.

몬스터와 싸울 때에는 그 힘을 발휘하여 싸우는 것이다. 힘을 이끌어 낼 수 없는 동작에서는 모든 공격력이 발휘되지 않는다.

예컨대 앞으로 달려 나가면서 펼친 한 번의 주먹과, 바로 근접한 거리에서 살짝 내민 주먹의 파괴력이 같을 수는 없다.

스스로 가진 힘을 어떻게 최대한 발휘하느냐에 따라서 공격력이 결정된다.

자세나, 근육의 비틀림, 힘의 응축과 폭발.

상대의 약점과 빈틈을 그대로 노릴 수 있는 가상현실 게임이

〈로열 로드〉이다.

마치 내공을 익힌 무협지의 무인들처럼, 〈로열 로드〉의 플레이어들은 자신의 힘을 느끼고 인지하는 상태에서 몬스터들과 싸운다.

스탯이나 스킬의 숫자가 아니라, 실제로 자신의 힘과 파괴력을 만끽하는 것이다.

이것이 바로 손맛!

그리고 손맛 하면 위드를 빠뜨릴 수 없다.

1년간 죽을힘을 다해 검술을 익혔던 것도 올바른 타격과 회피 기술, 전투의 기본기를 닦기 위함이었다.

수많은 대련들을 하면서 전투를 두려워하지 않게 되었고, 더욱 강한 몬스터와 싸우는 것을 즐기게 되었다.

검은 그 수단이자 도구였다.

적의 동선과 움직임을 파악하고, 거기에 맞춰서 싸우기 위해서는 검이 가장 편하다.

물론, 굳이 1년간 검도와 각종 격투기를 배울 필요 없이 바로 〈로열 로드〉를 했더라도 실전 속에서 전투술을 익힐 수는 있었을 것이다.

대다수의 사람들은 그렇게 하고, 그걸 게임에 적응해 나가는 과정이라고 생각하니 말이다.

하지만 위드는 조금 다른 차원에서 접근했다.

뿌리 깊은 나무가 크게 자랄 수 있다. 검술에 대한 기본기가 없는 상태에서 적과 싸우게 된다면 그건 기형적인 성장으로 이어지기 십상이었다.

몬스터를 때려잡기 위해서 1년간 익힌 검술!

그리고 그 검술이 보다 강한 몬스터들과 싸우면서 진일보하고 있다.

스탯 이상으로 위드가 강할 수밖에 없는 이유였다.

"흠… 이것으로 퀘스트에 필요한 재료를 다 모았군."

마나를 절반 이상 소모한 위드는 잠시 휴식을 취하기로 했다.

"휴우… 마나나 채워야지."

혼자서 여러 사람의 몫을 해내야 했기 때문에 조금도 방심을 하지 않는다.

진정한 의미의 휴식도 없다. 마나를 채우는 동안에는 자리에 앉아서 열심히 조각품을 만든다.

지금 그가 만드는 조각품은 까마귀의 형상을 하고 있다. 크로우에게 주기 위해서, 크로우를 닮은 조각품을 깎는 중이었다.

최초로 만들어진 조각품은 예술 스탯과 함께 조각술 숙련도를 상당히 높여 준다.

서로 다른 조각품을 하나씩만 만드는 것이기에 예술 스탯과 조각술 숙련도가 빠르게 오르고 있었다.

목표는 라비아스의 모든 조인족들을 닮은 조각품을 하나씩 만드는 것이다.

위드는 라비아스로 돌아와서 조인족들에게 자신이 만든 조각품을 나누어 주었다.

"이것은 이 지상에서 단 하나뿐인 조각품입니다. 제가 여러분들의 형상을 직접 조각한 것이니까요!"

"고맙군."

새들은 각자 자신을 형상화한 조각품들을 받아 간다. 그러면서 한마디씩을 했다.

"이렇게 공짜로 받을 수는 없네."

"얼마면 되는가?"

그럴 때마다 위드는 답했다.

"여러분과 저의 관계에 돈은 필요하지 않습니다. 다만 제가 라비아스에 대해 관심이 많으니, 이곳의 이야기를 좀 해 주시겠습니까?"

"음… 그러면 북쪽 둥지에 대해서인데……."

"나는 지하의 언데드들의 습성에 대해서 말해 주지."

조인족들이 하는 말들은 중요한 정보가 되었다. 혹은 단서들이었다.

물론 대체로 쓸모없는 잡담의 수준에 그치는 것이 많았지만, 퀘스트나 사냥터에 대한 정보도 있었다.

위드는 무기점 앞의 크로우에게로 갔다.

"이게 뭔가?"

"크로우 님을 위해서 만든 조각품입니다."

"호오… 고맙군."

크로우는 날개를 퍼드득거리면서 기쁨을 만끽하였다. 그러다가 문득 떠오른 듯이 말한다.

"혹시 자네, 죽은 전사의 동굴에 가 보았나?"

"죽은 전사의 동굴요?"

"그래. 멤피스의 홀 북쪽으로 30분 정도 가면 그곳으로 들어가는 입구가 있다네. 다만 조심하게. 그곳에는 구울과 해골 용병들, 듀라한들이 살고 있거든. 단단히 준비하지 않으면 안 될 걸세."

〈로열 로드〉에서는 자신보다 강한 몬스터를 잡아야 레벨이 빨리 오른다.

스켈레톤 병사들이나 메이지는 이제 위드보다 많이 약했고, 1마리씩 돌아다니는 스켈레톤 나이트들로는 감질 맛만 나던 참이었다.

위드는 충분한 양의 약초와, 조리 도구, 식수를 배낭에 집어넣었다.

대륙에서는 음식 준비를 간단한 조미료와 향신료 등으로 그쳤다. 왜냐면 주위의 풀을 뜯거나 동물들을 얼마든지 잡을 수 있었기에 따로 필요하지 않았던 것이다.

요리 스킬이 향상되면서 주변의 풀이나 나무 열매들을 보기만 해도 그것으로 할 수 있는 음식들이 떠올랐다.

그렇지만 멤피스의 홀은 언데드들의 소굴. 그들에게서 음식 재료가 나올 리가 만무하니 별도로 음식을 만들 재료를 준비해 가야 했다.

위드는 음식 재료점으로 향했다. 그곳에는 앵무새를 닮은 조인족이 있었다.

"오, 인간 여행자로군. 어서 오게!"

"반갑습니다."

위드는 한숨을 쉬고 대꾸했다.

'정말로 다들 새대가리군.'

앵무새를 닮은 이 녀석은 한참 전에 인사를 나눈 적이 있었다. 물론 조각품도 하나 선물로 주었다.

친밀도를 올리기 위함이었는데, 당시에 이 녀석은 매우 좋아했다. 그러나 며칠이 지나서 다시 방문해 보니 위드에 대해서 까맣게 잊어버린 상태였던 것이다.

이전에 조각품을 만들어 주었다고 해도, 헛소리를 그만하라고 역정을 낼 정도였다. 그러면서 도둑놈이라고 상점에서 강제로 쫓아내기까지 하였다.

한참 뒤에 분이 풀리지 않았던 위드가 다시 찾아가니, 또 반갑게 손님이라고 맞이한다.

그제야 위드는 조인족의 특성에 대해서 한 가지를 깨달을 수 있었다.

'이 지독한 건망증의 소유자들!'

붕어의 기억력이 3초라고 하였던가.

조인족들은 그보다는 뛰어났지만 모두 새대가리들임에는 변함이 없었다. 아무리 얼굴을 익혀 놓는다고 해도 며칠이 지나면 존재 자체를 까맣게 잊어버리니 말이다.

이런 식이었으니 친밀도를 높여 보려는 위드의 수작도 그다지 통하지를 않는다.

그때그때, 친밀도가 높아졌을 때에 최대한 뜯어내는 수밖에 없었다.

"콩과, 참깨, 옥수수, 호두, 생선, 파, 돼지고기, 땅콩, 시금치를 사려고 왔습니다."

"오, 그래?"

위드의 주문에 앵무새를 닮은 조인족은 주섬주섬 음식 재료들을 꺼내 놓았다. 그러면서 몇 번이나 확인을 하였다.

"모두 19골드네."

"여기 있습니다. 아, 그런데 제가 18골드 50실버밖에 없군요. 나머지 50실버는 다음에 올 때 드리면 안 되겠습니까?"

조인족은 한참이나 위드를 살펴보고 나서 말했다.

"자네는 상인이 아니군. 물품을 거래하는 데에는 미숙해서 값을 깎아 주긴 어렵겠어. 꽤 전도유망한 모험가이긴 하지만 그리 유명한 편은 아니야. 그래도 자네에게 예술가의 자질이 보이네. 장차 위대한 예술가가 될 사람과 동전을 가지고 다툼을 할 수는 없지. 자네의 예술성을 믿고 50실버는 다음에 받도록 하겠네."

"감사합니다. 나중에 꼭 드리도록 하겠습니다."

위드는 50실버를 깎아서 값을 치르고 나왔다.

구매한 음식 재료들은 마나를 일시적으로 상승시켜 주는 음식의 레시피와 관련이 있었다. 당연히 값이 비쌀 수밖에 없었던 것이다.

다만 앵무새를 닮은 조인족이 다음에 50실버를 받을 수 있을지는 의문이었다.

저번에 위드가 나중에 주겠다고 했던 40실버를 까맣게 잊고 있는 것으로 보아서는 아마도 불가능하리라.

이것으로 1차적인 준비는 끝이 났다.

그다음은 전투를 위한 준비였다.

"스탯 창!"

캐릭터 이름: 위드		
성향: 무	레벨: 109	
직업: 전설의 달빛 조각사!	칭호: 없음.	
명성: 365	생명력: 5260	마나: 1521
힘: 335 +20	민첩: 305 +20	체력: 89 +20
지혜: 16 +20	지력: 24 +20	투지: 143 +20
지구력: 174 +20	인내력: 55 +20	예술: 84 +100
통솔력: 74 +20	행운: 5 +20	공격력: 231
방어력: 76	마법 저항: 무	

* 모든 스탯에 20개의 포인트가 추가된다.
* 예술에 추가로 80개의 포인트가 부여된다.
* 달이 뜨는 밤에는 30%의 능력치의 향상이 있다.
* 아이템 특화.
* 모든 생산 스킬을 마스터의 경지까지 배울 수 있게 된다. 모든 아이템 제조와 제련의 스킬에 우대 적용. 최고급 스킬들을 배울 수 있다.
* 조각술의 경지에 따라서 조각 검술의 마나 소모량이 줄어들고, 공격력이 강화된다.
* 조각술이 높아질수록 새로운 스킬이 추가될 수 있다.
* 특이하거나, 예술적 가치가 높은 조각품을 만들면 명성이 상승한다.

일단 레벨이 무려 100이 넘었다.

멤피스 홀을 최초로 발견해서 경험치 2배를 받을 때에 위드와 일행들은 거의 풀타임으로 사냥에 전념을 했다.

하루 수면은 2시간 정도로 줄이고, 그나마도 캡슐에 접속한 채로 가수면 상태를 유지할 정도였다.

그 당시에 레벨 95를 만들었고, 이제 혼자 사냥을 해서 109를 만들었다.

그 덕분에 각종 스탯이 예전과는 비할 바 없이 많이 올라 있었다.

마나의 양도 늘어나 황제무상검법의 제4식인 소드 댄스도 한 번이지만 시전이 가능했다.

다만 불만인 것은 통솔력의 상승이 없다는 점!

통솔력은 NPC들을 다룰 때뿐만이 아니라 파티의 리더가 되었을 때도 아주 느리지만 조금씩 올랐다.

그런데 혼자서 사냥을 하고 있으니 통솔력이 오를 리가 만무한 것이다.

각종 스킬들도 비약적인 성장을 하였다.

요리 8 (45%)
조각술 9 (99%)
수리 7 (25%)
손재주 중급 2 (6%)

검술 8 (88%)
궁술 5 (98%)
조각 검술 7 (49%)
황제무상검법 이해도 (5%)

붕대 감기 7 (11%)
감정 5 (14%)

조각술은 곧 중급에 오를 전망이었다.

조각 검술의 경우에는 7레벨에 오른 이후로 마나 소모가 많이 줄어들었다.

사실 황제무상검법은 훗날을 위해서 숙련도를 높이는 정도로 가끔씩 사용하고 있었다.

사냥 자체는 조각 검술 하나만 이용하는 것이 훨씬 효과적이었다.

조각 검술은 눈에 보이지 않는 본질을 베어 버린다. 이것이 죽지 않는 언데드들에게는 치명적이었다.

단숨에 생명의 핵을 파괴시켜 버리는 것이다.

신성 마법처럼 언데드들과는 완전히 상극인 검술이었다.

"좋아. 나쁘지 않군."

위드는 씨익 웃으며 저주 해독약을 비롯해서 약초와 붕대를 사기 위해서 잡화점으로 향했다.

또다시 돈이 나갈 생각을 하니 위드의 눈가에 암울함이 짙어진다. 사실 위드는 지금까지 한 번도 돈을 주고 장비를 사 본적이 없었다.

음식을 만들어서 팔고, 혹은 사 먹지 않고 재료들로 직접 만들고.

재료비가 거의 들지 않는 조각품으로 한 푼, 두 푼, 돈을 모았다. 그러니 당연히 모아 놓은 돈이 적을 수가 없었다.

페일 등과 같이 있을 때 자신이 가진 돈은 언제나 30골드뿐이라고 했지만, 그것은 어디까지나 본전은 제쳐 놓은 후였다.

조각품과 음식으로 벌어들인 본전 200골드!

사냥을 하고 언데드들에게서 나온 아이템과 퀘스트를 통해서 무려 650골드라는 거액을 모아 놓은 것이었다.

　그야말로 알부자라고 할 수밖에 없다.

　하지만 있는 놈이 더한 법이다.

　위드는 언제나 상점을 들어갈 때에는 어깨가 축 늘어진 채 죽을상을 하고 있었다.

　특히 값을 치를 때에는 세상을 다 산 사람처럼 굴었다.

　계산을 할 때에는 왜 가슴이 아픈지 모를 일이었고, 물건을 살 때마다 왜 몇십 실버씩 금액이 부족한지도 알 수 없었다.

〈로열 로드〉의 의미

멤피스 홀 1층은 이제 위드의 집과도 같았다.

위험한 데스 나이트들의 이동 경로들도 완벽하게 꿰고 있었고, 스켈레톤 나이트들을 사냥하기 좋은 장소도 알고 있다. 안전한 휴식처와 적들을 노리기에 가장 효율적인 위치까지 파악을 끝낸 위드였다.

어디에서 사냥을 하든 그것은 매우 중요한 요소였다.

파티가 없이 혼자서 사냥을 하는 위드의 경우에는 생명력과 마나가 소진되었을 때의 습격이 가장 두렵다.

그렇기 때문에 위드는 자신만의 은신처를 몇 곳이나 마련했다. 그런 장소들에는 붕대와 약초도 두둑하게 쌓아 놓았다. 토끼가 굴을 하나만 파지 않듯이, 사냥이 끝나고 휴식할 수 있는 안전한 장소를 마련해 둔 것이다.

붕대와 약초는 회수하면 되지만, 그 장소들에 대한 정보는 값으로 환산하기 힘든 보물이었다. 숱한 시행착오 끝에 만들어

낸 곳이기 때문이다.

그렇지만 미련 없이 그 장소들을 정리했다.

"여기로군."

위드는 지금까지 지도에 밝혀져 있던 북쪽 지역을 넘어서서 모든 지역의 탐험을 끝냈다.

> 최초로 멤피스의 홀 지하 1층의 지도를 완성하였습니다.

> 명성이 20 올랐습니다.

천공의 도시에 온 이후로 지도책을 샀는데, 그 후로 한 번씩 지나간 곳은 전부 지도에 등록이 되고 있었다.

멤피스의 홀 지하 지도.

이것은 훗날에 잡화점에 팔거나 유저들에게 판다면 만만치 않은 금액을 받을 수도 있는 물건이다.

이런 쏠쏠한 돈벌이를 위드가 놓칠 리 없는 것이다.

⋇⋇⋇

위드는 멤피스의 홀을 떠나서, 죽은 전사의 동굴로 향했다. 그곳을 발견하기란 그리 어렵지 않았다.

쇠쇠쇠.

히에에에.

전사의 동굴로 내려오자마자 알 수 없는 소리가 위드의 귓가를 간질인다.

'이건?'

가벼운 바람이 새는 것 같은 소리.

희롱하고, 위협하는 듯한 소리.

주변은 칙칙한 어둠으로 가득했고, 소리만이 요란하다.

'기분이 썩 좋지는 않아.'

위드는 느리게 발걸음을 옮겼다. 조금도 긴장을 풀지 않았다. 어디서 무엇이 갑작스럽게 튀어나올지 모르기에 오른손은 검 위에 올라가 있었다.

'내가 첫 발견자는 아니군. 먼저 라비아스에 온 사람들이 이 던전은 발견했던 거야.'

얼마 걷지도 않아서 길을 가로막는 녀석이 있었다.

"인간! 기사인가!"

큰 몸집의 기사였다.

인간보다 작은 코볼트나 고블린과는 다른 수준의 적.

스켈레톤 나이트나 리자드맨보다도 훨씬 체격이 컸다. 탄탄한 어깨와 허리, 팔뚝은 위협적이기 짝이 없다. 그리고 목 윗부분에는 아무것도 없었다.

대신, 왼손에 자신의 머리를 들고 있었다. 손에 들고 있는 머리가 말을 한 것이다.

언데드 몬스터들 중에도 가장 독특한 녀석이다.

자신의 머리를 들고 다니는 기사.

'듀라한인가.'

위드는 상대의 정체를 알아보았다.

레벨 140대의 언데드 몬스터!

위드는 듀라한의 말에 대꾸했다.

"기사가 아니다."

"그러면?"

"난 조각사다."

"조, 조각사?"

듀라한이 크게 낙담한 얼굴을 했다. 듀라한은 지극히 호전적이고 싸우는 것을 좋아한다. 스켈레톤 나이트와는 비교도 할 수도 없는 기사 체질인 것이다.

"조각사라니 실망이로군."

위드로서는 직업 때문에 무시를 당하는 일이 허다하다 보니 이제 익숙해진 상태였다. 오죽 조각사가 한심해 보였으면 언데드 몬스터마저 무시를 할까!

〈로열 로드〉를 창조해 낸 주식회사 유니콘!

유니콘 사에서 이 게임을 발표했을 때에는 상당한 논란이 있었다.

최초의 가상현실 게임.

완전한 판타지를 기반으로 한 게임이었다.

그런데 왜 하필 이름이 '로열 로드'인가?

'또 다른 세상'이라든가 '판타지아'라든가, 얼마든지 가져다 쓸 수 있는 이름은 많았는데 말이다.

세계의 이목을 붙잡아 두었는데, 이름이 무언가 아쉬웠다.

한 번에 귀에 딱 들어오는 이름이 아닌 것이다.

유니콘 사에서 '로열 로드'라는 이름을 붙인 데에는 특별한 이유가 있었다. 인류의 역사상 전 대륙과 대양을 지배한 이는 그 누구도 없었다.

위대한 황제의 길.

고대 제국, 칭기즈칸이나, 나폴레옹, 혹은 알렉산더 대왕에 이르기까지 누구도 이루지 못했던 통일 황제.

그 꿈을 이루어 보라는 것이었다.

현실의 인류 역사에서는 한 번도 없었던, 전 대륙을 일통한 황제가 만들어지기를 바람이었다.

그 바람만큼이나 〈로열 로드〉에서는 무엇이든 될 수 있다는 포부였다.

어떤 꿈도 꿀 수 있고, 나아갈 수 있는 희망!

그것이 바로 〈로열 로드〉의 의미다.

동시에 최초로 전 국토를 통일한 황제가 된 자에게는 상금으로 유니콘 사 1달 매출액의 10%를 상금으로 주기로 하였다.

이건 그야말로 엄청난 금액이 아닐 수가 없었다.

한국에서만도 수백만 명이 플레이를 하는 게임이다.

전 세계적으로는 일본과 유럽, 미국의 유저들만 합쳐도 억이 넘는다.

1달 이용료가 30만 원인 게임.

얼핏 계산이 잘되지 않을 정도의 거액이다.

이것의 10%면 한순간에 부자가 될 수 있는 것이다.

그렇기 때문에 더더욱 〈로열 로드〉의 유저들은 전투 계열의 직업을 많이 선택했다. 검사를 거쳐서 기사들을 선택한 유저들이 압도적으로 많다.

황제에 오를 수 있는 가장 빠른 길이 전투 계열의 직업이라고 봤기 때문이다.

대장장이나 기타 방직 계열들은 천시를 받았다.

화가나 요리사, 혹은 그 수준에도 끼지 못하는 조각사라는 직업은 말할 것도 없다.

무시당하고, 괄시당할 서글픈 운명인 것이다.

'내 팔자가 그렇지.'

위드는 말없이 클레이 소드를 꺼내 들었다.

푸른 냉기가 흐르는 클레이 소드는 적에게 적중되었을 때, 움직임을 느리게 하는 부가 효과가 있었다.

"쿠어엇!"

듀라한이 달려들며 기습적으로 도끼를 내리찍었다.

위드는 클레이 소드를 들어 올려서 그 공격을 방어했다.

파아앙!

검의 내구력이 저하되었습니다.

위드의 손이 얼얼하게 떨릴 정도의 충격과 함께 클레이 소드의 내구력이 떨어졌다는 메시지가 들려온다.

수리를 마친 검이었지만, 한 번의 공격에도 내구력이 떨어져 버린 것이었다.

듀라한의 강점은 힘에 있었다.

특별하게 힘이 강한 몬스터인 것이다.

"질 수 없지. 조각 검술!"

위드도 거친 맹공을 퍼붓는다.

듀라한과 위드는 서로를 향해 살기가 넘치는 공격들을 교환

했다. 목과 심장을 주로 노리는 일격들이다.

본래 위드의 스타일이기도 했다.

전투는 가능한 한 최대한 단순하고 빠르게 끝낸다.

그래야만 적의 원군이 오지 않을 테니 말이다. 혼자서 사냥을 하는 위드에게 만약에 다른 듀라한이나, 몬스터들이 나타난다면 큰일이 아닐 수 없었다.

또한 휴식 중에는 부업으로 조각품을 깎을 수 있었으니 최대한 싸우는 시간을 줄여야 했다.

"배쉬!"

듀라한이 스킬을 써서 도끼를 휘둘러 위드를 크게 밀쳐 낸다.

"데빌 스트라이크!"

듀라한의 연속 스킬!

던져진 도끼가 맹렬하게 회전을 하며 날아왔다.

위드는 살짝 몸을 숙여서 피했지만 풍압만으로도 체력이 300이나 떨어졌다.

칠성보를 썼다면 완전히 피할 수도 있었겠지만 그냥 맞는 쪽을 택했다. 인내가 오를수록 방어력이 향상되기 때문이다.

다음은 위드 차례였다.

"트리플!"

퍼버벅!

첫 번째 공격이 휘젓고 지나가면 어느새 반대쪽에서 두 번째 공격이 다가온다. 두 번째 공격은 더 강한 파괴력을 가지고 있었다. 그리고 이것까지 막았을 때에는 아래에서 위로 올려치는 강력한 검술이 전개된다.

듀라한은 되돌아온 도끼를 앞으로 내밀며 스킬을 방어했다.

3번의 연속 공격!

한데 모두 막은 다음에 돌아온 검이 전광석화처럼 듀라한의 가슴을 엑스 자로 베고 지나가는 것이었다.

총 5번의 연속 공격.

스킬 숙련도가 높아지면서 트리플이 진화한 것이다.

듀라한은 세 번째까지는 간신히 어찌어찌 막을 수 있었지만, 이어진 두 번의 공격에 체력의 20% 이상이 깎였다.

그러나 듀라한은 더욱 흉포하게 날뛰었다. 배쉬를 연거푸 사용하면서 위드를 밀쳐 내려고 하는 것이었다.

위드는 스킬의 발동 타이밍을 읽어서 재빨리 듀라한의 안쪽으로 파고들었다.

"아직도 안 죽어? 조각 검술!"

위드의 검이 희뿌연 빛에 휩싸였다. 그리고 거침없는 난자!

촤자자자자자작!

사정없이 후려갈기는 소리와 함께 듀라한의 생명력이 급속도로 줄어든다.

듀라한 역시 공격을 퍼붓고 있었지만 위드는 그 공격을 약삭빠르게 피했다. 허리와 어깨의 움직임 그리고 발동작을 읽어 냄으로써 대부분의 스킬을 파해할 수 있었던 것이다.

사실 위드에게 듀라한은 그리 까다로운 적수가 아니었다. 레벨은 약간 달리지만 직업과 수련관 등으로 인해 스탯은 오히려 압도하고 있다. 동급 레벨 이상으로 올려놓은 인내력 등으로 인해서 듀라한에 비해 불리할 것이 없는 것이다.

듀라한들보다 차라리 레벨 80대의 스켈레톤 메이지들이 더 성가신 대상들이다. 온갖 저주를 걸어 대는 그놈들은 상대하기가 귀찮기 이를 데 없었다.

성직자인 이리엔이 있을 때야 편하게 저주를 해제하면 되었지만, 지금은 전투가 종료되고 나서야 저주 해제 포션으로 저주를 풀 수 있었던 것이다.

저주 해제 포션의 가격은 개당 3실버.

어쩔 때는 사냥을 하고도 본전도 못 찾는 경우가 있었으니 위드는 스켈레톤 메이지가 제일 싫었다.

"크어어어."

결국 듀라한은 단말마의 비명과 함께 회색빛으로 변했다.

"휴… 생각보다 쉬운 편이군. 그래도 한 녀석이 내 생명력을 40%나 깎을 정도니 2마리가 한꺼번에 덤비면 위험하겠어."

위드는 듀라한이 떨어뜨린 견갑을 줍고 나서 눈에 띄지 않는 구석으로 향했다. 몬스터들이 나타나더라도 쉽게 들키지 않을 장소에서 부업인 조각술을 펼치려는 것이었다.

"이번에는 듀라한을 조각해 볼까."

한번 만든 조각품을 다시 만들 때에는 숙련도가 잘 늘어나지 않았다. 최초로 만든 조각품이 손재주와 예술을 잘 늘려 준다.

자하브의 조각칼과 나뭇조각을 꺼낸 위드는 방금 본 듀라한의 모습을 조각하기 시작했다.

이제는 조각술도 너무나 익숙해져서 심상만 있으면 그대로 형상화하는 것이 가능했다.

사각사각.

조용한 동굴에 위드가 조각칼을 놀리는 소리만이 들린다.

"이걸로 조각술이 중급에 오르면 좋을 텐데……."

현재의 숙련도는 9레벨 99%.

그리고 다섯이나 되는 조인족들의 조각품을 만들어 주었으니 충분히 가능한 일이라고 생각했다.

"제발 중급이 되어라!"

간절한 바람을 담아 마지막으로 듀라한의 머리를 완성했다.

당당한 체구에, 무시무시한 눈매. 그리고 큰 검을 든 기사, 듀라한이 완성되었다.

띠링!

조각술 스킬의 레벨이 10이 되었습니다
중급 조각술로 변화하며 특수한 금속이나 보석의 세공이 가능해집니다(예: 진주, 다이아몬드, 루비 등).

직업 스킬 조각술이 중급이 되었습니다.
직업 전설의 달빛 조각사에 대한 영향으로 현재 보유하고 있는 스킬과 스탯에 변화를 줍니다. 조각 검술 스킬의 효과가 50% 추가로 증가합니다.

조각 검술에 부가적인 능력이 부여되었습니다.
조각 검술의 마나 소비량이 절반으로 줄어듭니다. 전 스탯에 +10의 추가 포인트가 주어집니다.

명성이 20 올랐습니다.

예술 스탯이 20 상승하였습니다.

> 직업 공통 스킬, 조각 파괴술을 습득하였습니다.

부들부들.

위드의 몸이 감격으로 떨려 온다.

이 순간 그의 감정을 명확하게 형용할 수 있는 단어는 이 지구상에 존재하지 않을 것만 같았다.

그동안 조각술을 익혀 오면서 당했던 굴욕과 서러움!

조각사라는 직업 때문에 가졌던 수모와 무시!

지금까지 깎아 냈던 나뭇조각들만큼이나 많고도 많았던 울분이 한순간에 풀리는 기분이다.

마침내 중급 조각술을 달성했다.

처음에 그렇게도 후회하고 다시 물리고 싶었던 조각사란 직업이 지금은 천직처럼 느껴진다.

현재 최고의 효율을 보여 주고 있는 스킬 조각 검술!

조각 검술을 펼치면 아주 미세하게나마 조각술이 향상된다.

이렇게 조각술과는 떼려야 뗄 수 없는 관계였기 때문에, 조각술이 중급에 오르면서 스킬에 영향을 받게 된 것이었다.

"어디 부가적인 능력이라고? 스킬 조각 검술 확인!"

> **조각 검술 7 (50%)**
> 자하브의 비전 검술이 인연자에게 이어진다. 눈에 보이지 않고, 잡히지 않는 것들을 조각할 수 있다. 조각 검술 스킬보다 숙련도가 낮은 마법을 방어할 수 있다. 단, 마법을 막아 낼 때에는 상대방이 소모한 마법의 절반에 달하는 마나가 소비된다. 스킬 유지에 따른 마나 소모 초당 25.

위드는 웃음만 나왔다.

검사로서 가장 까다로운 상대가 마법사다. 원거리 마법 공격은 아무리 잘 피하려고 하더라도 피하기 쉽지 않는 법이다. 그런데 그 마법을 받아칠 수 있다니. 마나가 절반씩 소모된다고 하여도 그대로 맞아 주는 것보다는 백배 낫다.

"조각 검술의 마나 소비량이 많이 줄어들어서, 어쩌면 트리플이나, 백어택을 할 때에도 쓸 수 있겠군."

조각 검술은 특정한 공격 스킬이라기보다는, 검을 강화하는 쪽에 가까웠다.

조각 검술을 쓰면서 동시에 황제무상검법을 발휘한다!

둘 다 엄청난 마나 소비를 자랑하는 기술들이지만 그만한 위력도 있을 것으로 믿었다. 그 외에도 조각 파괴술이 있다.

"스킬 조각 파괴술 확인!"

조각 파괴술

조각사의 직업 기술. 자신이 만든 조각품을 파괴하여 그 분노의 원천을 하루 동안 무력으로 돌린다. 예술 스탯을 일시적으로 전투와 관련된 스탯으로 전환할 수 있다. 단 조각 파괴술을 시전했을 시에는 명성이 하락하고, 일정 수치의 예술 스탯이 소멸한다.

* 평작의 파괴: 예술 스탯의 1:2 변환. 예술 1 소모. 명성 20 하락.
* 걸작의 파괴: 예술 스탯의 1:4 변환. 예술 5 소모. 명성 100 하락.
* 명작의 파괴: 예술 스탯의 1:6 변환. 예술 10 소모. 명성 200 하락.
* 대작의 파괴: 예술 스탯의 1:20 변환. 예술 30 소모. 명성 1,000 하락.

파괴하는 조각품의 등급에 따라서 변환 비율이 달랐다.

일반적인 조각품을 파괴했을 때, 만약 예술 스탯이 100이라면 힘이나 민첩의 스탯 200으로 하루 동안 전환할 수 있다. 하지만 걸작이나 명작의 경우에는 400, 혹은 600으로도 바꿔 줄 수가 있었다.

이것은 무력이 약한 조각사가 쓸 수 있는 직업 공통 스킬인 것이다.

게임을 하는 내내 조각품만 깎은 조각사들은 뛰어난 예술 스탯을 가지고 있어도, 레벨 자체는 낮아서 사냥을 하기가 힘들다.

그런 이들에게 예술 스탯을 다른 쪽으로 전환할 수 있게 만들어 준 것이었다.

다만 스킬을 사용할 때마다 명성과 예술 스탯이 일정 수치 소모된다. 소모된 예술 스탯은 다시 돌아오지 않으니 신중을 기해서 사용해야 한다.

워낙에 페널티가 극심하기 때문에 평작 이상을 파괴하기란 껄끄럽기 그지없는 일이다.

"가능한 한 쓰지 말아야겠군."

큰 힘을 낼 수 있는 기술이지만, 쓰면 쓸수록 예술 스탯은 줄어들 수밖에 없다.

그야말로 계륵과도 같은 기술인데, 위드는 가능한 한 사용하지 않고 봉인해 두기로 마음먹었다. 일시적으로밖에 쓸 수 없는 무력은 진정한 자신의 무력이 아닌 것이다.

굳이 조각 파괴술을 쓰지 않더라도 조각술 스킬이 중급에 오르면서 상당히 강해졌다. 전 스탯이 10씩 올랐고, 조각 검술도 위력이 배가되었다.

이것은 비단 위드에게만 해당되는 일은 아니었다. 어떤 생산 스킬이라도 등급이 오를 때마다 그만한 혜택이 있다.

요리나, 재봉, 대장, 낚시, 농사 등 어떤 생산 스킬이든 보너스 스탯과 스킬, 명성 등을 선물한다.

　중급에 올랐을 때는 전 스탯에 5씩 추가 포인트가 주어지고, 고급에 올랐을 때에는 10씩 스탯이 향상된다. 마스터를 한 사람의 경우에는 얼마나 많은 상승이 있을지 아직 아무도 모를 일이었다.

　각 스킬들의 등급이 향상되면서 동시에 자신이 가진 스킬도 하나가 변화한다.

　위드의 경우에는 달빛 조각사라는 특별한 직업으로 인해서 남들보다 2배 많은 10의 스탯이 그리고 자하브와의 인연 덕분에 조각 검술이 특별히 강화된 것이었다.

　"좋아. 이 기세를 살려서 가 보자. 전 생산 스킬의 마스터로!"

　아직까지 어떤 생산 스킬도 마스터를 한 사람은 나타나지 않았다.

　그만큼 멀고 험한 길이기 때문이다.

　이제껏 고생을 해서 겨우 중급 조각술에 올랐다. 중급에서 고급으로 오르는 과정은 더 험난할 테고, 고급에서 마스터로 가는 길은 아득하기만 하다.

　그렇지만 위드는 이 순간 모든 생산 스킬을 마스터할 결심을 굳혔다.

　섬세한 미적 감각!

　불타는 예술혼!

　이런 것들은 위드와 다소 거리가 있지만, 그에게는 남들에게는 없는 재능이 있었던 것이다.

그것은 바로 노가다의 재능.

⁂

죽은 전사의 동굴.

듀라한들과 해골 용병, 구울이 주로 출몰을 하는 위험한 사냥터였다.

해골 용병들은 레벨이 120대였지만 네다섯씩 짝을 이루어서 몰려다니고, 구울들은 레벨이 110 정도였다.

다만 구울의 종류에는 여러 가지가 있었는데 강화된 구울이나 이름을 가진 구울들은 레벨이 130을 넘기도 했다.

듀라한이나 해골 용병들의 검술은 매우 뛰어나다.

전투의 짜릿한 맛을 느낄 수 있을 정도.

구울들은 자신들의 무식한 방어력을 믿고 막무가내로 밀고 들어오는데, 재빨리 예봉을 피해 가면서 적을 타격하는 기술을 익힐 수 있었다.

"좋아. 아주 마음에 드는 곳이군."

위드는 죽은 전사의 동굴에 사냥터를 차리기로 했다.

네임드 몬스터.

이름을 가진 듀라한이나 해골 용병들, 구울들은 조금 위험하지만 짭짤하기 그지없었다.

주로 맨몸이나 검술로 전투를 하니 위드의 입맛에 딱 맞았던 것이다.

그 외에도 가끔 스켈레톤들이 나왔는데, 메이지들의 마법은 더 이상 큰 효력을 발휘하지 못했다.

조각 검술로 놈들의 마법을 받아치면 어쩔 때는 그대로 마법이 소멸하였지만, 가끔은 마법을 튕겨 내는 경우도 있었던 것이다.

스켈레톤 메이지들은 자신이 쏘아 낸 저주와 흑마법이 돌아오자 낭패를 당하기 일쑤였다.

마법을 튕겨 내는 확률도 조각 검술의 숙련도에 달려 있는 것 같았다.

조각 검술의 숙련도 향상. 조각술의 수련.

경험치를 모으고 레벨을 올리는 일만큼 중요한 일이었다.

이렇게 활약을 하고 있는 위드였지만 그도 조심하는 상대는 있었다.

데스 나이트.

레벨 200이 넘는 그들이 죽은 전사의 동굴에는 더욱 자주 출몰을 한다.

데스 나이트들은 딱히 구역을 정해 놓지 않고 활발하게 돌아다니는데 위드는 그들의 발소리만 듣고도 숨을 죽인 채로 숨어다니기 바쁘다.

데스 나이트들은 시력이 좋지 않은지 일단 구석에 숨기만 하면 어느 정도 안심이었다.

위드는 아예 몇 곳에 땅을 적당히 파 두고, 놈들이 나타날 때마다 그 속으로 파고들었다.

'내가 어쩌다가 이런 신세가 된 건지…….'

〈마법의 대륙〉을 할 때에는 최고의 레벨에 올라서 모든 몬스터들을 오시할 정도의 강자였지만, 여기서는 데스 나이트들도 피해 다녀야 하는 것이다.

그래도 나름대로 위드는 만족했다.

마나 회복 속도가 빨라지고, 붕대 감기 스킬이 향상되면서 생명력과 마나를 채우는 속도는 많이 줄어들었다.

그로 인해서 상당히 빠른 레벨 업이 가능해진 것이었다. 아이템들도 지하 1층보다 훨씬 괜찮은 것들이 드랍이 되었다.

그러니 지지리 궁상을 떨면 좀 어떤가!

위드는 내친김에 좀 더 안쪽으로 향해 보기로 했다.

'잡을 만한 몬스터 중에는 듀라한이 최고다. 더 강한 녀석이 있을까? 데스 나이트보다는 약하면서 내 경험을 늘려 줄 만한 놈이 있으면 좋을 텐데……'

위드가 조심스럽게 이동을 했다.

주요 요소마다 자신이 숨을 수 있는 굴과 아지트를 만들어 놓는 것도 잊지 않았다.

누가 가르쳐 준 것도 아닌데 완벽하게 환경에 적응한 모습이었다. 실로 바퀴벌레 같은 생존 능력이라고 할 수밖에 없다.

구울과 해골 용병들을 잡으면서 한참을 나아가자 지하수가 졸졸졸 흐르는 공터가 나온다. 주변에는 꽃들이 흐드러지게 피어 있고, 약초들로 보이는 것들도 제법 눈에 띄었다.

마침 해골 용병들과의 격전을 마친 후라서 수통에 물을 채우고 쉬려고 할 때였다.

위드가 앉으려는 장소에 무언가의 형체가 있었다.

자세히 보니 여자였다.

한 명의 여자가 아무도 없는 던전에 누워서 자고 있었던 것이다.

⊱⊰

"누구세요?"

단잠을 실컷 자고 난 그녀가 일어나서 내뱉은 말이었다.

그녀가 깨어나기만을 기다리고 있던 위드는 정신이 바짝 들었다.

"저는 위드라고 합니다만, 그, 그쪽은요?"

평소의 위드답지 않은 어수룩한 태도였다.

자신 외에 누군가 다른 사람을 만날 것이라고는 상상조차 못 했던 것이다.

잠에서 깨어난 그녀의 얼굴이나 눈빛, 표정.

이 모든 것들이 위드의 마음에 들었다. 흔히 말하는 외모적인 이상형이라고 할까.

"제 이름은 다인이에요."

다인이 새치름하게 웃으면서 말했다.

위드는 그동안 많은 여자를 만나 보진 못하였다. 학교를 다닐 때야 여자들과 함께 수업을 받았지만 개별적으로 만나 본 적은 없었다.

다만 그렇다고 아주 인기가 없는 편은 아니었다.

약간은 우울하면서도 침체되어 있는 분위기가 매력적이라고 다가오는 여자들이 간혹 있었던 것이다.

위드는 그들을 보며 한심하다는 생각을 금할 길이 없었다.

'이게 멋있어 보여? 너희도 한번 가난해 봐.'

여자와 데이트를 해 본 적은 더더욱 없다.

함께 만나서 밥을 먹어도 돈이 나가고, 커피를 마셔도 돈이 나간다.

그럴 바에야 차라리 대형 할인 마트에 가서 무료 시식 음식을 먹고, 집에 돌아와서 고추장에 밥을 비벼 먹는 편이 훨씬 경제적이라고 생각하는 위드였다.

특히 무슨 기념일마다 몇 배나 되는 바가지요금을 지불하면서까지 데이트를 해야 하는지 이해할 수가 없었다.

남들이 영화관에서 영화를 볼 때, 위드는 전봇대에 올라갔다. 다른 집에 연결되어 있는 유선 케이블을 자신의 집에도 연결해서 텔레비전을 봐야 했다.

당연히 텔레비전은 누가 고물로 버려 놓은 것을 집으로 들고 왔고, 그나마도 전기세가 아까워서 자주 보지 않았다.

전기세가 싼 심야 시간에만 가끔 보는 정도였다.

그런 짠돌이 위드였기 때문에 여자와는 거리가 아주 멀었다.

다인.

그 이름은 위드에게 깊이 각인되었다.

어떤 남자든 품고 있는 이상형의 여자가 있다. 위드의 이상형도 별다를 것은 없었다.

긴 생머리에 약간 동안 그리고 지적인 얼굴. 착해 보이면서 웃는 모습이 매력적인 여자.

하나 이 모든 것은 조건에 불과할 뿐이고, 한눈에 봐서 마음에 다가오면 그것이 이상형이었던 것이다.

위드는 다인에게 호감을 가졌다.

그러나 그뿐이다.

'나는 누구도 믿지 않아.'

페일이나 수르카 들과 함께 사냥을 해 오면서도 그들을 완전히 믿지는 않았다.

인간이란 결국 변한다. 지금은 아무리 우정을 보여 주는 사이라도, 총알이 빗발치는 전쟁터에 던져지면 어떨까?

그들이 과연 위드를 살리기 위해서 자신의 목숨을 내던질 것이라고 확신할 수 있겠는가?

남들이 해 주는 만큼 해 준다. 그 이상 마음을 주지 않는다. 이것은 지금까지 위드가 살아온 방식 안에 녹아 있었다.

가족 이외에는 누구도 믿을 수 없다.

위드의 눈매가 날카로워졌다.

"다인 님이라고요. 그런데 이곳에는 어떻게 오셨습니까?"

라비아스는 조인족들의 도시다.

인간이 여기에 올라올 수 없을뿐더러, 그녀의 복장으로 보아서는 아무래도 모험가의 냄새가 난다.

NPC가 아닌 것이다.

"여기요? 저는 여기서 3개월이나 있었는걸요."

3개월.

위드의 정신이 번쩍 들었다.

"그러면 혹시 천공의 도시를 발견하신 여행자분입니까?"

"네, 발견한 무리에 속해 있었죠. 지금은 별로 떠올리고 싶진 않지만요."

"그 말씀은?"

"천공의 도시에 남아 있는 건 저뿐이에요."

"그렇군요."

다인은 몸을 일으키더니 귀엽게 하품을 한다.

"제 직업은 샤먼이에요. 레벨은 134."

생각보다 다인의 레벨은 많이 낮은 편이었다.

죽은 전사의 동굴에 혼자 있기에 적어도 레벨이 170 정도는 될 줄 알았는데 말이다.

위드가 괴물에 속하기 때문에 레벨 109에 혼자서 이곳에 들어온 것이지, 보통 사람이라면 어림도 없었다.

"그 말씀은?"

"혼자라면 같이 파티를 해 보자는 뜻인데, 싫으세요?"

"아닙니다. 좋습니다."

위드는 다인의 제안을 수락했다.

그녀를 믿어서거나, 이상형의 여자에 가깝기 때문은 아니었다. 의심 많은 위드가 함께 파티를 하자는 말 한마디에 마음을 터놓을 리가 없었다.

'적은 더욱 가까이 두어야 해.'

아무래도 미심쩍은 구석이 많은 여자였다.

이곳에는 위드가 만들어 놓은 여러 아지트들이 있다. 그곳에는 아이템들도 꽤 많이 보관되어 있으니 다인을 혼자 놔둘 수가 없는 것이다.

샤먼.

힘과 민첩 등의 능력치를 향상시켜 주는 버프와 이동속도 증가와 같은 유용한 백마법을 쓸 수 있었고, 몬스터들의 능력치를 저하시키는 흑마법도 사용할 수 있다.

공격 마법과 치료 마법, 해독이나 저주 마법 해제도 쓸 수 있고, 검이나 철퇴와 같은 무기도 다룰 수 있어서 자체적인 전투 능력도 있는 편이다.

이른바 만능 직업!

그래도 대체로 많은 사람들이 선택하지는 않는 직업이다.

왜냐하면 모든 면에서 약간의 실력을 발휘하지만, 어느 하나도 특별한 부분이 없었던 것이다.

치료 마법은 성직자보다 약하고, 저주 계열은 흑마법사와 비교도 안 되게 어중간하다.

무기 공격력은 궁수가 본업인 활을 들지 않고 검을 사용하는 정도밖에 되지 않는다.

체력도 약하고, 생명력도 부족하며, 마법 공격력도 마법사의 상대가 안 된다.

스탯도 어느 한 분야에 집중적으로 투자하는 것이 아니라 골고루 분산해서 키워야 하니 이도 저도 아닌 캐릭터라고 볼 수 있는 것이다.

"조심하십시오."

위드는 다인에게 조금의 기대도 하지 않았다.

그저 발목만 잡지 않으면 다행이라는 정도! 만들어 놓은 아지트들에서 아이템을 회수하는 대로 헤어져 버릴 생각도 하고 있었다.

"크르르!"

해골 용병 다섯이 나타났을 때에, 위드는 약간의 긴장감을 가졌다.

지금까지 최대로 상대해 본 해골 용병의 숫자는 셋이었다.

위드의 전투력이 뛰어나다고 해도 자신보다 레벨이 더 높은 해골 용병 다섯을 한꺼번에 감당하는 데에는 조금 무리가 있었던 것이다.

눈먼 공격이라도 한두 번 맞으면 피해가 누적되고, 전투가 끝나기 전에는 붕대 감기도 쓰지 못하니 자칫 위험하게 될 수 있었다.

그때, 다인이 오른손을 치켜들고 주문을 외웠다.

"고대로부터 내려온 오래된 용기의 빛이여, 여기 용사에게 적을 맞서 싸울 힘을 주세요! 파워 업!"

그러자 위드의 몸에서 밝은 빛이 나더니 힘이 거의 100가량이나 상승했다. 이어서 다인은 양팔을 부드럽게 벌려서 무언가를 안는 자세를 취한다.

"산들바람이 불어오네요. 가벼운 마음으로 적을 상대하세요. 당신의 발걸음까지 가벼워질 테니까요. 스피릿 오브 울프."

위드의 민첩성과 이동속도가 크게 증가했다. 적을 향해 한 발자국 내디뎠을 뿐인데, 마치 달리는 것처럼 느껴질 정도였다.

"적을 향해 죽음을, 피와 살육 속에 태어난 당신의 운명 속에서, 전장은 당신의 집이 될 것입니다. 블러드 러스트!"

공격 속도가 현저하게 빨라지는 마법까지!

샤먼 다인의 각종 버프들은 위드의 능력치를 비약적으로 이끌어 냈다.

위드는 혼자서도 다섯의 해골 용병을 여유롭게 상대할 정도가 되었다.

그런데 이어서 다인이 해골 용병들을 향해 속도가 느려지고, 상처가 복구되지 않으며, 전투 의욕을 상실하고, 힘을 빼놓는 저주 마법을 사용하자 더 이상 적수가 되지 않았다.

위드는 현재의 상황이 잘 이해가 가지 않았다.

'말도 안 돼. 샤먼의 마법은 이 정도로 위력이 뛰어나지 않아.'

이윽고 손쉽게 해골 용병 다섯을 정리한 위드는 전리품을 줍지도 않고 다인에게 따져 물었다.

"레벨이 134라는 사람의 마법력이 말도 안 될 정도군요. 여기에 대해서 설명하실 수 있습니까? 저를 이해시키지 못한다면 함께 파티를 할 수는 없겠습니다."

그녀가 기분 나빠할 것도 감수하면서 단단히 물어본 것인데, 다인은 싱긋 웃으며 대답했다.

"제 취미 생활 때문이에요."

"취미 생활?"

"네. 그냥 이상하게 듣지 말아 주셨으면 좋겠어요. 저는 몬스터를 잡고 싶진 않았거든요. 그냥……."

다인은 무척이나 수줍어하면서 말했다.

"몬스터들에게 저주 마법을 써 주고, 축복 마법도 부여해 보고, 공격 마법도 간간이 날려 보구요. 그러다가 생명력이 떨어지면 치료의 손길도 간간이 써 주면서…….”

“몬스터를 상대로 말입니까?”

“네. 그냥 그렇게 놀았어요.”

다인의 말은 황당하기 짝이 없었다.

레벨 134.

하지만 각종 마법들은 최상급의 숙련도에 올라 있었다.

그러니까 다인은 던전에서 해골 용병, 듀라한, 구울을 상대로 치료도 해 보고, 저주도 해 보고, 버프도 걸어 주면서 그렇게 놀았다는 소리다.

라비아스의 무명 석인

위드와 다인.

다인의 축복 마법은 위드의 능력치를 엄청나게 상승시켜 주었고, 덤으로 몬스터들의 능력치를 크게 하락시켰다.

혼자서도 강력한 위드가 날개를 단 격이었다.

두 사람의 결합은 가공하다는 말로밖에는 설명할 수 없는 상성을 보여 주었다.

그러면서도 다인은 몬스터를 죽이지는 않는다. 위드로서는 나쁠 것이 없었다.

그녀가 전투에 참여하지 않을수록 검술 스킬을 향상시킬 수 있기 때문이었다.

'그래도 이런 곳에서 만난 사람을 믿을 수는 없지.'

한동안은 위드는 혹시라도 그녀가 자신의 등을 노리진 않을까 전투 중에도 경각심을 버리지 않았다.

다인은 라비아스에 대해서 많은 것을 알고 있었다. 하기야 여기서 긴 시간을 보내 왔던 만큼 당연하리라.

그녀는 얼마 전까지만 해도 라비아스를 오가면서 정보를 획득하고 그랬다는데, 위드 일행이 도착했을 즈음부터는 이 던전에만 있었다는 것이다.

'상식적으로 납득하기 힘든 설명이군.'

그렇지만 적어도 최근에 던전에만 머물렀다는 말은 진실이리라.

왜냐면 위드가 라비아스에서 그녀를 만나 본 적이 없기 때문에. 하지만 그녀의 나머지 말을 어디까지 믿어야 할지는 미지수였다.

"사냥터를 이동하는 게 어떨까요? 저도 아직 가 보진 않았지만 미공개 던전을 몇 곳 알고 있어요."

지금까지 그녀가 조사한 것에 의하면 최소한 8곳의 미공개 던전이 있다고 한다.

"미공개 던전이라면 아직 한 명도 들어가지 않은 곳이 맞습니까?"

"네."

"이해가 가질 않는군요."

위드는 고개를 갸웃했다.

천공의 도시에 처음 방문한 파티에 다인이 속해 있었다고 했다. 한데 그들은 던전들에 들어가 보지도 않았다는 소리다. 여러모로 믿기 힘든 이야기였다.

"그건 그럴 수밖에 없었어요. 저를 제외한 다른 사람들은 레벨이 200이 넘었으니까요."

"그 말씀은 약한 던전은 구태여 들어갈 필요가 없었다? 그렇더라도 던전들을 일부러 지나치려고 할 사람은 없을 텐데요."

던전을 발굴하면 여러 혜택이 있지만, 그중에서도 명성의 상승을 그냥 지나칠 수 없다.

첫 발견자는 상당한 수준의 명성을 얻을 수 있고, 그 던전을 탐험하면서 지도까지 완성하면 다시금 명성과 부를 획득할 수 있다.

레벨이 높아서 사냥을 하지 않는다고 해도 그런 명성의 이득을 놓칠 사람은 없는 것이다.

위드는 다인이 무언가 그 일행에 대해서 말하기를 꺼리고 숨기려는 듯한 눈치를 챘다.

"무슨 이유인지를 말해 주지 않으면 저는 이곳을 떠날 생각이 없습니다.

"그건 말할 수 없어요. 그들이 무슨 일을 했는지는……."

"비밀입니까?"

"네. 약속을 했거든요. 절대로 말하지 않기로……. 사정을 설명하기는 힘들지만 제 말은 진실이에요. 믿어도 돼요."

위드는 그 말을 믿기로 했다.

비밀을 지킨다. 그러나 억지로 설득하려고 하지 않는다. 허술해 보이는 진실이야말로 진짜일 가능성이 높다.

두 사람은 죽은 전사의 동굴에서 사냥터를 이동했다.

그녀의 말은 진실이었다.

미르칸 탑.

판 호수 비밀 지역.

바라볼 탄광.

세크메일 유적지.

가에트 숭배소.

패로트 둥지.

발록의 폐허.

파괴자 마그레스 봉인 동굴.

이곳들은 아직 공개되지 않은 던전이었던 것이다.

도시에서는 보이지 않는 비밀 사냥터에 위드와 다인은 도착했다.

미르칸 탑.

구름 속에 솟아난 탑이었다.

최초의 발견자가 되었고, 이 사냥터에서는 주로 허공을 나는 몬스터들과 싸워야 했다.

위드에게는 장거리 공격 기술인 궁술이 있었다. 조악한 활이라도 스탯 덕분에 데미지는 좋다.

미르칸 탑 근처에는 특수한 깃털도 판매하고 있었다.

10골드의 돈을 내면 1달간 하늘을 날 수 있게 해 주는 아이템이다.

2배의 경험치와, 2배의 아이템 드랍률!

위드와 다인은 미르칸 탑과 판 호수 비밀 지역, 바라볼 탄광을 차례대로 열면서 사냥을 계속했다.

발록의 폐허와 가에트 숭배소, 세크메일 유적지에서는 데스 나이트들이 가장 약한 축에 드는 몬스터였다. 들어갈 엄두도

나지 않는 곳이기에 봉인을 해 두었다.

위드는 다인 덕택에 엄청난 경험치와 아이템들을 건지면서 사냥을 할 수 있었다.

현재 위드가 게임을 플레이하는 시간은 현실 기준으로 매일 20시간 정도. 그런데 다인은 하루에 5시간도 게임에 전념을 하지 못했다.

다인은 매번 피곤한 얼굴로 접속을 종료했고, 접속하는 시간도 조금씩 불규칙해졌다.

'이제 이것만 만들면…….'

위드는 바닷가재 2마리를 지그시 노려보고 있었다.

그의 곁에는 다인이 함께 침을 꼴깍 삼키면서 바닷가재를 째려보고 있다.

바닷가재가 꿈틀꿈틀하였지만, 살기 띤 위드의 눈초리에 불쌍하게도 어디로도 가지 못했다.

현재 위드의 요리 스킬은 숙련도가 9레벨 99%.

마지막 1%를 위해서 특별한 음식을 준비했다.

초급 요리 스킬의 마지막은 해산물이었다. 바로 그 유명한 랍스터!

당연히 현실에서는 한 번도 랍스터를 먹어 보지 못한 위드였다.

다른 복잡한 이유가 아니라 값이 너무 비싸기 때문.

요리 스킬을 열심히 올리는 데에는 이런 음식들을 실컷 요리해서 맛보기 위한 것도 있었다.

꿈틀.

아직 살아 있는 바닷가재가 조금씩 더듬이를 움직인다.

위드는 차가운 눈으로 바닷가재의 몸부림을 감상하여 주었다. 그의 시선은 곧 스러질 생명을 동정하는 눈이 아니었다.

그저 값비싼 음식 재료의 마지막 모습을 똑똑히 기억해 두기 위함이다.

위드의 손이 부들부들 떨렸다.

게임 내에서도 바닷가재는 귀하고 구하기 힘든 재료였다.

천공의 도시 라비아스에서는 무려 2골드라는 거금을 들여서 바닷가재를 살 수 있었다.

한 마리에 1골드씩이다.

만약에 2배의 경험치와 드랍률을 주는 던전들을 발굴하지 못했더라면 살 엄두도 내지 못하였을 것이다.

'녀석을 요리하고 나는 중급 요리 기술에 오른다.'

결의를 다진 위드의 손이 전광석화처럼 움직인다.

왼손으로는 바닷가재의 머리를 잡아서 고정시키고, 오른손으로는 자하브의 조각칼을 가지고 머리에서부터 죽 밑으로 그었다.

바닷가재의 몸이 절반으로 갈라진다. 이때 재빨리 모래주머니를 제거하고 알을 빼냈다.

그런 다음에는 미리 준비해 놓은 갖은 양념, 소스와 함께 프라이팬에 볶아 냈다.

불길이 확확 올라오고, 바닷가재는 보기 좋게 불그스름하게 익었다.

마침내 랍스터 완성!

띠링!

요리 스킬의 레벨이 10이 되어 중급 요리 스킬로 변화합니다.
더욱 다양한 요리들을 만들 수 있으며, 몸에 좋은 보양식을 만들어 포만감이
유지되는 동안 각종 능력치가 향상됩니다. 능력치의 향상은 만드는 요리와
재료에 따라 달라집니다(예: 드레이크의 알, 하수오, 각종 약초들). 전 스탯
에 +5의 추가 포인트가 주어집니다.

명성이 10 올랐습니다.

직업 공통 스킬, 포도주 제조술을 습득하였습니다.

대지와의 친화도가 30 상승하였습니다.
대지 속성 계열 마법에 20%의 내성을, 불과 물 속성 계열 마법에 10%의 내
성을 갖게 됩니다.

드디어 이루고자 했던 요리 스킬이 중급이 되었다.

보상도 만만치 않았다.

마법 저항력을 올리려면 아주 비싼 아이템을 장비해야 했
다. 그런데 요리술을 익혀서 저항력을 상승시킬 수 있다는 것
이다.

"와아, 맛있겠어요."

음식이 요리되기만을 기다리던 다인이 옷소매를 걷고 달려
든다.

위드도 서둘러서 자기 몫의 랍스터를 뜯어 먹었다.

둘은 여러 던전들을 휩쓸고 다닌다.

위드가 전투를 하고, 다인이 보조해 주는 역할이었다.

다인은 조금도 아쉬운 마음이 들지 않을 정도로 치료와 버프를 성실하게 해 주었다.

다인은 알면 알수록 독특한 여성이었다.

몬스터들을 보면 측은한 눈길을 주면서도 저주 마법을 중복해서 걸어 버린다.

또한 돈이나 아이템에 대해서는 허술함이 없다.

가끔 위드가 은근슬쩍 몇 실버나 몇 쿠퍼라도 자신의 몫으로 더 챙기려고 하면 여지없이 지적을 한다.

판 호수 비밀 지역은 주변에 약초가 피어 있는 장소들이 많았다. 그런 곳에 가면 다인은 어김없이 땅바닥에 주저앉아서 돈이 되는 약초들을 뽑았다.

가공할 생존력!

그런가 하면 때때로 시를 읊거나 노래를 불렀다.

맑고 청량한 음성으로 부르는 그녀의 노래는 매우 듣기 좋았다. 그 덕분에 위드는 상당히 즐겁게 사냥을 할 수 있었다.

'혼자가 아니라는 게 이렇게 재미가 있을 줄이야…….'

그간 라비아스에는 다른 이들이 찾아오지 않았다.

페일과 수르카 들도 세라보그 성에서 다시 정착을 하고 사냥을 하고 있다고 했다.

초보인 부모님들과 함께하고 있으니, 아무래도 멀리 떠나기는 힘든 것이다.

단둘만의 사냥.

그것도 이상형의 조건에 딱 들어맞는 여자와 함께였다. 사내로서 아무래도 신경이 쓰이지 않는다면 거짓말이리라.

처음 다인의 얼굴 표정은 웃고 있었지만, 어딘가에 그늘이 져 있었다.

그러던 것이 위드와 함께 사냥을 하고, 음식을 먹으면서 점점 얼굴이 밝아졌다.

이제 다인은 생글생글 웃고 있었다. 그러나 때때로는 매우 슬픈 표정을 짓기도 했다.

그러던 어느 날 위드는 처음으로 그녀를 동료로 받아들이고 싶다는 생각을 했다.

"저기, 앞으로도 우리 쭉 같이 사냥을 할까?"

"……."

다인은 한동안 입을 열지 못하였다.

"미안해요, 위드 님."

다인이 진지한 얼굴로 말했다.

"그게 무슨 말이야?"

"한때 나는 잘못된 결정을 내렸어요. 아무도 나를 사랑해 주지 않는다는 생각 때문에… 누구도 믿을 수가 없었던 거죠."

"……."

"혹시 라비아스에 혼자서 남은 것과 관련이 있어?"

"그건 말씀드리기 힘들지만, 약간의 관련은 있어요. 아무튼 위드 님과 지내면서 이제 용기가 생겼어요. 다시 저의 자리를 찾을 수 있을 것이라는…….”

“그래서?”

위드는 조금 화가 났다.

함께 있으면서 용기를 갖는 것이야 좋다. 그러나 돌아가겠다는 말에는 이용당한 기분이 되는 것이다.

이용당하고도 좋아할 사람은 없다.

“위드 님을 보면서 이제 살아갈 수 있을 것 같은 기분이 든 거예요.”

“설마…….”

“맞아요. 저는 병을 앓고 있어요. 수술을 하더라도 생명을 장담할 수 없는 병이죠. 두려움에 미루어 오고 있었지만 이제 치료를 할 시간이 되었네요.”

“…….”

“그런 표정 짓지 말아요. 저는 살 수 있을 것 같으니까요. 우연처럼 아주 쉽게 찾아오지만 그것이 자신의 운명인지 아닌지는 잘 알아보지 못하는 것 같아요. 너무 쉽게 만나고 헤어지고 그러고 싶지 않아요. 우리가 운명이라면 꼭 다시 만날 수 있을 거예요. 저는 다시 위드 님을 만날 수 있기를 빌어요.”

다인은 로그아웃했다.

❧

위드는 다인이 떠나고 나서 한동안 가슴이 허전했다.

의심만 하고, 사냥을 하느라 이야기를 많이 나누지도 않았다. 어쩌면 그녀는 자신의 병을 숨기려고 하지 않았을지도 모를 일이었다. 언제나 위드는 바빴다. 그녀가 접속을 하면 데리고 사냥을 하느라 이리저리 끌고만 다녔던 것이다.

미안한 마음이 들었다.

어쩌면 다시는 다인이 돌아오지 않을지도 몰랐다.

'그렇더라도 그녀를 기억하는 사람은 거의 없겠지. 라비아스에 혼자 있는데도 아무도 찾아오지 않았으니까 말이야. 던전에서 혼자 언데드 몬스터들에게 스킬을 사용하면서 지냈던 이유가 그것이었구나.'

그런 고독과 죽음에 대한 공포는 겪어 본 사람만이 알 수 있으리라.

위드는 다인을 기다리면서 사냥을 했지만, 그녀는 게임 시간으로 3개월이 지나도록 돌아오지 않았다.

현실로 치자면 3주 정도 되었다.

생명이 위독할 정도의 대수술이라면 치료와 회복에 몇 달이 걸릴지 몰랐다.

'약속을 했으니 언젠가는 다시 돌아올 것이다. 1년, 혹은 2년이 걸릴지라도.'

위드는 던전의 깊숙한 곳에서 조각술을 펼치기 시작했다.

'다시 나타나지 않더라도, 추억을 이곳에 남기겠다. 적어도 한 사람은 그녀를 기억하고 있었다는 사실을…….'

조각 검술.

자하브의 조각칼.

조각술 스킬이 중급에 오르면서, 자하브의 조각칼로 바위를 자를 수 있게 되었다. 물론 조각 검술 스킬을 쓸 때에만 가능한 일이다.

조각칼이 춤을 추었다.

벽과 바위들에 새겨지는 두 사람의 모습.

음식을 나누어 먹고 쉬면서 이야기를 나누었던 장소마다 한 쌍의 조각상들이 완성이 된다.

바위를 가져와서 조각상을 만들고, 때때로는 벽에 사람의 형상을 음각으로 새겨 놓았다.

가끔 몬스터들이 나타나서 귀찮게 굴 때도 있었지만 위드는 끈질기게 조각술을 펼쳐 냈다.

마지막은 처음 그녀를 만났던 죽은 전사의 동굴에서였다.

지하수가 흐르는 공터에서 작업이 시작되었다. 누워서 잠든 다인과, 처음 그녀를 발견한 위드. 두 사람의 조각상들이 함께했던 던전마다 완성이 되었다.

라비아스의 무명 석인을 완성하였습니다!

라비아스에 알 수 없는 조각상들이 생겨났다 그리운 추억의 향기를 물씬 풍기고 있는 조각상들은 위험한 던전에서 휴식과 재충전을 향한 이정표가 되어 줄 것이다. 다른 사람에게 발견되지 않은 이 조각상들은 이름이 알려지지 않은 조각사에 의해서 완성이 되었다.

예술적 가치: 300

특수 옵션: 조각상 근처에서는 정서적인 안정을 통해 생명력과 마나가 25% 상승한다. 이동속도가 10% 상승한다. 조각상 근처에서 몬스터들의 공격력이 5% 줄어든다. 다른 조각품과 중복으로 적용되지 않는다.

지금까지 완성한 걸작의 숫자: 2

조각술 스킬의 레벨이 2로 상승했습니다.
조각술이 한층 섬세하고 세밀해집니다.

명성이 20 올랐습니다.

예술 스탯이 20 상승하였습니다.

인내가 20 상승하였습니다.

지구력이 10 상승하였습니다.

빼앗긴 신전의 보물

위드의 망토가 바람에 보기 좋게 흩날렸다.

"후후후."

위드는 라비아스가 내려다보이는 언덕에 한동안 서 있었다.

망토가 펄럭거리는 소리가 너무나도 듣기 좋았다.

지금까지 한 사냥으로 레벨을 175까지 올렸지만, 그보다 더 큰 수확은 아이템들에 있었다.

거지꼴이던 위드가 드디어 제대로 장비를 갖추게 된 것이다.

망자의 회색 망토

죽은 이가 입었던 망토이다. 많은 곳이 훼손되어 있지만 기본적인 역할은 할 것 같다.

내구력: 20/20

방어력: 12

제한: 레벨 150. 힘 150.

옵션: 먼 거리를 움직일 때 이동력을 증가시켜 준다.

그라함의 강철 벨트

단단하게 허리를 조여 주는 벨트. 10개의 슬롯을 가지고 있어서 단검이나, 포션, 해독약 등을 보관할 수 있다.

내구력: 25/25
방어력: 7
제한: 레벨 110. 힘 200.
옵션: 포션이나 해독약을 모두 소모했을 경우, 배낭에 여분이 있다면 즉시 재충전된다.

그라함의 가죽 갑옷

기사 그라함이 생전에 입었던 갑옷이다. 가볍고 단단하지만 튼튼하게 제작된 물건이다. 그라함이 죽으면서 망자의 혼이 깃들었다.

내구력: 30/30
방어력: 25
제한: 레벨 130. 힘 300.
옵션: 화살이나 마법 공격을 20% 확률로 회피. 힘 + 20. 민첩성 + 5.

부츠나 장갑, 검은 일행들과 함께할 때 구한 바가 있었고, 반지도 빠뜨릴 수 없다.

스켈레톤 나이트 30마리를 잡으면 마나 회복 속도를 10% 늘려 주는 패로트의 링을 주었다.

〈로열 로드〉에서 엄지손가락을 제외하고 반지를 낄 수 있는 것은 총 8개!

물론 중복해서 착용하는 것이 가능했다.

단 신성의 속성을 가진 반지나, 어둠의 속성을 가진 반지를 동시에 착용하는 것처럼 상극의 아이템은 안 되지만 말이다.

위드는 엄청난 노가다 근성으로 패로트의 링을 구해서, 8개의 손가락 모두에 차고 있었다.

마나 회복 속도가 무려 80%가 빨라지는 것이었다.

얼마나 많이 스켈레톤 나이트와 싸웠는지를 알게 해 주는 대목이었다.

위드에게 걸리면 인정사정이 없다.

경험치와 아이템!

어느 것 하나라도 많이 준다면 아예 캠프를 차리고 나타나는 대로 잡아 버리는 것이 위드였던 것이다.

멤피스 홀의 근엄한 스켈레톤 나이트들은 보이는 족족 위드 앞에 뼈다귀를 내놓아야 했다.

8개의 손가락 모두에 패로트의 링을 착용한 위드의 공격력은 거의 2배나 늘었다.

마나 회복 속도가 늘어난 만큼 황제무상검법을 발휘할 수도 있었다.

검술 그 자체만 해도 강한 위드가 스킬을 거의 2배에 가깝게 쓸 수 있었으니 그만큼 강해진 것은 두말할 나위 없는 일.

반지와 장비, 검까지 제대로 갖춘 이제야말로 위드는 관록 있는 모험가로서의 모습이 엿보였다.

휘이잉!

바람이 불면서 망토가 심하게 펄럭거린다.

위드는 두 팔을 넓게 펼친 채, 멋진 모습으로 그 느낌을 만끽하고 있었다.

'마치 바람을 타고 날아오르는 것 같군. 이 자유로움. 고립.'

하나 세상은 그를 편안하게만 놓아두지 않는다.

> 망토의 내구력이 저하되었습니다.

언데드들.

그들이 떨어뜨리는 아이템들은 하나같이 정상적인 상태인 것이 없다. 내구력이 극도로 낮아져서 최대 내구력까지 한참이나 깎아 먹은 아이템들인 것이다.

고로 위드가 멋지게 폼을 잡고는 있지만 실상 보기만큼 좋은 아이템들은 아니라는 뜻이다.

성능은 그럭저럭 쓸 만하다고 해도 곧 부서질 것 같은 위태로움이 있다고 할까.

내버려 두어도 조금씩 내구력이 약화될 정도로 하급품들이었다.

위드는 조용히 망토를 풀어 앞에 내려놓았다. 그리고 망토를 사정없이 두들겼다.

"수리!"

망토를 펼쳐서 두들기는 것만으로 간단하게 수리가 끝났다.

다시 위드는 망토를 착용한 채로 바람을 맞는다. 금방 아무 일도 없었던 것처럼.

〈마법의 대륙〉을 할 당시에도 이런 고독을 즐겼다. 하나의 던전을 완전히 소탕한 이후로 잠깐의 여운이라고 할까.

자신이 만들어 놓은 작품들을 보면서 다음 목적지를 향해 무거운 발걸음을 옮기는 것이다.

휘이이잉!

날카로운 돌풍이 불었다.

천공의 도시인 라비아스에는 센 바람이 자주 불었다. 자잘한 돌멩이 몇 개가 바람에 날아와서 갑옷에 부딪쳤다.

> 갑옷의 내구력이 저하되었습니다.

가죽 갑옷.

그라함이라는 네임드 스켈레톤 나이트를 잡아서 구한 귀한 갑옷이었다.

초보용 레더 아머와는 비할 수도 없는 아이템.

상점에서 돈을 주고 사지 않았기 때문에 더욱더 행복했다.

"수리!"

위드는 지속적으로 수리 스킬을 이용하면서 라비아스로 향했다. 내구력이 많이 떨어진 장비들은 금세라도 부서질 것처럼 위태롭다.

몬스터와 싸울 때에도 겉으로는 당당하였지만 속마음은 언제라도 아이템들이 파손되지 않을지 걱정으로 인해서 전전긍긍하지 않을 수 없다.

다른 사람이라면 헐값에 팔아 버렸거나 아니면 버렸을 아이템들을 재활용 정신으로 끊임없이 이용하고 있는 것이었다.

그야말로 빈곤의 극치라고 할 수 있었다. 하지만 이 생활도 얼마 후면 끝이 난다.

수리 스킬이 중급에 오르면, 줄어든 최대 내구력도 본래대로 수리를 할 수 있게 된다.

그때야말로 멀쩡한 아이템을 착용하고 여유롭게 폼을 잡을 수 있을 것이었다.

"운명을 믿는가? 나는 자네가 우리 마을에 와서 이렇게 우리를 구원해 준 것이 단순한 우연으로 여겨지지 않는다네."

　"예?"

　"과거 우리 마을에 프레야 신전의 사제님이 와서 말씀하셨지. 사악한 무리가 창궐하고 있다고. 그들은 눈에 보이지 않는 곳, 우리보다 낮은 곳, 차갑고 어두운 곳에서 세력을 넓혀 가고 있다고. 프레야 신전의 사제님께서는 진정 용기 있는 자만이 그들을 막을 수 있을 것이라 하셨네! 그러면서 내게 그 용기 있는 자를 선택할 수 있는 권한을 주셨지."

　"……."

　"그때는 그 의미를 알지 못하였으나 이제는 알 것 같네. 지금까지 자네에게 알려 주지 않은 비밀이네만, 우리 집안 대대로 내려온 그 씨앗은 새로운 곳으로 안내하는 길잡이 역할을 한다네. 사제님께서는 말씀하셨지. 프레야 신전의 잃어버린 보물을 되찾기 위해서는 먼저 시굴이란 자를 만나야 한다고. 그를 찾게. 그리고 사악한 무리들을 무찌르는 용사가 되어 주게!"

　위드는 바란 마을 장로 간달바의 단서를 잊지 않았다.

　시굴을 만나서 프레야 신전의 잃어버린 보물을 되찾으라!

　이것은 연계 퀘스트로 대박의 냄새를 풀풀 풍겼다. 대체로 신전에서 주는 의뢰는 보상이 후할뿐더러, 쉽게 맡지도 못하는 것이다.

왕국이나 신전은 명성이 1만이 넘어가야만 들어갈 수 있는 장소였다.

바란 마을에서 입수한 빼앗긴 신전의 보물 퀘스트에 대한 단서. 그것과 관련이 있는 자가 바로 시굴이었다.

'시굴이란 자를 찾아야 해!'

그동안 라비아스는 손바닥처럼 훤하게 꿰고 있었다. 하지만 시굴이란 이름을 가진 조인족을 만나 보진 못했다.

위드는 방법을 바꾸어서 조인족들마다 시굴에 대해서 아는지를 물어보았다. 그래도 조인족들은 대꾸를 하지 않는다.

신전의 잃어버린 보물에 대해서 말을 꺼냈을 때야 마침내 반응을 보이는 조인족들이었다.

"시굴? 그에 대해서라면 잘 알고 있지. 그는 약초꾼이야. 위험한 던전에 들어가는 일도 서슴지 않지. 그는 언데드들을 다룰 줄 아는 용기 있는 자라네."

"몰랐는가? 잡화점에서 파는 약초들이 전부 그가 캐 온 것이라네."

조인족들은 저마다 한마디씩 했지만, 시굴이 어디에 있는지는 대답을 하지 못하였다.

위드는 잡화점으로 가서 시굴에 대해서 물어보았다.

"시굴이 지금 어디에 있냐고? 아마 바르칸의 지하 묘지에 있을 거네."

"바르칸의 지하 묘지요?"

"매일 귀곡성이 울려 퍼져서 잠을 못 자게 하는 곳이지. 우리 조인족 무사들이 놈들을 토벌하기 위해서 갔는데 모두 실패했어. 뚜렷한 형체가 없는 놈들이라서……. 굳이 가는 걸 권하고 싶진 않네만 가겠다면 말리지 않겠네. 묘지의 입구는 도시의 뒤쪽 산에 있어. 산에서 열다섯 번째로 큰 바위 근처에 있는 곳이지. 푸른 꽃이 피어 있는 옆을 잘 살펴보게."

　준비를 끝내고, 바르칸의 묘지를 찾아서 라비아스를 벗어난 위드는 힘차게 북쪽 산을 향해서 갔다.
　'길 안내 하나는 끝내주게 하는군.'
　위드는 터무니없다는 듯이 한숨을 쉬었다.
　조인족들은 하늘을 날 수 있다. 도시를 벗어날 때에는 거의 반드시라고 해도 좋을 정도로 자유로운 하늘에 몸을 띄운다.
　그들의 시력은 놀랍기 그지없어서 하늘에서도 땅바닥을 기어 다니는 벌레들까지 볼 수 있었다.
　그런 조인족들의 설명이었으니 인간들과는 기준이 다를 수밖에 없다.
　산에서 열다섯 번째로 큰 바위라니, 그 순위를 위드가 어떻게 가늠할 수 있겠는가.
　조인족들처럼 하늘에서 내려다보는 것도 아니고 말이다. 결국 어느 정도 이상 큰 바위마다 주변을 샅샅이 뒤져 보는 수밖에 없었다.
　그러나 끈기 하면 위드였다.
　바르칸의 묘지는 아주 찾기 힘든 장소에 있었다.
　푸른 꽃은 풀숲에 가려져서 잘 보이지도 않았고, 큰 바위는 어떤 것을 말하는지 알 수 없었다.

마침내 찾아낸 바르칸의 묘지!

하나의 작은 건물이 있었고, 그 안으로 들어갈 수 있는 철문이 전부였다.

지하로 내려가는 묘지였던 것이다.

허물어져 가는 표지판에는 이렇게 쓰여 있었다.

죽은 자들, 피와 살이 썩어 육신마저 사라진 이들
이곳은 그들을 위한 무덤이다.

위드는 표지판을 힐끗 본 후에 무표정한 얼굴로 철문을 열고 안으로 들어갔다.

던전. 바르칸 지하 묘지의 최초 발견자가 되었습니다!
혜택: 명성 100 증가. 일주일간 경험치, 아이템 드랍률 2배. 첫 번째 사냥에서 해당 몬스터에게 나올 수 있는 것들 중 가장 좋은 아이템이 떨어진다.

이곳에 오기 전에 조인족들에게서 정보를 모았다.

바르칸의 묘지에 대해서 알고 있는 것은 레벨 130대의 망령과 고스트, 스펙터가 나온다는 정도였다.

'생각보다 약한 곳이군.'

망령들은 일종의 원혼들이라고 할 수 있다.

죽은 자들의 영혼.

고스트의 경우에는 형체를 파악하기 힘든 유령이라고 보면 되리라.

　위드는 천천히 묘지의 안을 돌아다녔다. 고스트와 스펙터 들이 나타났지만, 그때마다 그들을 무시한 채 지나쳤다.

　하얀 영체처럼 보이는 고스트와 스펙터 들은 위드를 건드리지 않은 채로 조용히 물러간다.

　위드의 전신에서 퍼져 나오는 살기를 느꼈기 때문이다.

　투지 스탯 덕분이다.

투지

순간적인 괴력을 내기도 하고, 눈빛만으로 약한 몬스터들을 굴복시킨다. 스탯 포인트 분배가 불가능하며 캐릭터의 행동에 따라서 저절로 상승한다. 오랫동안 쉬지 않고 싸우거나, 아니면 자신보다 강한 적과 자주 싸울수록 빨리 늘어난다.

　보통의 다른 전투 캐릭터들의 투지는 20에서 30 정도였다.

　권사처럼 적과 가까이 붙어서 싸워야 하거나, 암살자의 경우에는 투지가 조금 더 높은 편이다.

　그렇더라도 50을 넘는 이들은 극히 드물었다.

　투지 스탯에 대해서는 여러 분석들이 있었지만 거의 불필요한 스탯이라는 의견이 대다수였다.

　힘이나 민첩처럼 상승시켰을 때에 확연히 눈에 띄는 변화가 있는 것도 아니다.

　마법사와 같은 지능형 캐릭터들은 아예 스탯 자체가 생성이 되지 않는 경우가 많았는데, 투지 스탯이 없더라도 사냥에는 아무런 지장이 없었다.

몇 명이 실험 삼아서 투지에 스탯 포인트를 분배해 보았다지만, 그들은 전부 캐릭터를 다시 키워야 했다.

별로 효과가 없었다는 뜻.

투지는 자동으로 성장하는 스탯이지만, 여간해서는 잘 오르지 않았다.

자기보다 강한 적들을 상대로 죽어라 사냥해 봐야 1도 잘 안오르는 것이다. 게다가 죽거나 전투에서 도주하면 저절로 하락하기도 한다.

그렇기 때문에 투지 스탯이 높은 사람은 얼마 없었다.

그런데 현재 위드의 투지는 193을 넘는다. 35의 스탯 보너스를 합치면 무려 228이나 된다.

사냥 때마다 자신보다 강한 적들을 상대로 죽기 살기로 싸웠기 때문에 투지가 엄청나게 성장을 했다.

비슷한 레벨의 몬스터들은 덤벼들지도 않을 정도다.

위드가 먼저 싸움을 걸면 전투가 벌어지겠지만, 싸울 때에도 살기에 압도를 당해서 제 실력을 발휘하지 못했다.

저벅저벅.

몬스터들을 눈빛만으로 물리치면서 위드는 묘지 내부를 돌아다녔다.

바르칸의 묘지는 복잡한 미로처럼 되어 있었다.

위드는 이리저리 돌아다닌 끝에 상처를 입고 쓰러져 있는 조인족을 발견했다.

"이런……."

위드가 다급한 얼굴로 조인족에게 다가갔다. 조인족의 몸은 상처투성이였다. 독이 올라와서 몸이 뜨겁다.

"붕대 감기!"

위드는 상처 부위에 붕대를 감고 약초를 발라 주었다.

당장 죽을 정도로 생명력이 저하되고 있을 때에는 반드시 포션을 먹여야 하지만 일반적인 부상에는 붕대 감기 정도면 충분했다.

부상 치료를 마친 다음에는 해독약을 먹였다.

"끄으응!"

한참 후에야 조인족이 고개를 흔들며 깨어났다.

"이, 이런……. 내가 정신을 잃고 있었군. 부상이 너무 심해서 치료도 하지 못했네. 하마터면 죽을 뻔했어. 그런데 자네는 누군가?"

"위드라고 합니다."

"위드? 라비아스에 온 인간인가 보군. 내 이름은 시굴이라고 하네."

시굴!

드디어 위드는 시굴을 찾았다.

"예. 알고 있습니다. 그런데 빼앗긴 신전의 보물은 어디에 있습니까?"

"신전의 보물? 그것을 자네가 어찌 알고 있는가?"

"예. 실은……."

위드는 바란 마을에서의 일을 그에게 들려주었다.

시굴은 매우 힘겨운 얼굴로 그의 이야기를 들었다.

"쿨럭. 훌륭한 일을 한 청년이군. 프레야 여신님의 가호가 그대에게 있기를. 신전의 보물은 바로 여기 바르칸의 묘지에 있다네."

위드는 고개를 끄덕였다.

베르사 대륙의 역사에 대해서 설명한 〈로열 로드〉의 홈페이지에서 이런 이야기를 본 적이 있었다.

'바르칸이 그를 뜻하는 것이었군.'

바르칸 데모프.

어둠의 주술사이자 네크로맨시에 정통한 흑마법사였다.

죽지 않는 불사의 연구를 하였고, 수많은 아이들을 납치하여 인체 실험을 자행했다고 한다.

비록 불사의 실험은 실패로 끝이 났지만, 납치한 아이들과 키메라들을 이용해서 대륙을 제패하려는 음모를 꾸몄다.

그들의 군대는 무적인 것만 같았다.

죽은 자들을 전부 언데드로 일으키는 바르칸의 흑마술에 그 누구도 대항할 방법을 찾지 못했다.

좀비와 스켈레톤.

그 숫자만 수만이 넘고, 듀라한은 무려 3천이 넘었다고 한다. 데스 나이트들은 1천이 넘고 그 외에 알려지지 않은 언데드들의 침공으로 대륙은 풍전등화의 위기에 빠졌다.

전 대륙의 왕국과 교단 들이 힘을 합쳐서 간신히 그들을 몰아낼 수 있었다.

라비아스에 온 이후에 알게 된 일인데, 이 천공의 도시도 그 후에 언데드들을 격리하기 위해 만들어진 것이었다.

"자네는 바르칸의 수하로부터 신전의 보물을 찾는 일을 도와

주겠는가?"

위드는 잠시 침묵 끝에 고개를 끄덕였다.

"프레야 교단의 보물을 되찾아 오는 일을 하겠습니다."

"고맙네. 내가 조사한 바에 의하면 데스 나이트가 신성한 잔을 가지고 있을 걸세. 나는 여기서 상처를 치료하면서 기다릴 테니 반드시 보물을 회수해 오도록 하게."

"예."

위드는 시굴을 지나쳐 지하 묘지 깊숙한 곳으로 들어갔다.

✦❈✦

데스 나이트라고 해도 이제는 별로 긴장감이 들지 않았다. 벌써 몇 번이나 싸워 봤기 때문이다.

그것도 겨우 레벨이 115가 되었을 때부터 말이다.

듀라한이 만만해지자 나타난 데스 나이트들을 피하지 않고 한바탕 싸워 봤던 것이다.

첫 교전에서는 강력한 데스 나이트의 암흑 투기에 패배했다. 그것은 곧 죽음을 뜻한다.

페널티는 현실 시간으로 하루의 접속 불가!

그리고 레벨 다운.

스킬 숙련도의 5% 하락.

레벨이야 다시 올리면 된다지만 떨어진 스킬 숙련도는 치명적이었다.

조각술이나 요리처럼 생산 계열 스킬들은 지독하게도 잘 오르지 않는 것이다.

다행히 아이템이야 집어 갈 사람이 없어서 다시 찾을 수 있었으나 한 번의 죽음은 많은 것을 일깨워 주었다.

그렇지만 이런 부분에 있어서는 고집스러운 위드였다.

데스 나이트를 피하긴 하지만, 어쩔 수 없이 마주쳤을 경우에는 도망치지 않고 싸웠다.

그 결과가 5번의 죽음이었다.

5일간의 접속 불가, 레벨 하락, 숙련도 하락!

그다음부터는 레벨이 더 오르고, 경험이 생겨서 강한 데스 나이트들과 호기롭게 싸울 수 있었다.

레벨도 중요하지만 자신보다 강한 몬스터와 싸우는 경험이야말로 소중하다고 위드는 생각했다.

그렇게라도 생각하지 않으면 잃어버린 것들이 아까워서 미칠 지경이었던 것이다.

아마도 데스 나이트들만 아니었더라면 레벨을 10은 더 올렸을 것이다.

경험치 2배가 적용될 때에 죽어서 접속을 못하는 기분은 참혹할 정도였다.

데스 나이트를 최초로 이긴 것은 레벨 125에서였다.

일반적으로는 불가능한 일이겠지만, 위드의 스탯은 레벨을 초월하고 있었던 덕분이다.

수련관에서 상승시킨 24레벨에 해당하는 스탯.

달빛 조각사라는 직업이 준, 전 스탯에 +20.

여기에 조각술이 +10의 효과를 주었고, 중급에 오른 요리가 +5의 추가 효과를 주었다.

스탯마다 35씩이라면 이는 레벨 7을 올려야 얻을 수 있는 스탯 포인트였다.

위드가 가진 스탯이 11이었으니 무려 77의 레벨을 올린 것과 같은 효과가 있는 것이었다.

물론 예술이나 통솔력, 행운, 지구력과 같은 스탯들은 전투에 직접적으로 크게 관여를 하는 것은 아니기에 일반적인 비교는 곤란하다고 할 수 있었다.

그렇다고 해도 엄청난 스탯 포인트가 아닐 수 없다.

위드의 강함은 그걸로 끝이 아니었다.

걸작 조각품을 완성하면서 받은 스탯들과, 요리로 포만감이 유지되는 동안 상승하는 능력치들!

요리가 중급에 오르면서 생명력과 마나, 힘이 비약적으로 상승되게 되었다.

스킬 또한 남부럽지가 않을 정도다.

조각 검술, 황제무상검법!

남들은 눈에 불을 켜고 찾아다닐 만한 스킬들을, 마나가 부족해서 마음대로 못 쓸 정도였다.

여기에 일부러 몬스터들에게 맞아 가면서 올린 인내를 합친다면 데스 나이트와 한번 싸워 볼 만도 한 것이다.

첫 교전에서 만난 데스 나이트는 레벨 200이 넘어 2차 승급이 끝난 몬스터라서 무참한 패배를 면치 못했다.

그러나 경험이 누적되면서 데스 나이트들도 어렵지 않게 잡을 수 있게 되었다.

원래 위드는 자신보다 강한 적들을 상대로 싸우기를 즐겼다.

조각사라는 직업은 비전투 계열이다. 비전투 계열이라면 당연히 전투 계열 직업에 비해서 약하기 마련이다.

그러나 달빛 조각사라는 직업은 가히 사기적이라고 해도 좋을 정도로 장점만 가지고 있다.

손재주에, 능력 강화에, 스탯 추가에, 조각 검술에!

직업으로는 나쁠 것 하나 없는 최고였던 것이다.

던전이나 어두운 밤에는 30%의 능력 강화 효과까지 있었으니 굳이 비슷한 레벨의 몬스터들을 잡으려고 아웅다웅할 필요가 없었다.

히이이잉.

유령들과 스펙터들이 주변에 얼씬거리고 있었다.

몬스터들.

위드가 좋아하는 경험치와 아이템을 드랍해 줄 몬스터들의 유혹이다. 하지만 그들을 외면한 채로 데스 나이트가 있을 만한 곳을 뒤지고 다녔다.

이것은 평상시의 위드답지 않은 일이다.

어떤 던전에서든 싹쓸이를 방불케 하는 사냥으로 자신의 존재를 증명하였던 위드인데 눈앞을 지나가는 몬스터들을 내버려 둔 것이다.

그것도 한 번도 아니고!

지금은 2배의 경험치와 2배의 아이템 드랍률을 보이는 시기인데도 위드는 망령들과 스펙터들을 그냥 지나쳤다.

'굳이 지금 저놈들을 상대할 필요는 없지.'

위드는 지금 큰 것 하나를 노리고 있었다.

데스 나이트.

대체로 놈들이 떨어뜨리는 아이템 중에는 쓸 만한 게 많다. 다만 데스 나이트들은 많지 않았고 이제는 놈들을 일부러 만나 보기가 더 어렵게 된 마당이었다.

신전의 보물을 지키는 데스 나이트는 틀림없이 다른 놈들보다 좀 더 강할 것이다.

그놈이 목표다.

위드는 던전의 최초 발견자였다.

첫 사냥에는 무조건 그 몬스터가 드랍할 수 있는 가장 좋은 아이템이 떨어진다.

이제는 그런 여유와 계산까지 하게 된 위드였다.

유령들과 스펙터, 망령 들을 후광처럼 달고서 위드는 바르칸 지하 묘지를 돌아다녔다.

그것은 그 자체로 신비로운 모습이었다.

그리고 마침내 위드는 지하 묘지 깊숙한 곳에서 데스 나이트와 조우를 했다.

"크큭. 어…리석은 인간. 죽고 싶어서… 여기까지 왔느냐?"

위드는 무감각하게 데스 나이트를 보았다.

뼈다귀로 이루어진 몸에 망토를 둘렀고, 검과 투구로 무장하고 있었다.

투구는 은은한 광택이 범상치 않은 물건인 것 같았다.

'저 정도라면 대박에 가깝겠군.'

위드는 미소를 지었다.

마침 투구가 없었다. 아쉬운 판에 잘된 셈이었던 것이다.

프레야 신전의 보물로 보이는 헤레인의 잔은 데스 나이트의 뒤에 곱게 모셔져 있다.

어두운 던전에서도 밝은 빛을 발하는 것이 성물은 과연 무언가가 다르다.

"차앗!"

위드는 별다른 말도 없이 데스 나이트에게 달려들었다.

경험치와 드랍률이 2배로 되는 이때에 노닥거릴 시간도 모자란 것이었다.

"조각 검술!"

어느새 전매특허가 되어 버린 기술, 조각 검술!

언데드들에게는 치명적이기 짝이 없는 공격이다.

데스 나이트는 검을 곧추세웠다. 데스 나이트의 검에 흑암의 기운이 뭉실뭉실 어렸다.

꽈광!

조각 검술과 데스 나이트의 기운이 맞부딪치며 반탄된 진력이 검을 타고 양쪽 모두에게 울린다.

반동력이 돌아오는 순간 위드는 검을 마주 붙인 채로 몸을 띄워 발차기로 해골을 강타했다.

"커억!"

데스 나이트가 비틀거리면서 한 발자국 물러나자, 위드는 빠르게 두 발자국을 좁힌다.

더 이상은 말이 필요치 않았다.

상대를 죽이기 위한 처절한 공격만이 이어진다.

겨우 팔 하나를 뻗을 수 있는 거리에서 둘은 전투를 벌였다.

이것은 위드의 거리였다.

가까울수록 위험도가 높아지지만, 데스 나이트의 어깨 움직임만 보고도 반응할 수 있는 위드에게는 오히려 이쪽이 더더욱 안전하다.

레벨이 200이 넘는 데스 나이트의 공격 스킬이 본격적으로 발동되기 시작하면 까다롭기 짝이 없기 때문.

"죽…어라, 인간!"

데스 나이트가 흥이 나서 검술을 펼친다.

위드는 슬쩍슬쩍 급소를 피해 치명타를 제외하고는 맞아 주었다.

고통이 찾아온다.

희열!

싸우고 있다는 것에서 느껴지는 쾌감!

전투를 할 때는 공기가 달라져 있음을 느낀다.

데스 나이트가 풍기는 명백한 적의와 살의.

정면으로 맞서 싸우면서 감당해 낸다. 적을 바스러뜨린다. 사나운 맹수일수록 사냥감을 노릴 때에는 경박하지 않다. 웅크린 거체가 두렵게 느껴질 정도로 오히려 덤덤하다. 그러나 맹수가 움직일 때에는 단 한순간이다.

> 인내가 1 상승하였습니다.

고통을 감수해 가면서 적의 공격을 맞아 준 대가가 바로 이 것이었다.

위드는 대부분의 전투에서 적의 공격을 최대한 맞아 주었다. 그 결과가 엄청난 인내력으로 인한 방어력이다.

자기보다 레벨이 높은 적과 싸울 때에는 스탯이 더 잘 오른다.

레벨을 올리는 것도 중요하지만, 인내나 투지와 같은 스탯의 성장이 중요했다.

약초와 붕대를 마련하는 데 비용이 만만치 않게 들었지만 이 것도 투자였다.

스킬을 올리기 위한 투자!

전투가 끝나고 나서 붕대를 감는 스킬도 무섭게 늘었다.

투자를 아까워하면 평생 부자가 될 수 없다.

레벨이 낮을 때일수록 과감한 투자가 필요한 법이다.

위드는 생명력이 20%에 이르렀을 때부터 본격적인 공격을 펼쳤다.

지척 거리에서 데스 나이트의 공격을 흘리고, 좌우로 회피하면서 혼을 쏙 빼놓는다. 그리고 맹공을 퍼부으며 데스 나이트를 압도했다.

"커…억!"

신바람을 내며 싸우던 데스 나이트는 엄청난 투기를 발산하는 위드에게 위축이 되었고, 결국 그의 검술에 의해 박살이 나서 허망하게 쓰러졌다.

척.

"이제 데스 나이트도 시시해졌군."

위드는 클레이 소드를 검집에 넣으며 중얼거렸다.

레벨 125에서부터 승리를 했던 데스 나이트. 이제는 상대하기가 조금은 허전하게 느껴진다.

조금 전에 상대한 데스 나이트는 바르칸의 수하였기 때문인지 꽤나 강한 편이었다.

다른 데스 나이트에 비해서 거의 반 배 정도 강했다. 놈이 강하지 않았더라면 생명력이 10% 이하가 되었을 때부터 본격적으로 싸우기 시작했을 것이다.

그럼에도 불구하고 심각한 위기는 느끼지 못한 위드였다.

사람들은 적과의 거리가 가까우면 위험하다고 생각을 한다.

하지만 위드는 눈빛과 살기에 맞서서 직접 싸우는 느낌이 소름 끼치도록 좋았다.

적의 숨결이 느껴져야 한다.

위드는 검을 들고 있었지만, 일반적인 검의 간격보다는 훨씬 가까운 곳에서 싸웠다.

가까운 곳의 전투에 익숙해지면 거리가 멀어졌을 때에는 오히려 훨씬 더 쉬워진다.

데스 나이트가 본격적인 스킬들을 발휘하면서 싸웠더라도 결과적으로 별 차이는 없었을 것이다.

다만 너무 큰 공격들을 허용하다 보면 방어구들이 깨질 염려가 있고, 인내력도 잘 안 오르기 때문에 붙어서 싸울 뿐이다.

"수리!"

위드는 장비들을 벗어 수리 스킬을 발휘했다.

너덜너덜해진 갑옷과 장비들이 말끔한 모습으로 바뀌었다. 아직 수리 스킬이 8레벨이어서 외관상 멀쩡해 보일 뿐이다.

각종 내구도는 최하까지 떨어져 있었다.

다른 이들이 이런 갑옷과 장비들을 입고 싸웠다면 아마 전투가 끝나기도 전에 전부 부서져 버렸으리라!

오래된 고물 자동차를 다루듯이 장비들을 세심하게 다루지 않으면 착용하기도 힘든 상태였다.

수리는 조각술이나 요리보다 스킬 레벨이 빠르게 상승했다.

주 스킬이 아닌 보조 스킬이기 때문이다.

대장장이 스킬과 연관이 된 보조 스킬이기 때문에 성장이 빠른 편이었다.

하지만 라비아스에서 혼자 사냥을 하는 위드에게 수리 스킬은 쉽게 정복하기 힘든 대상이었다.

조각술은 어디서든 할 수 있고 요리는 예술 스탯과 토벌대 등의 노가다를 통해 많이 올렸지만, 수리는 부서진 병장기가 있어야만 올릴 수가 있기 때문이었다.

"그럼 어디 떨어진 아이템들을 볼까?"

위드는 데스 나이트가 남긴 전리품들을 확인했다.

반 호크의 마법 헬름

죽음의 기사가 착용하던 머리 보호구이다. 원만한 반구형으로 머리를 완전히 뒤덮고 있어 뛰어난 방어력을 자랑한다. 반 호크의 힘이 깃들어 있다.

내구력: 90/90

방어력: 25

제한: 레벨 200. 힘 400.

옵션: 힘 +30. 민첩 -10. 체력 +15. 지력 +10. 암흑 계열 마법에 대한 저항력 +15. 언데드와의 친화도 10 상승. 레벨 50 이하의 언데드들에게 명령을 내릴 수 있다. 부릴 수 있는 언데드의 숫자와 명령의 수준은 통솔력에 따라 달라진다.

칼라모르의 검

칼라모르 제국의 기사 반 호크가 쓰던 검이다. 제국력 651년. 영광된 기사 수여식에서 테오도르 황제가 직접 하사하였다. 날카로운 예기와 함께 기품을 간직하고 있다.

내구력: 65/65

공격력: 35~40

제한: 레벨 200. 힘 300. 기사들만 사용 가능.

옵션: 힘 +20. 기품 +10. 예의 +10. 충성심 +10. 착용 시 명성 30.

붉은 생명의 목걸이

고대 흑마법에 의해 제작된 물건으로 알 수 없는 미지의 힘이 깃들어 있다. 언데드의 군주 바르칸이 그의 부하를 위해 만든 아이템.

내구력: 50/50

제한: 알려지지 않음.

옵션: 알려지지 않음.

위드는 크게 숨을 들이마셨다.

"대박이다."

첫 번째 사냥으로 놈이 떨어뜨릴 수 있는 최대의 아이템을 얻었다.

그런데 좋아도 너무 좋았다.

반 호크의 마법 헬름.

아마도 잡은 데스 나이트의 이름이 반 호크였던 것 같다.

뛰어난 방어력에 각종 옵션들이 주렁주렁 달린 기대 이상의 물건이었다.

칼라모르의 검도 지금 쓰고 있는 클레이 소드보다 훨씬 공격력이 뛰어났다.

얼음 속성의 추가 데미지는 없었지만 기사들이 주로 쓰는 명검인 것이다.

그렇다.

문제는 거기에 있었다.

바로 기사들이 착용하는 명검이라는 점!

조각사라는 직업을 가지고 있는 위드는 쓸 수 없는 아이템이었다.

물론 장비하려고만 하면 방법이 전혀 없는 것은 아니다.

제국이나 왕국에 가서 기사 자격을 획득하면 된다. 일정한 관문을 통과한 후, 돈을 내고 기사 자격을 얻으면 되는 것이다.

검사들의 2차 전직에 기사가 있는 것을 감안하면, 이쪽은 그저 기사의 자격만을 획득하는 것이었다. 그런 과정을 거치면 이 검을 쓸 수는 있었다.

다만 지금은 어차피 레벨 제한에 걸려서 쓰지도 못할 아이템
들이다.

"아이템 감정!"

> 실패하였습니다.

"아이템 감정!"

> 실패하였습니다.

붉은 생명의 목걸이는 아무리 감정을 시도해도 확인이 되지
않았다. 감정 스킬의 경지가 낮기 때문일 것으로 판단된다.

"이게 내 운이라면 어쩔 수 없지."

위드는 전리품들을 수거하고, 제단 위에 놓인 신성한 잔을
들었다.

황금으로 만들어진 잔.

그것은 위드의 손에 닿자마자 환하게 빛을 뿜어낸다.

'뜨겁다.'

위드의 손이 불에 덴 듯이 뜨거워졌다. 신성력이 강하게 그
를 감싸는 것을 느낄 수 있었다.

조금 전에 데스 나이트와의 싸움으로 입었던 상처들이 씻은
듯이 나았다.

피로도 말끔히 풀렸다.

> 프레야 교단의 보물. 헤레인의 잔을 습득하였습니다.

헤레인의 잔에서 빛이 서서히 잦아들고, 곧 뜨거움 대신에

맑고 청량한 기운이 감돌았다.

위드는 신기한 듯이 잔을 살펴보았다.

"아이템 감정!"

헤레인의 잔

프레야 여신이 이 땅에 내린 세 가지 성물 중의 하나. 여신의 미덕과 풍요로움의 상징이다. 신앙심이 굳건한 자에게 마르지 않는 힘을 주며, 물을 담아 두고 하루가 지나면 성수로 변한다. 성수는 죽음을 부정하는 언데드들에게 치명적이며, 대지에 뿌렸을 경우 풍성한 수확을 거둘 수 있게 해 줄 것이다.

내구력: 무한.

제한: 성직 계열의 직업. 혹은 프레야 교단의 인정을 받은 자. 신앙 900.

옵션: 신앙 +100. 명성 +300. 성수 제조.

과연 프레야 교단의 성물이었다.

무한정 성수를 생성해 내는 물건이라면 값으로 따질 수 없는 보물인 것이다.

성수를 대지에 뿌리면 그해의 수확량이 거의 10배 가까이 늘어난다고 하고, 언데드들에게는 그 어떤 공격보다 치명적이다. 다만 성직 계열의 직업들만 쓸 수 있었기에 위드가 사용하지 못하는 것이 아쉬울 뿐이다.

"좋아. 나쁘지 않군."

위드는 검을 수리하고, 사냥을 위한 준비를 마쳤다.

무심하게 지나쳤던 망령과 고스트 들! 그들에게 돌아가기 위함이다.

바르칸의 지하 묘지에서 경험치와 드랍률 2배가 되는 시기는 정확히 일주일이다.

이 시기를 놓칠 수가 없는 것이다.

그러나 그때 위드의 귓가에 전해져 오는 음성이 있었다.

―오빠, 어서 일어나 봐!

위드를 오빠라고 부르는 이.

그것은 여동생 혜연이었다. 혜연이 캡슐과 연결된 마이크 폰을 통해서 부르고 있는 것이다.

'휴… 하필이면 이때에…….'

위드는 주위를 돌아보고 로그아웃했다.

프린세스 나이트

―네. 지금부터는 요즘 유저들에게 선풍적인 인기를 끌고 있는 토르 왕국의 유명인에 대한 소식입니다. 오주완 씨. 장비의 방어력을 향상시켜 주는 대장장이가 나타났다고요?

―예. 그렇습니다. 적과 싸우는 전사라면 누구나 방어구에 대한 미련과 아쉬움을 가지고 있을 것입니다. 일반적으로 방어력이 좋은 아이템을 착용할수록 생존할 확률이 높아질 테니까요. 예를 들면, 토르의 대장장이는 각종 강화석과 철괴를 가지고 방어구에 결합시켜서 방어력을 향상시킨다고 합니다.

텔레비전에서 〈로열 로드〉와 관련된 프로그램이 한창 방송 중에 있었다.

베르사 대륙은 수많은 신비와 전설로 가득한 땅이다.

기존에 게임을 하지 않던 사람들까지 엄청난 인구가 게임을 하면서부터 시청률은 급증하였고, 그로 인해서 광고 수익이 어마어마하다고 한다.

'대장장이라.'

이현은 방에 앉아서 〈로열 로드〉에 대한 방송 프로그램을 보고 있었다.

여자 진행자와 남자 진행자가 번갈아 가면서 이야기를 하는 것인데 혹시 그가 알지 못하는 새로운 소식이라도 들을 수 있을까 싶어서 관심을 가지고 지켜보는 것이었다.

아마 모르긴 해도 이현과 같은 목적을 가지고 방송을 시청하는 사람들이 굉장히 많을 것이다.

낮과 밤이 따로 없는 베르사 대륙.

하지만 〈로열 로드〉와 관련된 프로그램이 방송될 때만큼은 사냥터가 조금은 한가해질 정도였다.

―네. 대단하네요. 방어구를 강화시켜 준다니 저도 한번 의뢰를 해 봐야겠어요. 그런데 값이 무척 비싸겠죠?

―그렇습니다. 어떤 방어구든 최소한 10골드의 가격을 받고, 옵션이나 성능에 따라서 추가로 최대 100골드까지 가격이 올라간다고 합니다. 정말 놀랍지 않나요?

―100골드라니, 제가 지금까지 모은 돈을 다 합쳐도 불가능한 금액이에요.

―하하. 하지만 그건 아주 좋은 아이템에 한해서이고 보통은 10골드를 조금 웃도는 금액으로 강화를 해 줄 겁니다.

―그 대장장이 유저분은 알부자가 되는 것도 금방이겠어요.

―그렇지는 않습니다. 방어구를 강화할 때 드는 아이템들의 가격도 만만치 않아서 한 번에 2할 이상의 수익을 거두지는 못한다고 하니까요. 토르의 대장장이가 이렇게 이슈가 되는 것도 그의 대장장이 스킬이 중급에

올랐기 때문입니다. 대장장이 기술의 중급에 오른 유저는 아마 그가 최초일 것입니다.

―정말 부러운 일이네요. 저번에 로자임 왕국에서 조각사가 한 명 나타났었죠?

―예. 조각사는 정말로 희귀한 직업입니다. 아름다운 예술 작품을 창조해 내는 조각사는 그 자체로 신비할 수밖에 없는 직업인데요. 그 사람이 만든 조각품들은 굉장히 아름다웠다고 합니다.

로자임 왕국의 조각사라면 이현의 게임 캐릭터인 위드의 이야기였다.

―사실은, 소문을 듣고 제가 직접 취재를 위해서 그리고 혜민 씨에게 선물할 조각품을 하나 얻기 위해서 찾아갔습니다. 한데 이미 자리를 뜬 상태였지요. 혹시라도 험난한 조각사의 길을 걷다가 캐릭터를 접은 건 아닐지 걱정이 됩니다.

―어머, 아쉬워요. 좋은 선물을 받을 기회를 놓치고 말았네요. 이제 조금씩 제조와 관련된 캐릭터들이 자리를 잡아 나가는 것 같아요.

―그렇습니다. 그러면 다음은 여러분들이 큰 관심을 갖고 계시는 브리튼 연합 내부의 전쟁 소식입니다. 마침내 난공불락으로 여겨지던 오데인 요새가 함락! 발칸 길드는 큰 곤경에 빠지게 되었습니다.

방송의 화면이 바뀌었다.

진행자들이 나와서 이야기를 하던 스튜디오가 아니라 〈로열 로드〉의 플레이 화면으로 바뀐 것이었다.

카메라는 매우 높은 곳에서 하나의 성채를 비추고 있었다.

웅장하고 거대한 갈색 요새.

도개교와 물이 흐르는 해자에 삐죽이 솟아오른 35개의 첨탑

들은 유사시에 궁수와 마법사들을 배치할 수 있었다.

벽돌을 세 겹으로 쌓아서 만든 두꺼운 성벽은 적들의 침입을 허락지 않을 것만 같았다.

—와, 대단하네요. 마치 중세의 성을 보고 있는 것 같아요.

—예. 여기는 발칸 길드가 차지하고 있는 오데인 요새입니다. 어젯밤 이곳에서 치열한 전투가 벌어졌습니다.

많은 유저들의 피를 머금은 오데인 요새는 그 자체로 악명을 드날렸다.

엄청난 세율과 통관세!

오데인 요새의 주변 마을들은 각 물품들에 무려 60%의 세금이 붙었다.

무기 하나를 구입하려고 해도 다른 성과 마을보다 최소한 절반 이상 더 많은 돈을 지불하여야 했다.

치료용 약제나 포션, 약초들을 비롯한 잡다한 물건들도 전부 60%의 세금을 내야만 구입이 가능했다.

유저들의 불만은 극에 달하였다.

더불어서 오데인 요새를 지나가는 상단들은 통관세로 40%나 되는 막대한 수수료를 지불해야만 했다.

오데인 요새는 브리튼 연합과 아이데른 왕국과의 접경에 위치해서 국가 간 무역로를 독점하고 있기 때문에 상단을 움직이지 않을 수도 없었다.

세금과 통관세는 고스란히 요새의 주인인 발칸 길드의 것이 되었다.

주변의 시샘을 받게 된 것은 두말할 나위도 없는 일!

─하지만 오데인 요새는 함락당한 적이 없었지 않나요?

─예. 그렇습니다. 하지만 이번의 전투는 그야말로 대단하였습니다. 직접 한번 보시죠.

텔레비전의 화면은 날이 저문 오데인 요새를 비추었다.

달이 뜬 밤.

오데인 요새의 근처 평원에는 사람들이 속속 모여들기 시작한다.

각양각색의 복장을 하고 있는 이들.

그들은 각자 자신들을 나타내는 깃발 아래 모여서 아침을 기다리고 있었다.

'대체 저게 몇 명이야?'

이현은 기가 차서 말도 나오지 않는다.

〈로열 로드〉의 유저들 숫자가 날로 급증하고 있다는 것은 알고 있었지만 해도 해도 너무한 것이다.

오데인 요새 앞 평원은 새까맣게 사람들로 뒤덮여 있었다.

남자 진행자 오주완이 이러한 시청자들의 궁금증을 알기라도 하듯이 말을 이었다.

─오데인 요새를 공략하기 위해서 모인 유저들의 숫자는 무려 3만 명이 넘습니다.

─와아, 3만 명이라면 지금까지 공성전에 참여한 규모 중에서는 최고인데요!

─맞습니다. 그만큼 오데인 요새를 차지하고 싶은 이들의 염원이 컸다는 것이겠지요. 대략 150개의 길드들이 연합하였고 용병으로도 5천 명이 참여한 대전투가 벌어졌습니다. 지금부터 그 화면을 보시죠.

마침내 오데인 요새에 날이 밝았다.

연합길드 측에서 몇 명이 나서 일장 연설을 한다.

그들은 나름대로의 정당성과 오데인 요새를 함락한 이후의 과실을 이야기했고, 공격진 전체가 용기백배하여 전투를 시작했다.

3만 명이 넘는 병력이 일시에 오데인 요새를 공격하는 것은 일대 장관이었다.

화살이 엄청나게 날아다니고, 마법이 성벽에 작렬하였다.

투석기들은 바윗덩어리들을 연속으로 뿜어내고, 소환한 골렘들이 성벽을 두들겼다.

방어 측도 성벽의 방어력에 의지한 채 강력하게 저항한다.

이번 전쟁을 위해서 발칸 길드도 동맹 길드들을 끌어들여 만만치 않은 준비를 했던 것이다.

더군다나 오데인 요새에는 이른바 NPC 병사들도 있었으니 쉬이 함락이 되지 않았다.

전투의 결정적인 승기가 판가름 난 것은 죽음을 각오하고 배후로 잠입한 특공조에 의해서였다.

각 길드의 마스터와 정예들이 정면공격으로 방어 측의 시선을 분산시켜 놓고 하수구를 통해서 내부로 침투한 것이었다.

화려한 검광이 치솟고 마법들이 작렬했다.

—여러분들이 보시는 이 전투에는 브리튼 연합 왕국의 상위 100위에 해당하는 랭커들 중 절반 이상이 참여한 것으로 알려져 있습니다. 결국 오데인 요새도 버티지 못하고 함락이 되었지요.

최후까지 저항하던 발칸 길드원들은 전부 죽임을 당했다. 동맹 길드 소속의 1천여 명은 상황이 불리해지자 항복 의사를 표시하는 것으로 치열했던 전투의 끝을 맺었다.

공격 측 길드들이 길게 함성을 내지르면서 승리자의 기쁨을 만끽한다.

―오주완 씨. 그러면 이제 오데인 요새에는 완전한 평화가 찾아온 거라고 봐도 될까요?

―그렇지는 않을 것입니다. 우선 그동안 소유권을 가지고 있었던 발칸 길드에서 그대로 물러서진 않을 것으로 보입니다. 발칸 길드는 요새를 되찾기 위해 다시 힘을 모으고 있습니다.

―전쟁이 벌어지겠군요.

―예. 하지만 발칸 길드의 공략이 실패로 끝나더라도 장기적으로 오데인 요새가 안정화될 것으로 기대하긴 힘듭니다. 이번에 참여한 연합 길드의 수익 분배가 쉽진 않을 테니까요. 그리고 오데인 요새의 여러 메리트를 감안할 때에 다른 세력권에서 욕심을 내게 될 것입니다. 그만큼 금전적인 가치가 큰 곳이지요. 실상 발칸 길드도 초창기에는 영토를 안정시키고 상업을 발전시키는 데에 많은 투자를 해야 했습니다. 다만 자꾸 다른 세력들이 오데인 요새를 넘보자, 성벽을 강화하고 병사들을 모집하면서 많은 세금을 거두게 된 것이었죠.

―악순환이네요.

―예. 접경 지역으로 무역의 중계점 역할을 하는 오데인 요새는 앞으로도 끊이지 않고 전란에 휘말릴 것으로 예상됩니다.

이현은 살짝 미소를 머금었다.

남이 잘되는 것을 못 보는 악인의 미소였다.

'공격 측만 3만 명이라……. 최소한 1만 5천은 죽었겠군. 방

어 측에서도 1만 명은 죽었겠고…….'

떨어졌을 숙련도와 레벨을 생각하니 이건 엄청나기만 하다. 그렇게 다른 이들이 지체되어 있을 때 이현은 성장을 하는 것이었다.

따르릉!

그때 전화벨이 울렸다.

이현은 서둘러서 전화를 받았다.

"여보세요."

— 준비 다 됐지?

다짜고짜 물어보는 것은 바로 그의 여동생 이혜연이었다.

"그래. 옷도 다 입었고, 세수도 했다."

— 머리는?

"물론 감았지."

— 이제 곧 시작하니까 늦지 않게 와야 해.

"알았어, 혜연아. 지금 출발한다."

이현은 텔레비전을 끄고 자리에서 일어났다.

"휴우."

이현은 아주 불만이 많았다.

'대체 이게 뭐 하는 짓인지…….'

대인 고등학교.

학교를 자퇴하면서 다시는 돌아오지 않을 것이라고 마음을 먹었지만, 어쩔 수 없이 찾아오고야 만 고등학교였다.

"오빠, 꼭 와야 해!"

만약에 여동생이 아침에 떼를 쓰지 않았더라면 절대 오지 않았을 것이다.

오늘 오지 않으면 당분간 캡슐에 접속할 생각은 엄두도 내지 말라는 협박과 함께 말이다.

'내가 누구 때문에 돈을 벌려고 하는 건데…….'

고등학교 축제.

남들은 부모님과 함께 오는데, 이혜연은 오빠인 이현을 부득불 부른 것이었다.

"휴우. 이게 대체 뭐 하는 건지."

이현은 한숨을 푹푹 쉬었다.

정말로 오고 싶지 않았지만 실망하는 여동생을 생각하니 오지 않을 수도 없었던 것이다.

도살장에 끌려가는 소의 느낌이 아마도 이와 같을 것이다.

학교에 도착한 이현은 대충 축제의 관중석에 앉았다. 동아리별로, 혹은 학급별로 행사장을 열고 물품들을 팔고 있었지만 외면한 채였다.

"저기, 혹시 이현 아니니?"

이현은 자신을 부르는 음성에 고개를 돌렸다.

늘씬하고 예쁜, 보라색 치마를 입은 여대생이 한 명 서 있었다.

"누구신지?"

이현의 말에 그녀는 무척이나 실망스러워하는 얼굴을 했다.

"나야, 정희."

"아아."

이름과 얼굴 정도가 기억에 남아 있었다.

고등학교 때에는 꽤 예쁜 얼굴로 인기도 많았던 것 같다.

'대학교에 가더니 더욱 세련되어지고, 지적인 모습이 여전히 인기는 많게 생겼군. 대학물이 좋긴 좋은가 봐.'

하지만 이현에게는 그뿐이었다. 별달리 특별한 기억으로 남아 있지는 않았던 것이다.

"윤정희였던가? 오랜만이다. 여긴 웬일이야?"

"응, 여동생이 이 학교에 다니고 있어서 왔어. 넌?"

"나도."

"여동생이 있었구나. 옆에 앉아도 돼?"

"빈자리니까 알아서 해."

이현은 퉁명스럽게 말하면서 축제를 구경했다.

축제에 빠뜨릴 수 없는 동아리 행사들이 진행이 된다.

마침 뮤지컬이 공연되고 있었다.

백설공주와 일곱 난쟁이를 패러디한 뮤지컬이었다.

사과 장수가 나오더니 한참 쓸데없는 춤을 추고 노래를 부르더니 말한다.

"오오. 세상에서 가장 아름다운 여왕 폐하. 여기 맛 좋은 사과가 있나이다. 산지에서 직접 나와 값이 싸고 신선한 사과이옵니다. 5개에 2천 원!"

얼굴이 심술로 가득해 보이는 여왕은 하품을 하고 답했다.

"뭐가 그렇게 비싸!"

"잘 익은 사과라서 그렇습니다, 여왕님!"

"그래? 그걸로 백설이를 죽일 수 있단 말이지?"

"저는 그런 말은 안 했는데요."

"죽일 수 있어, 없어!"

"누구든 한번 맛보면 죽고 못 살 것이옵니다, 여왕 폐하."

아무튼 그래서 여왕은 사과를 샀다.

그리고 백설공주에게 가더니 또다시 쓸데없는 춤을 추고 나서 사과를 건네었다.

"동창회에는 왜 안 나왔어?"

시큰둥하게 뮤지컬을 보고 있는 이현에게 옆자리의 윤정희가 질문을 던졌다.

이현은 고개도 돌리지 않은 채로 대꾸했다.

"별로 가고 싶지 않아서."

"그래? 우리는 널 볼 수 있을 거라고 기대했는데……. 그렇게 학교를 그만두고 나서 연락도 안 되었잖아. 상훈이가 너한테 연락한다고 해서 동창회에 나올 줄 알았지."

"빈말이라도 고맙군."

"아니야. 정말 한번 만나 보고 싶었어. 예전에 네가 나를 구해 준 것 기억나?"

"구해 주었다고? 아아, 그런 일도 있었지."

고등학교 1학년이던 당시에 이현은 새벽에 신문을 돌리고 있었다.

그런데 우연치 않게 한 여자애가 공원에서 불량배들에게 걸린 걸 보았다.

이현은 그냥 지나치려고 했다. 남의 일이기 때문에 관심조차 두지 않으려고 했던 것이다.

그렇지만 여자의 비명 소리에 이현은 돌아갔다.

불량배들을 때려눕히고 여자를 구해 주었다.

그런데 그게 알고 보니, 같은 학교에 다니는 윤정희였다.

같은 반이 아니라서 모르고 있었지만 2학년 때에는 한 반이 되었다.

이현이 잠시 과거를 떠올리는 사이, 뮤지컬은 갈수록 엽기적으로 흘러간다.

사과 장수가 여왕에게 판매한 사과에 벌레가 들어 있어서, 백설공주가 사과 장수를 잡아 죽도록 패는 것이었다.

그러다가 갑자기 벌레가 들어 있던 사과를 한 조각 먹더니 풀썩 길가에 쓰러졌다.

난쟁이들이 백설공주를 발견하고 납치해서 자신들의 오두막으로 데려간다.

밥과 빨래, 청소 등을 시킬 것이라면서 음모를 나누는 난쟁이들!

하지만 깨어난 백설공주는 아무것도 할 줄 몰랐다. 공주가 언제 손에 물 한 방울 묻혀 보았겠는가.

설거지를 시키면 그릇을 다 깨 버리고, 청소를 하라고 하면 가구와 집기들을 박살 낸다.

마침내 왕자가 나타나서 공주를 데려가자 일곱 난쟁이는 기뺨의 눈물을 주룩주룩 흘린다는 재미없는 뮤지컬이었다.

"휴우… 한심하기도 하군."

이현은 괜히 눈만 버렸다고 생각했다. 그런데 옆자리에 앉은 윤정희는 끊임없이 웃고 있었다.

"깔깔깔. 저것 봐, 현아. 정말 재밌어."

언제 봤다고 이름을 막 부르는 것인지 모를 일이다.

아무튼 그렇게 시간을 보내고 있자, 여동생이 다가왔다.

이혜연은 교복 대신에 청바지와 흰 티셔츠 차림이었다.

파지직!

한순간 이현은, 여동생과 윤정희 사이에 불꽃이 튀는 걸 느꼈다.

"그쪽 아줌마는 누구신데 제 오빠 옆에 앉아 있는 거죠?"

혜연의 선제공격.

앙칼지고 표독스러움이 이루 말할 수 없었다.

살기가 이글거린다고 할까.

이현은 데스 나이트들보다도 여동생이 더 무섭게 느껴졌다. 그런데 바로 옆에는 듀라한이 앉아 있었다.

"아줌마라니, 어린애가 말버릇이 고약하구나."

"그쪽과 별로 나이 차이도 안 날 거 같은데요!"

"난 네 오빠의 동창이야. 말조심하는 게 좋지 않겠니?"

그러면서 윤정희가 은근슬쩍 이현의 어깨에 손을 올린다.

"흥!"

이혜연은 그녀를 무시한 채로 이현에게 다가왔다.

"오빠, 여기서 뭐 하고 있어?"

"뭘 하냐니. 축제 구경하고 있지."

"아이참, 빨리 이리 와 봐!"

이혜연은 막무가내로 이현을 끌어 일으켰다.

"왜?"

"나 오빠랑 같이하고 싶은 거 있어."

"그게 뭔데?"

"일단 와 보라니깐."

이현은 어쩔 수 없이 자리에서 일어났다. 이현이 일어서자 이혜연은 윤정희를 향해 승리자의 미소를 지어 주는 것도 잊지 않는다.

여동생은 이현을 학교 운동장으로 데려갔다.

중간에 마주친 학교 선생님들과는 서로 어색한 표정을 지을 수밖에 없었다.

그들에게 이현은 그다지 다시 만나고 싶지 않은 치부였을 테니 말이다.

운동장에는 각종 시설물들이 설치되어 있었다.

동생에게 듣기로는 KMC미디어라는 곳에서 만들어 준 것이라고 한다.

학생들이 함정을 피해서 미션을 완수하는 과정을 리얼리티 방송으로 틀어 주겠다고 했다는 것이다.

방송 카메라가 여러 개 돌아가고 있었고, 학생들은 시설물 위에서 구르고 뛰고 난리도 아니었다.

여동생은 이현을 데리고 가장 간단한 시설물 앞에 섰다.

사람들이 한쪽 다리를 묶고, 진행 요원의 신호에 따라서 결승점을 향해 열심히 달리고 있었다.

"여긴 왜?"

"오빠 나랑 같이 달리기하자. 다리 묶고 장애물 넘어 달리기 대회. 나 이거 꼭 해 보고 싶었거든."

"내가 이런 걸 왜 해. 너 혼자 해라."

"오빠랑 같이 안 하면 안 된다니까! 벌써 내 친구들한테는 오빠랑 한다고 얘기 다 해 놨어. 그러니까 꼭 해야 해."

이현은 질겁하며 물러서려 했지만, 여동생의 고집을 이길 수는 없었다.

'설마 이거 텔레비전에 나오지는 않겠지.'

이현은 주변에서 돌아가는 카메라들을 껄끄러운 시선으로 바라보았다.

여기저기를 찍고는 있었지만 그것들을 전부 방송으로 내보내지는 않으리라.

뭔가 대실패를 하거나 망신을 당하는 경우만 잘 편집해서 나갈 것이다.

어차피 KMC미디어에서 학교 축제 방송을 하는 것은, 밤에 연예인들이 찾아오면 그때부터 본격적으로 시작이 된다.

연예인들이 난관을 겪으며 시설물들을 넘는 것이 시청률 상승의 일등 공신인 것이다.

학생들이나 일반인들은 그 들러리에 불과했다.

꼬여 있는 이현이 보기에는 어쩌면 연예인들의 안전을 점검하는 베타테스터 역할 정도일 것 같았다.

미니스커트를 입고 날씬한 각선미를 드러낸 여성 도우미들이 참가 신청을 받고 있었다.

"휴우. 참가하겠습니다."

"참가비는 1만 원입니다."

부들부들.

이현의 주머니에서 돈을 꺼내는 손이 떨렸다.

참가비가 1만 원이나 되다니 아무리 축제라고 해도 너무했다. 이것은 아예 작정하고 바가지를 씌우려는 음모가 틀림이 없다.

'오늘 저녁에는 시금치에 간장으로 밥을 먹어야겠구나.'

물론 할머니나 여동생은 다른 맛있는 반찬을 차려 줄 것이다. 밥으로 돈을 아끼는 것은 어디까지나 자신이어야 했다.

그래도 기왕이면 여동생이 축제에서 배부르게 먹고 집으로 왔으면 하는 소박한 바람을 가져 본다.

"자, 준비하시고… 시작!"

2명씩 12조가 한꺼번에 출발하는 형식이었다.

탕!

총소리와 함께 이현과 이혜연도 달리기 시작했다. 한쪽 다리씩을 묶은 상태에서 달리는 것이라 엇박자를 내며 다른 사람들에 비해 늦어졌다.

결국 삼분의 일 지점에 이르러서는 최하위권으로 뒤처지게 되었다.

"오빠, 잘 좀 해 봐!"

"열심히 하고 있어."

"잘 좀 해 보래두!"

"그래그래."

억지로 참여하는 것이었으니 이현은 건성건성 하고 있었다. 그러다가 자신들을 앞서가는 조들을 보며 퉁명스럽게 말한다.

"대체 이런 게 뭐 좋다고 하냐. 1등 해 봐야 땀만 흘리지."

"몰랐어? 1등 하면 백화점 상품권 줘."

"뭣? 어, 얼마짜리?"

"10만 원짜리."

이현의 움직임이 달라졌다.

일단 여동생 혜연을 바짝 끌어안은 다음에 본격적으로 달리기 시작한 것이다.

파박!

파바박!

파바바바바바바바박!

엄청난 속도로 질주하는 이현이었다.

완벽한 동기부여!

본래 이인삼각 달리기에는 두 사람의 호흡이 중요하다.

이현과 혜연은 눈부신 속도로 장애물들을 통과하고 경쟁자들을 추월해서 1위를 차지했다.

"1등 축하드립니다."

주최 측으로부터 10만 원의 백화점 상품권을 받았다.

10만 원의 백화점 상품권이면 인터넷 사이트에서 판다고 해도 몇만 원을 벌 수 있었다.

아쉬운 건 한 팀당 한 번의 참여밖에 안 되어서 다시 같은 방법으로 돈을 벌 수 없다는 것이었다.

이현은 서둘러 다른 곳을 둘러보았다. 조금 전과는 다르게 생기로 가득한 눈이다.

"우리 저것도 해 볼까?"

중앙에 설치된 시설물들.

이른바 공주 세트라고 불리는 것이었다.

첫 번째는 장애물인 왔다 갔다 하는 미끄러운 외나무다리 건너기, 두 번째는 날아오는 물 풍선 50개 터트리기, 세 번째는 줄을 잡고 벽을 넘는 것으로 이루어진 세트였다.

세 가지 관문을 넘어서 철창 안에서 기다리고 있는 공주를 구하면 된다.

물론 공주는 참가자 중의 한 사람이 맡는다.

자신의 공주를 구하는 게임.

이현의 경우에는 혜연을 구해야 했다.

"저거 힘들 텐데, 괜찮겠어? 물에 빠져서 감기라도 걸리기 전에 그냥 포기하자, 오빠야."

혜연의 눈빛에 걱정스러움이 담긴다.

높은 구조물들이 조금 위험해 보이기도 했거니와 외나무다리에서 떨어지면 찬물을 뒤집어쓰는 것이다.

사람들이 가장 많이 몰려 있었고, 응원전도 치열하다.

방송 카메라도 공주 세트에 제일 많이 몰려 있었다.

"괜찮아. 오빠만 믿어."

이것은 기록으로 상품을 받는 이벤트였다.

제일 빠른 사람이 현금 300만 원과 함께 200만 원의 백화점 상품권을 받게 된다.

이 행사에는 방송사와 학교 측이 상당한 지출도 한 것이기에 상품이 큰 편이었다.

이현은 참가비 2만 원을 내고 등록을 했다.

그로부터 한참을 앉아서 기다려야 했다. 참가자들이 대거 몰려 있었기 때문이다.

대다수는 공주를 구하지 못하고 탈락했고, 5%도 안 되는 참가자들만이 공주를 구할 수 있었다.

그나마도 나중에 기록에 따라서 상금이 주어지니 확률로 치자면 굉장히 낮다고 볼 수 있었다.

1시간을 넘게 기다린 후에야 이현의 차례가 왔다.

이현의 차례는 축제의 막바지에, 더 이상의 게임 참가 신청도 종료된 상황이었다.

"오빠, 조심해. 안 다치게……."

"그래. 걱정 말고 조금만 기다리고 있어. 금방 구해 줄게."

혜연이 철창 안으로 들어간다. 그녀의 주변에는 어느새 몰려든 친구들로 난리였다.

"저 사람이 만날 네가 노래를 부르던 오빠야?"

"응. 잘생겼지?"

"그냥 평범한데……."

친구들은 실망감을 감추지 않는다.

지금까지 혜연이 치장했던 친오빠의 모습과는 상당한 괴리가 있었던 것이다.

"네 오빠의 어디가 그렇게 좋아서 너와 사귀자는 남자들이 다 눈에 안 차는 건지 모르겠다."

"그래. 세상은 넓고 네 오빠보다 잘난 사람들은 많다니까."

"너희는 모를 수밖에 없을 거야."

그때 이현은 시작 지점에 서 있었다.

연예인 진행자들이 다가와서 마이크를 대고 묻는다.

한 명은 남자였고, 한 명은 여자였다.

남자는 얼굴이 잘생겼지만 어딘가 곱게 자란 느낌이 났고, 여자 진행자는 아름다웠다. 연예인이니 당연하리라.

남자 진행자가 물었다.

"왜 이 게임에 나오셨습니까?"

"제게는 하나뿐인, 소중한 여동생을 구하기 위해서 나왔습니다."

이현은 짤막하게 대답했다.

도전자가 철창을 열어 주지 않으면, 혜연이 있는 철창이 물 위로 이동한다. 그리고 철창의 바닥이 확 열리는데, 당연히 물 속에 풍덩 빠지고 마는 것이었다.

이번에는 여자 진행자가 말을 건넨다.

"네. 여동생을 구하기 위해서 나오셨군요. 지금 들려온 소식으로는 지금까지 참가자 분들 중에 가장 예쁜 여고생이 여동생이라고 합니다. 학교 최고의 미녀라고 하는데요. 과연 그 미녀가 물에 빠지게 될지 아니면 무사히 영웅의 구출을 받을지 기대해 보겠습니다. 제 생각인데 관중은 물에 빠지는 걸 더 좋아할 것 같네요. 그럼 마지막으로 게임에 임하는 각오 한마디만 더 해 주시죠."

"최선을 다하겠습니다."

이현은 다른 말은 필요하지 않다고 생각했다.

최선을 다한다. 그리고 반드시 쟁취한다.

여동생을 구해 내고, 300만 원의 상금과 200만 원의 백화점 상품권을!

그 각오는 엄청난 것이었다.

타앙!

총소리와 함께 압축된 증기가 솟구친다.

이현은 그와 동시에 거의 동물적인 본능으로 앞으로 달려 나간다. 형식적으로 만들어진 몇 개의 장애물들을 거침없이 뛰어 넘어 이윽고 첫 번째 관문에 도달했다.

외나무다리.

주변에는 물이 있고, 다리의 위에서는 스티로폼으로 된 나무 통들이 왔다 갔다 하면서 전진을 방해하는 역할을 한다.

주변의 여고생들이 물대포를 쏘기도 한다.

남자 진행자가 속사포와 같은 멘트를 날린다.

"자, 도전자가 첫 번째 관문에 도착하였습니다. 아마 첫 번째 관문에 도착한 도전자 중에서는 지금까지 가장 빠른 사람이 아닐까 싶은데요. 저렇게 서두르다가 물에 떨어지기라도 하면 큰 일이죠! 물에 떨어지면 그 즉시 탈락이 되거든요. 신중한 판단이 필요한 때입니다."

"우와아!"

진행자의 말과 관중의 함성 소리는 거의 들리지도 않았다. 들렸다고 해도 개의치 않았으리라.

'이것은 기록 게임이다. 늦어져서는 안 돼.'

이현의 눈빛이 날카롭게 빛났다.

그리고 이현이 가볍게 외나무다리 위로 뛰어올라서 달리기 시작한다. 두 다리는 완전한 균형을 잡고 있었다.

섬세하고 탄력 있는 근육으로 이루어진 허리는 몸을 흔들리지 않게 하는 역할을 맡았다.

평지 위를 달리듯이 그렇게 조금도 어색함이 없다.

몸은 지극히 가볍고 발바닥은 스치듯이 앞으로 전진을 하는데, 중국 무술의 한 동작을 보는 것만 같다.

슈우웅!

정해진 패턴으로 좌우를 왕복하는 스티로폼 소나무들.

이현은 그저 앞으로 나갈 뿐이었다. 마치 소나무들이 알아서 길을 비켜 주듯이 움직인다.

"쏴!"

여고생들이 일제히 물대포를 쏘았지만 대다수는 이미 지나가고 난 뒤의 공간에 뿌려질 뿐이었다.

이현은 삽시간에 외나무다리를 통과해서 다음 관문에 도착했다.

"대, 대단합니다. 1차 관문을 이렇게 빠른 시간에 통과한 사람은 처음입니다. 놀라울 정도의 속도인데요. 무슨 묘기를 본 것과 같습니다. 한예진 씨는 어떻게 보고 계십니까? 아, 너무 몰입해서 보고 계시는군요."

한예진은 요즘 한창 떠오르는 최고의 신예였다. 그녀의 몸값은 비싼 편이라 CF나 영화에서만 만나 볼 수 있었다.

그런데 그녀는 대인 고등학교 출신이기도 했다.

그 인연으로 축제 이벤트의 진행을 맡고 있는 것이다.

한예진은 멍한 눈으로 이현을 바라보고만 있었다.

파바방!

물 풍선이 기계에 의해서 포탄처럼 날아든다.

이현이 있는 지점은 조금 높은 탑 같은 곳이었다. 그곳에서 스치며 지나가는 물 풍선들을 터트려야 했다.

총 개수는 50개!

150개의 물 풍선이 쏟아지는데 최소한 삼분의 일은 터트려야 통과하는 관문이었다.

1차 관문에서 절반이 그리고 2차 관문에서 또다시 절반이 탈락했다.

특히 날아오는 물 풍선에 얻어맞고 바닥의 매트리스로 굴러 떨어지거나, 혹은 온갖 추한 모습들이 많이 나오는 관문이다.

연속으로 쇄도하는 풍선들을 터트리기 위해 무리한 움직임을 보이다 보니 허둥대는 꼴을 보이기 일쑤인 것이다.

시청률을 확실하게 책임져 주는 장소이기도 했다.

펑! 펑!

그런데 물 풍선들이 이현의 주변에서 터져 나가기 시작한다. 공중에서 터진 물 풍선들로 인해 물보라가 일어난다.

이현의 손과 발이 번개처럼 움직이면서 물 풍선들을 파괴, 말 그대로 부숴 버리는 것이었다.

허공에서 날아오는 물 풍선을 터트려 본 사람은 알겠지만, 생각 외로 쉽지 않은 일이다.

부피는 커도 이상한 회전을 하며 날아오기 때문에 주의를 기울이지 않으면 맞히기 힘들다.

물 풍선들은 기계에 의해서 쏘아졌지만 모두 다른 궤적을 그리고 있었다.

조금 높은 곳으로 날아오는 것도 있고, 낮은 곳으로, 혹은 약간 먼 곳을 지나는 물 풍선도 있다.

물 풍선을 터트리는 데에 성공하더라도 작렬하는 물 폭탄에 의해서 시야가 막히면 그때부터 허둥지둥 패착을 드러내기 십상이다.

그런 물 풍선들이 연속적으로 마구 쏘아져 온다면 손발이 꼬여서 더욱 힘들게 된다.

이현은 무질서 속에서 질서를 찾아내고 스스로 흐름을 만들어 갔다.

앞으로 손을 뻗으면 체중이 앞으로 실린다.

그 무게의 추를, 몸을 부드럽게 회전하며 날리는 발길질로 찾는다. 손과 발은 물처럼 부드럽게 흐른다.

어떠한 상황에서도 균형을 잃는 일이란 없었고, 당황하는 일은 더더욱 없었다.

파파방!

이현이 허공에 몸을 띄운 채로 공중에서 발차기를 했다. 바닥에 떨어지기까지 3번의 발차기가, 3개의 물 풍선들을 정확히 터트렸다.

하나의 춤사위 같았다.

자유자재로 몸을 움직이면서 물 풍선들을 하나도 빠뜨리지 않고 격파해 나간다.

손으로도 터트리기 만만치 않은 물 풍선들을 발을 이용해서 찬 3번의 발차기는 신기 그 자체였다.

진행자와 관중은 경악을 금치 못했다.

"세, 세상에⋯⋯."

"저런 말도 안 되는⋯⋯."

"저 사람 누구야?"

카메라맨들은 열심히 화면에 담기에 바쁘고, 진행자들은 해설을 하는 것도 잊은 채로 멍하니 입을 벌린 채 구경만 하고 있었다.

50개의 물 풍선을 최단시간에 격파한 이현은 다음 장소로 이동했다.

그곳은 벽들로 이루어진 장소였다.

암벽처럼 되어 있는 곳을 밧줄을 잡고 오르고 반대쪽으로 내려오면 되는 것이다.

높이가 3미터 정도 되는 벽이었다. 안전을 위하여 좌우가 막혀 있고, 정면으로 밧줄이 하나 늘어져 있다.

'이 정도면⋯⋯.'

이현은 속도를 줄이지 않은 채 그대로 벽을 향해 달려갔다.

"아아악!"

압축된 스티로폼으로 실제 벽은 아니라지만 무모해 보이는 돌진에 사람들이 비명을 지른다.

그만큼 이현의 달리는 속도는 빨랐고, 조금도 밧줄을 잡을 생각 따위는 없어 보였다.

벽에 도달한 이현은 그대로 몸을 날렸다. 그리고 안전을 위해

설치된 좌우의 벽을 연속으로 걷어차면서 공중으로 도약했다.

벽의 제일 높은 곳을, 몸을 회전시키면서 뛰어넘어 버린 이현은 땅바닥에 착지하자마자 그대로 머뭇거림이 없이 이어서 달렸다.

게임의 끝인 철창에 갇혀 있는 여동생 혜연이 보인다.

"약속대로 구하러 왔어. 조금 늦었지?"

이현은 그곳에 도착해서 철창의 문을 열었다.

학교 축제는 성황리에 끝이 났다.

후반부에 찾아온 연예인들로 인해서 공주 세트가 열기를 띠고 학생들과 시민들은 이를 관람하면서 즐거워했다.

이현도 축제에 온 것을 기쁘게 생각했다.

300만 원의 현금과 200만 원의 백화점 상품권!

생각지도 않던 500만 원가량의 수입을 거두어서 여동생 혜연과 함께 집으로 향하는 발걸음은 가볍기 그지없었다.

'상품권을 전부 현금으로 바꾸면, 혜연이 대학 등록금에 많이 보탤 수 있겠구나. 그래도 상금으로 받은 거니 할머니와 여동생 옷 한 벌씩 사 줄까? 백화점에서 사면 너무 비싸니 시장에 가서……'

열심히 이현이 머리를 굴리고 있을 때였다.

혜연이 그의 옷자락을 잡았다.

"오빠."

"응?"

"나 다리 아파."

"그래?"

학교 축제인데 즐기지도 못하고 하루 종일 이현만 따라다녔으니 지치기도 했으리라.

이현은 상금을 벌기 위해서 여동생을 끌고 다녔던 것이 못내 미안했다.

"그럼 우리 택시 타고 갈까?"

아까운 택시비!

집까지는 다섯 정거장 정도 되니 기본요금 이상으로 나올 것이 틀림없었다. 이현은 학교를 다닐 적에 버스도 한 번 타 본 적이 없었다.

그렇지만 오늘은 정말로 기분이 좋아서 택시를 타도 괜찮을 것 같았다.

물론 가슴이 심하게 떨려 오기는 한다. 택시를 타 본 것은 평생 두 번인데, 그때마다 요금을 낼 땐 지독하게도 아까웠던 것이다.

혜연은 택시를 타자는 말에 고개를 저었다.

"아니야. 집이 얼마 멀지도 않은데, 뭘."

"그럼 조금 앉아서 쉬었다 갈래? 음료수 사 줄게. 커피는 아직 어리니까 마시면 안 되고……."

혜연이 혀를 쏙 내밀었다.

"무슨. 이제 다 큰 어른이네요."

"내 눈에는 아직 어린애야."

"칫. 그보다 오빠 아직 저녁도 안 먹었잖아. 빨리 집에 가자."

"그건… 아니야. 축제 구경하면서 이것저것 많이 사 먹었어."

"거짓말. 오빠가 그런 데 돈 쓸 사람이 아니지."

혜연만큼 이현을 잘 알고 있는 사람도 없다.

이현의 짠돌이 기질에 축제라면서 바가지요금을 씌우는 음식을 사 먹었을 리가 만무했다.

"그러면 어떻게 할까? 업어 줄까?"

그저 농담처럼 한 말인데, 혜연은 상큼하게 웃었다.

"오빠가 내 마음을 잘 알고 있었네!"

"그게… 정말? 사람들이 볼 텐데."

"괜찮아. 얼른 업어 줘. 다리 아파."

그때부터 혜연은 본격적으로 응석을 부리기 시작했다.

칭얼대는 여동생을 이현은 어쩔 수 없다는 듯이 고개를 저으며 업어 주었다.

'정말 오랜만이구나. 혜연이를 업은 것은…….'

부모님들이 돌아가셨을 때, 혜연은 초등학교 2학년이었다.

학교를 가지 않겠다고 울며 떼쓰는 여동생을 이현이 업고 등교했다.

한 1년 정도를 그랬던 것 같다.

부모님의 빚을 청산하느라 살고 있던 집도 내주고, 이리저리 이사를 다녀야 했다.

그 이후로는 꼬박꼬박 학교를 잘 다녔기에 다시 업어 줄 일이 없었지만 이제는 아련한 추억이 되었다.

주변 사람들이 킥킥대며 쳐다보는 탓에 혜연이 목을 끌어안으며 몸을 밀착시켰다.

"나 무겁지?"

"아니, 밥 좀 많이 먹어야겠다."

혜연의 몸매는 훤칠한 키에 비해 상당히 날씬한 편이었다. 이런저런 수련들로 몸이 완전히 근육질로 탈바꿈한 이현에게는 가볍기만 하다.

혜연이 궁금하다는 듯이 묻는다.

"내가 돼지가 되어도 오빠가 나 업어 줄까?"

"그럼. 하마가 되어도 업어 줄 거다."

"만날 나는 오빠한테 신세만 지고 어떻게 하지."

"신세는 무슨… 얼른 커서 시집이나 가라."

"돈 많고 명 짧은 사람한테 가서 오빠가 지금까지 해 준 것 다 갚아 줄게. 할머니도."

"농담이라도 그런 소리는 하지 마라. 널 행복하게 해 줄 사람을 찾아. 할머니는 내가 모시고 살 테니까 가족 생각은 하지 말고 하고 싶은 일은 뭐든 하면서 그렇게 살아."

축제 실황!

대인 고등학교 편.

평상시의 10배를 웃도는 엄청난 시청률을 기록하게 되었다.

악명 높은 공주 세트를 최단시간에 돌파한 자!

외나무다리 건너기는 아무런 장애가 되지 못하였고, 풍선 터트리기에서는 묘기를 보여 주었다.

육체를 완전히 다스리는 자들만이 보여 줄 수 있는 무술!

그 연속적인 신기에 시청자들은 열광하였다.

최종 관문인 줄을 잡고 벽을 넘는 것도 아주 간단하게 몸의 탄성과 유연함으로 해결해 버린 것이었다.

　이현이 방송 프로그램에 나온 분량은 불과 1~2분 남짓이었지만 그 반향은 상상을 초월했다.

　각종 인터넷 사이트들에 동영상들이 뜨고, 풍선을 터트리는 부분은 해외 사이트에까지 광범위하게 퍼질 정도가 됐다.

　마침내 별명까지 붙었으니, 그것은 바로 프린세스 나이트였다.

　이른바 공주의 기사!

산더미 같은 잡템

　바르칸의 지하 묘지에서 사냥을 마친 위드는 헤레인의 잔을 가지고 시굴에게 향했다.

　부상을 입고 쓰러져 있던 시굴은 팔팔해져서 주변의 약초를 캐고 있었다.

　"아, 이제 왔는가? 내 의뢰는? 프레야 교단의 보물은 다시 찾아왔겠지?"

　시굴이 속사포처럼 말을 쏟아 내었다.

　"예, 여기 있습니다."

　위드는 헤레인의 잔을 꺼내서 시굴에게 내밀었다.

　"오오. 이 신성한 물건이 다시 프레야 교단으로 돌아갈 수 있겠군. 장하네. 솔직히 자네의 능력으로 보아서 무리라고 생각하고 기대도 안 했는데 정말로 대단한 일을 해냈어!"

　　　　빼앗긴 신전의 보물 퀘스트 완료!

혼돈의 시기가 다시 도래한다는 신탁이 프레야 교단으로 내려졌다.

교단에서는 재능 있는 인재들을 모아 힘을 기르고, 잃어버린 성물들을 회수하기 위해 성기사들과 사제들을 풀었다.

시굴은 교단의 부탁을 받고 헤레인의 잔을 회수하려고 했지만 임무를 달성하지 못한 상태였다.

명성이 200 올랐습니다.

레벨이 올랐습니다.

레벨이 올랐습니다.

과연 신전과 관련된 퀘스트였기 때문에 보상의 수준이 남달랐다.

명성 200에 레벨 2개!

그런데 시굴은 헤레인의 잔을 받지 않았다.

"이런 말까지 해서 미안하지만, 헤레인의 잔을 자네가 프레야 교단에 가져다줄 수 있겠는가?"

"제가요?"

"그렇네. 내가 가져다줄 수도 있겠지만 안 좋은 예감이 드는군. 아무래도 어둠의 세력들이 창궐하려는 조짐이 보이고 있어."

"조짐이라면……."

"이것은 확실하지 않은 소문에 불과하지만 최후의 전쟁에서 바르칸은 불사의 연구를 하고 있었다네. 죽음에서 다시 돌아와서 자신의 세력을 결성하고 있다는 이야기가 있어. 아직 그 위치도, 그 규모도 판명이 되지 않았지만 심각한 일이 아닐 수 없네. 만약의 상황에 대비해서 나는 우리 조인족들과 함께 준비를 해야 될 것 같으니 자네가 헤레인의 잔을 프레야 교단에 가져다주게. 부탁하네.”

띠링!

헤레인의 잔 운송 의뢰

시굴은 쉽게 몸을 빼가 힘든 처지에 놓이고 말았다. 바르칸이 불사의 존재가 되어서 살아 돌아왔을 때를 대비해야 하기 때문이다. 프레야 교단은 소므렌 자유도시에 있다. 시굴이 현재 가장 믿고 맡길 만한 사람은 당신뿐이다.

난이도: C

보상: 알 수 없음.

제한: 3개월 내에 임무를 완수하여야 한다.

‘연계 퀘스트다.’

바르칸의 부활.

그리고 헤레인의 잔을 프레야 교단으로 가져가는 일.

“이 일은 대륙의 평화를 위해서 매우 중대한 것 같습니다. 저로서는 거부할 이유가 없군요. 제가 할 수 있는 한 최대한 빠른 시일에 신전의 보물을 원래의 장소로 되돌려 놓겠습니다.”

퀘스트를 수락하였습니다.

“고맙네.”

시굴은 무척이나 기뻐했다. 날개를 파닥파닥거리면서 말이다. 시굴이 아무리 위엄 있는 모습을 취하더라도, 귀여운 외모의 조인족임은 변하지 않는다.

사실 위드는 그의 얼굴과 똘망똘망한 눈을 볼 때마다 웃음이 터져 나오는 것을 참기 위해 시선을 다른 곳으로 돌려야 했다.

아무튼 시굴의 기분이 좋아 보이자, 위드의 눈이 날카롭게 빛났다.

'기회다.'

위드 특유의 신공!

빌붙기!

어떤 상황에서도 잊을 수 없는 위드의 본능이라고 할 수 있다.

"시굴 님, 그런데 약초를 라비아스에서 가장 잘 캐신다고 들었습니다."

"응? 아, 내가 좀 그런 편이지. 나보다 잘생기고 멋진 약초꾼은 조인족 가운데에 없을 거야."

칭찬은 고래도 춤추게 한다는데, 과연 조인족도 어깨를 으쓱하며 기뻐한다.

"그런데 약초는 어떻게 구분을 하는 것이지요?"

"허어. 자네, 약초학을 배우고 싶나?"

"예. 시굴 님의 가르침이라면 뭐든 배우고 싶습니다. 자고로 선인의 가르침에는 다 깊은 의미가 담겨 있어서 잘 따르고 익혀야 하지 않겠습니까?"

"그 마음가짐이 마음에 드는군. 약초란 말일세, 약효에 따라 구분을 하는 것도 필요하지만 잘 캐내는 것이 그 이상으로 중요해. 뿌리가 다치지 않게 먼 곳의 흙부터 살살……."

바르칸의 지하 묘지에서 사냥을 마친 위드는 헤레인의 잔을 돌려주기 위해 프레야 교단으로 가기로 마음을 먹었다.

발록의 폐허와 가에트 숭배소, 세크메일 유적지의 사냥터는 아직 점령하지 못한 상태였지만, 실상 혼자서는 도저히 무리인 곳들이다.

그 사냥터들에서는 제일 약한 몬스터들이 데스 나이트이고, 발록을 비롯한 서큐버스나 블러드 레이디, 블러드 로드 등이 나오는데 레벨 400이 넘는 몬스터들이다.

아무리 위드라고 해도 감당할 만한 상태가 아니었다.

인간의 기척을 본능적으로 느끼는 몬스터들이다 보니 데스 나이트들처럼 어눌해서 숨어서 다닐 수도 없는 것이다.

어차피 슬슬 라비아스를 떠날 생각도 하던 참이었다.

위드는 잡화점으로 들어갔다.

"어서 오게. 인간이군!"

벌써 얼굴까지 익어 버린 조인족이었는데, 그는 특유의 건망증으로 전혀 모르는 사람처럼 대한다.

"가벼움의 깃털 200개, 천상의 열매 1천 개를 주십시오."

상점 주인은 깜짝 놀랐다.

"호오. 그 정도 양이라면 가격이 꽤 비쌀 텐데, 괜찮겠는가?"

라비아스는 사람들이 찾아오지 않기 때문에 물가가 너무 비쌌다.

상점에서 파는 무기들은 가격 대비 효율이 형편없는 것들이고 그나마도 위드가 쓸 정도로 좋은 물건은 아니었다.

잡화점에서 파는 간단한 아이템들의 가격도 세라보그 성의 서너 배나 되는 것이다.

그럼에도 잡화점에서는 다른 도시에서 팔지 않는 아이템들을 판매했다.

가벼움의 깃털이나 천상의 열매도 그런 종류였다.

가벼움의 깃털
몸을 깃털처럼 가볍게 만들어 높은 곳에서도 충격 없이 땅에 떨어지게 해 준다.
내구력: 1
사용 횟수: 1
가격: 50실버

천상의 열매
라비아스에서만 딸 수 있는 달콤한 과실. 음식을 만들 때 넣으면 지력과 행운을 크게 올려 준다. 수확일로부터 6개월간 보관 가능.
가격: 15실버

"음… 이것들의 가격은 250골드인데, 특별히 235골드만 받지. 물건을 구매해 주어서 고맙네."

명성의 위력!

던전들을 발견하고 지도를 완성하면서 위드의 명성은 1,200이 넘었다. 그러자 상점 주인도 그를 대하는 태도가 조금은 달라졌다.

"그 외에 필요한 것은 없나?"

"조인족의 알을 구할 수 있을까요?"

"우리의 알? 그것은 왜 필요로 하는가?"

조인족은 생산된 알들을 별도의 장소에 보관하고 부화시켰다. 왜냐면 그들이 생산하는 알의 개수가 엄청나기 때문이다.

심지어는 매일 하나씩 알을 낳는 조인족도 있었으니 도저히 그 숫자를 전부 감당하지 못하였다.

일단 알에서 깨어난 조인족들은 보통의 새들과 별다를 바가 없지만, 10세가 되면 그때부터 서서히 특유의 형상을 갖춘다.

그리고 30세가 넘으면 말을 하고 지성이 확립되어서 도시에서 살아간다.

"저는 조인족들처럼 자연을 사랑하고, 고상한 종족을 보지 못하였습니다. 기회가 닿는다면 부족하나마 제가 그들의 아버지가 되고 싶습니다."

"그런가. 그런 목적이라면 알을 내주지 않을 수 없지. 몇 개나 필요한가?"

"10판… 아니, 300개 정도. 가능하겠습니까?"

"내주지! 그런데 자네의 마음을 모르는 건 아니지만 개당 100실버씩은 받아야겠네."

"조금 깎아 주시면 안 될까요?"

"음… 그러면 개당 95실버로 해 주지."

위드는 그렇게 조인족들의 알을 300개 구할 수 있었다.

조인족의 알!

위드는 알을 보기만 해도 배가 부르는 기분이었다.

당연한 이야기지만 자선사업을 하기 위해서, 조인족들을 융성하게 해 주려고 알을 구입한 건 아니었다.

딱 한 번, 미르칸 탑에서 잡템으로 조인족의 알을 구했던 적이 있다.

그걸 가져다주면 보상을 받을 수 있을까 싶었다.

하지만 조인족들은 딱히 부모와 자식 간의 정 같은 게 없었다. 누구에게 가져다주고 보상을 받을 수가 없는 것이었다.

위드는 결국 그 조인족의 알을 구워서 홀랑 먹어 버렸다.

한데 입안에서 살살 녹는 그 맛이란!

게다가 생명력과 마나를 동시에 500이나 올려 주고, 요리 숙련도도 2%씩이나 향상시켜 주었던 것이다.

위드의 발걸음을 마지막으로 잡은 곳이 있다.

초급 수련관.

해결하지 못한 용무가 남아 있는 것이다.

수련관을 놔두고 떠나자니 발길이 떨어지지 않았다.

'이번에는 기필코 성공하고 말겠다.'

위드는 초급 수련관의 문을 박차고 들어갔다.

"어서 오게!"

싸움닭처럼 생긴 조인족이 위드를 반갑게 맞이하였다.

두꺼운 상체에 튼튼한 다리!

조인족치고는 매우 독특하게 생겼다.

수련관의 교관인 그가 엄숙하게 말했다.

"제법 많이 눈매가 강해졌군. 이번에도 말해 두지만 실패할 경우 죽을 수도 있다네. 그래도 도전을 하겠나?"

"예."

결국 위드는 이끌림을 참지 못하고 도전을 하기로 했다.

조인족이 그를 관문으로 데리고 갔다.

어두운 통로. 손과 발도 제대로 보이지 않을 정도의 암흑이다. 여기서는 오로지 자신의 실력만으로 살아남아야 한다.

"실패한다면 이번에는 구해 주지 않겠네. 그러면 자네는 죽겠지. 유언이라도 남기고 싶다면 들어 줄 테니 말해 보시게."

"유언이라면 나와서 말하겠습니다."

"제법 패기가 있군. 그럼 들어가 보게."

위드는 어두운 통로로 발걸음을 옮겼다. 검은 이미 빼어 든 상태였다.

몇 발자국 걷지도 않았을 때였다.

피이잉!

무언가 공격 무기가 날아오는 소리가 들린다.

위드는 그에 따라 몸을 젖히며 반격을 가했다.

타앙!

쇠붙이에 부딪치는 소리, 손목의 반동.

다음으로 알려 주는 것은 기류의 흐름이다.

위드는 눈도 보이지 않는 가운데 맞서 싸우기 시작했다.

'강철의 바바리안 100인. 그들이 나를 공격하고 있겠지.'

불똥이 튈 때마다 적들의 형체가 어렴풋하게 보인다.

어둠은 몸을 움츠러들게 만들고, 쉬쉬쉭하는 공기의 마찰음은 불안감을 자극한다.

위드의 레벨이 높아졌지만, 그에 맞춰서 강철 바바리안들의 수준도 향상되었다.

단점을 보완하고 장점을 최대한 살리는 그들의 합격술은 틀림없이 위협적이었다.

쉬지 않고 이어지는 공격들이 위드를 곤란하게 만들었다.

피한다. 피하지 못한다.

받아친다. 공격을 흘린다.

선택을 하고 나면, 그다음 선택이 곧바로 이어져야만 했다.

적은 멈추어 있지 않기 때문이다.

손과 발이 움직인다.

공포심과 적에 대한 의식이 사라지자 지금까지 단련시켜 온 육체가 알아서 반응을 한다.

적의 공격을 넘기고, 피하고, 혹은 더 강하게 받아친다.

바바리안의 공격을 받아 내면서도 한 줌의 여유를 찾기 시작했다.

풍선을 터트렸을 때가 떠오른다.

분명 그 당시와는 위협의 정도가 다르다. 강철 바바리안들이 움직이는 속도는 그야말로 찰나였다.

멀리서부터 날아오는 풍선과 비할 바가 아닌 것이다.

'질서다. 이들의 움직임에는 질서가 있어.'

일정한 질서에 따라서 움직이는 강철 바바리안들.

'물이다. 나는 물이 되어야 한다.'

위드는 강철 바바리안의 공격에 맞추어서 자신만의 흐름, 자신만의 질서를 찾아냈다.

바바리안들이 만들어 내는 흐름에, 위드는 움직이지 않는 철벽이 되었다.

그리고 다시 한 번 변화했다.

거칠기 그지없는 폭풍이 되었다.

싸울수록 심장에서 무언가가 터져 나오는 것 같았다. 그 파괴적인 힘으로 하나씩 부숴 나갔다.

콰드득! 우지끈!

이제 강철 바바리안들이 두렵지 않았다. 더 이상 위드에게 위협적이지 않았다.

강철 바바리안 100기는 불과 30분도 되지 않아서 하나씩 파괴되었다.

"허억."

마지막 강철 바바리안을 파괴한 위드는 녹초가 되어 자리에 주저앉았다.

피로도가 극심해서 몸을 움직이기가 힘들었다. 숨이 턱턱 막혀서 호흡마저 곤란할 지경이다.

스태미나가 최하까지 떨어지고 배가 고프다.

어두운 통로에 불이 켜지고 싸움닭을 닮은 교관이 나타났다.

교관은 박살이 나서 잔해가 되어 흩어진 강철 바바리안들을 보며 놀라움을 숨기지 않았다.

"대단하군. 두 번만으로 도전에 성공한 사람은 자네가 최초일세."

교관이 날개를 내밀어서 위드를 일으켜 주었다. 듬직한 깃털을 잡고 위드는 자리에 설 수 있었다.

"제가 초급 수련관을 통과한 겁니까?"

"틀림없이!"

"실례가 아니라면 제가 몇 번째로 초급 수련관을 통과한 것인지도 알 수 있을까요?"

"여기서는 최초네. 그리고 대륙 전체로 따지자면 400번째 정도 될 테지."

기초 수련관을 통과한 사람이 약 3,800명 정도였다.

1달간 지독하게 허수아비를 때리면서 스탯을 올린 이들이다. 그들의 독기도 이만저만이 아닐 테지만 초급 수련관에서는 그 숫자가 대폭 줄어든 것이다.

우선은 아직 초급 수련관을 발견하지 못한 이들이 많은 것도 이유가 될 테지만, 그보다는 전투의 어려움 때문일 가능성이 컸다.

단조롭게 허수아비를 때리기만 하는 기초 수련에 비해서, 초급 수련은 집단 전투를 이해해야 한다.

이것은 아무나 할 수가 없는 일인 것이다.

숱하게 도전을 해도, 수십 번 죽고 나면 더 이상 도전할 엄두가 나지 않는 곳이 초급 수련관이다.

그만큼 특별한 보상이 기다리고 있기도 했다.

"자네에게는 투사의 기질이 있어. 혹시 지금의 형편없는 직업을 그만두고, 무예인의 길을 걸을 생각이 있나? 어떤 무기라도 다룰 수 있고, 맨주먹과 발차기도 강해지지. 전투를 위한 스페셜리스트라고 보면 되네."

띠링!

숨겨진 직업 '무예인'으로 전직이 가능합니다.

전직하면 공개된 직업이 가지고 있지 않은 특수 기술들을 사용할 수 있습니다. 모든 종류의 무기술이 통합된, 웨폰 마스터리를 올릴 수 있습니다. 공격력이 크게 강화되고 체력이 상승합니다. 전직하면 지금의 '전설의 달빛 조각사' 직업은 자동으로 사라지게 됩니다. 지금 전직하겠습니까?

'초급 수련관을 나오면 무예인으로 전직이 가능한 것이었군.'

확실히 전투를 이해해야만 초급 수련관을 통과할 수 있을 것이다.

검사나 궁사나 어떤 직업도, 웨폰 마스터리를 통해서 한꺼번에 상승시킬 수 있다.

그건 어떤 무기도 다룰 수 있다는 장점이 된다.

원거리에서는 활을, 말을 탄 이를 상대할 때는 창을, 때때로 파괴력이 필요할 때는 도끼를!

무기를 바꿔 가면서 싸울 수 있다는 건 큰 장점이다.

공격력이나 체력의 상승도 공개된 직업인 검사 등에 비해서는 훨씬 좋을 것이다.

무예인이라는 직업.

초급 수련관을 통과한 자들에게 주어지는 하나의 혜택이다.

대부분의 사람들은 여기서 무예인을 선택할 것이다.

'하지만……'

위드는 이제 그다지 고민을 하지 않았다.

달빛 조각사라는 직업은 확실히 의도하지 않은 상황에서 얻게 되었다. 많은 미련과 아쉬움을 갖기도 했지만 그것은 지나간 일. 지금은 나름대로 조각사라는 직업에 매력도 느낄 수 있었고, 숨어 있는 장점들도 찾아냈다.

무예인이라는 직업이 얼마나 강할지는 몰라도 그다지 아쉬울 것이 없는 상태인 것이다.

"저는 현재의 직업을 유지하겠습니다."

전직을 거부하였습니다.

그러자 교관은 아쉬운 얼굴로 이야기했다.

"초급 수련관을 통과한 자네에게는 전투 중에 보인 모습으로 인한 보상이 있을 걸세."

힘이 50 상승하였습니다.

교관은 이어서 말했다.

"그리고 자네는 하나의 기술을 익힐 수 있네. 어떤 행동을 표현해 주면 그것이 기술이 될 것이야. 뭐든 해 보게."

위드는 곰곰이 생각에 잠겼다.

'내게 필요한 기술이 뭐가 있지?'

검술.

이것은 딱히 필요하지 않다.

지금 소유한 검술들도 제대로 써먹지 못하는 판국이다.

보법.

장거리의 전투. 적과의 간격을 줄일 때, 그것도 상대의 마법을 피하는 용도가 아니고서는 잘 쓰지 않았다.

스킬을 사용하지 않더라도, 본능적으로 움직이는 발재간만으로도 싸움에는 충분했던 것이다.

물론 경지가 높은 적을 만나면 보법이 필요하겠지만, 그때에도 이미 익힌 보법으로 충분히 싸울 수 있다.

　마법.

　익힐 수 없다. 지력이 300을 넘게 되면 직업과 관련 없이 마법을 배울 수는 있다.

　그러나 지금으로써는 까마득하기만 하다.

　신성 마법은 말할 필요도 없다.

　위드는 한참을 고민하다가 결국 하고 싶은 걸 하기로 했다.

　'뭘 하든 알맞은 기술이 생긴다고 했지.'

　일부러 만들려고 해서 만들 수 있는 스킬도 아닌 것이다.

　마음 편히 무엇이든 하면 된다. 그러나 멍석을 깔아 주니 의외로 할 게 없었다.

　교관이 지켜보는 가운데 위드는 가만히 서 있었다.

　이대로라면 석상화 스킬이 생성될지도 모르는 상황!

　위드는 불현듯 라비아스를 떠난다는 데에 생각이 미친다.

　짧은 시간 함께했던 다인.

　그녀는 이 세상에, 어쩌면 더 이상 숨을 쉬고 있지 않을 수도 있다.

　그녀와의 추억, 함께했던 사냥터들, 모든 것을 접어 두고 떠나는 것이다.

　다시 만날 기약도 할 수 없는 상황.

　작별 인사도 나누지 못한 것이 못내 가슴이 남는다.

　스켈레톤 나이트와 스켈레톤 메이지, 병사, 듀라한, 데스 나이트와 망령들까지.

"아……."

위드의 입이 작게 벌어지면서 무언가 소리를 내었다.

그 소리는 점점 커지더니 동굴 전체를 뒤덮을 정도로 쩌렁쩌렁하게 변한다.

"으아아아아아아아아!"

익숙한 기억들.

조인족들과의 이별.

다인과의 추억.

쌓여 있던 모든 감정들이 고함을 통해 시원하게 뿜어져 나온다.

폐부까지 씻어 낼 듯한 위드의 함성!

띠리링!

스킬, 사자후(포효성)를 익혔습니다.

사자후
무인의 의지가 담긴 음성이 창천을 뒤흔든다.
효과: 전군 사기 200% 상승. 군대의 혼란 상태 해제. 일시적인 통솔력 상승.

스탯, 카리스마가 생성되었습니다.

리자드맨들을 퇴치한 이후로 바란 마을은 발전을 거듭하였다.

풍요와 미의 상징이라고 할 수 있는 프레야 여신상!

여신상의 축복 때문인지 몬스터들은 다시 마을로 쳐들어오지 않았고, 인근 도시의 귀족들과 상인들이 방문하면서 관광의 명소가 된 것이었다.

"오, 이것이야말로 프레야 여신님의 재림이다."

귀족들은 돌아가서 다들 한마디씩 떠들었다.

프레야 여신상의 설명에는 이런 글귀가 있다.

…조각술의 경지는 낮아도 최고의 아름다움으로 완성된 프레야 여신상은 많은 이들의 주목을 받게 되리라.

그저 지나가는 말인 줄로만 알았는데 실제로 사람들이 대거 방문을 하면서 바란 마을이 발전을 하기 시작한 것이었다.

그때까지만 해도 바란 마을의 개발은 본격적으로 이루어지진 않은 상태였다.

귀족들과 왕족들, 상인들이 뿌리고 간 돈이 많다고 해도 아직 일반인들이 잘 찾지 않는 변두리의 동네였던 것이다.

진정한 발전은 유저들의 증가로 인해서 조금씩 이루어지고 있었다.

로자임 왕국의 수도 인근에서 사냥을 하던 유저들은 숫자가 늘어나면서 자연스럽게 본격적인 남부 진출을 이루게 되었다.

사냥터와 새로운 모험을 위하여 이동을 한 것이다.

바란 마을 주변에는 사람들이 찾지 않는 던전들이 많았다.

그리고 한 번이라도 프레야 여신상을 본 이들은 전부 바란 마을을 근거지로 하기로 했다.

프레야 여신상의 특수 효과 덕분이었다.

하루 동안 생명력과 마나의 15% 회복 속도 증가!

이것은 그야말로 엄청난 옵션이라고 하지 않을 수가 없는 것이다.

"이런 엄청난 조각상이 있었네!"

"대체 이런 건 누가 만든 거야?"

사람들은 조각상에 대해 감탄하면서도 궁금증을 가졌다.

토벌대에 속해 있었던 신비의 조각사가 만들었다는 풍문! 그것만으로도 위드는 유명 인사가 된 것이나 다름이 없었다.

프레야 여신상은 그들이 본 어떤 여인보다도 아름다웠다.

이슬처럼 맑고 싱그러운 미소!

여신상의 매력에 매료되어 버린 사람들은 매일 한 번씩 여신상을 보지 않고서는 견디지 못하게 되었다.

바란 마을의 인구는 크게 증가하였고, 인근 던전들이 발굴되면서 이제 유저들로 들끓는 장소가 되었다.

여신상 주변의 광장은 흥정하는 사람들로 아우성이었다.

"자, 여기 세라보그 성에서 판매하는 무기들을 가져왔습니다! 상점가에 운송비만 조금 붙여서 저렴하게 넘겨드립니다."

"잡템들 구입합니다. 상점에서 구매하는 것보다 10% 더 쳐드립니다."

한쪽에는 상인들이 있었고, 모험가들로 보이는 이들도 사람을 구하고 있었다.

"샐러맨더와 늑대 인간 잡으러 가실 레벨 100 이상의 공격수

구합니다. 로그나 어쌔신도 환영이요!"

"차르판 계곡에서 사냥하실 파티 찾습니다. 아니면 그곳까지 안내해 주실 분이라도요. 저는 레벨 120대의 레인저입니다."

"바란 마을에는 처음 왔는데, 파티에 끼워 주실 분! 제 직업은 바드인데 전투 내내 아름다운 노래 들려드려요."

광장은 소란스러워서 이전의 폐허로 변했던 바란 마을을 떠올릴 수 없게 된 상태였다.

그런데 갑자기 광장에 정적이 찾아왔다.

일순간 찾아온 고요함!

그 발단은 한 명의 상인에 의해서였다.

마판.

그는 레벨 70대의 상인이었다.

아직은 풋내기 상인이라고 할 수 있지만, 그의 주력 업종은 장거리 운송이다.

세라보그 성이나 근처 대도시에서 구입한 물건들을 유저들이 넘쳐흐르는 바란 마을에 와서 판매하는 것이다.

바란 마을은 넘쳐 나는 유저들로 인해서 각종 물건들이 귀한 상태였다.

그래서 모여든 중개무역상 중의 하나인 것이다.

향후 로자임 왕국의 상권을 장악하겠다는 부푼 꿈을 안고 돈을 벌기 위해 애쓰는 마판!

조금씩 자본금을 키워 가는 것이야말로 상인들만이 택할 수 있는 재미였다.

마판이 쪼그려 앉아서 수레 가득 실어 온 물건을 팔고, 막 허리를 펴기 위해 하늘을 올려다본 순간이었다.

무언가가 하늘에서 떨어지고 있었다.

"어… 어, 저거……."

그 형체는 사람이었다.

"하늘, 하늘에서 사람이 떨어진다!"

마판이 열심히 하늘을 손가락질하면서 외쳐 댔다.

"무슨 헛소리야."

사람들은 허무맹랑한 소리로 여겼지만, 몇 명은 마판을 따라서 하늘을 쳐다보았다.

그랬더니 정말로 사람이 떨어지고 있었다.

그것도 무려 9개나 되는 배낭을 여기저기 짊어지고, 들고 있는 사람이다.

그 부피!

아찔해질 정도의 속도!

"우아아아악!"

"피해!"

순식간에 광장은 난장판이 되었다.

✻✻✻

피이이잉!

위드는 귓가를 스쳐 지나가는 바람 소리에 귀가 먹먹했다.

가공할 속도였다.

이 상태로 땅에 추락을 한다면 큰 바위라고 하더라도 잘게 부서지고 말리라.

인간의 육체라면 말할 것도 없다.

그런 상황에서도 위드는 실눈을 뜨고 지상을 보았다.

손톱보다 작게 보이던 바란 마을이 조금씩 커지고 있었다.

'조금 더 오른쪽으로…….'

위드는 허공에서 수영을 하듯이 몸을 뒤집어 가면서 방향을 조정했다.

목적지는 바란 마을.

단번에 도착할 셈인 것이다.

"우와아악!"

"피해! 어서!"

마을에 사람들이 아우성을 치는 모습이 그의 눈에 똑똑히 보인다.

좌판을 깔고 영업을 하던 사람이 불에 덴 듯이 펄쩍 뛰어 일어나 숨는 모습도.

'바란 마을에 사람이 이렇게나 많았나?'

라비아스에서 혼자 사냥을 했던 위드는 바란 마을의 발전상을 모르고 있었다.

페일 등이 떠날 때만 해도 바란 마을은 아직 별 볼일 없는 시골 마을에 지나지 않았던 것이다.

위드는 바란 마을의 상공 약 50미터 정도에서 가벼움의 깃털을 사용했다.

그러자 활강하던 그의 몸이 바람의 저항을 받아서 빠르게 속도가 줄어들었다.

지면에 착지를 할 때에는 유유히, 사뿐히 먼지가 약간 일어나는 정도였다.

그렇지만 가벼움의 깃털의 효과는 공중에서만 발휘가 되었다. 지상에 떨어지고 난 이후에 위드의 발이 거의 10센티미터나 땅 깊이 파고들었다.

9개나 되는 배낭 때문이었다.

"……."

"저 사람 대체 누구야?"

"마법사인가?"

주변 유저들이 웅성거리며 위드를 손가락질하고 있었다.

하늘에서 뚝 떨어진 위드!

1차적으로 의심을 해 볼 수 있는 것은 마법사가 플라이 마법으로 나타났다고 볼 수 있었다.

다만 플라이 마법은 아무나 쓸 수 있는 건 아니었다. 5서클의 보조 마법으로 레벨이 300을 넘어야 했다.

레벨 300.

〈로열 로드〉의 최고 수준의 게이머라고밖에 볼 수 없는 것이다. 그리고 어떤 마법사가 그렇게 하늘에서 추락하듯이 나타난단 말인가.

밑에서 보기에도 짜릿할 정도의 속도로 떨어진 위드였기에 더더욱 관심을 받을 수밖에 없었다.

스윽.

위드는 마을의 중앙에서 주위를 훑어보았다.

100여 명이 넘는 유저들이 그를 보고 있었다.

위드의 눈길이 아직 채 접지 못한 바닥의 좌판으로 향했다. 그리고 정확하게 마판을 보았다.

마판은 프레야 여신상의 뒤에 숨어서 고개만 내민 채로 위드를 훔쳐보고 있었다.

"이봐요, 당신."

위드의 부름에 마판이 화들짝 놀라서 대답한다.

"예? 예!"

위드는 부드럽게 물었다.

"상인으로 보이는데 혹시 잡템도 구입하십니까?"

"예. 물론입니다!"

마판은 서둘러 고개를 끄덕였다. 그러면서 여신상의 뒤에 바로 뛰쳐나왔다.

혹시라도 위드의 생각이 바뀌기 전에 말이다.

마판의 주력 사업은 물품 거래였다.

대도시의 물건을 상인만이 갖는 물품 거래 스킬을 이용해 저렴하게 구입을 하고, 사람들에게서 구입한 잡템을 상점에 비싸게 팔아먹는 것이다.

상점에서 살 때는 조금 싸게, 잡템을 상점에 팔 때는 비싸게 거래함으로써 상인들은 경험치를 모아 레벨을 올릴 수 있었다.

위드가 느긋하게 말한다.

"얼마의 가격에 구매해 주실 겁니까?"

"제가 상점에 판매할 때 받는 추가 금액이 감정가의 2할입니다. 본래 가격의 120%에 판매를 하는 것이죠. 그러니 15%까지 더 쳐드릴 수 있습니다. 물건의 양이 많으면 18%까지 해 드리겠습니다. 저도 2%의 마진밖에 안 남기고 파는 겁니다."

위드는 주위를 둘러봤다.

다른 상인들이 더 좋은 가격을 제시하고 나서지는 않을까 했던 것인데 마판 이상으로 부르는 사람은 한 명도 없었다.

그 정도라면 아주 양심적인 가격이었다.

상인들의 거래 스킬은 얼마나 자주 파느냐에 따라서 달라진다. 2할의 마진을 남길 수 있는 마판은 꽤나 열심히 스킬을 올린 편에 속했다.

위드는 거래를 하기로 결정했다.

"따로 모으시는 물품이 있으면 그걸 빼서 드리지요."

마판의 입이 크게 벌어진다.

'이 사람, 대박이구나!'

잡템이 얼마나 많으면 따로 모으는 물건들을 빼서 준다고 할까.

상인들이 물품들을 판매할 때에는 가급적 비슷한 종류를 묶어서 파는 게 이득이었다.

"뭐든 주십시오. 지금 가진 물건들을 다 팔아서 잡템들을 구입하려고 하던 참이었습니다."

"그런가요?"

위드는 하나의 배낭을 거꾸로 뒤집어서 툴툴 털었다. 그러자 쏟아져 나오는 잡템들!

듀라한의 다리, 스켈레톤의 뼛조각, 숯, 나무줄기, 뼛가루, 녹슨 단창과 본 클럽 등의 무기들.

망령들에게서 획득한 찢어진 스웨이드 바지와 금속 실, 튜닉

원단 등도 있었다.

쏟아 낸 아이템들은 그야말로 산더미였다.

"이, 이럴 수가!"

마판의 눈이 더 이상 커지지 않을 정도가 되었다.

'이 정도의 무게를 짊어지고 다니다니……. 어떤 사냥터를 다녀왔기에!'

상식적으로 이해가 불가능할 정도의 막대한 양이었다.

잡템은 사냥을 하면 모을 수 있는 아이템이지만 이러한 분량은 상상을 초월하는 것이었다.

라비아스를 발견한 사람들이 거의 없다는 것을 이용해서, 위드는 던전의 비밀 장소에 잡템들을 잔뜩 쌓아 놓고 모아 왔다.

라비아스의 상점에 판매한다면 아무래도 좋은 가격을 받지 못한다. 잡템들은 비싸게 팔 수 있는 상인들에게 넘겨주는 것이 조금이라도 더 이득을 볼 수 있는 것이다.

이득!

돈!

이런 부분에서만큼은 절대로 양보를 하지 않는 위드였다.

위드는 1쿠퍼짜리 잡템도 버리지 않았다.

수개월간 사냥터를 전전하며 모아 온 잡템들!

옹골차게 한마음, 한뜻으로 모은 것들이었다.

"이, 이렇게 많은 잡템을……."

마판의 눈가가 파르르 떨렸다.

살아생전 한 사람에게서 이만한 분량을 볼 것이라고는 상상도 못 했던 것.

"얼마나 사시겠습니까?"

위드의 물음에 마판은 생각해 볼 것도 없다는 듯이 단호하게 대답했다.

"돈이 되는 한 전부 구입하겠습니다."

마판의 전 재산은 159골드였다.

유저들에게 물품을 사서 상점에 팔 때마다 돈을 벌 수밖에 없는 상인이지만, 경쟁이 치열하여서 구매 가격을 조금씩 올려 주다 보니 많은 이득을 보기는 힘들었다.

"그럼 가져가시죠."

위드의 허락이 떨어지자, 마판은 잡템들을 가격에 따라 분류하며 계산을 시작했다.

그의 회계 스킬이 각 잡템의 가격을 표시하고, 이 화면은 위드에게도 보이고 있었다.

1골드… 2골드… 빠르게 올라가는 합산액.

아슬아슬하게 157골드에 잡템들의 계산이 끝났다.

마법 배낭!

10배의 부피를 담을 수 있고, 무게를 삼분의 일로 줄여 주는 마법 배낭에서 나온 산더미 같은 물품들이 전부 동이 난 것이었다.

"그, 그럼……."

마판은 잡템을 집어넣은 배낭을 지고 휘청거리면서 상점으로 향했다.

'대체 얼마나 무거웠으면…….'

'이해가 간다. 이해가 가.'

사람들은 측은하다는 시선으로 마판을 보았다.

반면 상인들은 부러움 가득한 눈으로 마판을 본다.

저 많은 잡템들을 팔면 틀림없이 레벨을 올릴 수 있을 것 같았기 때문이다.

바란 마을에는 무기점이나 대장간은 아직 들어서지 않았지만 잡화점은 존재했다.

"자주 거래를 해 주어서 고맙군. 양이 많아서 특별히 169골드 쳐주겠네. 팔겠는가?"

"고맙습니다, 어르신!"

마판은 잡화점 주인과의 흥정을 통해서 169골드라는 괜찮은 가격을 받고 물건을 팔 수 있었다.

레벨도 2나 오르고, 거래 스킬 숙련도도 상당히 늘었다.

잡템을 팔 때에 한 가지 품목만을 판다면 조금 더 돈을 받을 수 있다. 하지만 여러 잡다한 물품들을 한꺼번에 팔면 거래 스킬의 숙련도가 더욱 늘어난다.

회계와 물품 거래 스킬이 5였던 마판은 이번 거래를 통해서 꿈처럼 바라던 6으로 오를 수 있었다.

기쁨을 만끽하던 마판은 잡화점을 뛰쳐나왔다.

"이럴 게 아니지! 감사의 인사도 드리지 못했어."

위드가 잡템을 대량으로 팔아 준 덕분에 자신의 레벨과 숙련도가 올랐으니 마판은 보답의 말이라도 하기 위해 마을 중앙 공터로 돌아갔다.

위드는 그 자리에 그대로 있었다.

"고맙습니다! 제 이름은 마판이라고 합니다. 나중에 언제라도 다시 찾아 주시면……."

그때 위드는 다시 하나의 배낭을 열어서 거꾸로 뒤집었다.

그러자 또다시 쏟아져 나오는 가공할 잡템들!

"저, 저, 저……."

마판의 눈길은 잡템에서 떨어질 줄을 몰랐다.

그의 생각은 위드가 9개의 배낭을 가지고 있었고, 그중의 하나를 열었음에 미쳤다.

'호, 혹시……. 설마!'

마판의 생각 그대로였다.

9개의 배낭은 각종 아이템들로 가득했던 것이다.

�֍⁕֍

잡템 판매 대사건!

위드는 서 있는 자리에서 8개의 배낭에 들어 있는 잡템들을 전부 처분했다.

6개의 배낭은 정말 소소한 잡템들로 가득했고, 2개의 배낭에는 무기와 방어구들이 있었다.

그것을 전부 판 돈을 합치니 무려 1천 골드가 넘는다.

잡템으로 1천 골드를 넘게 번 것이다.

나머지 하나의 배낭은 나중에 레벨이 200에 오르면 쓰기 위해 아껴 둔 데스 나이트의 장비와 광석들로 가득 차 있다.

철광석 145개와 동광석 109개!

수리가 중급에 오르면 대장장이 기술을 익힐 수 있는데, 그

때를 위해서 모아 둔 아이템이다.

"대체 어디서 그런 사냥을 한 것인지 좀 알려 주세요!"

"하늘에서 나타나셨는데 어떻게 한 것입니까? 마법사인 저도 마나의 흐름을 느끼지 못하였는데요!"

"저기, 돈 좀 주시면 안 될까요?"

위드에게 몰려드는 유저들.

한순간에 위드는 바란 마을의 유명인이 되어 버리고 말았다.

그렇지만 곧이어 병사들이 모여들었다. 바란 마을을 지키는 병사들이 달려온 것이다.

"대장님 아니십니까!"

"너희는……."

리트바르 마굴에서 인연을 맺었던 병사들이었다.

호스람, 데일, 베커.

"오오. 드디어 오셨군요!"

마을 사람들과 간달바도 나와서 위드의 주변을 둘러쌌다.

그 광경에 사람들의 의구심은 더욱 증폭이 된다.

말 그대로 하늘에서 뚝 떨어진 사람이 마을 NPC들의 인기를 한 몸에 받고 있었던 것이다.

* * *

위드는 간달바와 병사들과 함께 반가운 해후를 나누었다.

발전된 바란 마을.

폐허가 되었던 이전의 기억을 가지고 있는 위드로서는 아주 새로운 기분이었다.

로자임 왕국의 유저들이 폭증한 데에 1차적인 원인이 있었지만, 프레야 여신상 덕도 간과할 수는 없는 일이다.

'내 조각상이 이런 효과를 발휘하다니……'

여신상의 아래에는 오로지 위드만이 알 수 있는 글귀가 쓰여 있었다.

만일 그것을 서윤이 발견하기라도 한다면 칼부림이 일어나기에 충분한 상황!

여신상을 바라본 이들은 생명력과 마나 회복 속도가 하루 동안 15% 증가한다는 효과가 위드에게도 영향을 주었다.

조각상은 유저들뿐만이 아니라 NPC들에게도 마찬가지의 효과를 주고 있다.

NPC 병사들의 몬스터 토벌과 레벨 업에도 지대한 공로를 세우고 있는 셈이다.

걸작 조각상이 이 정도의 효과를 내고 있다니 대작이나 명작 조각상이 세워진 도시는 어떠할지 궁금하기 짝이 없다.

좋은 조각상이 있는 도시!

조각품이 도시의 전력을 강화시킬 수도 있는 것이다.

'조각술. 뜻밖에 대단한 것일지도……'

위드가 조각상을 보면서 상념에 잠겨 있을 때였다.

잡템들을 구매했던 상인 마판이 나타났다.

"저기… 혹시 실례가 되지 않는다면 행선지를 물어봐도 괜찮을까요?"

마판은 위드 덕분에 대박을 쳤다.

14 레벨을 올리고, 거래 스킬을 3이나 상승시켰다.

상인으로서는 가히 환상적이라고 할 수 있을 정도였다.

위드는 고개를 갸웃하면서도 선선히 대답을 해 주었다.

"저는 바르크 산맥을 넘을 것입니다."

"바르크 산맥요?"

"예. 가려고 하는 곳은 소므렌 자유도시이지요."

목적지는 여신 프레야의 교단이다.

프레야 교단에 가져다줄 물건이 있는 위드.

교단이 위치한 소므렌 자유도시로 가는 방법은 두 가지가 있었다.

첫 번째로 흔히들 선택하는 방법은 세라보그 성으로 돌아가서, 브렌트 왕국을 지난다.

힐코스 황무지를 넘어 남서쪽으로 쭉 가는 경로는 너무나도 돌아가는 길이다.

가는 데에만 3개월 정도가 걸릴뿐더러, 대로를 이용하는 것이라 지루하기 짝이 없는 것이다.

위드는 바르크 산맥을 넘어 단숨에 소므렌 자유도시로 향하려고 마음을 먹고 있었다.

몬스터들이 많은 악명 높은 바르크 산맥이지만, 최악의 경우에 위드는 비밀 무기도 하나 가지고 있으니 그다지 부담이 없었다.

"역시 그렇군요."

마판은 미소를 지었다.

"그럼 혹시… 저도 같이 데려가 주시면 안 되겠습니까? 아,

오해는 하지 마십시오! 얻으신 잡템들로 보아서 레벨이 상당히 차이가 나는 걸 알고 있는데, 신세를 지려고 하는 건 아닙니다. 상인의 무력이 약한 건 저도 잘 알고 있거든요."

마판은 미리부터 오해하지 말라며 설명했다.

상인의 무력은 비전투 계열 직업 중에서 상당히 약한 축에 든다. 그렇지만 상인보다 약한 것이 일반적으로 알려진 조각사인데, 위드가 조각사인 줄은 모르고 있는 것이다.

어떤 조각사가 데스 나이트나 듀라한을 때려잡겠는가.

그것도 데스 나이트를 잡는 것이 지루해졌다고 더 강한 몬스터를 찾아다니는 조각사는 누구도 상상도 못 하리라.

"함께 파티를 해 봐야 저에게 경험치도 얼마 안 올 겁니다. 전투에 소모되는 약초와 붕대도 제가 대겠습니다."

위드의 지출 중 가장 큰 부분을 차지하는 게 약초와 붕대에 들어가는 비용이다. 그 점을 상인인 마판이 책임을 져 주겠다는 것이다.

하지만 주는 것이 있으면 받는 것도 있는 법!

"그럼 그쪽이 얻을 이득은 무엇이죠?"

"잡템들입니다. 사냥을 해서 나오는 잡템들을 제가 현장에서 즉시 구매해 드리겠습니다. 전투를 하면서 잡템들을 배낭에 넣고 다니면 무거워서 제대로 싸우지 못할 겁니다. 그러니 현장에서 바로 저에게 파시는 거죠."

마판의 목적은 잡템이었다.

고레벨, 그것도 전투를 잘하는 사람을 따라다니면 크게 이득이 된다. 잡템 하나라고 해도, 50레벨대의 몬스터에게서 나온

것 10개보다 200레벨 몬스터 하나의 잡템이 훨씬 가치가 큰 것
이다.

마을에서 기다리는 쪽보다 적극적으로 따라다니면서 잡템을
모을 작정이었다.

중간중간 들르는 마을마다 물건을 사서 교역을 할 수도 있으
니 나쁜 장사가 아니다.

위드는 잠시 생각해 봤다.

어느 쪽으로 봐도 손해 볼 제안이 아니다.

잡템들을 그득그득 쌓아 놓고 싸우는 것은 라비아스에서나
쓸 수 있는 방법이다.

대륙에서 그런 수단을 또 쓴다면 다른 사람이 다 들고 가 버
려도 할 말이 없는 것이다.

"좋습니다! 함께 움직이도록 하죠.

나의 직업은 달빛 조각사

바란 마을은 폭증한 유저들로 붐비고 있었다.

"조각품 팝니다! 요리도 팔아요! 내구력이 떨어진 방어구나 무기, 저렴하게 수리해 드립니다!"

"조각품, 그거 얼마예요?"

"개당 20실버! 비싸죠? 비싼 만큼 예쁜 겁니다. 예술이란 본래 그런 것이지요."

여성 유저들의 폭발적인 관심을 받는 위드!

그가 만든 조각품들은 하나하나 살아 있는 것 같았다.

조각품, 혹은 석상들은 너무 커서 쉽게 사 갈 수 없는 것이 많았지만, 대중적인 인기를 끌기 위해 작은 모형으로도 제작을 했다. 이런 것들은 귀엽고 앙증맞기 짝이 없어, 여성 유저들의 지대한 관심을 받았다.

위드는 조각품을 팔면서 동시에 요리도 했다.

지지고 볶는 냄새가 풍기면서 사람들을 끌어모은다. 조각품을 사러 온 사람들도 냄새에 반해서 요리에 관심을 가졌다.

"지금 하고 계시는 요리들은 뭐예요?"

"독약입니다."

"에엑, 독약요? 독약을 만드시는 거라고요? 이렇게 맛있는 냄새가 풍기는데……."

"그렇습니다. 두 번 죽어도 먹을 만큼 맛있기 때문에 독약인 거죠! 여기 시식 요리도 있습니다. 아주 조금씩만 드세요!"

유저들은 위드가 한 스푼씩 떠 주는 스튜의 맛을 보았다.

우선 냄새!

몸에 좋은 산나물들을 끓인 물로 만들어 그윽한 풍취가 난다. 입에 넣는 순간 사르르 달콤하게 풀어지는 스튜에, 여성 유저의 눈이 동그래졌다.

"어머, 맛있다! 오빠, 이거 사 주면 안 돼?"

"그럼! 얼마든지 먹어. 우리 세나가 먹고 싶어 하는 건데… 아저씨, 이것 얼마죠?"

"15실버입니다."

"요리치고는 너무 비싼 것 아닌가요?"

남성 유저의 얼굴이 일그러진다. 15실버라면 상당한 고가였던 것!

그러나 가격에 대해서만큼은 위드는 타협을 하지 않았다. 돈은 타협의 여지가 될 수 없는 것이다.

"제가 요리를 하는 이유는, 많은 사람들이 조금 더 맛있는 음식을 먹을 수 있게 해 주고 싶어서입니다. 그러나 그 길은 정말로 쉽지 않은 것임을 느끼고 있습니다. 아무래도 요리들이 너무 비싸서인지, 사람들에게 불평을 사더군요."

"그야 당연히 그렇죠!"

"저도 정말 싸게 팔고 싶습니다. 하지만 이 음식은 재료비만 14실버 가까이 됩니다. 거기에 기타 음식 도구들이나 제 수고 비까지 감안한다면, 정말 헐값에 팔고 있는 겁니다, 으흐흑! 맛 있는 요리를 만들겠다는 제 꿈을 포기하고 싸구려 재료들을 이 용해 값이 싼 요리만 만들어야 하는 건 아닌지, 이제는 정말로 고민이 됩니다. 흑흑!"

위드는 가증스럽게도 우는 연기를 했다. 찔러도 피 한 방울 나오지 않을 위드가, 펑펑 눈물을 흘리는 것이었다.

이것도 투자였다.

재료가 들지 않는 투자!

"오빠!"

투자가 제대로 먹혀든 것인지 여성 유저가 소리를 질렀다.

"우리 그냥 이거 사 먹자! 너무하잖아! 이렇게 맛있는 요리를 하시는 분인데… 우리 엄마가 그랬어, 요리는 마음이라고. 이 런 음식을 만드는 분이시니 틀림없이 엄청 좋은 분일 거야."

"그래, 알았어. 죄송했습니다, 요리사님. 많이 파세요."

커플은 무려 20실버를 내놓고 갔다. 거스름돈도 받지 않았 다. 그리고 위드는 회심의 미소를 지었다.

'요리는 모르고 먹으면 뭐든 맛있는 법이지. 이번에도 돈 벌 었다.'

위드는 능수능란하게 조각품들과 요리를 판매했다. 실제로 재료비는 1실버도 들지 않았는데 말이다.

산나물들은 요리 재료점에서 제일 싸게 팔렸고, 나머지 재료들 또한 그리 비싸지 않았다. 산골에 있는 마을이라 이것저것 없는 것이 많아서 그렇지, 음식과 관련된 물가 자체는 상당히 낮았던 것이다. 도시에서 파는 요리 재료들은 구하지 못해도, 풍성한 레시피로 다양한 요리들을 만들어 낼 수 있었다.

"아저씨! 저도 한 그릇 주세요."

"저희는 김밥요."

"저 또 왔어요, 헤헤."

손님들이 끊이지 않았다. 요리 스킬과 조각술이 중급에 오른 이후로 엄청난 인기를 끄는 것이었다.

더불어 입담도 늘어만 갔지만, 장사를 하면서 하는 거짓말은 거짓말이 아니라는 생각을 가지고 있는 위드였다. 고객을 좀 더 기분 좋게 만들어 주기 위한 철저한 서비스 정신!

그런데 때때로 위드를 곤혹스럽게 만드는 손님들이 찾아오기도 했다.

"저기, 텔레비전에서 본 것 같은데요."

여자들 둘이서 다가오더니 위드의 얼굴을 이모저모 뜯어보며 말을 건다.

"혹시 프린세스 나이트 아니세요?"

대인 고등학교에서 상금을 받기 위해 나름의 활약을 한 이후로 붙여진 별명! 인터넷에 급속도로 퍼진 까닭인지, 얼굴을 알아보는 사람들이 꽤 있었다.

혹자는 유명해졌다고 좋아할지도 모르지만, 위드의 경우에는 달랐다. 하고많은 별명 중에 공주의 기사라니, 창피하기 짝이 없는 일이다.

"그, 글쎄요. 사람을 잘못 보신 모양입니다."

위드는 시선을 돌리면서 그녀들을 피했다.

어쨌든 위드의 요리는 맛있을 뿐 아니라, 먹으면 생명력과 마나의 최대치를 크게 키워 주므로 유저들은 일부러라도 찾아 왔다.

파티 사냥을 가는 사람들도 단체로 와서 먹고 갈 정도였다.

"가격은 15실버, 사냥을 위한 특별 영양식은 30실버씩 받겠습니다. 감사합니다. 즐거운 사냥 되세요!"

조각품과 요리를 비싸게 받는 대신에 내구력이 떨어진 갑옷들은 무료로 수선을 해 주기도 했으니, 가격 때문에 별로 문제가 되지는 않았다.

30실버라고는 해도, 바란 마을에 사냥을 하러 올 정도의 유저들이라면 충분히 낼 수 있는 돈이다. 생명력과 마나의 최대치를 늘려 주는 음식이라는 것은, 사냥할 때 그 값어치를 하고도 남을 정도이니 말이다.

물론 정말 비싼 요리들도 있다. 조인족의 알이나 천상의 열매들을 넣어서 만든 요리들은, 둘이 먹다가 하나가 죽어도 모를 꿀맛이다.

이건 재료들만 천상의 열매가 15실버, 조인족의 알은 무려 95실버나 되었다. 그렇지만 가격만 비싼 음식이 아니라 요리하기도 아주 까다롭다.

보양식은 하나로만 맛을 내지는 못한다. 강한 약효를 중화시켜 주고 효과를 배가시켜 주는 재료들과 함께 음식을 완성시켜야 하는 것이다.

삼계탕을 만들 때에도 인삼이나 대추, 각종 약재들을 넣는 것처럼, 맛이 우러나오도록, 효과를 완전히 뽑아낼 정도의 특별한 요리를 완성해야 한다.

이것이 바로 요리사의 어려움이자 고난이었다.

그리하여 위드가 몇 차례의 도전과 실패 끝에 조인족의 알과 천상의 열매로 만들어 낸 요리의 이름은 이것이었다.

웰빙 로열 버드 더 데이!

스위트 너트 베이 리프.

이 두 가지를 하나의 요리로 완성한 것의 이름은 따로 있었다.

메인 너트 온 더 버드.

조인족의 알과 천상의 열매가 상생의 효과를 가져와서 지력과 행운, 체력, 마나, 생명력을 대폭 늘려 주는 음식이다.

꒰꒰꒱꒱

드디어 위드와 합류한 마판은 큰 기대를 갖고 있었다.

'이제 지긋지긋한 상인도 끝이다! 이제 내 앞에는 탄탄대로가 펼쳐진 거야.'

상인의 길은 험난함 그 자체라고 할 수 있다. 마판의 기억 속으로, 그동안의 고난의 시간들이 스쳐 지나갔다.

'휴우, 정말 힘든 시간이었어.'

처음에 상인을 선택했을 때는 꿈과 희망에 부풀어 있었다.

마판은 상인이 정말로 마음에 들었다.

돈!

권력도 돈!

명예도 돈!

세상사는 결국 자본이 지배하는 것이다.

경제학을 전공하는 그는, 자본주의는 이념이 아니라 경제학 그 자체라고 굳게 믿고 있었던 것이다. 그 자본을 벌기 위하여 다소의 고생은 감수할 작정을 했다.

베르사 대륙의 돈은 전부 자신의 것이 된 것만 같았고, 큰 상회를 설립하여 엄청난 명성까지 획득하고 싶었다. 어떤 왕국은 돈만 내면 귀족의 작위까지 준다고 한다.

한마디로 그는, 큰돈을 벌기 위하여 상인의 길을 택했다.

그런데 이게 웬일인가!

상인의 길은 시작부터 험하기 짝이 없다.

4주간 성 밖 출입이 안 될 때부터 그는 심부름을 도맡아서 했다.

무기점이나 여관, 거래소 등에서 열심히 의뢰를 하면서 푼돈을 모았다. 상인 전직 퀘스트를 하기 위해서였다.

마판은 뛰고, 달리고, 굴렀다!

띠링!

"그동안의 노력을 보아하니 자네에게는 상인의 자질이 있는 것 같군. 돈에 대한 욕심이 없으면 상인이 아니지. 토끼 가죽 300개가 급하게 필요한데, 1골드를 줄 테니 이를 구해 주겠나? 그러면 자네를 정식으로 로자임 왕국의 상인으로 받아 주지! 다만 가능한 한 빨리 구해 주게. 사흘 내로 구해 주면 좋겠어."

'아싸, 돈 벌었다!'

마판은 쾌재를 부르며 의뢰를 받아들였다.

'1골드나 주다니, 역시 상인이라 그런지 초반부터 돈이 많이 벌리는걸.'

토끼는 성 앞에서 흔하게 나오는 초보용 몬스터였다. 잡화점에 팔 때의 가격이 10쿠퍼도 되지 않으므로 총구입비는 3천 쿠퍼. 즉 30실버면 충분하리라는 계산이 섰던 것이다.

물론 상대방을 위해서 약간의 이득도 줄 작정이다. 적절한 상거래란 서로 간에 이익이 있어야 했으니 말이다.

"토끼 가죽 삽니다! 11쿠퍼에 구매합니다!"

성 앞에서 마판은 큰 소리로 외쳤다. 토끼 사냥을 하고 있는 유저들이 대거 달려올 것이라고 기대하면서 말이다. 그런데 옆에서 다른 상인이 더 크게 외치는 것이었다.

"토끼 가죽 30쿠퍼에 삽니다!"

그 옆에서 열심히 바느질을 하는 사람도 외친다.

"토끼 가죽 50쿠퍼에 사요! 무제한 구매!"

"헉! 어떻게 이런 일이……."

시세가 개당 10쿠퍼밖에 안 되던 토끼 가죽이 엄청난 고가에 매입되고 있었다.

"이게 어찌 된 일이죠?"

당황한 마판이 물어보자 돌아온 대답은, 그를 절망에 빠뜨렸다.

"모르셨어요? 상인 전직을 위해서 토끼 가죽을 모으는 사람이 한둘이 아니잖아요. 그리고 재봉을 익히는 사람들도 토끼 가죽을 필요로 해서 물가가 폭등했어요!"

마판은 눈물을 흘렸다.

물가가 초보 상인을 울리고 있는 것이다.

상인 전직을 위해서는 사흘이라는 시간밖에 없었다. 어쩔 수 없이 그동안 퀘스트를 통해 벌었던 돈을 탈탈 털고, 밤을 새워 사냥을 해서 간신히 토끼 가죽 300개를 구했다.

그로써 빈털터리가 된 것이었다.

"고맙네. 이제 자네는 상인일세!"

거래소 주인이 장하다는 듯이 어깨를 두들겨 주었지만, 축 늘어진 마판의 어깨는 펴질 줄 몰랐다.

그때부터가 시작이었다.

험난한 상인의 길.

스킬과 레벨을 올리기 위해서는 유저들에게 잡템을 고가에 구입해야 했다. 전투에는 약하다고 무시당하고, 잡템 구입을 위해서는 피 말리는 전쟁을 해야 했다. 이 먼 바란 마을까지 출장 온 마판에게는, 말 못 할 애환들이 엄청나게 많았던 것이다.

노점을 하며 잡템을 팔아 줄 사람이 오기만을 기약 없이 기다리는 일도 힘들었지만, 무리한 가격을 내세워 사 달라는 사람도 숱하게 봐 왔다.

"고생은 끝났다!"

마판은 위드와 한팀을 이루기로 한 이후로, 모든 근심과 걱정을 털었다. 이제 위드만 믿고 따르면 되는 것이다.

'어디든 쫓아가리라. 난 저분만 믿으면 돼!'

마판은 단단히 각오했다.

위대한 전사! 모험가! 전투의 달인!

위드를 그렇게 알고 있는 마판으로서는 더없는 신뢰를 보내고 있었던 것이다.

그런 감정은 위드가 바란 마을에 좌판을 깔 때까지 지속되었다.

'어떻게 저럴 수가!'

마판은 비명이라도 지르고 싶은 심정이었다.

눈을 비비고 보아도, 위드는 음식을 만들어 팔고, 조각품을 팔고 있다. 설상가상으로 수리까지 한다!

"으흐흑!"

위드가 신나게 요리를 팔고 있을 때 남몰래 눈물을 흘리고 있는 사람, 그는 바로 마판이었다. 위대한 전사로 알았던 위드가 요리와 조각품을 팔고 있다니!

'이건 최악의 잡캐가 아닌가.'

짐작만으로 속단할 수는 없는 노릇. 확인이 필요했다.

마판은 주저했다. 결과를 알기 두렵다. 하지만 묻지 않을 수도 없다.

"저기, 위드 님, 본직업이 대체 뭡니까?"

"저요? 보시다시피 제 직업은 조각사입니다."

"조각사!"

마판은 마치 둔기에 얻어맞은 것처럼 뒤통수가 아팠다.

'조각사라면 화가와 청소부만큼 비인기 직업이잖아!'

밀려드는 암울함 속에서, 마판은 떨리는 손으로 부글부글 끓고 있는 솥단지를 가리켰다.

"그럼 이 요리들은요?"

"부업입니다."

"수리는…….."

"열심히 익히고 있는 스킬 가운데 하나죠. 대장장이 스킬을 익혀 무기나 방어구를 제조하기 위해서는, 수리를 중급에 올려야 하거든요."

위드와 한팀이 되어 팔자가 폈다고 생각했던 마판은 낙심하지 않을 수 없었다.

'그럼 그렇지. 이 지지리도 복도 없는 놈은… 근데 무슨 이런 잡캐가 다 있지?'

그가 보기에 위드라는 캐릭터는 형편없었다. 그것도 아주 역사에 남을 정도로 허접스러운 캐릭터!

사람들로부터 인정받지 못하는 기술들만 잡다하게 열심히 연마하고 있는 위드! 자신이었다면 진작 접고 새로 키우는 편을 택했을 것이다.

'얼마나 대충 성장시켰기에 저런 캐릭터가 나올 수 있지?'

마판은 크게 오해를 하고 있었다.

눈물겨운 위드의 투쟁!

초급 수련관에서 허수아비를 두들기고, 교관에게 밥을 얻어먹으면서 조금씩 강해졌다.

예술 스탯을 1이라도 향상시켜 주는 조각품을 만들기 위해 눈이 뻘게졌고, 요리의 숙련도를 위해서 NPC 병사들과 토벌 대원들의 주방장이 되었던 그였다.

수만 그릇의 요리와, 수천 개가 넘는 조각품을 만들며 가까스로 이만큼 성장한 위드였건만, 마판이 보기에는 그저 아무 기술이나 익혀 놓은 허접한 캐릭터로만 보였다.

하지만 구르고 깨지는 와중에도 하나씩 배우고 일어났기에 마판이 바로 이 자리에 있을 수 있었다.

'그래도 이 사람의 상업적인 마인드는 오히려 나보다 낮지 않은가. 공자께서는 세 사람이 걸어가면 그 가운데 1명은 스승이 있다고 하였다. 잡캐에게도 배울 점이 있어.'

마판은 위드와 한팀을 이루기로 한 것을 후회하지 않기로 했다. 그리고 적극적으로 위드의 옆에서 잡템을 구매하며, 자신의 영업을 개시했다.

어쨌거나 놀고만 있을 수는 없는 법이다.

틈틈이 조각품과 요리를 팔아먹는 위드의 모습을 지켜보면서, 상인에 대해서 새로운 일깨움을 얻기도 하였다.

'저런 무책임한 거짓말을……!'

때때로 경악하였고.

'저렇게 형편없는 재료들로 폭리를 취하다니!'

분노하기도 했다.

자신처럼 올바른 긍지를 가진 상인이 발붙일 곳이 사라지는 것만 같아서였다.

'완전 날강도에 사기꾼이 아닌가?'

위드에게는 구매자의 비위를 살살 맞추어 주는, 화려한 언변이 존재했던 것이다.

몇 마디 말로, 10실버 하던 조각품이 15실버로 둔갑하는 걸 보는 마판의 속은 부글부글 끓었다.

그렇게 이틀이 지나자, 위드는 좌판에 펼쳐 놓은 조각품들을 슬슬 다시 배낭에 넣었다.

'제법 많이 팔렸군.'

라비아스에서 틈틈이 조각해 놓은 조각품들. 그것들이 절반 정도 팔려 나갔다.

조각품의 아쉬운 점이라면 역시 재차 구매를 하지 않는다는 점에 있었다. 수집가를 만난다면 모를까, 보통 사람들은 기념으로 하나씩을 구매할 뿐이었던 것이다.

아무리 원가가 낮은 조각품이라고 해도, 개당 10실버, 많이 받아야 30실버 정도였다. 조각품 10개를 팔아야 겨우 3골드를 벌 수 있다는 소리다.

돈이 없고 가난하던 초창기에는 꽤나 유용했었지만, 레벨이 상당히 오른 위드에게 있어 이제 나무로 만든 조각품은 푼돈 벌이 수준으로 전락하고 만 것이다.

바란 마을에 있는 유저들 중, 이미 조각품을 살 만한 사람은 대부분 샀다. 이제 더 이상 있더라도 요리밖에는 팔지 못하리라.

수리와 요리의 숙련도를 40%씩 올리고 나서, 위드는 좌판을 완전히 접었다. 그리고 옆에서 눈치를 보며 꾸준히 잡템을 구매하고 있는 마판을 향해 말을 건넸다.

"이제 슬슬 출발하지요."

"넷? 어디로 말입니까?"

"미리 말했던 대로 바르크 산맥을 넘어야지요."

헤레인의 잔을 돌려주기 위해 프레야 교단에 가야 하는 위드에게는 시간이 3개월밖에 없었다. 언제까지고 바란 마을에 남아 있을 생각은 없었던 것이다.

더군다나 훌륭한 조각사가 되려면 견문을 많이 쌓아야 한다. 비록 여러 경로를 통해서 강해진 위드였지만, 조각사라는 본문만큼은 잊지 않고 있었다.

위드는 잡화점과 상점들을 돌면서 여행을 위한 준비를 빠르게 마쳤다.

"잘 가게!"

촌장과 병사들이 마을 입구까지 배웅을 나온다.

"다음에 또 들르겠습니다."

"그렇게 하게. 자네의 도움은 잊지 않음세."

데일, 베커, 호스람.

십부장들과도 작별 인사를 나누었다.

"다음에 보자."

"예, 대장님! 그때는 수도에서 뵐 것 같습니다. 저희도 이곳의 파견 근무를 마치고 귀환하기로 했습니다."

위드와 마판은 로자임 왕국의 남부 대도시들을 돌며 특산품들을 구매했다. 진주와 비취, 백포도주, 치즈, 올리브유, 미스릴 등이 남부 도시들의 특산품이었다.

로자임 왕국은, 기술력이나 상업력은 그렇게 높은 편이 아니다. 그래서인지 원석이나 가공하지 않은 보석류 그리고 식료품들이 활발하게 거래되고 있었다.

중앙 대륙의 왕국들 중에는 특산품으로 무기나 방어구가 있는 도시와 국가들도 있다. 당연히 그 나라의 무기들은 다른 나라에 비해 내구력과 공격력, 방어력도 뛰어났다.

따라서 중앙 대륙에서 시작한 유저들은, 그만큼 이점을 가지고 있다. 하지만 모험과 기회를 얻는 측면에서는 로자임 왕국도 나쁜 선택은 아니다.

"비취 40개를 주십시오."

보석 구매는 마판이 도맡아서 했다. 회계 스킬을 보유하고 있어, 조금 더 저렴한 가격으로 구입이 가능했기 때문이다. 다만 무리하게 가격을 깎으려고 하면 거래 자체가 취소되는 경우가 생긴다. 그럴 때에는 거래소 주인이 최대 열흘간 다시 거래를 하지 않으려고 하니, 주의할 필요가 있다.

흥정을 마친 마판이 위드를 돌아보았다.

"비취의 가격이 760골드라고 하는데요. 구매할까요?"

"으음… 더 깎을 수는 없을까요?"

"제 스킬로는 이게 한계입니다."

주머니로 들어가는 위드의 손이 부르르 떨렸다. 그리고 백골드짜리 금화가 8개나 나왔다. 그 돈을 가지고 마판은 보석을 구매했고, 잔돈과 보석들은 다시 위드가 건네받았다.

"이제 어디로 가죠?"

"펠컨 마을에 가서 진주를 삽시다."

진주 50개도 690골드에 구입을 하고, 나중에는 탄광 마을에 가서 미스릴 3킬로그램도 구입했다.

특산품들을 사는 만큼, 위드의 호주머니도 따라서 빠르게 비어 간다.

들어갈 줄만 알지 나올 줄은 모르던 돈 주머니가 풀려 급기야는 쌈짓돈까지 나오면서, 50골드만 남겨 놓고 다 써버린 것이었다.

전 재산 1,700골드.

끔찍이 아끼면서 모아 놓은 돈이 바닥을 드러내는 것은 순식간이었다.

바르크 산맥 너머의 브리튼 연합에서는 보석의 시세가 이곳보다 최소한 25% 정도 더 높다. 상인이 아닐지라도 시세 차익과 명성 등을 얻을 수 있으니, 가능한 한 많은 양의 물건을 구매한 것이다.

'그런데 뭘 하시는 거지?'

위드가 특산품들을 사기 위해 마을을 이동할 때마다, 마판의 시선에는 의문이 어렸다.

위드는 길을 걷는 와중에도 가만있질 않았다. 주변의 잡초들을 열심히 훑어 내면서, 그중 어떤 것은 뿌리째 쑥쑥 뽑았던 것이다. 그러더니 배낭에 열심히 주워 담는다. 때로는 흐뭇한 미소를 짓기도 했다.

"위드 님, 뭘 하시는 겁니까?"

마판이 궁금증을 이기지 못하고 물었을 때, 위드의 대답은 간단했다.

"이거요? 약초를 뽑는 겁니다."

"약초라면…….."

"약초학을 배우고 있거든요. 여기는 지형이 험해서인지, 약초들이 아주 많네요."

마판은 숨을 집어삼켰다.

'허걱!'

우상처럼 보이던 위드가 마침내 최악의 잡캐로 완전히 굳어지는 순간이었다.

'내가 너무 섣불리 사람을 판단했구나!'

데스 나이트와 언데드들에게서 나온 잡템들을 가지고 있었다는 이유만으로 놈들을 잡은 것으로 착각하다니! 혹시 운 좋게 어디서 주운 것일 수도 있지 않은가.

물론 그럴 확률은 희박하겠지만, 위드에 대한 신뢰가 극도로 떨어진 마판으로서는 충분히 가능한 일이라고 보고 있었다.

그래도 마판은 사나이였다.

의리와 신의로 사는 남자!

위드 덕분에 지금까지 많은 이득을 얻었다. 잡템들을 판매하면서 스킬과 돈을 얻지 않았던가! 보석을 대신 사 주면서도 쏠쏠하게 스킬을 올릴 수 있었다.

이 상태로도 그렇게 나쁘지 않았으니, 굳이 함께하기로 한 것을 취소할 필요는 없어 보였다.

'남자로서 한번 따라다니기로 한 말은 취소하지 않아!'

마판도 열심히 특산품들을 구입했다.

그의 자본금은 위드만큼 많지 않았으므로, 올리브유나 치즈 같은 식료품 위주로 사야 했다. 이는 한 번 거래에 큰 수익을 거둘 수는 없어도, 위험부담이 적고 안정적인 수입을 거둘 수 있다는 장점이 있다.

별도의 식료품 거래 스킬이 있는 마판은 싼 가격에 많은 양을 구입하였고, 이를 실을 마차도 한 대 구입했다. 상인인 마판에게 마차는 꼭 필요한 것이었다. 하지만 말의 가격은 100골드가 넘는 고가라서, 다 죽어 가는 노새 1마리를 사는 것으로 둘의 준비는 끝이 났다.

위드는 가지고 있던 다수의 배낭들도 이참에 전부 처분했다.

대신에 마판의 도움을 얻어 잡화점에서 약초를 넣을 망태기를 구입하고, 20배의 부피를 담을 수 있으며 무게를 사분의 일로 줄여 주는 배낭을 하나 구입했다.

이제 마판은 위드를 완전한 잡상인으로 보고 있었다.

바르크 산맥.

남부 로자임 왕국과 동부 브리튼 연합 사이에 존재하는 산맥이었다. 양국 모두의 국경에 속해 있기는 하지만, 몬스터들의 천국이라고 불리는 장소였다.

넘쳐 나는 몬스터!

험악한 지형!

이곳에는 양국의 레인저들과 군대들이 진주하면서, 주기적으로 몬스터들을 소탕하고 있었다. 그러지 않았다면 로자임 왕국과 브리튼 연합은 몬스터들로 몸살을 앓았을 것이다.

쿠아아아앙!

바르크 산맥에 올라가자마자 무시무시한 소리가 울려 퍼진다.

맹수의 포효 소리, 몬스터들이 날뛰는 소리다.

나뭇가지가 부러지고, 거친 비명 소리들이 들린다.

과연 명성에 걸맞은 몬스터들의 천국이었다. 던전이 아닌 필드에서 이 정도의 몬스터들이 나타나는 곳도 드물 것이다.

마침내 위드와 마판이 탄 마차 앞에도 몬스터들이 나타났다.

라이칸슬로프.

늑대 인간으로, 레벨이 100 정도인 몬스터들. 변형 라이칸슬로프들은 레벨이 150 정도까지 되는 것으로 알려져 있다.

물론 산맥의 먹이사슬에서는 최하에 속하는 놈들이다. 그렇기 때문에 산맥의 중심부에 밀려나서 이런 곳에까지 출몰하게 되었으리라.

라이칸슬로프들은 대부분 여러 마리가 함께 움직이는 경우가 많다. 지금도 10마리가 넘는 녀석들이 한꺼번에 나타났다.

조금 전에 늑대가 울부짖는 듯한 포효는, 아마도 이 라이칸슬로프의 울음소리였으리라. 먹이를 발견했고, 이곳을 자신들의 사냥터로 만들겠다는 그런 의미의 울음.

마부석에 앉아 있던 마판은 안절부절못했다.

"노, 놈들이 나타났습니다. 어떻게 하죠! 위드 님, 위드 님이 알아서 하신다고 했잖아요."

그때까지도 위드는 조수석에서 열심히 조각칼을 놀리고 있었다.

자하브의 조각칼.

조각사라면 모두가 꿈에서라도 바랄 유니크 아이템이다. 그 조각칼이 나뭇결의 흐름에 따라 움직이면서 조각품을 만들어 내고 있었다.

라이칸슬로프들이 서서히 다가온다. 막 나타났을 때만 하더라도 늑대를 닮은 머리를 제외하고는 인간과 흡사한 외모를 하고 있던 그들의 몸에서, 회색 털이 숭숭 자라난다.

들개로 변신하는 마수들.

변신이 끝나면 틀림없이 공격을 가하리라.

> 손재주 스킬의 숙련도가 향상되었습니다.

> 중급 손재주 스킬의 레벨이 4가 되었습니다.
> 도구나 손을 이용하는 능력이 추가로 5% 증가하며, 다양한 분야에 걸쳐서 영향을 주게 됩니다.

중급 이후로 손재주 스킬은 스킬 레벨이 1 오를 때마다, 능력치가 5%씩 강화되었다.

초급이었을 때는 3%씩 올랐을 뿐이라는 걸 생각해 보았을 때, 효과가 굉장히 커진 것이다.

다만 그만큼 스킬 레벨을 올리기란 더더욱 힘들어졌다.

'제법 운이 좋았군.'

위드는 방금 전에 지나쳤던 나무의 세밀한 형상을 조각하여, 조각술의 숙련도를 1.5% 상승시킬 수 있었다.

풍성한 나뭇가지와 잎사귀들.

세월을 이겨 내며 연륜을 얻은 나무를 조각하는 것은 굉장히 어렵다. 그림에서도 천 년의 시간을 살아온 나무를 그리는 것이 그만큼 어렵다고 하지 않던가.

위드는 최대한 실물과 거의 흡사한 나무를 조각했다. 만족스러울 정도는 아니어도 제법 괜찮은 조각품이 나왔다.

조각술은 때때로 놀랄 정도로 잘 오르기도 하지만, 타성에 젖어서 만들면 정말로 안 오르는 스킬 중의 하나이다. 중급에 오른 그의 레벨을 감안한다면 1.5%의 숙련도도 상당히 많이 오른 편이다.

때마침 스킬 레벨이 올라서 능력치도 강화됐다.

"위, 위드 님!"

마판이 울상을 짓자, 위드는 그제야 조각칼을 집어넣었다. 그리고 검집에서 검을 뽑아 들었다.

냉기의 속성을 지닌 클레이 소드!

"그렇지 않아도 너무 오랫동안 앉아 있어서 찌뿌듯했었는데, 몸이나 좀 풀어 볼까? 변신 과정을 놓쳐 버린 것은 조금 아쉽지만, 뭐 괜찮겠지. 바르크 산맥에 사는 라이칸슬로프가 이 녀석들이 전부는 아닐 테니."

위드가 라이칸슬로프를 보며 중얼거렸다.

녀석들의 조각품을 만들려면 변신 과정을 봐 두는 게 좋다. 한 가지 모습밖에 없는 녀석들이 아니라서, 단계별로 조각품을 제작할 수 있을 테니 그만큼 숙련도를 올릴 수 있는 것이다.

위드가 클레이 소드를 들고 마부석에서 내리는데, 뒤에서 마판의 비명 같은 외침이 들린다.

"서, 설마 그 검으로 싸우실 작정입니까?"

마판은 클레이 소드를 보고 기겁했다. 저렇게 이빨이 듬성듬성 나간 칼이라니!

라비아스에서의 고된 사냥으로 인해 클레이 소드의 내구력이 최저까지 떨어져 버린 것이다.

지금까지 위드가 잡았던 언데드 몬스터들은 꽤 많은 장비들을 떨어뜨렸지만, 검은 여전히 클레이 소드뿐이었다. 듀라한은 철퇴나 도끼류의 끔찍한 무기들만을 사용했고, 구울은 손톱들을 드랍했다.

데스 나이트들의 무기는 기사이거나 아니면 최소한 레벨 200이 넘어야만 쓸 수 있었으니, 위드에게는 무기의 선택권이 별로 없었던 것이다.

사람들이 없는 외딴 곳에서 혼자 사냥을 하는 이상 그 정도는 감수를 해야 했다. 검이 깨질 때마다 새로 바꿔 가면서 사용한 클레이 소드만 해도 수십 개였다.

그러는 사이에도 라이칸슬로프들은 하나 둘 늘어나서, 이제 20마리가 훌쩍 넘었다.

마판의 얼굴이 완전히 흙빛으로 변하는 것을 보며, 위드는 클레이 소드를 다시 집어넣었다.

라이칸슬로프들은 늑대의 후예들답게 용감무쌍했다.

땅을 박차고 뛰어올라서 거칠게 포효한다.

크아앙!

야성이 넘치는 라이칸슬로프들의 포효 소리!

전장을 압도하는 그 소리에 늙은 노새는 겁에 질려 날뛰고, 마판은 죽음을 직감했다. 라이칸슬로프들은 이동 속도가 빠른 몬스터라서 도망도 칠 수 없기 때문이다.

그때였다.

"크허허허허허헝!"

위드의 입에서 광량한 음성이 폭발하듯이 터져 나왔다. 흙먼지가 치솟고, 바닥에 쌓여 있던 마른 낙엽들이 쩍쩍 갈라지고 부서진다. 나뭇가지들이 부러질 듯 파르르 떨린다.

압도적인 기파가 좌중을 휩쓸었다.

> 사자후 스킬을 사용하였습니다.
> 사자후의 숙련도 1% 상승! 현재 사자후 스킬의 레벨 1, 숙련도 1%입니다.
> 스킬 레벨이 상승할수록 위력이 증대됩니다.

라이칸슬로프들이 사자후에 머리를 감싸 쥐며 괴로워했다. 위드는 그 틈을 놓치지 않고 놈들에게 달려가 주먹을 뻗었다.

"연환권!"

퍼버버벅!

깨갱!

라이칸슬로프들을 맨주먹으로 후려갈기는 위드!

라비아스에서 데스 나이트들을 주로 잡아 왔던 그에게, 레벨 100에 불과한 라이칸슬로프들은 적수가 아니었다. 숫자가 많다고 해도, 어느 정도 타격을 입을 때의 얘기다.

라이칸슬로프들의 무서운 돌진.

"칠성보!"

땅을 박차고 날아올라 물어뜯고 발톱으로 할퀴는 놈들의 공격을, 위드는 보법을 이용해서 피한다.

전투를 하면서 보법을 재발견하게 되었다. 지금까지는 스킬로써가 아니라 안정감 있는 보법으로 상대의 공격을 넘기는 방식을 택했지만, 〈로열 로드〉의 보법들은 특수한 기능을 가지고 있었던 것이다.

정면을 향해 전력 질주를 하던 와중에 90도로 방향을 꺾어서 달리기는, 현실에서는 불가능하다. 관성의 법칙 때문이다. 하지만 보법을 사용하는 순간, 현실에서는 불가능한 동작들이 실현된다.

전력 질주 도중에 정반대로 방향을 바꾸는 것도 할 수 있고, 순간적인 가속력으로 거의 눈에 보이지 않는 속도로 움직일 수도 있다.

칠성보는 이름처럼 총 일곱 번의 변화를 가미할 수 있었다. 달리는 방향을 순간적으로 뒤틀어 버리거나, 느닷없이 허공에서 뚝 떨어질 수도 있다.

1급 무술서의 스킬답게 뛰어난 가치를 보여 주는 것이었다.

"칠성보!"

라이칸슬로프들이 사방에서 달려들었지만, 위드는 몸을 몇 번 흔들어 적의 포위망을 벗어났다. 북두칠성을 빠르게 잇는 것처럼 순간적으로 방향을 바꾸어 가자, 잔상이 흐릿하게 생겨난다.

환영!

라이칸슬로프들은 그 환영을 공격하기 일쑤였다.

포위망을 벗어난 위드는 역으로 공격을 가했다. 그의 주먹이 뻗을 때마다, 라이칸슬로프들이 1마리씩 회색으로 변한다.

몬스터로 넘쳐 나는 바르크 산맥!

평온하기 짝이 없는 곳이었지만 이변이 발생하기 시작했다.

"크허허허헝!"

"우와아아아악!"

산맥에서 엄청난 고함 소리가 들리는 것이었다.

바로 위드의 사자후!

위드는 숙련도 향상을 위해서 몬스터들이 나타날 때마다 아끼지 않고 사자후 스킬을 사용했다. 그 덕분에 밤이고 낮이고 포효성이 울려 퍼졌다.

바르크 산맥에는 몬스터들이 지긋지긋하다고 해도 좋을 정도로 많다.

경험치와 돈! 그리고 아이템!

몬스터들의 틈바구니에서 한정 없이 싸우기 좋아하는 위드에게는, 그야말로 보금자리와도 같은 곳이었다.

'어딘가에는 알려지지 않은 던전이 있겠지!'

개발되지 않은 남서부의 산맥.

주변에는 변변한 도시나 마을도 없으므로 가능한 일이었다.

하지만 일부러 몬스터들을 찾아가진 않았다. 오히려 조각술을 가다듬는 데에 더 많은 관심을 기울이고 있었다.

자하브가 남긴 조각 검술!

이것은 위드의 공격력을 크게 강화시켰다. 적의 방어력과 저항력을 무시하는 공격 기술이었으므로, 나중에 더 큰 위력을 보일 수 있는 스킬이었다.

황제 게이하르가 남긴 조각품에의 생명 부여!

애정을 가지고 조각한 작품들이 주인을 위해 싸운다. 높은 예술 스탯으로 만든 조각품일수록 강하고, 완성된 이후 성장까지 하는 것이다. 이것으로 황제 게이하르는 대륙을 일통할 수 있었으리라.

조각품에 생명을 부여할 수만 있다면, 어떠한 상황에서도 절대적으로 위드를 따르는 부하들이 생기는 것이다.

"스킬 확인! 생명 부여!"

조각품에 생명 부여
황제 게이하르가 후인을 위해서 남긴, 조각사의 알려지지 않은 기술.
제한: 고급 조각술을 익힌 상태에서만 사용할 수 있다.
스킬 요구량: 마나 5000. 예술 스탯 10(영구적 소모). 레벨 2 하락.
주의 사항: 조각품들은 개성과 자존심이 강하다. 자신과 똑같은 조각품을 보았을 때는 적의를 가지고 싸우게 된다.

다만 이 스킬을 사용하기 위해서는 먼저 고급 조각술을 터득해야 하는데, 아직까지는 까마득하기만 한 경지이다. 덧붙여서 조각품에 생명을 부여할 때마다 레벨이 하락하고 예술 스탯이 소모되니, 무한정 찍어 낼 수도 없는 노릇이었다.

'말도 안 되는 기술. 그러나 확실하게 유용한 기술이다!'

조각 검술과 생명 부여.

조각술 마스터들이 남긴 기술 중의 두 가지가 이 정도인데, 나머지 세 가지의 위력은 어떠할 것인가. 또한 그 다섯 가지의 기술을 전부 익히면 얻을 수 있는 조각술 최후의 비기는?

위드에게는 무예인으로 전직할 수 있는 기회도 있었다. 하지만 그 기회를 포기하고 달빛 조각사로 남기로 하며 많은 고민을 하였다.

다른 직업보다 상대적으로 빨리 올릴 수 있는 손재주 스킬이나 조각 검술만을 의지해서는, 별로 이득이 없다. 그래 봐야 검사들이나 기사들의 꽁무니만 쫓아다니게 되는 것이다.

조각사에게는 조각사의 길이 있다. 기회가 있다.

그 기회들을 최대한 이용해야 했다.

'조각 파괴술, 생명 부여, 조각 검술! 그것들의 위력을 극대화시킴과 동시에, 나머지 기술들을 찾아야 한다. 조각술 최후의 비기도 얻어야 해.'

조각술 스킬이 상승하면 모든 것에 영향을 미치게 된다.

몬스터들이 나타나지 않을 때 위드는 마부석에 앉아 조각을 했다. 싸웠던 몬스터들이나 기상천외한 풍경이나 나무들! 혹은 어떤 건축물들의 형상들을 나무로 만들었다.

마침내 조각 스킬이 중급의 3레벨에 올랐다.

이때부터 위드는 로자임 왕국을 돌아다니면서 구입했던 에메랄드와 진주, 비취 들을 꺼냈다.

"뭐 하세요?"

마판은 산맥의 중턱에서 위드가 느닷없이 보석을 꺼내자 의문에 가득 찬 얼굴이었다. 굳이 돈 자랑을 할 이유도 없을 테고, 몬스터들에게 보석들을 나눠 줄 일도 없는 것이다.

'보석들을 구경하려고 그러나?'

하지만 마판은 이어진 위드의 행동에 깜짝 놀라고 말았다.

위드가 조각칼을 가지고 보석을 깎기 시작한 것이다.

"아악!"

마판은 자신도 모르게 비명을 질렀다. 직접 보석들을 구입했기 때문에, 그것들이 얼마만한 가치를 가지고 있는지 잘 안다. 너무 잘 알아서 탈이다.

엄청난 고가의 보석들! 비록 가공이 되지 않은 원석들이라고는 하지만 그 가격은 놀랄 정도였다.

그런데 위드는 서슴없이 조각칼을 가져다 대는 것이다.

"이, 이게 무슨……!"

막 위드의 행동을 말리려고 할 때였다. 마판의 눈이 휘둥그레졌다.

조금씩 깎이는 보석들. 그것들이 깎여 나가는 것은 주의 깊게 살피지 않는 한 잘 보이지도 않을 정도였다. 그런데 원석들이 잘려 나가면서, 한층 더 깊은 광채를 발하는 것이 아닌가.

마판은 멍하니 위드의 손이 움직이는 것을 보고만 있었다.

'아름답다!'

사각사각.

자하브의 조각칼이 원석을 깎아 내면서 형체를 만들어 갈 때마다, 마판의 눈가에는 감탄이 어렸다. 둔탁한 면들이 매끄럽게 바뀌면서, 보석들은 더욱 화려하게 빛나고 있었다.

'어쩌면 저렇게 예쁜 보석들이 다 있을까.'

조각술이 중급에 오르면서 위드는 보석을 세공하는 것이 가능해졌다.

보석류의 세공에 있어서는 기본적으로 기술과 손재주가 필요하다.

중급에 이른 손재주는 조금도 모자람이 없었고, 자하브의 조각칼은 조각사의 보물이라고 할 수 있는 유니크 아이템!

하지만 이것들은 보석을 조각할 수 있는 필요조건에 불과할 뿐, 가공한 보석들을 아름답게 만드는 것은 바로 예술 스탯이었다.

현재 위드의 예술 스탯은 거의 300 가까이 된다. 달빛 조각사라는 직업이 준 +100의 예술 스탯에, 걸작들과 조각품들을 만들며 꾸준히 키워 놓은 스탯들이다.

이 경악을 금치 못할 정도로 높은 예술 스탯이, 보석에 온갖 효과들을 부여하고 있었던 것이다.

'이렇게 예쁠 수가……!'

마판의 몸이 부르르 떨렸다.

추후 일어날 일이 상상이 되었기 때문이다.

로자임 왕국에서 보석의 원석을 사서 브리튼 연합 왕국에 파는 것만으로도 큰 이문이 남는다. 그런데 만약에 그 보석들을 세공해서 판다면? 그것도 최고의 조각사가 심혈을 기울여서 세공한 보석들이라면 그 가격은……?

'짐작도 할 수 없다!'

마판은 깊은 침묵에 빠져들었다. 마차를 모는 것도 조심스러워졌다. 보석을 세공하는 일을 방해하지 않기 위함이었다.

사기적인 손재주와 조각칼의 효과로 인해서, 대충 만드는 것 같은데도 아름다운 조각품들이 턱턱 나온다. 음식들도 아주 맛깔스러워 보이고, 실제로도 맛이 있었다. 전적으로 위드의 손재주 스킬과 중급에 오른 요리, 조각술 덕분이다. 그 스킬들이 유감없이 보석들에 발휘되고 있는 것이었다.

번개를 모으는 돌

　파르반.

　바르크 산맥을 넘는 여행자들이 잠시 머무르는 숙소였다.

　본래 로자임 왕국의 레인저 부대가 만들어 놓은 휴식처이자 관문 같은 곳으로, 평소에 사람들이 자주 드나드는 곳은 아니다.

　"여기까지는 운이 좋아서 찾아왔군. 이제 하루나 이틀 정도만 더 지나면 목적지에 도착할 수 있을 거야."

　"정말 죽을 고생을 했어."

　할마는 씨익 웃었다.

　"이게 전부 마르고 네 덕분이다."

　"말은 똑바로 해야지. 레위스, 애초에 네가 그놈을 죽였기 때문이잖아."

　할마와 마르고, 레위스, 그랜.

　네 사람은 브리튼 연합 왕국의 유명한 살인마들이다. 다른 사람을 죽이고 장비를 빼앗는 재미로 살아온 그들!

뒤치기 4인조라는 악명으로 더욱 유명했다.

그런데 약 1달 전!

그들은 겁도 없이 클라우드 길드를 건드리고 말았다.

브리튼 연합 왕국뿐만이 아니라, 전 대륙에 걸쳐 있는 10개의 거대 길드 중 하나. 소속 길드원들만 6천 명이 넘고, 동맹 길드들을 합치면 엄청난 세력을 자랑하는 길드였다. 브리튼 연합 왕국의 패권을 넘볼 정도였던 것이다.

즉 아무리 뒤치기 4인조라고 한들 쉽게 여길 수 있는 이름이 아니었다.

사실 원해서 건드린 건 아니었다.

지명수배 명단에 오른 4인조가 당분간은 얌전히 레벨 업에 전념하기로 마음을 먹고 사냥을 하고 있는데, 브랜디라는 이름의 녀석이 와서 거들먹거린 것이다.

"너네들, 저리 가라. 여긴 우리 영역이야."

"뭐야, 저놈은?"

"어디서 헛소리를 지껄여!"

4인조는 당연히 발끈했다. 신전에 많은 돈을 기부하고 얼마간 사냥을 한지라 붉은 살인자의 표식은 사라진 상태였다. 그래서 4인조가 어떤 존재인지 전혀 눈치채지 못한 브랜디는, 계속 자신의 영역이라고 주장하면서 4인조의 사냥을 훼방 놓았다. 마침내 레위스가 폭발했다.

"저거 죽여 버리자!"

"혼자 와서 어디 겁도 없이 까불어!"

평소에도 기분 내키는 대로 아무나 일단 죽이고 보던 4인조가, 눈앞에서 거들먹거리는 이들을 놔둘 정도로 마음이 넓을 리가 없지 않은가. 그래서 단번에 죽여 버렸다.

뒤치기 4인조라는 악명답게, 놈의 뒤로 슬그머니 돌아가서 한꺼번에 공격을 가한 것이었다.

브랜디의 레벨은 4인조 중 1명을 빼고 나머지 모두보다 낮은 수준이었다. 그런데 여럿이 동시에 기습을 가하니, 당연히 허무할 정도로 쉽게 죽어 버렸다.

그리고 그들은 하나의 지도를 얻게 되었다.

> **다리 짧은 이의 무덤**
> 키 작은 괴짜가 잠든 곳. 둘 사이의 벌어지지 않는 협곡, 지지 않는 나무의 밑. 우르릉 쾅쾅! 좁은 길. 태초의 힘은 희생 없이는 지나지 못한다. 쾅쾅쾅. 속에서 울리지 않는 소리를 찾아라.
> 작성자: 라이네그 R. 한스베르그.
> 내구력: 1/1

"이건 뭐야?"

4인조는 웃고 지나가 버렸다. 널리고 널린 보물 지도의 하나로만 여겼던 것이다.

그러나 그 후로 이어진 클라우드 길드의 끈질기고 집요한 추적. 그때야 4인조는 자신들이 클라우드 길드원을 건드린 것을 알았다.

"젠장할! 멍청한 놈. 지가 클라우드 길드 소속이라고 먼저 말했으면 안 죽였을 거잖아!"

"우리가 그 말 할 사이도 없이 죽여 버렸지."

"그게 어째서 우리 잘못이야!"

"아무튼 당분간 잠수 좀 타자."

4인조는 그때부터 사람들이 없는 장소로만 숨어 다니며 약 2주 동안 모습을 드러내지 않았다. 그러나 클라우드 길드의 추적의 고삐는 조금도 느슨해지지 않았다.

죽지 않기 위해 몇 번의 고비를 넘어서 탈출해야만 했다. 4인조의 레벨이 220이 넘고, 많은 살인 경험이 없었더라면 빠져나올 수 없을 정도의 위기를 넘기며 말이다.

할마가 말했다.

"이건 좀 이상해."

"역시 그렇지?"

"겨우 한 놈을 죽였다고 길드 전체가 우리를 뒤쫓는 건 있을 수 없어."

"맞아. 우리를 끝까지 죽이려고 하잖아?"

"잠깐, 그때 그놈을 잡고 주운 지도가 뭐지?"

"무슨 다리 짧은 이의 무덤이라고 했던 것 같은데……."

"이 지도가 범상치 않은 것임에 틀림없어! 놈들은 우리를 노리는 게 아니라 이 지도를 노리는 거야."

"흐흐."

"그렇다면 우리가 이 지도의 보물을 찾아보자."

그때부터 4인조들은 지도의 비밀을 파헤치기 시작했다. 다른 왕국으로 건너가서 고서적점에서 지도의 배경을 알아보고, 문구들의 의미도 해석했다. 그 결과 그들은 바르크 산맥에 온 것이었다.

"이제 무덤에 들어가는 것만 남았군."

"그래. 그런데 어쩌지? 우리 중에는 모험가가 없어서 던전의 함정을 해체 못 할 수도 있잖아."

"그건……."

"대충 몸으로 때우면서 해결해야지."

"그리고 모든 과정이 순탄하게 진행되더라도 마지막 벼락의 길에서 1명은 죽어야 되는데, 누가 죽을 거야?"

애초에 죽고 싶어 하는 사람은 아무도 없다.

남을 죽이기는 좋아해도, 자신들은 죽고 싶지 않던 4인조는 서로 눈치만 보았다. 마지막 던전 발굴을 남겨 두고 죽고 싶지는 않았던 것이다.

그러던 차에 그랜이 빙그레 미소를 지었다.

"죽을 사람이 정해졌다."

"누구?"

"설마 나를 지목하는 건 아니겠지?"

그랜이 손가락을 들었다. 그러나 그는 4인조의 누구도 지목하지 않았다. 자기 자신도 아니었다.

그랜이 가리킨 곳은 산맥의 아랫부분.

삐끄덕거리는 마차를 타고 마판과 위드가 올라오고 있었던 것이다.

"와! 이런 곳에서 사람을 만나게 될 줄은 몰랐네요. 안녕하세요? 제 이름은 마판입니다."

"저는 그랜. 그리고 이쪽은 레위스, 할마, 마르고입니다."

"안녕하세요."

4인조는 함박웃음을 지으며 위드와 마판을 반겼다.

"바르크 산맥은 사람들이 잘 오지 않는 곳인데 두 분은 무슨 일로 이곳까지……?"

"예, 저희는 교역을 하러 왔습니다."

마판이 나서서 대답을 했다.

"교역요? 그러면 두 분은 상인이군요?"

"예. 저는 상인이고, 여기 위드 님은 조각사입니다."

"아, 그러셨군요."

그랜이 활짝 웃었다. 할마나 마르고, 레위스 들도 보이지 않는 곳에서 큭큭대며 웃었다.

'조각사라는군.'

'그딴 직업을 선택하는 사람도 있어?'

그러나 위드와 마판을 대할 때에는 깍듯하기만 했다. 아직 확인 작업이 끝나지 않았기 때문이다.

"아무튼 그러셨군요. 하지만 몬스터들이 많았을 텐데 상인과 조각사 분께서 바르크 산맥은 어떻게 넘어오셨습니까? 몬스터들은 어떻게 퇴치했죠?"

4인조 중 제일 신중한 그랜이 질문을 던졌다. 브랜디를 잡은 이후로 다른 사람들을 살필 때에는 더욱 날카로워진 상태였다.

"그건 이쪽의 위드 님이……."

마판이 설명을 하려고 할 찰나였다. 위드가 옆구리를 툭 쳤다.

'위드 님?'

막 이야기를 하려던 마판은 입을 꾹 다물었다. 위드가 무언가를 숨기려는 태도임을 눈치채고 말을 멈춘 것이다.

그것을 본 그랜의 눈이 팔자를 그리며 웃었다.

"뭐, 말씀해 주시기 곤란한 모양이죠?"

사실 위드는 오히려 4총사들로부터 무언가를 숨기려는 듯한 느낌을 받았다.

넓은 베르사 대륙에 아무리 유저들이 넘쳐 난다고 해도, 몬스터들의 천국이나 다름이 없는 이곳에서 사람을 만나는 일은 흔치 않았다.

보통 인적이 뜸한 산 같은 곳에서 다른 사람을 만나면 인사를 나누거나, 음식을 함께 먹기도 한다. 길이 같다면 목적지까지 동행할 수도 있다.

그러나 이들은 너무나도 반가워한다. 그리고 직업을 넌지시 물어보면서 기뻐한다.

위드는 자연스럽게 그들의 포진을 훑어봤다. 그랜이 정면에서 둘과 이야기를 나누는 사이에 다른 3명은 좌우와 후방을 포위하고 있다.

'도적들인가.'

베르사 대륙에서 몬스터들만이 위험하다고 생각한다면 천만의 말씀! 오히려 이런 곳에서 만난 유저들이 더욱 위험했다.

위드는 천연덕스럽게 말했다.

"저는 조각사이지만, 특이한 기술을 하나 가지고 있습니다."

"기술이라면?"

"소리를 지르는 것이죠. 그 소리를 들으면 몬스터가 전부 도망쳐 버립니다. 한번 보여 드릴까요?"

"예. 궁금하네요."

위드는 마나를 모아 힘껏 사자후 스킬을 시전했다.

"크허허허헝!"

마판은 아예 낌새가 보일 때부터 두 손으로 귀를 틀어막고 있었지만, 4인조는 방심하고 있다가 크게 몸을 휘청거렸다.

"젠장!"

"어디서 이딴 소리를……!"

마르고와 레위스가 발끈하려는 것을 눈짓으로 제지한 그랜이 다시 위드를 보며 팔자 웃음을 지었다.

"어마어마한 굉음이군요. 그러고 보니 근처에서 몇 번 들었던 것 같은데, 이게 몬스터들을 쫓아내는 효과를 갖나 보죠?"

사자후 스킬.

아직 그랜과 파티가 형성되지 않아 통솔력을 늘려 주지도 않고, 부가 효과도 작용하지 않았다. 큰 소리로만 느껴질 뿐.

"예, 이 소리를 내면 몬스터들이 머뭇거리는 겁니다. 그사이에 도망을 치는 거죠."

위드의 설명에 4인조는 피식 웃었다.

'정말로 별거 아니군.'

'딱 좋은 먹잇감들이 나타났는데?'

'이놈들을 내세워서 그곳을 뚫으면 되겠어.'

'1명만 필요한데…….'

'뭐, 상관없잖아? 나머지 1명은 우리 손으로 해치우고, 이놈들은 상인이니까 돈도 제법 두둑하게 떨어뜨리겠지.'

'좋아, 그러자.'

4인조들은 눈빛만으로 모든 이야기를 마쳤다.

그랜이 진지한 얼굴을 하고 마판과 위드를 향해 말했다.

"그런 수법이 여기까지는 무사히 통했을지 모르지만, 바르크 산맥은 정말로 위험한 곳입니다. 이렇게 만난 것도 인연이라고 할 수 있으니 여기서부터는 저희가 호위를 해 드리죠. 어차피 가는 길이 같아 선의로 제안하는 것이니 거절하지 않아 주셨으면 고맙겠습니다, 하하."

"하하! 그렇게 해 주신다면 저희야 감사할 따름이죠."

마판도 짐짓 호탕하게 웃었다. 무력이 약한 상인으로서 제법 레벨이 높아 보이는 4인조와 친해지면 나쁠 것이 없다는 생각에서였다.

"잘 부탁드립니다."

위드 또한 순순히 허락을 했다.

이미 4인조의 눈빛이 오가는 걸 보고 눈치는 챈 상태였지만, 이들의 수작이 어디까지 가는지를 두고 보기로 한 것이다.

모험의 재미는, 다녀 보지 않았던 장소를 여행하고 동료들을 만나는 데에 있다.

등을 맡길 수 있는 든든한 동료들.

동료들과 함께 사냥을 하면서 친분을 다진다. 이것이야말로 〈로열 로드〉의 재미라고 할 수 있을 것이다.

위드도 가끔은 다른 사람과 함께 사냥을 하는 걸 즐겼다. 워낙 많은 시간을 플레이하기 때문에 언제나 같이 다니기에는 무리가 있었지만, 함께한다는 건 썩 괜찮은 일이다.

그러나 현재는 정체를 알 수 없는 4인조와 함께였다.

4인조는 마차를 따라다니면서 몬스터들을 퇴치하는 역할을 맡았다. 그러면서 마판과 위드를 곁눈질로 살폈다.

'음. 역시 별건 없군.'

'조각술을 펼치고 있는데?'

'정말 조각사가 맞는 거 같다.'

4인조는 마음을 푹 놓았다. 조각사 따위를 의식하기에는 그들이 지난날 쌓아 온 악명들이 너무 높았다.

바로 그때, 위드가 보석의 원석을 하나 꺼냈다. 뒤치기 4인조들의 이목이 집중되어 있는 상태에서 말이다.

"어? 그건 보석 아닙니까?"

마르고가 금방 진한 호기심을 드러낸다.

마판이 웃으면서 대꾸했다.

"예. 위드 님은 지금 보석 세공 중이십니다."

"호오, 보석 세공요?"

"넵."

"보석 세공이라니… 대단하군요!"

마르고의 눈가에 탐욕이 어린다.

'횡재했군.'

'드랍이 되어 주면 좋겠는데…….'

위드는 보석 세공을 하면서 자하브의 조각칼을 꽉 쥐고 있었다. 그러나 4인조는 덤벼들지 않았다.

'보석을 보여 줘도 습격을 하지 않다니, 무언가 우리에게 더 바라는 게 있어.'

4인조들은 이미 독 안에 든 쥐나 다름없다고 생각하면서도,

위드와 마판의 모든 편의를 봐주었다.

속는 자와 속이는 자! 그리고 속은 척해 주는 자!

"잠시 식사를 하고 가죠. 식사 준비는 저희가 하겠습니다."

"호위해 주시는 것만으로도 감사한데, 식사는 우리가 대접해야죠."

"하하, 아닙니다. 조금만 기다리세요."

4인조는 몬스터에게서 나오는 아이템을 위드와 마판에게 나누어 주기도 했다.

"여기 변변치는 않습니다만 가지시지요."

"이렇게 같은 길을 가고 있으니 동료 아닙니까? 몬스터를 잡아 얻은 전리품들을 나눠 드리는 건 당연합니다."

"어서 받으세요."

4인조의 죽이 척척 맞았다.

"이거 염치가 없어서……."

마판은 활짝 웃으며 받았지만, 위드의 의심은 한층 더 깊어진 상태였다.

'이유 없는 호의라… 그런 건 존재하지 않아. 우리를 공격할 작정이 아니라면, 도대체 뭣 때문이지?'

보통 사람이라면 선물을 주고, 잘해 주는 사람에게는 호의를 갖는다. 그러나 위드는 의심부터 하고 봤다.

구태여 아이템까지 나누어 줄 필요는 없는 상황인 것이다. 너무 잘해 주려고 애쓰는 광경이 더더욱 어색하다. 그럼에도 위드는 별다른 내색을 하지 않았다.

위드가 이상하게 여기고 있다는 사실은, 마판 덕분에 완전히 묻힐 수 있었다. 마판은 정말로 이 4인조를 믿은 것이었다.

그렇게 하루가 지나자, 그들은 협곡에 도착했다. 너비는 불과 수십 미터밖에 되지 않지만, 까마득히 깊은 계곡 아래에는 안개가 자욱하니 깔려 있었다.

그러나 다리가 있어서 건너가기 어렵지는 않을 듯했다.

"다리가 있네요. 이런 튼튼한 다리가… 다리 위로 건너죠."

마판이 마차를 몰려고 할 때, 그랜이 웃으며 저지했다.

"여러분, 여러분이 모험을 하는 이유는 무엇입니까?"

"예?"

"저는 이런 절경을 좀 더 만끽해 보는 것도 모험의 묘미라고 생각합니다. 저쪽 밑으로 내려가는 길이 있을 것 같으니 그쪽으로 한번 가 보죠. 그 편이 더 재밌지 않겠습니까? 그렇게 해 주시겠지요?"

그랜의 말에 마판은 머뭇거렸다.

베르사 대륙에 정형화된 길이란 없었다. 숲으로 다닐 수도 있고, 혹은 산을 넘을 수도 있다. 잘 닦인 관도만으로 움직일 필요는 없는 것이다. 그러나 상식적으로 볼 때, 편하게 협곡을 건널 수도 있는데 급경사를 내려가자는 말은 맞지가 않았다.

눈치가 둔한 마판도 그 말에는 왠지 이상함을 느낀 것이다.

"저기, 꼭 그럴 필요가……."

마판이 거절의 의사를 밝히려고 했다. 상인으로서 안전한 길로 다니고 싶은 마음이었다.

스윽.

할마와 마르고, 레위스가 검집에 손을 가져간다. 이미 위드와 마판은 포위된 상태였다.

　상인과 조각사.

　긴장할 가치도 없지만 혹시 모를 만일의 사태에 대비한 것이었다.

　일촉즉발의 순간.

　멋모르는 마판이 강하게 거부하려는 순간!

　"가죠. 그러는 것도 재미있겠습니다."

　위드가 그랜의 말에 찬성하고 나섰다.

　"하하! 그러실 줄 알았습니다. 호쾌한 분이시군요."

　그랜과 할마 등은 검집에서 손을 떼며 웃었다.

　위드와 마판은 뒤치기 4인조가 이끄는 곳으로 마차를 타고 내려갔다. 협곡의 경사는 매우 급박해서, 마차의 바퀴가 몇 번이나 걸렸다. 4인조들의 도움이 없었다면 절대로 내려가지 못했을 정도였다.

　그랜과 할마가 앞에서 마차를 떠받치고, 레위스와 마르고가 뒤에서 마차를 밀었다.

　"이거, 저 때문에 죄송하네요."

　"하하! 아닙니다, 마판 님. 이 정도 가지고 뭘요!"

　그랜과 할마 들은 마차를 자기 것처럼 살펴 주었다. 실제로 곧 그렇게 될 것이라고 여겼기에 성의를 아끼지 않은 것이다.

　"오, 저쪽에 오솔길이 있는 것 같은데……."

　길 안내는 그랜이 맡았다.

　그는 협곡 아래를 이리저리 돌았다. 때때로 왔던 길을 되돌아가기도 했다.

"어라? 여기의 풍경보다는 저쪽이 더 좋아 보이는군요. 기왕이면 저쪽으로 다시 가 보죠."

그러면서 그랜은 몇 차례나 협곡을 뒤지고 다녔다.

이에 정작 살판이 난 건 위드였다!

"오! 여기 센 약초가 있네요. 저쪽에는 실론 약초가……!"

바르크 산맥은 약초의 보고였다. 협곡의 아래쪽, 볕이 잘 드는 곳엔 약초들이 몇 뿌리씩이나 자라나 있는 것이 아닌가.

위드는 열심히 약초들을 뽑아 망태기에 담았다.

"지금 뭐 하시는 겁니까?"

"보면 몰라요? 약초 캐지요."

가뜩이나 길을 헤매고 있는데 위드 때문에 더욱 지체된다.

'빌어먹을!'

'저놈은 반드시 내 손으로 죽이겠어!'

4인조의 이마에 핏줄이 섰다.

몇 시간 동안이나 그러자 마판도 지치고, 4인조들도 지쳤다.

— 이봐, 그랜. 위치는 똑바로 외우고 있는 거야?

마르고의 귓속말에 그랜은 신경질적으로 뒷머리를 긁었다.

— 젠장! 지도를 펼쳐 봐야겠는데. 기억이 안 나잖아.
— 저놈들 앞에서?
— 잠깐만 시선을 끌어 봐. 위드라는 놈은 멍청해 보여서 상관없을 거 같은데, 마판이라는 놈이 신경 쓰이게 자꾸 내 행동을 지켜보고 있잖아.
— 알았어. 빨리해!

마르고가 마차로 다가왔다.

"마판 님, 실은 저도 조각술을 좋아하는데, 위드 님께 말씀드려서 좀 구경하게 해 주실 수 있을까요?"

그러면서 마르고는 그랜이 있는 쪽을 몸으로 가렸다.

그사이에 그랜은 지도를 펼쳐 현재의 위치를 살피고 무덤이 있는 장소를 확인했다.

그랜의 눈이 빛났다.

'제대로 찾아왔군. 그저 약간 지나쳤을 뿐이야!'

"자, 그럼 이쪽으로 가 보죠."

그랜과 4인조는 마차를 다시 왔던 곳으로 되돌렸다.

수풀과 나무 사이를 탐색한 끝에, 마침내 비석과 무덤을 발견했다. 비석 옆에는 입구도 보였다.

4인조들은 피식 웃으며 한마디씩 했다.

"어? 이거 혹 던전인가요?"

"드워프 무덤?"

"와! 우린 운이 좋네요. 그럼 들어가죠. 여기까지 와서 이 안으로 안 들어가 볼 수가 없잖아요."

"마판 님, 위드 님! 당연히 들어가실 거죠?"

음모와 악기

> **던전. 악기를 사랑하는 드워프 무덤의 최초 발견자가 되었습니다!**
> **혜택**: 명성 100 증가. 일주일간 경험치, 아이템 드롭률 2배. 첫 번째 사냥에서
> 해당 몬스터에게 나올 수 있는 것들 중 가장 좋은 아이템이 떨어진다.

"우와!"

"대단하다."

"우리가 첫 발견자야!"

던전 안으로 들어온 4인조는 탄성을 내질렀다.

그들의 레벨은 평균적인 기준보다 높은 편이었지만, 사냥보다는 대부분 살인을 통해서 성장해 온 이들이었다. 그렇기 때문에 던전을 발견하는 경험은 처음이었다.

"자! 여기서부터는 우리만 믿으십시오."

4인조들이 씩씩하게 앞장을 섰다. 협곡을 지나가야 한다는 애초의 목적은 오간 데 없이 탐험에 열을 올리는 태도였다.

"정말 흥분되네요! 그렇죠, 위드 님?"

마판도 즐거워했다. 상인이 언제 이런 모험에 빠져 봤을 것인가.

위드는 묵묵히 고개만 끄덕였다.

'놈들의 목적은 우리를 여기로 데려오는 것이었군.'

이제야 4인조의 행동이 이해가 갔다.

괜히 잘해 주는 듯 보이려는 태도, 구태여 협곡 아래로 내려와야 했던 일들이 전부 설명이 됐다.

'놈들은 바르크 산맥을 넘으려는 것이 아니고, 애초에 여기를 찾아오려고 했던 거였어. 놈들은 이곳에 대한 정보가 있는 거야.'

하지만 이럴 때에 일부러 알은척 나설 필요는 없었다. 위드는 아무것도 모르고 당하는 사람의 행세를 했다.

"그랜 님 덕분에 신기한 경험을 다 하게 되었네요. 조각사로서는 이런 경험을 하기가 쉽지 않은데…….”

"예, 저희만 믿으십시오. 이렇게 함께 사냥을 하는 것도 〈로열 로드〉의 재미니까요.”

그러면서 4인조들이 앞에서 길을 뚫으며 점점 깊숙이 들어갔다. 위드와 마판은 뒤에서 천천히 움직였다.

"케에엑! 적이다.”

"적들이 나타났다!"

"인간들, 우리의 보금자리를 침범하려 한다.”

늑대 인간 약탈자들!

무덤 안으로 조금 들어가자, 모닥불을 피운 채 쉬고 있던 늑대 인간들이 반응을 했다.

던전의 내부에는 늑대 인간들이 다수 살고 있었던 것.

바르크 산맥에 광범위하게 퍼져 있는 라이칸슬로프!

무덤 안에서 이미 늑대로 변신해 있는 이들이 전투를 걸어왔다.

"뭐야, 겨우 라이칸슬로프들이야?"

"후후, 실망이 큰데."

4인조들이 검을 빼 들고 라이칸슬로프들을 가볍게 처리했다.

필드에 있는 라이칸슬로프보다는 좀 더 강해서 레벨 130정도였지만, 그랜이나 레위스의 검을 당해 내지는 못했다.

'강하군.'

위드는 판단했다.

레벨만이 아니었다. 반사 신경과 판단력 또한 훌륭하다. 어딜 공격해야 할지 알고, 적절하게 상대를 타격할 줄 안다.

전투에 대한 재능!

성직자를 동반하는 팀플레이와는 다르게 최대한 빨리 적을 죽이기 위한 공격. 이는 확실히 전투를 즐기지 않으면 불가능한 일이었다.

'4명이라… 4명. 혹시 뒤치기 4인조?'

웹사이트에서 봤던 동영상이 위드의 머릿속을 스치고 지나갔다.

피해자들이 복수를 바라며 올린 동영상. 얼굴까지는 잘 기억이 안 나지만 전투의 형태를 보니 알 수 있었다.

그러나 위드는 곧 한숨을 쉬었다.

'대신 모험에는 초보자들이군.'

첫 번째 사냥에는 그 몬스터가 줄 수 있는 제일 좋은 아이템이 떨어진다. 그러므로 라이칸슬로프 따위는 쫓아내 버리고 기왕이면 보스 급 몬스터를 잡는 편이 좋다.

하지만 4인조는 별다른 생각 없이 이들을 사냥하며 안쪽으로 들어가는 것이다. 던전의 첫 발견자로서 얻는 이득은 제 발로 걸어차 버린 셈이다.

"여러분들은 우리만 믿으십시오."

"암, 그러면 됩니다."

4인조들은 실없이 웃으며 라이칸슬로프들을 뚫었다.

어찌 됐든 전투 능력만큼은 무시할 수 없을 정도다. 살인자들로 성장을 시킨 만큼 같은 레벨에 비해서 스킬들의 숙련도가 높다. 사람들과 싸운 실전 경험이 많기 때문인지, 몬스터들을 상대하는 데에도 날카로운 구석이 있었다. 허점을 잘 놓치지 않고, 합공을 하는 기술이 아주 뛰어나다.

결정적으로 그들은 돈을 물 쓰듯이 했다. 개당 5골드가 넘는 마나 포션이나 체력 회복 포션, 생명력 회복 포션을 물 마시듯이 들이켜면서 탐험을 하는 것이었다.

살인으로 얻은 아이템을 팔아 번 돈으로 장만한 포션들.

본인이 직접 사냥을 하면서 한 푼, 두 푼 모았다면 이런 사치는 할 수 없었으리라. 심지어는 드랍되는 잡템이나 쿠퍼조차 줍지 않았다! 잡화점에 팔아서 몇 실버 되지도 않는 돈은 귀찮다고 줍지 않는다.

단돈 1쿠퍼에도 몸을 날리는 위드와는 전혀 다른 세계의 사람인 것이다.

'나도 살인자로 직업을 바꿔 볼까? 그동안 쌓아 놓은 명성이 떨어지겠지만 돈은 쏠쏠하게 벌릴 것도 같은데…….'

그렇게 위드가 싸움을 관전하며 쿠퍼들을 줍는 사이에, 마판에게도 위기가 찾아왔다. 4인조를 뚫고 라이칸슬로프 1마리가 어슬렁어슬렁 다가온 것이다.

"히익! 라이칸슬로프가……."

마판이 구원을 청하듯이 위드를 봤다. 그러나 곧 화들짝 놀라고 말았다.

마판은 라이칸슬로프들이 죽는 걸 숱하게 봐 왔다.

미치도록 많은 라이칸슬로프들!

그놈들이 나타났을 때, 위드는 광소를 터트렸다.

"쿠하하하하!"

그리고 나서 라이칸슬로프들을 사정없이 두들겨 패서 잡았다. 검을 수리해야 해서 쓸 수 없을 때에는 발로 차고 머리로 박치기도 했다!

위드에게 전투의 불가능은 없었던 것!

광기마저 어린 듯한 그 행동을 보고 있자면, 라이칸슬로프 따위는 전혀 무서워 보이지 않았다. 바로 옆에 위드가 있었으니 마판으로서도 그리 겁을 먹을 이유는 없었던 것이다.

위드가 지켜 줄 것이라고 철석처럼 믿었다. 유일한 믿는 구석이었다.

그런데 이게 웬일인가!

위드는 자신보다 더욱 더 공포에 질려 있었다. 얼굴이 시퍼렇게 변해서 와들와들 떠는 것이, 처량할 정도였다.

"위, 위드 님?"

마판이 무어라고 할 때, 위드가 말을 막았다.

"악! 이, 이제 우리 죽는 거겠죠?"

"……."

마판은 할 말을 잃고야 말았다. 도무지 지금 위드가 무슨 생각인지를 알 수 없었다.

라이칸슬로프의 공격!

"쿠워어!"

늑대 인간의 돌진에, 마판은 더 생각할 겨를도 없이 땅을 굴러서 피했다.

그나마 다행이었다. 위드가 싸우는 모습을 많이 봐 와서, 라이칸슬로프들의 공격이 눈에 익었다. 일직선으로 돌격을 하고, 공격 범위는 두 다리와 주둥이 근처다. 그 덕분에 간신히 피할 수 있었다.

위드도 땅바닥에 몸을 굴려 라이칸슬로프의 공격을 피했다. 흙먼지가 옷에 묻고, 엉망이 됐다.

라이칸슬로프들은 더 가까운 위드를 추격했다.

"우와아아악!"

그런데 위드는 떼굴떼굴 구르며 몸을 피했다.

다행히 4인조의 근처까지 굴러가자, 곧 마르고가 라이칸슬로프를 퇴치했다.

전투가 끝나고 나서 4인조는 위드와 마판에게 사과를 했다.

"이거 죄송합니다. 1마리를 놓치다니, 저희가 큰 실수를 했네요."

"아닙니다. 살았으면 됐죠. 고맙습니다, 살려 주셔서……."

위드의 말을 들은 할마가 씩 웃었다.

— 역시 별것 없는 녀석들이군.

— 위드라는 녀석의 장비만 보고 괜히 긴장했나.

— 뭐, 따로 직업을 따지지 않는 공용 장비들이니까. 그래 봐야 레벨 100 정도 대의 수준이잖아. 저 덜렁거리며 들고 다니는 검도 그렇고.

— 그러면 어서 그곳으로 가지!

4인조는 이제 마지막 경계심까지 풀게 되었다. 그러나 그들은 위드의 속셈을 까맣게 모르고 있었다.

위드는 무덤 안에 들어온 이후로 한순간도 긴장을 놓은 적이 없다.

라이칸슬로프!

1마리가 빠져나올 때에도 위드는 그저 지켜보고 있었다.

우연찮게 1마리가 4인조를 뚫고 마판과 위드를 위협한 것처럼 보이지만, 아니었다. 4인조의 전투 능력을 감안한다면 충분히 저지할 수 있었다. 그런데 일부러 놓아주었다.

위드와 마판의 행동을 보고자 함이리라.

그리고 위드는 속은 척을 해 주었다.

콰당!

우지직!

와르르르!

"으아악!"

함정을 제거할 수 있는 모험가나 도둑이 없는 파티!

바닥이 푹 꺼지면서 쇠창살이 튀어 올라오거나, 10배나 무거운 모래에 깔려서 허우적거리는 건 다반사였다. 함정이란 함정마다 전부 다 한 번씩 당하고, 가끔은 한 번 당한 함정에 다시 당하기도 했다.

　너무 눈에 빤히 보이는 함정들에마저 당하는 꼴을 보자 미리 말해 주고 싶을 정도였다.

　"크큭, 저희만 믿으십시오."

　피를 철철 흘리며 소리치는 할마를 보고 나서 그 마음은 금방 사라졌지만.

　드워프 무덤은 지하 2층으로 되어 있었다.

　그랜은 조금도 머뭇거림이 없이 지하로 향하는 계단을 찾았다.

　"하하, 이거 운이 좋네요."

　그랜이 호탕하게 웃는다.

　위드는 물론 그의 웃음을 곧이곧대로 받아들이지 않았다.

　지하 2층.

　그곳에는 한층 위험한 함정들이 곳곳에 설치되어 있었다. 가끔 나타나는 라이칸슬로프는 무섭지 않지만, 함정들은 끔찍하기 그지없었다.

　화르륵!

　천장에서 기름이 쏟아지더니 어찌할 겨를도 없이 불이 붙었다. 생명력이 낮아진 상태였던 할마가 그만 회색빛으로 변해 로그아웃을 당했다.

　위드와 마판은 뒤에서 천천히 오고 있었기에 무사했다.

　"이런……."

"굉장한 함정인데?"

4인조는 동료의 죽음에도 그리 슬퍼하지 않았다.

던전에 대해서는 대충 파악이 끝난 상태!

머릿수가 하나 줄어들었으니 남은 자들의 몫이 더욱 커지는 것이다.

'나를 포함해서 두 놈 남았군.'

'음, 한 놈만 더 죽어 주면……'

'나만 살았으면 좋겠다.'

의리 따위는 없었다.

기왕 할마가 죽고 나자, 다른 이들이 죽기를 은근히 바랐다. 이미 위드와 마판은 적절한 때에 죽일 작정이었다.

"그런데……"

그랜이 문득 입을 열었다.

"우리만 위험을 감수하는 건 조금 불공평하군요."

마르고와 레위스는 정신이 번쩍 들었다.

— 무슨 짓이야, 그랜?
— 벼락의 길에서 1명은 죽어야 되잖아. 설마 지금 저놈들을 처리할 셈이야?
— 그냥 두고만 봐. 내게 좋은 생각이 있어.

"무슨 말씀이신지요?"

마판이 어눌하게 물어보자, 그랜이 화통하게 웃었다.

"별거 아닙니다. 위험을 분산해 보자는 뜻일 뿐이죠! 저희 동료 1명이 죽었으니, 그쪽에서도 조금 책임감을 느껴야 하지 않습니까?"

"그, 그런데요?"

"두 분 중 한 분이 앞장서 주시죠. 같은 길을 가는 동료라면 위험을 분담해 주는 것이 최소한의 도리니까요."

마판은 우물쭈물했다. 지금이라도 돌아 나가고 싶은 마음이 굴뚝같다. 그렇지만 그러기에는 분위기가 왠지 아니었다. 와선 안 될 곳에 끌려온 느낌!

'그래도 위드 님한테는 신세 진 것이 많으니…….'

마판이 스스로 나서려고 마음먹은 순간.

"제가 앞장서도록 하지요."

위드가 먼저 자청을 하며 나섰다.

"조각사라서 공격력은 없지만 생명력은 좀 되는 편이니 제가 나서 보겠습니다."

"오, 그러면 고맙겠군요."

그때부터 파티의 선두는 위드가 맡았다.

엄밀한 의미에서 볼 때 파티라고도 할 수 없었다. 4인조와 위드는 파티를 맺지 않았기 때문! 그들은 경험치를 나누어 먹기 싫어서 파티에 초대하지도 않았다. 갖고 싶지 않은 별 볼일 없는 전리품들만 나누어 주면서 생색을 낸 것이다.

살인자들은 보통 마을에 거의 출입하지 않는다. 아주 심한 살인자 상태에서는 마을 경비병들의 공격을 받을 수도 있고, 혹시라도 원한을 가진 이들을 만날 수도 있으니 마을 이용은 자제하는 편이었다. 그래서 어차피 팔지도 않을 잡템들은 기꺼이 나누어 줄 수 있었던 것이다.

'이런 곳도 재밌군.'

위드가 개척해 온 던전들은 몬스터들이 많은 곳! 살벌한 몬스터 떼가 몰려다니고, 데스 나이트들이 출몰하는 위험한 사냥터만 헤맸다. 함정이 많은 던전을 돌아다니는 건 처음이었다.

'방심하는 순간 끝장이다.'

조금 걸어가자 청색과 붉은색 돌이 바둑판처럼 배열되어 있는 장소가 나왔다. 함정 탐색 스킬을 써야 했다. 그러나 함정 탐색 스킬을 사용할 수 있는 도둑이나 모험가가 없었다.

"어서 가시죠, 위드 님."

그랜이 뒤에서 부추긴다.

위드는 바닥을 꾹꾹 눌러 가며 천천히 전진했다. 어떤 함정이 나오더라도 대응할 수 있도록.

청색 돌을 먼저 밟았다.

아무 일도 벌어지지 않는다. 다행이다.

다음에는 적색 돌을 밟았다.

이번에도 별다른 일은 벌어지지 않는다.

하지만 아직도 통로가 끝나려면 50여 미터가 남아 있었다. 무슨 함정이 나타날지 몰랐다.

'청색 돌. 적색 돌. 청색 돌. 적색 돌. 번갈아서 밟으니 아무 일도 없었어. 함정을 해체하는 방식으로 보기에는 너무 쉽다. 그렇다면……?'

번갈아서 돌을 밟던 위드는 어떤 생각에서였는지, 연속으로 청색 돌을 두 번 밟았다. 그래도 별다른 일은 벌어지지 않는다.

더욱 경계심이 일었다.

'돌의 색깔이 속임수로군. 이건 아무 의미가 없어. 방심을 유

발하기 위해 만들어 놓은 것뿐이다. 그렇다면…….'

위드의 눈빛이 날카로워졌다.

'저기…….'

전방을 살피는데, 발목이 걸쳐질 만한 부분에 흰 실이 보였다. 청색 돌과 적색 돌의 경계 사이에 있어서, 웬만큼 정신을 집중하지 않는 한 발견하기 힘든 함정이었다.

'건드리면 큰일 나겠군.'

위드는 자연스럽게 실을 넘어서 전진했다.

위드의 바로 뒤를 따라오는 사람은 그랜이었다. 착 달라붙을 정도는 아니고, 약간의 거리가 있었다. 혹시라도 위드가 함정에 빠졌을 때에 구해 주지 않을 작정으로! 그랜은 안전하게 피할 수 있도록 열 걸음 정도 떨어져 있었다.

그다음은 레위스와 마르고.

마판은 마지막 순서였다.

한 사람은 살려서 데려가야 했던 만큼 마판은 제일 안전한 후방에 있었다.

그랜도 그 실을 보았다. 아주 희미하고 가는 실이었지만, 위드의 움직임에 촉각을 곤두세우고 있었기에 발견할 수 있었던 것이다.

혹시라도 위드는 운이 좋아서 안 걸린 함정들이, 자신에게 발동될 수도 있기 때문이다.

'흠, 함정이군. 이걸 피해 간 건 우연인가? 아니면…….'

그랜은 가볍게 실을 넘었다. 그러나 뒷사람에게는 아무 말도 해 주지 않았다. 혹시라도 무슨 일이 벌어질지 모르기에 조금 더 발걸음만 빨리했을 뿐.

투둑.

레위스의 조심성 없는 움직임은 실을 여지없이 끊어 놓고 말았다. 그 순간 좌우의 벽이 활짝 열리고 화살의 비가 쏟아졌다.

"크아악!"

덩치 큰 레위스의 몸으로 불시에 날아오는 화살!

할 수 있는 것은 비명을 지르는 것뿐이었다.

"도, 도와줘!"

레위스의 애원에도, 그랜과 마르고는 그 자리에 그대로 서 있었다. 마침내 레위스는 수많은 화살에 맞아서 죽고, 그곳에는 흉갑이 하나 덩그러니 떨어졌다.

"바보 녀석."

"이런 곳에서 죽다니 안타깝군."

흉갑은 마르고의 차지가 되었다.

그랜과 마르고는 서로를 향해 씩 웃었다. 레위스를 돕지 않았던 그들은 이제 더 이상 상대를 믿지 않았다.

뒤치기 4인조.

처음부터 살인자 상태로 만난 이들.

타인을 죽여서 아이템을 빼앗는 재미로 결성했던 무리에 불과했다. 우정이나 의리 따위는 없었으니 언제든지 헤어질 수 있다.

쿠르릉!

쾅! 쾅! 콰앙!

통로의 모습이 변했다.

넓은 지하 공동의 외길!

그 길 위로 천둥 벼락이 떨어진다. 하얀 뇌전들이 통로 안에서 무작위로 작렬하고 있었다. 대단한 광경이었지만 섬뜩하기 그지없다.

라이트닝 볼트.

3서클의 전뇌 마법이 수시로 치는 것이나 다름이 없기 때문이다.

위드는 뒤를 돌아보았다.

"여기는 어떻게 통과하죠?"

그랜이 품에서 작은 돌을 꺼냈다.

"우린 운이 좋군요. 이건 벼락을 모으는 돌입니다. 이게 있으면 무사히 건너갈 수 있죠."

"그렇군요."

위드는 그 돌을 받고 감정을 해 봤다.

낙뢰의 돌

특수한 철분의 함량이 높은 돌. 전기를 끌어들이는 힘을 가지고 있으며, 가공하면 좋은 쇠가 될 수 있을 것 같다. 전기를 흡수하는 능력.

내구력: 100/100

옵션: 전기 저항 99%

위드가 그 돌을 보고 있을 때, 그랜과 마르고는 차갑게 웃었다.

'저놈을 희생양으로 해서 넘어가면 되겠군.'

'여기만 통과하면 보물이 있는 장소다.'

이 길을 건너기 위해서는 1명의 희생양이 필요했다. 벼락을 모으는 돌을 가지고 있는 이는 필시 죽을 수밖에 없을 테니 말이다.

"위드 님, 어서 건너시죠. 님께서는 죽겠지만 우리가 무사히 건널 수가 있지 않습니까?"

그랜이 하얗게 웃었다.

이제야 본색을 슬슬 드러내려는 찰나!

위드가 말했다.

"뭐, 제가 죽어서 여러분들이 건널 수 있다면 좋은 일이죠."

"그런데?"

"돌아오는 길은 어떻게 하실 겁니까?"

"……!"

그랜과 마르고는 멍청한 얼굴로 마주 보았다.

보물을 얻을 생각만 했다. 돌아오는 건 염두에도 두지 않았다. 까맣게 잊고 있었다는 뜻이다.

"그건……."

"망했다."

그들이 구한 낙뢰의 돌은 단 하나! 돌아올 때는 모두가 죽음을 피할 수 없는 것이다.

그랜이 검을 뽑아 들었다.

"그러면 이제 네놈들은 아무짝에도 쓸모가 없겠군. 그만 죽어라."

으스스하게 외치면서 그랜이 공격 태세를 갖추었다. 살기를 동반한 스킬이 작렬하기 직전이었다.

"이런 더러운 놈들……."

돌아가는 상황을 통해 현실을 파악한 마판이 바드득 이를 갈았다. 하지만 마판은 여전히 믿는 구석이 있었다.

위드!

위드가 이들을 상대해 줄 것이다. 여태껏 봐 온 위드라면 그랜과 싸우기에 충분할 것이다.

그러나 위드는 여전히 공포에 질린 얼굴이었다. 그런 상태로 아무것도 하지 못하고 있었다. 검조차 꺼내지 않는다.

'왜, 왜지? 위드 님이라면 충분히…….'

마판이 이상하게 여길 때, 그랜의 공격이 시작되었다. 그런데 그랜은 위드나 마판을 공격하는 것이 아니라, 마르고를 기습했다.

"죽어라!"

"그랜, 네가 이럴 줄 알았다!"

그랜과 마르고가 곧 대판 싸움을 시작했다.

그랜의 속셈은, 위드나 마판은 언제든 원하는 때에 죽일 수 있으니 먼저 방해꾼인 마르고를 죽이려는 것이었다. 서로를 믿지 않았던 만큼 마르고도 대비를 하고 있었다.

"에잇, 플레임 소드!"

"콜드 블레이드!"

불과 얼음.

2차 전직을 마친 검사 그랜의 특기는 화염계 검술이었다.

어쌔신 특화인 마르고는 어둠에 동화되었다. 몸을 숨긴 채로 공격을 가한다.

스킬이 난무하고, 불꽃과 핏방울들이 뿌려진다.

두 사람 모두 살인자들답게 지극히 공격적이었다. 방어보다는 공격 일변도.

실력 자체는 비등비등하였지만 곧 그랜이 승기를 잡았다. 아무래도 암습에 최적화된 어쌔신으로서는, 승부에서 검사를 당해 낼 수가 없는 것이다.

"잘 가라, 마르고."

"크윽, 아깝다! 조금만 가면 보물이……."

마르고는 죽으면서도 배신당한 자체에 대해서는 별로 가슴 아파하지 않았다.

의리나 우정 따위! 속이고 빼앗는 쾌락 앞에서는 무용지물일 따름이다. 마르고는 쿨한 사내였다.

곧 그랜의 검이 마르고의 목을 날렸다.

"크하하하! 이제 보물은 내 차지다."

그랜은 통쾌하게 웃어 젖혔다.

마르고가 죽은 곳에서는 방패가 하나 떨어졌다.

"위드 님, 마판 님. 두 분 중에서 1명이 저를 위해서 그 돌을 들고 안으로 들어가 주시죠. 대신 이 방패를 드리겠습니다. 레벨 200이 넘는 녀석이 골라서 쓰던 방패니까, 한 번 죽는 대가로는 충분할 겁니다. 그리고 거절은 안 하는 편이 좋습니다. 저는 1명만 필요하니까, 남은 사람은 지금 바로 죽일 테니까요."

그랜의 머릿속에는 이미 계산이 끝났다.

들어갈 때에는 1명을 희생시켜서 보물을 얻는다. 나올 때에는 까짓것 한 번 죽어 준다. 아주 재수가 없어서 보물만 떨어뜨리지 않으면 된다. 확률상, 죽는다고 해서 이 던전에서 얻을 보물을 떨어뜨릴 가능성은 낮은 편. 그 외에 운 나쁘게 떨어지는 아이템 하나쯤은 버릴 수도 있었다.

그랜은 이미 보물을 손아귀에 넣은 것처럼 기쁨을 만끽했다. 위드가 검을 뽑아 들 때까지는.

스르릉.

클레이 소드가 부드럽게 검집에서 미끄러져 나왔다.

그랜의 말투가 금방 바뀌었다. 존중에서 하대, 그리고 협박 조로 바뀌는 데에는 약간의 머뭇거림도 없다.

"후후, 반항을 할 셈이냐? 그래. 그러면 넌 여기서 죽고 마판 님이 내 길잡이가 되어 주면 되겠군. 물론 내가 상처를 많이 입긴 했지만, 네 공격 따위는 우습다는 사실을 모르나? 좋아, 3 초를 양보하지. 마음껏 공격해 봐."

"고맙군."

무협지에서나 나올 법한 3초의 양보.

위드는 거절하지 않았다.

"네 맘대로 판단해라. 조각 검술!"

검이 빛에 휩싸이고, 그랜의 눈에 불안감이 어렸다.

'괜히 양보한다고 했나? 그래, 양보하는 척하다가 선공을 하자!'

이리저리 머리를 굴리는 사이, 위드는 그랜이 상상도 할 수 없는 빠르기로 다가와서 검을 휘둘러 그의 목을 날려 버렸다.

"조, 조각사가……."

그랜은 마지막 순간까지도 불신에 찬 얼굴이었다.

한 번의 공격을 당해 주고 바로 반격을 가할 셈이었는데, 그 한 번의 공격력이 낮아진 생명력을 전부 사라지게 만들 정도였던 것이다.

마판은 한숨을 푸욱 쉬었다. 이런 결과를 예측하기는 했으나, 4인조가 전부 죽어 버리자 할 일이 없어진 것이다.

"이제 어떻게 하죠? 그대로 돌아갈까요?"

"여기까지 왔으니 보물은 찾아봐야겠지요. 있을지는 의문이지만."

"어떻게요? 들어가면 나오지는 못하는데… 우리가 여기서 죽으면 이놈들이 먼저 살아나잖아요."

"꼭 죽으라는 법만 있는 건 아닙니다. 이 사람들이 모험에는 초보라서, 지도를 찾아내고도 올바른 길을 선택하지 못했을 뿐이죠. 길이란 굳이 정해진 곳이 없다는 걸 스스로 말하고도 그 의미를 모르고 있더군요."

"예?"

"플라이."

위드가 주문을 외우자, 그의 등에서 새하얀 날개가 돋아났다. 애초에 안전하게 바르크 산맥을 넘을 수 있다는 자신감. 비밀은 바로 이 날개에 있었다.

라비아스의 미르칸 탑.

그곳에서는 10골드를 내면 1달간 하늘을 날 수 있게 해 준다. 조인족의 특수한 깃털을 붙여서 말이다.

위드는 천둥 벼락이 떨어지는 외길을 피해서, 맞은편으로 날아갔다. 작은 관 하나와, 하프로 보이는 악기가 있었다.

'보물은 이것이겠군.'

위드는 그 악기를 취했다.

"감정!"

드워프 비노의 하프

비노는 키가 작고 뚱뚱한 드워프였다. 하지만 인간 여자를 사랑했다. 종족을 넘는, 이루어질 수 없는 사랑! 인간 여자들은 드워프를 싫어하였으니, 비노는 절망하였다. 그리하여 그는 음악에 빠져들었다. 음악이야말로 예술미가 담겨 있어서 여성들의 호감을 살 수 있기 때문이다. 연주용.

내구력: 20/20

옵션: 여성 NPC에 대한 호감 30 상승.

위드는 멍하니 하프를 보고 있었다. 결국 입가로 웃음이 터져 나왔다.

"푸하하하!"

할마와 마르고, 레위스, 그랜.

죽고 죽이는 암투와 음모!

그리고 최후에 얻는 보물은 겨우 하프 하나에 불과했다. 강한 무기도, 좋은 방어구도 아닌 여성의 호감을 사는 악기 하나.

애초에 지도 자체가 악기를 얻기 위한 것이었다.

반 호크의 굴욕

이현은 컴퓨터를 조작해서 아이템 거래 사이트에 접속했다.

각 골드와 사이트에서 자주 거래되는 물품들의 시세를 확인하는 건 매일 하는 일이었지만 오늘은 특별한 목적을 가지고 있었다.

"과연 대단하군."

〈로열 로드〉의 인기는 날이 갈수록 높아지고 있었다. 지난주만 해도 등록된 아이템들의 숫자가 16만여 개 정도였는데, 오늘은 16만 5천 개나 되었다.

그렇다고 해서 지난주 경매에 붙여진 아이템들이 팔리지 않은 것이냐 하면 그건 또 아니다. 아주 터무니없는 고가에 올려놓았거나 사람들이 별로 원하지 않는 아이템들을 제외하고는, 거의 전부가 팔렸다.

판매된 아이템들은 거래가 완전히 끝나고 하루가 지나면 자동 삭제가 되는데, 그러고 나서 계속 새로운 아이템들이 등록된 것이었다.

이현은 주르르 목록들을 살펴봤다.

"이번 주에는 쓸 만한 아이템이 많은걸."

멜라인의 검

롱 소드 형태의 검으로, 소량의 미스릴을 섞어서 만들었다. 뛰어난 강도와 예기를 간직한 검으로, 약간 이름 있는 대장장이 멜라인이 직접 제작한 아이템.

내구력: 105/105

공격력: 40~43

제한: 힘 200. 레벨 100.

옵션: 언데드에 50%의 추가 데미지. 힘 +25. 민첩 +17.

사이크리의 팔찌

괴짜 마법사 사이크리는 인챈터 계열의 마법에 정통하였다. 그의 손길이 깃든 아이템들은 마법적인 능력이 부여되어서, 대륙의 모든 이들이 욕심 내는 물건이 되었다.

내구력: 40/40

제한: 레벨 150.

옵션: 마나 최대치 30% 상승. 마법 증폭 효과 20%. 전 스탯 +10.

몇몇 가지 아주 탐이 나는 물품들도 있었다. 특수 옵션을 가진 액세서리들이나 무기류들은 이현도 욕심이 났다.

'얼마지?'

멜라인의 검은 경매 시작가가 150만 원이었다. 그런데 가격급등을 거듭하면서 250만 원을 넘어섰다.

직업 제한이 걸려 있지 않고 비교적 낮은 레벨에서도 쓸 수있는 검이기 때문에 비싸게 팔리는 것이었다.

사이크리의 팔찌는 유니크 아이템인 만큼 시작가가 300만 원을 넘고, 현재는 500만 원 이상의 시세가 형성되어 있었다.

"그림의 떡이로군."

이현은 입맛만 다셨다.

그러나 처음부터 경매 사이트에서 물건을 살 생각 따위는 없었다. 물론 투자의 개념으로 좋은 아이템을 맞추고 사냥을 할 수도 있을 것이다. 3천만 원 정도, 사용할 수 있는 돈이 있었으니 말이다.

하지만 아이템을 사느라 돈을 쓰다 보면 끝이 없는 법이다. 더 나은 아이템, 더 좋은 아이템을 찾아 헤매다가 결국에는 목적마저 희미해지는 것이다.

대충 검색을 끝내고 이현은 경매 글을 작성하기 시작했다.

판매하려는 아이템들은 라비아스에서 사냥을 통해 획득한 물건들. 주로 데스 나이트의 무기들과, 팔지 않고 간직한 조금 특이한 잡템들이었다.

잡템들 중에서 몇 개는 퀘스트에 필요한 것들이기 때문에 현금으로 팔리기도 하는 것이다. 다른 이들이었다면 그저 잡화점에 팔아 버리거나 버렸겠지만, 매일 경매 글들을 검색하는 이현은 이를 필요로 하는 사람들이 있었음을 잊지 않았다.

경매 기한은 일주일.

게임 시간으로는 4주 정도.

데스 나이트에게서 나온 무기류들.

제일 좋은 하나씩은 위드가 쓰기 위해 놔두고, 나머지 무기와 방어구들은 시작가를 1만 원으로 정했다.

경매란 기왕이면 많은 사람들이 입찰하는 것이 유리하다. 어차피 경쟁이 붙으면서 적어도 시세만큼은 가격이 오를 테니, 큰 고민 없이 정한 시작가였다.

대신에 잡템들은 최소 3천 원의 시작가를 책정해 두었다. 3천 원도 되지 않는다면 굳이 번거로움을 감수하면서까지 파는 의미가 없다. 그만큼 시간을 낭비하는 셈이 되기 때문이다.

이현은 30여 개 아이템의 경매 글을 사이트에 등록했다.

"가격아, 제발 많이 올라라."

〈로열 로드〉를 시작하고 나서 첫 번째 판매 상품 등록이었으니 가슴이 두근거린다.

'얼마나 오르게 될까?'

억지로 바란다고 해서 되는 것이 아님을 알고는 있었지만, 그래도 기대가 되는 것은 어쩔 수 없다.

이현은 거래 사이트에서 최고 수준인 트리플 다이아몬드 등급이었다. 1달에 100개에 한해서 거래 수수료가 면제되는 것은 물론이고, 등록한 상품들도 가장 눈에 잘 띄는 곳에 배치된다. 붉은색의 컬러와 함께 별도로 박스 처리되어서, 정중앙에 이현이 올려놓은 경매 물품들이 보였다.

"이 정도라면 적어도 묻힐 일은 없겠어."

제일 먼저 데스 나이트들의 무기류들에 2만 원, 3만 원을 제시하는 사람들이 나타났다.

이현은 잠시 그것들을 보다가 다시 〈로열 로드〉에 접속하기 위해 캡슐로 향했다.

경매 기간은 일주일. 이미 글을 올리고 난 이후에는 괜한 기대를 갖지 않는 것이 좋았으므로.

베르사 대륙을 최초로 일통한 아르펜 제국!

제국의 영광은 300년을 이어 가지 못하고, 수십 개의 나라로 분열되었다. 그 후로 중앙 대륙에서는 기사들에 의한 역사가 쓰였다.

피와 죽음으로 이루어진 역사!

세력이 약한 공국과 소국들은 전란의 시대에 살아남기 위한 동맹을 맺었다. 이것이 브리튼 연합 왕국의 창설 비화였다.

초창기에는 불신과 의혹으로 삐걱대기도 하던 7개의 왕국들이었지만, 지금은 왕국 간 혼인과 통합 법령의 제정으로 하나의 왕국처럼 움직였다. 각 나라의 귀족들은 타국에 가서도 비슷한 대우를 받을 수 있었으며, 경제력 또한 부강했다.

중앙 대륙에서는 지리적으로 다소 동쪽에 치우쳐 있었지만, 그 덕에 오히려 큰 전쟁을 피해서 발전할 수 있었던 것이다. 근처에는 상인들에 의해 탄생된 자유도시들도 있었기 때문에 무역과 기술이 발달하게 되었다.

그러한 이유로 브리튼 연합 왕국을 선택해서 플레이를 하는 유저들의 숫자는 꽤나 많은 편이었다.

탐린 마을.

브리튼 연합 왕국의 제일 동쪽에 위치한 마을이었다.

"토끼 가죽 삽니다!"

"페스터 동굴에 사냥 가실 분 모셔요!"

"성직자 우대합니다. 레벨 50 이상 성직자 분! 아이템 배분에서 두 사람 몫으로 쳐 드립니다."

광장에는 어마어마한 인파가 모여 있었다. 알록달록한 옷과 장비들을 입은 유저들. 상인들의 숫자도 엄청나다. 상업이 발달한 브리튼 연합 왕국이니만큼 무역업에 종사하는 상인들의 숫자가 꽤 되는 것이다.

"향신료는 든든히 구입했지?"

"물건들을 싸게 사서, 이번 상행에는 꽤 돈을 벌 수 있겠어."

탐린 마을에는 주로 레벨이 낮은 초보들과, 상인들이 있었다. 거래소에서 꽤 다양한 물건들을 팔고 있어서 상인들이 자주 들르는 것이었다.

마을의 동쪽 정문으로 마차 한 대가 느릿느릿 다가오는 모습이 사람들의 눈에 띄었다.

"어? 저건 뭐지?"

"상태가 아주 안 좋은데……."

여기저기 팬 바퀴는 덜컹거리며 굴러오고 있었고, 마차를 덮는 차양은 걸레짝이나 다름없는 상태였다. 다만 그 마차가 사람들의 눈길을 끈 이유는, 동쪽에서 오고 있다는 사실 때문이었다.

마부석에는 조각칼을 놀리고 있는 위드와, 열심히 경비 계산을 하는 마판이 앉아 있었다.

마판은 아직도 귀를 막고 있다.

바르크 산맥을 넘어올 당시에 위드의 고함 소리!

사자후를 어찌나 많이 들었던지 노이로제가 걸릴 지경이다.

일시적으로 적을 압박하고 자신의 능력치를 향상시켜 주는 워리어들의 기술인 워 크라이와는 달리, 그 용도가 모호한 스킬이 사자후다. 전군 사기 상승, 군대의 혼란 상태 해제라니, 사실 쓸모가 많아 보이는 스킬은 아닌 것이다.

전투 보조계 스킬인 사자후는, 그 용도는 무척이나 의심스러웠지만 대신에 숙련도 향상은 매우 빨랐다. 오랫동안 힘껏 소리를 지르면 스킬의 레벨이 빠르게 상승한다. 위드는 사자후 스킬을 고급 3레벨까지 올려놨다.

그 덕분에 마판은 앞으로는 절대 워리어와도 같이 다니지 않을 거라고 다짐에 다짐을 거듭했다.

"정말 사람들이 많군."

탐린 마을에 대한 위드의 첫 감상이었다.

가장 동쪽의 변경에 위치한 마을이었음에도 불구하고, 많은 숫자의 유저들이 있었던 것이다. 로자임 왕국처럼 변경의 국가가 아니라 중앙 대륙의 왕국으로 넘어왔다는 사실이 비로소 실감이 났다.

무려 1달간 고난의 행군 끝에 바르크 산맥을 넘어서 이곳 브리튼 연합 왕국에 도착한 것이다.

거대 거미들과 바실리스크, 오우거, 각종 짐승들과 그들을 이끄는 비스트 로드! 호숫가에서는 물귀신들이 위드의 발목을 붙잡았고, 식인목들은 나뭇가지와 뿌리로 공격을 가했다.

바르크 산맥은 그야말로 몬스터들의 천지였던 것. 처음에 떼를 지어 나온 라이칸슬로프들은 그에 비하면 양반이라고 할 만

했다. 몇몇 무리를 지어서 덤벼드는 몬스터들의 경우에는 10시간도 넘게 싸워서 돌파를 해야 했다.

이런 악조건에서도 위드는 가지고 있던 보석들을 전부 세공했다.

실상 중급 조각술이 생긴 이후로 어지간해서는 숙련도가 잘 오르지 않는다. 보석 세공은 조각술이 경지에 오르면서 얻게 된 부가적인 기술. 하지만 나뭇조각을 조각하는 것과는 상대도 되지 않아 두세 배의 숙련도를 주었고, 덕분에 중급 조각술도 4레벨에 오른 상태였다.

하지만 이보다 더 즐거운 일은, 중급 손재주가 드디어 6레벨에 올랐다는 것이다.

조각술을 통해 빠르게 성장하는 손재주는 모든 영역에 두루 영향을 미치고 있었으니, 어떤 의미에서는 조각술 다음으로 중요한 스킬이라고 볼 수 있었다.

"위드 님은 로자임 왕국을 떠나신 것이 처음이시죠?"

"예."

"저는 친구들을 만나기 위해서 다른 국가들을 돌아본 적이 있었는데, 로자임 왕국이 제일 사람이 없는 편이었습니다. 북쪽에 있는 브렌트 왕국만 해도 사람들이 많죠."

"사람이 많은 왕국에서 시작하면 이득이 많으니까요."

개척자가 있으면 그에 대한 정보도 있는 법.

그리고 특정 던전이나 마굴의 경우에는 소유의 개념이 있었다. 길드나 세력에서 소유를 하면, 여러 이점들을 가진다. 우선 사냥을 하는 길드원들이 추가로 20%의 경험치를 더 습득하고, 길드원이 아닌 이들은 일정 수 이상 던전 내로 들어오지 못하는 제한도 생겼다. 그 때문에 일어나는 전쟁이나 마찰도 매우 많은 편이다.

브리튼 연합 왕국에서부터는 본격적인 길드 활동이 이루어지고 있다고 봐도 된다. 오데인 요새 공방전도 그중 하나가 아니던가.

'나와는 별로 관련이 없는 일이지. 길드의 자존심 싸움이나 하다가 낭비할 시간이 없으니까.'

위드와 마판은 놀란 눈으로 쳐다보는 유저들을 무시하고, 우선 거래소로 마차를 몰았다. 시골 마을이라서 그런지 거래소는 작은 편이었다. 주인은 풍채 좋은 노인이었다.

"물건을 좀 팔러 왔습니다."

마판이 그렇게 운을 떼자, 거래소 주인은 반색을 하며 물었다.

"그래? 요즘에는 상인들이 많이 오는군. 우리로서야 고마운 일이지. 어떤 물건들을 팔아 주겠는가?"

마판은 주섬주섬 마차에서 치즈와 올리브유가 든 병들을 꺼냈다.

"이 물건들을 팔려고 합니다."

"오! 로자임 왕국의 물건들이 아닌가? 먼 곳에서 왔으니 각기 4실버와 8실버를 쳐 주도록 하지."

마판은 잠시 갈등하다가 눈을 질끈 감고 전부 처분해 버렸다. 마차에 싣고 오느라 지금까지 맡아 온 치즈와 올리브유의 냄새가 지긋지긋했기 때문이다. 마차가 덜컹거릴 때마다 속이 메슥거려서, 〈로열 로드〉의 뛰어난 사실성이 오히려 고역으로 느껴진 마판이었다.

"고맙네. 우리 마을에서는 사기 힘든 물건들이니 전부 해서 470골드 쳐 주지."

"감사합니다."

마판은 거래를 통해 200골드 정도의 수익과 약간의 명성 그리고 스킬들을 상승시킬 수 있었다. 1달간의 여행 끝에 비로소 찾아온 보람이었다. 상인으로서 가장 큰 행복은 뭐니 뭐니 해도 장거리 운송에 성공해서 큰 부를 얻었을 때 느끼는 뿌듯함일 것이다.

다음은 위드의 차례였다.

마판은 부러움 가득한 눈으로 위드를 보았다.

식료품들이 이 정도의 수익을 거두게 해 주었는데, 보석류들은 과연 얼마나 많은 이득을 안겨 줄 것인가.

'그것도 위드 님이 직접 세공을 하신 저 보석들은…….'

마판은 침을 꿀꺽 삼켰다.

위드는 배낭을 열고 브로치와 팔찌를 하나씩 꺼냈다.

"이것들은 얼마에 구입해 주시겠습니까?"

바로 그 순간, 거래소는 유저들이 내뱉는 말로 순식간에 시끌벅적해졌다.

"비취다!"

"보석들이야. 저건 에메랄드… 그리고 사파이어가 틀림없어!"

"어디서 나온 보석들이지?"

"너무 아름다워!"

이러한 반응은 어찌 보면 당연한 것이었다. 탐린의 거래소에 오는 상인들은 비교적 레벨이 낮은 이들이라서, 보석을 처음 보는 사람들도 상당수 있었을 테니까.

위드가 내민 보석들을 살펴본 거래소 주인은 난색을 표했다.

"그런 물건들은 이런 작은 마을에서는 처분할 수 없다네! 대도시에 가 보는 것이 어떻겠는가?"

마판도 한마디 거들었다.

"보석들은 사치품으로 분류되니, 작은 마을에서 파는 것보다는 상거래가 발달한 큰 도시에서 판매하는 편이 더 이득일 겁니다. 거래소가 아니라 보석 상점에 직접 파는 편이 가격도 조금이나마 더 쳐 줄 거예요."

"그렇게 할까?"

위드는 보석들을 다시 가방에 넣었다.

어차피 꼭 탐린 마을에서 처분할 생각도 없던 참이었다. 각 마을이나 도시마다 시세가 다르기 때문에, 브리튼 연합 왕국의 보석 시세가 대충 어느 정도나 되는지 알아보기 위해서 꺼낸 것이었다.

마판이 팔아 치운 식료품 대신에 다른 교역품을 구입하는 것으로 탐린 마을의 일은 끝이 났다.

두 사람이 탄 고물 마차가 느릿느릿 서쪽을 향해 사라져 간 후에도, 그들의 방문은 탐린 마을의 상인들에게 큰 화제가 되었다.

"마을의 거래소에서 살 수 없는 가격이면 얼마나 비싸다는 거야?"

"저 정도로 세공이 된 보석들이라면 엄청나게 고가에 팔릴

게 틀림없어!"

"대체 어디서 온 사람들일까?"

"동쪽! 거긴 바르크 산맥밖에 없는데……."

"설마 바르크 산맥을 넘어온 사람들?"

"로자임 왕국이다! 로자임 왕국의 보석들을 가져온 거야. 하지만 저 세공들은 어디서……."

⊱✼⊰

며칠 후, 위드와 마판은 브리튼 연합 왕국의 동맹국 중 하나인 크로인 왕국의 수도 레가스 성에 도착하였다.

성 앞의 넓은 평원에는 토끼나 여우 같은 초보용 몬스터들이 뛰어다니고, 유저들은 몽둥이를 들고 열심히 쫓아다니고 있었다.

마판이 느긋하게 말한다.

"참 평화로운 광경이군요."

"그렇군."

위드도 동감이었다.

바르크 산맥의 살벌하기 이를 데 없는 몬스터들을 보다가 앙증맞은 토끼와 여우들을 보니 참으로 귀여웠다.

흰 구름이 흘러가는 푸른 하늘.

햇볕은 따스하고, 멀리 황금빛으로 곡식이 여물어 가는 들판이 보인다.

붉은 벽돌로 주변의 경관과 잘 어울리게 지어진 레가스 성은 로자임 왕국의 세라보그 성과는 비할 수 없을 정도로 아름다웠다.

평화로운 광경들을 보고 있자니, 시라도 한 편 짓고 싶은 기분이었다.

띠링!

예술 스탯이 2 상승하였습니다.

예술 스탯은 작품을 만들 때만이 아니라, 여행을 하면서 새로운 것을 볼 때에도 조금씩 올랐던 것이다.

여행자들이 가장 많은 크로인 왕국!

이곳의 성과 마을들은 무척이나 아름다워서, 많은 방문객들이 찾아온다. 이름난 휴양지이고 연인들의 데이트 장소로 꼽히기도 하는 곳이다.

위드와 마판은 잠시 동안 성과 주변의 여유로움을 즐겼다.

마판은 순수하게 그동안의 고난과 피로를 씻어 내는 것이었다면, 위드의 눈은 날카롭게 성곽을 분석했다.

'저 정도의 성이라면 많이 축소한 모형 조각품으로 만들 수 있겠군. 사려는 사람도 제법 있을 것 같아. 숙련도는 얼마나 상승하려나?'

위드는 첨탑의 형상과 성벽의 높이, 내부의 구조들을 대충 그리면서 걷고 있었다.

조각사의 본능.

뭐든 눈에 보이는 족족 조각을 해 버리려는 것이다.

위드와 마판은 어느덧 성문 앞까지 이르렀다. 마판이 마차와 말을 끌고 먼저 앞으로 나섰다.

"제가 먼저 들어가겠습니다."

성에 출입하는 방법에는 크게 두 가지가 있다.

하나는 정문으로 들어가는 것!

물론 마판은 정문으로 들어가는 길을 택했다. 그런데 무장한 경비병들이 앞을 가로막았다.

"여기, 통행세입니다. 그리고 교역 허가도 해 주십시오."

마판은 주저 없이 경비병들에게 2골드를 던져주면서 말했다. 마을간 교역으로 상당한 돈을 벌어들였기에 2골드가 조금도 아깝지 않았다.

"어서 오십시오, 상인님."

경비병들은 귀족의 행렬이라도 본 것처럼 넙죽 엎드리면서 정문을 크게 열어 주었다. 어느 성이든 큰 곳은 정문을 평소에 닫아 놓다가 골드를 낸 사람에게만 열어 주는 것이었다.

그 기세! 호쾌함!

"이야, 대단하다!"

"저 사람 아무렇지도 않게 2골드를 냈어."

주변의 유저들이 한마디씩을 내뱉는다. 성 주변에서 사냥을 하는 사람들은 초보들인 만큼 작은 일에도 놀랐다.

마판은 어깨를 으쓱했다.

"위드 님, 들어오세요!"

위드는 잠시 눈치를 보다가 쪽문으로 향했다. 정문 옆에 작게 뚫려 있는 쪽문으로 말이다. 그렇지만 이번에도 바로 무장한 경비병들이 앞을 막았다.

"멈춰라! 너는 브리튼 연합 왕국 소속의 사람이 아니구나. 레가스 성에는 무슨 일로 온 것이지?"

경비병들은 단지 사람을 보기만 해도 어느 나라 국가 소속인지를 아는 능력이 있었다.

로자임 왕국 내에서야 자국이었으니 상관이 없었지만, 타국의 수도에서는 간단한 절차와 신고를 해야 했다. 만약에 신고하지 않은 일들을 성내에서 벌였다가는 수배를 당하는 경우도 있다.

"교역, 그리고 제가 만든 물품을 팔려고 합니다, 경비병 나으리들!"

"그래? 그렇다면 국법에 따라서 통행세를 내야 한다."

"통행세요?"

위드는 금세 곰살맞게 웃으며 경비병들의 노고를 치하했다.

"이렇게 헌앙하신 경비병님들을 보니 과연 레가스 성의 치안이 철통같음을 알 수 있겠습니다."

"흠, 흠! 뭐 그런 편이지."

단순한 경비병들은 히죽 웃었다.

이미 수련관의 교관을 통해 병사들을 구워삶는 법을 완전히 터득한 위드였다.

"힘드시지요? 하지만 이런 큰 성을 지키시니 그 자부심이 대단할 것 같습니다. 여러분들이 아니면 누가 이 성을 지킬 수 있단 말입니까?"

"그야 그렇지. 그래도 교역을 하기 위해 성으로 들어오는 자는 통행세를 내야 한다."

"통행세가 얼마나 되지요? 제가 가진 돈이 7실버뿐이라서……."

"그 정도면 충분하다. 통행세는 5실버니까."

위드의 얼굴이 잠시 경직되었다. 그리고 호주머니에서 4실버를 꺼냈다.

"헛! 이제 보니 4실버밖에……."

"……."

레가스 성안으로 들어간 위드와 마판은 각자 볼일을 보기로 했다.

"전 잡템들을 구입하고, 거래소를 들러 보겠습니다. 제가 할 수 있는 일도 찾아보구요. 그럼 하루 뒤에 이곳에서 만나죠."

상인들에게는 그들만의 퀘스트가 있다.

흔히들 이야기하는 조달 의뢰.

어떤 물건을 얼마나 가져다 달라거나, 혹은 특정한 물건의 운송을 맡기는 의뢰들인 것이다.

"그럼……."

마판과 헤어진 위드는 우선 번화가를 돌아다니면서 보석 상점을 찾았다. 용건은 당연히 보석들을 팔기 위해서였다.

크로인 왕국의 수도인 레가스 성은 대단히 번화한 도시였기에, 어렵지 않게 보석 상점을 찾을 수 있었다.

1층과 2층.

2개의 층으로 장사를 하는 보석 상점은 귀족들로 붐비고 있었다. 아이템용 소켓 보석을 사러 온 듯한 유저들도 일부 있었다. 보석들을 아이템에 결합했을 경우에는 특수한 기능이 생겨나기도 했던 것이다.

"무엇을 사러 오셨어요?"

위드를 맞이한 것은 상점의 거래인이었다.

여인! 보석 상점의 NPC는 우아한 미녀였다.

"이것을 팔기 위해서 왔습니다."

위드는 배낭에서 보석들을 꺼냈다.

환하게 빛나는 각양각색의 보석들.

취록색의 에메랄드, 짙게 푸른 사파이어 그리고 진주.

"우와! 보석들이다."

"저렇게 많은 보석들은 처음 보는 것 같아."

주변의 반응은 탐린 마을에서와 별로 다를 바가 없었다.

거래인은 보석들을 가늠해 보고 나서 말했다.

"오, 이것이라면 2,900골드를 쳐 줄 수 있겠네요! 하지만 그쪽은 유명한 모험가이고, 우리의 직업과 관련이 없다고 할 수도 없으니 3,200골드까지 쳐 드리죠. 이 정도라면 적절한 금액일 걸요."

1,700골드의 자본금을 들여서 샀던 보석들이 순식간에 3천 골드가 넘는 물건으로 변한 것이었다. 싼 로자임 왕국의 원석들을 사서 가공한 후에 보석 시세가 비싼 크로인 왕국에 내다 팔기에 가능한 금액이었다.

'1,500골드의 이윤인가? 운송 시간과 세공에 들인 노력을 감안하면 큰 이득을 거두었다고 볼 수만도 없겠군.'

사냥터에서 한 달 동안 사냥을 했을 때 얻을 수 있는 수익과 경험치! 이것을 포기하고 혹시라도 교역품을 잃어버릴 수 있는 위험을 감수한 것이니 그냥 얻는 이윤은 아니었다.

여기서 상인이라면 흥정을 할 수 있다. 거래 기술에 따라서 더 비싼 가격에 물건을 팔 수 있는 것이었다.

그러나 위드는 상인이 아니었다. 그래서 대신 하프를 꺼냈다.

띠리링, 띵, 띵띵.

호감도를 상승시킬 수 있는 비기.

바드나 하피스트의 연주에는 사람들을 매료시키는 힘이 있다. 호의와 선의를 이끌어 내고, 가격에도 이득이 있다. 어느 정도 레벨이 높은 바드는 사람들의 사랑을 받아서 음식점이나 여관을 무료로 이용하기도 한다.

"와! 저 사람 하프를 연주하네."

"괜찮은 솜씨야."

"듣기에 좋은데?"

위드의 연주는 기초적이지만 나쁘지 않은 편이었다.

틈틈이 일부러 배워 둔 것으로, 잡캐의 영역을 한 차원 넓히는 것이었다.

> 연주를 듣는 NPC들의 호감도가 상승하였습니다.

위드의 입가에 미소가 맺혔다.

상점 거래인은 지그시 눈을 감고 있었다. 음악을 음미하는 모습.

소기의 목적 달성.

그런데 상점 거래인이 눈을 뜨더니 말한다.

"좋은 곡이네요. 그런데 노래가 없어서 허전해요."

"노래요?"

"네. 노래를 들려주실 수 있겠죠?"

위드는 차마 거절할 수가 없었다.

포효하는 락커!

한때 현실에서 지향했던 삶이다.

그러나 락커로 불리기에는 여러 가지를 무시하며 살았다.

음정 무시! 박자 무시! 가사 무시!

소위 말하는 지독한 음치였다.

오로지 위드만 이 사실을 인정하지 않았다. 그래서 위드는 하프를 퉁기며 노래하기 시작했다.

"쩽! 하고 해 뜰 날! 돌아온단다! 쩽! 하고! 해! 뜰! 날!"

"꺄아아악!"

"미치겠다."

"도망쳐!"

사자후 스킬과 노래의 차이점이 과연 무엇인가.

위드의 노래 솜씨는 유저들의 경악을 금치 못하게 만들었다. 조금만 들어도 머리가 어질어질해지고 가슴이 답답했다. 무언가 속에 있는 것들이 튀어나올 정도의 거북함마저 준다.

"하루르을! 너의 생각 하면서어! 걷다가! 바라본! 하! 늘! 은!"

위드는 열심히 포효하면서 노래를 불렀다.

선율 따위는 없다. 오로지 고성방가!

큰 소리로 부르는 것이 최고인 것처럼 노래를 하는 것이다.

마침내 위드의 노래가 끝났을 때에는 우르르 몰려 있던 인파들이 빠져나가고, 단 한 명 상점 주인만이 남았다.

그녀의 얼굴은 파리하게 변해 있었다.

"얼마에 사 주실 겁니까?"

위드의 말에 상점 거래인은 고개를 저었다.

"거래 불가."

"……."

"나가요! 그러지 않으면 경비병을 부를 겁니다."

"다시 하프 연주를……."

노래는 포기해야 했다.

위드는 열심히 하프 연주를 해서 상점 거래인의 호감도를 다시 끌어올렸다.

"3,240골드를 드리겠어요."

"그 정도면 좋습니다."

위드는 홀가분한 마음으로 보석들을 처분해 버리고 3,240골드를 획득했다.

> 대규모의 무역 이익을 거두었습니다. 명성 150 상승.

위드의 명성이 다시 한 번 높아졌다.

'이로써 2천을 넘겼군.'

명성이 높아지면 더 높은 난이도의 퀘스트를 받을 수 있고, 물건 값을 할인받는 것도 가능했다. 그러나 명성은 그 자체로 하나의 자랑거리가 되기도 했다.

"코로나라고 알지? 그 작자가 엄청난 일을 해냈더군. 화룡의 산맥에 있는 트윈 헤드 오우거를 잡았다지 뭔가."

"바툰이라는 도둑이 그동안 사미엘 대공의 의뢰를 받아 무사히 완수했다는 소식이야. 사미엘 대공은 그에게 기사의 작위를 주었다는군."

명성의 위력이었다.

가끔 큰 퀘스트를 해결하거나 힘든 몬스터를 잡았을 때에는 성내의 NPC들이 이야기를 시작한다.

상인들의 무역 이득도 마찬가지다.

NPC들이 이야기를 함으로써 〈로열 로드〉 내에서 유명해질 수 있는 것이었다.

"반센이라는 검사 본 적 있나? 그를 만나면 조심하게. 닥치는 대로 살인을 저지르고 다닌다는군. 현상금도 걸렸다고 해."

가끔은 이런 식으로 악명을 떨치기도 했다.

위드의 경우에는 바란 마을에서 프레야 여신상을 만들고 나서, 마을 내의 유명 인사가 된 적이 있었다.

보석 상점에서 일을 마치고 나서, 이번에 위드의 발걸음은 감정소로 향했다.

라비아스에서 얻은 붉은 생명의 목걸이.

위드에게도 감정 스킬은 있었지만, 스킬의 레벨이 낮은 탓인지 아무것도 확인이 되지 않고 있었던 것이다.

처음에 목걸이를 주웠을 때에는 조금 흰빛이 돌았다. 이름은 붉은 생명의 목걸이였지만 말이다. 그 색깔은 마판을 만났을 때에도 변함이 없었다. 그러다가 바르크 산맥을 넘을 때부터 점점 붉게 변하더니 지금은 완전한 진홍빛으로 변했다.

그냥 버리거나 아무한테나 팔아 버리기에는 무언가 찝찝한 아이템이었다.

결국 어느 정도 돈이 들겠지만 위드는 아이템의 정확한 정보를 확인해 보기 위해 감정소에 가 보기로 했다.

'허접한 물건이라면 부숴 버릴 테다.'

감정소는 많은 유저들로 붐비는 와중이었다.

"여기요, 사냥터에서 주운 이 검 확인해 주세요!"

"이 반지에 걸린 속성 확인을⋯⋯."

시장 통이 따로 없었다.

미확인 아이템을 감정하는 사람들의 마음은 복권을 긁는 심정일지도 모른다. 혹시 누가 알겠는가. 엄청난 유니크 아이템이라도 건졌을지.

위드는 1층은 그냥 지나치고 계단을 통해서 곧바로 2층으로 올라갔다.

1층에서는 간단한 아이템들의 확인이 가능하였는데, 감정 스킬을 가지고 있는 위드도 웬만한 아이템들은 확인할 수 있었기 때문이다.

2층에도 상당한 유저들이 있었다. 위드는 잠시 머뭇거리다가 이곳도 그냥 지나치기로 했다. 지금까지 붉은 생명의 목걸이를 제외하고는 모든 아이템들을 감정할 수 있었으니, 평범한 아이템은 아니라고 확신하고 있는 것이다.

마침내 위드는 감정소의 꼭대기 층인 3층에 올랐다. 완전히 밀폐된 방들이 있었다. 철저히 비밀을 보장해 주는 곳.

　위드는 그중 하나의 방으로 들어갔다.

　"어서 오세요!"

　노란 머리를 찰랑이는 여마법사가 위드를 반겨 주었다.

　'유저인가.'

　일반적으로 성을 나가지 못하는 4주 동안, 유저들은 다양한 퀘스트들을 경험한다.

　위드는 줄기차게 허수아비만 때렸지만 그런 경우는 극히 드문 편이었고, 여관에서 아르바이트를 하기도 하고 서점에서 책을 정리하거나 아니면 특정한 생산 기술을 연마하기도 한다.

　하지만 마법사의 길을 선택한 유저들은 감정소에서 많이 일을 하는 편이었다.

　마법으로 물품을 감정해 주는 것은 스킬도 향상시킬 수 있었을뿐더러, 운이 좋다면 상당한 액수의 팁도 받을 수 있기 때문이었다.

⚜

　'우씨! 하필이면 그때 3골드가 부족할 게 뭐람!'

　마법사 린델은 레벨을 200까지 올리고 막 2차 전직을 마친 상태였다. 전직을 마친 마법사는 새로운 마법들을 익힐 수 있었다. 전격계 마법에 특화된 린델의 선택은 당연히 라이트닝 샤워였다.

벼락이 하늘에서 내려와서 꽂히는 무척이나 아름다운 효과와 함께 다수의 몬스터에게 큰 데미지를 줄 수 있는 유용한 마법이었던 것이다.

하지만 스킬 북의 가격은 무려 540골드!

2차 전직을 마쳤다고는 해도 가난한 마법사에게 그만한 돈이 있을 리가 없었다.

레벨이 낮을 때에는 각종 마법 촉진제와 시약들을 사야 하고, 조금씩 레벨이 오를 때마다 스킬 북과 로브, 스태프들을 장비해야 한다. 전장에서는 가장 화려하고 빛나는 직업이었지만, 마법사들은 언제나 빈곤을 끼고 살아야 했다.

부족한 3골드를 채우기 위해서 감정소에서 아르바이트를 하기로 한 린델의 선택은 어쩔 수 없는 것이었다.

하지만 첫 손님부터 최악이었다.

린델의 양 미간이 살포시 찌푸려진다.

'근데 이건 또 웬 거지야?'

위드의 모습을 보자마자 떠오른 생각이었다.

'좀 씻고나 다니지.'

린델의 눈길에 어이가 없다는 빛이 떠오른다.

꼬질꼬질하니 때가 탄 망토와, 허름한 갑옷들!

내구력이 줄어들어서 특유의 광택을 잃어버리고 걸레처럼 변한 장비들이 보였던 것이다. 더군다나 복장도 희한하기 짝이 없다. 어깨에는 정체를 알 수 없는 망태기를 두르고 있었는데, 거기서는 역한 냄새가 풀풀 난다.

열심히 주워 모은 약초들의 냄새였다.

하지만 린델은 손님이라는 생각에 억지로 웃으며 입을 열었다. 손님들에게 불친절했다는 이유로 감정소에서도 잘리면 돈을 모을 길이 막막해지는 것이다.

　"죄송합니다. 여기는 레어 이상의 고급 아이템 감정소예요. 일반 마법 아이템들을 확인하려면 저쪽의 별이 하나 있는 감정소로 가 보세요."

　어디서나 사람의 옷차림을 보고 판단하는 것은 마찬가지다. NPC였다면 위드의 명성치를 보고 다르게 반응했겠지만 린델은 유저였던 것이다. 위드는 별다른 대꾸 없이 품에서 목걸이를 꺼내서 내려놓았다.

　"이걸 감정해 주십시오."

　"이곳은 가격이 비싸요. 감정을 위해서는 50실버를 내셔야 돼요."

　돈이 아깝긴 했지만, 이미 그 정도는 각오하고 찾아온 상태다.

　"50실버. 여기 있습니다."

　"휴우, 그러면 할 수 없죠. 변변치 않은 아이템이라고 나와도 후회하지 말아요."

　린델은 주의 사항을 미리 이야기해 주었다.

　감정소에서 확인한 아이템들 가운데에는 기대만큼 좋은 물건도 있었지만, 실제로는 실망스러운 것들이 훨씬 더 많았던 것. 그 때문에 감정을 무효로 돌리거나 아니면 돈을 내지 않겠다고 버티는 사람들도 있었기에, 반드시 미리 말을 해 두어야 했다. 린델은 목걸이를 주워 들었다. 그때부터 무언가 심상치 않은 마나의 흐름이 느껴졌다.

마법사인 자신이 파악할 수 없는 흐름!

이것은 최소한 4서클 이상의 마법이 걸려 있다는 뜻이 아닌가. 하지만 그녀의 감정 스킬은 높은 편이라서, 그 이상의 마법도 확인할 수 있었다.

"아이템 감정!"

린델의 손이 환하게 빛나면서 붉은 생명의 목걸이를 어루만졌다. 그러자 드러나는 아이템의 정보들.

데스 나이트의 목걸이

어둠의 주술사 바르칸 데모프가 직접 만든 아이템! 이 목걸이에는 데스 나이트 반 호크의 생명이 담겨 있어서, 이 물건을 가진 이는 반 호크를 소환할 수 있다. 다만 바르칸을 향한 충성심을 되돌리기는 쉽지 않을 것이다.

내구력: 100/100

제한: 주인으로 인정받지 못하면 공격당한다.

옵션: 데스 나이트를 소환할 수 있다. 마법 부여 '콜 데스 나이트'. 흑마법의 효과 50% 강화. 지력 +20, 지혜 +10.

린델의 눈이 휘둥그렇게 떠졌다.

"이, 이건 아직까지 공개되지 않은 유니크 아이템……."

"그만 돌려주십시오."

위드는 목걸이를 가지고 감정소를 나왔다.

✦❃✦

레가스 성의 용무를 마치고 나서 소므렌 자유도시를 향해 길을 떠나는 위드와 마판!

위드는 인적이 뜸할 때쯤에 잠시 마차를 멈춰 달라고 부탁했다.

"무슨 일인데요?"

"직접 보시면 알 겁니다."

위드는 마부석에서 뛰어내렸다. 그리고 목걸이를 꺼내 들며 주문을 외웠다.

"콜 데스 나이트!"

검은 연기 같은 것이 뭉실뭉실 모여들더니 이내 데스 나이트 반 호크가 나타났다. 바르칸 지하 묘지의 보스 몬스터였다.

"크어어어!"

그때와 모든 게 똑같았으나, 다만 옷차림이 엄청 변해 있었다.

바르칸 지하 묘지에서는 한눈에 보기에도 멋진 아이템들과 장비를 가지고 있었던 반 호크. 하지만 지금은 데스 나이트들의 기본적인 검과 장비만을 착용하고 있다.

이유는 간단했다. 그 물건들은 이미 위드가 이미 다 빼앗아 버린 후였기 때문이다.

밝은 빛을 접한 데스 나이트의 몸이 휘청거렸지만, 곧 중심을 찾았다. 레벨 200이 넘는 언데드 몬스터였기 때문에 햇빛에도 그다지 큰 반응은 없었다.

데스 나이트의 눈길이 마판을 스쳐 지나가더니 이내 위드에게 고정된다.

"너, 인간!"

엄청난 증오심!

살기가 풍겨져 나왔다.

데스 나이트는 자신을 죽였던 위드를 똑똑하게 기억하고 있는 것이다.

"나를 불러내다니! 내가 바르칸 님을 배신하고 너를 따를 것 같은가? 후후! 그것도 조각사 따위가! 죽여 주마, 인간!"

데스 나이트의 돌격.

위드는 일부러 그 공격들을 살짝살짝 흘리며 맞아 주었다. 그러다가 생명력이 20% 이하로 줄어들었을 때부터 스킬을 사용했다.

"조각 검술!"

위드의 검이 데스 나이트를 난자한다.

데스 나이트가 역소환되고, 목걸이는 다시 흰색으로 변했다. 생명을 가진 몬스터를 잡다 보면 다시 목걸이가 진홍빛으로 변하게 될 것이다.

그때부터였다.

위드는 소므렌 자유도시로 향하면서 목걸이가 붉은빛으로 변할 때마다 데스 나이트를 소환했다.

"조각 검술!"

"칠성보!"

열심히 스킬을 연마하면서 데스 나이트를 잡는다!

손속에 일절 사정을 두지 않았을뿐더러, 하나의 기록도 세웠다.

죽인 놈 살려 내어 다시 죽이기!

데스 나이트로서는 미치고 팔짝 뛸 일이었다. 하지만 위드에게는 매우 바람직한 일이다. 마차를 타고 가면서 조각술을 펼치다 보면, 생명력과 마나가 가득 차 있는 경우가 많았다.

포만감이야 꼭 100%를 유지할 필요가 없었기 때문에 적당히 조절한다지만, 시간이 지남에 따라서 알아서 회복이 되는 생명력이나 마나가 가득 차 있는 건 비효율적이며 아깝다.

그런데 언제나 데스 나이트를 불러낼 수 있다니 이보다 더 좋을 수는 없다. 소환했기 때문에 경험치는 받지 못하더라도 스킬의 숙련도를 지속적으로 향상시킬 수 있었으므로!

열 번째로 두들겨 맞고 죽음에 이르렀을 때, 데스 나이트는 처음으로 앓는 소리를 냈다.

"으음, 너는 강하군."

다섯 번 정도 더 죽었을 때, 데스 나이트는 한숨을 쉬었다.

"바르칸 님의 은혜가 조금씩 잊혀 가고 있다."

다시 다섯 번쯤 더 죽고 나자, 더욱 과감한 말을 했다.

"네 통솔력이라면 나를 다스릴 자격이 있는 것 같군. 하지만 아직은 잘 모르겠다."

그 이후에도 스무 번 정도를 더 죽였다.

위드는 굳이 숫자도 헤아릴 필요가 없었다. 마차를 타고 이동하면서 생명력과 마나가 가득 차면 데스 나이트를 불러서 한차례 시원하게 싸워 주면 되는 것이다. 목걸이의 떨어진 생명력은 주변의 간단한 산짐승을 처치하는 것으로 채워서 말이다.

마침내 데스 나이트가 굴복 의사를 밝혔다.

"주인!"

고고한 데스 나이트!

일반 데스 나이트보다도 더 강한 반 호크가 위드를 주인으로 인정한 것이었다.

그러나 위드의 대답은 뜻밖이었다.

"아니야. 나는 너를 믿을 수 없어. 사악한 흑마법사의 부하였으니 무언가 다른 꿍꿍이가 있겠지!"

"그, 그게 아니라……."

위드는 데스 나이트의 말을 들어 주지 않고 300번 정도를 더 죽였다.

"주인으로 모시겠습니다. 그러니 이제 그만……."

그 말을 들은 다음에도 500번 정도를 더 죽였다.

그때부터 데스 나이트는 나타나자마자 간절하게 호소했지만 아무런 소용이 없었다.

위드의 목적은 스킬의 숙련도였으니 인정사정이 있을 수가 없었다.

TO BE CONTINUED